Das Paradies der Damen

Der Autor Emile Zola war ein französischer Schriftsteller, Maler und Journalist Er gilt als einer der großen französischen Romanciers des 19. Jahrhunderts und als Leitfigur und Begründer der literarischen Strömung des Naturalismus.

In der Buchreihe „Historical Diamond" werden die Juwelen bedeutender klassischer Autoren in einer qualitativ hochwertigen, aber preiswerten Buchausgabe in ungekürzter Fassung neu herausgegeben. Das Themenspektrum umfasst spannende Romane, u. a. historische Romane, Krimis, Fiktion, Abenteuer und Entdeckungsreisen.

HISTORICAL DIAMOND

Emile Zola

Das Paradies der Damen

Roman

Herausgeber
Klaus-Dieter Sedlacek

Band 19

Bibliografische Information Der Deutschen Bibliothek:
Die Deutsche Bibliothek verzeichnet diese Publikation
in der Deutschen Nationalbibliografie; detaillierte
bibliografische Daten sind im Internet über
http://dnb.ddb.de
abrufbar.

Herstellung und Verlag: BoD – Books on Demand, Norderstedt.
ISBN: 9783752867480

Erstes Kapitel

Denise kam mit ihren beiden Brüdern zu Fuß vom Bahnhof Saint-Lazare. Sie waren eben erst von Cherbourg angekommen und hatten die ganze Nacht auf der harten Bank eines Eisenbahnwagens dritter Klasse zugebracht. Sie führte den kleinen Pépé an der Hand, während Jean ihr folgte; alle drei waren müde von der Reise und fühlten sich wie verloren in dieser ungeheuren Stadt Paris. Ihre erstaunten Blicke irrten über die hohen Häuser hinweg; bei jeder Straßenkreuzung erkundigten sie sich nach der Rue de la Michodière, wo ihr Onkel wohnte. Als sie endlich auf der Place Gaillon ankamen, blieb das Mädchen überrascht stehen.

»Schau einmal, Jean!« rief sie.

Wie angewurzelt standen sie da und schmiegten sich fest aneinander in ihren abgetragenen schwarzen Kleidern; sie waren in Trauer um den Tod ihres Vaters. Denise, ein für seine zwanzig Jahre recht schmächtiges Mädchen, trug in der einen Hand ein bescheidenes Bündel, während auf der anderen Seite ihr kleiner Bruder, der fünfjährige Pépé, an ihrem Arm hing. Hinter ihr stand Jean, ein sechzehnjähriger Bursche, der strotzte vor Kraft und Gesundheit.

»Ist das ein Geschäft!« fügte sie nach einer Weile bewundernd hinzu.

Es war ein Modewarenhaus an der Ecke der Rue de la Michodière und der Rue Neuve-Saint-Augustin, dessen Auslagen im milden Licht dieses Oktobermorgens in hellen Farben erstrahlten. Vom Kirchturm von Saint-Roch schlug es eben acht; auf dem Bürgersteig sah man nur Leute, die ihrer Arbeit nachgingen: Beamte, die in ihre Büros hasteten, Hausmädchen, die in den Läden Einkäufe zu besorgen hatten. Vor dem Eingang des Warenhauses standen zwei Gehilfen auf einer Doppelleiter und waren dabei, verschiedene Wollwaren auszuhängen. In einer Auslage nach der Rue Neuve-Saint-Augustin kniete ein anderer Gehilfe mit dem Rücken zum Fenster und legte blauen Seidenstoff sorgfältig in Falten. Im Innern des Geschäfts, in dem noch keine Kunden zu sehen waren und wo auch das Personal erst nach und nach eintraf, summte es aber schon wie in einem erwachenden Bienenkorb.

»Donnerwetter!« rief Jean. »Da kann Valognes sich ja verstecken ... Dein Geschäft war lange nicht so schön.«

Denise nickte zustimmend. Sie hatte bei Cornaille, dem ersten Modewarenhändler von Valognes, zwei Jahre gearbeitet. Als sie jetzt plötzlich vor diesem Haus, vor diesem großartigen Geschäft stand, vergaß sie in ihrem Staunen alles übrige. An der stumpfen Ecke, die auf die Place Gaillon ging, befand sich eine hohe Glastür, die bis zum Zwischenstock reichte, umrahmt von kunstvoll zusammengesetztem, reich vergoldetem Zierat. Zwei sinnbildliche Figuren, lachende Frauengestalten, entrollten ein Band, auf dem zu lesen war: » Zum Paradies der Damen«. Dann folgte die Reihe der Auslagen längs der Rue de la Michodière und der Rue Neuve-Saint-Augustin, wo sie außer dem Eckgebäude noch je zwei Häuser einnahmen, die zu Erweiterungszwecken angekauft und vor kurzem erst eingerichtet worden waren. Das Geschäft erschien fast endlos mit seinen Schaufenstern im Erdgeschoß und seinen Spiegelscheiben im Zwischenstock, hinter denen man geschäftiges Treiben beobachten konnte.

»Zum Paradies der Damen«, las Jean und lachte vor sich hin. Er war ein hübscher Junge, der in Valognes schon seine kleinen Weibergeschichten gehabt hatte. »Das zieht die Leute an!«

Doch Denise stand immer noch versunken vor der Auslage zu seiten des Haupteingangs. Hier lag, sozusagen auf dem Gehsteig, ein ganzer Haufen von billigen Waren, Gelegenheitsartikel, welche die Kunden im Vorbeigehen anziehen sollten. Lange Bahnen der verschiedensten Stoffe ergossen sich aus dem Zwischenstock herab und flatterten wie Fahnen in allen Farben, schiefergrau, meerblau, olivgrün. Daneben hingen gleichsam als Umrahmung des Eingangs schmale Pelzstreifen als Kleiderbesatz herab. Unten schließlich waren in Fächern und auf Tischen mitten unter Stößen von Stoffresten Berge von Waren aufgestapelt, die für eine Kleinigkeit zu haben waren: gewirkte Handschuhe und Schals, Kopftücher, Leibchen, eine förmliche Ausstellung von Wintersachen in bunten, scheckigen, gestreiften Mustern. Es war ein riesiger Jahrmarkt; das Geschäft schien vor Überfülle bersten und seinen Überfluß auf die Straße ausschütten zu wollen.

Onkel Baudu war vergessen. Selbst der kleine Pépé, der keinen Augenblick die Hand seiner Schwester losließ, riß erstaunt die Augen auf. Ein rollender Wagen zwang sie alle drei, die Mitte des Platzes, wo sie bisher gestanden hatten, zu verlassen; unwillkürlich wandten sie sich der Rue Neuve-Saint-Augustin zu, folgten den Schaufenstern und blieben vor jeder Auslage stehen. Die letzte aber übertraf alles, was sie bisher gesehen hatten. Hier war eine Ausstellung von Seiden-, Atlas- und Samtstoffen in den prächtigsten Farben gezeigt: ganz oben die Samte, vom tiefsten Schwarz bis zum zarten Milchweiß; weiter unten die Atlasstoffe in Rosa, in Blau, in weichen Farbtönen; noch tiefer schließlich die Seidenstoffe, eine ganze Skala des Regenbogens, da ein Stück zu einer Schleife aufgebauscht, dort ein anderes in Falten gelegt, wie zum Leben erwacht unter den geschickten

Händen der Dekorateure. Zu beiden Seiten aber waren in ungeheuren Stößen jene beiden Seidenarten aufgehäuft, die eine ausschließliche Spezialität des Hauses bildeten: »Pariser Glück« und »Goldhaut«, zwei Artikel, die eine Umwälzung im Modehandel hervorrufen sollten.

»Ach, diese Seide zu fünf Franken sechzig!« rief Denise, ganz hingerissen von dem »Pariser Glück«, aus.

Jean begann sich zu langweilen.

»Wo ist die Rue de la Michodière?« fragte er einen Vorübergehenden.

Man bezeichnete ihm die erste Straße rechts. Alle drei gingen denselben Weg zurück und um das Geschäft herum. Als sie in die Straße einbogen, wurde Denise durch ein anderes Schaufenster angelockt, in dem Damenkonfektionsartikel ausgestellt waren. So etwas hatte sie noch nie gesehen, sie blieb starr vor Bewunderung stehen. Da gab es Mäntel für jede Gelegenheit, vom einfachen Ballumhang zu neunundzwanzig Franken bis zum schweren Samtmantel, der mit achtzehnhundert Franken ausgezeichnet war. Auf den rundlichen Busen der Schaufensterpuppen bauschte der Stoff sich auf, die betonten Hüften ließen die zierliche Taille noch mehr hervortreten; der fehlende Kopf war durch eine große weiße Preistafel ersetzt, während die Spiegel zu beiden Seiten der Auslage in genau berechnetem Spiel die Figuren endlos vervielfältigten und so die Straße mit diesen schönen, verkäuflichen Frauen bevölkerten, die an Stelle des Kopfes eine große Tafel trugen, auf der in weithin sichtbaren Ziffern ihr Preis zu lesen war.

»Famos!« rief Jean, der keinen anderen Ausdruck für seine Bewunderung fand.

Auch er stand unbeweglich mit offenem Munde da. Beim Anblick all dieses weiblichen Luxus war er errötet vor Vergnügen. Er war hübsch wie ein Mädchen, von einer Schönheit, die er seiner Schwester geraubt zu haben schien, mit rosig schimmernder Haut, blondem, gelocktem Haar, verführerisch frischen Lippen und hellen Augen. Neben ihm erschien Denise noch unbedeutender mit ihrem schmalen Gesicht, der matten Farbe und dem fahlen Haar. Pépé mit dem hellblonden Kinderschopf drückte sich enger an sie, wie von einem unbestimmten Verlangen nach Liebkosungen getrieben. Sie bildeten eine so seltsame, reizende Gruppe, diese drei Blondköpfe in ihren abgenützten Trauerkleidern, das ernste Mädchen zwischen dem hübschen Kind und dem prächtigen Jüngling, daß die Vorübergehenden sich lächelnd nach ihnen umwandten.

Auf der Schwelle eines Ladens auf der anderen Seite der Straße stand seit einigen Augenblicken ein dicker, weißhaariger Mann mit breitem, gelblichem Gesicht und beobachtete die Gruppe. Mit zornfunkelnden Augen und zusammengekniffenen Lippen hatte er nach den Auslagen des »Paradieses der Damen« hinüber gesehen, und der Anblick des Mädchens mit seinen beiden Brüdern erbitterte ihn noch mehr. Was hatten die Taugenichtse vor dieser marktschreierischen Auslage zu gaffen?

»Und der Onkel?« fragte Denise plötzlich, wie aus einem Traum auffahrend.

»Wir sind in der Rue de la Michodière«, sagte Jean. »Hier muß er wohnen.«

Sie hoben die Köpfe und blickten sich um. Da sahen sie gerade vor sich oberhalb der Tür, in welcher der dicke Mann stand, ein grün gestrichenes Firmenschild, auf dem in gelber, verwaschener Schrift zu lesen war: »Vieil Elbeuf, Tuch- und Flanellhandlung Baudu, vormals Hauchecorne«. Es war ein schmales Haus mit schmutziggrauem Verputz, eingezwängt zwischen den hohen Nachbargebäuden. Denise, in Gedanken noch bei den Herrlichkeiten des gegenüberliegenden Warenhauses, betrachtete überrascht den niedrigen Laden im Erdgeschoß, über dem ein ebenfalls nicht sehr hoher Zwischenstock mit halbmondförmigen Fenstern lag, die ihm das Aussehen eines Gefängnisses gaben. Rechts und links sah man zwei finstere, verstaubte Auslagen, in denen man undeutlich einen Haufen Stoffe erkennen konnte. Die offene Ladentür schien in einen feuchten, dunklen Keller zu führen.

»Da ist's«, sagte Jean.

»Nun, dann wollen wir hineingehen. Komm, Pépé!«

Sie fühlten sich alle drei scheu und unsicher. Als ihr Vater gestorben war, hinweggerafft von dem gleichen Fieber, dem einen Monat zuvor ihre Mutter erlegen war, hatte zwar der Onkel Baudu in der ersten Gefühlsregung über diesen doppelten Todesfall seiner Nichte geschrieben, es werde sich in seinem Hause stets ein Plätzchen für sie finden, wenn sie nach Paris kommen wolle, um hier ihr Glück zu versuchen; allein seit jenem Brief war fast ein Jahr verflossen, und Denise bereute jetzt, daß sie Valognes so plötzlich verlassen hatte, ohne ihren Onkel vorher zu verständigen. Er kannte sie gewiß nicht mehr, denn er war nie wieder in seine Heimat gekommen, seitdem er fortgegangen war, um als kleiner Gehilfe bei dem Tuchhändler Hauchecorne einzutreten, dessen Schwiegersohn er schließlich geworden war.

»Herr Baudu?« entschloß sich Denise endlich den dicken Herrn zu fragen, der sie noch immer verwundert betrachtete.

»Der bin ich!« lautete die Antwort.

Denise errötete und fügte stotternd hinzu:

»Ah, um so besser!... Ich bin Denise, und das ist Jean und das Pépé... Wie Sie sehen, sind wir gekommen, lieber Onkel.«

Baudu schien höchlichst betroffen. Seine großen, geröteten Augen flackerten in seinem gelblichen Gesicht, seine zögernden Worte zeigten seine Verwirrung. Er war offenbar tausend Meilen weit von dieser Familie entfernt, die ihm so unvermutet in seinen Laden fiel.

»Was, ihr hier?« wiederholte er mehrmals. »Aber ihr wart doch in Valognes! Warum seid ihr denn nicht dortgeblieben?«

Mit ihrer weichen, etwas zitternden Stimme erklärte sie ihm alles. Nach dem Tod ihres Vaters, der in seiner Färberei alles verwirtschaftet hatte, war sie gleichsam als die Mutter der beiden Kinder zurückgeblieben. Was sie bei Cornaille verdiente, reichte nicht hin, um alle drei zu ernähren. Jean arbeitete zwar bei einem Kunsttischler, der sich mit dem Aufarbeiten antiker Möbel beschäftigte, aber er verdiente keinen Sou dabei. Dagegen gewann er Geschmack an alten Dingen und begann Figuren aus Holz zu schnitzen. Eines Tages fand er irgendwo ein Stück Elfenbein und machte einen Kopf daraus; diese Arbeit gefiel einem vorübergehenden Herrn dermaßen, daß er den Geschwistern wenig später zuredete, nach Paris zu gehen, wo er für Jean einen Platz bei einem Elfenbeinschnitzer gefunden hatte.

»Jean fängt also morgen bei seinem neuen Lehrherrn an«, schloß Denise. »Ich brauche kein Lehrgeld zu bezahlen, Kost und Wohnung hat er frei. Ich dachte mir, daß ich und Pépé schon irgendwie unser Fortkommen finden werden. Schlimmer als in Valognes kann es uns doch hier nicht gehen.«

Eines allerdings verschwieg sie: eine Liebesgeschichte Jeans. Er hatte an ein junges Mädchen, die Tochter einer adeligen Familie der Stadt, Briefe geschrieben und über eine Mauer hinweg Küsse mit ihr ausgetauscht. Daraus war ein kleiner Skandal entstanden, der sie bestimmt hatte, Valognes zu verlassen. Sie begleitete ihren Bruder hauptsächlich nach Paris, um über ihn zu wachen; denn ihr Herz war von wahrhaft mütterlicher Besorgnis erfüllt, wenn sie diesen schönen und munteren Jungen sah, den alle Frauen anhimmelten.

Onkel Baudu konnte sich noch immer nicht fassen. Er begann wieder zu fragen.

»Hat denn dein Vater euch nichts hinterlassen? Ich dachte, er habe einen Sparpfennig. Ich habe ihm in meinen Briefen oft genug geraten, diese Färberei nicht zu übernehmen. Ein gutes Herz, aber nicht für zwei Sou Verstand! ... Und du bist mit diesen Jungen zurückgeblieben und hast sie versorgen müssen?!«

Sein galliges Gesicht belebte sich; er sah nicht mehr so finster drein wie vorhin, als er das »Paradies der Damen« betrachtet hatte. Plötzlich bemerkte er, daß er den Eingang verstellte.

»So kommt herein«, rief er, »wenn ihr schon hier seid! Kommt herein, das ist gescheiter, als vor den Dummheiten dort drüben Maulaffen feilzubieten.«

Nach einem letzten Zornesblick auf das Geschäft gegenüber machte er den Kindern Platz, so daß sie eintreten konnten. Zugleich rief er Frau und Tochter.

»Elisabeth, Geneviève! Kommt, hier sind Gäste für euch!«

Aber Denise und die beiden Jungen zögerten angesichts des dunklen Ladens. Noch geblendet vom hellen Licht der Straße, blinzelten sie mit den Augen, tasteten sich mit den Füßen voran und rückten enger zusammen.

»Kommt, kommt!« wiederholte Baudu seine Einladung.

Er klärte Frau und Tochter in kurzen Worten auf. Frau Baudu war sehr blaß, offenbar bleichsüchtig, mit grauen Haaren, farblosen Augen und blutleeren Lippen; Geneviève, bei der sich die Krankheit ihrer Mutter noch deutlicher zeigte, war gebrechlich und farblos wie eine im Schatten aufgewachsene Pflanze. Nur eine Fülle von prächtigen schwarzen Haaren verlieh ihr einen etwas schwermütigen Reiz.

»Kommt herein!« sagten nun auch die beiden Frauen. »Seid willkommen!«

Sie ließen Denise hinter einem Ladentisch Platz nehmen. Pépé setzte sich sogleich auf ihre Knie, während Jean, an einen Schrank gelehnt, neben ihr stand. Sie wurden allmählich sicherer und blickten im Laden umher, an dessen Dunkelheit sich ihre Augen langsam gewöhnten. Düstere Warenballen türmten sich bis zur Decke empor. Der Geruch der Tücher und Stoffe wurde durch die Feuchtigkeit des Fußbodens noch verstärkt. Zwei Gehilfen und eine Verkäuferin waren im Hintergrund damit beschäftigt, weißen Flanell fortzuräumen.

»Der kleine Herr da möchte vielleicht etwas essen?« sagte Frau Baudu und wies lächelnd auf Pépé.

»Nein, danke«, erwiderte Denise; »wir haben in einem Caféhaus vor dem Bahnhof eine Tasse Milch getrunken.«

Als sie merkte, daß Geneviève aufmerksam das leichte Bündel betrachtete, das sie neben sich auf den Boden gelegt hatte, fügte sie hinzu:

»Ich habe den Koffer auf dem Bahnhof gelassen.«

Sie errötete, denn ihr wurde nun klar, daß man den Leuten nicht in dieser Weise mit der Tür ins Haus fallen durfte. Schon in der Eisenbahn hatte sie gleich nach der Abfahrt von Valognes Gewissensbisse empfunden; darum hatte sie auch ihren Koffer auf dem Bahnhof zurückgelassen und den Kindern vor der Stadt draußen ein Frühstück geben lassen.

»Nun wollen wir einmal kurz und in aller Offenheit miteinander reden«, sagte Baudu mit einem mal »Ich habe dir geschrieben, das ist wahr. Aber seither ist fast ein Jahr verflossen, und das Geschäft ging sehr schlecht, mein Kind...«

Er hielt inne, von einem Gefühl erfaßt, das er sich nicht anmerken lassen wollte. Frau Baudu und Geneviève schlugen die Augen nieder.

»Es ist eine schwere Zeit, die vorübergehen wird«, fuhr der Onkel fort. »Da habe ich keine Sorge... Aber ich mußte mein Personal einschränken; es sind nur noch drei Angestellte da, und dies ist keineswegs der geeignete Zeitpunkt, jemand vierten einzustellen. Kurz: ich kann dich nicht ins Haus nehmen, wie ich es dir versprochen habe, mein armes Kind.«

Ganz blaß und bestürzt hatte Denise zugehört.

»Schon recht, Onkel!« stotterte sie endlich mühsam. »Ich werde mich bemühen, anderswo unterzukommen.«

Die Baudus waren keine schlechten Menschen. Aber sie klagten ständig darüber, daß sie niemals Glück gehabt hätten. Als das Geschäft noch gut ging, hatten sie fünf Söhne zu erziehen gehabt, von denen drei in jungen Jahren gestorben waren; der vierte war ein Taugenichts geworden, der fünfte als Hauptmann nach Mexiko gegangen. So blieb ihnen nur Geneviève. Alle Kinder hatten viel Geld gekostet, und den letzten Rest seines Kapitals hatte Baudu an den Kauf eines alten Hauses in Rambouillet gewendet, von wo seine Frau herstammte. Jetzt ärgerte er sich, daß ihm diese drei Kinder so ins Haus hereingeschneit kamen.

»Man muß sich doch anmelden«, sagte er, verdrossen über seine eigene Härte. »Du hättest mir einen Brief schicken können«, und ich hätte dir geantwortet, daß ihr besser bleibt, wo ihr seid. Als dein Vater starb, habe ich dir freilich geschrieben, was man bei solchen Gelegenheiten schreibt. Und nun fallt ihr mir so unvermutet ins Haus, ohne vorher ein Wort zu sagen ...«

Jean war blaß geworden. Denise drückte Pépé an sich; zwei schwere Tränen fielen auf ihre Hände, und sie wiederholte:

»Lassen Sie nur, Onkel; wir gehen schon.«

Es entstand ein verlegenes Schweigen. Dann sagte er in mürrischem Ton:

»Ich will euch ja nicht vor die Tür setzen. Da ihr einmal hier seid, werdet ihr bei uns übernachten; dann werden wir weitersehen.«

Frau Baudu und Genevieve entnahmen jetzt aus einem Blick des Familienoberhauptes, daß sie sich um die Sache kümmern dürften. Alles wurde geregelt. Mit Jean brauche man sich nicht weiter zu beschäftigen, hieß es, da er ja schon am folgenden Tag in die Lehre gehen wolle. Pépé wäre bei Frau Gras sehr gut aufgehoben, einer alten Frau, die in der Rue des Orties eine geräumige Erdgeschoßwohnung besaß und Kinder unter zehn Jahren für vierzig Franken monatlich in volle Verpflegung nahm. Denise bemerkte, sie habe genügend Geld, um für den ersten Monat die Pension zu bezahlen. Es handelte sich also bloß darum, sie selbst unterzubringen.

»Hat nicht Vinçard eine Verkäuferin gesucht?« fragte Genevieve.

»Richtig, das ist wahr!« rief Baudu. »Wir wollen nach dem Essen zu ihm gehen. Man muß das Eisen schmieden, solange es heiß ist.«

Diese Familienberatung war durch keine Kundschaft gestört worden. Der Laden blieb leer und finster. Die beiden Gehilfen und die Verkäuferin im Hintergrund setzten unter Flüstern und Tuscheln ihre Arbeit fort. Doch jetzt traten drei Damen ein, und Denise blieb mit dem Kind allein. Sie küßte Pépé, tief betrübt bei dem Gedanken an die bevorstehende Trennung. Anschmiegsam wie ein Kätzchen barg der Kleine schweigend seinen Kopf an der Brust der Schwester. Als Frau Baudu und Genevieve zurückkamen, erklärten sie Pépé für sehr artig, und Denise versicherte, daß er niemals Lärm mache, daß er ganze Tage still und ruhig bleibe und nur nach Zärtlichkeit verlange. Bis zum Essen sprachen die drei Frauen von diesem und jenem, von Kindern, von der Hauswirtschaft, vom Leben in Paris und in der Provinz; das Gespräch floß in kurzen, allgemeinen Sätzen dahin wie unter Verwandten, die einander noch nicht genau kennen und verlegen sind. Jean stand unbeweglich auf der Schwelle und beobachtete das Treiben auf der Straße; von Zeit zu Zeit lächelte er den vorübergehenden Mädchen zu.

Um zehn Uhr kam ein Dienstmädchen. Gewöhnlich wurde um diese Stunde für Herrn Baudu, Geneviève und den ersten Gehilfen der Tisch gedeckt. Um elf Uhr aßen Frau Baudu, der zweite Gehilfe und die Verkäuferin.

»Die Suppe ist aufgetragen!« rief der Onkel Denise zu.

Als in dem kleinen Speisezimmer, das an den Laden stieß, alles bei Tisch saß, rief er nach dem ersten Gehilfen, der noch auf sich warten ließ.

»Colomban!«

Der junge Mann entschuldigte sich, er habe die Flanelle fertig einräumen wollen. Er war mit seinen fünfundzwanzig Jahren körperlich kräftig, aber schwerfällig und hatte verschmitzte Gesichtszüge. In seinem biederen Gesicht mit dem großen, weichen Mund saßen zwei Augen, in denen die Schlauheit funkelte.

»Ach was, alles zu seiner Zeit!« sagte Baudu, der ein Stück kalten Kalbsbraten zerlegte mit der Vorsicht und Geschicklichkeit des geübten Hausvaters, der jede Portion mit dem Auge auf ein Quentchen abzuwägen weiß.

Er gab jedem seinen Anteil und schnitt sogar das Brot vor.

»Aber du ißt ja nicht, mein Kind?« meinte er nach einer Weile zu Denise. »Da wir jetzt Zeit haben zu plaudern: sag, warum hast du dich denn in Valognes nicht verheiratet?«

»Oh, Onkel! Wo denken Sie hin? Ich mich verheiraten!... Und die Kleinen?«

Sie fand den Gedanken so seltsam, daß sie darüber lachte. Und dann – welcher Mann würde sie auch zur Frau nehmen, sie, die keinen Sou besaß, schmächtig war wie eine Drossel und nicht einmal hübsch? Nein, nein; sie würde sich niemals verheiraten; sie hatte genug mit den beiden Kindern.

»Das ist nicht richtig«, sagte der Onkel. »Eine Frau braucht immer einen Mann. Wenn du einen braven Mann gefunden hättest, lägst du nicht mit deinen Brüdern auf der Straße wie die Zigeuner.«

Er hielt inne, um mit ebensoviel Sparsamkeit wie Gerechtigkeit eine Schüssel Kartoffeln mit Speck aufzuteilen, die das Dienstmädchen gebracht hatte. Dann fuhr er fort, während er mit dem Löffel auf Colomban und Geneviève zeigte:

»Schau, die zwei werden im Frühjahr heiraten, wenn das Geschäft im Winter gut läuft.«

So war es Tradition im Haus. Der Gründer, Aristide Finet, hatte seine Tochter Desirée seinem ersten Gehilfen Hauchecorne zur Frau gegeben; Baudu, der mit sieben Franken in der Tasche in das Geschäft eingetreten war, hatte Elisabeth, die Tochter Hauchecornes, geheiratet, und er war entschlossen, seine Tochter Geneviève samt dem Tuchladen seinem Angestellten Colomban zu überlassen, sobald nur die Geschäfte eine Wendung zum Besseren nehmen würden. Die Sache war seit drei Jahren abgemacht; er schob die Heirat nur eines Bedenkens wegen hinaus: in seiner eigensinnigen Rechtschaffenheit wollte er das Geschäft, das er blühend übernommen hatte, seinem Nachfolger nicht in schlechterem Stand übergeben.

Denise beobachtete Colomban und Geneviève. Sie saßen bei Tisch nebeneinander, aber sie wirkten ganz ruhig, da gab es kein Erröten, kein Lächeln. Seit dem Tag seines Eintritts rechnete Colomban mit dieser Ehe. Er hatte die verschiedenen Stufen gewissenhafter Ausbildung im Haus zurückgelegt, war zuerst Lehrling, dann Gehilfe geworden und zuletzt in den privaten Bereich der Familie einbezogen worden. All dies hatte er geduldig abgewartet, hatte das geregelte Leben eines Uhrwerks geführt und Geneviève wie ein ausgezeichnetes, ehrbares Geschäft betrachtet. Die Gewißheit, daß er sie besitzen werde, hatte dazu geführt, daß er kein Verlangen nach ihr empfand.

Auch das Mädchen hatte sich daran gewöhnt, ihn zu lieben, aber mit dem Ernst ihrer zurückhaltenden Natur und einer tief eingewurzelten Neigung, deren sie sich selbst kaum bewußt war. Ihre Zärtlichkeit hatte sich in diesem Erdgeschoß des alten Paris entfaltet, sie war wie eine Kellerblüte. Seit zehn Jahren kannte sie nur ihn, an seiner Seite verlebte sie ihre Tage hinter den Tuchstapeln im Dunkel des Ladens; und morgens und abends saßen sie nebeneinander in diesem engen Speisezimmer, wo es kühl war wie in einem Brunnen. Sie hätten draußen im freien Feld, unter dem Laubwerk der Bäume nicht verborgener, nicht unbewußter leben können. Nur ein Zweifel, eine Regung der Eifersucht konnte das junge Mädchen eines Tages zu der Entdeckung bringen, daß es sich in dem mitschuldigen Dunkel dieses Ladens, in der Leere seines Daseins und seiner inneren Unausgefülltheit gänzlich und für immer verschenkt hatte.

»Aber nun ist genug geplaudert, machen wir den andern Platz!« schloß der Tuchhändler und hob die Tafel auf.

Jetzt gingen Frau Baudu, der andere Gehilfe und die Verkäuferin zu Tisch. Denise blieb allein in der Nähe der Tür und wartete, bis ihr Onkel Zeit finden werde, mit ihr zu Vinçard zu gehen. Pépé spielte zu ihren Füßen, Jean hatte seinen Posten auf der Schwelle wieder eingenommen. Fast eine Stunde lang beobachtete Denise aufmerksam die Vorgänge im Geschäft. Ab und zu erschien Kundschaft, allein der Laden verlor nichts von seiner anfänglichen Muffigkeit, seinem Halbdunkel, in dem der ganze alte, rechtschaffene, einfache Handel seinen traurigen Niedergang zu beklagen schien. Um so interessanter war das Treiben gegenüber im »Paradies der Damen«, dessen Auslagen man durch die offene Tür sehen konnte. Schon seit dem Morgen empfand Denise eine innere Versuchung. Dieses ungeheure Warenhaus, in das sie binnen einer Stunde mehr Leute eintreten sah als bei Cornaille in sechs Monaten, verwirrte sie und zog sie an; eine unklare Furcht rang in ihr mit dem Verlangen, dort anzufangen. Der Laden ihres Onkels hingegen erweckte ein Gefühl des Unbehagens in ihr. Es war eine Geringschätzung, die sie nicht hätte begründen können, aber sie hegte nun einmal eine unwillkürliche Abneigung gegen die eisige Höhle dieses alten Geschäfts.

»Die haben wenigstens Kunden«, flüsterte sie vor sich hin. Sogleich bereute sie ihre Worte, als sie die Tante neben sich bemerkte. Frau Baudu stand ganz niedergeschmettert da, ihre glanzlosen Augen auf das Ungeheuer da drüben gerichtet, bei dessen Anblick ihr in stummer Verzweiflung die Tränen kamen. Geneviève dagegen beobachtete mit steigender Unruhe Colomban, der sich unbelauscht wähnte und mit entzückten Blicken die Verkäuferinnen der Konfektionsabteilung betrachtete, deren Ladentische man hinter den

Fensterscheiben des Zwischenstocks sehen konnte. Baudu mit seinem galligen Gesicht begnügte sich damit, zu sagen:

»Nur Geduld! Es ist nicht alles Gold, was glänzt!«

Er preßte die Lippen aufeinander und wandte sich ab, um nicht länger Zeuge des lebhaften Treibens da drüben sein zu müssen.

»Wir wollen zu Vincard gehen«, sagte er. »Arbeitsplätze sind jetzt sehr gesucht; morgen wäre es vielleicht schon zu spät.«

Bevor er ging, gab er dem zweiten Gehilfen den Auftrag, Denises Koffer vom Bahnhof zu holen. Frau Baudu, der Denise Pépé anvertraut hatte, erklärte, sie wolle den freien Moment dazu benützen, den Kleinen nach der Rue des Orties zu Frau Gras zu bringen, um mit ihr ein Übereinkommen zu treffen. Jean versprach seiner Schwester, den Laden nicht zu verlassen.

»Wir sind in zwei Minuten dort«, sagte Baudu zu seiner Nichte, während sie durch die Rue Gaillon gingen. »Vinçard hat sich auf Seiden spezialisiert, sein Geschäft läuft noch einigermaßen. Natürlich hat er zu kämpfen wie jeder, obgleich er ein Geizkragen ist, wie man ihn nicht leicht wieder findet. Ich denke, er wird sich wegen seines Rheumatismus bald zurückziehen.«

Das Geschäft Vinçards befand sich in der Rue Neuve-des-Petits-Champs in der Nähe der Passage Choiseul. Es war sauber und hell, ganz modern, aber klein und nur mit einem dürftigen Warenlager versehen. Baudu und Denise trafen Vinçard in angelegentlicher Unterredung mit zwei Herren.

»Lassen Sie sich nicht stören«, rief der Tuchhändler; »wir haben Zeit und können warten.«

Er trat aus Höflichkeit in die Tür zurück und flüsterte seiner Nichte zu:

»Der Magere ist Zweiter in der Seidenabteilung beim ›Paradies der Damen‹; der Dicke ist ein Fabrikant aus Lyon.«

Denise merkte, daß Vinçard sein Geschäft Herrn Robineau, dem Angestellten aus dem »Paradies der Damen«, aufschwatzen wollte. Er versicherte, sein Haus sei eine wahre Goldgrube. Obgleich er vor Gesundheit strotzte, unterbrach er sich zuweilen, um zu stöhnen und über seine verdammten Schmerzen zu klagen, die ihn daran hinderten, sein Glück wahrzunehmen. Doch Robineau schnitt ihm ungeduldig das Wort ab; er wisse sehr wohl, sagte er, daß für Modeartikel eine kritische Zeit gekommen sei, und er führte eine Seidenfirma an, die durch die Nachbarschaft des »Paradieses der Damen« bereits zugrunde gerichtet sei. Doch Vinçard ereiferte sich und rief laut:

»Ach ja! Der Untergang dieses Gimpels Vabre war ja vorauszusehen! Seine Frau hat alles verschlungen ... Und dann

bin ich fünfhundert Meter weit weg, während Vabre sich Tür an Tür neben seinem Konkurrenten befand.«

Jetzt mischte Gaujean, der Seidenfabrikant, sich ein. Die Stimmen wurden leiser. Er beschuldigte die großen Warenhäuser, daß sie die französische Industrie ruinierten; ihrer drei oder vier diktierten allen übrigen die Preise und beherrschten den Markt. Der einzige Weg, sie zu bekämpfen, sei die Begünstigung des Kleinhandels, besonders der Spezialgeschäfte, denen die Zukunft gehöre. Er stellte denn auch Robineau einen weitgehenden Kredit in Aussicht.

»Sehen Sie nur, wie das ›Paradies der Damen‹ sich Ihnen gegenüber benommen hat! Da gibt es keine Rücksicht auf geleistete Dienste. Seit langem war Ihnen die Stelle des Ersten in Ihrer Abteilung zugesagt; da kam dieser Bouthemont an, niemand weiß, woher, und nahm Ihnen den Posten vor der Nase weg.«

Die Wunde, die man Robineau durch diese Ungerechtigkeit geschlagen hatte, war noch frisch. Allein er zögerte, sich selbständig zu machen. Das Geld gehöre nicht ihm, erklärte er; seine Frau habe sechzigtausend Franken geerbt, und er wollte sich lieber beide Hände abhacken lassen, als dieses Geld in zweifelhafte Geschäfte zu stecken.

»Nein, ich kann mich nicht entschließen«, sagte er endlich. »Lassen Sie mir Bedenkzeit; wir werden noch darüber reden.«

»Wie Sie wollen«, erwiderte Vinçard und suchte seinen Verdruß zu verbergen. »Es liegt ja nicht in meinem Interesse, das Geschäft zu verkaufen. Hätte ich nicht solche Schmerzen ...«

Dann wandte er sich an Baudu und fragte:

»Womit kann ich Ihnen dienen?«

Der Tuchhändler, der mit einem Ohr gelauscht hatte, stellte Denise vor; sie habe zwei Jahre in der Provinz gearbeitet, und da Vinçard eben eine Verkäuferin suche ...

Vinçard tat ganz verzweifelt.

»Ach, jetzt ist's zu spät! Acht Tage lang habe ich mich umgesehen, und vor zwei Stunden habe ich eine eingestellt!«

Alles schwieg. Denise schien so bestürzt, daß Robineau sie teilnahmsvoll betrachtete und sich eine Bemerkung erlaubte.

»Ich weiß, daß bei uns in der Konfektionsabteilung jemand gesucht wird.«

Baudu konnte einen Ausruf nicht unterdrücken.

»Bei Ihnen? Nein, danke bestens!«

Dann stand er ganz verlegen da. Denise war tief errötet. Sie würde es niemals wagen, dachte sie, in dieses große Warenhaus einzutreten, aber der Gedanke erfüllte sie doch mit Stolz.

»Warum denn nicht?« fragte Robineau überrascht. »Das wäre doch für das junge Fräulein recht günstig? Ich rate ihr, sich morgen bei der Direktrice, Frau Aurélie, vorzustellen. Es kann ihr ja nichts Schlimmeres passieren, als daß sie nicht angenommen wird.«

Um seinen Ärger zu vertuschen, verlor sich der Tuchhändler in allerlei verworrenes Gerede. Er kenne Frau Aurélie, meinte er, oder vielmehr ihren Mann, den Kassierer Lhomme, dem doch ein Omnibus den rechten Arm abgefahren habe. Dann kam er ganz unvermittelt wieder auf Denise zu sprechen.

»Es ist übrigens ihre Sache«, sagte er; »sie kann tun, was sie will.«

Mit einem Gruß verließ er den Laden. Vinçard begleitete ihn bis zur Tür und drückte ihm nochmals sein Bedauern aus. Denise war schüchtern mitten im Laden stehengeblieben und wartete begierig auf nähere Auskünfte von Robineau. Allein sie wagte kein Wort hervorzubringen, grüßte endlich und sagte:

»Vielen Dank, mein Herr.«

Auf der Straße eilte Baudu, wie von seinen Gedanken getrieben, rasch fort und zwang seine Nichte, fast zu laufen. In der Rue de la Michodière wollte er eben in seinen Laden treten, als ein benachbarter Kaufmann, der auf der Schwelle seines Geschäftes stand, ihn durch einen Wink herbeirief. Denise blieb stehen, um auf ihn zu warten.

»Was gibt's, Vater Bourras?« fragte der Tuchhändler.

Bourras war ein hochgewachsener Greis mit einem Prophetenkopf, langem Haar und Bart und durchdringenden Augen unter den dichten, buschigen Brauen. Er betrieb einen Handel in Spazierstöcken und Regenschirmen, übernahm auch Ausbesserungen und drechselte sogar Regenschirmgriffe, was ihm im Stadtviertel den Ruf eines Künstlers eingetragen hatte. Denise betrachtete erstaunt sein Haus. Es war ein altes Gebäude, eingekeilt zwischen dem »Paradies der Damen« und einem großen Haus im Stil Ludwigs XIV. Man konnte sich gar nicht erklären, wie es in diesen schmalen Spalt hineingeraten war, in dem seine beiden niedrigen Stockwerke schier erdrückt wurden.

»Denken Sie sich: er hat dem Besitzer meines Hauses geschrieben und ihm angeboten, es zu kaufen!« sagte Bourras empört zu dem Tuchhändler.

Baudu erbleichte noch mehr und zuckte zusammen. Da ließ Bourras seinem Zorn freien Lauf.

»Solange ich lebe, soll er keinen Stein davon besitzen! Mein Vertrag läuft noch zwölf Jahre ... Wir werden schon sehen!«

Das war eine offene Kriegserklärung. Keiner von beiden hatte das »Paradies der Damen« beim Namen genannt.

Baudu schüttelte den Kopf, dann ging er mit hängenden Schultern nach Hause und murmelte still vor sich hin:

»Mein Gott! Mein Gott!...«

Denise, die dieses Gespräch mit angehört hatte, folgte ihrem Onkel. Auch Frau Baudu kehrte eben mit Pépé heim. Sie erzählte, Frau Gras sei jederzeit bereit, den Kleinen zu übernehmen.

»Nun, wie war's bei Vinçard?« fragte sie.

Der Tuchhändler berichtete von seinem erfolglosen Weg, dann fügte er hinzu, jemand anderer habe seiner Nichte eine Stelle angeboten. Den Arm nach dem »Paradies der Damen« ausgestreckt, sagte er verächtlich:

»Die da drüben!«

Die ganze Familie fühlte sich dadurch verletzt. Beim Abendessen endlich brach der seit dem Morgen zurückgedrängte Strom der Empörung unaufhaltsam los.

»Es ist natürlich deine Sache, du bist ja frei in deiner Entscheidung«, wiederholte zunächst Baudu. »Wir wollen dich nicht beeinflussen ... Aber wenn du wüßtest, was das für ein Haus ist!« In abgebrochenen Sätzen erzählte er die Geschichte dieses Octave Mouret. Ein Glückspilz sondergleichen! Da kam dieser Bursche aus dem Süden nach Paris mit der liebenswürdigen Keckheit eines Abenteurers, und schon am nächsten Tag hatte er Weibergeschichten. Schließlich war er auf frischer Tat ertappt worden. Es hatte einen Skandal gegeben, von dem noch heute im ganzen Stadtviertel gesprochen wurde. Und dann hatte er plötzlich und auf unerklärliche Weise Frau Hedouin erobert, die ihm das »Paradies der Damen« in die Ehe einbrachte.

»Die arme Caroline!« unterbrach ihn Frau Baudu. »Sie war eine entfernte Verwandte von mir. Wenn sie noch am Leben wäre, hätten sich die Dinge anders entwickelt. Sie würde nie zugeben, daß wir zugrunde gerichtet werden... Er hat auch sie umgebracht! Ja, mit seiner Bauerei! Als sie eines Morgens die Arbeiten besichtigte, stürzte sie in ein Loch, und drei Tage später war sie tot. Sie, die niemals krank gewesen war, die immer so gesund und schön war! Das Haus da ist mit Blut gebaut – man möchte fast meinen, daß es ihm Glück gebracht hat«, schloß sie, ohne Mourets Namen zu nennen.

Doch der Tuchhändler zuckte verächtlich die Schultern über solche Ammenmärchen.

»Ich glaube, Caroline, die selbst ein wenig romantisch veranlagt war, hat sich von den abenteuerlichen Plänen dieses Menschen gefangennehmen lassen. Kurz, er hat sie überredet, das Haus zur Linken und dann auch das zur Rechten anzukaufen, und hat selbst als Witwer noch zwei Gebäude dazu erworben So ist dieses Warenhaus größer und immer größer geworden und droht uns heute alle zu verschlingen. Aber nur Geduld! Die Großtuer werden sich noch den Hals brechen. Mouret macht jetzt eine gefährliche Zeit durch; ich weiß es. Er hat sein ganzes Vermögen in diese tollen Erweiterungen und in die Reklame hineingesteckt. Um sich Geld zu verschaffen, hat er alle seine Angestellten überredet, ihre Ersparnisse bei ihm anzulegen. Er steht also jetzt ohne einen Sou da, und wenn nicht ein Wunder geschieht und es ihm nicht gelingt, seinen Umsatz zu verdreifachen, wie er hofft, so wird man einen Krach erleben, einen Krach! ... Ha, ich bin nicht schadenfroh, aber an diesem Tag werde ich illuminieren, mein Wort darauf!«

So wetterte er fort. Hatte man je so etwas gesehen? Ein Modewarengeschäft, wo alles zu haben war, ein Basar also! Auch das Personal paßte dazu, ein Haufen Stutzer, die herumhantierten wie in einem Bahnhof; sie behandelten die Waren und die Käufer wie Pakete, verließen ihren Chef und wurden entlassen für nichts, mit einem einzigen Wort; diese Menschen hatten keine Anhänglichkeit, keine Sitten, kein Verständnis für das Geschäft! Die Kunst bestand schließlich nicht darin, viel zu verkaufen, sondern teuer zu verkaufen! Er nahm Colomban zum Zeugen: der war noch in der guten alten Schule erzogen, der wußte Bescheid!

»Du bist der letzte, mein Lieber!« erklärte er gerührt. »Nach dir kommt keiner mehr von deinem Schlag. Du bist mein einziger Trost, denn wenn ein solcher Trödelmarkt heute Handel genannt wird, dann verstehe ich nichts mehr von der Sache, dann will ich lieber abtreten.«

Geneviève betrachtete von der Seite den lächelnden Colomban, und in ihren Blicken lag etwas wie ein Argwohn, das Verlangen zu sehen, ob er, von Gewissensbissen getrieben, bei diesen Lobsprüchen nicht erröten werde. Allein er blieb ruhig wie immer, mit gutmütigem Gesichtsausdruck, nur um seinen Mund lag eine schlaue Falte.

Baudu fuhr indessen fort mit seinen Anklagen gegen diese Leute da drüben, die sich in ihrem Kampf ums Dasein benahmen wie die Wilden und es schließlich so weit brachten, daß sie ihr Familienleben gänzlich zerstörten. Man brauchte sich doch nur die Lhommes anzusehen. Sie hatten draußen auf dem Land ihren Besitz neben dem seinen, daher kannte er sie. Alle drei, Vater, Mutter und Sohn, waren im »Paradies der Damen« angestellt, aber man traf sie kaum jemals zusammen; ständig waren sie außer Haus, nur am Sonntag aßen sie daheim, im übrigen schienen sie im Restaurant zu leben. Nein, nein, meinte er, sein Speisezimmer sei zwar nicht übermäßig groß und könnte auch etwas mehr Licht und Luft vertragen, aber hier sei er zu Hause, bei den Seinen. Und er blickte in dem kleinen Raum umher, insgeheim zitternd bei dem Gedanken, die Tollhäusler da drüben könnten, wenn sie seine Firma vollends ruiniert hätten, ihn eines

Tages aus diesem Loch vertreiben, wo er sich zwischen Frau und Tochter so behaglich fühlte.

»Ich sage das alles nicht, um dir die Lust zu vergällen«, meinte er schließlich, zu Denise gewandt. »Wenn es dir etwas nützt, in dieses Haus einzutreten, dann tu es nur. Ich will dich nicht zurückhalten. Aber ich frage dich, die du doch auch etwas vom Geschäft verstehst, ob es einen Sinn hat, daß ein einfaches Modewarenhaus alles mögliche feilbietet? Früher, als es noch einen rechtschaffenen Handel gab, verstand man unter Modewaren einfach Stoffe und weiter nichts. Heute denken diese Leute nur daran, auf Kosten anderer alles an sich zu reißen. Das ganze Stadtviertel jammert schon darüber. Dieser Mouret richtet sie alle zugrunde. Ich selbst habe bisher nicht allzu sehr zu klagen. Er schadet mir, das ist sicher; aber er führt vorläufig nur Damenstoffe, leichtere für Kleider und schwere für Mäntel. Herrenartikel dagegen kauft man immer noch bei mir, Samt für Jagdanzüge, Livreestoffe und dergleichen; ganz zu schweigen von Flanellen und Wolltuchen, in denen er wohl schwerlich so gut sortiert ist wie ich. Aber er fordert mich heraus; gerade vor unserer Tür, mitten in seiner Tuchauslage prahlt er mit seinen buntesten Konfektionsartikeln wie ein Jahrmarktschreier, um die jungen Mädchen damit zu ködern. Auf Ehre, ich würde mich schämen, zu solchen Mitteln zu greifen. Seit nahezu hundert Jahren ist mein Geschäft bekannt, und ich habe es nicht nötig, an meiner Tür solchen Köder für Maulaffen auszuhängen. Solange ich lebe, bleibt der ›Vieil Elbeuf‹ so, wie ich ihn übernommen habe, mit seinen vier Auslagen rechts und links und sonst nichts!«

Seine Erregung griff allmählich auf die ganze Familie über. Nach kurzem Stillschweigen erlaubte sich Geneviève die Bemerkung:

»Unsere Kunden bleiben uns treu, Papa. Wir dürfen die Hoffnung nicht aufgeben ... Heute waren Frau Desforges und Frau von Boves wieder da. Ich erwarte auch Frau Marty, die sich Flanellstoffe ansehen wollte.«

»Und ich«, erklärte Colomban, »habe gestern von Frau Bourdelais einen Auftrag bekommen. Allerdings hat sie dabei einen englischen Cheviot erwähnt, der da drüben um zehn Sous billiger zu haben ist als bei uns.«

»Wenn man bedenkt«, sagte Frau Baudu mit ihrer kraftlosen Stimme vor sich hin, »daß wir dieses Haus gekannt haben, als es noch nicht größer war als eine Hutschachtel ... Ja, meine liebe Denise, als die Brüder Deleuze es gründeten, bestand es aus einem Wandschrank, in dem kaum fünf Ballen Stoff Platz hatten, und einer einzigen Auslage nach der Rue Neuve-Saint-Augustin. Der Laden war so klein, daß man sich darin gerade umdrehen konnte. Und damals war der ›Vieil Elbeuf‹ schon sechzig Jahre alt und sah genauso aus wie heute ... Ja, das hat sich alles geändert, sehr geändert!«

Sie schüttelte den Kopf, außerstande, dieses Drama zu begreifen. Sie war im »Vieil Elbeuf« geboren, sie liebte dieses Haus bis in seine feuchten Wände, lebte nur für es und durch es. Einst war es ihr Ruhm gewesen, das mächtigste im ganzen Stadtviertel; dann hatte sie zusehen müssen, wie die Konkurrenz gegenüber allmählich emporwuchs, anfangs mißachtet, später an Bedeutung dem eigenen Unternehmen gleich und nun eine immer gefährlichere Bedrohung. Sie ging am Abstieg ihres Hauses selber langsam zugrunde, sie fühlte, an dem Tag, an dem das Geschäft schließen mußte, würde es auch mit ihr zu Ende sein.

Erneut herrschte Stillschweigen. Baudu trommelte mit den Fingern auf dem Wachstuch des Tisches einen Marsch. Er fühlte sich müde, bedauerte fast, in dieser Weise wieder einmal sein Herz erleichtert zu haben.

»Unnützes Gerede!« rief er endlich. »Um zu einem Ende zu kommen: tu, was du für richtig hältst. Wir haben dir die Verhältnisse erklärt, das ist alles. Schließlich ist es deine Sache.«

Er drängte sie mit seinem Blick zu einer entschiedenen Antwort. Aber Denise, die durch diese Einzelheiten keineswegs abgeschreckt war, sondern sich nur noch mehr für das »Paradies der Damen« interessierte, begnügte sich damit, zu sagen:

»Kommt Zeit, kommt Rat, Onkel.«

Sie sprachen davon, bald zu Bett zu gehen, weil die Kinder müde seien. Da es aber erst sechs Uhr war, wollte sie selbst noch ein Weilchen im Laden bleiben. Die Nacht war hereingebrochen; draußen fiel seit einiger Zeit ein feiner, dichter Regen.

Denise gab der Versuchung nach und trat in die Tür. Der Anblick, den das »Paradies der Damen« in dieser späten Abendstunde bot, nahm das Mädchen vollends gefangen. In dieser großen Stadt, die im strömenden Regen schwarz und stumm dalag, in diesem ihr unbekannten Paris erstrahlte das Warenhaus wie ein Leuchtfeuer, es schien alles Licht und alles Leben der Stadt in sich zu vereinigen.

Als Denise sich umwandte, sah sie, daß die Baudus erneut hinter ihr standen. Es zog sie unwillkürlich immer wieder vor dieses Schauspiel, das ihnen doch das Herz brach. Geneviève war sehr blaß; sie hatte beobachtet, daß Colomban abermals die vor den Fenstern vorbeihuschenden Schatten der Verkäuferinnen im Zwischenstock betrachtete; und während Baudu vor verhaltener Wut fast erstickte, hatten sich die Augen Frau Baudus still mit Tränen gefüllt.

»Nicht wahr, du stellst dich morgen drüben vor?« fragte der Tuchhändler endlich seine Nichte, von der Ungewißheit verzehrt und doch zugleich in dem sicheren Gefühl, daß sie dem ›Paradies der Damen‹ bereits verfallen sei wie alle anderen.

Sie zögerte etwas, dann sagte sie sanft:

»Ja, Onkel, wenn es Sie nicht zu hart ankommt.«

Zweites Kapitel

Am folgenden Tag um halb acht Uhr morgens fand sich Denise vor dem »Paradies der Damen« ein. Sie wollte sich dort vorstellen und anschließend Jean zu seinem Lehrherrn bringen, der weit weg im Faubourg du Temple wohnte. Da sie gewohnt war, zeitig aufzustehen, war sie zu früh dran; die Angestellten kamen selber erst spärlich an, und da sie sich lächerlich zu machen fürchtete, ging sie noch eine kleine Weile auf und ab.

Es wehte ein kalter Wind, der das Pflaster bereits getrocknet hatte. Aus allen Straßen kamen jetzt eiligen Schrittes die Angestellten, den Kragen hochgeschlagen, die Hände in den Taschen, gleichsam überrascht von diesem ersten Winterschauer. Die meisten gingen allein und verschwanden im Hintergrund des Warenhauses, ohne mit ihren Kollegen ein Wort zu wechseln oder sie auch nur anzublicken. Andere kamen zu zweien oder dreien; in lebhaftes Gespräch vertieft, nahmen sie die ganze Breite des Bürgersteigs ein. Und alle warfen, bevor sie eintraten, mit der gleichen Handbewegung den Rest ihrer Zigarre oder Zigarette in den Rinnstein.

Denise bemerkte, daß mehrere der Männer sie im Vorübergehen anblickten. Da nahm ihre Schüchternheit noch zu. Sie fühlte nicht mehr die Kraft, ihnen zu folgen, und beschloß zu warten, bis der Strom der Angestellten versiegte. Sie errötete bei dem Gedanken, unter der Tür zwischen all diesen Männern hin- und hergestoßen zu werden. Um den Blicken zu entgehen, machte sie langsam die Runde um die Place Gaillon.

Als sie zurückkam, fand sie vor dem »Paradies der Damen« einen langen, blassen, schlaksigen Jüngling, der gleich ihr seit einer Viertelstunde hier zu warten schien.

»Fräulein«, fragte er sie endlich mit stotternder Stimme, »sind Sie vielleicht Verkäuferin hier in diesem Haus?«

Sie war so verblüfft darüber, von einem ihr unbekannten jungen Mann angesprochen zu werden, daß sie nicht sogleich antwortete.

»Ich möchte nämlich gern hier unterkommen«, fuhr er noch verlegener fort, »und ich dachte, daß Sie mir vielleicht Auskunft geben könnten.«

»Ich würde Ihnen gern helfen«, antwortete sie endlich; »aber es geht mir wie Ihnen; ich will mich auch vorstellen.«

»Ach so! Ganz recht!« sagte er, völlig außer Fassung.

Nun erröteten sie alle beide; schweigend und schüchtern standen sie einander gegenüber, gerührt durch die Ähnlichkeit ihrer Lage und doch zu zaghaft, um sich gegenseitig laut einen guten Erfolg zu wünschen. Als schließlich keiner von beiden mehr etwas zu sagen wußte und ihre Verwirrung nur größer wurde, gingen sie linkisch auseinander und warteten einige Schritte entfernt, jeder für sich.

Immer noch kamen Angestellte. Denise hörte sie ihre Spaße machen, wenn sie an ihr vorüberkamen und ihr einen Seitenblick zuwarfen. Sie wurde immer verlegener, das Ziel so vieler Blicke zu sein, und entschloß sich gerade, einen Spaziergang von einer halben Stunde durch das Stadtviertel zu machen, als der Anblick eines jungen Mannes, der raschen Schritts aus der Rue Port Mahon kam, sie einen Augenblick zurückhielt. Es mußte ein Abteilungsleiter sein, denn alle Angestellten grüßten ihn. Er war groß, die Haut zart und hell, der Bart sorgfältig gepflegt; seine Augen, die er im Vorbeigehen einen Moment auf ihr ruhen ließ, waren goldbraun und samtweich. Er war längst mit gleichgültiger Miene im Warenhaus verschwunden, als sie noch immer unbeweglich, wie gebannt von diesem Blick dastand, von einer seltsamen Erregung ergriffen, in der ein Gefühl des Unbehagens überwog. Wieder kam die Angst über sie; sie ging langsam die Rue Gaillon, dann die Rue Saint-Roch hinab in der Hoffnung, ihren Mut wiederzufinden.

Der junge Mann war mehr als ein Abteilungsleiter; es war Octave Mouret selbst. Er hatte die verflossene Nacht nicht geschlafen; nach einer Abendgesellschaft bei einem Wechselagenten war er mit einem Freund und zwei Frauen, die sie hinter den Kulissen eines kleinen Theaters aufgelesen hatten, noch essen gegangen. Sein zugeknöpfter Mantel verbarg den Frack und die weiße Krawatte. Er stieg rasch in seine Wohnung hinauf, um sich zu waschen und die Kleidung zu wechseln. Als er in sein Arbeitszimmer, das im Zwischenstock lag, zurückkehrte und an seinem Schreibtisch Platz nahm, war er wieder frisch, sein Blick war klar, er war völlig beim Geschäft, als habe er zehn Stunden in seinem Bett zugebracht. Das geräumige Arbeitszimmer hatte eichene, mit grünem Rips überzogene Möbel. Die einzige Zierde des Raumes war ein Bild: das Porträt jener Frau Hédouin, von der man im Stadtviertel noch immer sprach. Octave bewahrte ihr ein zärtliches Andenken und zeigte sich im Gedächtnis sehr dankbar dafür, daß sie ihm durch die Heirat ein Vermögen zugebracht hatte. Bevor er daran ging, die Wechsel zu unterschreiben, die auf seinem Tisch lagen, warf er auch jetzt ein Lächeln zu dem Bild empor, das Lächeln eines Glücklichen. Hier vor ihren Augen fand er sich immer wieder ein, um zu arbeiten, wenn er sich die Zerstreuungen eines jungen Witwers gegönnt hatte, wenn er aus den Schlafzimmern heraus war, in die er sich in seinem Bedürfnis nach Vergnügen verirrt hatte.

Es klopfte an die Tür. Ohne eine Antwort abzuwarten, trat ein junger Mann ein, groß und hager, mit schmalen Lippen, spitzer Nase, elegant gekleidet, die langen Haare, in denen schon einige graue Strähnen zu sehen waren, glatt nach hinten gestrichen. Mouret schaute einen Moment auf, dann sagte er, ohne seine Arbeit zu unterbrechen:

»Gut geschlafen, Bourdoncle?«

»Danke, sehr gut«, erwiderte der junge Mann, der mit vertraulicher Ungezwungenheit im Raum umherging.

Bourdoncle, Sohn eines armen Pächters aus der Umgebung von Limoges, war gleichzeitig mit Mouret im »Paradies der Damen« eingetreten zu einer Zeit, als das Geschäft noch kaum mehr als die Ecke der Place Gaillon einnahm. Sehr klug, sehr tätig, schien er damals ganz dazu angetan, seinen Kameraden zu verdrängen, der, weniger ernsthaft veranlagt, ständig mit Weibergeschichten zu tun hatte. Allein Bourdoncle hatte nicht den genialen Zug dieses leidenschaftlichen Provenzalen, es fehlte ihm dessen kühner Schwung, seine überwältigende Liebenswürdigkeit. Übrigens hatte er sich mit sicherem Instinkt vom ersten Augenblick an widerstandslos dem andern gebeugt. Als Mouret seinen Angestellten den Rat erteilt hatte, ihr Geld in seinem Geschäft anzulegen, hatte Bourdoncle als einer der ersten nachgegeben und ihm sogar eine Erbschaft anvertraut, die ihm von einer Tante unerwarteterweise zugefallen war. Und nachdem er alle Stufen emporgeklettert war, erst Verkäufer, dann Zweiter, schließlich Leiter der Seidenabteilung, war er schließlich einer der Stellvertreter des Inhabers geworden, der geschätzteste und angesehenste, einer der sechs Teilhaber, die den Chef in der Leitung des Hauses unterstützen, eine Art Ministerrat unter einem absoluten Herrscher. Jeder von ihnen überwachte ein Teilgebiet; Bourdoncle hatte die Oberaufsicht.

»Und wie haben Sie die Nacht zugebracht?« fragte er vertraulich.

Als Mouret ihm erwiderte, daß er gar nicht zu Bett gegangen sei, schüttelte er den Kopf und brummte:

»Sehr unvernünftige Lebensweise!«

»Wieso denn?« meinte der andere vergnügt. »Ich bin weniger müde als Sie. Sie haben vom Schlaf verklebte Augen; Sie werden ganz schwerfällig, wenn Sie allzu solide sind. Amüsieren Sie sich: das muntert die Gedanken auf.«

Sie stritten oft freundschaftlich über diesen Gegenstand. Bourdoncle hatte anfangs seine Geliebten geprügelt, weil sie, wie er sagte, ihn nicht schlafen ließen. Jetzt gestand er offen, daß er die Frauen hasse. Indessen hatte er sicherlich auswärts Zusammenkünfte, von denen er nicht sprechen wollte, so wenig berührten sie sein Inneres; er begnügte sich damit, im Geschäft die weiblichen Kunden auszubeuten, wobei er sich voller Verachtung über die Leichtfertigkeit ausließ, mit der sie ihr Geld für so manchen unnützen Tand vergeudeten. Mouret dagegen tat sehr entzückt, war in Gegenwart der Frauen stets verführerisch, liebenswürdig und fortwährend in neue Liebschaften verwickelt. Und diese Liebschaften waren gleichsam eine Reklame für sein Geschäft; man war versucht zu sagen, daß er das ganze schöne Geschlecht in einer einzigen Umarmung umfange, um es desto sicherer zu betören und sich dienstbar zu machen.

»Ich habe gestern auf dem Ball Frau Desforges gesehen«, fuhr er fort. »Sie war reizend.«

»Aber Sie haben nicht etwa anschließend mit ihr gegessen?« fragte sein Teilhaber.

»Wo denken Sie hin!« rief Mouret. »Sie ist viel zu anständig für so etwas, mein Lieber ... Nein, soupiert habe ich mit Héloise, der kleinen Schauspielerin aus den Folies. Sie ist dumm wie eine Gans, aber sehr drollig!«

Er nahm ein neues Bündel Wechsel zur Hand und fuhr fort zu unterschreiben. Unterdessen ging Bourdoncle im Zimmer auf und ab. Von Zeit zu Zeit warf er einen Blick durch die hohen Fensterscheiben auf die Rue Neuve-Saint-Augustin; dann kam er zum Schreibtisch zurück und sagte:

»Sie werden sich rächen.«

»Wer denn?« fragte Mouret zerstreut.

»Nun, die Frauen.«

Diese Bemerkung versetzte Mouret erst recht in heitere Stimmung; er kehrte die Brutalität hervor, die sich unter all der Anbetung der Frauen verbarg. Verächtlich zuckte er die Achseln, um gleichsam damit auszudrücken, daß er sie wie leere Säcke abschütteln werde, sobald sie ihm zum Aufbau seines Vermögens verholfen hätten. Bourdoncle aber wiederholte eigensinnig:

»Sie werden sich rächen ... Es wird sich eine finden, die alle übrigen rächt; es ist ein Verhängnis mit den Frauen.«

»Da habe ich keine Angst!« rief Mouret. »Diese eine ist noch nicht geboren. Wenn sie kommt, wird sie an mir ihren Gegner finden.«

Sie schwiegen; man hörte nichts als das Gekritzel der Feder Mourets. Auf seine kurzen Fragen gab Bourdoncle dann Auskunft über den großen Sonderverkauf von Winterartikeln, der am nächsten Montag stattfinden sollte. Es war ein gewagtes Unterfangen, die ganze Existenz des Hauses stand dabei auf dem Spiel; die im Stadtviertel umlaufenden Gerüchte waren nicht unbegründet.

Mouret hatte sich mit dem Elan eines Künstlers in dieses Unternehmen gestürzt, mit einem solchen Aufwand, mit einer solchen Leidenschaft für das Kolossale, daß er auch heute noch, trotz seiner ersten Erfolge, seine Teilhaber zuweilen in Bestürzung versetzte. Man tadelte ihn im stillen, daß er allzu rasch vorgehe; man beschuldigte ihn, daß er in gefährlichem Maße das Lager erweitert habe, ohne noch zu wissen, woher er die zusätzliche Kundschaft nehmen sollte; insbesondere zitterte man, als man sah, daß er alles Geld auf eine Karte setzte, ganze Berge von Waren anhäufte, ohne Rücklagen zu behalten.

Doch als Bourdoncle sich jetzt erlaubte, seine Besorgnisse über die allzu schnelle Erweiterung einiger Abteilungen des Hauses zu äußern, deren Rentabilität noch ungewiß war, lachte Mouret zuversichtlich und rief:

»Lassen Sie's gut sein, mein Lieber, das Haus ist noch immer zu klein.«

Der andere war völlig verblüfft, von einer Angst erfaßt, die er gar nicht zu verbergen suchte. Das Haus zu klein! Ein Modewarenhaus, in dem es neunzehn Abteilungen gab und das vierhundertdrei Angestellte beschäftigte!

»Trotzdem«, sagte Mouret. »Ehe anderthalb Jahre vergehen, werden wir uns vergrößern müssen. Ich denke ernstlich daran. Gestern abend hat Frau Desforges mir versprochen, mich mit einem Herrn bekannt zu machen ... Kurz, wir werden später noch darüber reden, wenn die Sache spruchreif ist.«

Bevor sie nun aber zu ihrem üblichen Rundgang ins Geschäft hinuntergingen, besprachen sie noch einige Einzelheiten miteinander. Sie sahen sich das Muster eines Abreißblocks an, den sich Mouret für die Verkaufsabrechnungen ausgedacht hatte. Er hatte nämlich festgestellt, daß die sogenannten Ladenhüter um so rascher abgesetzt wurden, je größer die Provision war, die er seinen Angestellten gab. Daraufhin hatte er etwas völlig Neues eingeführt. Er beteiligte seither seine Angestellten an allem, was sie umsetzten, und gab ihnen Prozente für den kleinsten Stoffrest, für den geringsten Artikel, den sie verkauften. Diese Einrichtung hatte einen wahren Kampf ums Dasein unter den Angestellten entfacht, einen Kampf, der den Geschäftsinhabern zugute kam.

Das Muster wurde für gut befunden. Auf dem oberen Teil des Blocks wie auf dem Abriß waren Abteilung und Nummer des Verkäufers angegeben; dann befanden sich auf beiden Teilen gleiche Rubriken für die Meter- oder Stückzahl, die Art des Artikels und den Preis; der Verkäufer hatte das Blatt nur zu unterzeichnen, bevor er es an der Kasse abgab. Auf diese Weise war die Überprüfung sehr einfach, es genügte, die abgegebenen Kassenzettel mit den in den Händen der Angestellten gebliebenen Kontrollabschnitten zu vergleichen. Jede Woche konnten so die Verkäufer ihre Provisionen abheben, ohne daß ein Irrtum möglich war.

»Wir werden weniger bestohlen werden«, bemerkte Bourdoncle zufrieden; »das war ein ausgezeichneter Gedanke von Ihnen.«

»Ich habe diese Nacht noch an andere Dinge gedacht«, sagte Mouret. »Ich hätte Lust, den Leuten unserer Abrechnungsstelle eine Prämie für jeden Fehler auszusetzen, den sie in den Kassenblocks entdecken. So sind wir sicher, daß sie die Prüfung sorgfältig vornehmen.«

Er begann zu lachen, während der andere ihn bewundernd anblickte.

»Also gehen wir hinunter«, meinte er dann. »Wir müssen uns um den Sonderverkauf nächste Woche kümmern. Die Seidenstoffe sind gestern angekommen? Bouthemont wird wohl in der Annahmestelle sein.«

Bourdoncle folgte ihm. Die Warenannahme lag im Keller nach der Rue Neuve-Saint-Augustin zu. Zu ebener Erde befand sich ein verglaster Vorraum, in dem die ankommenden Waren abgeladen wurden. Nachdem sie gewogen waren, glitten sie auf einer Rutschbahn in die Tiefe.

Einen Augenblick blieb Mouret hier stehen. Es herrschte reger Betrieb: lange Reihen von Kisten kamen die schräge Bahn herab, von unsichtbaren Händen auf den Weg geschickt. In dem fahlen Licht, das durch die breiten Kellerfenster hereinfiel, war eine Schar von Männern damit beschäftigt, die herabgleitenden Sendungen in Empfang zu nehmen, eine andere Gruppe hatte die Aufgabe, unter der Aufsicht des Abteilungsleiters die Kisten und Ballen zu öffnen. Die Betriebsamkeit einer Werkstatt erfüllte den ganzen Keller.

»Ist alles da, Bouthemont?« fragte Mouret einen kräftig gebauten jungen Mann, der eben dabei war, den Inhalt einer Kiste festzustellen.

»Es wird wohl jetzt alles angekommen sein«, erwiderte Bouthemont. »Aber ich werde den ganzen Vormittag mit der Abnahme vollauf zu tun haben.«

Der Abteilungsleiter stand an einem großen Tisch, und während einer seiner Verkäufer Stück für Stück die Seiden aus der Kiste nahm und vor ihm stapelte, verglich er jeden Posten mit den Angaben auf dem Begleitschein. Um sie herum reihte sich Tisch an Tisch, sämtlich vollgepackt mit Waren, die von einem Heer von Angestellten geprüft wurden. Es war ein allgemeines Auspacken, ein scheinbares Durcheinander von Stoffen, die unter lebhaftem Stimmengewirr hin- und hergewendet, geprüft und schließlich ausgezeichnet wurden.

Bouthemont, der in seinem Fach schon einen gewissen Ruf genoß, hatte ein rundes, gutmütiges Gesicht, einen pechschwarzen Bart und schöne, braune Augen. Er war etwas prahlerisch veranlagt, für den Verkauf nicht sonderlich geeignet, im Einkauf dagegen unbezahlbar. Sein Vater, der in Montpellier ein kleines Modewarengeschäft führte, hatte ihn nach Paris geschickt, damit er etwas Rechtes lerne. Als es ihm aber genug erschienen war und er den Sohn hatte zurückrufen wollen, damit er das väterliche Geschäft übernehme, hatte der junge Mann sich geweigert, Paris zu verlassen. Seither hatte sich die Kluft zwischen Vater und Sohn mehr und mehr vertieft. Der Alte hielt an seinem Kleinhandel fest und war ganz empört, als er sehen mußte, daß ein einfacher Angestellter das Dreifache von dem bekam, was er selbst verdiente. Der Sohn dagegen machte sich lustig über den Betrieb daheim, prahlte mit seinen Errungenschaften und stellte alles auf den Kopf, wenn er zuweilen nach Hause kam. Gleich den übrigen Abteilungsleitern bezog er außer seinen dreitausend Franken Jahresgehalt noch eine Umsatzprovision. Er hatte im Einkauf völlig freie Hand, reiste fast jeden Monat nach Lyon, um bei den Fabriken seine Bestellungen aufzugeben, und mußte nur von Jahr zu Jahr in einem bestimmten Verhältnis den Umsatz seiner Abteilung steigern.

Bourdoncle hatte mittlerweile einen der Stoffe zur Hand genommen, dessen Griffigkeit er mit der Miene des Fachmanns prüfte. Es war eine Seide mit blau-silberner Webkante, das berühmte »Pariser Glück«, mit dem Mouret einen entscheidenden Schlag führen wollte.

»Die Seide ist wirklich sehr gut«, murmelte Bourdoncle.

»Und vor allem wirkungsvoll«, bemerkte Bouthemont. »Bleibt es dabei: wir zeichnen sie mit fünf Franken sechzig aus? Sie wissen, das ist knapp der Einkaufspreis.«

»Ja, fünf Franken sechzig«, erwiderte Mouret lebhaft; »wenn es nach mir allein ginge, würde ich sie mit Verlust weggeben.«

Der Abteilungsleiter lachte laut auf.

»Das wäre mir nur angenehm; sie ginge dann dreimal so schnell weg, und mir liegt ja daran, daß recht viel verkauft wird.«

Bourdoncle hingegen blieb ernst und kniff die Lippen zusammen. Er bezog seine Prozente vom Reingewinn, folglich hatte er kein Interesse an herabgesetzten Preisen. Die Kontrolle, die er übte, war hauptsächlich darauf gerichtet, die Auszeichnung zu überwachen, damit Bouthemont, um seine Umsätze zu vergrößern, nicht mit zu niedrigen Spannen arbeitete.

»Wenn wir sie mit fünf Franken sechzig abgeben, ist es so gut wie mit Verlust verkauft«, bemerkte er, »denn wir dürfen unsere sehr beträchtlichen Unkosten nicht vergessen. Überall sonst würde man sie für sieben Franken verkaufen.«

Mouret wurde ärgerlich, schlug mit der flachen Hand auf die Seide und rief erregt:

»Das weiß ich ja, und deshalb will ich meinen Kunden ein Geschenk damit machen! Mein Lieber, Sie werden die Frauen niemals verstehen. Begreifen Sie denn nicht, daß sie sich um den Stoff reißen werden?«

»Natürlich! Und je mehr sie sich darum reißen, desto größer ist unser Verlust.«

»Wir werden an diesem Artikel einige Centimes verlieren. Was weiter? Ist das ein Unglück, wenn es uns damit gleichzeitig gelingt, alle Frauen anzulocken, ihnen mit unserer Warenmenge die Köpfe so zu verdrehen, daß wir mit ihnen anfangen können, was wir wollen, und sie den Inhalt ihrer Börsen ungezählt bei uns lassen? Die ganze Kunst, mein Lieber, besteht darin, sie Feuer fangen zu lassen, und dazu bedarf es eines Artikels, der ihnen schmeichelt, der Aufsehen erregt. Dann können Sie alles andere so teuer verkaufen wie woanders – sie werden immer glauben, es bei Ihnen billiger zu bekommen. Die ›Goldhaut‹ zum Beispiel, diesen Taft zu sieben Franken fünfzig, der überall zum selben Preis verkauft wird, werden sie ebenfalls für ein besonders günstiges Angebot halten, und das wird genügen, um unseren Verlust am ›Pariser Glück‹ zu decken. Warten Sie nur ab! Ich will, daß das ›Pariser Glück‹ in acht Tagen die ganze Stadt in Aufruhr bringt, verstehen Sie? Es ist das große Los, es wird uns den Sieg sichern und uns zum Erfolg führen. Man wird von nichts anderem als von diesem Stoff reden. Sie sollen sehen, wie das unsere Konkurrenz im Kleinhandel trifft! Begraben lassen können sie sich allesamt, diese Trödler, die in ihren Kellern nach und nach am Zipperlein eingehen!«

Die Angestellten ringsum lächelten und lasen ihm die Worte vom Munde ab. Er hörte sich gern reden und wollte immer recht behalten. Und Bourdoncle gab wieder einmal nach.

»Den Fabriken ist am schlimmsten dabei zumute«, bemerkte nun Bouthemont. »In Lyon ist man wütend auf Sie; die Leute behaupten, daß Ihre niedrigen Preise sie zugrunde richten. Sie wissen, daß Gaujean mir mit aller Entschiedenheit den Krieg erklärt hat. Er will lieber den kleinen Häusern langfristige Kredite gewähren, ehe er meine Preise annimmt.«

Mouret zuckte die Achseln.

»Wenn Gaujean nicht zur Vernunft kommt«, sagte er, »wird er den kürzeren ziehen. Was wollen die Leute denn? Wir bezahlen bar und nehmen alles, was sie produzieren. Da ist es doch das wenigste, zu verlangen, daß sie billiger arbeiten! Im übrigen kommt es darauf an, daß das Publikum zufrieden ist.«

Einen Augenblick sah Mouret noch den Arbeiten zu, dieser Geschäftigkeit beim Auspacken der Waren, die allmählich den Keller fast bis an die Decke füllten; dann entfernte er sich wortlos, mit der Miene eines Feldherrn, der mit seinen Truppen zufrieden ist. Bourdoncle folgte ihm.

Langsam durchschritten sie den Kellerraum; durch die in gleichmäßigen Abständen angebrachten Fenster fiel ein mattes Licht herein; in den dunklen Winkeln, den schmalen Gängen brannten ständig Gasflammen. Im Vorübergehen warf Mouret einen Blick auf die Heizung, die am nächsten Montag zum erstenmal in Betrieb genommen werden sollte. Weiter links, nach der Place Gaillon zu, lagen die Küche und die Speiseräume, ehemalige Keller, die in kleine Säle umgewandelt worden waren. Endlich gelangte er am anderen Ende des Geschosses in den Warenabgang. Hierher kamen alle Pakete, die die Kunden nicht mitgenommen hatten. Sie wurden auf langen Tischen nach Zustellungsbereichen sortiert; über eine breite Treppe, die gerade dem »Vieil Elbeuf« gegenüber mündete, wurden sie dann in Wagen verladen.

»Campion«, sagte Mouret plötzlich zum Leiter der Abteilung, »weshalb sind sechs Paar Laken, die gestern gegen zwei Uhr von einer Dame gekauft wurden, nicht noch am gleichen Abend zugestellt worden?«

»Wo wohnt die Dame?« fragte Campion.

»Rue de Rivoli, an der Ecke Rue d'Alger ... Frau Desforges.«

Zu dieser frühen Morgenstunde waren die Sortiertische noch leer, die Regale enthielten nur wenige Pakete, die vom Abend vorher zurückgeblieben waren. Campion blätterte in einem Buch und suchte dann unter den Paketen; Bourdoncle betrachtete mittlerweile Mouret und dachte bei sich, dieser verteufelte Mensch merke doch alles, beschäftige sich mit allem, selbst an den Tischen der Nachtlokale und in den Schlafzimmern seiner Geliebten. Endlich entdeckte der Vorsteher den Fehler: die Kasse hatte eine falsche Hausnummer angegeben, und das Paket war zurückgekommen.

»Welche Kasse?«

»Nummer zehn.«

»Nummer zehn? Das ist Albert, nicht wahr?« fragte Mouret, zu Bourdoncle gewandt. »Wir werden mit dem jungen Herrn ein Wörtchen reden.«

Vor seinem Rundgang durch das eigentliche Geschäft wollte er jedoch noch in die Versandabteilung hinauf, die mehrere Räume des zweiten Stocks einnahm. Hier liefen alle Bestellungen aus der Provinz und dem Ausland zusammen. Mouret kam jeden Morgen, um sich die Korrespondenz anzusehen. Seit zwei Jahren wuchs sie von Tag zu Tag. Ursprünglich waren hier zehn Angestellte beschäftigt gewesen, jetzt konnten dreißig nur mit Mühe die Arbeit bewältigen.

Oben angelangt, fragte Mouret wie gewöhnlich:

»Wieviel Briefe haben wir heute, Levasseur?«

»Fünfhundertvierunddreißig«, erwiderte der Abteilungsleiter.

»Ich fürchte, daß ich nach Eröffnung des Sonderverkaufs mit meinen Leuten nicht auskommen werde. Gestern sind wir nur mit knapper Not fertig geworden.«

Bourdoncle nickte befriedigt. An einem Dienstag hatte er nicht mit fünfhundertvierunddreißig Briefen gerechnet.

Dies war eine der kompliziertesten Abteilungen des Hauses, denn es war Vorschrift, daß alle am Morgen eingelaufenen Bestellungen bis zum Abend ausgeführt sein mußten.

»Sie sollen so viel Leute bekommen, wie Sie brauchen, Levasseur«, sagte Mouret, der mit einem Blick festgestellt hatte, daß hier alles reibungslos lief.

Im Stockwerk darüber, unter dem Dach, befanden sich die Schlafkammern der Verkäuferinnen. Doch Mouret ging jetzt hinunter und begab sich zur Hauptkasse, die neben seinem Arbeitszimmer lag. Der Raum war durch eine Glaswand mit Gitterfenstern gesichert: im Hintergrund sah man, in die Mauer eingelassen, einen riesigen Stahlschrank. Zwei Kassenführer verwalteten hier die Einnahmen, die Lhomme, der erste Kassierer, jeden Abend heraufbrachte; sie bestritten daraus sämtliche Ausgaben, bezahlten die Fabrikanten, das Personal und alle die Leute, die zu der kleinen Welt des Geschäfts gehörten. Von der Kasse gelangte man in einen zweiten Raum, wo zehn Angestellte damit beschäftigt waren, die Fakturen zu prüfen. Dann kam die Abrechnungsstelle; hier waren sechs junge Leute dabei, die Provisionsforderungen der Verkäufer an Hand der Kassenblocks zu überprüfen. Diese erst kürzlich eingerichtete Abteilung funktionierte schlecht.

Als Mouret und Bourdoncle plötzlich eintraten, fuhren die jungen Leute, die sich unterhalten hatten, anstatt zu arbeiten, überrascht zusammen. Anstatt ihnen einen Verweis zu geben, setzte Mouret ihnen auseinander, daß er ihnen von nun an für jeden Fehler, den sie in den Kassenabrechnungen entdeckten, eine kleine Prämie aussetzen wolle. Als er hinausgegangen war, hatte das Lachen und Scherzen ein Ende; die Angestellten stürzten sich mit einem wahren Feuereifer auf ihre Arbeit und suchten nach Fehlern.

Im Erdgeschoß ging Mouret geradeswegs auf die Kasse zehn los, wo Albert Lhomme auf Kunden wartete und sich soeben die Nägel polierte. Man sprach im Hause schon von der »Dynastie Lhomme«, seitdem Frau Aurélie, die Direktrice der Konfektionsabteilung, zuerst ihrem Mann den Posten des ersten Kassierers und dann auch noch ihrem Sohn die Stelle eines Abteilungskassierers verschafft hatte. Albert war ein blasser, liederlicher Bursche, der es nirgends lang aushielt und ihr viel Kummer machte.

Als sie bei dem jungen Mann angekommen waren, trat Mouret in den Hintergrund; es widerstrebte ihm, sich durch die Rolle des Gendarmen etwas zu vergeben; er wollte lieber der väterliche Gebieter bleiben. Er stieß Bourdoncle, den Zahlenmenschen, leicht mit dem Ellbogen an und betraute ihn wie üblich stillschweigend mit dem Strafgericht.

»Herr Albert«, sagte Bourdoncle laut, »Sie haben schon wieder eine Adresse falsch notiert, und das Paket ist zurückgekommen! ... Das geht so nicht weiter!«

Der junge Kassierer suchte sich zu verteidigen und rief den Laufburschen Joseph, der das Paket fertiggemacht hatte, als Zeugen herbei. Dieser Joseph gehörte auch zur Dynastie Lhomme; er war ein Milchbruder Alberts und verdankte seine Stelle ebenfalls dem Einfluß von Frau Aurélie. Als Albert ihn drängen wollte, zu sagen, die Kundin sei selbst an dem Irrtum schuld, begann er zu stottern und zupfte an seinem schütteren Bart, der sein blatternarbiges Gesicht noch länger erscheinen ließ; er schwankte zwischen seiner Ehrlichkeit und der Dankbarkeit gegenüber seinen Beschützern.

»Lassen Sie doch Joseph in Ruhe!« rief Bourdoncle endlich, »und widersprechen Sie nicht immer! ... Ihr Glück, daß wir auf die guten Dienste Ihrer Mutter Rücksicht nehmen!«

In diesem Augenblick eilte der alte Lhomme herbei. Von seiner nahe an der Tür gelegenen Kasse aus konnte er die seines Sohnes sehen, die in der Handschuhabteilung lag. Er war schon ganz weißhaarig und durch das immerwährende Sitzen schwerfällig geworden; sein Gesicht war fahl und verschwommen. Er war der Sohn eines Steuereinnehmers aus Chablis und hatte als Kontorist bei einem Weinhändler in Paris angefangen. Eines Tages hatte er die Tochter seines Hausmeisters, eines kleinen Elsässer Schneiders, geheiratet. Seither stand er unter der unbestrittenen Herrschaft seiner Frau, deren kaufmännische Fähigkeiten ihn mit Achtung erfüllten. Sie verdiente in der Konfektionsabteilung zwölftausend Franken, während er nicht mehr als fünftausend hatte. Und die Nachgiebigkeit gegenüber dieser Frau, die solche Summen ins Haus brachte, erstreckte sich auch auf ihren Sohn.

»Wie?« murmelte er, »hat Albert etwas falsch gemacht?« Seiner Gewohnheit gemäß mengte sich jetzt Mouret in die Sache ein, um die Rolle des gütigen Herrschers zu spielen. Wenn Bourdoncle Schrecken um sich verbreitet hatte, kam Mouret, um für seine Beliebtheit zu sorgen.

»Eine Dummheit«, sagte er. »Mein lieber Lhomme, Ihr Albert ist ein Wirrkopf; er sollte sich seinen Vater zum Vorbild nehmen.«

Um sich noch liebenswürdiger zu zeigen, wechselte er das Thema.

»Wie war das Konzert neulich? Hatten Sie einen guten Platz?«

Die blassen Wangen des alten Kassierers färbten sich rot. Er besaß nur diese eine Leidenschaft: die Musik – ein heimliches Vergnügen, dem er sich ergab, indem er alle Theater, Konzerte, Generalproben besuchte. Obgleich ihm der eine Arm abgenommen war, spielte er mit Hilfe eines sinnreichen Systems von Klammem Waldhorn; und da seine Frau keine lauten Geräusche duldete, hüllte er am Abend, wenn er spielte, sein Instrument in ein Tuch ein, vollkommen befriedigt durch die seltsam dumpfen Töne, die er ihm auf solche Weise entlockte. In seinem zerrütteten Haushalt gewährte die Musik ihm Trost. Sie und seine Kasse – etwas anderes kannte er nicht, außer der Achtung vor seiner Frau.

»Einen sehr guten Platz«, erwiderte er mit funkelnden Augen.

»Sie sind zu gütig, Herr Mouret.«

Mouret, der ein Vergnügen daran fand, die Leidenschaften anderer zu befriedigen, pflegte Lhomme die Konzert- und Theaterkarten zu schenken, die ihm von wohltätigen Damen aufgeredet worden waren.

Bourdoncle hatte unterdessen den Rundgang schon fortgesetzt. In der Mittelhalle, einem mit Glas überdachten Innenhof, befand sich die Seidenabteilung. Sie folgten zunächst einem Gang an der Seite der Rue Neuve-Saint-Augustin, an dem vom einen Ende bis zum andern Weißwaren ausgestellt waren. Sie fanden nichts Auffallendes und gingen langsam durch die Reihen der achtungsvoll dastehenden Angestellten. Dann kamen sie durch die Abteilungen für Baumwollstoffe und für Wirkwaren, wo die gleiche Ordnung herrschte. In der Wollwarenabteilung aber nahm Bourdoncle seine Rolle als Scharfrichter wieder auf, als er an einem Ladentisch einen jungen Mann hocken sah, dem man eine schlaflos durchjubelte Nacht am Gesicht ablesen konnte. Der Gescholtene, Liénard mit Namen, Sohn eines reichen Modewarenhändlers in Angers, duckte sich unter diesen Vorwürfen, denn in seinem Dasein voller Trägheit, Sorglosigkeit und Vergnügungen fürchtete er nur eines: von seinem Vater nach Hause gerufen zu werden.

Von da ab regnete es die Rügen hageldicht, ein wahres Gewitter ging über die Angestellten nieder. Den Abschluß machte die Handschuhabteilung: hier hatte einer der wenigen Pariser, die im Hause tätig waren, der hübsche Mignot, sich über das Essen beklagt. Es gab drei Tischzeiten: die erste um halb zehn, die zweite um halb elf, die dritte um halb zwölf Uhr. Mignot, der zur dritten Schicht gehörte, behauptete, er bekomme von allem nur ungenießbare Reste.

»Wie, das Essen ist nicht gut?« fragte Mouret verwundert. Er bezahlte dem Küchenchef anderthalb Franken je Kopf und Tag, und dieser, ein fürchterlicher Auvergnate, fand dabei noch immer Mittel und Wege, sich die Taschen zu füllen; aus diesem Grund war das Essen wirklich abscheulich. Allein Bourdoncle zuckte die Achseln: ein Küchenchef, der zweimal täglich vierhundert Mahlzeiten zu liefern habe, könne sich nicht um Feinschmecker kümmern, meinte er.

»Wenn schon«, entgegnete Mouret in wohlwollendem Ton; »meine Leute sollen eine gesunde und ausreichende Kost erhalten ... Ich werde mit dem Küchenchef reden.«

Damit war Mignots Beschwerde begraben. Mouret und Bourdoncle waren jetzt zu ihrem Ausgangspunkt zurückgekehrt. Sie standen in der Nähe der Tür, wo einer der vier Inspektoren des Hauses das pünktliche Eintreffen der Angestellten kontrollierte. Gerade schloß er sein Buch und begann, die Verspäteten einzeln aufzuschreiben. Das ganze Geschäft lag sauber und ordentlich bereit und harrte des Zustroms der Kunden.

Im hellen Licht der Mittelhalle plauderten am Stand für Seidenwaren zwei Angestellte. Der eine – er hieß Hutin –, ein kleiner, hübscher Bursche, kräftig gebaut und mit rosiger Gesichtsfarbe, war der Sohn eines Gastwirts aus Yvetot und hatte sich binnen achtzehn Monaten dank seiner anpassungsfähigen, einschmeichelnden Natur zu einem der ersten Verkäufer hochgearbeitet.

»Hören Sie, Favier, ich an Ihrer Stelle hätte ihn geohrfeigt«, sagte er zu dem andern, einem großen, hageren, gallig aussehenden jungen Menschen, der aus einer Weberfamilie aus Besançon stammte und sich sehr korrekt gab, während sein kühles Äußeres eine besorgniserregende Willenskraft verbarg.

»Das führt zu nichts, wenn man die Leute ohrfeigt«, brummte er. »Besser, man wartet.«

Sie sprachen von Robineau, der die Angestellten zu beaufsichtigen hatte, wenn der Abteilungsleiter nicht da war. Hutin hetzte im stillen gegen den Zweiten, weil er selber nach dessen Stelle trachtete. Um ihn zu verletzen und hinauszuekeln, hatte er an dem Tag, als der Robineau versprochene Posten des Abteilungsleiters frei geworden war, Bouthemont ins Haus gebracht. Allein Robineau war zäh, und der Krieg riß nicht mehr ab. Hutin intrigierte mit liebenswürdiger Miene und stachelte insbesondere Favier auf, der als Rangnächster in der Reihe der Verkäufer sich scheinbar von ihm leiten ließ, während er in Wirklichkeit nur seine eigenen Interessen verfolgte.

»Pst, siebzehn!« rief er jetzt seinem Kollegen zu. Dies war ihr Zeichen, wenn Mouret oder Bourdoncle sich näherten.

Diese setzten in der Tat ihren Rundgang fort und kamen nun durch die Halle. Vor einem Stapel Samt, der sich auf einem der Tische türmte, blieben sie stehen und fragten Robineau, was das solle. Als dieser antwortete, er habe keinen Platz, rief Mouret:

»Ich sage Ihnen doch, Bourdoncle, das Geschäft ist zu klein! Eines Tages werden wir alle Mauern bis zur Rue de Choiseul niederreißen müssen. Am nächsten Montag sollen Sie einen Ansturm zu sehen bekommen!«

Sie sprachen weiter mit Robineau, doch gleichzeitig beobachtete Mouret Hutin, der sich damit abmühte, blaue, graue und gelbe Seide nebeneinander zu dekorieren, aber mit der Wirkung nicht recht zufrieden schien. Plötzlich trat Mouret dazwischen.

»Warum wollen Sie denn das Auge schonen?« sagte er. »Keine Angst: blenden Sie es! Nehmen Sie Rot, Grün, Gelb!«

Bei diesen Worten griff er in die Seidenstoffe und warf sie durcheinander, um erregende Farbkontraste zu erzielen. Alle stimmten darin überein, daß ihr Chef der beste Dekorateur von Paris sei, ein wahrhaft eigenwilliger Schöpfer und Reformer auf dem Gebiet der Schaufenstergestaltung. Mouret schwärmte für grellste Effekte, für unregelmäßig verteilte, bunt gemischte Mengen von Stoffen, als seien diese kaskadenförmig den Regalen und Fächern entquollen. Nur Hutin, der der klassischen Schule des Gleichmaßes und Farbenwohlklangs angehörte, sah ihm wortlos zu und begnügte sich damit, verächtlich die Lippen zu schürzen, wie ein Künstler, dessen Geschmack durch solche Roheiten verletzt wird.

»Da haben Sie es!« rief Mouret, als er fertig war. »Lassen Sie die Anordnung so. Sie werden am Montag sehen, wie die Frauen anbeißen.«

In diesem Augenblick erschien in der Mittelhalle ein weibliches Wesen, das ganz verblüfft vor der Dekoration stehenblieb. Es war Denise. Nachdem sie in ihrer unüberwindlichen Schüchternheit fast eine Stunde lang auf der Straße gezögert hatte, war sie endlich eingetreten. Allein sie war dermaßen verwirrt, daß sie die einfachsten Auskünfte nicht begriff. Vergebens zeigten ihr die Angestellten, bei denen sie sich stotternd nach Frau Aurélie erkundigte, die nach dem Zwischenstock führende Treppe; sie wandte sich nach links, wenn man sie nach rechts gewiesen hatte. So irrte sie schon seit zehn Minuten durch alle Abteilungen des Erdgeschosses inmitten der boshaften Neugierde oder der mürrischen Gleichgültigkeit der Verkäufer. Sie wäre am liebsten wieder davongelaufen und wurde doch zugleich durch ein Gefühl der Bewunderung zurückgehalten. Sie fühlte sich so klein, so verloren in diesem ungeheuren Warenhaus, und wenn sie an den finsteren, engen Laden des »Vieil Elbeuf« dachte, erschien ihr dieses Geschäft noch riesiger, in goldenes Licht getaucht, gleichsam eine Stadt für sich mit Plätzen, Denkmälern und Straßen, durch die sie niemals den Weg zu

finden glaubte. Indessen hatte sie bisher noch nicht gewagt, weiter in die Seidenhalle vorzudringen, die ihr mit ihrem hohen Glasdach und ihrem Prunk unheimlich war. Als sie endlich eintrat, um aus dem Bereich der spöttelnden Angestellten der Weißwarenabteilung zu kommen, stieß sie auf Mourets Dekoration. Trotz ihrer Angst erwachte plötzlich die Frau in ihr, ihre Wangen röteten sich, und sie betrachtete selbstvergessen diese Feuersbrunst an Stoffen, die Mouret da entfacht hatte.

»Sieh einer an«, flüsterte Hutin Favier ins Ohr, »das Gänschen von der Place Gaillon!«

Obgleich Mouret tat, als hörte er Bourdoncle und Robineau zu, war er im Grunde durch die Bewunderung dieses einfachen Mädchens sehr geschmeichelt. Denise blickte jetzt auf und geriet in noch größere Verlegenheit, als sie den jungen Mann wiedererkannte, den sie immer noch für einen Abteilungsleiter hielt. Sie bildete sich ein, daß er sie streng anblicke, und da sie in ihrer Verwirrung nicht wußte, wie sie wegkommen sollte, wandte sie sich noch einmal an den nächstbesten Angestellten, diesmal an Favier, und fragte:

»Bitte, wo finde ich Frau Aurélie?«

Favier, ungefällig, wie er war, begnügte sich damit, trocken zu antworten:

»Im Zwischenstock.«

Denise, die den vielen Männerblicken rasch entkommen wollte, dankte und wandte der Treppe abermals den Rücken, als Hutin, von seiner angeborenen Liebenswürdigkeit getrieben, ihr zu Hilfe kam.

»Nicht dorthin – hier herum, Fräulein.«

Er ging einige Schritte vor ihr her und brachte sie bis zum Fuß der Treppe, die sich an der linken Seite der Halle befand. Lächelnd verbeugte er sich und sagte:

»Oben wenden Sie sich links, und Sie befinden sich direkt vor der Konfektionsabteilung.«

Denise war von dieser einschmeichelnden Höflichkeit tief ergriffen. Es war ihr, als komme ihr jemand brüderlich zu Hilfe. Sie schaute Hutin an, und alles an ihm gefiel ihr: das hübsche Gesicht, die freundlichen Blicke, die ihr die Furcht nahmen, die Stimme, die tröstend und weich klang. Ihr Herz war von Dankbarkeit erfüllt.

»Sie sind zu gütig – Geben Sie sich weiter keine Mühe... Tausend Dank, mein Herr!«

Doch Hutin war schon zu Favier zurückgekehrt und flüsterte ihm zu:

»Ist das ein Knochengerüst!«

Oben befand sich das junge Mädchen sogleich in der Konfektionsabteilung, einem großen Raum, dessen Fenster auf die Rue de la Michodière gingen. Fünf oder sechs Verkäuferinnen in schwarzen Seidenkleidern, sehr kokett frisiert, waren unter lebhaftem Geplauder bei ihrer Arbeit. Nur eine von ihnen, eine große, hagere Person mit übermäßig langgezogenem Kopf, stand wie erschöpft an einen Schrank gelehnt.

»Wo finde ich Frau Aurélie?« fragte Denise abermals.

Die Verkäuferin betrachtete sie, ohne zu antworten, voll offenkundiger Mißachtung für ihren ärmlichen Aufzug. Dann wandte sie sich an eine ihrer Kolleginnen, ein kleines, auffallend blasses Mädchen, und fragte:

»Fräulein Marguerite, wissen Sie zufällig, wo die Direktrice ist?«

Die Angesprochene war damit beschäftigt, Umhänge nach der Größe zu ordnen, und nahm sich kaum die Mühe aufzublicken.

»Nein, Fräulein Claire, keine Ahnung«, meinte sie.

Es entstand ein kurzes Stillschweigen. Denise stand regungslos da, und niemand kümmerte sich um sie. Nach einer Weile faßte sie sich ein Herz und fragte:

»Glauben Sie, daß Frau Aurélie bald zurückkommt?«

Nun rief ihr die Zweite, eine magere, häßliche Frau, die sie bisher nicht bemerkt hatte, eine Witwe mit vorspringendem Kinn und strähnigen Haaren, von einem Schrank aus, wo sie die Preisschilder nachsah, zu:

»Warten Sie doch, wenn Sie durchaus mit Frau Aurélie persönlich sprechen müssen!«

Denise wartete also. Es standen wohl einige Sessel für die Kunden herum; da man sie aber nicht aufforderte, Platz zu nehmen, wagte sie nicht, sich zu setzen. Die Verkäuferinnen hatten offenbar eine neue Kollegin in ihr gewittert und musterten sie wie Leute, die am Mittagstisch sitzen und nicht zusammenrücken wollen, um für hungrig Hinzukommende Platz zu machen. Denise geriet immer mehr in Verlegenheit, sie ging mit kleinen Schritten auf und ab und trat endlich an ein Fenster, um sich etwas Haltung zu geben. Sie sah gerade auf den »Vieil Elbeuf«. Mit dem abbröckelnden Verputz der Fassade und den blinden Schaufenstern erschien er ihr so häßlich, so trübselig im Vergleich mit dem Luxus und dem Leben, die sie hier um sich fühlte, daß etwas wie Gewissensbisse ihr das Herz vollends zusammenschnürte.

»Haben Sie ihre Schuhe gesehen?« flüsterte hinter ihr Claire Marguerite zu.

»Na, und erst das Kleid!« tuschelte die andere.

Denise, die noch immer auf die Straße hinunterschaute, hatte das Gefühl, als ob sie von den haßerfüllten Blicken der Verkäuferinnen verschlungen würde. Allein sie verspürte deswegen keinen Zorn. Sie fand die Mädchen nicht hübsch, weder die lange Claire mit der roten Mähne noch Marguerite

mit ihrem platten, fast knochenlosen Gesicht. Claire Prunaire, die Tochter eines Holzschuhmachers aus Vivet, war, nachdem sie durch die Hände aller Lakaien auf Schloß Mareuil gegangen war, wo sie als Näherin gearbeitet hatte, erst in ein Geschäft in Langres eingetreten und später nach Paris gekommen, wo sie an den Männern Rache nahm für alle Fußtritte, die sie zu Hause von Vater Prunaire erhalten hatte. Marguerite Vadon hinwiederum, in Grenoble geboren, wo ihre Familie ein kleines Leinengeschäft betrieb, war nach Paris geschickt worden, um die Folgen eines Fehltritts zu verbergen. Sie führte sich jetzt sehr brav auf und sollte bald in ihre Heimat zurückkehren und einen Vetter heiraten, der auf sie wartete.

»Na«, brummte Claire vor sich hin, »die wird es bei uns auch nicht weit bringen.«

Doch jetzt schwiegen sie; eine Frau von ungefähr fünfundvierzig Jahren trat ein. Es war Frau Aurélie, eine etwas üppige Dame, fest eingeschnürt in ihr schwarzes Seidenkleid, dessen Oberteil sich wie ein leuchtender Panzer über den massiven Rundungen der Schultern und des Busens spannte. Unter dichten schwarzen Brauen saßen große, starre Augen, der Mund war streng, die Wangen breit und schon ein wenig hängend. Die Würde einer Abteilungsleiterin gab ihrem Gesicht die Geschwollenheit einer Cäsarenmaske.

»Fräulein Marguerite«, sagte sie mit gereizter Stimme, »warum haben Sie gestern das Modell des auf Taille gearbeiteten Mantels nicht ins Atelier zurückgebracht?«

»Es ist noch einiges zu ändern«, erwiderte die Verkäuferin,

»Frau Fréderic hat ihn hierbehalten.«

Die Zweite nahm den Mantel aus einem Schrank, und die Auseinandersetzung ging weiter. Alle zitterten vor Frau Aurélie, wenn sie glaubte, ihre Autorität hervorkehren zu müssen. In ihrer Überheblichkeit war sie nur gegen jene Angestellten freundlich, die ihr schmeichelten und in Bewunderung vor ihr erstarben. Sie hatte schwer kämpfen müssen, bis sie es zu ihrer jetzigen Stellung im »Paradies der Damen« gebracht hatte, wo sie jährlich zwölftausend Franken verdiente, und sie zeigte sich nun allen Anfängerinnen gegenüber genauso hart, wie das Leben ihr selbst mitgespielt hatte.

»Genug!« sagte sie endlich trocken. »Sie sind nicht vernünftiger als alle anderen, Frau Fréderic ... Die Änderungen müssen sofort gemacht werden!«

Während dieser Auseinandersetzung hatte Denise sich vom Fenster abgewandt. Sie merkte wohl, daß dies Frau Aurélie war; allein erschreckt durch ihre schroffe Stimme, blieb sie stehen und wartete. Die Mädchen, die sich freuten, daß sie die Direktrice und die Zweite in einen Streit miteinander verwickelt sahen, waren mit gleichgültiger Miene zur ihrer Arbeit zurückgekehrt. Es vergingen einige Minuten, und keine von ihnen war barmherzig genug, das junge Mädchen aus seiner Verlegenheit zu reißen. Endlich war es Frau Aurélie selbst, die Denise unbeweglich dastehen sah und fragte, was sie wünsche.

»Ich suche Frau Aurélie.«

»Die bin ich.«

Denises Lippen waren trocken, ihre Hände zitterten. Sie stotterte ihre Bitte hervor und mußte noch einmal von vorn anfangen, um sich verständlich zu machen. Frau Aurélie schaute sie mit ihren großen, starren Augen an, ohne daß sich auf ihrem majestätischen Antlitz auch nur eine Spur von Milde gezeigt hätte.

»Wie alt sind Sie?«

»Zwanzig Jahre.«

»Wie, zwanzig Jahre? Sie sehen aus, als wären Sie kaum sechzehn!«

Die Verkäuferinnen hoben die Köpfe, um diesem Verhör zu folgen. Denise beeilte sich hinzuzufügen:

»Aber ich bin sehr kräftig.«

Frau Aurélie zuckte die breiten Schultern, dann erklärte sie kühl:

»Mein Gott, ich werde Sie vormerken. Wir schreiben jede auf, die sich vorstellt. Fräulein Marguerite, geben Sie mir die Liste.« Man fand sie nicht sogleich; sie müsse wohl noch beim Inspektor Jouve sein, hieß es. Während Marguerite fortging, die Liste zu holen, erschien Mouret und hinter ihm Bourdoncle. Sie hatten auch im Zwischenstock ihren Rundgang gemacht und schlössen nun mit der Konfektionsabteilung ab. Frau Aurélie trat mit ihnen beiseite und erwähnte eine Mantelbestellung, die sie bei einem Pariser Großunternehmer aufzugeben gedachte. Gewöhnlich kaufte sie auf eigene Verantwortung ein; bei bedeutenderen Posten dagegen zog sie es vor, sich mit der Geschäftsleitung zu besprechen. Bourdoncle benützte die Gelegenheit, um ihr vom neuesten Schnitzer ihres Sohnes Albert zu berichten. Sie schien ganz verzweifelt: dieses Kind werde noch ihr Tod sein. Mouret hatte mittlerweile die Anwesenheit Denises bemerkt und beugte sich zu Frau Aurélie, um sie zu fragen, was das Mädchen hier wolle. Als die Direktrice erwiderte, sie habe sich als Verkäuferin beworben, war Bourdoncle in seiner gewohnten Geringschätzung für alles Weibliche höchst erstaunt über diese Anmaßung.

»Das kann doch nur ein Scherz sein!« flüsterte er. »Sie ist ja viel zu häßlich.«

»Schön ist sie nicht, das stimmt«, sagte Mouret. Er wagte nicht, sie in Schutz zu nehmen, obgleich er durch ihr Staunen vor seiner Dekoration unten für sie eingenommen war.

Man brachte jetzt die Liste, und Frau Aurélie kam zu Denise zurück. Diese machte in der Tat keinen günstigen Eindruck. Sie wirkte zwar sehr sauber in ihrem dünnen schwarzen Wollkleid, und man nahm an der Ärmlichkeit ihres Aufzugs auch keinen Anstoß, denn das übliche Seidenkleid der Verkäuferinnen wurde von der Firma gestellt; allein sie sah zu zart aus, und ihr Gesicht war gar zu traurig. Die Verkäuferinnen mußten nicht gerade hübsch sein, aber es war doch wünschenswert, daß sie eine angenehme Figur machten. Unter den Blicken der Damen und Herren, die sie musterten und mit den Augen abschätzten wie eine Stute, um welche die Bauern auf dem Jahrmarkt feilschen, verlor Denise vollends die Fassung.

»Wie heißen Sie?« fragte die Direktrice.

»Denise Baudu.«

»Ihr Alter?«

»Zwanzig Jahre und vier Monate.«

Sie wagte es, die Augen zu Mouret zu erheben, den sie in allen Abteilungen mit der gleichen Autorität hatte auftreten sehen und dessen Anwesenheit sie in Verlegenheit setzte; unbeholfen fügte sie hinzu:

»Ich bin recht kräftig, wenn ich auch nicht danach aussehe.«

Alles lächelte.

»In welchem Haus haben Sie in Paris gearbeitet?« fragte die Direktrice.

»Ich bin eben erst aus Valognes angekommen.«

Das war ein neues Mißgeschick. Gewöhnlich verlangte man beim »Paradies der Damen«, daß die Verkäuferinnen mindestens ein Jahr in einer Pariser Firma gearbeitet hatten. Denise glaubte, nun sei alles verloren; und wären die beiden Brüder nicht gewesen, für die sie Geld verdienen mußte, sie wäre sicherlich davongelaufen, um diesem nutzlosen Verhör ein Ende zu machen.

»Wo waren Sie in Valognes?«

»Bei Cornaille.«

»Den kenne ich, das ist eine gute Firma«, bemerkte Mouret. Gewöhnlich enthielt er sich bei der Einstellung von Verkäufern oder Verkäuferinnen jeder Einmischung, denn die Abteilungsleiter waren für ihr Personal verantwortlich. Aber mit seinem feinen Sinn für Frauen spürte er bei diesem Mädchen einen verborgenen Reiz heraus, dessen sie sich selbst nicht bewußt war.

Der gute Ruf des Hauses, aus dem ein Anfänger kam, war von großer Bedeutung und oft entscheidend für die Aufnahme. Frau Aurélie fuhr mit milderer Stimme fort:

»Warum sind Sie von Cornaille weggegangen?«

»Aus Familienrücksichten«, erwiderte Denise errötend. »Wir haben unsere Eltern verloren, ich mußte mich meiner Brüder annehmen. Übrigens habe ich hier ein Zeugnis.«

Das Zeugnis war ausgezeichnet. Schon begann sie zu hoffen, als eine letzte Frage sie in Verlegenheit setzte.

»Können Sie uns in Paris irgendwelche Empfehlungen nennen? Wo wohnen Sie?«

»Bei meinem Onkel«, flüsterte sie, zunächst ohne den Namen zu nennen, denn sie fürchtete, daß man die Nichte eines Konkurrenten niemals einstellen werde. »Bei meinem Onkel Baudu gegenüber«, sagte sie endlich.

Da konnte sich Mouret nicht länger enthalten dreinzureden.

»Wie, Sie sind die Nichte Baudus? Hat Baudu Sie geschickt?«

»Oh nein!«

Sie konnte ein Lächeln nicht unterdrücken, so seltsam erschien ihr die Frage. Im gleichen Augenblick war sie wie umgewandelt, ihr Gesicht bekam Farbe, und das Lächeln auf ihren Lippen schien ihr ganzes Wesen erschlossen zu haben. Ihre grauen Augen gewannen einen zarten Schimmer, allerliebste Grübchen erschienen auf ihren Wangen, selbst ihre schweren blonden Haare wirkten heiter und duftig.

»Sie ist ja sogar hübsch!« bemerkte Mouret leise zu Bourdoncle.

Dieser machte eine ablehnende Geste. Claire schürzte die Lippen, während Marguerite sich abwandte. Frau Aurélie allein schien gewonnen und stimmte mit einem Kopfnicken Mouret zu, als dieser fortfuhr:

»Es ist nicht recht von Ihrem Onkel, daß er Sie nicht herübergebracht hat, seine Empfehlung hätte genügt. Man erzählt, daß er böse auf uns sei. Wir sind nicht so engherzig, und wenn er für seine Nichte im eigenen Haus keine Beschäftigung hat, werden wir ihm zeigen, daß sie bei uns nur anzuklopfen braucht, um aufgenommen zu werden. Sagen Sie ihm, daß ich ihn hochachte und daß er nicht über mich ungehalten sein dürfe; die veränderten Verhältnisse im Handel sind an allem schuld. Und sagen Sie ihm auch, daß er verloren ist, wenn er an seinen lächerlichen alten Gewohnheiten eigensinnig festhält.«

Denise war ganz blaß geworden. Dieser Herr war also Mouret! Niemand hatte seinen Namen genannt, aber er selbst hatte sich als der Chef zu erkennen gegeben. Sie begriff jetzt, warum der junge Mann einen so tiefen Eindruck auf sie gemacht hatte, zuerst auf der Straße, dann in der Seidenabteilung und jetzt wieder. Dieser Eindruck, den sie sich nicht zu erklären vermochte, lastete immer schwerer auf ihrem Herzen. Alle Geschichten, die der Onkel ihr erzählt hatte, kehrten in ihre Erinnerung zurück und ließen Mouret noch ungewöhnlicher erscheinen, umgaben ihn mit einer Legende, machten aus ihm den Meister der schrecklichen Maschinerie dieses Warenhauses, von deren Rädern sie sich seit dem Morgen erfaßt fühlte. Hinter seinem hübschen Kopf mit dem wohlgepflegten Bart und den schönen goldbraunen Augen meinte sie seine tote Frau, diese Frau Hedouin zu sehen, mit deren Blut das Haus gebaut war. Da packte sie wieder ein unklares Gefühl der Furcht.

Mittlerweile hatte Frau Aurélie die Liste zugeklappt. Sie brauchte nur eine einzige Verkäuferin, und es waren schon zehn vorgemerkt. Allein sie wollte zu sehr dem Chef gefällig sein, als daß sie noch länger gezögert hätte. Sie meinte nur, die Sache müsse ihren üblichen Gang gehen; der Inspektor Jouve werde Erkundigungen einholen, ihr berichten, und dann werde sie ihren Entschluß fassen.

»Es ist gut, Fräulein«, sagte sie endlich majestätisch. »Man wird Ihnen die Entscheidung schriftlich mitteilen.«

Denise stand noch immer verwirrt und unbeweglich da. Sie wußte nicht, wie sie von all diesen Leuten fortkommen sollte; endlich dankte sie Frau Aurélie und ging mit einem Gruß an Mouret und Bourdoncle vorüber. Diese beschäftigten sich übrigens längst nicht mehr mit ihr und vergaßen, den Gruß zu erwidern. Claire machte eine mürrische Geste zu Marguerite hinüber, wie um vorauszusagen, daß die neue Verkäuferin in dieser Abteilung keinen angenehmen Stand haben werde. Denise fühlte ohne Zweifel die Gleichgültigkeit und das Unbehagen, das sie zurückgelassen hatte, denn sie stieg ebenso verlegen die Treppe hinab, wie sie heraufgekommen war, die Beute einer seltsamen Beklemmung und ganz ungewiß, ob sie sich freuen oder ärgern sollte, daß sie hierhergekommen war. Durfte sie auf diese Stelle zählen? In ihrem Unbehagen, das sie daran hinderte, alles genau abzuwägen, vermochte sie sich diese Frage nicht zu beantworten. Von all ihren verschiedenen Empfindungen blieben zwei zurück und verdrängten allmählich alle übrigen: der tiefe Eindruck, den Mouret auf sie gemacht hatte, ein Eindruck, der an Furcht streifte, und die Liebenswürdigkeit Hutins, die sie jetzt noch mit Dankbarkeit erfüllte. Als sie das Geschäft verließ, suchte sie den jungen Mann, um ihm wenigstens mit einem Blick noch einmal zu danken; zu ihrem größten Kummer konnte sie ihn nicht entdecken.

»Nun, Fräulein, haben Sie Glück gehabt?« fragte sie eine Stimme, als sie endlich auf der Straße anlangte.

Sie wandte sich um und erkannte den großen, blassen, schlaksigen Jüngling, der sie am Morgen schon angesprochen hatte. Auch er kam aus dem »Paradies der Damen« und schien noch bestürzter als sie, noch verwirrter durch das Verhör, dem er sich hatte unterziehen müssen.

»Mein Gott, ich weiß es nicht einmal«, erwiderte sie.

»Genauso geht's mir auch. Die haben eine seltsame Art da drinnen, einen auszufragen und anzusehen ...«

Wieder standen sie einander gegenüber, und da sie nicht wußten, wie sie sich verabschieden sollten, erröteten sie abermals. Um doch wenigstens etwas zu sagen, fragte der junge Mann in seiner linkischen und biederen Art:

»Wie heißen Sie, Fräulein?«

»Denise Baudu.«

»Und ich heiße Henri Deloche«, stellte nun auch er sich vor. Da lächelten beide. Im Gedanken an die Gleichartigkeit ihrer Lage gaben sie einander die Hand.

»Viel Glück!«

»Ja, viel Glück!«

Drittes Kapitel

Jeden Samstag von vier bis sechs Uhr hielt Frau Desforges für ihre nächsten Bekannten eine Tasse Tee und etwas Gebäck bereit. Ihre Wohnung lag im dritten Stock an der Ecke Rue de Rivoli und Rue d'Alger; die Fenster der beiden Salons gingen auf die Tuilerien hinaus.

Diesen Samstag war auch Mouret gekommen; als der Diener ihn in den großen Salon führen wollte, sah er durch eine offene Tür Frau Desforges gerade in den kleinen Salon gehen. Sie blieb stehen, als sie ihn bemerkte, er trat bei ihr ein und begrüßte sie sehr förmlich. Als der Diener aber die Tür geschlossen hatte, ergriff er lebhaft die Hand der jungen Frau und küßte sie zärtlich.

»Gib acht, es ist schon jemand da!« flüsterte sie und deutete auf die Tür des großen Salons. »Ich wollte nur diesen Fächer holen, um ihn den Damen zu zeigen.«

Allein er behielt ihre Hand in der seinen und fragte:

»Wird er kommen?«

»Sicher«, erwiderte sie; »er hat es mir versprochen.«

Sie sprachen von Baron Hartmann, dem Direktor der Immobilienbank. Frau Desforges, Tochter eines Staatsrates, war die Witwe eines Börsenspekulanten, der ihr ein Vermögen hinterlassen hatte, das von den einen überschätzt, von anderen ganz geleugnet wurde. Man erzählte sich, daß sie noch bei Lebzeiten ihres Gatten sich Baron Hartmann gegenüber recht erkenntlich gezeigt habe, da seine finanziellen Ratschläge dem Ehepaar Desforges vielfach nützlich gewesen seien. Später, nach dem Tode des Gatten, hatte das Verhältnis weiterbestanden, aber immer ganz im verschwiegenen, ohne jede Unklugheit, ohne Aufsehen. Frau Desforges vermied es, Gegenstand irgendwelchen Geredes zu werden, und war darum auch in den besseren Bürgerkreisen, denen sie entstammte, gern gesehen. Selbst heute noch, da die Leidenschaft des Bankiers, eines feinfühligen Mannes, sich in väterliches Wohlwollen gewandelt hatte – selbst heute noch bewies sie, wenn sie sich Liebhaber hielt, was er stillschweigend duldete, bei ihren Herzensromanen einen so feinen Sinn für gesellschaftliches Maß, daß der Schein stets gewahrt blieb und niemand es gewagt hätte, laut an ihrer Ehrbarkeit zu zweifeln. Sie war Mouret bei gemeinsamen Bekannten begegnet und hatte ihn anfangs kaum beachtet; später hatte sie, von seinen heftigen Liebeswerbungen überwunden, sich ihm hingegeben; und während es ihm offenbar immer mehr darum zu tun war, durch sie den Baron auf seine Seite zu bringen, faßte sie allmählich eine wahre und tiefe Leidenschaft für ihn. Sie liebte ihn mit der Glut der fünfunddreißigjährigen Frau, die nur neunundzwanzig Jahre eingesteht und in fortwährender Angst lebt, den weit jüngeren Geliebten zu verlieren.

»Ist er bereits informiert?« fragte Mouret wieder.

»Nein, Sie müssen ihm die Sache selbst erklären«, sagte Frau Desforges, ihn diesmal nicht duzend.

Sie schaute ihn an und dachte, er müsse doch recht ahnungslos sein, da er ihr eine solche Rolle dem Baron gegenüber zuwies, in dem er offenbar nur einen alten Freund seiner Geliebten sah. Mouret hielt noch immer ihre Hand, nannte sie seine gute Henriette, und sie fühlte ihr Herz weich werden. Sie bot ihm stumm die Lippen; dann flüsterte sie:

»Still! Sie warten auf mich ... Lassen Sie mich vorausgehen.«

Aus dem großen Salon drangen leise Stimmen, noch gedämpft durch die Vorhänge und Teppiche. Sie öffnete die Tür, ließ beide Flügel offen und reichte den Fächer einer der vier Damen, die in der Mitte des Salons saßen.

»Da haben Sie ihn; ich konnte ihn erst nicht finden.«

Dann wandte sie sich um und fügte mit heiterer Miene hinzu:

»Kommen Sie, Herr Mouret, gehen Sie durch den kleinen Salon; das ist weniger feierlich.«

Mouret begrüßte die Damen, die er sämtlich kannte.

»Gar nicht übel, diese Chantillyspitze!« rief Frau Bourdelais, die den Fächer in der Hand hatte.

Sie war eine kleine, blonde Frau von dreißig Jahren, mit einer schmalen Nase und lebhaften Augen, eine Schulfreundin Henriettes; ihr Mann war Abteilungsleiter im Finanzministerium. Sie entstammte einer alten bürgerlichen Familie, versah ihr Hauswesen selbst und erzog ihre drei Kinder mit Rührigkeit und Anmut, zugleich mit einem ungewöhnlichen Sinn für alles Praktische.

»Fünfundzwanzig Franken hast du für die Spitzen gezahlt?« fragte sie weiter, während sie jede Masche sorgfältig prüfte.

»Und du sagst, du hast sie in Luc gekauft, von einer Arbeiterin aus der Gegend? ... Das ist nicht teuer. Aber du hast doch auch den Fächer dazu arbeiten lassen?!«

»Gewiß«, erwiderte Frau Desforges. »Das kostete zweihundert Franken.«

Frau Bourdelais lachte. Das nannte Henriette einen günstigen Kauf! Zweihundert Franken für eine einfache Elfenbeinarbeit mit Namenszug! Für hundertzwanzig Franken konnte man so etwas fix und fertig kaufen!

Inzwischen ging der Fächer von Hand zu Hand. Frau Guibal würdigte ihn kaum eines Blickes. Sie war eine große, hagere Frau mit rötlichen Haaren; in ihrem gleichgültigen Gesicht saßen zwei graue Augen, aus denen die krasse Selbstsucht funkelte. Man sah sie niemals in der Gesellschaft ihres Mannes, eines bekannten Rechtsanwaltes, der, wie man sich erzählte, auch seinerseits ein freies Leben voller Vergnügungen führte.

»Oh«, flüsterte sie und gab den Fächer an Frau von Boves weiter, »ich habe in meinem Leben keine zwei Fächer gekauft; man bekommt ohnedies mehr als genug geschenkt.«

Die Gräfin erwiderte mit feinem Sport:

»Sie können sich glücklich schätzen, meine Teure, daß Sie einen so galanten Gatten haben.«

Frau von Boves, in Begleitung ihrer erwachsenen Tochter Blanche erschienen, hatte die Vierzig hinter sich. Sie war eine gute Erscheinung mit einem vollen, regelmäßigen Gesicht und großen, schmachtenden Augen. Unvermittelt wandte sie sich an Mouret:

»Sagen Sie uns doch Ihre Meinung: Ist das zu teuer, zweihundert Franken für das Gestell?«

Mouret stand unter den fünf Frauen und lächelte beifällig zu allem, was sie interessierte. Er nahm den Fächer in die Hand, besichtigte ihn eine Weile und war eben im Begriff zu antworten, als der Diener die Tür öffnete und meldete:

»Frau Marty!«

Eine magere, häßliche, blatternarbige, mit auffallend gesuchter Eleganz gekleidete Frau trat ein. Ihr Alter war schwer zu bestimmen; ihre fünfunddreißig Jahre konnten ebensogut für dreißig wie für vierzig gelten, je nachdem wie sie sich gerade gab. An ihrer rechten Hand hing eine rote Ledertasche, die sie nicht ablegen wollte.

»Verzeihen Sie, teuerste gnädige Frau, daß ich mit meiner Tasche eintrete«, sagte sie zu Frau Desforges. »Denken Sie sich: auf dem Weg zu Ihnen bin ich einen Augenblick ins ›Paradies der Damen‹ hineingegangen, und wieder einmal habe ich mich zu allerlei Torheiten verleiten lassen.«

Als sie Mourets Anwesenheit bemerkte, fuhr sie lachend fort: »Ich sagte das nicht, um für Sie Reklame zu machen, denn ich wußte nicht, daß Sie hier sind. ... Sie haben jetzt wirklich ganz außerordentlich schöne Spitzen.«

Man kannte Frau Marty und ihren Hang zum Geldausgeben; man wußte, daß sie keiner Versuchung widerstehen konnte. Sie war von strengster Ehrbarkeit, unnahbar für jeden fremden Mann, dagegen weich und haltlos vor dem winzigsten Endchen Stoff. Sie war die Tochter eines kleinen Beamten und ruinierte jetzt ihren Gatten, einen Lehrer am Bonaparte-Gymnasium, der sein Gehalt von sechstausend Franken durch Privatstunden verdoppeln mußte, um den fortwährend wachsenden Anforderungen seines Haushalts genügen zu können.

Ohne ihre Tasche zu öffnen, begann sie von ihrer vierzehnjährigen Tochter Valentine zu sprechen, der kostspieligsten Ausgeburt ihrer eigenen Gefallsucht. Sie kleidete sie wie sich selbst in allen Einzelheiten nach der neuesten Mode.

»Sie wissen doch, im Augenblick werden die Kleider der jungen Mädchen mit Spitzen garniert«, sagte sie. »Und als ich da eine recht hübsche Valenciennesspitze sah ...«

Angesichts der allgemeinen Neugierde entschloß sie sich endlich, die Tasche zu öffnen. Die Damen reckten die Hälse, um besser zu sehen. Da vernahm man inmitten erwartungsvollen Schweigens die Klingel im Vorzimmer.

»Das ist mein Mann«, sagte Frau Marty sehr verlegen. »Er sollte mich nach der Schule hier abholen.«

Sie hatte ihre Tasche rasch wieder geschlossen und mit einer unwillkürlichen Bewegung unter den Sessel geschoben. Die Damen lachten. Sie errötete über ihre Hast, nahm die Tasche wieder auf ihre Knie und meinte, die Männer verstünden so manches nicht und brauchten auch nicht alles zu wissen.

»Herr von Boves, Herr von Vallagnosc«, meldete der Diener. Das gab eine allgemeine Überraschung. Frau von Boves hatte nicht damit gerechnet, ihren Gatten hier zu treffen. Herr von Boves, ein gutaussehender Mann mit Schnurr- und Knebelbart und vornehmer, militärischer Haltung, in den Tuilerien sehr beliebt, küßte Frau Desforges die Hand. Dann trat er beiseite, damit sein Begleiter, ein großer, etwas verlebter junger Mann von vornehmem Auftreten, die Dame des Hauses begrüßen könne. Aber kaum war das Gespräch wieder etwas in Fluß geraten, als zwei Ausrufe ertönten:

»Wie, du bist's, Paul!«

»Schau an, Octave!«

Mouret und Vallagnosc drückten einander die Hände. Frau Desforges ihrerseits war sehr überrascht. Wie, die Herren kannten sich? Aber gewiß, sie waren ja zusammen in Plassans zur Schule gegangen, und es war offenbar nur ein Zufall, daß sie einander bei Frau Desforges noch nicht begegnet waren.

Während der Diener den Tee brachte und die Damen enger zusammenrückten, gingen die beiden nach nebenan in den kleinen Salon.

Ihre ganze Jugend erwachte wieder, die alte Schule in Plassans mit ihren beiden Höfen, den feuchten Klassenräumen, dem Speisesaal, wo es so viel Kabeljau gegeben hatte, und dem Schlafsaal, wo die Kissen von Bett zu Bett geflogen waren, sobald der Aufseher schnarchte. Paul, der aus einer alten Juristenfamilie stammte, war stets einer der besten Schüler gewesen, vom Klassenlehrer, der ihm eine große Zukunft prophezeite, allen als Vorbild hingestellt, während Octave, immer einer der Letzten, außerhalb der Schule den wildesten Vergnügungen nachging. Trotz der Verschiedenheit ihrer Naturen hatte sich eine sehr enge Kameradschaft zwischen beiden herausgebildet, die bis zu ihrer Prüfung dauerte, die der eine ruhmvoll, der andere schlecht und recht erst nach zwei mißlungenen Versuchen bestand. Dann hatte das Leben sie auseinandergebracht, und jetzt fanden sie sich nach einem Zeitraum von zehn Jahren verändert und älter geworden wieder.

»Und was hast du aus dir gemacht?« fragte Mouret.

»Ach, gar nichts.«

Trotz der Freude des Wiedersehens hatte Vallagnosc seine Blasiertheit beibehalten. Ein wenig erstaunt über diese Antwort, fragte sein Freund noch einmal:

»Aber du tust doch irgend etwas – was tust du denn?«

»Nichts«, erwiderte der andere trocken.

Octave lachte; nichts sei nicht genug, meinte er. Satz für Satz erfuhr er nun die Geschichte Pauls; es war die Geschichte aller mittellosen jungen Leute, die glauben, daß sie es ihrer Geburt schuldig seien, eine sogenannte Bildungslaufbahn einzuschlagen, und sich in einer eitlen Mittelmäßigkeit begraben, vollkommen zufrieden, wenn sie mit ihren guten Zeugnissen nicht Hungers sterben. Er hatte Jura studiert, weil das so Familientradition war; dann hatte er eine Zeitlang seiner verwitweten Mutter auf der Tasche gelegen, die ohnehin nicht wußte, wie sie ihre beiden Töchter versorgen sollte. Endlich hatte er sich dieses Zustandes geschämt, den Frauen die Reste ihres Vermögens, von denen sie nur knapp existieren konnten, überlassen und eine kleine Stelle im Innenministerium angenommen, wo er verborgen saß wie ein Maulwurf in seinem Loch.

»Und wieviel verdienst du?« fragte Mouret.

»Dreitausend Franken.«

»Das ist ja der reinste Hungerlohn! Mein lieber Alter, du tust mir leid! ... Ein so begabter Bursche, der uns alle in den Schatten stellte! Und dir zahlen sie nicht mehr als dreitausend Franken, nachdem man dich fünf Jahre lang mit allen möglichen Kenntnissen vollgestopft hat! Nein, das ist aber wirklich ungerecht... Du weißt doch, was aus mir geworden ist?«

»Ja«, sagte Vallagnosc, »man hat mir erzählt, daß du Kaufmann geworden bist. Du hast das große Modewarenhaus an der Place Gaillon, nicht wahr?«

»So ist es; Kaufmann bin ich geworden, mein Lieber.«

Mit der Heiterkeit des Mannes, der sich des ihn ernährenden Berufs nicht schämt, wiederholte er:

»Ja, Kaufmann – und wie! Du erinnerst dich sicher: ich konnte mit all den Büchern nie viel anfangen, obgleich ich mich im Innern nicht für dümmer hielt als die übrigen. Nach der Schule hätte ich, um meiner Familie ihren Wunsch zu erfüllen, genauso gut Rechtsanwalt oder Arzt werden können wie die andern aus der Klasse. Aber diese Berufe sind mir unbehaglich; man sieht dabei gar so viele Leute hungern! Na, und da bin ich Geschäftsmann geworden – und ich bereue es nicht, das versichere ich dir.«

Vallagnosc lächelte verlegen und murmelte dann:

»Zum Leinwand verkaufen allerdings nützt dir dein Zeugnis nicht viel.«

»Meiner Treu«, erwiderte Mouret vergnügt, »was ich von ihm verlange, ist, daß es mir nicht im Weg steht. Du weißt, wenn man sich so etwas einmal auf den Hals geladen hat, wird man es nicht leicht wieder los. Man kommt nur langsam vorwärts im Leben, während andere, die keinen solchen Klotz am Bein haben, einem ungebunden davonlaufen.«

Als er merkte, daß diese Wendung des Gesprächs seinem Freund peinlich war, nahm er ihn bei den Händen und fuhr fort:

»Ich will dich ja nicht kränken, aber gesteh nur, daß alle deine Zeugnisse dir nicht dabei geholfen haben, auch nur ein einziges deiner Bedürfnisse zu befriedigen. Wirst du glauben, daß der Leiter der Seidenabteilung in meinem Haus dieses Jahr zwölftausend Franken verdient? Und das ist ein einfacher Junge, der alles in allem gerade die Orthographie beherrscht und die vier Rechenarten. Allerdings: tüchtig ist er ... Die gewöhnlichen Verkäufer bei mir verdienen drei- bis viertausend Franken, mehr als du, und ihre Ausbildung hat nicht so viel gekostet wie die deine, sie sind nicht mit dem Versprechen, die Welt werde ihnen zu Füßen liegen, hinausgeschickt worden ... Geld verdienen ist nicht alles, das ist wahr; aber wenn ich zu wählen habe zwischen den armen Teufeln, die mit Wissen vollgestopft sind und die höheren Berufe übervölkern, ohne sich satt zu essen, und den praktischen Jungen, die für das Leben gewappnet sind, ihr Handwerk verstehen: da zögere ich nicht lange, da bin ich entschieden für die zweiten; die verstehen ihre Zeit besser!«

Er wurde beredt, seine Stimme hatte an Wärme gewonnen. Henriette, die gerade den Tee ausschenkte, wandte den Kopf nach ihm um. Als er sah, wie sie lächelte, und merkte, daß noch zwei weitere Damen im großen Salon ihrem Gespräch lauschten, gab er seiner Stimme einen helleren, heiteren Klang.

»Kurzum, mein Lieber, jeder Kaufmann, der heute anfängt, steckt in der Haut eines Millionärs!«

Vallagnosc lehnte sich ins Sofa zurück. Er hatte die Augen halb geschlossen und saß mit einer müden und geringschätzigen Miene da, die nicht ganz überzeugend wirkte.

»Pah«, murmelte er, »das Leben ist nicht so viel Mühe wert; es gibt ja gar keinen richtigen Spaß mehr!«

Da Mouret, empört über eine solche Gleichgültigkeit, ihn hoch erstaunt ansah, setzte er hinzu:

»Was kommen will, das kommt, gleichviel, ob man etwas dazu tut oder nicht.«

Und dann legte er seine pessimistischen Ansichten dar. Er hatte einen Augenblick davon geträumt, sich auf dem Gebiet der Literatur zu versuchen, allein aus seinem Umgang mit den Schriftstellern war ihm nur eine Art Weltverachtung geblieben. Sein letztes Wort war stets, daß alle Anstrengungen vergebens seien, das Leben sei gar zu dumm.

»Amüsierst du dich etwa?« fragte er schließlich seinen Freund. Mouret war vom Erstaunen zur Entrüstung übergegangen.

»Ob ich mich amüsiere?« rief er aus. »Was redest du da für krauses Zeug? Natürlich amüsiere ich mich! Ich genieße das Leben selbst dann, wenn die Dinge schiefgehen. Ich bin nun mal leidenschaftlich veranlagt und nehme nicht alles so ruhig hin. Vielleicht macht es mir gerade darum solchen Spaß.«

Er warf einen Blick nach dem Salon und fuhr flüsternd fort:

»Die Frauen haben mich schon zu vielen Dummheiten verleitet, ich gebe es zu. Aber wenn ich eine habe, so halte ich sie auch fest; immer geht's nicht schief, und ich nehme mir schon mein Teil. Und zu guter Letzt mache ich mich doch nur lustig über sie. Man muß immer etwas vorhaben, man muß etwas schaffen ... Da hast du einen Gedanken, kämpfst für ihn, treibst ihn den Leuten mit Hammerschlägen in den Schädel, siehst ihn wachsen und triumphieren ... Ach ja, mein Lieber, ich amüsiere mich sehr gut.«

Reine Daseinsfreude klang aus seinen Worten; er wiederholte einige Male, er sei eben ein Kind der Zeit. Er machte sich weidlich lustig über die Verzweifelten, die Angewiderten und Pessimisten, die mit ewiger Schmollmiene durch die ungeheure Werkstatt der Gegenwart liefen. Eine saubere Rolle, während die anderen arbeiteten, sich hinzustellen und vor Langeweile zu gähnen!

»Das ist mein einziges Vergnügen: andere anzugähnen«, sagte Vallagnosc mit einem kühlen Lächeln.

Mouret nahm einen wärmeren Ton an.

»Ach, du bist ganz der alte Paul: immer die Gegensätze gegeneinander ausspielen. Wir haben uns doch nicht wiedergefunden, um zu streiten. Glücklicherweise hat jeder seine eigenen Gedanken. Aber ich muß dir einmal meine Maschinerie in Bewegung zeigen, du sollst sehen, daß die Sache gar nicht so schlecht ist .... Erzähl mir doch etwas von dir. Deiner Mutter und deinen Schwestern geht es hoffentlich gut? Und dann hieß es ja, daß du angeblich vor sechs Monaten in Plassans geheiratet hast?«

Eine plötzliche Gebärde Vallagnoscs unterbrach ihn. Mouret merkte, daß der andere mit unruhigen Blicken im Salon umherschaute; er wandte sich um und sah, daß Fräulein von Boves kein Auge von ihnen ließ. Blanche war groß und voll wie ihre Mutter; nur ging bei ihr das Gesicht schon jetzt in die Breite, und ihre Züge wirkten verschwommen. Mouret befragte seinen Freund leise, worauf Paul erwiderte, es sei noch nichts entschieden und vielleicht werde auch nichts daraus. Er habe die junge Dame bei Frau Desforges kennengelernt, bei der er im vorigen Winter viel verkehrt habe. Er sei auch in der Familie eingeführt und schätze besonders den Vater: ein sehr liebenswürdiger Mensch, alter Lebemann, der sich jetzt in die Verwaltung zurückgezogen habe. Im übrigen sei keinerlei Vermögen da. Frau von Boves habe ihrem Mann nichts als ihre junonische Schönheit zugebracht, die Familie lebe nur kümmerlich von einem verschuldeten Landgut und von den neuntausend Franken, die der Graf verdiene. Unter diesen Umständen müßten sich die Damen natürlich sehr einschränken, und es komme vor, daß sie ihre Kleider selber ausbessern und umändern müßten.

»Warum dann also?« fragte Mouret.

»Mein Gott, irgendwann muß es doch sein«, sagte Vallagnosc in müdem Ton. »Außerdem bestehen einige Hoffnungen, wir rechnen mit dem baldigen Tod einer alten Tante.«

Mouret hatte mittlerweile Herrn von Boves nicht aus den Augen gelassen, der sich sehr angelegentlich mit Frau Guibal zu beschäftigen schien. Jetzt wandte sich der junge Mann seinem Freund zu und blinzelte bedeutungsvoll zu den beiden hinüber, so daß Vallagnosc sich veranlaßt fühlte zu sagen:

»Nein, die nicht ... wenigstens jetzt noch nicht ... Das Schlimme ist, daß er fortwährend dienstlich im ganzen Land herumreist und folglich stets Vorwände hat zu verschwinden. Vorigen Monat, während seine Frau ihn in Perpignan glaubte, saß er mit einer Klavierlehrerin in einem kleinen Vorstadthotel.«

Sie schwiegen eine Weile; dann setzte Paul, der die Liebenswürdigkeiten des Grafen nun gleichfalls beobachtet hatte, hinzu:

»Du kannst recht haben, um so mehr als man sich erzählt, daß die liebe Dame gar nicht so unzugänglich ist. Man spricht von einem sehr drolligen Abenteuer, das sie mit einem Offizier gehabt haben soll ... Aber schau ihn nur an! Ist es nicht komisch, wie er sie aus den Augenwinkeln heraus zu bezaubern sucht! Das ist Altfrankreich, mein Lieber! Ich verehre diesen Mann, und wenn ich seine Tochter heirate, geschieht es vielleicht nur seinethalben!«

Mouret lachte, und als er hörte, daß der erste Gedanke einer Heirat zwischen Vallagnosc und Blanche von Frau Desforges stamme, fand er die Geschichte noch besser. Die gute Henriette schwelgte so sehr in dem Vergnügen, andere Leute zusammenzubringen, daß sie, wenn die Töchter versorgt waren, die Väter unter den Damen ihrer Bekanntschaft sich eine Freundin suchen ließ – alles natürlich im festen Rahmen des Anstandes, ohne daß die Welt jemals Stoff zu einem Skandal bekommen hätte.

Jetzt erschien sie in der Tür des kleinen Salons, gefolgt von einem ungefähr sechzigjährigen Herrn, dessen Eintritt die beiden Freunde nicht bemerkt hatten.

»Hier, lieber Baron«, sagte Frau Desforges. »Ich stelle Ihnen Herrn Octave Mouret vor, der das lebhafte Verlangen hat, Ihnen seine Hochachtung zu bezeigen.«

Dann wandte sie sich zu Octave und fügte hinzu:

»Herr Baron Hartmann.«

Auf den Lippen des alten Herrn erschien ein feines Lächeln. Er war ein kleiner, lebhafter Mann mit einem dicken Elsässerkopf, dessen breites Gesicht beim geringsten Zucken der Mundwinkel, beim leichtesten Blinzeln der Augen seine Klugheit verriet. Zwei Wochen schon widerstand er den Wünschen Henriettes, die diese Zusammenkunft von ihm erbat. Nicht als ob er allzu eifersüchtig gewesen wäre – er hatte sich in die Rolle des Beschützers längst hineingefunden; aber dies war schon der dritte Freund, mit dem Henriette ihn bekannt machte, und er fürchtete, auf die Dauer lächerlich zu werden. Darum war, als er auf Octave zutrat, jenes feine Lächeln auf seinen Lippen erschienen, das besagen wollte, daß er, der reiche Gönner, sich wohl liebenswürdig zeigen, aber keineswegs überrumpeln lassen wolle.

»Oh, Herr Baron«, sagte Mouret mit seiner provenzalischen Begeisterungsfähigkeit, »das letzte Unternehmen der Immobilienbank war ja wirklich erstaunlich! Sie glauben nicht, wie glücklich und stolz ich bin, Ihnen die Hand drücken zu dürfen.«

»Zu liebenswürdig, Herr Mouret, zu liebenswürdig«, wiederholte der Baron lächelnd.

Henriette betrachtete die beiden und schien entzückt, als sie sie in so gutem Einvernehmen sah.

»Meine Herren«, sagte sie schließlich, »ich darf Sie jetzt Ihrem Gespräch überlassen?«

Dann wandte sie sich zu Paul, der sich erhoben hatte, und fragte:

»Eine Tasse Tee gefällig, Herr von Vallagnosc?«

»Mit Vergnügen, gnädige Frau.«

Und die beiden kehrten in den Salon zurück.

Mouret setzte sich wieder auf das Sofa, wo Baron Hartmann schon Platz genommen hatte. Der junge Mann erging sich in neuen Lobsprüchen über die Unternehmungen der Immobilienbank. Dann kam er auf das zu sprechen, was er auf dem Herzen hatte. Er sprach von der neuen Straße, von der Verlängerung der Rue Réaumur, von der ein Teil unter dem Namen Rue du Dix-Décembre zwischen der Börse und dem Opernplatz demnächst in Angriff genommen werden sollte. Er, Mouret, wartete schon seit drei Jahren auf diese Arbeiten, zunächst weil er einen Aufschwung des Geschäftsbetriebs voraussah, vor allem aber, weil er sein Haus noch vergrößern wollte, und dies in einem Maße, wie er es kaum zu gestehen wagte. Da die Rue du Dix-Décembre die Rue de Choiseul und die Rue de la Michodière schneiden sollte, sah er im Geiste das »Paradies der Damen« schon den ganzen Block einnehmen, der von diesen Straßen und von der Rue Neuve-Saint-Augustin begrenzt war; er stellte es sich bereits mit einer palastartigen Front nach der neuen Straße vor, das ganze neu erstehende Stadtviertel beherrschend. Der lebhafte Wunsch, Baron Hartmann kennenzulernen, aber war in ihm aufgestiegen, als er erfahren hatte, die Immobilienbank habe in einem Vertrag mit der Bauverwaltung die Abbrucharbeiten und den Aufbau der Rue du Dix-Décembre übernommen unter der Bedingung, daß man ihr die angrenzenden Grundstücke überlasse.

»Ist es wahr«, wiederholte er und gab sich den Anschein kindlichen Erstaunens, »ist es wahr, daß Sie ihnen die Straße fix und fertig mit sämtlichen Abflußkanälen, Bürgersteigen und Laternen übergeben wollen und daß die Randgrundstücke genügen, um Sie zu entschädigen? Das ist seltsam, sehr seltsam!«

Endlich kam er zu dem heiklen Punkt. Er hatte erfahren, daß die Immobilienbank im geheimen die Häuser um das

»Paradies der Damen« aufkaufte, nicht nur die, welche der Spitzhacke zum Opfer fallen sollten, sondern auch die übrigen, die stehenbleiben würden. Er witterte hinter diesem Vorgehen irgendein künftiges Projekt und geriet in Sorge um seine eigenen Vergrößerungspläne; er fürchtete, eines Tages auf eine mächtige Gesellschaft zu stoßen, die die Grundstücke sicherlich nicht mehr aus der Hand geben würde. Diese Sorge war es vor allem, die ihn bewogen hatte, so rasch wie möglich eine Verbindung zu Baron Hartmann zu suchen, und zwar die liebenswürdige Verbindung über eine Frau, die galante Männer so fest aneinanderschließt. Er hätte den Baron in seinem Büro aufsuchen können, um das große Geschäft, das er ihm vorschlagen wollte, mit ihm zu besprechen. Aber bei Henriette fühlte er sich stärker, er wußte zu gut, wie sehr der gemeinsame Besitz einer Geliebten zwei Männer einander nahebringt und füreinander einnimmt. »Haben Sie nicht das einstige Haus Duvillard, diesen alten Bau, der an mein Geschäft anstößt, gekauft?« fragte er plötzlich. Baron Hartmann zögerte einen Augenblick, dann verneinte er. Allein Mouret sah ihm gerade ins Gesicht und begann zu lachen; von da ab spielte er mit offenen Karten wie ein junger Mann, der einem Erfahreneren sein Vertrauen schenkt.

»Herr Baron«, sagte er, »da ich schon die unverhoffte Ehre habe, Ihnen zu begegnen, möchte ich Ihnen reinen Wein einschenken ... Ich will Ihnen Ihre Geheimnisse nicht entlocken, aber ich will Ihnen die meinen anvertrauen, weil ich überzeugt bin, daß ich sie nicht in bessere Hände legen kann. Überdies brauche ich Ihren Rat, ich wollte Sie schon lange darum bitten.« Er öffnete ihm in der Tat sein Innerstes, erzählte ihm, wie er angefangen hatte, verheimlichte auch nicht die finanziellen Schwierigkeiten, die ihm in seinem Triumph zu schaffen machten. Er erwähnte alles: wie er nach und nach Erweiterungen vorgenommen und seine Gewinne immer wieder im Geschäft angelegt hatte, wie seine Angestellten ihm ihre Ersparnisse anvertraut hatten, wie das Haus bei jedem neuen Ausverkauf seine ganze Existenz riskierte, weil das gesamte Kapital sozusagen auf eine Karte gesetzt war. Doch er fragte gar nicht nach Geld, er besaß ein geradezu fanatisches Zutrauen zu seiner Kundschaft. Sein Ehrgeiz strebte viel höher. Er schlug dem Baron eine Zusammenarbeit vor: die Immobilienbank sollte den Riesenpalast stellen, von dem er träumte, während er für sein Teil seinen Unternehmungsgeist und die bereits vorhandene geschäftliche Grundlage dazugeben wollte.

»Was gedenken Sie denn anzufangen mit Ihren Grundstücken und Ihren Häusern?« fragte er in eindringlichem Ton. »Sie haben doch zweifellos einen Plan? Aber ich bin sicher, daß er nicht so viel wert ist wie der meine. Überlegen Sie doch nur! Wir errichten auf den Grundstücken ein Kaufhaus, wir legen die alten Bauten nieder oder lassen sie stehen, je nachdem, wie es für uns günstiger ist, und eröffnen das riesigste Warenhaus von Paris, einen Basar, der Millionen einbringen soll! – Ach, wenn ich es doch ohne Sie fertigbrächte! Aber Sie haben jetzt die ganze Sache in Händen. Wir müssen uns einigen, es wäre Selbstmord, wenn wir es nicht täten.«

»Wie stürmisch Sie sind, lieber Herr Mouret!« sagte der Baron lediglich. »Welch eine Phantasie!«

Er schüttelte den Kopf und lächelte, noch immer unentschieden, ob er Vertrauen für Vertrauen geben sollte. Der Plan der Immobilienbank bestand darin, in der Rue du Dix-Décembre ein Konkurrenzunternehmen zum Grand-Hotel zu errichten, einen Prachtbau, der in seiner zentralen Lage alle Fremden anziehen mußte. Da übrigens das Hotel nur die Randgrundstücke einnehmen sollte, hätte der Baron den Gedanken Mourets trotzdem aufgreifen und wegen der übrigen Häuser, die immerhin noch eine weite Fläche ausmachten, mit ihm verhandeln können. Allein er hatte sich bereits mit zwei anderen Freunden Henriettes eingelassen und war es nun müde, fortwährend den gefälligen Beschützer zu spielen. Überdies war er trotz seines eigenen Tätigkeitsdrangs von dem kaufmännischen Unternehmungsgeist Mourets mehr verblüfft als verlockt. War dieses Riesenkaufhaus nicht ein phantastisches, unkluges Projekt? Lief man nicht dem sicheren Bankrott in die Arme, wenn man den Modewarenhandel so über alle Grenzen hinaus ausdehnen wollte?

»Der Gedanke ist verführerisch«, sagte er, »allein er entspringt einem poetischen Gemüt. Wo wollen Sie die Kundschaft hernehmen, um einen solchen Riesenbau zu füllen?«

Mouret betrachtete ihn einen Augenblick stillschweigend, wie betroffen von seiner Ablehnung. War es möglich? Ein Mann von so ausgeprägtem Geschäftssinn, ein Mann, der das Geld in den verborgensten Tiefen witterte! Mit einer beredten Geste wies er nach den Damen im anstoßenden Salon und rief aus:

»Die Kundschaft? Da ist sie!«

Baron Hartmann betrachtete, Mourets Handbewegung folgend, durch die weit offenstehende Tür die Damen und lauschte mit einem Ohr ihren Gesprächen, während der junge Mann in dem Verlangen, ihn doch noch zu überzeugen, immer beredter wurde. Ein richtig geleitetes Geschäft stehe und falle mit einem fortgesetzten raschen Umschlag des Kapitals, das so häufig wie möglich im Jahr in Waren umgesetzt werden müsse.

»Das ist das ganze Geheimnis, Herr Baron. Es ist sehr einfach, aber man muß darauf kommen. Wir brauchen gar kein riesiges Kapital; unsere einzige Aufgabe ist die: so rasch wie möglich die eingekauften Waren wieder abzustoßen, um sie durch andere zu ersetzen, wodurch sich das Kapital stets von neuem verzinst. Auf diese Weise können wir uns mit einem bescheidenen Gewinn begnügen. Da unsere allgemeinen Unkosten die enorme Summe von sechzehn Prozent ausmachen und wir auf die Artikel nicht mehr als zwanzig Prozent aufschlagen, haben wir nur vier Prozent Gewinn; und doch muß das Millionen einbringen, wenn nur der Warenbestand fortwährend erneuert wird ... Sie begreifen jetzt, nicht wahr? Die Sache ist doch klar.«

Der Baron schüttelte noch immer den Kopf; er, der in der Finanzwelt als kühner Geschäftsmann bekannt war, blieb in dieser Sache zweifelnd und eigensinnig.

»Ich verstehe schon«, sagte er. »Sie verkaufen billig, um viel zu verkaufen, und Sie verkaufen viel, um billig zu verkaufen ... Aber verkaufen müssen Sie, und ich komme auf meine erste Frage zurück: wem werden Sie verkaufen? Wie wollen Sie einen so riesigen Umsatz aufrechterhalten?«

Mouret setzte zu einer Erklärung an, doch ein plötzliches Stimmengewirr aus dem Salon unterbrach ihn. Die Damen waren in eine lebhafte Auseinandersetzung geraten: abermals ging es um Spitzen, ihre Qualität und ihre Preise. Endlich wurden sie wieder leiser, die Stimmen gingen allmählich in ein Geflüster über.

»Glauben Sie mir«, sagte Mouret, als er wieder zu Wort kam, »man kann alles verkaufen, was man will, wenn man nur zu verkaufen versteht! Das ist eben unsere Kunst.«

Mit seinem südlichen Temperament setzte er dem Baron das Wesen des modernen Verkaufs auseinander. Da war vor allem die überwältigende Macht, die von einem riesigen, an einem Punkt konzentrierten Warenangebot ausging; niemals durfte es an etwas fehlen, jeder gewünschte Artikel mußte stets zur Stelle sein, die Kundin wurde von Tisch zu Tisch gezogen, kaufte hier einen Stoff, dort die Zutaten und wieder an einem ändern Tisch einen Mantel, sie kleidete sich ein, stieß abermals auf etwas Unvorhergesehenes und gab dem Wunsch nach allerlei überflüssigen, aber hübschen Dingen nach. Dann pries er die Einrichtung, die Waren für jedermann ersichtlich auszuzeichnen. Heutzutage spiele sich der Konkurrenzkampf sozusagen unter den Augen des Publikums ab, ein Spaziergang vor den Auslagen könne das künftige Preisniveau bestimmen. Man begnüge sich mit einem geringen Gewinn, Betrügereien gebe es nicht mehr; die Zeiten seien vorbei, da man sich an einem Artikel bereichert habe, indem man ihn um das Doppelte seines Werts verkaufte. Flotter Umsatz, ein angemessener Verdienst an allen Waren, geschickt veranstaltete Sonderverkäufe: darin lag das Geheimnis des Erfolgs. War das keine verblüffende Neuerung? Sie hatte den ganzen Markt auf den Kopf gestellt, ganz Paris umgewandelt und entsprach doch der Natur der Frau.

»Ich habe die Frau in meiner Gewalt – um den Rest brauche ich mich nicht zu kümmern!« sagte er in einem offenen Geständnis. Dieser Ausruf schien Baron Hartmann wankend zu machen. Sein Lächeln war nicht mehr spöttisch; er betrachtete den jungen Mann, der ihn durch seine Zuversicht allmählich gewann.

»Still!« sagte er leise in väterlichem Ton, »man könnte Sie hören.«

Doch die Damen sprachen jetzt alle auf einmal und waren dermaßen hingerissen von ihrem Thema, daß sie nicht einmal einander mehr zuhörten.

Flüsternd, als wollte er ihm eines jener Geständnisse machen, wie sie unter Männern zuweilen vorkommen, führte Mouret seine Erklärungen zu Ende. Alles lief auf die Ausbeutung der Frauen hinaus. Die Warenhäuser machten sich die Frauen durch ihre gegenseitige Konkurrenz streitig, verwirrten sie durch ihre Auslagen, lockten sie in die Falle ihrer Gelegenheitskäufe. Sie weckten neue Wünsche in den Frauen, sie bildeten eine ungeheure Versuchung, der jede zum Opfer fiel, ob sie auch anfangs als gute Hausfrau nur billig einzukaufen gedachte: sie wurde unfehlbar durch ihre Koketterie fortgerissen und zum Schluß betört. Wenn in diesen Warenhäusern die Frau als die Königin dastand, angebetet und umschmeichelt in ihren Schwächen, umgeben von aller Zuvorkommenheit, so herrschte sie doch nur als eine Königin der Liebe, deren Untertanen mit ihr ein Spiel treiben und die jede ihrer Launen mit einem Tropfen ihres Blutes bezahlt. Und unter Mourets liebenswürdigem Wesen verbarg sich die Mißachtung des Mannes der Frau gegenüber, die die Dummheit begangen hat, sich ihm hinzugeben.

»Wer die Frauen in der Hand hat«, sagte er leise, mit einem überlegenen Lächeln zu Baron Hartmann, »der kann die ganze Welt verkaufen.«

Jetzt begriff der Baron. Er zwinkerte verständnisinnig mit den Augen und betrachtete Mouret allmählich mit Bewunderung. Unbewußt gebrauchte er denselben Ausdruck wie Bourdoncle, ein Wort, das seine langjährige Erfahrung ihm eingab:

»Sie werden sich an Ihnen rächen.«

Doch Mouret zuckte in vernichtender Mißachtung die Achseln. Alle gehörten sie ja ihm, meinte er, und er lieferte sich keiner aus. Wenn er sein Vermögen und sein Vergnügen aus ihnen herausgeholt hatte, würde er sie sämtlich abschütteln und denen überlassen, die dann noch auf ihre Rechnung kommen könnten.

»Wie ist es, verehrter Baron«, fragte er zum Schluß, »wollen Sie mit mir gehen? Erscheint Ihnen das Grundstücksgeschäft so durchführbar?«

Obgleich halb besiegt, wollte sich der Baron noch immer nicht binden. Er war schon im Begriff, ausweichend zu antworten, als plötzlich ein dringender Ruf der Damen ihn dieser Mühe enthob.

»Herr Mouret, Herr Mouret!« ertönte es aus dem Salon.

Und als dieser, verdrossen über die Störung, so tat, als hörte er nicht, kam Frau von Boves zur Tür des kleinen Salons.

»Man verlangt nach Ihnen, Herr Mouret«, sagte sie. »Es ist gar nicht höflich von Ihnen, sich so in einen Winkel zu verkriechen und von Geschäften zu sprechen.«

Er machte gute Miene zum bösen Spiel, die beiden Herren erhoben sich und begaben sich in den Salon.

»Ich stehe Ihnen ganz zu Diensten, meine Damen«, sagte Mouret mit einem Lächeln auf den Lippen.

Lautes Rufen empfing ihn. Er mußte näher herankommen, die Damen machten ihm Platz in ihrer Mitte. Herr von Boves und Vallagnosc standen am Fenster und unterhielten sich, während Herr Marty, der eben erst gekommen war, offenbar äußerst bestürzt dem Gespräch der Damen über ihre Toilettensorgen folgte.

»Bleibt es dabei, daß der Sonderverkauf am nächsten Montag stattfindet?« fragte Frau Marty.

»Gewiß«, erwiderte Mouret mit schmelzender Stimme, einem Tonfall, den er immer annahm, sowie er mit Frauen sprach.

»Wir gehen nämlich alle hin«, bemerkte Henriette. »Man erzählt sich, daß Sie wahre Wunder vorbereiten.«

»Wunder?« meinte er mit geheuchelter Bescheidenheit. »Ich bin nur bestrebt, mich Ihres Vertrauens würdig zu erweisen.«

Nun drangen sie mit Fragen in ihn. Frau Bourdelais, Frau Guibal und selbst Blanche wollten Näheres wissen.

»Erzählen Sie uns doch etwas darüber«, wiederholte Frau von Boves eindringlich. »Wir sterben vor Neugierde.«

Sie umringten ihn, als Henriette bemerkte, daß er noch keinen Tee bekommen habe. Alle waren untröstlich; ihrer vier auf einmal wollten sie ihn bedienen, nur unter der Bedingung allerdings, daß er ihre Neugierde befriedige. Henriette goß den Tee ein, Frau Marty hielt die Tasse, während Frau von Boves und Frau Bourdelais sich um die Ehre stritten, ihm Zucker zu geben. Er weigerte sich, Platz zu nehmen, und trank seinen Tee stehend; sie nahmen ihn in die Mitte, er war gefangen im engen Kreis ihrer Röcke. Mit leuchtenden Blicken und lächelndem Mund sahen sie zu ihm auf.

»Was ist mit Ihrer Seide, mit Ihrem ›Pariser Glück‹, von dem alle Zeitungen sprechen?« fragte Frau Marty ungeduldig.

»Oh, das ist etwas Außerordentliches!« erwiderte er. »Ein festes und doch überaus schmiegsames Gewebe ... Sie werden ja sehen, meine Damen ... Sie finden den Stoff nur bei uns, denn wir haben das Alleinverkaufsrecht erworben.«

»Wirklich? Eine schöne Seide zu fünf Franken sechzig!« rief Frau Bourdelais begeistert. »Es ist kaum zu glauben!«

Seit das Lob dieser Seide durch die Reklame in alle Winde getragen wurde, nahm sie im Leben der Damen einen bedeutenden Platz ein. Sie sprachen nur davon, und in der geschwätzigen Neugierde, mit der sie den jungen Mann bestürmten, zeigte sich jede einzelne von ihnen in ihrer unverwechselbaren Eigenart: Frau Marty, die in ihrer Leidenschaft fürs Geldausgeben im »Paradies der Damen« wahllos alles zusammenkaufte; Frau Guibal, die stundenlang darin herumspazierte, ohne etwas zu kaufen, schon zufrieden mit der Augenweide; Frau von Boves, die ewig in Geldverlegenheiten war und mit gierigen Blicken die Waren verschlang, die sie sich nicht leisten konnte; Frau Bourdelais mit ihrem bürgerlich vernünftigen und praktischen Sinn, die nur auf die günstigen Angebote losging und auch in den großen Warenhäusern die Besonnenheit und das Geschick der guten Hausfrau zur Geltung brachte; endlich Henriette, die in allen Dingen Wert auf höchste Eleganz legte und im »Paradies der Damen« nur bestimmte Dinge kaufte, wie ihre Handschuhe, Wollwaren und einfachere Wäsche und dergleichen.

»Wir haben noch andere erstaunlich schöne und billige Stoffe«, fuhr Mouret mit seiner einschmeichelnden Stimme fort; »so empfehle ich Ihnen unsere ›Goldhaut‹, einen Taft von unvergleichlichem Glanz; dann Phantasieseiden in reizenden Mustern, die unser Einkäufer mit besonderer Sorgfalt ausgewählt hat; und was die Samte betrifft, so finden Sie bei uns ein reiches Sortiment in allen Farben ... Ich mache Sie darauf aufmerksam, daß man in diesem Jahr sehr viel Wollstoffe tragen wird.«

Sie unterbrachen ihn nicht mehr. Sie hatten den Kreis um ihn fest geschlossen; mit einem Lächeln auf den halbgeöffneten Lippen standen sie da, das Gesicht gespannt, als strebe ihr ganzes Wesen dem Versucher zu. Er aber fuhr fort, zwischen seinen Sätzen immer wieder einen Schluck Tee zu trinken, und bewahrte die Ruhe eines Eroberers. Angesichts dieser Verführungskunst, die sich selbst zu beherrschen wußte, aber stark genug war, um dermaßen mit den Frauen zu spielen, fühlte Baron Hartmann, der Mouret nicht aus den Augen ließ, seine Bewunderung für den jungen Mann immer mehr wachsen.

Frau Bourdelais, die ihre Besonnenheit bewahrt hatte, meinte nun:

»Nicht wahr, der Resteausverkauf ist am Donnerstag? ... Da will ich lieber warten, denn ich habe alle meine Kleinen anzuziehen.«

Sie wandte sich zu der Dame des Hauses und fragte:

»Läßt du noch immer bei der Sauveur arbeiten?«

»Mein Gott, ja«, erwiderte Henriette. »Die Sauveur ist sehr teuer, aber außer ihr gibt es niemanden in Paris, der ein anständiges Kleid zu machen versteht. Und Herr Mouret mag sagen, was er will: man findet bei ihr die schönsten Muster – Muster, die es sonst nirgends gibt. Ich mag es nicht, wenn ich meine Kleider bei allen Leuten wiederfinde.«

Mouret lächelte geheimnisvoll; dann gab er zu verstehen, daß auch Frau Sauveur ihre Stoffe bei ihm kaufe. Gelegentlich allerdings übernehme sie gewisse Muster, für die sie sich das Alleinverkaufsrecht sichere, direkt vom Fabrikanten; aber ihre schwarzen Seiden beispielsweise beziehe sie ausschließlich beim »Paradies der Damen«. Sie decke sich dort immer wieder erheblich ein und verkaufe ihre Vorräte dann zu doppelten und dreifachen Preisen weiter.

»Ich bin sicher«, schloß er, »daß ihre Leute auch unser ›Pariser Glück‹ aufkaufen werden. Warum sollte sie denn in der Fabrik für den Stoff mehr zahlen als bei mir? Mein Ehrenwort: wir verkaufen die Seide mit Verlust.«

Das war der letzte Schlag, den er gegen die Damen führte. Der Gedanke, etwas unter dem Einkaufspreis zu bekommen, stachelte in ihnen alle Leidenschaften der Frau auf, deren Genuß doppelt ist, wenn sie den Kaufmann zu übervorteilen glaubt. Er wußte, sie würden einem billigen Angebot nicht widerstehen können.

»Bei uns wird alles zu Spottpreisen verkauft!« rief er vergnügt, während er den Fächer von Frau Desforges vom Tischchen nahm

»Sehen Sie diesen Fächer: ich weiß nicht, was er gekostet hat ...«

»Die Chantillyspitze fünfundzwanzig Franken, das Gestell samt der Arbeit zweihundert«, sagte Henriette.

»Schön: die Spitze ist nicht teuer, obwohl Sie bei uns die gleiche für achtzehn Franken bekommen. Was aber die Verarbeitung betrifft, liebe gnädige Frau, so sind Sie abscheulich betrogen worden; ich mache mich anheischig, ein ganz ähnliches Stück um neunzig Franken zu beschaffen.«

»Ich sagte es ja!« rief Frau Bourdelais.

»Neunzig Franken!« murmelte Frau von Boves; »da muß man in der Tat eine Bettlerin sein, um sich das zu versagen.«

Sie nahm den Fächer und betrachtete ihn von neuem, und in ihrem regelmäßigen Gesicht, in ihren großen, schmachtenden Augen spiegelte sich die nur mühsam zurückgehaltene Begierde. Abermals machte der Fächer die Runde unter den Damen. Herr von Boves und Vallagnosc hatten inzwischen das Fenster verlassen. Der Graf war hinter Frau Guibal getreten und starrte mit undurchdringlicher Miene in ihren Ausschnitt. Als er den schmerzlichen Blick auffing, mit dem seine Frau dem Fächer folgte, hielt er es für gut, auch etwas zu dem Thema zu sagen.

»Diese Dinger sind gar zu zerbrechlich«, meinte er.

»Reden wir nicht davon«, warf mit geziert gleichgültiger Miene Frau Guibal ein. »Ich bin es schon überdrüssig geworden, meine Fächer immer wieder reparieren zu lassen.«

Ganz aufgeregt durch diese Unterhaltung, drehte Frau Marty schon seit einer Weile ihre rote Ledertasche fieberhaft auf den Knien hin und her. Sie hatte ihre Einkäufe noch immer nicht gezeigt und brannte darauf, sie auszukramen. Endlich konnte sie sich nicht länger beherrschen; sie vergaß ganz die Anwesenheit ihres Mannes, öffnete die Ledertasche und holte einige Meter schmale, auf einen Karton gerollte Spitzen hervor.

»Das sind die Valenciennes für meine Tochter. Drei Zentimeter breit. Köstlich, nicht wahr? Einen Franken neunzig der Meter.« Die Spitzen wanderten von Hand zu Hand. Die Damen waren ganz hingerissen. Mouret versicherte, daß er diese kleinen Garnituren zum Fabrikpreis abgebe. Frau Marty hatte inzwischen ihre Ledertasche wieder geschlossen, wie um Sachen darin zu verbergen, die man nicht vorzeigt. Als sie aber den Beifall sah, den die Spitzen gefunden hatten, konnte sie dem Verlangen nicht widerstehen, noch etwas hervorzuholen.

»Diese Taschentücher habe ich ebenfalls gekauft. Brüsseler Arbeit, meine Liebe! Rein geschenkt! Zwanzig Franken!«

Und nun erwies sich die Tasche als unerschöpflich. Frau Marty errötete vor Vergnügen, jedes Stück, das sie hervorholte, bereitete ihr sichtlich einen neuen Genuß. Da war vor allem ein Halstuch für dreißig Franken; sie hatte es gar nicht kaufen wollen, allein der Verkäufer hatte ihr geschworen, es sei das letzte und sie kämen nicht mehr nach. Dann tauchte ein Schleier aus Chantillyspitzen auf; ziemlich teuer: fünfzig Franken. Wenn sie ihn nicht tragen sollte, so konnte sie ihrer Tochter etwas daraus machen.

»Mein Gott: Spitzen sind gar so hübsch!« wiederholte sie immerfort mit nervösem Lachen. »Wenn ich einmal dabei bin, möchte ich das ganze Warenhaus leerkaufen.«

»Und was ist das?« fragte Frau von Boves und betrachtete ein großes Stück Gipüre.

»Ach, das habe ich so nebenher gekauft, es sind sechsundzwanzig Meter Besatz, der Meter zu nur einem Franken, was sagen Sie dazu?«

»Sieh an!« bemerkte Frau Bourdelais überrascht. »Was wollen Sie damit anfangen?«

»Das weiß ich noch nicht ... Aber das Muster war so entzückend.«

In diesem Augenblick schaute sie auf und erblickte ihren Mann, der mit versteinertem Antlitz dastand. Jedes neue Stück Spitze war für ihn ein Unglück, verschlang die Früchte langer Arbeitstage, bedeutete die Jagd nach neuen Privatstunden. Als sie das steigende Entsetzen in seinen Blicken las, wollte sie rasch alles wieder einpacken: die Taschentücher, den Schleier, das Halstuch; sie fuchtelte nervös herum und meinte mit verlegenem Lächeln:

»Sie werden es noch dahin bringen, daß mein Mann mich ausschilt ... Dabei versichere ich dir, daß ich sehr vernünftig war. Da gab es eine große, wunderbare Spitze zu fünfhundert Franken je Meter!«

»Warum haben Sie sie denn nicht gekauft?« fragte ruhig Frau Guibal. »Sie haben doch den zuvorkommendsten aller Gatten.«

Herr Marty verneigte sich und erklärte, seine Frau sei in ihren Entscheidungen völlig frei. Allein beim Gedanken an die erwähnte große Spitze überlief ihn ein eiskalter Schauer. Und als er hörte, wie Mouret sagte, die Warenhäuser trügen ein gut Teil zum Wohlstand der mittleren Bürgerkreise bei, warf er ihm einen haßerfüllten Blick zu.

Die Damen betrachteten noch immer die Spitzen und fanden ihr Vergnügen daran. Die Stücke wurden auf- und zugerollt, gingen von Hand zu Hand. Sie überhäuften Mouret mit neuen Fragen. Da es langsam dunkel wurde, mußte er sich von Zeit zu Zeit zu ihnen niederbeugen, um eine Spitze zu begutachten, ein Muster zu erklären. Aber trotz des Entzückens, das er heuchelte, blieb er inmitten des warmen Dufts ihrer Schultern stets ihr Herr. Er schien selbst zur Frau zu werden, sie fühlten sich durchdrungen und hingerissen von dem Zartgefühl, mit dem er ihr innerstes Wesen erfaßte, und überließen sich ganz seiner Verführung.

Henriette hatte sich zurückgezogen und sprach in der Fensternische leise mit dem Baron.

»Er ist ein reizender Junge!« versicherte Hartmann.

»Nicht wahr?« rief sie mit dem unwillkürlichen Ausdruck einer verliebten Frau.

Er lächelte und betrachtete sie nachsichtig. Es war das erste mal, daß er sie so sehr gefangen fand; zu überlegen, um deswegen gekränkt zu sein, bedauerte er vielmehr, sie in den Händen dieses so galant auftretenden und doch so kühlen Burschen zu sehen. Er fühlte sich verpflichtet, sie zu warnen, und murmelte scherzhaft:

»Nehmen Sie sich in acht, meine Liebe, er wird Sie alle verschlingen.«

Eine eifersüchtige Flamme blitzte in den schönen Augen Henriettes auf; sie begriff ohne Zweifel, daß Mouret sich ihrer nur bedient hatte, um mit dem Baron in Verbindung zu treten, und beschloß, ihn nun erst recht wahnsinnig vor Liebe zu machen.

»Oh«, erwiderte sie und schlug auch ihrerseits einen scherzhaften Ton an, »am Ende frißt doch noch das Lamm den Wolf.« Der Baron ermutigte sie mit einem Kopfnicken. Vielleicht war sie die Frau, die bestimmt war, die übrigen zu rächen.

Mouret hatte unterdessen Vallagnosc noch einmal eingeladen, doch einmal seine Firma zu besichtigen. Nun kam er heran, um sich zu verabschieden. Da hielt ihn der Baron in der Fensternische zurück. Er war endlich der Verführung erlegen, der Anblick des jungen Mannes inmitten dieser Damen hatte ihn überzeugt. Die beiden plauderten einen Augenblick mit gedämpfter Stimme. Dann erklärte der Bankier:

»Gut, ich will die Sache prüfen ... Sie können das Geschäft als abgeschlossen betrachten, wenn Ihr Sonderverkauf am nächsten Montag wirklich ein solcher Erfolg wird, wie Sie hoffen.«

Sie drückten einander die Hand, und Mouret nahm mit entzückter Miene Abschied.

Viertes Kapitel

Am Montag, dem zehnten Oktober, brach die Sonne siegreich durch die grauen, regenschweren Wolken, die seit einer Woche Paris verdüsterten. Die ganze Nacht war ein feiner Regen niedergegangen, der die Straßen verschmierte; allein bei Tagesanbruch hatte ein scharfer Wind die Bürgersteige getrocknet, die Wolken vom Himmel verjagt und ihn in heiterem Frühlingsblau erstrahlen lassen.

Das »Paradies der Damen« lag schon um acht Uhr im Glanz des großen Sonderverkaufs. Über dem Eingang flatterten Fahnen, der frische Morgenwind spielte mit den ausgehängten Wollwaren. Die lange Reihe der Schaufenster nach beiden Straßen mit ihren blankgeputzten Scheiben entfaltete die ganze Farbenpracht der Dekoration.

Doch zu dieser frühen Morgenstunde hatten sich erst wenige Käufer eingefunden: einige Kunden, die später keine Zeit hatten, Haushälterinnen aus der Nachbarschaft, ein paar Frauen, die sich dem Gedränge am Nachmittag nicht aussetzen wollten. Das mit Waren vollgepfropfte Geschäft war noch leer, aber sichtlich gerüstet. Die vorbeieilenden Fußgänger würdigten die Auslagen kaum eines Blicks. Nur die Bewohner des Stadtviertels, die kleinen Geschäftsleute vor allem, die durch diesen ungeheuren Aufwand an Fahnen und Dekoration in Aufruhr versetzt wurden, standen in Gruppen unter den Türen und auf der Straße und tauschten hier und da bittere Bemerkungen aus. Hauptsächlich erboste sie ein in der Rue de la Michodière vor dem Warenabgang haltender Wagen, einer jener vier, die Mouret in ganz Paris für sich Reklame machen ließ. Grün angestrichen, mit Rot und Gelb verziert, leuchtete er im hellen Sonnenschein wie Gold und Purpur. Auf beiden Seiten war der Name der Firma zu lesen, darüber eine auffallende Anzeige, die auf den heutigen großen Sonderverkauf hinwies. Nachdem der Wagen mit den restlichen Paketen vom Tag vorher vollgeladen war, preschte das prächtige Pferd im Trab davon. Baudu stand blaß auf der Schwelle seines Ladens und blickte haßerfüllt diesem Fahrzeug nach, das den verabscheuten Namen des »Paradieses der Damen« im hellen Sonnenlicht durch ganz Paris spazierenführte.

Mittlerweile waren einige Droschken angekommen und hatten sich hintereinander aufgestellt. Sooft eine Käuferin eintrat, entstand eine Bewegung unter den Laufburschen, die, in die Livree des Hauses gekleidet – hellgrüner Anzug, gelb und rot gestreifte Weste –, unter der hohen Eingangstür warteten. Der Inspektor Jouve, in Schwarz mit weißer Krawatte und allen Kriegsauszeichnungen, empfing die Damen voll ernster Höflichkeit, um sie nach den verschiedenen Abteilungen zu weisen. Dann verschwanden sie in dem Vorraum, der in einen orientalischen Saal umgewandelt war.

Schon von der Place Gaillon aus konnte man diesen Saal sehen. Decken und Wände waren mit den Schätzen des Orients verkleidet, türkischen, arabischen, persischen, indischen Teppichen in den sattesten Farben und üppigsten Mustern. Mouret selbst hatte diesen Gedanken gehabt, der alle in höchstes Erstaunen versetzte. Er hatte in der Levante zu ausgezeichneten Bedingungen eine Sammlung alter und neuer Teppiche angekauft, wie sie bisher nur bei Raritätenhändlern für teures Geld zu haben gewesen waren. Er wollte den Markt damit überschwemmen, gab sie fast zum Einkaufspreis ab und gedachte nur so viele zu behalten, wie er für die prächtige Ausstattung seines Hauses brauchte.

Als Denise, die gerade an diesem Montag ihre neue Stelle antreten sollte, um acht Uhr morgens durch den orientalischen Saal kam, war sie ganz verblüfft. Sie erkannte den Eingang gar nicht wieder und betrachtete verwirrt diese Haremsdekoration am Portal. Ein Laufbursche führte sie ins Dachgeschoß hinauf und übergab sie Frau Cabin, die damit betraut war, die Kammern der Verkäuferinnen reinzuhalten und zu überwachen. Frau Cabin wies Denise nach Nummer sieben, wohin ihr Koffer schon vorgetragen worden war. Es war ein winziger Raum mit einer Luke auf das Dach, möbliert mit einem schmalen Bett, einem Nußbaumschrank, einem Toilettentisch und zwei Stühlen. Zwanzig solcher Mansarden lagen wie Klosterzellen an einem gelb angestrichenen Gang. Von den fünfunddreißig Verkäuferinnen schliefen hier diejenigen, die in Paris keine Familie hatten, während die übrigen auswärts wohnten, darunter einige bei angeblichen Tanten oder Kusinen. Denise zog rasch ihr Wollkleid aus, das durch das viele Bürsten fadenscheinig geworden und an den Ärmeln vielfach ausgebessert war; es war das einzige, das sie aus Valognes mitgebracht hatte. Dann legte sie den Arbeitsanzug ihrer Abteilung an, ein schwarzes Seidenkleid, das auf dem Bett bereitlag. Es war ein wenig zu lang und in den Schultern zu weit; allein in ihrer Aufregung sputete sie sich dermaßen, daß sie sich bei solchen Einzelheiten nicht aufhielt. Sie hatte noch nie in ihrem Leben Seide getragen. Während sie in ihrer festtäglichen Kleidung voller Unbehagen nach unten ging, fühlte sie sich gänzlich fehl am Platz.

Als sie ihre Abteilung betrat, brach eben ein Streit los; sie hörte Claire mit scharfer Stimme rufen:

»Ich bin vor ihr angekommen!«

»Das ist nicht wahr«, erwiderte Marguerite; »an der Tür hat sie mich gestoßen, aber ich hatte schon den Fuß drinnen.«

Es handelte sich darum, wessen Name früher auf die Tafel geschrieben werden sollte, die den Turnus beim Verkauf regelte. Die Verkäuferinnen mußten sich in der Reihenfolge, wie sie ankamen, auf einer Schiefertafel eintragen; nach jedem Verkauf löschten sie oben ihren Namen und setzten ihn als letzten unten wieder an. Frau Aurélie gab schließlich Marguerite recht.

»Immer Ungerechtigkeiten!« murmelte Claire wütend.

Doch der Eintritt Denises versöhnte die beiden. Sie betrachteten sie und lächelten einander spöttisch zu. Wie konnte man nur so geschmacklos herumlaufen! Das junge Mädchen trat linkisch zur Schiefertafel, wo sie sich als letzte eintrug. Mittlerweile betrachtete die Direktrice sie mit unruhiger Miene; sie konnte sich nicht enthalten zu bemerken:

»Meine Liebe, in diesem Kleid hätten ja zwei von Ihrer Sorte Platz! Es muß enger gemacht werden; außerdem verstehen Sie offenbar gar nicht, sich anzuziehen. Kommen Sie her, damit ich das etwas in Ordnung bringe.«

Sie führte sie vor einen der hohen Spiegel, die abwechselnd zwischen den Schranktüren angebracht waren. Der weite Raum mit den einheitlich gekleideten und abwartend herumstehenden Verkäuferinnen wirkte unpersönlich wie die Empfangshalle eines Hotels. Jedes der Mädchen trug zwischen zwei Knöpfen an der Brust einen großen Bleistift, aus den Taschen blitzte der weiße Kassenblock hervor. Einige von ihnen hatten bescheidenen Schmuck angelegt, Ringe, Broschen, Ketten. Ihr eigentlicher Luxus aber, in dem sie bei der erzwungenen Einförmigkeit ihrer Kleidung miteinander wetteiferten, war ihr Haar, das bei allen mit dem Aufwand der raffiniertesten Toilettenkünste frisiert war.

»Ziehen Sie den Gürtel etwas mehr zu«, fing Frau Aurélie wieder an. »So, jetzt haben Sie wenigstens keinen Buckel mehr. Und Ihre Haare! Wie kann man sie nur zu einem solchen Klumpen verunstalten! Sie wären prachtvoll, wenn Sie damit umzugehen wüßten.«

Das war in der Tat Denises einzige Schönheit. Ihre aschblonden Haare fielen ihr beim Kämmen bis zu den Knöcheln herab; sie waren ihr so im Weg gewesen, daß sie sie einfach zu einem Knoten zusammengerollt und mit einem Hornkamm festgesteckt hatte. Claire, die beim Anblick dieser Fülle vor Neid verging, tat, als müsse sie über die linkische Art lachen, wie sie gekämmt war. Sie rief mit einem Wink eine Verkäuferin aus der Wäscheabteilung herbei, ein Mädchen mit breiten, aber angenehmen Zügen. Die beiden aneinanderstoßenden Abteilungen lagen in ständiger Fehde; wenn es sich jedoch darum handelte, sich über andere lustig zu machen, verstanden die Verkäuferinnen sich gleich.

»Fräulein Pauline, schauen Sie sich einmal diese Mähne an!« sagte Claire und stieß mit dem Ellbogen gleichzeitig Marguerite an. Sie tat, als müsse sie vor Lachen ersticken. Allein Pauline schien nicht zum Scherzen aufgelegt zu sein. Sie betrachtete Denise einen Augenblick und erinnerte sich, was sie selbst in den ersten Tagen ihres Eintritts auszustehen gehabt hatte.

»Ach was«, sagte sie, »nicht jedermann hat eine solche Mähne!« Damit kehrte sie in die Wäscheabteilung zurück und ließ die anderen verlegen zurück. Denise, die alles mit angehört hatte, sandte ihr einen dankbaren Blick nach, während Frau Aurélie ihr einen auf ihren Namen ausgestellten Kassenblock übergab und sagte:

»Jetzt machen Sie sich mit den Gewohnheiten des Hauses vertraut und warten Sie, bis Sie im Verkauf an die Reihe kommen; es wird heute heiß hergehen. Da werden wir ja sehen, was Sie können.«

Die Abteilung blieb indessen leer; es kamen in dieser frühen Morgenstunde nur wenige Kunden zur Konfektion herauf. Denise machte sich selber Mut, denn es galt, ihren Platz zu erobern. Man hatte ihr am Tag zuvor gesagt, daß sie kein festes Gehalt, sondern nur ihre Prozente bekommen werde, die übliche Provision nach jedem Verkauf. Sie hoffte dennoch, auf zwölfhundert Franken zu kommen, denn sie wußte, daß gute Verkäuferinnen es auf zweitausend brachten. Ihre Ausgaben standen fest: hundert Franken im Monat würden genügen, die Pension Pépés zu bestreiten und auch Jean etwas zuzustecken, der ja noch nichts bezahlt bekam; dabei würde ihr noch so viel übrigbleiben, daß sie selber leben und sich hier und da ein Wäsche- oder Kleidungsstück kaufen konnte. Allein um eine so hohe Summe zu erreichen, mußte sie fleißig und geschickt sein, sich die Mißgunst, die sie umgab, nicht allzu sehr zu Herzen nehmen, sich wehren

und, wenn nötig, den ihr zukommenden Teil sich auch mit Gewalt erobern.

Während sie sich mit solchen Gedanken beschäftigte, ging ein großer junger Mann durch die Abteilung und lächelte ihr zu. Als sie Deloche erkannte, der am Tag zuvor in die Spitzenabteilung eingetreten war, erwiderte sie lächelnd seinen Gruß, ganz glücklich über diese Freundschaft, die ihr hier plötzlich begegnete; sie sah darin eine glückliche Vorbedeutung.

Um halb zehn rief eine Glocke zur ersten Mahlzeit. Dann wurde die zweite Schicht gerufen. Immer noch kamen keine Kunden. Frau Frédéric, die zweite Abteilungsleiterin, die in ihrer ewig verdrossenen Witwenstimmung von vornherein alles schwarz sah, versicherte, der Tag sei verloren; keine vier Katzen würden erscheinen; man könne ruhig die Schränke schließen und nach Hause gehen. Diese Prophezeiung verdüsterte das platte Gesicht Marguerites, die sehr geldgierig war, während Claire schon an eine Landpartie dachte, falls das Haus Bankrott machen sollte. Frau Aurélie ging stumm und ernst in der leeren Abteilung umher wie ein General, den bei Sieg und Niederlage gleichermaßen die Verantwortung trifft. Gegen elf Uhr erschienen einige Damen. Die Reihe zum Verkaufen war an Denise. Eben wurde eine Kundin gemeldet.

»Es ist die Dicke aus der Provinz, Sie wissen ja«, flüsterte Marguerite.

Es war eine Dame von fünfundvierzig Jahren, die von Zeit zu Zeit aus einem entfernten Winkel des Landes nach Paris kam. Zu Hause legte sie monatelang ihre Ersparnisse beiseite. Wenn sie dann in der Stadt war, galt ihr erster Weg dem »Paradies der Damen«, wo sie alles bis auf den letzten Sou ausgab. Selten machte sie eine briefliche Bestellung, sie wollte sehen, was sie kaufte, wollte die Freude genießen, die Ware zu befühlen. Das ganze Geschäft kannte sie, man wußte, daß sie Boutarel hieß und in Albi wohnte; um das übrige kümmerte sich niemand.

»Es geht Ihnen hoffentlich gut, gnädige Frau?« fragte Frau Aurélie, die ihr höflich entgegenging. »Was darf es sein? Wir stehen ganz zu Ihrer Verfügung.«

Dann wandte sie sich um und rief:

»Ein Fräulein bitte!«

Denise trat näher, allein Claire war ihr zuvorgekommen. Gewöhnlich war sie ziemlich träge beim Verkauf; sie machte sich nicht viel aus dem Geld; sie verdiente außerhalb des Hauses weit mehr und ohne jede Mühe ... Doch der Gedanke, der Neuen eine Kundin wegzukapern, spornte sie an.

»Ich bin an der Reihe«, setzte sich Denise empört zur Wehr. Frau Aurélie warf ihr einen strengen Blick zu.

»Hier befehle ich. Alte Kunden können Sie noch nicht bedienen; warten Sie, bis Sie sich im Hause besser auskennen.«

Denise wandte sich ab, und da ihr die Tränen in die Augen traten, kehrte sie den anderen den Rücken und tat, als wollte sie auf die Straße hinunterschauen. Wie, versuchte man sie am Verkauf zu hindern? Sollten sich alle zusammengetan haben, um ihr die ersten Kunden wegzuschnappen? Die Sorge um die Zukunft erfaßte sie; sie fühlte sich wie erdrückt unter so viel Feindseligkeit. In ihrer bitteren Verlassenheit preßte sie die Stirn an die kalte Fensterscheibe, blickte nach dem »Vieil Elbeuf« hinüber und dachte, es wäre besser gewesen, wenn sie ihren Onkel gebeten hätte, sie zu behalten; jetzt stand sie ganz allein in diesem riesigen Haus da, wo niemand sie gern sah.

Inzwischen hörte sie hinter sich die Stimmen summen.

»Der ist mir zu eng«, sagte Frau Boutarel.

»Aber gnädige Frau«, erwiderte Claire, »die Schultern sitzen genau richtig ... Vielleicht hätten Sie lieber einen Umhang als einen Mantel?«

Denise fuhr zusammen, eine Hand hatte sich auf ihren Arm gelegt, und Frau Aurélie fragte streng:

»Nun tun Sie überhaupt nichts? Sie betrachten sich die Leute da draußen? So geht das nicht!«

»Man läßt mich ja nicht verkaufen.«

»Es gibt andere Arbeiten für Sie, fangen Sie wie alle an ... Hier, legen Sie die Sachen zusammen!«

Um die wenigen Kunden zu bedienen, die bisher gekommen waren, hatte man schon sämtliche Fächer leeren müssen; auf den beiden langen Eichentischen rechts und links lagen ganze Haufen von Mänteln, Umhängen und Kleidern aller Sorten und Größen.

Wortlos machte Denise sich daran, sie zusammenzulegen und sorgfältig wieder in die Schränke zu hängen. Es war die untergeordnetste Arbeit der Anfängerinnen. Sie widersprach nicht, da sie wußte, daß man unbedingten Gehorsam forderte; sie wartete einfach ab, ob die Direktrice sie auch verkaufen lassen werde, wie sie es anfangs vorgehabt zu haben schien.

Sie war immer noch beim Zusammenlegen, als Mouret erschien; das störte sie aus ihrer trüben Stimmung auf. Sie errötete, ohne zu wissen, weshalb, und fühlte sich wieder von jener seltsamen Angst erfaßt, denn sie glaubte, daß er sie ansprechen werde. Allein er sah sie gar nicht, er erinnerte sich nicht mehr an diese kleine Person, die ihm einmal durch einen vorübergehenden günstigen Eindruck aufgefallen war.

»Frau Aurélie!« rief er in gebieterischem Ton.

Er war blaß, die Augen aber waren hell und hatten ihre Entschlossenheit behalten. Auf seinem Gang durch die Abteilungen hatte er überall gähnende Leere vorgefunden, und bei all seinem eigensinnigen Vertrauen in sein Glück war doch plötzlich die Möglichkeit einer Niederlage in seinen Überlegungen aufgetaucht. Allerdings war es erst elf Uhr, und er wußte aus Erfahrung, daß der Hauptansturm immer nachmittags kam. Allein einige Anzeichen beunruhigten ihn: bei früheren Großverkäufen hatte sich schon am Morgen eine gewisse Bewegung gezeigt, während heute sogar die Kunden aus dem Stadtviertel fehlten, die als Nachbarinnen zu ihm zu kommen pflegten.

Eben sagte Frau Boutarel, die sonst immer etwas kaufte:

»Nein, Sie haben diesmal nichts, was mir gefällt ... Ich werde mich ein andermal entschließen.«

Mouret blickte ihr nach; als Frau Aurélie auf seinen Ruf herbeikam, nahm er sie beiseite, und die beiden wechselten rasch einige Worte. Sie machte eine Geste des Bedauerns, offenbar berichtete sie ihm, daß der Verkauf nicht recht in Schwung kommen wolle. Sie standen sich einen Augenblick wortlos gegenüber, von einem jener Zweifel gepackt, die ein Feldherr seinen Soldaten zu verbergen pflegt. Endlich sagte Mouret laut und zuversichtlich:

»Wenn Sie noch mehr Leute brauchen, nehmen Sie ein Mädchen aus dem Atelier, es wird doch etwas mithelfen können.«

Verzweifelt setzte er seine Besichtigung fort. Er vermied es schon seit dem Morgen, Bourdoncle zu begegnen, dessen sorgenvolle Bemerkungen ihn reizten. Als er die Wäscheabteilung verließ, wo das Geschäft noch schwächer ging, stieß er doch plötzlich auf ihn und mußte sein Gejammer über sich ergehen lassen. Da schickte er ihn ganz einfach zum Teufel mit all der Schroffheit, die er in schlimmen Stunden selbst seinen höchsten Angestellten gegenüber an den Tag legte.

»Lassen Sie mich in Ruhe! Es geht ja ausgezeichnet ... Ich werfe schließlich noch alle Miesmacher zur Tür hinaus.«

Dann stellte er sich an der Treppe vom Zwischenstock ins Erdgeschoß auf. Von diesem Punkt aus konnte er das ganze Geschäft überblicken. Doch nun erschien ihm die allgemeine Leere noch trostloser: In der Spitzenabteilung war nur eine alte Dame zu sehen, die sämtliche Kästen um und um wühlen ließ, ohne etwas zu kaufen; in der Wäscheabteilung feilschten drei Frauenzimmer um Kragen zu achtzehn Sous. Unten in den Seitengängen waren die Kunden zwar etwas zahlreicher, aber sie wanderten unentschlossen an den Tischen vorbei. Bei den Kurzwaren drängten sich einige Weiber; in den Abteilungen für Weißwaren und für Wollwaren dagegen war wieder kaum jemand zu entdecken. Die Laufburschen in ihren grünen Anzügen mit den breiten glänzenden Messingknöpfen warteten mit hängenden Armen auf die Kunden. Von Zeit zu Zeit ging einer der Inspektoren mit strenger Miene vorüber. Am meisten beklommen machte Mouret die Friedhofstille, die in der Halle herrschte. In dem gedämpften Licht, das durch die Milchglasdecke fiel, lag die Seidenabteilung wie im Schlaf. Langsam kamen allerdings Wagen an, man hörte, wie draußen plötzlich Pferde angehalten wurden, ein Kutschenschlag sich geräuschvoll schloß. Ein unbestimmter Lärm drang herein: Neugierige, die sich vor den Auslagen drängten, Droschken, die auf der Place Gaillon hielten. Allein noch sah Mouret die Kassierer untätig hinter ihren Schaltern sitzen, die Packtische blieben leer, anstatt sich mit Paketen zu füllen, und er hatte das Gefühl, als sei seine große Maschine zum Stehen gekommen.

»Sehen Sie sich mal den Chef an, Favier«, murmelte Hutin; »er scheint nicht gerade in rosiger Stimmung zu sein.«

»Das ist ja auch eine gräßliche Spelunke«, erwiderte Favier, »ich habe heute noch gar nichts verkauft.«

Sie tauschten ihre Bemerkungen aus, ohne einander anzublicken. Die übrigen Verkäufer der Abteilung waren damit beschäftigt, unter der Anleitung Robineaus große Stöße von »Pariser Glück« aufzulegen, während Bouthemont in ein angelegentliches Gespräch mit einer jungen Frau vertieft war und, wie es schien, eine wichtige Bestellung aufnahm.

»Ich brauche für Sonntag hundert Franken«, sagte jetzt Hutin.

»Wenn ich nicht täglich im Durchschnitt zwölf Franken herausschlage, bin ich pleite ... Ich hatte so fest auf diesen Sonderverkauf gebaut.«

»Verflucht! Hundert Franken, das ist viel!« meinte Favier. »Ich brauche nicht mehr als fünfzig oder sechzig ... Sie leisten sich noble Frauenzimmer, wie es scheint?«

»Ach wo, mein Lieber. Denken Sie sich, so etwas Dummes: ich habe gewettet und habe verloren ... Ich muß jetzt fünf Personen freihalten, zwei Herren und drei Damen. Alle Wetter! Der ersten, die mir in die Hände fällt, will ich fünfundzwanzig Meter ›Pariser Glück‹ anhängen!«

So plauderten sie noch eine Weile und erzählten einander, was sie tags zuvor gemacht hatten und was sie in acht Tagen zu tun gedächten. Favier hatte die Leidenschaft, bei Pferderennen zu wetten, Hutin dagegen war mehr für Bootsfahrten und bewegte sich überdies gern in Gesellschaft von Tingeltangelsängerinnen. Allein beide stachelte das gleiche Bedürfnis nach Geld an, sie dachten nur an Geld und plagten sich um Geld vom Montag bis zum Samstag, um dann am Sonntag alles zu verprassen. Dies war der einzige Gedanke, der sie im Geschäft beherrschte, ständig lebten sie im Kampf ums Geld. Und da kaperte dieser Schuft von Bouthemont Hutin die Botin von Frau Sauveur weg, die ma-

gere Person, mit der er eben sprach! Ein schönes Geschäft: zwei, drei Dutzend ganze Stücke ...

In diesem Augenblick hatte auch Robineau Favier eine Käuferin weggeschnappt.

»Der wird bald seine Rechnung machen müssen«, sagte Hutin, der den geringsten Anlaß dazu benutzte, die ganze Abteilung gegen den Mann aufzuhetzen, dessen Stelle er haben wollte. »Wozu mischen sich die oben auch noch in den Verkauf? Auf Ehrenwort, wenn ich jemals Zweiter werde, sollt ihr sehen, wie anständig ich sein werde!«

Er schien die Liebenswürdigkeit in Person zu sein. Favier sandte ihm einen mißtrauischen Blick zu und murmelte in seiner galligen Art:

»Ja, ich weiß ... Ich wollte, Sie wären es schon.«

Als er eine Kundin sich nähern sah, setzte er hinzu: »Aufgepaßt, da kommt etwas für Sie!«

Es war eine Dame mit kupferrotem Gesicht in einem roten Kleid mit gelbem Hut. Hutin witterte sofort, daß sie nichts kaufen würde. Er bückte sich rasch unter den Tisch und tat, als müsse er seine Schuhbänder nachziehen. Dabei brummte er:

»Kommt gar nicht in Frage! Die soll sich ein anderer nehmen. Besten Dank, das wäre verlorene Mühe.«

Allein Robineau rief nach ihm.

»Wer ist an der Reihe? Herr Hutin? Wo ist Herr Hutin?«

Als dieser keine Antwort gab, erhielt der nächstfolgende Verkäufer die kupferrote Dame. Sie verlangte tatsächlich nur Muster und Preisangaben; dabei hielt sie den Angestellten zwanzig Minuten auf und überhäufte ihn mit Fragen. Der Zweite hatte indessen bemerkt, daß Hutin sich hinter dem Tisch wieder aufgerichtet hatte. Als nun eine neue Kundin erschien, trat er mit strenger Miene dazwischen und hielt den jungen Mann zurück.

»Sie haben Ihren Einsatz verpaßt ... Ich habe Sie gerufen, da Sie aber dahinten steckten ...«

»Ich habe nichts gehört, Herr Robineau ...«

»Schluß! Schreiben Sie sich als letzter ein! Herr Favier, Sie sind an der Reihe!«

Favier sandte seinem Freund einen Blick des Bedauerns zu, war aber im Grunde entzückt. Hutin wandte sich wütend ab. Er kannte die Kundin; es war eine reizende Blondine, die oft in der Abteilung erschien. Sie kaufte immer viel, ließ alles in den Wagen schaffen und verschwand sodann. Sie war groß und elegant, mit auserlesenem Geschmack gekleidet, schien sehr reich zu sein und der besten Gesellschaft anzugehören.

»Nun, was ist mit Ihrer Kokotte?« fragte Hutin, als Favier die Dame zur Kasse begleitet hatte und zurückkam.

»Die – eine Kokotte? Bestimmt nicht, die sieht sehr anständig aus.«

»Ach was, natürlich ist sie eine Kokotte! Die sehen heutzutage alle anständig aus. Bei den Frauen kann man nie wissen ...«

Favier sah auf seinen Block und meinte:

»Mir kann's gleich sein. Für zweihundertdreiundneunzig Franken habe ich ihr Sachen aufgehängt; das macht fast drei Franken für mich.«

Hutin verzog den Mund und begann über die Kassenblocks zu schimpfen. Auch so eine saubere Erfindung des Chefs! Überhaupt ein schöner Tag! Wenn das so weiterging, würde er nicht einmal genug verdienen, um seine Gäste mit Selterswasser zu bewirten.

Mouret, der nach einer Pause seinen Beobachtungsposten an der Treppe wieder eingenommen hatte und sichtlich Mut schöpfte, mußte jetzt häufig Platz machen, um Kundinnen vorüberzulassen, die in kleinen Gruppen in die Wäsche- und die Konfektionsabteilung heraufkamen. In dem gedämpften Licht der Seidenhalle hatten einzelne Damen bereits ihre Handschuhe abgelegt, um das zarte Gewebe des »Pariser Glücks« besser befühlen zu können. Dabei plauderten sie halblaut wie in einem Salon. Er täuschte sich nicht länger über das Geräusch, das von außen kam, das Heranrollen der Droschken, das Zuschlagen der Wagentüren, das zunehmende Lärmen der Menge. Er fühlte sozusagen, wie die Maschine unter ihm sich in Bewegung setzte, warm wurde und neues Leben entwickelte, angefangen von den Kassen, wo das Geklimper der Goldstücke erklang, den Tischen, wo die Angestellten sich beeilten, die gekauften Waren einzupacken, bis hinab in die Tiefen des Kellers, wo die Warenabgangsstelle sich immer mehr mit Paketen füllte. Inmitten dieses Gewühls ging der Inspektor Jouve mit ernster Miene auf und ab, um nach Diebinnen Ausschau zu halten.

»Sieh einer an, du bist es!« sagte Mouret plötzlich, als ein Laufbursche Vallagnosc zu ihm brachte. »Nein, du störst mich durchaus nicht. Du brauchst nur mitzukommen, wenn du alles sehen willst, heute bleibe ich am Feind.«

Im Grunde allerdings war er noch immer nicht ganz beruhigt; zweifellos, die Leute kamen, aber würde der Sonderverkauf den erwarteten Triumph bringen? Er ließ sich jedoch nichts anmerken und gab sich sehr heiter, als er Paul mit sich zog.

»Die Sache scheint ja direkt in Fluß kommen zu wollen«, bemerkte Hutin zu Favier.

Aufmerksam sah er sich im ganzen Geschäft um. Plötzlich sagte er:

»Kennen Sie Frau Desforges, die Freundin vom Chef? Da, diese Brünette in der Handschuhabteilung, der Mignot gerade ein Paar anprobiert.«

Er schwieg, dann fuhr er flüsternd fort, als spreche er mit Mignot, von dem er kein Auge ließ:

»Ja, ja, so ist's recht, mein Kleiner: streichle ihr nur gut die Fingerchen; wird dir viel nützen! Man kennt ja deine Eroberungen!«

Zwischen ihm und Mignot, dem Handschuhverkäufer, bestand eine erbitterte Nebenbuhlerschaft; beide sahen sie gut aus, beide konnten sie es nicht lassen, mit den Kundinnen zu kokettieren. Übrigens konnte weder der eine noch der andere sich irgendeines bedeutenden Erfolgs rühmen; aber sie logen drauflos und wollten jedermann glauben machen, daß sie geheimnisvolle Abenteuer hätten, Rendezvous mit Gräfinnen, über den Ladentisch hinweg heimlich vereinbart.

»Sie sollten ihm die Dame abluchsen«, sagte Favier in seiner unbewegten Art.

»Das ist ein Gedanke!« rief Hutin. »Wenn sie in unsere Abteilung kommt, will ich sie abfangen; ich muß hundert Sous haben.«

In der Handschuhabteilung saß eine ganze Reihe von Damen vor den mit grünem Tuch überzogenen Tischen. Mignot hatte Frau Desforges schon zwölf Paar Ziegenlederhandschuhe verkauft, sechs Paar weiße, sechs Paar leichte »Paradies«-Handschuhe, die Spezialität des Hauses. Dann hatte sie noch drei Paar schwedische genommen; jetzt ließ sie sich sächsische Handschuhe anprobieren, nur fürchtete sie, daß die Nummer nicht ganz passe.

»Aber vorzüglich, gnädige Frau!« rief Mignot. »Sechsdreiviertel wäre zu groß für eine Hand wie die Ihre.«

Er hatte sich halb über den Tisch gelehnt, hielt ihre Hand, ergriff einen nach dem ändern ihre Finger und streifte ihr mit sanftem, gleichmäßigem Druck die Handschuhe über; dabei blickte er sie an, als erwarte er in ihren Zügen den Ausdruck eines wollüstigen Behagens zu lesen. Allein sie hielt den Arm auf den Tisch gestützt und überließ ihm ihre Finger mit derselben Gleichgültigkeit, mit der sie ihrer Zofe den Fuß entgegenstreckte, damit sie ihr die Stiefelchen zuknöpfe. Er war für sie kein Mann; sie sah ihn nicht einmal an.

»Ich tue Ihnen doch nicht weh, gnädige Frau?«

Sie schüttelte verneinend den Kopf. Der Geruch der sächsischen Handschuhe, dieses Gemisch von Wildgeruch und Moschus, erregte sie gewöhnlich; sie hatte oft lachend ihre Vorliebe für dieses zweideutige Parfüm eingestanden. Doch an diesem einfachen Ladentisch roch sie die Handschuhe gar nicht, und der Angestellte, der seine Pflicht tat, ließ sie völlig kalt.

»Was befehlen Sie noch, gnädige Frau?«

»Nichts, danke. Bringen Sie alles zur Kasse zehn, für Frau Desforges.«

Wie es im Haus üblich war, gab sie an einer Kasse ihren Namen an und ließ alle Einkäufe dorthin schaffen, ohne sich von einem Verkäufer begleiten zu lassen. Als sie sich entfernt hatte, zwinkerte Mignot mit den Augen und wandte sich seinem Nachbarn zu, den er glauben machen wollte, daß sich soeben Außerordentliches zwischen ihm und dieser Kundin zugetragen habe.

»Das ist doch ein Weib, wie?« sagte er. »Von morgens bis abends möchte man ihr alles mögliche anprobieren!«

Inzwischen setzte Frau Desforges ihre Einkäufe fort, begab sich zu den Weißwaren, um dort Geschirrtücher zu kaufen, dann machte sie die Runde bis zur Wollwarenabteilung am Ende des Ganges. Da sie mit ihrer Köchin sehr zufrieden war, wollte sie ihr ein Kleid schenken. Bei den Wollwaren drängte sich die Menge, zumeist kleine Bürgersfrauen, die die Stoffe betasteten und sich in stumme Berechnungen verloren. Auf den Tischen türmten sich die Ballen, es war ein einziges Durcheinander.

Hinter einem Stoß Popeline stand Liénard und scherzte mit einem Mädchen, einer Arbeiterin aus dem Stadtviertel. Er verabscheute diese Großverkäufe, die ihn bloß todmüde machten, und drückte sich gern um die Arbeit; von seinem Vater bekam er genug Taschengeld, um sich wegen der Provision keine grauen Haare wachsen zu lassen. Er tat gerade so viel, daß er nicht vor die Türe gesetzt wurde.

»Hören Sie doch, Fräulein Fanny«, sagte er; »Sie haben es immer gar so eilig. Sind Sie mit dem Stoff zufrieden, den Sie neulich gekauft haben? Ich werde mir bei Ihnen die Provision abholen.«

Doch das Mädchen schlüpfte lachend davon, und Liénard sah sich Frau Desforges gegenüber. Höflich fragte er:

»Was darf es sein, gnädige Frau?«

Sie verlangte einen nicht zu teuren und doch guten, dauerhaften Stoff für ein Kleid. Um sich nicht mit dem Herabholen der Ballen abmühen zu müssen, redete Liénard ihr zu, eines der auf dem Tisch ausgebreiteten Muster zu wählen. Es lagen da verschiedene Arten von Kaschmir, Serge und Vigogne. Er versicherte ihr, es gebe nichts Besseres, Dauerhafteres. Allein keiner dieser Stoffe schien Frau Desforges zu befriedigen. Sie hatte in einem der Fächer einen bläulichen Escot bemerkt, den sie sehen wollte. Er mußte sich wohl oder übel bequemen, ihn herunterzuholen. Sie fand jedoch den Stoff zu grob. Nun ließ sie sich rein zum Vergnügen alle möglichen Gattungen von Wollstoffen vorlegen, obgleich es ihr nicht darauf angekommen wäre, den ersten besten zu wählen. Der junge Mann mußte bis zu den obersten Fächern hinaufsteigen und Ballen herbeischleppen, daß ihm

die Arme weh taten. Der Tisch war im Nu mit Stoffen in allen Geweben und allen Farben überladen. Ohne daß sie nur im geringsten beabsichtigte, etwas davon zu kaufen, ließ Frau Desforges sich auch noch Grenadine und Chambéry-Gaze zeigen. Als sie dann genug hatte, meinte sie:

»Ach, mein Gott, der erste ist doch immer der beste, es ist ja nur für meine Köchin. Ja, die Serge mit den kleinen Tupfen, die zu zwei Franken der Meter.«

Und als Liénard, blaß vor Wut, den Stoff abgemessen hatte, sagte sie:

»Tragen Sie das zur Kasse zehn, für Frau Desforges.«

Als sie sich entfernen wollte, bemerkte sie Frau Marty in Begleitung ihrer Tochter Valentine, eines großen, mageren Mädchens von vierzehn Jahren, das bereits sehr begehrliche Blicke auf die Stoffe warf.

»Wie, Sie sind es, liebe gnädige Frau?«

»Ja, meine Liebe. Diese Menschenmenge, nicht wahr?«

»Reden wir nicht davon; man erstickt ja fast. Es ist ein einmaliger Erfolg! Haben Sie den orientalischen Saal gesehen?«

»Großartig, unerhört!«

Inmitten der Menge hin und her gestoßen, ergingen sie sich in Lobeserhebungen über die Teppichausstellung. Dann erklärte Frau Marty, daß sie einen Mantelstoff suche, sie wisse nur noch nicht, was für einen.

»Kommen Sie doch mit in die Seidenabteilung, sehen wir uns das vielgerühmte ›Pariser Glück‹ an«, sagte Frau Desforges.

Frau Marty zögerte einen Augenblick. Seide werde wohl zu teuer sein, meinte sie. Sie habe ihrem Mann in aller Form versprochen, vernünftig zu sein. Sie kaufte nun schon seit einer Stunde ein, eine ganze Last von verschiedenen Waren wurde bereits hinter ihr hergetragen. Schließlich gab sie aber doch nach.

Auch die Seidenabteilung hatte erheblichen Zulauf bekommen. Besonders groß war das Gedränge vor der Dekoration, die Hutin unter den Anweisungen Mourets hergerichtet hatte. Rings um eine der Säulen, die das Glasdach trugen, ergoß sich gleichsam eine Flut von Stoffen, ein schäumender Sturzbach von oben herab auf das Parkett. Helle Atlasse und zarte Seiden prangten in allen Tönen, nilgrün, indischblau, mairosa, perlmutterfarben; dann kamen stärkere Gewebe, in warmen, leuchtenden Schattierungen, in mächtigen Wellen herabfließend; ganz unten, gleichsam in einem Becken, schlummerten die schweren Stoffe, Damaste, Brokate, perlenbesetzte und durchwirkte Seiden, umrahmt von allen möglichen Samten, schwarzen, weißen, farbigen, mit Seide oder Atlas untermischt wie in einem unbeweglichen See, in dem alle Farben sich spiegelten.

»Du bist auch da?« rief Frau Desforges, als sie Frau Bourdelais vor einem Tisch sitzen sah.

»Oh, guten Tag!« erwiderte Frau Bourdelais und reichte den Damen die Hand. »Ja, ich wollte mir die Sache doch auch ein wenig anschauen.«

»Prachtvoll, wie? Man könnte davon träumen ... Hast du den orientalischen Saal gesehen?«

»Ja; er ist märchenhaft!«

Allein trotz dieser Begeisterung, welche das Zeichen des Tages blieb, bewahrte Frau Bourdelais die Nüchternheit einer praktischen Hausfrau. Sie prüfte sorgfältig ein Stück »Pariser Glück«, denn sie war bloß gekommen, um dieses günstige Angebot auszunützen. Sie war mit der Seide zufrieden und kaufte fünfundzwanzig Meter.

»Wie, du gehst schon?« fing Henriette wieder an. »Komm doch einmal mit uns herum.«

»Nein, danke; sie warten zu Hause auf mich. Ich wollte die Kinder nicht in dieses Gewühl mitbringen.«

Und sie ging mit dem Verkäufer, der die fünfundzwanzig Meter Seide trug, zur Kasse zehn, wo der junge Albert schon langsam den Kopf verlor, so stark wurde er in Anspruch genommen. Sie mußten eine Weile warten, ehe sie an die Reihe kamen.

»Hundertvierzig Franken!« rief endlich Albert den Posten auf. Frau Bourdelais zahlte und gab ihre Adresse an, denn sie war zu Fuß gekommen und wollte den Stoff nicht mit sich herumschleppen. Die Seide wurde von Joseph, der hinter der Kasse stand, verpackt und das Paket in einen der wartenden Rollkörbe geworfen und gleich darauf in die Abgangsstelle hinuntergeschafft. Wie ein unersättlicher Abgrund schien heute der Keller die Waren des Hauses verschlingen zu wollen.

Mittlerweile war in der Seidenabteilung ein solcher Andrang entstanden, daß Frau Desforges und Frau Marty nicht gleich bedient werden konnten. Sie standen eine Weile eingekeilt unter den Damen, die die Stoffe besichtigten und befühlten, ohne sich entschließen zu können. Um das »Pariser Glück« gab es geradezu einen Kampf. Sämtliche Angestellten waren mit nichts anderem beschäftigt, als diese Seide abzumessen; fortwährend hörte man das Knirschen der Scheren, und es schienen nicht genug Arme da zu sein, die gierig ausgestreckten Hände der Kundinnen zu befriedigen.

»Der Stoff ist nicht übel für fünf Franken sechzig!« sagte Frau Desforges, die sich ein Stück »Pariser Glück« vom Tisch ergattert hatte.

Frau Marty und ihre Tochter Valentine dagegen waren enttäuscht. Die Anzeigen in den Zeitungen hatten so viel von dieser Seide erzählt, daß sie etwas noch Festeres und Glänzenderes erwartet hatten. Inzwischen hatte Bouthemont Frau Desforges erkannt und eilte ihr mit seiner etwas plumpen Liebenswürdigkeit entgegen. Wie, die gnädige Frau wurde noch nicht bedient? Das war unverzeihlich. Sie möge Nachsicht üben, sie wüßten in der Tat heute nicht, wo ihnen der Kopf stehe.

»Schauen Sie mal«, murmelte Favier, während er hinter Hutin einen Kasten mit Samt herabholte, »da angelt Ihnen Bouthemont Ihre Freundin weg.«

Hutin hatte Frau Desforges schon längst vergessen, denn er war außer sich über eine alte Dame, die ihn eine volle Viertelstunde aufgehalten hatte, um dann einen Meter schwarzen Atlas zu kaufen. Wenn der Andrang zu arg wurde, hielt man sich nicht mehr an die auf der Tafel stehende Reihenfolge, sondern die Verkäufer bedienten, wie es eben kam. Gerade wollte Hutin sich Frau Boutarel zuwenden, die nun auch ihren Nachmittag im »Paradies der Damen« totschlug, nachdem sie schon vormittags drei Stunden hier zugebracht hatte, da versetzte ihn der Wink Faviers in höchste Aufregung. Wie, sollte ihm die Freundin des Chefs entgehen, von der er sich hundert Sous Provision versprochen hatte? In diesem Augenblick hörte er Bouthemont rufen:

»Meine Herren, jemand hierher!«

Da gab Hutin Frau Boutarel an Robineau ab, der eben unbeschäftigt war.

»Hier, gnädige Frau, wenden Sie sich bitte an den Zweiten; er wird Sie besser bedienen als ich.«

Damit ging er los und ließ sich von dem Verkäufer aus der Wollwarenabteilung die Sachen von Frau Marty geben, die dieser hinter den Damen hergetragen hatte. Eine nervöse Aufregung schien heute seinen sonst so feinen Spürsinn zu trüben. Gewöhnlich konnte er beim ersten Blick auf eine Kundin sagen, ob und wieviel sie kaufen werde. Je nachdem benahm er sich dann und beeilte sich, mit ihr fertig zu werden, um zu einer anderen überzugehen, indem er sie totredete und sie zu überzeugen suchte, daß er viel besser wisse als sie selbst, welchen Stoff sie brauche.

»Was für eine Art Seide darf es sein?« fragte er Frau Desforges mit seiner liebenswürdigsten Miene.

Sie hatte kaum den Mund geöffnet, um zu antworten, als er auch schon fortfuhr:

»Ich weiß, ich weiß – ich habe genau, was Sie brauchen.«

Als das Stück »Pariser Glück« auf einer Ecke des Tisches unter verschiedenen anderen Seidenstoffen, die bergeweise überall herumlagen, aufgerollt war, traten Frau Marty und ihre Tochter näher. Hutin, etwas enttäuscht, begriff, daß es sich zunächst um einen Kauf dieser beiden handelte. Halblaut geflüsterte Worte wurden ausgetauscht, Frau Desforges beriet die Damen.

»Natürlich, eine Seide zu fünf Franken sechzig wird niemals so gut sein wie eine zu fünfzehn oder auch nur zu zehn Franken.«

»Sie ist recht dünn«, meinte Frau Marty; »ich finde sie zu leicht für einen Mantel.«

Diese Bemerkung veranlaßte Hutin, sich einzumengen. Er lächelte und sagte mit der überlegenen Höflichkeit des Mannes, der sich einfach nicht täuschen kann:

»Gnädige Frau, die Schmiegsamkeit ist eben die hervorstechende Eigenschaft dieser Seide, sie gibt nach, sie zerreißt nicht ... Dieser Stoff wird zu Ihnen am besten passen.«

Unter dem Eindruck einer solchen Entschiedenheit schwiegen die Damen; sie nahmen den Stoff wieder zur Hand und prüften ihn, als jemand sie an der Schulter berührte. Es war Frau Guibal, die schon seit einer Stunde im Geschäft herumspazierte und ihre Augen an den hier aufgestapelten Reichtümern weidete, ohne auch nur einen Meter Kaliko zu kaufen. Jetzt ging das Schwatzen von neuem los.

»Wie, Sie sind es?«

»Ja, ich bin es, und schon reichlich herumgestoßen.«

»Nicht wahr, ein Riesenandrang! Man kann kaum vorwärtskommen. Haben Sie den orientalischen Saal gesehen?«

»Ja, er ist hinreißend.«

»Mein Gott, welcher Erfolg! Bleiben Sie noch, wir gehen zusammen hinauf.«

»Nein, danke, ich komme von oben.«

Hutin wartete und verbarg seine Ungeduld mühsam unter einem gleichbleibenden Lächeln. Würden sie ihn noch lange so aufhalten? Die Frauen genierten sich doch gar nicht, es war gerade, als wollten sie ihm das Geld aus der Tasche stehlen. Endlich setzte Frau Guibal ihren Weg fort; langsam, mit entzückter Miene machte sie die Runde um die große Seidendekoration.

»Ich an Ihrer Stelle würde den Mantel fertig kaufen«, sagte Frau Desforges, plötzlich auf das »Pariser Glück« zurückkommend.

»Das wird billiger für Sie.«

»Sie können recht haben; wenn ich das Anfertigen und die Zutaten rechne ...«, murmelte Frau Marty. »Und dann habe ich unter den fertigen Mänteln eine größere Auswahl.«

Alle drei hatten sich erhoben. Frau Desforges wandte sich an Hutin und sagte:

»Wollen Sie uns in die Konfektionsabteilung führen?«

Er stand verblüfft da, an solche Mißerfolge war er nicht gewöhnt. Wie, die brünette Dame kaufte nichts? Sollte seine Spürnase ihn getäuscht haben? Er ließ Frau Marty fahren und bemühte sich um Henriette. Er legte seine ganze Verführungskunst in seine Stimme, als er sie fragte:

»Wünschen gnädige Frau unseren Atlas, unseren Samt nicht zu sehen? Wir haben ganz außerordentlich günstige Angebote.«

»Danke, ein andermal«, erwiderte sie ruhig und blickte ihn so wenig an wie vorher Mignot.

Hutin mußte nun die Einkäufe Frau Martys aufnehmen und vor den Damen hergehen, um sie in die Konfektionsabteilung zu führen. Dabei hatte er noch den Kummer, zu sehen, wie Robineau Frau Boutarel eine große Partie Seide verkaufte. Ganz entschieden, mit seiner feinen Nase war es vorbei; er würde kaum vier Franken zusammenbringen. Unter der äußeren Liebenswürdigkeit wuchs sein Zorn.

»Im ersten Stock, meine Damen«, sagte er, noch immer lächelnd. Es war nicht so leicht, zur Treppe zu gelangen. Durch sämtliche Gänge schob sich ein dichter Strom von Köpfen, der mit seinen Ausläufern bis in die Mitte der Halle reichte. Die Stunde des Nachmittagsgetümmels war gekommen. Insbesondere in der Seidenabteilung schien eine Art Fieber um sich zu greifen: Das »Pariser Glück« hatte so viele Menschen in Bewegung gesetzt, daß Hutin mehrere Minuten keinen Schritt vorwärts tun konnte. Als Henriette, atemlos, fast erdrückt von der Menge, nach oben blickte, sah sie Mouret an der Treppe stehen. Sie lächelte in der Hoffnung, daß er herabkommen und ihr eine Bahn brechen werde. Allein er bemerkte sie nicht inmitten des Gewühls; er war noch in Begleitung Vallagnoscs und damit beschäftigt, diesem mit strahlender Miene das Haus zu zeigen. Das Getöse im Innern erstickte jetzt die von draußen kommenden Geräusche; man hörte weder mehr das Rollen der Droschken noch das Zuschlagen der Wagentüren. Das Getriebe des Großverkaufs ließ nichts anderes mehr aufkommen als die Empfindung von der Unermeßlichkeit dieses Paris, dieser riesigen Stadt, in der an Käuferinnen kein Mangel bestand.

Hutin bahnte den Damen mühsam einen Weg. Allein als sie oben ankamen, fand Henriette Mouret nicht mehr vor. Trunken von seinem Erfolg, hatte er sich mit Vallagnosc mitten in das Gewimmel gestürzt.

»Links, meine Damen«, sagte Hutin, trotz seiner Erbitterung immer höflich.

Oben wiederholte sich das gleiche Schauspiel. Alles war überfüllt, selbst die Möbelabteilung, die sonst am wenigsten besucht war. Bei den Umhängen, den Pelzwaren, der Wäsche wimmelte es von Menschen. In der Spitzenabteilung trafen die Damen neue Bekannte: Frau von Boves saß da mit ihrer Tochter Blanche, beide in Betrachtung von Mustern versunken, die Deloche ihnen zeigte. Hier mußte Hutin, mit den Paketen beladen, abermals Station machen.

»Guten Tag! Eben habe ich an Sie gedacht.«

»Und ich habe Sie überall gesucht; aber wie soll man in diesem Gewühl jemanden finden?«

»Herrlich, nicht wahr?«

»Blendend! Man kann sich kaum auf den Beinen halten.«

»Sie kaufen auch?«

»Oh nein; wir sehen uns nur einiges an. Es ist uns eine Erholung, kurze Zeit zu sitzen.«

In der Tat ließ Frau von Boves, die nur so viel Geld bei sich hatte, als sie brauchte, um den Wagen zu bezahlen, sich allerlei Spitzen vorlegen, bloß um sie anzuschauen und zu befühlen. Sie hatte in Deloche sofort den Anfänger erkannt, der in seiner linkischen Unbeholfenheit nicht wagte, sich den Launen der Damen zu widersetzen; sie mißbrauchte seine Gefälligkeit und hielt ihn seit einer halben Stunde auf, indem sie immer neue Artikel zu sehen verlangte. Der Tisch war schon überfüllt; sie tauchte ihre Hände in diese steigende Flut von Mechelner, Valenciennes- und Chantillyspitzen, die Finger bebend vor Begierde, das Gesicht allmählich in sinnlichem Verlangen gerötet. Die Damen unterhielten sich noch eine Weile. Hutin, der sie am liebsten geohrfeigt hätte, stand unbeweglich da und wartete, bis es ihnen gefällig war, weiterzugehen.

»Ach«, sagte Frau Marty, »Sie sehen sich ja die Taschentücher an, die ich Ihnen neulich gezeigt habe!«

Sie hatte recht. Frau von Boves, die seit Samstag nicht mehr hatte schlafen können, wenn sie an Frau Martys Spitzen dachte, hatte der Versuchung nicht widerstehen können, die gleichen Stücke wenigstens zu besichtigen und in den Händen zu fühlen, da sie nicht genug Geld besaß, um sich etwas davon zu kaufen. Sie errötete und erklärte, Blanche habe sich eigentlich Spitzenkrawatten ansehen wollen. Dann fügte sie hinzu:

»Sie gehen in die Konfektionsabteilung? Ich komme gleich nach. Wollen wir uns im orientalischen Saal treffen?«

»Gut, im orientalischen Saal. Er ist großartig, nicht wahr?«

Sie trennten sich endlich. Deloche, glücklich, daß er beschäftigt war, fuhr fort, Karton um Karton vor der Gräfin und ihrer Tochter auszuleeren. Unterdessen ging der Inspektor Jouve gemessenen Schritts an den Tischen entlang. Als er hinter Frau von Boves vorbeikam und zu seiner Überraschung sah, wie ihre Arme in diesem Haufen von Mechelner und Valenciennesspitzen verschwanden, warf er einen argwöhnischen Blick auf ihre fieberhaft bewegten Hände.

»Rechts, meine Damen«, sagte Hutin, der seinen Weg wieder aufnahm.

Er war außer sich. War es noch nicht schlimm genug, daß er ihretwegen unten einen Verkauf verpaßt hatte? Nun hielten sie ihnen noch obendrein an jeder Ecke des Geschäfts auf.

»Fräulein Claire!« rief er mit verdrossener Stimme, als er endlich in die Konfektionsabteilung gekommen war.

Doch diese ging an ihm vorüber, ohne ihn zu hören; sie war bis über die Ohren mit einem Verkauf beschäftigt. Der Raum war gedrängt voll, eine endlose Menschenschlange wand sich hindurch.

»Fräulein Marguerite!« rief Hutin.

Als auch diese nicht stehenbleiben wollte, fluchte er zwischen den Zähnen:

»Verdammte Dirnen!«

Nichts war ihm mehr zuwider, als wenn er sich die Treppe heraufbemühen mußte, um den Verkäuferinnen hier oben auch noch Kundinnen zuzuführen. Die Stoffabteilungen und die Konfektion lagen in ständiger Fehde, machten einander die Käuferinnen streitig und suchten sich gegenseitig um ihre Provisionen zu bringen. Die Angestellten aus den Stoffabteilungen waren jedesmal wütend, wenn eine Dame sich für ein fertiges Stück entschied, nachdem sie sich des langen und breiten alle Meterware hatte zeigen lassen.

Jetzt bemerkte er plötzlich Denise. Seit dem Morgen beschäftigte man sie mit dem Zusammenlegen der Kleidungsstücke; man hatte ihr nur einige wenige zweifelhafte Kunden überlassen, mit denen sie nichts anzufangen wußte.

»Ach, Fräulein, bedienen Sie doch die Damen hier!«

Damit hängte er ihr die Einkäufe Frau Martys auf, die er bis jetzt herumgeschleppt hatte. Er lächelte nun wieder, und in seinem Lächeln lag die geheime Bosheit des erfahrenen Verkäufers, der bereits die Verlegenheit ahnte, in die er sowohl die Damen wie auch das junge Mädchen brachte.

Denise indessen war ganz verblüfft angesichts dieses unverhofften Verkaufs. Zum zweiten mal erschien ihr Hutin wie ein unbekannter brüderlicher Freund, allzeit bereit, ihr beizustehen. Ihre Augen leuchteten, dankbar blickte sie ihm nach.

»Ich möchte mir Mäntel ansehen«, sagte Frau Marty.

Denise begann zu fragen. Welche Art Mäntel sollte es sein? Allein die Kundin wußte es nicht zu sagen, sie hatte keine Vorstellung, sie wolle die Modelle des Hauses sehen, sagte sie. Das Mädchen, ohnehin schon müde und ganz verwirrt von dem ungewohnten Trubel, verlor den Kopf. Sie hatte bei Cornaille in Valognes nur hie und da Kundschaft bedient; sie kannte die Modelle hier noch nicht, auch wußte sie nicht, wo sie in den Schränken zu finden waren. So kam es, daß sie die beiden Damen nicht rasch genug bedienen konnte und diese ungeduldig wurden. Frau Aurélie erkannte in diesem Augenblick Frau Desforges, von deren Verhältnis zum Chef sie zu wissen schien, denn sie beeilte sich, sie zu fragen:

»Werden die Damen bedient?«

»Ja, von diesem Fräulein, das dahinten etwas sucht«, erwiderte Henriette; »sie scheint aber noch nicht recht eingearbeitet zu sein, denn sie findet nichts.«

Die Direktrice ging sogleich auf Denise zu und murmelte:

»Sie sehen ja, daß Sie nichts verstehen. Verhalten Sie sich wenigstens ruhig, bitte.«

Dann rief sie:

»Fräulein Marguerite, einen Mantel!«

Sie blieb da, während Marguerite Modelle zeigte. Als diese Frau Marty sagen hörte, daß sie nicht über zweihundert Franken hinausgehen wolle, machte sie ein Mäulchen. Die gnädige Frau werde schon etwas zulegen müssen, meinte sie, für zweihundert Franken sei nichts Elegantes zu haben. Sie warf mit nachlässiger Geste verschiedene einfache Mäntel auf den Tisch, als wollte sie sagen: Sehen Sie sich das an, es ist dürftig genug. Frau Marty wagte nicht zu gestehen, daß sie ihr genügten. Sie neigte sich zu Frau Desforges und flüsterte ihr ins Ohr:

»Sagen Sie, lassen Sie sich nicht auch lieber von Männern bedienen? Man kann sich ungenierter aussprechen.«

Endlich brachte Marguerite einen schwarz abgesetzten Seidenmantel, von dem sie mit mehr Achtung sprach. Jetzt rief Frau Aurélie plötzlich Denise herbei.

»Kommen Sie her, damit Sie doch zu etwas gut sind. Ziehen Sie diesen Mantel über.«

Mit hängenden Armen war Denise stehengeblieben; sie bezweifelte, daß sie in diesem Haus jemals weiterkommen würde. Sicherlich würde man sie entlassen, dachte sie. Und die Brüder? Der Lärm der Menge summte ihr im Kopf, sie fühlte ihre Beine zittern, ihre Arme waren wie zerschlagen von dem Schleppen der schweren Mäntel, einer Arbeit, die sie nicht gewohnt war.

Marguerite warf ihr den Mantel um und ordnete ihn auf ihr wie auf einer Puppe.

»Halten Sie sich gerade«, sagte Frau Aurélie.

Doch fast im gleichen Augenblick war Denise vergessen. Mouret war eben mit Vallagnosc und Bourdoncle eingetreten; er begrüßte die Damen und nahm ihre Komplimente entgegen. Insbesondere der orientalische Saal wurde gerühmt. Vallagnosc allerdings, der seinen Rundgang durch die Abteilungen beendet hatte, zeigte sich mehr überrascht als begeistert; im Grunde, meinte er in seiner pessimistischen Teilnahmslosigkeit, sei das alles doch nichts weiter als eine Menge Zeug auf einem Haufen. Bourdoncle hinwiederum vergaß ganz, daß er zum Hause gehörte; auch er beglückwünschte den Chef, um ihn seine Zweifel vom Morgen vergessen zu machen.

»Ja, ja, es geht, ich bin zufrieden«, wiederholte Mouret strahlend und beantwortete die zärtlichen Blicke Henriettes mit einem Lächeln. »Aber ich will Sie nicht stören, meine Damen.«

Jetzt wandten sich alle Augen wieder Denise zu. Sie überließ sich vollkommen den Händen Marguerites, die sie sich langsam drehen hieß.

»Was meinen Sie?« fragte Frau Marty Frau Desforges.

»Er ist gar nicht übel und originell geschnitten; nur in der Taille scheint er mir nicht gut zu sitzen.«

»Oh«, warf Frau Aurélie ein, »da müssen wir ihn erst an der gnädigen Frau selbst sehen. Wissen Sie, an diesem Fräulein wirkt er nicht richtig, sie hat nicht genug Figur. – Halten Sie sich doch gerade, Fräulein, bringen Sie doch den Schnitt des Stücks zur Geltung!«

Alle lächelten. Denise war ganz blaß geworden. Sie schämte sich, so wie ein Stück Holz behandelt zu werden, das man in der Hand hin und her drehte, besichtigte und mit dem man nach Belieben Scherz trieb. Von instinktiver Abneigung getrieben und durch das sanfte Gesicht des Mädchens gereizt, setzte Frau Desforges boshaft hinzu:

»Bestimmt würde der Mantel besser sitzen, wenn das Kleid des Fräuleins nicht so weit wäre.«

Dabei warf sie Mouret den spöttischen Blick der Pariserin zu, die sich über das lächerliche Aussehen der Frauen aus der Provinz lustig macht. Er empfand sehr gut die zärtliche Liebkosung dieses Blicks, den Triumph der Frau, die glücklich ist über ihre Schönheit und ihre Toilettenkünste. Die Dankbarkeit des Mannes, der sich angebetet weiß, verleitete ihn, auch seinerseits seinen Spaß zu treiben, trotz seines Wohlwollens für Denise, die auf ihn einen gewissen unnennbaren Reiz ausübte.

»Und dann sollte sie sich erst mal frisieren«, meinte er.

Das gab der Armen den Rest. Der Chef geruhte zu scherzen, folglich brachen alle in ein Gelächter aus; selbst aus der Wäscheabteilung waren einige Verkäuferinnen herbeigekommen, um an der allgemeinen Heiterkeit teilzunehmen. Denise war noch blasser geworden inmitten all dieser Leute, die sich über sie lustig machten, sie fühlte sich entehrt, gleichsam entkleidet durch all diese Blicke, denen sie wehrlos ausgesetzt war. Was hatte sie denn getan, daß man wegen ihrer schmächtigen Gestalt und ihres üppigen Haars dermaßen über sie herfiel? Insbesondere kränkte sie das Lachen Mourets und Frau Desforges', deren Verbindung sie unwillkürlich ahnte. Nur mühsam unterdrückte sie das Schluchzen, das in ihr aufstieg.

»Sie wird sich morgen hoffentlich anständig frisieren«, wiederholte, zu Frau Aurélie gewandt, der fürchterliche Bourdoncle, der vom ersten Moment an etwas gegen Denise gehabt hatte.

Endlich nahm die Direktrice ihr den Mantel von den Schultern und flüsterte ihr dabei ins Ohr:

»Ein schöner Anfang, Fräulein! Wenn Sie uns zeigen wollten, was Sie können, hätten Sie es nicht ungeschickter machen können.«

Aus Furcht, in Tränen auszubrechen, wandte Denise sich eilig ab und begab sich wieder an die Mäntel, die sie auf dem Tisch zusammenzulegen und zu ordnen hatte. Hier war sie wenigstens unbeachtet inmitten der Menge. Plötzlich erblickte sie neben sich Pauline, die Verkäuferin aus der Wäscheabteilung, die sie schon am Morgen in Schutz genommen hatte. Sie hatte die ganze Szene mit angesehen und flüsterte ihr nun zu:

»Seien Sie nicht so empfindlich. Sie müssen es überwinden, sonst wird man Ihnen noch ganz andere Streiche spielen ... Ich bin aus Chartres, Pauline Cugnot; meine Eltern haben dort eine Mühle. Man hätte mich hier in den ersten Tagen gefressen, wenn ich mich nicht zur Wehr gesetzt hätte ... Nur Mut! Geben Sie mir die Hand, wir werden uns gelegentlich ein bißchen ausplaudern.«

Denise drückte verstohlen die Hand, die ihr entgegengestreckt wurde, und beeilte sich dann, sich einen Packen aufzuladen, denn sie fürchtete, man könnte sie wieder schelten, wenn man merkte, daß sie eine Freundin besaß.

Mittlerweile hatte Frau Aurélie den Mantel Frau Marty selbst umgelegt, und sofort riefen alle: »Sehr gut! Ausgezeichnet!« So sah das Kleidungsstück doch gleich anders aus! Frau Desforges erklärte, etwas Besseres könnten sie gar nicht finden.

Mouret empfahl sich daraufhin, während Vallagnosc, der in der Spitzenabteilung Frau von Boves und ihre Tochter bemerkt hatte, sich dorthin begab. Marguerite stand bereits bei einer der Kassen im Zwischenstock und ließ Frau Martys Einkäufe registrieren. Frau Desforges fand ihre Sachen alle beisammen an Kasse zehn im Erdgeschoß. Die Damen trafen sich wie vereinbart noch einmal im orientalischen Saal und brachen dann, immer noch voller Bewunderung, endgültig auf.

Das Publikum verlor sich allmählich; es war bereits zu den beiden ersten Abendmahlzeiten geläutet worden, bald mußte das dritte Zeichen kommen. Die Abteilungen leerten sich, man sah nur noch wenige Käuferinnen, die sich in ihrem Eifer nicht losreißen konnten. Von draußen drang des Geräusch der letzten abfahrenden Droschken herein. Im Innern sah es aus wie auf einem Schlachtfeld. Todmüde von der anstrengenden Arbeit standen die Angestellten inmitten des Wirrwarrs ihrer Fächer und Tische. Nur mit Mühe konnte man durch die Gänge des Erdgeschosses kommen, überall war der Weg durch Stühle verrammelt. Im Keller aber war die Warenabgangsstelle noch in voller Tätigkeit; ununterbrochen wurden Pakete hinaufgeschafft und abgefahren.

Die Seidenabteilung war vollständig geräumt, der ganze ungeheure Vorrat an »Pariser Glück« war fort, als wären Heuschreckenschwärme über die Abteilung hinweggegangen. Inmitten dieser Leere standen Hutin und Favier und blätterten in ihren Kassenblocks, berechneten ihre Prozente, noch völlig erhitzt vom Kampf. Favier hatte es auf fünfzehn Franken gebracht, Hutin nur auf dreizehn; er war somit geschlagen worden und wütend über sein Mißgeschick. Das ganze Geschäft um sie her war von der gleichen Profitsucht erfaßt.

»Nun, Bourdoncle, zweifeln Sie noch immer?« fragte Mouret. Er stand wieder auf seinem Lieblingsposten oben an der Treppe zum Zwischenstock. Beim Anblick dieses Durcheinanders von Stoffen erschien ein triumphierendes Lächeln auf seinen Lippen. Die Schlacht war gewonnen, der Kleinhandel des Stadtviertels vernichtend geschlagen, Baron Hartmann mit seinen Millionen und seinen Grundstücken überwunden. Während er die Kassierer betrachtete, die, über ihre Bücher gebeugt, die langen Zahlenreihen addierten, während er den Klang der Goldstücke hörte, die aus ihren Händen in die kupfernen Schalen fielen, sah er das »Paradies der Damen« bereits ins Unermeßliche wachsen, sich bis zur Rue du Dix-Décembre erstrecken.

»Nun, Bourdoncle«, sagte er noch einmal, »jetzt sehen Sie es selbst: das Haus ist zu klein; wir hätten zweimal soviel verkaufen können.«

Bourdoncle ergab sich, im Grunde froh, daß er unrecht behalten hatte. In diesem Augenblick bot sich ihnen ein Schauspiel, das ihre Mienen ernst werden ließ. Lhomme, der erste Kassierer, hatte, wie jeden Abend, die Einnahmen der verschiedenen Abteilungen zusammengetragen. Er pflegte die Banknoten in eine Geldtasche, die Gold- und Silberstücke in Säcke zu tun und das Ganze zur Hauptkasse zu bringen. Heute herrschten Gold und Silber vor, und er stieg, mit drei großen Säcken beladen, mühevoll die Treppe empor. Man hörte ihn schon von weitem keuchen; so wankte er siegreich und von der kostbaren Last schier zu Boden gedrückt durch die Reihen der achtungsvoll zur Seite tretenden Angestellten daher.

»Wieviel ist es heute, Lhomme?« fragte Mouret gespannt.

Der Kassierer erwiderte:

»80 742 Franken und 10 Centimes.«

Ein freudiges Lachen ging durch das ganze »Paradies der Damen«. Die Zahl machte die Runde; es war die höchste Einnahme, die jemals ein Modewarenhaus an einem einzigen Tag verzeichnet hatte. –

Als Denise am Abend ins Dachgeschoß hinaufstieg, um zu Bett zu gehen, mußte sie sich an der Wand stützen. In ihrem Zimmer angekommen, warf sie sich auf das Bett, da sie sich kaum mehr auf den Beinen zu halten vermochte. Lange betrachtete sie mit trauriger Miene den Toilettentisch, den Schrank, diese ganze Dürftigkeit, wie sie nur in Mietshäusern zu finden ist. Hier also sollte sie leben; und sie sah diesen ersten abscheulichen Tag vor sich, der in einer unendlichen Reihe wiederzukehren drohte. Niemals würde sie die Kraft zu einer solchen Existenz finden. Ein Schluchzen schüttelte sie, und beim Gedanken an ihre beiden Geschwister brachen die so lange zurückgehaltenen Tränen in einem nicht enden wollenden Strom hervor.

Fünftes Kapitel

Am folgenden Morgen war Denise kaum eine halbe Stunde in der Abteilung, als Frau Aurélie in strengem Ton sagte:

»Fräulein, Sie sollen sich bei der Geschäftsleitung melden!«

Das junge Mädchen fand Mouret allein in dem großen Arbeitszimmer. Er hatte sich plötzlich der »Löwenmähne« erinnert, wie Bourdoncle sie genannt hatte, und obwohl es ihm sonst widerstrebte, den Gendarmen zu spielen, war er auf die Idee verfallen, sie zu sich kommen zu lassen, um sie ein wenig aufzurütteln, falls sie noch immer so provinzmäßig herumlaufen sollte.

»Fräulein«, begann er, »wir haben Sie aus Rücksicht auf Ihren Onkel eingestellt, aber Sie dürfen uns nicht in die unangenehme Notwendigkeit versetzen –«

Er unterbrach sich. Ihm gegenüber auf der anderen Seite des Schreibtisches stand Denise aufrecht, ernst und blaß da. Ihr Seidenkleid war nicht mehr zu weit, es lag eng an ihren runden Hüften an und betonte die weichen Linien ihrer mädchenhaften Schultern; ihr Haar, das sie in dicken Flechten aufgesteckt hatte, sah noch immer etwas wild aus, doch es wirkte bereits gebändigter. Am Abend vorher war sie gänzlich erschöpft in Kleidern eingeschlafen; als sie dann gegen vier Uhr morgens erwacht war, hatte sie sich ihrer nervösen Empfindlichkeit geschämt, sich sofort darangemacht, ihr Kleid zu ändern, und eine volle Stunde vor dem schmalen Spiegel damit verbracht, ihre Haare zurechtzustecken.

»Gottlob, Sie sehen heute schon besser aus«, murmelte Mouret, »aber da sind noch immer ein paar dieser verteufelten Schwänze.«

Er stand auf und trat zu ihr, um sich mit der gleichen vertraulichen Gebärde wie gestern Frau Aurélie mit ihren Haaren zu schaffen zu machen.

»Da, schieben Sie das hinter die Ohren ... Der Knoten sitzt zu hoch.«

Sie ließ alles wortlos mit sich geschehen. Sie war überzeugt, daß er sie nur habe rufen lassen, um ihr die Entlassung mitzuteilen. Das offene Wohlwollen Mourets beruhigte sie nicht, sie fürchtete ihn immer noch und empfand in seiner Gegenwart jenes Unbehagen, das sie sich mit der natürlichen Verlegenheit dem mächtigen Mann gegenüber erklärte, von dem ihr Schicksal abhing.

Als er sah, wie sie unter der Berührung seiner Finger zitterte, bedauerte er seine freundliche Regung schon wieder, denn er fürchtete nichts mehr, als seine Autorität einzubüßen.

»So, Fräulein«, fuhr er, auf seinen Platz zurückkehrend, fort, »nun achten Sie darauf, daß Sie etwas besser aussehen. Sie sind nicht mehr in Valognes, nehmen Sie sich unsere Pariserinnen zum Vorbild. Wenn der Name Ihres Onkels auch genügt hat, Ihnen unser Haus zu öffnen, so hoffe ich doch, daß Sie halten werden, was Ihre Person mir zu versprechen schien. Zum Unglück teilen nicht alle Leute hier meine Ansicht ... Sie sind gewarnt, machen Sie meine Hoffnungen nicht zuschanden. Und nun können Sie gehen.«

Er hatte sie wie ein Kind behandelt, mit mehr Mitleid als Güte. Sie machte kehrt und seufzte draußen erleichtert auf.

Von diesem Tag an war Denise sehr tapfer. Ihre Empfindlichkeitsanwandlungen wurden seltener, sie machte wenig Aufhebens, ging geradewegs auf ihr Ziel los mit einer unüberwindlichen Sanftmut, die über alle Hindernisse hinwegglitt; dabei war sie einfach und natürlich, ihr kindliches, friedfertiges Gesicht machte alle Zornesausbrüche zuschanden.

Es hieß vor allem, mit den körperlichen Strapazen der Abteilung fertig zu werden. Während der ersten sechs Wochen taten ihr die Arme von den schweren Kleiderbündeln so weh, daß sie nachts vor Schmerz aufstöhnte, wenn sie sich in ihrem Bett umdrehte. Noch mehr litt sie unter den plumpen Schuhen, die sie aus Valognes mitgebracht hatte und die sie nicht durch leichte Stiefelchen ersetzen konnte, weil ihr das Geld dazu fehlte. Da sie immer auf den Beinen war, unaufhörlich hin und her lief, aus Furcht, gescholten zu werden, wenn man sie eine Minute an der Wand lehnen sah, schwollen ihr die Füße an; in den Sohlen fühlte sie ein fieberhaftes Brennen, sie waren über und über mit Blasen bedeckt. Sie kam sich vor wie geschlagen, ihre unnatürliche Blässe verriet, daß ihre körperlichen Funktionen ihr schwer zu schaffen machten. Allein so schmächtig und gebrechlich sie war, sie gab trotzdem nicht auf.

Ihr größter Kummer war, daß die ganze Abteilung ihr feindlich gegenüberstand. Zu den körperlichen Leiden kam das intrigante Verhalten ihrer Kolleginnen. Nach zwei Monaten der Geduld und Sanftmut hatte sie sie noch immer nicht entwaffnet. Es gab nach wie vor verletzende Worte, grausame Erfindungen, Äußerungen der Geringschätzung, die sie in ihrem Bedürfnis nach Freundlichkeit und Güte im Innersten trafen. Lange Zeit machte man sich über ihr unglückliches erstes Auftreten lustig; Ausdrücke wie »Holzpantine«, »Büffelkopf« liefen um; solche Verkäuferinnen müsse man nach Valognes zurückschicken, hieß es; kurz, sie galt als die Dümmste in der Abteilung. Als man dann die Erfahrung machen mußte, daß sie eine ganz bemerkenswerte Verkäuferin war, die mit dem Getriebe des Hauses bald gut Bescheid wußte, war man verblüfft und entrüstet; von diesem Augenblick an schien unter den Kolleginnen die stillschweigende Übereinkunft zu bestehen, ihr niemals eine ernsthafte Kundin zukommen zu lassen. Marguerite und Claire verfolgten sie mit einem instinktiven Haß und verbündeten sich, um nicht von dieser Neuen verdrängt zu werden, die sie trotz ihrer erheuchelten Geringschätzung fürchteten. Frau Aurélie hinwiederum war verletzt durch die stolze Zurückhaltung des Mädchens, das sich nicht fortwährend mit dem Ausdruck der Bewunderung um ihre kostbare Person zu schaffen machte; sie überließ sie daher den Bosheiten ihrer Günstlinge, den Bevorzugten des Hofstaates, die fortwährend vor ihr auf den Knien lagen, nur damit beschäftigt, ihrer Autorität zu schmeicheln. Frau Frédéric, die Zweite, schien sich einen Augenblick diesem Komplott nicht anschließen zu wollen; sie bereute es aber wohl, denn bald zeigte auch sie sich ebenso hart wie die übrigen, als sie merkte, daß jede Freundlichkeit Denise gegenüber ihr die Mißgunst der übrigen zuziehen konnte. Das junge Mädchen war somit auf sich allein gestellt, alle verfolgten die »Löwenmähne«, sie lebte in einem fortwährenden Kampf und brachte es nur mit all ihrem Mut fertig, sich in der Abteilung zu halten. Und bei dem allem mußte sie lächeln und sich anmutig geben, wenn sie auch fast verging vor Erschöpfung und Sorgen. Ihr einziger Zufluchtsort war ihr Zimmerchen, wo sie nach den Leiden und Anstrengungen des Tages ihren Tränen freien Lauf lassen konnte.

Mouret hatte sie nie mehr angesprochen. Wenn sie dem strengen Blick Bourdoncles begegnete, fuhr sie zusammen, denn sie ahnte in ihm ihren natürlichen Gegner, der ihr nicht den geringsten Fehler nachsehen würde. Inmitten dieser allgemeinen Feindseligkeit war sie erstaunt über das seltsame Wohlwollen des Inspektors Jouve; wenn er ihr irgendwo abseits begegnete, lächelte er ihr zu und suchte ihr ein freundliches Wort zu sagen; schon zweimal hatte er Rügen von ihr abgewendet, aber sie war davon mehr verwirrt als gerührt.

Als eines Abends nach dem Essen die Verkäuferinnen eben dabei waren, die Schränke einzuräumen, kam der Laufbursche Joseph, um Denise zu benachrichtigen, daß ein junger Mann sie unten erwarte. Sie fuhr erschrocken zusammen.

»Schau, schau«, sagte Claire, »die ›Löwenmähne‹ scheint einen Liebhaber zu haben.«

»Der muß aber arg hungrig sein«, lachte Marguerite.

Denise fand am Eingang ihren Bruder Jean. Sie hatte ihm in aller Form verboten, sie im Geschäft aufzusuchen, weil es einen schlechten Eindruck mache. Doch sie wagte nicht, ihn auszuschelten, so verstört wirkte er. Er war noch ganz atemlos, vom Faubourg du Temple bis hierher gelaufen.

»Hast du zehn Franken?« stammelte er. »Gib mir zehn Franken, oder ich bin verloren.«

Der große Bursche mit seinen blonden Haaren und seinem hübschen Mädchengesicht war so drollig, als er diese Worte herausbrachte, daß Denise aufgelacht hätte, wenn seine Geldforderung sie nicht so in Angst versetzt hätte.

»Wie, zehn Franken?« stotterte sie. »Was ist denn passiert?«

Er errötete und erklärte, daß er der Schwester eines Kameraden begegnet sei. Denise hieß ihn schweigen, sie wollte davon nichts weiter wissen. Schon zweimal war er gekommen, um in ähnlicher Weise bei ihr Anleihen zu machen; allein es hatte sich bisher nur um geringfügige Beträge gehandelt, das erste mal um fünfundzwanzig Sous, das zweite mal um dreißig Sous. Immer hatte er Weibergeschichten.

»Ich kann dir die zehn Franken nicht geben«, sagte sie. »Ich habe für Pépé die Pension noch nicht bezahlt und besitze gerade so viel, wie das ausmacht. Es wird kaum genug übrigbleiben, daß ich mir ein Paar bequeme Schuhe kaufen kann, die ich sehr dringend brauche ... Du bist wirklich unvernünftig, Jean; es ist schlimm mit dir.«

»Dann bin ich verloren«, wiederholte er mit einer tragischen Gebärde. »Hör zu, Schwesterchen: wir sind zusammen mit ihrem Bruder ins Café gegangen, und ich ahnte nicht, daß unsere Zeche so viel ausmachen würde ...«

Sie unterbrach ihn, und da sie Tränen in den Augen des lieben Leichtfußes sah, holte sie ihr Portemonnaie aus der Tasche und steckte ihm ein Zehnfrankenstück in die Hand. Und schon lachte er wieder.

»Ich wußte es doch ... Aber auf Ehrenwort: Nie wieder! Ich müßte ein abscheulicher Kerl sein!«

Er küßte die Schwester stürmisch auf beide Wangen und lief davon. Einige Angestellte, die die Szene mit angesehen hatten, waren nicht wenig erstaunt.

Denise konnte diese Nacht nicht schlafen. Das Geld war ihre ewige Sorge, seit sie im »Paradies der Damen« arbeitete. Sie hatte noch immer kein festes Gehalt, und da die anderen Mädchen ihr die Verkäufe wegangelten, verdiente sie kaum genug, um für Pépé die Pension zu bezahlen. Oft mußte sie die Nacht damit zubringen, ihre Hemden und Strümpfe auszubessern, ja sogar ihre Schuhe flickte sie so geschickt wie ein Schuster. Für die große Wäsche benutzte sie ihre Waschschüssel. Sie behielt nicht einen Sou zurück, um sich die hundert kleinen Dinge zu kaufen, deren eine Frau bedarf. So war es jedesmal eine Katastrophe, wenn Jean mit seinen Liebesgeschichten erschien und all ihre Berechnungen über den Haufen warf. Ein Zwanzigsoustück riß schon ein beträchtliches Loch in ihre Barschaft; wie sollte sie nun gar zehn Franken wieder einsparen?

Am Morgen hatte sie wie immer zu lächeln und das wohlversorgte Mädchen zu spielen. Es kamen bekannte Kundinnen, Frau Aurélie rief sie wiederholt, um ihr Mäntel umzulegen, damit sie deren neuen Schnitt zur Geltung bringe; und während sie einen um den anderen vorführte, dachte sie an die vierzig Franken für Pépés Pension, die sie am Abend bezahlen sollte. Sie konnte sich notfalls diesen Monat noch mit den alten Schuhen behelfen; aber selbst wenn sie zu den dreißig Franken, die sie besaß, die vier hinzufügte, die sie Sou für Sou beiseite gelegt hatte, um sich neue Schuhe zu kaufen, so machte das immer erst vierunddreißig Franken. Wo sollte sie die fehlenden sechs hernehmen? Diese Sorge schnürte ihr das Herz zusammen.

»Sehen Sie, gnädige Frau, in den Schultern ist er ganz frei. Das sieht großzügig aus, ist sehr bequem ... Das Fräulein kann auch mal die Arme verschränken.«

»Oh, gewiß, vorzüglich«, sagte darauf Denise mit liebenswürdiger Miene; »ich spüre ihn gar nicht. Gnädige Frau werden sehr zufrieden sein.«

Sie machte sich jetzt im stillen Vorwürfe darüber, daß sie letzten Sonntag Pépé bei Frau Gras abgeholt hatte, um ihn in den Champs-Elysées spazierenzuführen. Das arme Kind kam so selten fort. Aber sie hatte ihm Lebkuchen und einen Ball kaufen müssen, dann waren sie im Kaspertheater gewesen, und alles zusammen hatte neunundzwanzig Sous gekostet. Wirklich, Jean dachte auch gar nicht an den Kleinen, sonst würde er solche Dummheiten nicht begehen. Alles fiel ihr zur Last.

»Wenn der Mantel Ihnen nicht gefällt«, fuhr die Direktrice fort, »sehen Sie sich vielleicht hier diesen an. Fräulein, nehmen Sie ihn um!«

Denise nahm ihn um, ging mit kurzen Schritten auf und ab und sagte:

»Er ist viel wärmer und in dieser Saison sehr in Mode.«

Unter der äußeren Liebenswürdigkeit, die der Beruf ihr auferlegte, quälte sie sich so bis zum Abend mit der Sorge ab, wo sie das Geld auftreiben sollte. Die anderen überließen ihr zwar einen bedeutenden Verkauf, weil sie an diesem Tag sehr beschäftigt waren, allein es war erst Dienstag, und sie mußte noch vier Tage warten, bis sie ihren Wochen verdienst ausbezahlt erhielt. Nach dem Essen beschloß sie, ihren Besuch bei Frau Gras auf den folgenden Tag zu verschieben; sie würde sich entschuldigen, sie habe zu viel zu tun gehabt, und bis dahin würde es ihr vielleicht gelingen, die fehlenden sechs Franken zusammenzubekommen.

Da Denise für sich selbst die geringsten Ausgaben vermied, ging sie zeitig in ihre Kammer hinauf, um zu Bett zu gehen. Was hätte sie auch auf den Straßen anfangen sollen, ohne einen Sou und noch immer verwirrt durch diese große Stadt, in der sie bloß die benachbarten Gassen kannte. Sie wagte sich zuweilen bis zum Palais Royal, um etwas frische Luft zu schöpfen, dann kehrte sie rasch wieder heim, schloß sich in ihr Zimmerchen ein und begann zu nähen oder zu waschen. Sie hatte keine Freundin; von allen Mitarbeiterinnen hatte bloß eine einzige, Pauline Cugnot, ihr eine gewisse Sympathie bewiesen; aber da ihre aneinandergrenzenden Abteilungen fortwährend in offener Fehde lagen, mußte die Freundschaft der beiden Verkäuferinnen sich bisher auf einige im Vorübergehen ausgetauschte Worte beschränken. Zwar bewohnte Pauline die Nachbarkainmer zur Rechten; allein da sie jeden Abend nach dem Essen verschwand, um erst gegen elf Uhr wiederzukommen, hörte Denise sie nur, wenn sie zu Bett ging, und begegnete ihr niemals außerhalb der Arbeitsstunden.

Diese Nacht hatte Denise sich entschlossen, wieder einmal Schuster zu spielen. Sie hielt ihre Schuhe in den Händen, betrachtete sie und überlegte, wie sie es anfangen könnte, daß sie noch einen Monat hielten. Endlich nahm sie eine starke Nadel und begann, die abplatzenden Sohlen wieder anzunähen. Mittlerweile lagen in der mit Seifenwasser gefüllten Waschschüssel Kragen und Manschetten eingeweicht.

Jeden Abend hörte sie dieselben Geräusche. Die Frauen und Mädchen kamen eine nach der ändern heim; sie vernahm kurze geflüsterte Gespräche, Gelächter, zuweilen einen gedämpften Streit. Dann ächzten die Betten, und man hörte Gähnen. Endlich sanken die Kammern in einen tiefen Schlaf. Ihre Nachbarin zur Linken träumte laut, was Denise anfangs sehr erschreckt hatte. Vielleicht wachten auch andere Mädchen wie sie, um trotz des Verbots ihre Sachen instandzusetzen. Aber sie taten es gewiß auch sehr vorsichtig, nicht das geringste Geräusch drang durch die Türen.

Elf Uhr war seit einigen Minuten vorüber, als Denise leise Schritte vernahm und den Kopf hob. Sicherlich wieder eine, die sich verspätet hatte. Sie merkte, daß es Pauline war, als sie hörte, daß die anstoßende Tür geöffnet wurde. Zu ihrem Erstaunen kam gleich darauf das Mädchen sachte zu ihr herüber und klopfte.

»Rasch, ich bin es!«

Es war den Verkäuferinnen verboten, einander in ihren Kammern zu besuchen. Denise beeilte sich daher, den Schlüssel herumzudrehen, damit ihre Nachbarin nicht durch Frau Cabin überrascht wurde, die strenge Aufsicht übte.

»War sie da?« fragte sie, die Tür schließend.

»Wer? Frau Cabin?« sagte Pauline. »Ach, die fürchte ich nicht! Mit hundert Sous ...«

Dann fügte sie hinzu:

»Ich habe Licht bei Ihnen gesehen und bin gekommen, weil ich schon lange mal mit Ihnen reden wollte; unten kann man ja keine drei Worte miteinander sprechen. Sie sahen mir heute abend bei Tisch so traurig aus!«

Gerührt von der Güte des Mädchens, dankte ihr Denise und bat sie, Platz zu nehmen. Aber in der Verwirrung über den plötzlichen Besuch vergaß sie, den Schuh wegzutun, den sie eben hatte flicken wollen. Pauline sah ihn, schüttelte den Kopf, blickte im Zimmer umher und bemerkte auch den Kragen und die Manschetten in der Waschschüssel.

»Ach, Sie Ärmste, ich habe es mir gedacht«, sagte sie; »ich kenne das nur zu gut. In den ersten Zeiten, als ich aus Chartres gekommen war und mein Vater mir keinen Sou schickte, mußte ich mir meine Hemden auch so waschen; ich hatte nur zwei, eins davon lag immer im Wasser.«

Ihr breites Gesicht mit den kleinen, gutmütigen Augen und dem großen Mund machte einen sehr freundlichen, gewinnenden Eindruck. Sie hatte sich gesetzt, und ohne Übergang erzählte sie plötzlich ihre Geschichte: ihre Jugend in der Mühle; wie Vater Cugnot durch einen Prozeß ruiniert worden war und sie mit zwanzig Franken in der Tasche nach Paris geschickt hatte, um sie da ihr Glück machen zu lassen; ihr erstes Auftreten als Verkäuferin, zuerst in einem Geschäft in Batignolles, dann im »Paradies der Damen«. Es waren fürchterliche Zeiten gewesen, alle erdenklichen Kränkungen und Entbehrungen hatte sie mitgemacht. Endlich kam sie auf ihr gegenwärtiges Leben, sie sprach von den zweihundert Franken, die sie monatlich verdiente, von den Vergnügungen, die sie sich gönnte, von der Sorglosigkeit, in der ihre Tage dahinflössen. Sie trug ein schönes blaues Tuchkleid, eine Brosche und eine Uhrkette, und sie lächelte

unter ihrem Samthütchen, das mit einer großen grauen Feder geschmückt war.

Denise war mit ihrem Schuh in der Hand sehr rot geworden. Sie wollte eine Erklärung hervorstottern.

»Sagen Sie nichts, es ist mir geradeso ergangen«, wiederholte Pauline. »Sehen Sie mal, ich bin die Ältere, ich bin sechsundzwanzig, wenn man es mir auch nicht ansieht ... Erzählen Sie mir doch von Ihren kleinen Sorgen ...«

Angesichts dieser Freundschaft, die sich ihr so offen darbot, gab Denise nach. Im Unterrock, einen alten Schal über den Schultern, setzte sie sich neben Pauline, die in voller Toilette war, sprach von Jean und Pépé und gestand, wie sehr die Geldfrage sie quäle; dies brachte die beiden auf die anderen Kolleginnen der Konfektionsabteilung, und Pauline machte ihrem Herzen ordentlich Luft.

»Diese Bestien! Ich sehe recht gut, was sie mit Ihnen treiben. Wenn sie sich nur ein bißchen kameradschaftlich gegen Sie benehmen wollten, müßten Sie auf hundert Franken monatlich kommen.«

»Alle sind sie gegen mich, und ich weiß nicht einmal, weshalb«, fuhr Denise fort, wobei die Tränen ihr in die Augen traten. »Auch Herr Bourdoncle ist fortwährend hinter mir her, um mich bei irgendeinem Fehler zu erwischen ... Bloß der alte Jouve –« Pauline unterbrach sie.

»Der alte Affe von Inspektor! Meine Liebe, trauen Sie dem nicht! Männer mit solchen großen Nasen ... Er mag sich lange brüsten mit seinen Orden; man erzählt sich da eine Geschichte, die er bei uns in der Wäscheabteilung gehabt haben soll ... Aber Sie sind doch ein Kind, daß Sie sich so kränken! Ist das ein Unglück, wenn man so empfindlich ist! Was Ihnen geschieht, ist allen geschehen ... Sie sind neu und müssen Ihr Einstandsgeld zahlen.«

Sie hatte sie bei den Händen genommen, ganz von ihrem guten Herzen fortgerissen. Die Geldfrage sei allerdings sehr ernst, meinte sie. Ein junges Mädchen könne nicht für zwei Brüder sorgen, die Pension für den Kleinen bezahlen und die Geliebten des Größeren aushalten, wenn es nur die elenden paar Sous verdiene, welche die ändern ihm aus Erbarmen überließen.

»Hören Sie, dieses Leben kann nicht so weitergehen«, sagte Pauline. »Ich an Ihrer Stelle ...«

Ein Geräusch im Korridor ließ sie verstummen. Sie spitzte die Ohren, dann fuhr sie leise im Ton zärtlicher Überredung fort:

»Ich an Ihrer Stelle würde mir jemanden nehmen.«

»Wie, jemanden nehmen?« murmelte Denise, ohne gleich zu begreifen.

Als sie endlich verstanden hatte, zog sie verblüfft ihre Hand aus der der Freundin. Dieser Ratschlag brachte sie in

Verlegenheit; ein solcher Gedanke war ihr noch nie gekommen, und sie konnte auch den Vorteil nicht einsehen.

»Nein«, antwortete sie einfach.

»Dann werden Sie nie weiterkommen«, sagte Pauline. »Rechnen Sie sich das doch aus: vierzig Franken zahlen Sie für den Kleinen, dem Großen müssen Sie hier und da ein Hundertsoustück geben; Sie selbst können auch nicht immer wie eine Bettlerin herumlaufen in Schuhen, über die sich alle lustig machen ... Nehmen Sie sich jemanden, das wäre viel besser.«

»Nein«, wiederholte Denise.

»Sie sind nicht recht gescheit. Es geht ja gar nicht anders, und es ist doch auch ganz natürlich. Wir haben es alle überstanden. Sehen Sie, ich hatte anfangs auch kein festes Gehalt, nicht einen Sou. Allerdings, Verpflegung und Wohnung sind frei; aber man hat ja schließlich Toilettenbedürfnisse, und wie soll man denn so ohne alles leben, eingeschlossen in seinem Zimmer, wo man nichts sieht als die Fliegen an der Wand! Da muß man's eben laufen lassen, früher oder später ist es soweit ...«

Sie sprach von ihrem ersten Liebhaber, einem Schreiber bei einem Rechtsanwalt, den sie auf einer Landpartie in Meudon kennengelernt hatte. Nach ihm war ein Postbeamter gekommen, und seit dem Herbst hatte sie einen Angestellen aus dem »Bon-Marché«, einen großen, netten Jungen, mit dem sie ihre ganze freie Zeit verbrachte. Übrigens hatte sie immer nur einen. Sie war anständig und sprach mit Entrüstung von den Mädchen, die sich dem ersten besten hingaben.

»Ich will Sie ja gar nicht zu einem schlechten Lebenswandel verleiten. Ich würde mich auch nicht gern in Gesellschaft dieser Claire sehen lassen; man könnte mir leicht nachsagen, daß ich es so arg treibe wie sie. Aber wenn man ruhig mit einem lebt und sich nichts vorzuwerfen hat ... Finden Sie es gar so schlimm?«

»Nein«, erwiderte Denise, »aber es paßt mir nicht.«

Neues Stillschweigen. Die beiden Mädchen sahen einander lächelnd an. Dann bemerkte Denise errötend:

»Außerdem müßte man demjenigen doch erst einmal gut sein.« Pauline schien erstaunt, dann lachte sie, küßte ihre Freundin und sagte:

»Aber, meine Liebe, man begegnet sich, findet Gefallen aneinander ... Sie sind zu drollig! Es zwingt Sie ja keiner ... Wenn Sie wollen, machen wir mit meinem Baugé nächsten Sonntag eine Landpartie, er wird dann einen seiner Freunde mitbringen.«

»Nein«, wiederholte Denise in ihrer eigensinnigen Sanftmut.

Pauline drang nicht weiter in sie; jeder sei sein eigener Herr, meinte sie. Sie habe ihr diesen Rat aus Freundschaft gegeben, denn es tue ihr weh, wenn sie eine Kollegin so unglücklich sehe. Da es jetzt Mitternacht schlug, erhob sie sich, um in ihr Zimmer zu gehen. Vorher nötigte sie Denise die sechs Franken auf, die ihr fehlten; sie könne sie ihr zurückgeben, wenn sie mehr verdiene.

»Und jetzt löschen Sie die Kerze aus, damit man nicht merkt, welche Tür geöffnet wird. Wenn ich drüben bin, können Sie sie wieder anzünden.«

Als es dunkel war, drückten sie einander noch einmal die Hand, und Pauline entfernte sich geräuschlos.

Denise wollte, bevor sie schlafen ging, noch ihre Schuhe fertigmachen und die Wäsche erledigen. Das Gespräch mit Pauline ging ihr lebhaft im Kopf herum. Sie war keineswegs empört, denn sie fand, daß jedermann sich sein Leben nach Gutdünken einrichten durfte, wenn er allein und verlassen dastand. Nur ihr selber waren solche Gedanken niemals gekommen; ihr gerader Sinn und ihre gesunde Natur hatten sie bisher auf dem rechten Weg gehalten. Gegen ein Uhr morgens ging sie endlich zu Bett. Nein, sie liebte niemanden. Warum sollte sie also ihr Leben ändern? Warum sollte sie von der mütterlichen Zärtlichkeit abgehen, die sie ihren beiden Brüdern gelobt hatte?

Von diesem Tag an interessierte sich Denise für die Herzensgeschichten ihrer Abteilung. Wenn es nicht viel zu tun gab, wurde fortwährend von den Männern gesprochen; es gab viel Klatsch, die Verkäuferinnen unterhielten sich oft tagelang mit der Erzählung von allerlei Abenteuern. Claire war beständig in Skandale verwickelt; man sagte, sie habe drei Liebhaber zugleich, ganz zu schweigen von den Gelegenheitsverehrern, die fortwährend hinter ihr herliefen. Wenn sie ihre Stellung nicht aufgab, so geschah es nur, um ihrer Familie gegenüber den Schein zu wahren, denn sie lebte in ewiger Furcht vor ihrem Vater, der ihr dauernd drohte, nach Paris zu kommen und ihr alle Knochen kaputtzuschlagen. Marguerite hingegen führte sich gut auf; man wußte bei ihr von keinem Liebhaber zu erzählen; dies überraschte allgemein, denn es war bekannt, daß sie nach Paris gegangen war, um vor Freunden und Bekannten einen Fehltritt zu verbergen. Wo hatte sie nur dieses Kind her, fragte man sich, wenn sie gar so vernünftig war? Auch über die Zweite, Frau Frédéric, machten die Mädchen ihre Späße; man erzählte sich, daß sie zu hochstehenden Persönlichkeiten allerlei geheime Beziehungen pflege. In Wahrheit wußte man nichts von ihren Herzensangelegenheiten; am Abend nach beendeter Arbeit entfernte sie sich immer sehr eilig, ohne daß jemand zu sagen wußte, wohin sie ging. Frau Aurélie, so behauptete man, habe es auf gefällige junge Leute abgesehen; doch waren diese Gerüchte sicherlich falsch und verdankten ihr Entstehen nur den Verleumdungen unzufriedener Verkäuferinnen. Möglich, daß sie einst einem Freund ihres Sohnes gegenüber allzuviel Wohlwollen an den Tag gelegt hatte, allein heute gab sie sich als ernste Frau, die an solchen Kindereien keinen Gefallen mehr findet. Was blieb, war die Masse der Mädchen, die abends an der Tür von ihren Liebhabern erwartet wurden. Auf der Place Gaillon sowie längs der Rue de la Michodière und der Rue Neuve-Saint-Augustin sah man immer einzelne Männer stehen, die auf ihre Mädchen warteten. Jeder nahm dann sein Liebchen am Arm, und man entfernte sich gemütlich plaudernd mit der Ruhe und Zufriedenheit von Eheleuten.

Am meisten brachte Denise die Entdeckung von Colombans Geheimnis in Verwirrung. Sie konnte ihn zu jeder Stunde auf der Schwelle des »Vieil Elbeuf« stehen sehen, wie er nach dein Zwischenstock des »Paradieses der Damen« hinaufschaute und die Konfektionsabteilung nicht aus den Augen ließ. Wenn er merkte, daß Denise ihn beobachtete, wandte er sich errötend ab, als fürchtete er, sie könnte ihn ihrer Kusine Geneviève verraten, obgleich es zwischen Denise und der Familie Baudu keinerlei Beziehungen mehr gab, seitdem das Mädchen im »Paradies der Damen« angestellt war. Sie glaubte zuerst, er sei in Marguerite verliebt, als sie seine sehnsuchtsvolle Miene sah; denn Marguerite war vernünftig, schlief im Hause und war nicht so leicht zu erobern. Später merkte sie zu ihrer Überraschung, daß die verliebten Blicke des Angestellten Claire galten. So schmachtete er sie seit Monaten aus der Ferne an, ohne den Mut zu finden, sich ihr zu erklären – und das einem Straßenmädchen gegenüber, das in der Rue Louis-le-Grand wohnte und das er ohne Schwierigkeiten hätte ansprechen können, bevor es sich jeden Abend am Arm eines anderen Mannes entfernte! Claire selbst schien von diesem heimlichen Verehrer nichts zu ahnen. Denise war über ihre Entdeckung schmerzlich betroffen. War das eine dumme Geschichte, die Liebe! Mußte sich dieser Junge, der sein Glück in Händen hielt, sein ganzes Leben verderben, indem er eine solche Dirne wie ein Heiligtum anbetete? Seit jenem Tag gab es ihr einen Stich, wenn sie das blasse, leidende Gesicht Genevièves hinter den Fenstern des »Vieil Elbeuf« auftauchen sah. So hing Denise ihren Gedanken nach, wenn sie abends die ganze Weiblichkeit mit ihren Liebhabern sich entfernen sah. Die im Hause schliefen, in den kleinen Kammern unter dem Dach, kamen gegen elf Uhr zurück, es sei denn, daß sie Erlaubnis bekommen hatten, ins Theater zu gehen. Die übrigen verschwanden bis zum nächsten Morgen. Denise mußte zuweilen mit einem Lächeln das freundschaftliche Kopfnicken erwidern, mit dem Pauline sie begrüßte, die regelmäßig um halb neun Uhr an der Ecke des Brunnens auf der Place Gaillon von Baugé erwartet wurde. Wenn Denise als letzte fortgegangen und ihren kurzen verstohlenen Spaziergang, immer allein, gemacht hatte, kam sie als erste wieder heim; sie arbeitete dann noch eine Weile oder ging zu Bett, wirre Gedanken im Kopf, von Neugierde erfaßt nach diesem Leben, das sie nicht kannte. Gewiß, sie beneidete diese Mädchen nicht; sie war glücklich in ihrer Einsamkeit, in ihrer Schüchternheit, die ihr wie eine Zuflucht war; allein ihre Einbildungskraft riß sie fort, sie suchte die Dinge zu ergründen, dachte unaufhörlich an die Vergnügungen, von denen ihr erzählt wurde, an die Cafés, die Restaurants, an die Theater, an die Sonntage mit ihren Spaziergängen und Bootspartien.

Indessen gab es in ihrem Leben voll Arbeit nur wenig Platz für solche gefährlichen Träumereien. Im Geschäft dachte man während des dreizehnstündigen Dienstes nur wenig an Liebe. Hätte nicht schon der ewige Kampf um das Geld den Unterschied der Geschlechter hier völlig verwischt, so hätten die ständige Hast und das Getriebe jedes Verlangen zwischen Verkäufern und Verkäuferinnen erstickt. Sie waren alle Teile eines Räderwerks, entsagten ihrer Eigenart und trugen ganz einfach mit ihren Kräften zum geordneten Ablauf des Ganzen bei. Das Privatleben begann erst draußen mit dem plötzlichen Aufflammen der Leidenschaften.

Eines Tages jedoch bemerkte Denise, wie Albert Lhomme, der Sohn der Direktrice, einem Mädchen aus der Wäscheabteilung ein Billett in die Hand gleiten ließ, nachdem er vorher einige Male mit gleichgültiger Miene durch die Abteilung spaziert war. Es war in der toten Zeit des Winterhalbjahres, die vom Dezember bis zum Februar dauert. Denise hatte zuweilen einige Augenblicke der Ruhe; sie konnte sich an die Wand lehnen, den Blick in die Tiefen der Geschäftsräume verloren, und auf Kunden warten. Die Mädchen der Konfektionsabteilung unterhielten gute Beziehungen zu den Verkäufern der Spitzenabteilung, ohne daß aber die Vertraulichkeit weiter gegangen wäre als bis zu trockenen Späßen, die mit leiser Stimme ausgetauscht wurden. Der Zweite in der Spitzenabteilung war ein großer Witzbold, der Claire mit dummen Vertraulichkeiten verfolgte, bloß um etwas zu lachen zu haben; im Grunde fand er an ihr so wenig Gefallen, daß er ihr außerhalb des Hauses aus dem Weg ging. So flogen von einem Tisch zum andern verständnisinnige Blicke hin und her, Worte, die sie allein begriffen, zuweilen gar leistete man sich ein leises Geplauder, wobei man einander den Rücken wandte, um nicht von dem fürchterlichen Bourdoncle überrascht und ausgescholten zu werden.

Was Deloche anging, so begnügte er sich längere Zeit damit, Denise lächelnd anzublicken. Später bekam er Mut und flüsterte ihr irgendein freundliches Wort zu, wenn er ihr begegnete. An dem Tag, als sie den Sohn von Frau Aurélie beobachtete, wie er dem Fräulein von der Wäscheabteilung sein Billett zusteckte, hatte Deloche Denise eben gefragt, ob sie gut gefrühstückt habe; er interessierte sich eben für sie und fand nichts Besseres zu sagen. Auch er hatte das Briefchen bemerkt; er schaute das Mädchen an, und beide erröteten über dieses Liebesspiel, das vor ihren Augen abrollte.

Doch trotz dieser schwülen Atmosphäre, die in Denise allmählich die Frau weckte, behielt sie ihren kindlichen Frieden. Nur die Begegnung mit Hutin ließ ihr Herz schneller schlagen. Sie hielt diese Regung indessen für bloße Dankbarkeit, sie glaubte sich von der Höflichkeit dieses jungen Mannes angesprochen. Sooft er eine Kundin in die Abteilung führte, war Denise verlegen. Wenn sie von einer Kasse an ihren Arbeitsplatz zurückkehrte, ertappte sie sich oft dabei, daß sie einen Umweg machte und ganz überflüssigerweise an den Tischen der Seidenabteilung vorbeiging.

Eines Abends traf sie dort Mouret, und er schien ihr lächelnd nachzublicken. Er beschäftigte sich nicht mehr mit ihr und sprach sie von Zeit zu Zeit nur an, um ihr einen guten Rat in bezug auf ihre Aufmachung zu geben und mit ihr zu scherzen, sie als einen hoffnungslosen Fall zu behandeln, als eine Wilde, die er trotz all seiner Erfahrung nie zur Koketterie bringen werde. Er ließ sich zuweilen sogar zu Neckereien herab, ohne sich den Reiz eingestehen zu wollen, den diese kleine Verkäuferin mit dem drolligen Haarwuchs auf ihn ausübte. Unter seinem stummen Lächeln erbebte Denise, als hätte er sie bei einem Vergehen ertappt. Ahnte er etwa gar, weshalb sie durch die Seidenabteilung ging, während sie selbst kaum wußte, was sie zu diesem Umweg veranlaßte?

Hutin indessen schien die dankerfüllten Blicke des Mädchens nicht zu bemerken. Die Verkäuferinnen waren nicht sein Geschmack; er tat immer sehr geringschätzig gegen sie und rühmte sich mehr denn je seiner außerordentlichen Abenteuer mit den Kundinnen: Eine Baronin hatte sich einmal vor seinem Tisch Knall und Fall in ihn verliebt; und die Gattin eines Architekten, bei der er erschienen war, weil er ihr irrtümlich zu viel Seide abgemessen hatte, war ihm widerstandslos in die Arme gesunken. Hinter dieser normannischen Prahlerei steckte nichts weiter als Gelegenheitsdämchen, die er sich in den Kneipen oder im Tingeltangel holte. Wie alle Angestellten der Modebranche war er ein Verschwender; die ganze Woche führte er einen erbitterten Kampf um das Geld, um es am Sonntag mit vollen Händen hinauszuwerfen, auf den Rennplätzen, in den Restaurants, auf den Tanzböden, wie gewonnen, so zerronnen; an den folgenden Tag dachte er nicht. Nur Favier machte hierin eine Ausnahme und ging nicht mit ihm. Im Geschäft hielt er mit Hutin gute Kameradschaft; vor der Tür aber grüßten sie sich und gingen auseinander. Hutins intimer Freund war Liénard. Sie wohnten im Hotel Smyrna in der Rue Saint-Anne; es war dies ein alter Bau, in dem lauter Handelsangestellte lebten.

Am Morgen kamen sie miteinander ins Geschäft. Wer früher fertig war, erwartete am Abend den ändern im Café Saint-Roch, wo die Verkäufer vom »Paradies der Damen« sich trafen. Hier wurde geschwatzt und getrunken, geraucht und Karten gespielt. Oft blieben sie bis ein Uhr und warteten, bis der Besitzer sie hinauswarf. Seit einem Monat gingen sie übrigens dreimal wöchentlich in ein Tingeltangel am Montmartre, wo sie Fräulein Laura, eine neue Sängerin und die jüngste Eroberung Hutins, so geräuschvoll feierten, daß die Polizei schon zweimal hatte einschreiten müssen.

So verging der Winter, und Denise erhielt endlich dreihundert Franken festes Gehalt. Es war die höchste Zeit, denn ihre schweren Schuhe hielten nicht mehr länger. Den ganzen letzten Monat hindurch war sie nicht mehr ausgegangen, weil sie fürchtete, sie könnten mit einem Schlag in die Brüche gehen.

»Mein Gott, Fräulein, Sie machen mit Ihrem Schuhwerk einen entsetzlichen Lärm!« hatte Frau Aurélie schon wiederholt gesagt. »Das ist ja unerträglich! ... Was haben Sie denn bloß an den Füßen?«

Als Denise zum ersten Mal in Stoffschuhen herunterkam, sagte Claire zu Marguerite, laut genug, um gehört zu werden:

»Schau, schau! Die ›Löwenmähne‹ hat ihre Galoschen abgelegt. Das muß ihr aber schwergefallen sein: die waren ja noch von ihrer Mutter!«

Übrigens war man allgemein empört über Denise. Die Abteilung schien endlich ihre Freundschaft mit Pauline entdeckt zu haben, und man erblickte darin geradezu eine Auflehnung. Man wurde nicht müde, von Verrat zu sprechen, und beschuldigte sie, daß sie der Freundin Gespräche der andern wiedererzähle. Die Feindschaft zwischen Wäsche- und Konfektionsabteilung wurde hierdurch von neuem lebhaft angefacht; es gab hüben wie drüben harte Worte, und eines Abends kam es hinter den Hemdenkartons sogar zu einer Ohrfeige. Und all das wegen dieser Denise!

»Meine Damen, nur keine häßlichen Reden! Halten Sie an sich und zeigen Sie, wer Sie sind!« mahnte Frau Aurélie hoheitsvoll. Sie zog es gewöhnlich vor, sich in diese Händel nicht einzumengen. Auf eine Frage Mourets hatte sie einmal erklärt, diese Mädchen taugten eine wie die andere nicht viel. Allein in neuester Zeit war ihr Interesse erwacht, seit sie nämlich von Bourdoncle erfahren hatte, daß er ihren Sohn im Keller dabei ertappt habe, wie er eine Verkäuferin aus der Wäscheabteilung umarmte, just die, welcher der junge Mann seine Briefchen zuzustecken pflegte. Das war abscheulich, und sie beschuldigte die Wäscheabteilung, ihren Sohn Albert in einen Hinterhalt gelockt zu haben; ja der Streich gelte ihr, meinte sie, man suche sie zu verunglimpfen, indem man ein unerfahrenes Kind ins Verderben führe, nachdem man sich habe überzeugen müssen, daß ihre Abteilung unter ihrer strengen Führung unantastbar sei. Sie machte einen ganz ungewöhnlichen Lärm, um die Sache selbst zu vertuschen, denn sie gab sich über ihren Sohn keiner Täuschung hin, sie wußte, daß er aller tollen Streiche fähig war. Einen Augenblick schien die Geschichte ernst werden zu wollen, auch Mignot, der Verkäufer aus der Handschuhabteilung, wurde hineingezogen; er war der Freund Alberts, und ein Gerücht erzählte, daß er beim Verkauf die Mädchen bevorzuge, die sein Freund ihm schicke, daß sie stundenlang in den verschiedenen Kartons herumwühlen dürften. Außerdem sprach man von einem Paar schwedischer Handschuhe, welche die Verkäuferin bekommen haben sollte. Doch schließlich wurde der Skandal unterdrückt aus Rücksicht auf die Direktrice der Konfektionsabteilung, die selbst Mouret mit Achtung behandelte. Bourdoncle begnügte sich damit, acht Tage später die schuldige Verkäuferin aus der Wäscheabteilung zu entlassen, weil sie sich so weit vergessen hatte, sich im Keller umarmen zu lassen. Die Geschäftsleitung sei schon nachsichtig genug, meinte er, wenn sie die abscheulichen Dinge zulasse, die draußen vor sich gingen; im Haus selbst dagegen werde man nichts dergleichen dulden.

Und wieder war es Denise, die unter diesem Abenteuer zu leiden hatte. Obwohl Frau Aurélie im Grund recht gut Bescheid wußte, bewahrte sie doch gegen Denise einen geheimen Groll; sie hatte sie eines Abends mit Pauline lachen sehen und fürchtete Tratschereien über die Liebschaften ihres Sohnes. Künftig trennte sie das Mädchen noch mehr von den anderen in der Abteilung. Sie hegte seit langer Zeit den Plan, die Verkäuferinnen an einem Sonntag nach Rigolles in der Nähe von Rambouillet mitzunehmen, wo sie sich für die ersten hunderttausend Franken, die sie erspart hatte, eine Besitzung gekauft hatte. Sie beschloß, Denise an diesem Ausflug nicht teilnehmen zu lassen, um sie auf diese Weise zu bestrafen. Schon vierzehn Tage vorher gab es in der Abteilung kein anderes Thema als diese Landpartie. Man machte sich einen genauen Plan, sprach von einem Eselsritt, einer Mahlzeit im Grünen mit Buttermilch und frischem Schwarzbrot, kurz, man erhoffte sich alle erdenklichen Belustigungen. Frau Aurélie brachte ihre freien Tage meist in der Weise zu, daß sie mit irgendwelchen Damen spazierenging; sie war es so wenig gewohnt, im Kreis ihrer Familie zu sein, sie hatte sich an den seltenen Abenden, die sie zu Hause zubringen konnte, so unbehaglich, so fremd gefühlt zwischen ihrem Gatten und ihrem Sohn, daß sie es künftig vorgezogen hatte, an diesen Tagen das Hauswesen sich selbst zu überlassen und im Restaurant zu essen. Was die geplante Partie nach Rambouillet betraf, so erklärte sie einfach, für Albert schicke es sich nicht, die Damen zu begleiten, und auch der Vater täte besser daran, daheimzubleiben. Den beiden Männern war dieser Bescheid ganz recht.

»Sie wollen Sie ärgern, nicht wahr?« fragte Pauline eines Morgens. »Ich an Ihrer Stelle würde mich schadlos halten. Wollen die andern sich unterhalten, so würde ich es ebenfalls tun. Begleiten Sie uns nächsten Sonntag; Baugé fährt mit mir nach Joinville.«

»Nein, danke«, erwiderte das Mädchen freundlich, aber bestimmt.

»Warum denn nicht? Haben Sie noch immer Angst, daß Sie jemand vergewaltigt?«

Pauline lachte gutmütig. Auch Denise lächelte jetzt, sie wußte recht gut, wie es dann kam; alle diese Mädchen hatten ihre Liebhaber auf solchen Landpartien gefunden, und sie wollte eben nicht.

»Ich verspreche Ihnen«, fuhr Pauline fort, »daß Baugé niemanden mitbringen wird, nur wir drei werden dabei sein. Ich will Sie nicht verkuppeln, wenn es Ihnen so gegen den Strich geht.«

Denise zögerte noch immer, obwohl sie von einem solchen Verlangen erfüllt war, daß ihr das Blut in die Wangen stieg. Seit ihre Kolleginnen des langen und breiten von ihren ländlichen Vergnügungen sprachen, starb sie fast vor Sehnsucht nach freier Luft, sie träumte von Wiesen mit hohem Gras, in dem sie Spazierengehen würde, von riesigen Bäumen, deren Schatten auf sie herabrieseln würde wie kühles Wasser. Ihre ganze Kindheit, die sie in dem satten Grün des Cotentin zugebracht hatte, erwachte wieder in ihrer Erinnerung.

»Gut, ich gehe mit«, sagte sie endlich.

Alles wurde geregelt. Baugé sollte die Damen um acht Uhr auf der Place Gaillon abholen; von da wollte man mit einer Droschke zum Vincenner Bahnhof fahren. Denise, deren fünfundzwanzig Franken Monatsgehalt von den beiden Brüdern aufgezehrt wurden, konnte für ihre Toilette nichts weiter tun, als ihr altes Wollkleidchen mit Schrägstreifen aus kariertem Popeline etwas aufzuputzen; einen Hut, mit Seide bezogen und einem blauen Band verziert, hatte sie sich selber zurechtgemacht. Sie sah in dieser Schlichtheit sehr jugendlich aus, wie ein zu rasch in die Höhe geschossenes Kind, einfach, aber sauber, ein wenig verlegen unter der überquellenden Flut ihrer Haare, die unter ihrem dürftigen Hütchen kaum Platz fanden. Pauline hingegen glänzte in einem prächtigen seidenen Frühjahrskleid mit violetten und weißen Streifen, einem federgeschmückten Hut, mit Schmuck an Hals und Armen, kurz, im ganzen Reichtum einer wohlgestellten Kaufmannsfrau.

»Da ist Baugé«, sagte sie zur vereinbarten Stunde und zeigte auf einen großen jungen Mann, der neben dem Brunnen auf der Place Gaillon stand.

Sie stellte ihren Geliebten vor, und Denise fand ihn sehr nett. Baugé war groß und kräftig, mit einem langen Flamengesicht, aus dem zwei tiefliegende Augen mit kindlicher Einfalt hervorlachten. Er war als der jüngere Sohn eines Gewürzkrämers in Dünkirchen geboren und nach Paris gekommen, weil sein Vater und sein älterer Bruder, die ihn sehr dumm fanden, ihn sozusagen davongejagt hatten. Im »Bon-Marché« verdiente er jetzt jährlich seine viereinhalbtausend Franken; er war wohl dumm, aber für den Leinenverkauf sehr gut zu gebrauchen.

»Wo ist die Droschke?« fragte Pauline.

Sie mußten bis zum Boulevard gehen. Die Sonne schien schon recht warm, ein schöner Maimorgen lachte auf das Pflaster herab, nicht das geringste Wölkchen trübte den Himmel, die durchsichtige blaue Luft war wie von Heiterkeit erfüllt. Ein behagliches Lächeln umspielte die Lippen Denises, sie atmete tief, es schien ihr, als weiche die ganze Beklemmung der letzten sechs Monate von ihr. Endlich hatte sie einen ganzen Tag vor sich, den sie auf dem Land zubringen durfte! Das war wie ein neues Leben, eine unendliche Freude.

Sie stiegen in die wartende Droschke, und Denise blickte verlegen zum Fenster hinaus, als sie sah, wie Pauline, kaum daß sie saßen, sich zu ihrem Liebhaber neigte und ihn herzhaft küßte.

»Sieh an«, rief mit einem mal Denise, »dort drüben geht Herr Lhomme. Und wie er sich beeilt!«

»Er hat sein Hörn bei sich«, fügte Pauline hinzu, die sich neben ihr zum Fenster hinausgebeugt hatte. »Ist das ein alter Narr! Man sollte glauben, er liefe zu einem Stelldichein!«

In der Tat sah man Lhomme mit seinem Instrument unter dem Arm vergnügt dahineilen, als freue er sich schon im voraus an den zu erwartenden Genüssen. Er wollte den Tag bei einem Freund zubringen, einem Klarinettisten, bei dem sich am Sonntag meist einige Musikliebhaber versammelten und ihre kleinen Hauskonzerte veranstalteten.

»Um acht Uhr schon, und alles wegen der Musik!« fuhr Pauline fort. »Sie wissen doch, daß Frau Aurélie und ihre ganze Gesellschaft bereits um sechs Uhr nach Rambouillet gefahren sind. Das Ehepaar wird sich heute bestimmt nicht sehr im Weg sein.«

Sie begannen sich über die Landpartie der anderen zu unterhalten. Sie wünschten ihnen kein schlechtes Wetter, weil sie dann selbst mit die Leidtragenden gewesen wären. Doch ein kleiner Platzregen über Rambouillet, während in Joinville die Sonne schien, wäre ein herrlicher Spaß gewesen.

»Aber er hat ja nur einen Arm!« unterbrach plötzlich Baugé ihr Geplauder. »Wie kann er denn dann Waldhorn spielen?«

Pauline, die sich zuweilen über seine Kindlichkeit lustig machte, erzählte ihm, daß der Kassierer sein Instrument an die Wand stütze, und Baugé glaubte es wirklich und fand den Gedanken sehr sinnreich. Als indessen Pauline, wegen des Schwindels von Gewissensbissen gequält, ihm erklärte, wie Lhomme an seinem Armstumpf eine Art Greifhand befestigte, mit der er das Waldhorn hielt, schüttelte er mißtrauisch den Kopf und meinte, einen solchen Bären lasse er sich nicht aufbinden.

»Du bist zu dumm«, rief sie lachend, »aber das macht nichts; ich liebe dich trotzdem!«

Sie kamen gerade vor Abgang eines Zuges zum Bahnhof. Baugé zahlte, allein Denise erklärte, daß sie ihren Anteil an den Ausgaben selbst tragen wolle, am Abend werde man abrechnen. Sie stiegen ein; aus allen Wagen erscholl fröhlicher Lärm. In Nogent verließ eine Hochzeitsgesellschaft unter Lachen und Geplauder den Zug. Als sie in Joinville angekommen waren, begaben sie sich sofort nach der Insel, um das Essen zu bestellen. Dann gingen sie längs des Flusses unter den hohen Pappeln des Marneufers spazieren. Baugé und Pauline hielten sich eng umschlungen, Denise schlenderte hinter ihnen her. Sie hatte eine Handvoll Dotterblumen gepflückt, betrachtete den Strom und fühlte sich glücklich. Von Zeit zu Zeit beugte Baugé sich zurück und küßte Pauline auf den Nacken; wenn Denise es bemerkte, sah sie verschämt zu Boden, und Tränen traten ihr in die Augen. Und doch litt sie nicht unter dem Anblick. Warum war sie nur so beklommen, und warum erfüllte die schöne Landschaft, von der sie sich so viel Vergnügen versprochen hatte, sie mit einem Kummer, den sie sich nicht zu erklären wußte? Beim Essen wurde sie durch das laute Lachen Paulines noch mehr in Verwirrung gebracht. Diese war für ihr Leben gern auf dem Land. Sie aß mit dem Heißhunger des Mädchens, das im Geschäft schlecht ernährt wird; das Essen war ihre schwache Seite, ihr ganzes Geld hängte sie an Kuchen, an halbreifes Obst, an alles, was ihr unter die Hände kam. Da aber Denise fand, daß Eier und Brathuhn genügten, wagte Pauline diesmal nicht, auch noch Erdbeeren zu bestellen, die sie gar so gerne gegessen hätte, die aber zu dieser Jahreszeit noch sehr teuer waren.

»Was wollen wir jetzt anfangen?« fragte Baugé, als der Kaffee gebracht wurde.

Sonst pflegten er und Pauline nachmittags nach Paris zurückzukehren und dort zu Abend zu essen, um den Tag in einem Theater zu beschließen. Heute aber entschlossen sie sich auf Denises Wunsch dafür, in Joinville zu bleiben; das war auch recht lustig, so konnte man das Landleben in vollen Zügen genießen. Den ganzen Nachmittag strichen sie durch Wald und Flur. Einen Augenblick dachten sie an eine Kahnfahrt; dann ließen sie den Gedanken fallen, weil Baugé nicht gut rudern konnte. Indessen hielten sie sich immer am Ufer und belustigten sich am Anblick der zahlreichen Fahrzeuge aller Art, die den Fluß bevölkerten. Als die Sonne zur Neige ging, schickten sie sich an, nach Joinville zurückzukehren. In diesem Augenblick vernahmen sie einen lauten Streit; er kam vom Wasser her, wo die Insassen zweier Boote, die einander den Rang abzulaufen suchten, sich mit Schimpfnamen bewarfen. Spottrufe wie »Tintenkleckser« und »Ladenschwengel« flogen herüber und hinüber.

»Schau!« rief Pauline, »da ist ja Herr Hutin!«

»Ja«, fiel Baugé ein, »ich erkenne sein Boot wieder; in dem andern scheinen Studenten zu sein.«

Und er erklärte den beiden Mädchen, daß es an allen öffentlichen Orten stets von neuem zu Streitigkeiten zwischen den Studierenden und den Verkäufern komme.

Als Denise den Namen Hutins gehört hatte, war sie plötzlich stehengeblieben. Sie folgte mit aufmerksamen Blicken dem schmalen Boot, das mit großer Geschwindigkeit dahinschoß. Sie suchte den jungen Mann unter den Ruderern, aber sie konnte nichts unterscheiden als die verschwommenen Umrisse zweier Frauengestalten, von denen eine am Steuer saß und einen roten Hut trug.

Am Abend kehrten sie in das Restaurant auf der Insel zurück. Doch draußen war es zu kühl geworden, sie mußten in einem der beiden geschlossenen Säle essen. Von sechs Uhr ab herrschte schon ein großes Gedränge, die Kellner schleppten Bänke und Stühle herbei und rückten die Teller zusammen, um recht viele Leute unterbringen zu können. Die Sonne ging jetzt rasch unter, und der Wirt, auf eine so große Gesellschaft nicht vorbereitet, ließ auf jedem Tisch eine Kerze anzünden, weil er nicht genug Lampen hatte. Der Lärm wurde allmählich betäubend, man hörte Lachen und Schreien, vermischt mit dem Geklapper von Tellern und Schüsseln.

»Sind die Leute aber lustig!« sagte Pauline und vertiefte sich in ein Fischgericht, das sie köstlich fand; dann neigte sie sich zu ihrer Begleiterin und fügte leise hinzu:

»Haben Sie Herrn Albert da unten erkannt?«

Es war in der Tat der junge Lhomme in Gesellschaft von drei sehr zweideutigen Frauenzimmern; die eine war ein altes Weib mit einem gelben Hut und dem Gesicht einer Kupplerin, die beiden anderen waren junge Mädchen von dreizehn bis vierzehn Jahren mit schamlosen, lasterhaften Gesichtern. Albert war schon sehr betrunken und rief, er werde dem Kellner einen Fußtritt geben, wenn er nicht sofort Likör bringe.

»Ist das eine saubere Familie!« sagte Pauline; »die Mutter in Rambouillet, der Vater in Paris und der Sohn in Joinville; die treten sich wahrlich nicht auf die Füße.«

In diesem Augenblick erhob sich im Nebenraum ein ungeheurer Lärm, zuerst ein Gebrüll, dann setzte es offenbar Prügel, denn man hörte das Getöse von stürzenden Bänken und Stühlen. Aus all dem Lärm tönten hier und da Schreie hervor:

»Ins Wasser mit den Ladenschwengeln!«

»Die Tintenkleckser ins Wasser, ins Wasser!«

Als der Schankwirt mit seiner groben Stimme endlich den Streit beigelegt hatte, erschien plötzlich Hutin. Er hatte das große, weißgekleidete Mädchen mit dem roten Hut am Arm, das vorhin am Steuer seines Bootes gesessen hatte. Sie wurden bei ihrem Eintritt mit geräuschvollem Beifall und Händeklatschen empfangen. Er warf sich in die Brust, wiegte sich beim Gehen in den Hüften und protzte mit einem blauen Fleck im Gesicht, den ihm die Keilerei eingetragen hatte. Hinter ihm kam die ganze Mannschaft des Bootes. Man eroberte im Sturm einen Tisch, und jetzt ging der Lärm erst richtig los.

»Offenbar haben die Studenten in Hutins Begleiterin eine Ehemalige aus dem Quartier Latin erkannt«, erklärte Bangé. »Jetzt singt sie in einem Tingeltangel am Montmartre. Ihretwegen hat es eben den Streit gegeben.«

»Sie ist recht häßlich mit ihren strohgelben Haaren«, meinte Pauline verächtlich. »Ich weiß nicht, wo Herr Hutin seine Damen aufliest, aber es ist immer eine schmutziger als die andere.«

Denise war blaß geworden, es durchlief sie eiskalt. Schon am Ufer der Marne hatte sie beim Anblick des vorübergleitenden Kahns ein Frösteln überlaufen; jetzt konnte sie nicht länger zweifeln: dieses Frauenzimmer verkehrte mit Hutin. Liebte sie denn den jungen Mann, daß sie darüber so bekümmert war? In ihrer schmerzlichen Verwirrung fand sie keine Antwort auf diese Frage. Mit zusammengeschnürter Kehle und zitternden Händen saß sie da und aß nicht.

»Was haben Sie denn?« fragte ihre Freundin.

»Nichts«, stammelte sie; »es ist hier zu warm.«

Der Tisch, an dem Hutin mit seiner Gesellschaft saß, stand in der Nähe des ihren, und da Hutin Baugé kannte, führte er mit diesem ein lautes Gespräch, um den ganzen Saal zu unterhalten.

»Sagen Sie mal«, rief er, »sind die Verkäufer im ›Bon-Marché‹ noch immer so tugendhaft?«

»So schlimm ist's auch wieder nicht«, erwiderte Baugé verlegen.

»Lassen Sie's gut sein. Dort nimmt man ja nur Jungfrauen, und einen Beichtvater haben sie auch angestellt!«

Alles lachte. Liénard, der mit von der Gesellschaft Hutins war, rief aus:

»Im ›Louvre‹ ist es anders; da ist in der Konfektionsabteilung eine Hebamme angestellt. Auf Ehrenwort!«

Neues, verstärktes Gelächter; selbst Pauline lachte, so drollig fand sie die Sache mit der Hebamme. Aber Baugé war verletzt durch diese Späße über seine Firma und bemerkte nun seinerseits:

»Lassen Sie mich bloß in Ruhe mit dem ›Paradies der Damen‹! Da wird man ja wegen eines Wortes vor die Tür gesetzt! Und dazu ein Chef, der aussieht, als wollte er alle seine Kundinnen für sich allein haben!«

Doch Hutin hörte nicht mehr auf ihn; er war etwas nähergerückt und prahlte, daß ihm die verflossene Woche hundertfünfzehn Franken eingebracht habe, während Favier nur zweiundfünfzig geschafft habe. Eine prächtige Woche war das gewesen! Dafür ließ er heute auch etwas springen und wollte nicht eher zu Bett gehen, als bis die hundertfünfzehn Franken ausgegeben waren. Dann ereiferte er sich und begann über Robineau zu schimpfen, diesen »Schwachmatikus« von einem Zweiten, der so stolz tue, daß er mit seinen Verkäufern nicht einmal über die Straße gehe. Wenn es ja noch der Abteilungsleiter gewesen wäre – aber Robineau!

»Schweigen Sie still«, sagte Liénard. »Sie reden zu viel, mein Lieber!«

Baugé hatte die Rechnung verlangt, weil er sah, daß Denise sich immer unbehaglicher fühlte; allein der Kellner kam und kam nicht, und sie mußte noch eine Zeitlang die Prahlereien Hutins mit anhören. Jetzt brüstete er sich, daß er weit höher stehe als Liénard; denn Liénard lebe von seinem Vater, während er die Früchte seiner eigenen Intelligenz genieße. Endlich hatte Baugé gezahlt, und die beiden Mädchen folgten ihm.

Denise seufzte erleichtert auf. Sie schrieb ihr Unbehagen noch immer dem Mangel an frischer Luft zu. Jetzt atmete sie freier. Als sie aus dem Garten des Restaurants traten, sagte eine schüchterne Stimme im Dunkel:

»Guten Abend, meine Damen!«

Es war Deloche. Sie hatten ihn im ersten Saal gar nicht bemerkt, wo er gegessen hatte, nachdem er – »zu seinem Vergnügen«, wie er sagte – zu Fuß aus Paris gekommen war. Als Denise die vertraute Stimme hörte, fühlte sie in ihrem Kummer das Bedürfnis nach einer Stütze.

»Herr Deloche, kommen Sie mit uns«, sagte sie erleichtert; »geben Sie mir Ihren Arm.«

Pauline und Baugé gingen voraus. Sie waren erstaunt, sie hatten nicht geglaubt, daß es so kommen werde, noch dazu mit diesem Burschen! Da man indessen noch eine Stunde bis zum Abgang des nächsten Zuges warten mußte, machte man unter den großen Bäumen am Ufer entlang einen Spaziergang bis zur Inselspitze. Von Zeit zu Zeit wandten Pauline und Baugé sich um und sagten:

»Wo bleiben sie denn?... Ach, da sind sie ja!... Sehr merkwürdig!«

Denise und Deloche waren zuerst schweigend nebeneinander hergegangen. Zu ihrer Rechten floß die Marne dahin, deren Wasserfläche im Dunkel zuweilen wie ein Spiegel schimmerte. Der Wind hatte sich gelegt; sie hörten nichts mehr als das Rauschen des Flusses.

»Ich freue mich so, daß ich Sie getroffen habe«, stammelte endlich Deloche. »Sie wissen nicht, wie glücklich Sie mich damit machen, daß Sie mit mir Spazierengehen.«

Nach einigen verlegenen Worten wagte er – durch das Dunkel ermutigt – das Geständnis, daß er sie liebe. Er hatte es ihr schon längst schreiben wollen; sie hätte es aber vielleicht niemals erfahren ohne die schöne, mitschuldige Nacht, ohne diesen sanft murmelnden Fluß, ohne diese Bäume, die ihr Laubwerk wie schützende Fittiche über sie breiteten. Doch sie antwortete nicht, sie ging mit leicht schwankenden Schritten an seiner Seite einher. Er suchte ihr ins Gesicht zu blicken, als er sie plötzlich schluchzen hörte.

»Mein Gott«, sagte er, »Sie weinen? Fräulein Denise, Sie weinen? Habe ich Sie gekränkt?«

»Nein«, erwiderte sie.

Sie bemühte sich, ihre Tränen zurückzuhalten, vermochte es aber nicht. Schon bei Tisch hatte sie geglaubt, ihr Herz müsse brechen. Jetzt, im abendlichen Dunkel, überließ sie sich ihrem Schmerz; das Schluchzen erstickte sie fast, als sie daran dachte, wie widerstandslos sie wäre, wenn Hutin hier an Deloches Stelle neben ihr ginge und ihr so zärtliche Geständnisse machte. Dieses Bekenntnis, das sie sich endlich ablegte, versetzte sie in höchste Verlegenheit. Eine tiefe Schamröte stieg ihr ins Gesicht, als wäre sie diesem andern, der öffentlich mit seinen Dirnen erschien und Staat machte, bereits in die Arme gesunken.

»Ich wollte Sie nicht beleidigen«, beteuerte Deloche mit flehender Stimme.

»Ich bin Ihnen nicht böse«, sagte sie endlich, »aber ich bitte Sie, sprechen Sie mit mir nicht so wie eben ... Was Sie verlangen, ist unmöglich. Sie sind ein guter Junge; ich will Ihre Freundin sein, aber nichts weiter... Hören Sie, Ihre Freundin ...«

Er sank sichtlich zusammen. Nachdem sie eine Weile still nebeneinander weitergegangen waren, sagte er:

»Kurz: Sie lieben mich nicht!«

Da sie schwieg, um ihm das kränkende Nein zu ersparen, fuhr er mit bewegter Stimme fort:

»Ich war schon gefaßt darauf. Ich habe kein Glück; ich weiß, daß ich niemals glücklich werden kann. Zu Hause bekam ich immer Prügel, in Paris nichts als Kummer und Leid ... Wenn man es nicht versteht, anderen ihre Freundinnen abspenstig zu machen, und nicht fähig ist, so viel Geld zu verdienen wie sie, dann sollte man gleich besser in irgendeinem Winkel verrecken ... Beruhigen Sie sich, ich werde Ihnen nicht mehr weh tun. Aber Sie können mir nicht verbieten, Sie trotzdem zu lieben, selbst wenn ich keine Aussicht habe. Das ist mein Los in diesem Leben ...«

Nun brach auch er in Tränen aus. Sie tröstete ihn, und im Lauf des Gesprächs zeigte es sich, daß sie aus der gleichen Gegend waren, sie aus Valognes, er aus dem dreizehn Kilometer davon entfernten Briquebec. Sie vergaßen allmählich ihren Kummer und kamen einander in guter Kameradschaft näher.

»Nun?« fragte Pauline und nahm Denise beiseite, als sie auf der Bahnstation angekommen waren.

Denise begriff. Sie erwiderte errötend:

»Niemals, meine Liebe; ich sagte Ihnen ja, daß ich nicht will. Herr Deloche ist aus meiner Heimat, wir haben von Valognes gesprochen.«

Pauline und Baugé standen ganz verblüfft da. Ihre Begriffe verwirrten sich, und sie wußten nicht mehr, was sie denken sollten. An der Bastille verließ Deloche die Gesellschaft; wie alle Verkäufer, die nur gegen Provision angestellt waren, schlief er im Geschäft, wo er um elf Uhr eintreffen mußte. Denise wollte nicht mit ihm zugleich heimkommen; da sie Theaterurlaub genommen und also noch etwas Zeit hatte, begleitete sie Pauline zu Baugé. Um näher bei seiner Geliebten zu sein, hatte dieser sich in der Rue Saint-Roch eingemietet. Man nahm eine Droschke, und Denise war ganz bestürzt, als sie unterwegs erfuhr, daß ihre Freundin die Nacht bei dem jungen Mann bleiben werde. Die Sache sei doch sehr einfach, sagte Pauline; sie gebe Frau Cabin fünf Franken und erkaufe sich damit ihr Stillschweigen; alle machten es so.

Baugé spielte den Gastgeber in seinem Zimmer, das mit alten Möbeln ausgestattet war, die er von seinem Vater erhalten hatte. Er war anfangs sehr ungehalten, als Denise die Abrechnung verlangte, schließlich aber nahm er doch die fünfzehn Franken sechzig an, die sie auf die Kommode gelegt hatte. Dann sollte sie unbedingt noch einen Schluck Tee mit den beiden trinken. Es schlug bereits Mitternacht, als endlich die Tassen eingeschenkt wurden.

»Ich muß jetzt gehen«, sagte Denise wiederholt.

Und Pauline erwiderte darauf:

»Sie können ja bald gehen, die Theater sind doch nicht so früh zu Ende.«

Denise fühlte sich sehr verlegen in diesem Junggesellenzimmer. Sie mußte zusehen, wie ihre Freundin sich bis auf Unterrock und Leibchen entkleidete, das Bett fertigmachte und die Kissen aufschüttelte. Diese Vorbereitungen für eine Liebesnacht brachten sie in Verwirrung, erfüllten sie mit Scham und weckten in ihrem verwundeten Herzen von neuem die Erinnerung an Hutin. Abermals mußte sie sich gestehen, daß sie ihm gegenüber widerstandslos wäre. Um viertel nach zwölf verließ sie die beiden endlich. Sie kam ganz aufgelöst auf die Straße, weil Pauline, als sie ihnen gute Nacht gewünscht hatte, ihr fröhlich zugerufen hatte:

»Danke, die Nacht wird schon gut werden!«

Der Nebeneingang zur Wohnung Mourets und zu den Kammern der Angestellten befand sich in der Rue Neuve-Saint-Augustin. Frau Cabin öffnete jeweils und sah dann hinaus, um festzustellen, wer heimkam. Im Erdgeschoß brannte eine Nachtlampe. Denise stand zögernd und beklommen da; als sie um die Straßenecke gebogen war, hatte sie undeutlich den Schatten eines Mannes eintreten und hinter ihm die Tür sich schließen sehen. Das mußte der Chef gewesen sein, der von einer Gesellschaft zurückkehrte, und der Gedanke, daß er hier irgendwo im Dunkel stehen und auf ihr Erscheinen warten könnte, brachte sie in höchste Verlegenheit. Jetzt bewegte sich etwas im ersten Stock, und sie hörte Schuhe knarren. Da verlor sie vollends den Kopf; sie stieß eine Tür auf, die ins Geschäft führte und die man offenließ, damit die Nachtwache die Runde durch alle Räume machen konnte.

»Mein Gott, was soll ich nur anfangen?« stammelte sie in ihrer Aufregung.

Es kam ihr der Gedanke, daß es oben noch eine zweite Verbindungstür gab, die zu den Kammern der Angestellten führte. Allein dann mußte sie durch das ganze Geschäft gehen. Trotz der Finsternis, die über den Gängen lag, zog sie diesen Umweg vor. Nirgends brannte eine Gasflamme, nur da und dort war ein winziges Öllämpchen angebracht. Sie fand sich indessen zurecht. Die leuchtenden Weißwaren zu ihrer Linken wiesen ihr den Weg. Sie wollte geradewegs die Halle durchqueren, als sie gegen ganze Stapel von Stoffballen stieß, zurückfuhr und nach der Seite auswich. Nun aber wurde sie plötzlich durch ein Schnarchen beunruhigt; es war der Laufbursche Joseph, der hinter den Trauerartikeln schlief. Sie kehrte rasch um, nun schon auf der Flucht. In der Handschuhabteilung mußte sie wieder über schlafende junge Leute hinwegsteigen, und sie hielt sich erst für gerettet, als sie endlich die Treppe erreicht hatte. Allein oben angelangt, in der Konfektionsabteilung, wurde sie von einem neuen Schrecken ergriffen, als sie vor sich eine Laterne erblickte: es waren zwei Feuerwehrleute, die Nachtwache hatten. Als sie näherkamen, flüchtete sie in den Hintergrund der Spitzenabteilung, von wo sie jedoch durch den Klang einer Stimme sofort wieder verscheucht wurde. Es war Deloche; er schlief hier in seiner Abteilung auf einem kleinen Eisenbett, das er sich jeden Abend aufschlug. Er war noch wach, lag mit offenen Augen auf seinem Bett und durchlebte von neuem die süßen Stunden des Abends. Denise hatte indessen endlich die Verbindungstür erreicht und trat auf den Gang hinaus. Hier stieß sie auf Mouret, der mit einer kleinen Wachskerze in der Hand auf der Treppe stand.

»Wie, Sie sind es, Fräulein?«

Sie begann zu stottern und wollte sich damit entschuldigen, sie habe in ihrer Abteilung etwas gesucht. Allein er schien durchaus nicht böse zu sein; er betrachtete sie mit einer Miene, in der sich Wohlwollen und Neugierde zugleich ausdrückten.

»Hatten Sie Theaterurlaub?«

»Ja.«

»Haben Sie sich gut unterhalten? In welchem Theater waren Sie denn?«

»Ich war auf dem Land.«

Da lachte er und fragte mit nachdrücklicher Betonung:

»Allein?«

»Nein, mit einer Freundin«, erwiderte sie hocherrötend.

Er schwieg, aber er betrachtete sie noch immer, wie sie da stand in ihrem ärmlichen schwarzen Kleidchen, mit ihrem Hütchen das mit einem schmalen blauen Band geschmückt war. Sollte dieser Wildling sich am Ende gar zu einem hübschen Mädchen entwickeln? Sie hatte von ihrem Ausflug aufs Land ein frisches Aussehen und war sehr hübsch mit ihren schönen Haaren, die über der Stirn etwas zerzaust waren. Seit sechs Monaten behandelte er sie mit leichtem Spott wie ein Kind und erteilte ihr zuweilen väterliche Ratschläge. Jetzt lachte er mit einem mal nicht mehr, er hatte eine unklare Empfindung, ein Gemisch von Überraschung, Furcht und Zärtlichkeit. Ohne Zweifel hatte ein Liebhaber dieses Mädchen dermaßen verschönt, dachte er und hatte bei dieser Vorstellung das Gefühl, als habe ihn ein Lieblingsvogel, mit dem er zu spielen pflegte, mit dem Schnabel bis aufs Blut gepickt.

»Guten Abend«, flüsterte Denise und setzte ihren Weg fort, ohne eine weitere Bemerkung abzuwarten.

Er sagte nichts, sondern blickte ihr schweigend nach. Dann ging er in seine Wohnung zurück.

Sechstes Kapitel

Als die tote Zeit des Sommerhalbjahrs gekommen war, strich ein Hauch des Schreckens durch das »Paradies der Damen«. Es war die Zeit der Massenentlassungen in den heißen Monaten Juli und August.

Jeden Morgen nahm Mouret, wenn er mit Bourdoncle seine Inspektionsrunde machte, die Abteilungsleiter beiseite; im Winter hatte er ihnen zugeredet, so viele Verkäufer einzustellen, wie ihnen gut dünkte, damit nur der Verkauf nicht leide, und jetzt überredete er sie, das Personal zu verringern. Es ging darum, die allgemeinen Kosten zu senken. Zu diesem Zweck mußte ein gutes Drittel der Verkäufer auf die Straße gesetzt werden.

Die Ausführung übernahm wie gewöhnlich Bourdoncle. Er sagte nur: »Gehen Sie zur Kasse!«, und das Wort fiel wie ein Beilhieb auf den Betroffenen nieder. In der toten Zeit war ihm jeder Vorwand gut genug, um das Geschäft reinzufegen.

»Was sitzen Sie hier untätig herum: gehen Sie zur Kasse!« –

»Ich glaube gar, Sie widersprechen: gehen Sie zur Kasse!« –

»Ihre Schuhe sind nicht sauber: gehen Sie zur Kasse!«

Vor diesem allgemeinen Kehraus zitterten selbst die Mutigsten. Als Bourdoncle sah, daß auch dieses System das Geschäft noch nicht rasch genug leerte, hatte er eine andere Art erfunden, durch die er die jungen Leute ohne jede Mühe abmurkste. Schlag acht stellte er sich mit der Uhr in der Hand an die Tür, und wenn einer nur drei Minuten Verspätung hatte, wurde ihm das unerbittliche »Gehen Sie zur Kasse!« zuteil. Die Bevorzugten erhielten einen vierzehntägigen Urlaub ohne Bezahlung; das war eine etwas humanere Art, die Geschäftsausgaben zu verringern.

In den Abteilungen wurde von nichts anderem mehr gesprochen. Jeden Tag gab es neue Geschichten, man nannte die Namen der entlassenen Angestellten, wie man zu Zeiten großer Epidemien die Toten zählt. Bei der geringsten Klage der Kundschaft zeigte die Geschäftsleitung sich unerbittlich, keine Entschuldigung wurde angenommen, der Angestellte hatte immer unrecht und mußte verschwinden wie ein schadhaftes Werkzeug, das dem reibungslosen Funktionieren des Verkaufs nur im Wege ist. Die Kollegen ließen stumm den Kopf hängen, in der allgemeinen Angst zitterte jeder um sich selbst. Mignot wurde eines Tages dabei ertappt, daß er trotz des Verbots ein Paket unter seinem Mantel mitnehmen wollte, und entging mit knapper Not der Gefahr, hinausgeworfen zu werden; Liénard, dessen Trägheit bekannt war, verdankte es nur seinem Vater, daß er nicht flog, als ihn Bourdoncle eines Nachmittags zwischen zwei

Samtstapeln schlafend antraf. Insbesondere aber war das Ehepaar Lhomme besorgt. Sie waren jeden Morgen darauf gefaßt, ihren Sohn Albert entlassen zu sehen; man war mit ihm sehr unzufrieden wegen der Art, wie er seine Kasse führte. Seine Frauenzimmer kamen gar ins Geschäft, um ihn zu unterhalten, und Frau Aurélie hatte schon zweimal bei der Direktion Fürbitte tun müssen, damit er nicht entlassen wurde.

Inmitten dieses allgemeinen Auskehrens lebte Denise in beständiger Angst; sie befürchtete jeden Augenblick eine Katastrophe. Es begannen wieder die Aufregungen der ersten Wochen, sie kam sich vor wie ein Hirsekorn unter einem mächtigen Mühlstein. Sie konnte sich keiner Täuschung hingeben: wenn eine Verkäuferin der Konfektionsabteilung entlassen werden sollte, dann war sicher sie die erste. Während der Landpartie nach Rambouillet mußten ihre Kolleginnen sie bei Frau Aurélie verleumdet haben, denn seit jener Zeit war die Direktrice doppelt streng gegen sie. Man konnte ihr nicht verzeihen, daß sie sich den Ausflug nach Joinville gegönnt hatte, man erblickte darin eine Auflehnung und war wütend, daß sie sich außerhalb des Hauses offiziell in Gesellschaft einer Verkäuferin aus der feindlichen Abteilung gezeigt hatte. Denise bekam die allgemeine Abneigung noch mehr zu spüren als bisher und verzweifelte schon daran, ihre Kolleginnen jemals umzustimmen.

»Lassen Sie sie doch laufen«, suchte Pauline sie zu trösten. »Es sind Flausenmacherinnen, nichts als dumme Gänse.«

Aber gerade das vornehme Gehabe der Mädchen schüchterte Denise vollends ein. In ihrem täglichen Umgang mit der Kundschaft hatten die Verkäuferinnen eigene Manieren angenommen, sie stellten ein seltsames Mittelding zwischen Arbeiterin und Bürgerfrau dar. Ihre gekünstelte Art, sich zu kleiden, ihre gezierte Haltung, die angelernten Redensarten zeugten von einer Halbbildung, die aus der Lektüre von Zeitschriften und aus gelegentlichen Theaterbesuchen zu stammen schien.

»Wissen Sie schon, daß die ›Löwenmähne‹ ein Kind hat?« fragte Claire eines Morgens, als sie in die Abteilung kam.

Als alle sehr erstaunt waren, fügte sie hinzu:

»Ich sah sie gestern abend den Balg spazierenführen ... Sie scheint ihn irgendwo untergebracht zu haben.«

Zwei Tage später brachte Marguerite, die vom Essen heraufkam, eine andere Neuigkeit.

»Eine saubere Geschichte: ich habe den Liebhaber der ›Löwenmähne‹ gesehen ... Es ist ein Arbeiter; denken Sie sich: ein kleiner, schmutziger Arbeiter mit strohblonden Haaren, der zu den Fenstern hereinglotzte, bis sie hinausging.«

Von da ab galt es als feststehende Tatsache: Denise hatte einen Handwerker zum Geliebten und hielt irgendwo im Stadtviertel ihr Kind versteckt. Man überschüttete sie mit boshaften Anspielungen. Als sie deren Bedeutung zum erstenmal begriff, wurde sie leichenblaß angesichts solcher ungeheuerlichen Verdächtigungen. Das war abscheulich; sie wollte sich rechtfertigen und stammelte:

»Aber das sind doch meine Brüder!«

»Ach ja, Ihre Brüder!« sagte Claire spöttisch.

Frau Aurélie mußte sich ins Mittel legen.

»Schweigen Sie, meine Damen, und machen Sie sich an Ihre Arbeit! ... Fräulein Denise kann sich außerhalb des Hauses so schlecht aufführen, wie es ihr beliebt. Wenn sie nur hier ihre Pflicht tut!«

Diese lahme Verteidigung war so gut wie eine Verurteilung. Denise war völlig verstört und versuchte vergebens, alles zu erklären. Man lachte und zuckte die Achseln. Als das Gerücht sich verbreitete, war Deloche dermaßen entrüstet über diese Mädchen, daß er Lust hatte, sie zu ohrfeigen; nur die Furcht, Denise bloßzustellen, hielt ihn zurück. Seit dem Abend, den sie in Joinville miteinander zugebracht hatten, bewahrte er ihr eine unterwürfige Verehrung, die sich in seinen treuen Blicken aussprach. Niemand durfte etwas von ihrer Freundschaft ahnen, man hätte sich nur über sie lustig gemacht.

Denise entschloß sich endlich, gar nicht mehr zu antworten, es war zu widerwärtig. Wenn ein Kollegin eine neue Anspielung machte, begnügte sie sich damit, sie still und traurig anzusehen. Überdies hatte sie einen anderen Kummer: Geldsorgen bedrückten sie. Jean hörte nicht auf mit seinen Dummheiten, er quälte sie fortwährend mit Geldforderungen. Es verging kaum eine Woche, in der sie nicht einen vier Seiten langen Brief mit einem ganzen Roman von ihm erhielt, und jedesmal erschrak sie aufs neue. Sie glaubte all seine Geschichten aufs Wort, ja in ihrer Unerfahrenheit sah sie in seinen angeblichen Liebesabenteuern die größten Gefahren. Bald handelte es sich um vierzig Sous, mit denen er die Eifersuchtsanwandlungen einer schönen Frau beschwichtigen mußte, bald um fünf, um sechs Franken, die ein wütender Vater als Trostpflaster für die Ehre seiner armen Tochter verlangte. Da ihr Gehalt und ihre Provisionen hierfür nicht ausreichten, war sie auf den Gedanken gekommen, eine Nebenbeschäftigung für ihre freie Zeit zu suchen. Sie sprach mit Robineau, der seit der Begegnung bei Vinçard immer freundlich zu ihr gewesen war, und er verschaffte ihr eine Arbeit: Krawattennähen, das Dutzend für fünf Sous. Von neun Uhr abends bis ein Uhr nachts brachte sie sechs Dutzend fertig, das machte dreißig Sous; dabei verbrannte sie eine Kerze zu vier Sous. Doch diese sechsundzwanzig Sous, die sie allnächtlich dazuverdiente, genügten für Jeans Geldforderungen. Sie beklagte sich nicht darüber, daß sie um ihren Schlaf kam, sie hätte sich glücklich geschätzt, hätte nicht eine neue Katastrophe ihre Berechnungen wieder über den Haufen geworfen. Als sie nach einem Monat bei der Krawattenhändlerin erschien, fand sie die Tür verschlossen; die Frau war bankrott und schuldete Denise noch neunzehn Franken – eine bedeutende Summe, auf die sie seit acht Tagen mit Sicherheit gerechnet hatte. Alle Kümmernisse in der Abteilung waren nichts gegen dieses Mißgeschick.

»Sie sind so traurig«, sagte Pauline, als sie Denise ganz blaß in der Möbelabteilung traf. »Brauchen Sie etwas? Sagen Sie es doch!«

Denise, die ihrer Freundin schon zehn Franken schuldete, versuchte zu lächeln und erwiderte:

»Nein, danke, ich habe nur schlecht geschlafen; das ist alles.« Es war der 20. Juli; der Schrecken der Kündigungen hatte seinen Höhepunkt erreicht. Von vierhundert Angestellten hatte Bourdoncle bereits fünfzig hinausgeworfen; und schon sprach man von neuen Entlassungen. Allein Denise dachte kaum mehr an die allgemeine Gefahr, sondern nur an das neueste Abenteuer Jeans. Diesmal brauchte er fünfzehn Franken, die allein ihn vor der Rache eines betrogenen Ehemannes schützen konnten. Eben hatte sie wieder einen Brief von ihm erhalten, in dem er ihr ankündigte, daß er sich noch an diesem Abend das Leben nehmen müsse, wenn er die fünfzehn Franken nicht erhalte. Sie quälte sich den ganzen Tag. Die Pension Pépés hatte sie vor zwei Tagen bezahlt; von diesem Geld konnte sie daher nichts mehr nehmen. Sie hatte die Absicht gehabt, die neunzehn Franken von Robineau zu erbitten, der vielleicht Gelegenheit hatte, die Krawattenhändlerin ausfindig zu machen; allein Robineau war von seinem vierzehntägigen Urlaub noch nicht zurück, obgleich er schon tags vorher erwartet worden war.

Pauline drang weiter freundschaftlich in sie. Wenn sie einander so im Hintergrund einer abseits gelegenen Abteilung trafen, durften sie unbesorgt plaudern. Allein plötzlich machte Pauline eine Bewegung, als wollte sie davonlaufen. Sie hatte die weiße Krawatte eines Inspektors erkannt, der eben aus der angrenzenden Abteilung trat.

»Es ist nur Jouve«, sagte sie dann beruhigt. »Ich weiß nicht, was der Alte immer zu lachen hat, wenn er uns beide beisammen sieht. Ich an Ihrer Stelle würde mich vor ihm in acht nehmen, er tut zu freundlich Ihnen gegenüber. Er ist ein hinterlistiger Bursche.«

Der alte Jouve war in der Tat wegen seiner überstrengen Aufsicht bei allen Verkäufern verhaßt. Die Entlassungen geschahen größtenteils auf seine Berichte hin. Nur in den Abteilungen, wo Frauen angestellt waren, zeigte er sich freundlicher.

»Weshalb sollte ich ihn fürchten?« fragte Denise.

»Weil er vielleicht Dankbarkeit von Ihnen verlangen wird«, erwiderte Pauline lachend. »Mehrere Mädchen suchen mit ihm auf gutem Fuß zu bleiben.«

Jouve entfernte sich wieder und tat, als habe er sie nicht bemerkt.

»Übrigens«, sagte Pauline, »suchten Sie nicht gestern Robineau? Ich meine, er ist zurück.«

Denise glaubte sich gerettet.

»Vielen Dank; dann will ich einen Umweg durch die Seidenabteilung machen.«

Schnell, als begebe sie sich zu einer der Kassen, ging sie in die Halle hinab. Es war viertel vor zehn; man hatte soeben für die erste Schicht zum Essen geläutet. Die Sonne sandte ihre drückend heißen Strahlen durch das Glasdach. Die Verkäufer standen verschlafen herum; da und dort sah man eine vereinzelte Kundin müden Schritts durch die Abteilungen schlendern.

Als Denise herunterkam, maß Favier eben leichte Seide zu einem Kleid für Frau Boutarel ab, die tags vorher aus dem Süden angekommen war. Hutin hatte sich auf die reizende Blondine gestürzt, die jede Woche im »Paradies der Damen« erschien, immer allein. Diesmal hatte sie einen Jungen von vier bis fünf Jahren bei sich.

»Sie ist also verheiratet?« fragte Favier, als Hutin von der Kasse zurückkam.

»Möglich«, sagte der andere, »obgleich das Kind nichts beweist. Vielleicht gehört es einer Freundin ...«

In diesem Augenblick ging Denise durch die Seidenabteilung; sie verlangsamte ihren Schritt und blickte um sich, um Robineau zu entdecken. Sie sah ihn nicht, ging in die Weißwarenabteilung und kam dann zurück. Die beiden Verkäufer hatten sie bemerkt.

»Da ist ja schon wieder dieses Knochengerüst«, murmelte Hutin.

»Sie sucht Robineau«, sagte Favier. »Ich weiß nicht, was sie miteinander haben. Es wird nichts Angenehmes sein; dazu ist Robineau zu dumm. Man erzählt, daß er ihr eine kleine Nebenbeschäftigung verschafft habe: Krawattennähen.«

Hutin sann auf eine Bosheit; als Denise an ihm vorüberkam, hielt er sie plötzlich an und sagte:

»Suchen Sie mich?«

Sie errötete tief. Seit jenem Abend in Joinville wagte sie nicht mehr, in ihrem Herzen zu lesen, in dem unbestimmte Empfindungen miteinander kämpften. Sie sah ihn immer wieder in Gesellschaft jener Dirne mit den strohgelben Haaren, und wenn sie in seiner Gegenwart auch noch zusammenfuhr, so geschah es doch mehr aus Unbehagen. Hatte sie ihn geliebt, liebte sie ihn vielleicht noch immer? Sie wollte über diese für sie so peinlichen Dinge nicht länger nachdenken.

»Nein«, erwiderte sie verlegen.

Er aber weidete sich an ihrer Verwirrung und sagte:

»Favier, das Fräulein sucht etwas Bestimmtes; legen Sie ihr doch mal Robineau vor.«

Sie sah ihn an mit jener ruhigen und traurigen Miene, mit der sie die verletzenden Anspielungen ihrer Kolleginnen aufzunehmen gewohnt war. Er war also boshaft und kränkte sie ebenso wie die übrigen; es war ihr, als tue ein Abgrund sich zwischen ihm und ihr auf. In ihren Zügen drückte sich ein solcher Kummer aus, daß Favier, sonst von wenig zartem Gemüt, ihr zu Hilfe kam.

»Herr Robineau ist bei der Warenabnahme«, sagte er, »er wird zum Essen sicher zurückkommen; Sie werden ihn nachmittags hier finden, wenn Sie ihn sprechen müssen.«

Denise dankte und ging in die Konfektionsabteilung zurück, wo Frau Aurélie sie mit kühlem Zorn empfing. Wie, sie war seit einer halben Stunde fort? Woher kam sie denn? Gewiß nicht aus dem Atelier! Denise ließ den Kopf hängen und dachte darüber nach, wie hartnäckig das Unglück hinter ihr her war. Wenn Robineau nicht zurückkam, war alles aus. Sie wollte aber doch nachmittags wieder nach ihm schauen.

In der Seidenabteilung hatte die Wiederkehr Robineaus eine wahre Revolution hervorgerufen. Die Abteilung hatte gehofft, daß er, angewidert von den Verdrießlichkeiten, die man ihm fortwährend bereitete, ganz fortbleiben werde; und einen Augenblick war er, von Vinçard noch immer gedrängt, sein Geschäft zu übernehmen, auch nahe daran gewesen, auf das Angebot einzugehen. Während seines Urlaubs hatte Hutin, der ihn vertrat, in jeder Weise versucht, dem Zweiten in den Augen des Chefs zu schaden und durch übermäßigen Eifer sich an seine Stelle zu bringen; bald hatte er kleine Unregelmäßigkeiten entdeckt, die sich der andere hatte zuschulden kommen lassen, bald war er mit verschiedenen Verbesserungsvorschlägen angekommen. Hinter Hutin stand Favier, und hinter Favier standen alle übrigen, die ganze Reihe drängte nach. Daher erhob sich auch ein allgemeines Murren, als der Zweite zurückkehrte. Einmal mußte doch ein Ende gemacht werden! Die Verkäufer hatten eine so drohende Haltung angenommen, daß der Abteilungsleiter, um der Direktion Zeit zu einem Entschluß zu lassen, Robineau zur Warenabnahme weggeschickt hatte.

»Wenn er bleibt, gehen wir alle«, erklärte Hutin.

Diese Geschichte verdroß Bouthemont sehr; er sah gern heitere Gesichter um sich, und die finsteren Mienen seiner Leute ärgerten ihn. Indessen wollte er gerecht sein.

»Lassen Sie ihn doch in Ruhe«, sagte er, »er tut Ihnen ja nichts.«

Da erhob sich lebhafter Widerspruch.

»Wie, er tut uns nichts? Er ist ein unerträglicher Bursche, immer gereizt und so stolz, daß er wenn nötig über unsere Leichen gehen würde!«

Das war der Hauptanlaß des allgemeinen Grolls. Robineau war nervös, schroff und mißtrauisch, und das wollten sie sich nicht gefallen lassen.

»Kurz, meine Herren, ich kann nichts tun«, sagte Bouthemont; »ich habe die Geschäftsleitung in Kenntnis gesetzt und werde sogleich mit ihr über die Sache sprechen.«

Man läutete jetzt zum zweiten Tisch. Favier und Hutin gingen hinab. Aus allen Abteilungen strömten die Angestellten herbei. Unten, am Ende des Gangs zur Küche, war ein Schalter, dahinter stand ein Koch und teilte die Portionen aus.

»Was gibt's denn heute?« fragte Hutin und blickte nach dem Speisezettel, der oberhalb des Schalters an einer schwarzen Tafel zu lesen war. »Aha: Rindfleisch mit pikanter Soße oder Rochen! Niemals einen Braten in dieser Bude! Das soll einem nun bekommen: ewig dieses Suppenfleisch oder der verdammte Fisch!« Der Fisch wurde gewöhnlich verschmäht; diesmal verlangte Favier jedoch von dem Rochen, während Hutin Rindfleisch mit pikanter Soße nahm. Mit einer mechanischen Handbewegung spießte der Koch ein Stück Rindfleisch auf seine Gabel und begoß es mit einem Löffel Soße. Hinter Hutin hörte man einen nach dem ändern verlangen: »Rindfleisch mit pikanter Soße ... Rindfleisch mit pikanter Soße ...« Jeder ging mit seiner Portion weiter bis zu einem zweiten Schalter, wo kleine unverkorkte Fläschchen Wein verteilt wurden.

»Eine schöne Promenade mit all dem Geschirr!« brummte Hutin. Der Tisch für ihn und Favier befand sich am äußersten Ende des Ganges im zweiten Speisesaal. Die Räume sahen alle gleich aus. Es waren ehemalige Keller, fünf Meter lang, vier Meter breit, die man verputzt und so in Speiseräume umgewandelt hatte; aber die Feuchtigkeit schlug überall durch, die gelben Mauern zeigten große graue Flecken. Durch die winzigen Fenster, die sich in der Höhe des Bürgersteigs auf die Straße öffneten, fiel mattes Licht herein, fortwährend verdunkelt durch die Schatten der Vorübergehenden. Im Sommer wie im Winter herrschte hier eine unerträgliche Hitze, die mit den Speisegerüchen aus der Küche hereinströmte.

Hutin war als erster eingetreten. Er nahm sich seine Serviette aus einem Wandregal und setzte sich seufzend.

»Einen Hunger habe ich!« knurrte er vor sich hin.

»Wenn man am hungrigsten ist, gibt es gewöhnlich nichts Rechtes zu essen«, bemerkte Favier, der sich zu seiner Linken niederließ.

Der Tisch füllte sich rasch; er hatte zweiundzwanzig Gedecke. Anfangs hörte man nichts als das Geklapper der Gabeln und das hastige Kauen dieser kräftigen jungen Leute, die bei ihrer dreizehnstündigen Arbeit stets gut bei Appetit waren. Ursprünglich hatten die Verkäufer, denen eine Stunde Essenszeit zustand, ihren Kaffee auswärts trinken dürfen. Sie hatten sich dann beeilt, in zwanzig Minuten mit ihrer Mahlzeit fertig zu werden und ins Freie zu kommen. Allein man war zu dem Ergebnis gelangt, daß sie von draußen zerstreut zurückkamen und ihre Aufmerksamkeit nicht mehr so recht bei der Arbeit war. Seither mußten sie im Haus bleiben und konnten für drei Sous ihren Kaffee hier bestellen. Die Folge war wiederum, daß sie nun das Essen in die Länge zogen und sich nicht sonderlich beeilten, in die Geschäftsräume zurückzukehren. Viele lasen während des Essens ihre Zeitung, die sie zusammengefaltet an die Flaschen lehnten. Andere wieder unterhielten sich laut, sobald der erste Hunger gestillt war; man sprach von der schlechten Kost, von dem Geld, das man verdiente, davon, was man am letzten Sonntag getrieben hatte, und davon, was man am nächsten Sonntag treiben wollte.

»Was ist's mit eurem Robineau?« wurde Hutin von einem der Verkäufer gefragt.

Der Kampf der Seidenabteilung gegen den Zweiten beschäftigte alle. Jeden Abend wurde die Angelegenheit im Café Saint-Roch bis Mitternacht besprochen. Hutin, der mit seinem Rindfleisch zu tun hatte, begnügte sich damit, zu sagen:

»Robineau ist wieder zurück.«

Nach einer Weile warf er die Gabel hin und rief wütend:

»Verflucht, das ist ja Eselsfleisch! Ekelhaft!«

»Jammern Sie nicht«, sagte Favier; »ich war so dumm, Fisch zu nehmen, und der stinkt.«

Alle redeten jetzt zugleich, waren sehr entrüstet und machten derbe Späße. In einer Ecke saß an die Wand gelehnt Deloche und aß still vor sich hin. Er war stets erstaunlich bei Appetit und konnte sich nie sattessen. Da er nicht genug verdiente, um sich etwas nebenher zu gönnen, schnitt er sich riesige Stücke Brot ab und aß die widrigsten Gerichte, als seien es auserlesene Leckerbissen. Alle machten sich über ihn lustig. Einer rief:

»Favier, geben Sie Ihren Fisch doch Deloche; er ißt stinkenden Rochen gar zu gern.«

»Und Ihr Fleisch auch, Hutin! Deloche möchte es zum Nachtisch haben.«

Der arme Bursche zuckte die Achseln und sagte nichts. Es war ja nicht seine Schuld, daß er gar so hungrig war. Übrigens taten die anderen nur so spröde: sie stopften sich dennoch voll mit dem, was sie bekamen.

Doch jetzt gebot leises Pfeifen ihnen Stillschweigen. Es war das Signal, daß Mouret und Bourdoncle sich auf dem Flur befanden. Seit einiger Zeit häuften sich die Klagen der Angestellten über die Kost dermaßen, daß die Geschäftsleitung um eine Prüfung nicht mehr herumkam. An diesem Morgen erst hatten sämtliche Abteilungen Abgeordnete an die Direktion entsandt. Mignot und Liénard waren die Sprecher. Alle spitzten jetzt die Ohren, man horchte auf die Reden Mourets und Bourdoncles, die soeben in den benachbarten Speisesaal getreten waren. Bourdoncle fand das Rindfleisch ausgezeichnet, und Mignot, wütend darüber, brummte vor sich hin: »So essen Sie es doch!«, während Liénard auf den Rochen zeigte und ruhig bemerkte: »Der Fisch stinkt!« Da erging sich Mouret in gönnerhaften Reden: er wolle alles tun für das Wohl seiner Angestellten, sagte er; er sei ihr Vater und wolle lieber trockenes Brot essen, wenn nur sie gut verköstigt würden.

»Ich verspreche Ihnen, die Sache zu prüfen«, schloß er laut, damit man ihn von einem Ende des Gangs bis zum andern hörte. Damit war die Untersuchung beendet, das Geklapper der Gabeln ging wieder an. Hutin murrte:

»Ja, zählt nur auf diese Versprechungen! ... An schönen Worten lassen sie es nicht fehlen! Dabei bekommen wir alte Schuhsohlen zu essen, und wenn einer schimpft, wird er hinausgejagt wie ein Hund!«

Der Verkäufer, der ihn schon vorhin gefragt hatte, wiederholte jetzt:

»Nun, wie ist es mit Robineau?«

»Ich sage doch, daß er wieder da ist«, erwiderte Hutin. »Aber es wird ernst; denken Sie sich, er hält es mit den Verkäuferinnen! Jawohl: er verschafft ihnen Nebenverdienste durch Krawattennähen!«

»Still!« flüsterte Favier; »da haben sie ihn gerade in Arbeit.« Er zeigte auf Bouthemont, der zwischen Mouret und Bourdoncle durch den Flur ging, alle drei in einem lebhaften, halblauten Gespräch begriffen. Der Speisesaal der Abteilungsleiter und der Zweiten befand sich gerade gegenüber. Als Bouthemont Mouret hatte vorübergehen sehen, war er aufgestanden und erzählte ihm von dem Ärger, den es in seiner Abteilung gab. Die beiden Herren hörten ihn an und schienen anfangs wenig geneigt, Robineau zu opfern, der ein ausgezeichneter Verkäufer war und noch aus den Zeiten von Frau Hédouin stammte. Allein als Bouthemont zu der Geschichte mit den Krawatten kam, geriet Bourdoncle in Zorn. War der Bursche verrückt, daß er sich auf solche Dinge einließ? Was hatte er den Verkäuferinnen Nachtarbeit zu verschaffen? Das Haus bezahlte ihre Arbeitszeit teuer genug. Wenn sie bei Nacht arbeiteten, dann taten sie bei Tag um so weniger: das war doch klar; sie bestahlen also die Firma und setzten ihre Gesundheit aufs Spiel, über die sie gar nicht zu verfügen hatten. Die Nacht war zum Schlafen da; jeder hatte zu schlafen, oder er wurde hinausgeworfen.

Mouret teilte die Entrüstung seines Teilhabers. Eine Verkäuferin, die gezwungen war, bei Nacht zu arbeiten – das war gleichsam ein Angriff auf die Organisation des »Paradieses der Damen«. Wer war denn die dumme Person, die mit ihren Bezügen nicht auszukommen verstand? Als aber Bouthemont Denise nannte, wurde er milder und fand die Sache entschuldbar. Ach ja, die Kleine, meinte er; sie war nicht sehr geschickt und hatte gewiß große Verpflichtungen. Aber Bourdoncle unterbrach ihn und erklärte, man müsse sie augenblicklich entlassen. Mit einem so häßlichen Ding sei ohnehin nichts anzufangen, er habe es ja immer gesagt. Mouret lachte verlegen. Mein Gott, wie streng! Sollte man ihr denn nicht noch einmal verzeihen? Man würde sie kommen lassen und ihr eine Rüge erteilen. Alles in allem war Robineau der Hauptschuldige, denn er als alter Verkäufer, mit den Gewohnheiten des Hauses wohlvertraut, hätte so etwas nicht tun dürfen.

»Seht euch das an, der Chef lacht ja gar!« sagte Favier erstaunt, als die drei Herren an der Tür vorbeikamen.

»Verdammt«, fluchte Hutin, »wenn sie darauf bestehen, daß Robineau bleibt, wollen wir ihnen die Hölle schon heiß machen!«

Bourdoncle schaute Mouret ins Gesicht, dann machte er eine geringschätzige Gebärde, als wollte er sagen, er verstehe schon, aber das sei doch nun wirklich zu dumm. Bouthemont hatte seine Klagen wieder aufgenommen. Die Verkäufer drohten zu gehen, darunter einige ausgezeichnete. Allein was die beiden Herren sehr viel mehr zu erregen schien, war das Gerücht, daß Robineau mit dem Fabrikanten Gaujean auf gutem Fuß stehe. Dieser rede ihm zu, erzählte man, sich im Stadtviertel niederzulassen; er wolle ihm einen erheblichen Kredit einräumen, damit er das »Paradies der Damen« ruiniere. Eine Weile schwiegen sie. Dieser Robineau trug sich also mit Konkurrenzgedanken! Mouret war ernst geworden, er tat sehr geringschätzig, konnte sich aber zu keinem Entschluß durchringen.

»Da kommt er gerade«, flüsterte der Abteilungsleiter. »Ich habe ihn zur Warenabnahme geschickt, um einem Konflikt vorzubeugen. Verzeihen Sie, daß ich in diesem Fall so dränge, aber die Dinge sind bis zu einem Punkt gediehen, an dem etwas geschehen muß.«

In der Tat kam eben Robineau vorbei; er grüßte die Herren und begab sich in den Speisesaal.

Mouret begnügte sich damit, zu wiederholen:

»Es ist gut, wir werden sehen.«

Damit gingen sie und ließen Hutin und Favier in der Ungewißheit zurück, wie die Sache denn nun ausgegangen sein mochte.

Der Küchenjunge brachte jetzt den Nachtisch und dann den Kaffee. Wer eine Portion wollte, bezahlte sofort seine drei Sous. Einige Verkäufer waren aufgestanden und schlenderten auf dem Gang auf und ab oder suchten einen dunklen Winkel, wo sie rasch eine Zigarette rauchen könnten; andere saßen schläfrig am Tisch, der mit schmutzigen Tellern und Schüsseln bedeckt war.

»Wie, schon?« rief mit einem mal Hutin.

Eine Glocke ertönte am anderen Ende des Ganges, man mußte der dritten Tafel Platz machen. Einige Burschen erschienen mit Wassereimern und großen Schwämmen, um die mit Wachsleinwand bezogenen Tische zu reinigen. Die Säle leerten sich, die Verkäufer gingen wieder in ihre Abteilungen hinauf.

Hutin und Favier, die unter den letzten waren, sahen Denise herunterkommen.

»Herr Robineau ist wieder da, Fräulein«, sagte Hutin mit spöttischer Höflichkeit.

»Er ist noch bei Tisch«, fügte der andere hinzu, »aber wenn Sie es eilig haben, können Sie ja hineingehen.«

Denise ging schweigend an ihnen vorüber; allein als sie am Speisesaal der Abteilungsleiter und der Zweiten vorbeikam, warf sie einen Blick hinein. Robineau war in der Tat noch da. Sie wollte versuchen, nachmittags mit ihm zu sprechen.

Das weibliche Personal aß in zwei besonderen Räumen, die etwas besser eingerichtet waren. Ein ovaler Tisch stand in der Mitte, zwischen den fünfzehn Gedecken war etwas mehr Platz, und der Wein war in Karaffen abgefüllt. An beiden Enden des Tisches waren eine Schüssel Rochen und eine Schüssel Rindfleisch mit pikanter Soße aufgetragen. Küchenjungen mit weißen Schürzen bedienten die Damen, die sich so ihre Portionen wenigstens nicht selbst am Schalter abholen mußten. Die Geschäftsleitung hatte dies passender gefunden.

»Sie haben einen Umweg gemacht?« fragte Pauline, die bereits bei Tisch saß und sich Brot abschnitt.

»Ja, ich habe eine Kundin begleitet«, erwiderte Denise.

Sie log. Claire stieß die neben ihr sitzende Verkäuferin mit dem Ellbogen an. Was hatte die »Löwenmähne« heute nur? Sie benahm sich so seltsam. Erst bekam sie einen Brief nach dem ändern von ihrem Liebhaber, und dann rannte sie unter irgendeinem Vorwand wie eine Wahnsinnige durch sämtliche Abteilungen. Sicherlich ging da etwas vor! Während sie ohne Widerwillen mit der Unbekümmertheit eines

Mädchens, das schon von ranzigem Speck gelebt hat, ihren Rochen aß, begann sie von einer schrecklichen Geschichte zu sprechen, die in allen Zeitungen stand.

»Haben Sie von dem Mann gelesen, der seiner Geliebten mit einem Rasiermesser den Hals abgeschnitten hat?«

»Er hat ganz recht gehabt«, bemerkte eine kleine Verkäuferin aus der Wäscheabteilung mit sanftem, zartem Gesicht; »er hat sie mit einem ändern überrascht.«

Da protestierte Pauline.

»Wie«, rief sie, »wenn man einen Mann nicht mehr liebt, dann soll er das Recht haben, einem den Hals abzuschneiden?«

Sie unterbrach sich und wandte sich zu dem Küchenjungen:

»Pierre, ich kann das Rindfleisch nicht hinunterwürgen; sagen Sie in der Küche, man soll mir eine Omelette machen.«

Bis die Omelette fertig war, aß sie Schokoladenplätzchen, die sie in der Tasche hatte; sie trug immer Näschereien mit sich herum.

»Na ja, so ein Mann ist kein Spaß«, bemerkte Claire; »da gibt es ganz schön Eifersüchtige! Neulich erst hat ein Arbeiter seine Frau zum Fenster hinausgeworfen.«

Sie ließ Denise nicht mehr aus den Augen und glaubte, das Richtige getroffen zu haben, als sie das Mädchen erbleichen sah. Kein Zweifel, diese angebliche Unschuld zitterte davor, von ihrem Geliebten, den sie offenbar betrog, geohrfeigt zu werden. Wäre das ein Spaß, wenn es auch noch im Geschäft passierte!

Als der Küchenjunge zum Nachtisch Milchreis brachte, protestierten alle. Vorige Woche erst hatten sie ihn stehen lassen und gehofft, es werde ihn nicht wieder geben. Bloß Denise aß ihn in ihrer Zerstreuung und in der Verwirrung, in die sie während Claires Erzählung beim Gedanken an Jean geraten war. Die übrigen ließen sich etwas anderes bringen, fast alle aßen Eingemachtes. Es gehörte übrigens zum feinen Ton, sich für sein eigenes Geld zusätzlich zu beköstigen.

»Sie wissen doch, daß die Herren sich beschwert haben«, sagte die zarte Wäscheverkäuferin, »und daß die Geschäftsleitung versprochen hat –«

»Still«, flüsterte Pauline, »da ist das alte Biest!«

Es war der Inspektor Jouve. Er liebte es, gegen Ende der Mahlzeiten um die jungen Mädchen herumzustreichen. Übrigens hatte er die Aufsicht in ihren Speisesälen. Er trat lächelnd ein und machte die Runde um die Tische. Zuweilen ließ er sich in ein Gespräch ein und fragte sie, ob sie gut gegessen hätten? Da sie ihn aber fürchteten und er sie lang-

weilte, suchten sie fortzukommen. Obgleich es noch nicht geläutet hatte, verschwand Claire als erste, und die anderen folgten ihr. Bald blieben nur noch Pauline und Denise zurück. Pauline schlürfte ihren Kaffee und aß den Rest ihrer Schokoladenplätzchen.

»Ich will den Jungen fortschicken und mir Orangen holen lassen«, sagte sie dann und stand auf. »Kommen Sie mit?«

»Gleich«, erwiderte Denise, die an einer Brotrinde kaute.

Sie war entschlossen zurückzubleiben, um Gelegenheit zu einer Unterredung mit Robineau zu finden.

Aber als sie mit Jouve allein war, wurde ihr unbehaglich, und sie erhob sich. Sowie sie sich jedoch der Tür näherte, vertrat er ihr den Weg und sagte:

»Fräulein Denise ...«

Er stand vor ihr und hatte eine väterlich gutmütige Miene angenommen. Sein grauer Schnurrbart, sein bürstenartig geschnittenes Haar gaben ihm das Aussehen eines biederen Soldaten; dabei streckte er die Brust vor, auf der sein rotes Ordensband prangte.

»Was ist denn, Herr Jouve?« fragte sie.

»Ich habe Sie heute früh wieder dabei überrascht, als Sie mit Ihrer Freundin Pauline hinter den Teppichen plauderten. Sie wissen, das ist verboten, und wenn ich darüber Bericht erstatten wollte ... Was habt ihr denn miteinander, daß ihr euch gar so zugetan seid?«

Denise verstand ihn nicht und fühlte sich immer unbehaglicher; er war ganz nahe an sie herangetreten und sprach ihr gerade ins Gesicht.

»Es ist wahr, wir haben geplaudert, Herr Jouve«, stammelte sie; »aber dabei ist ja nichts Schlimmes ... Sie sind sehr gütig gegen mich, vielen Dank.«

»Ich sollte nicht gütig sein«, sagte er, »nur gerecht; ich kenne nichts weiter als Gerechtigkeit ... Aber wenn man so hübsch ist ...«

Er trat noch näher. Da packte sie die Furcht; sie erinnerte sich der Worte Paulines und der umlaufenden Gerüchte von den Verkäuferinnen, die, vom alten Jouve terrorisiert, sich sein Wohlwollen erkaufen mußten. Er begnügte sich übrigens im Geschäft mit kleinen Vertraulichkeiten, kniff die Mädchen, die ihm gefielen, in die Wangen, nahm ihre Hände und hielt sie wie zerstreut fest. Das hatte alles noch einen väterlichen Anstrich; seinen eigentlichen Gelüsten ließ er nur außerhalb des Hauses freien Lauf, wenn sich eine herbeiließ, seine Einladung zu einer Tasse Tee in seiner Wohnung anzunehmen.

»Lassen Sie mich«, murmelte das Mädchen und wich zurück.

»Sie werden doch nicht die Spröde spielen wollen einem Freund gegenüber, der Sie stets geschont hat«, sagte er. »Seien Sie nett, kommen Sie heute abend auf eine Tasse Tee zu mir; es ist gut gemeint.«

»Nein, nein«, rief sie abwehrend.

Der Speisesaal war immer noch leer; der Küchenjunge war nicht mehr zurückgekommen. Jouve spitzte die Ohren, ob er Schritte hörte, und blickte scheu um sich; er war in höchster Aufregung, verlor plötzlich seine Haltung und wollte sie auf den Nacken küssen.

»Kleine Kröte! Kleine dumme Kröte!« sagte er. »Wenn man solche Haare hat, darf man nicht so garstig sein. Kommen Sie heute abend zu mir; wir werden ein bißchen vergnügt sein.«

In ihrem Schrecken und ihrer Empörung über dieses flammende Gesicht, über diesen glühenden Atem verlor sie völlig den Kopf. Mit einer äußersten Kraftanstrengung versetzte sie ihm einen Stoß, daß er wankte und fast über den Tisch fiel. Zum Glück war ein Stuhl da, auf den er niedersank; allein infolge des Stoßes spritzte ein Rest Wein aus einem Glas, befleckte seine weiße Krawatte und benetzte sein rotes Ordensband. Ohne daran zu denken, sich abzutrocknen, saß er da, sprachlos vor Zorn über eine solche Rücksichtslosigkeit, die von einer Seite kam, von der er keinen Widerstand erwartet hatte, wo er nicht einmal seine Macht, nur seine Güte hatte walten lassen.

»Fräulein! Das werden Sie bereuen, auf Ehrenwort!«

Denise war entflohen. Man läutete eben zur letzten Tafel, und in ihrer Verwirrung, zitternd vor Angst, vergaß sie Robineau und eilte hinauf. Später wagte sie nicht mehr hinunterzugehen. Da die Sonne am Nachmittag auf die Gebäudeseite an der Place Gaillon niederbrannte, war es in den Räumen des Zwischenstocks trotz der leinenen Fenstervorhänge zum Ersticken heiß. Hie und da kamen einige Kunden, ohne etwas zu kaufen. Die ganze Abteilung gähnte unter den großen, geistesabwesenden Augen der Direktrice. Gegen drei Uhr endlich, als Denise sah, daß Frau Aurélie eingeschlafen war, machte sie sich mit geschäftiger Miene auf den Weg. Um die Neugierigen von ihrer Spur abzubringen, ging sie nicht direkt in die Seidenabteilung. Sie tat, als habe sie bei den Spitzen zu tun, und bat Deloche um eine Auskunft; dann ging sie im Erdgeschoß durch die Baumwollabteilung und kam gerade zu den Krawatten, als sie höchst überrascht stehenblieb. Jean stand vor ihr.

»Wie, du bist's?« flüsterte sie erbleichend.

Er hatte seinen Arbeitskittel an und stand vor einem Fach mit Krawatten, scheinbar in tiefe Betrachtungen versunken.

»Was machst du da?« fragte sie.

»Nun, ich warte auf dich; du hast mir zwar verboten, dich hier zu besuchen, ich bin aber doch gekommen, ohne jemandem etwas zu sagen. Du kannst ganz ruhig sein; tu, als ob du mich nicht kenntest, wenn du willst.«

Schon hatten einige Verkäufer erstaunte Blicke auf sie geworfen. Jean dämpfte die Stimme.

»Sie wollte mich eigentlich begleiten. Ja, sie ist draußen auf der Place Gaillon am Brunnen ... Gib mir schnell die fünfzehn Franken, oder wir sind verloren, so wahr ich hier stehe!«

Denise geriet in maßlose Verlegenheit. Ringsumher lächelte alles höhnisch und schien sie zu belauschen. Da hinter der Krawattenabteilung eine Treppe in den Keller führte, drängte sie ihren Bruder dorthin und schob ihn hinab. Unten wiederholte er in verworrenen Worten seine Geschichte, weil er offenbar fürchtete, daß sie ihm nicht glaube.

»Das Geld ist nicht für sie. Sie ist viel zu vornehm dazu ... Nein, es ist für so einen Schuft, einen Freund von ihr, der uns gesehen hat. Du begreifst: wenn er die fünfzehn Franken heute abend nicht bekommt ...«

»Schweig«, flüsterte Denise. »Sofort ... Geh nur voraus.«

Sie waren jetzt im Warenabgang. In der toten Zeit schlief dieser geräumige Keller in dem bleichen Licht, das durch die Fensteröffnungen hereinfiel. Es war kalt hier, tiefe Stille herrschte unter der gewölbten Decke.

Denise schob ihren Bruder immer weiter. Sie kamen durch einen der schmalen Gänge, in denen ständig das Licht brannte. Rechts und links waren in finsteren Seitenkellern die Ergänzungswaren aufgestapelt, vom Hauptkeller durch Lattenverschläge abgesondert. Endlich hielt sie vor einem der Holzgitter an. Hier würde sie sicher niemand stören, dachte sie; allein es war verboten, in diesen Teil des Kellers zu kommen, und sie zitterte vor Angst, entdeckt zu werden.

»Wenn dieser Lumpenkerl plaudert«, fuhr Jean fort, »kommt der Mann und --«

»Wo soll ich aber fünfzehn Franken hernehmen?« unterbrach ihn Denise verzweifelt. »Kannst du denn nicht vernünftig werden? Fortwährend hast du so kuriose Geschichten ...«

Er schlug sich an die Brust und beteuerte, er mache ihr ganz gewiß nichts vor. Bei seiner romantischen Erfindungsgabe wußte er die volle Wahrheit schon selber nicht mehr. Er dramatisierte einfach seine fortwährenden Geldverlegenheiten.

»Bei allem, was mir heilig ist, ich werde es dir genau erzählen ...«

Sie hieß ihn von neuem schweigen; sie war erzürnt, angeekelt, außer sich.

»Ich will nichts weiter wissen, behalt deine häßlichen Geschichten für dich. Du quälst mich unaufhörlich, ich bringe mich um, um dich mit Hundertsoustücken zu unterstützen. Ja, ich arbeite die Nächte hindurch ... Ganz abgesehen davon, daß du deinem Bruder das Brot vom Mund wegstiehlst.«

Jean stand ganz blaß und verstört da. Wie, es war häßlich? Er begriff überhaupt nichts mehr! Er hatte seine Schwester immer als Kameradin behandelt und fand es ganz natürlich, daß er ihre Börse plünderte. Hauptsächlich aber verstörte ihn die Mitteilung, daß sie die Nächte durcharbeite. Der Gedanke, daß er sie umbringe und Pépé das Brot wegesse, machte ihn dermaßen bestürzt, daß er zu weinen begann.

»Du hast recht, ich bin ein schlechter Kerl«, rief er; »aber es ist durchaus nicht häßlich, im Gegenteil -- deshalb fängt man ja immer wieder von vorne an ... Gib mir die fünfzehn Franken, es wird das letzte mal sein, ich schwöre es dir! Oder gib mir nichts, ich will lieber sterben; wenn der Mann mich tötet, bist du mich los.«

Weil sie nun auch weinte, fühlte er Gewissensbisse.

»Ich sage das ja nur so, vielleicht will er gar niemanden töten. Wir werden uns schon irgendwie ausgleichen, ich verspreche dir's, Schwesterchen. Adieu, ich gehe.«

Da vernahm sie das Geräusch von Schritten, die vom anderen Ende des Ganges herkamen. Alle beide erschraken; sie drängte ihn rasch gegen die Lattentür in einen dunkeln Winkel. Einen Augenblick hörten sie nichts als das Pfeifen der Gasflammen zu ihren Seiten, dann näherten sich die Schritte; sie streckte den Kopf vor und erkannte den Inspektor Jouve, der mit strenger Miene daherkam. War er zufällig hier oder hatte ein anderer Aufpasser ihn benachrichtigt? Sie wurde von einer solchen Furcht ergriffen, daß sie den Kopf verlor. Sie stieß Jean wieder aus dem dunkeln Winkel hervor, wo sie sich beide versteckt hatten, und trieb ihn vor sich her.

»Geh, geh!«

Sie liefen beide los, während sie hinter sich den keuchenden Atem des alten Jouve hörten, der sie verfolgte. Sie kamen wieder durch den Warenabgang und gelangten an den Fuß der Treppe, die zu dem verglasten Vorbau an der Rue de la Michodière führte.

»Geh, geh!« wiederholte Denise, »ich schicke dir die fünfzehn Franken, sobald ich kann.«

Jean entfloh ganz außer sich. Der Inspektor, der atemlos hinter ihm drein war, sah nur noch einen Zipfel seines weißen Kittels und die flatternden Locken seines blonden Haars. Der alte Jouve verschnaufte einen Augenblick, um seine dienstliche Haltung wiederzufinden. Er trug eine neue weiße Krawatte, die er sich in der Wäscheabteilung gekauft hatte.

»Das ist ja eine saubere Geschichte, Fräulein!« sagte er mit bebenden Lippen. »Sehr nett! Glauben Sie, ich werde dulden, daß Sie im Keller solche schmutzigen Sachen treiben?«

Mit diesen Worten verfolgte er sie, während sie ins Geschäft hinaufstieg; die Kehle war ihr wie zusammengeschnürt, sie fand kein Wort der Verteidigung. Jetzt bereute sie, geflohen zu sein. Es wäre doch besser gewesen, alles zu erklären und ihren Bruder vorzustellen. Nun würde man abermals abscheuliche Geschichten über sie erfinden, und sie konnte dann sagen, was sie wollte: man würde ihr nicht glauben. Sie hatte Robineau wieder vollständig vergessen und ging direkt in ihre Abteilung.

Jouve hingegen eilte sofort zur Geschäftsleitung, um über den Vorfall Bericht zu erstatten. Man sagte ihm, daß Herr Mouret sich in Gesellschaft der Herren Bourdoncle und Robineau befinde. Die Tür stand übrigens halb offen; man konnte Mouret hören, wie er den Zweiten fragte, ob er einen angenehmen Urlaub gehabt habe. Von Entlassung war gar keine Rede; es handelte sich im Gegenteil um verschiedene Maßnahmen, die in seiner Abteilung getroffen werden sollten.

»Was wünschen Sie, Herr Jouve?« rief Mouret. »Kommen Sie nur herein!«

Allein mittlerweile war Bourdoncle draußen erschienen, und der alte Jouve zog es vor, die Geschichte ihm zu erzählen. Sie gingen langsam nebeneinander her, der eine leise erzählend, der andere aufmerksam zuhörend, ohne daß ein Zug seines strengen Gesichts seine Empfindung verriet.

»Es ist gut«, sagte er endlich.

Da er sich gerade vor der Konfektionsabteilung befand, trat er ein. Frau Aurélie war eben im Begriff, Denise auszuschelten. Woher kam sie denn jetzt wieder? Sie wollte doch nicht noch einmal behaupten, sie sei im Atelier gewesen? Dieses ständige Verschwinden konnte wirklich nicht länger geduldet werden!

»Frau Aurélie!« rief Bourdoncle.

Er entschloß sich zu einem Gewaltstreich; er wollte die Sache nicht mit Mouret besprechen, aus Furcht, dieser könnte weich werden. Die Direktrice kam heran, und die Geschichte wurde mit leiser Stimme noch einmal erzählt. Die ganze Abteilung wartete gespannt, jedermann witterte eine Katastrophe. Endlich wandte sich Frau Aurélie mit feierlicher Miene um und sagte mit unerbittlicher Strenge:

»Fräulein Denise, gehen Sie zur Kasse!«

Der Befehl tönte laut durch die leere Abteilung. Denise stand bleich und regungslos da. Endlich stammelte sie:

»Ich? Weshalb denn? Was habe ich getan?«

Bourdoncle erwiderte hart, das wisse sie nur zu gut und sie täte besser daran, keine Erklärung zu verlangen; dann sprach er von den Krawatten und fügte hinzu, es wäre ein schöner Skandal, wenn alle Damen ihre Männer im Keller empfangen wollten.

»Aber das war doch mein Bruder!« rief sie mit der schmerzlichen Entrüstung eines Mädchens, dem man Gewalt antut.

Marguerite und Claire lachten, während Frau Frédéric, sonst so zurückhaltend, ebenfalls ungläubig den Kopf schüttelte. Immer ihr Bruder: das wurde langsam wirklich zu dumm! Denise blickte einen nach dem andern an: Bourdoncle, der ihr vom ersten Tag an feindlich gesinnt gewesen war; Jouve, der dageblieben war, um sich an ihrem Unglück zu weiden, und von dem sie keine Gerechtigkeit zu erwarten hatte; dann diese Mädchen, die eine wie die andere froh und glücklich waren, sie endlich loszuwerden. Wozu sollte sie sich wehren, warum sollte sie sich hier länger aufdrängen, da niemand sie wollte? Sie ging, ohne ein Wort hinzuzufügen. Sie warf nicht einmal einen Blick mehr auf diesen Saal, der so lange Zeit der Schauplatz ihrer Kämpfe gewesen war.

Doch auf der Treppe zur Halle fühlte sie, wie ein herber Schmerz ihr das Herz zusammenschnürte. Sie dachte plötzlich an Mouret und sagte sich, daß sie sich eine solche Entlassung nicht gefallen lassen dürfe. Würde auch er diese häßliche Geschichte glauben, dieses Stelldichein mit einem Mann unten im Keller? Bei diesem Gedanken wurde sie von Scham gepackt, von einer Beklemmung, wie sie sie noch nie empfunden hatte. Sie wollte ihn aufsuchen und ihm den Sachverhalt erklären; sie wollte gern fortgehen, wenn er nur die Wahrheit erfuhr. Ihre alte Furcht, die Unruhe, die sie in seiner Gegenwart stets erfaßte, verband sich plötzlich mit einem lebhaften Bedürfnis, ihn zu sehen und das Haus nicht zu verlassen, ohne ihm zu versichern, daß sie niemals einem Mann angehört habe. Allein als sie vor der Tür seines Arbeitszimmers angekommen war, bemächtigte sich ihrer eine grenzenlose Traurigkeit. Er würde ihr nicht glauben, er würde lachen wie die übrigen, und diese Furcht raubte ihr den letzten Rest von Mut. Es war aus, es war besser, wenn sie verschwand. Ohne auch nur Pauline oder Deloche von dem Vorfall zu benachrichtigen, ging sie zur Kasse.

»Sie haben zweiundzwanzig Tage«, sagte der Angestellte, »das macht achtzehn Franken siebzig. Dazu kommen noch sieben Franken Provision. Ist das richtig?«

»Ja, danke.«

Denise nahm ihr Geld und ging; da begegnete sie endlich Robineau. Er hatte bereits von ihrer Entlassung gehört und versprach ihr, daß er die Krawattenhändlerin suchen wolle. Er tröstete sie mit leiser Stimme und zeigte sich sehr erzürnt. Was war das für ein Leben! Von der Laune solcher Leute abhängig, stündlich in Gefahr, hinausgeworfen zu werden, ohne auch nur für den vollen Monat Bezahlung fordern zu dürfen!

Denise ging hinauf zu Frau Cabin und sagte ihr, sie werde wahrscheinlich noch im Lauf des Abends ihren Koffer abholen lassen. Es schlug eben fünf Uhr, als sie draußen auf der Place Gaillon stand. –

Als Robineau abends in seine Wohnung kam, fand er einen Brief der Geschäftsleitung vor, in dem er in aller Kürze verständigt wurde, daß man aus Gründen der inneren Ordnung genötigt sei, auf seine ferneren Dienste zu verzichten. Seit sieben Jahren war er im Haus, noch diesen Nachmittag hatte er mit den Herren über verschiedene Neuerungen gesprochen; diese Entlassung war wie ein Beilhieb. In der Seidenabteilung sangen Hutin und Favier Viktoria, ebenso laut wie Marguerite und Claire in der Konfektionsabteilung über die Entlassung Denises. Endlich wurde ordentlich aufgeräumt, endlich wurde Platz gemacht! Nur Pauline und Deloche tauschten, als sie einander begegneten, einige bittere Worte aus und bedauerten die sanfte und so anständige Denise.

Bourdoncle nahm nach diesem Vorfall gelassen einen Zornesausbruch Mourets hin. Als dieser von der Entlassung Denises hörte, war er sehr aufgeregt. Gewöhnlich befaßte er sich wenig mit dem Personal, diesmal aber glaubte er darin einen Eingriff in seine Machtbefugnisse erblicken zu sollen. War er denn nicht mehr der Chef, daß man es wagte, solche Befehle zu erteilen? Alles mußte ihm vorgelegt werden, alles, und wer sich ihm zu widersetzen suchte, den würde er zerbrechen wie einen Strohhalm! Als er sich dann näher erkundigte, geriet er noch mehr in Zorn. Das Mädchen hatte gar nicht gelogen, es war tatsächlich ihr Bruder gewesen; Campion, der Leiter der Warenabgangsstelle, hatte ihn erkannt. Warum war sie also entlassen worden? Er sprach davon, sie wieder einzustellen.

Boudoncle, stark im passiven Widerstand, beugte den Nacken und ließ den Sturm sich austoben. Als er eines Tages Mouret wieder ruhig sah, sagte er in eigentümlichem Ton:

»Es ist besser für alle, daß sie fort ist.«

Mouret wurde rot: er stand eine Weile verlegen da, endlich erwiderte er lächelnd:

»Sie haben vielleicht recht. Gehen wir hinunter und sehen wir uns den Verkauf an. Es wird jetzt besser. Gestern sind nahezu hunderttausend Franken hereingekommen.«

Siebentes Kapitel

Einen Augenblick stand Denise wie versteinert auf dem Pflaster, den heißen Strahlen der Nachmittagssonne ausgesetzt. Mechanisch drehte sie ihre fünfundzwanzig Franken siebzig in der Tasche hin und her und fragte sich, was sie anfangen, wohin sie gehen solle. War es möglich, daß man einen Menschen so von einer Minute zur andern hinausstieß in diese ungeheure Stadt, ohne Stütze, ohne jede Hilfe? Sie mußte doch von etwas leben, mußte irgendwo schlafen! Um endlich wenigstens vom »Paradies der Damen« loszukommen, wandte sie sich nach der Rue de la Michodière.

Glücklicherweise stand Baudu nicht vor seiner Tür; der »Vieil Elbeuf« lag wie ausgestorben hinter seinen finsteren Schaufenstern. Sie hätte es nie gewagt, sich bei ihrem Onkel zu zeigen, denn seit ihrem Weggang tat er, als kenne er sie nicht, und in dem Unglück, das er ihr vorausgesagt hatte, wollte sie ihm nicht zur Last fallen. Plötzlich bemerkte sie einen gelben Zettel auf der anderen Seite der Straße: »Möbliertes Zimmer zu vermieten«. Das Haus sah sehr dürftig aus, und gleich darauf erkannte sie es auch mit seinen beiden niedrigen Stockwerken, seiner rostfarbenen Fassade, eingepfercht zwischen dem »Paradies der Damen« und dem ehemaligen Haus Duvillard. Auf der Schwelle seiner Regenschirmhandlung stand der alte Bourras mit seinem Prophetenhaupt und betrachtete, die Brille auf der Nase, den elfenbeinernen Knauf eines Spazierstockes. Er vermietete die beiden oberen Stockwerke, um einen Teil seiner eigenen Kosten wieder hereinzubringen.

»Sie haben ein Zimmer frei?« fragte Denise.

Er hob seine von dichten Brauen beschatteten Augen und war überrascht, als er sie vor sich stehen sah. Er kannte alle Mädchen vom »Paradies der Damen«. Nachdem er Denise mit ihrem ärmlichen Kleidchen und ihrem braven Äußeren eine Weile betrachtet hatte, sagte er:

»Das ist nichts für Sie.«

»Was kostet denn das Zimmer?« fragte Denise.

»Fünfzehn Franken monatlich.«

Sie wollte es sehen und betrat den dunklen Laden. Da er sie noch immer erstaunt ansah, erzählte sie ihm, daß sie aus dem »Paradies der Damen« ausgeschieden sei und ihrem Onkel nicht zur Last fallen wolle. Der Alte entschloß sich endlich, aus einem Hinterstübchen, das ihm als Küche und Schlafstätte diente, den Schlüssel zu holen. Von hier konnte man durch ein Fenster auf einen kleinen, dunklen Hof blicken, in den kaum ein Sonnenstrahl fiel.

»Ich gehe voraus, damit Sie nicht fallen«, sagte Bourras und betrat den feuchten Gang, der neben dem Laden hinlief. Unter fortwährenden Mahnungen stieg er die Treppe hinauf.

Es war stockdunkel, erst im ersten Stock konnte Denise bei dem matten Licht eines Fensters, das auf den Hof ging, die geborstenen Stufen, die von Schmutz starrenden schwarzen Wände, die alten, schlecht schließenden, farblosen Türen erkennen.

»Wenn noch eines dieser Zimmer hier frei wäre«, sagte Bourras, »so wären Sie gut aufgehoben; aber die sind immer von solchen Damen bewohnt ...«

Im obersten Stock wohnte vorn ein Bäckergeselle, das zweite Zimmer war zu vermieten. Bourras öffnete die Tür, damit Denise es bequem besichtigen konnte. Gleich in der Ecke stand das Bett und ließ gerade so viel Raum frei, daß eine Person vorbeigehen konnte. Am anderen Ende des Zimmerchens standen eine kleine Nußbaumkommode, ein Tisch aus schwarzem Fichtenholz und zwei Stühle. Wenn ein Mieter zu Hause kochen wollte, konnte er eine kleine Feuerstelle im Kamin benutzen.

»Mein Gott«, sagte der Alte, »es ist keine Prachtwohnung, aber das Fenster geht auf die Straße.«

Denise sah überrascht zur Decke auf, wo über dem Bett in rußigen Zügen das Wort »Ernestine« zu lesen war. Offenbar hatte hier eine Vorgängerin mit einer blakenden Kerze ihren Namenszug hingemalt. Der Alte folgte ihrem Blick und meinte:

»Ja, wenn man alles instandsetzen lassen wollte, das würde viel Geld kosten ... Nun haben Sie das Zimmer also gesehen.«

»Ich werde hier schon gut aufgehoben sein«, erklärte das junge Mädchen.

Sie bezahlte die Miete für einen Monat voraus und ließ eine Stunde später durch einen Dienstmann ihren Koffer holen.

Es folgten zwei Monate schrecklicher Not. Da sie für Pépé die Pension nicht mehr bezahlen konnte, nahm sie ihn zu sich und ließ ihn auf einem alten Kanapee schlafen, das ihr Bourras lieh. Sie brauchte täglich genau dreißig Sous, die Miete inbegriffen; dabei lebte sie selbst von trockenem Brot, um nur dem Kleinen etwas Fleisch geben zu können. Die ersten zwei Wochen ging es noch leidlich; sie hatte ihre Wirtschaft mit zehn Franken begonnen, später hatte sie das Glück, die Krawattenhändlerin aufzuspüren, die ihr ihre neunzehn Franken bezahlte. Dann aber kam die bittere Not. Vergebens stellte sie sich in den verschiedenen Warenhäusern vor -- in der toten Zeit standen überall die Geschäfte still, man vertröstete sie auf den Oktober; mehr als fünftausend Angestellte, die gleich ihr entlassen waren, lagen ohne Beschäftigung auf der Straße. Nun suchte sie kleine Arbeiten zu finden; da sie aber Paris nicht kannte, verstand sie nicht an der richtigen Stelle nachzufragen und nahm Aufträge an, die die Mühe nicht lohnten und die ihr auch nicht immer bezahlt wurden. An manchen Abenden gab sie nur Pépé eine Suppe und sagte, sie habe außerhalb schon gegessen. Zuweilen kam Jean und klagte sich als Bösewicht an, der an all dem Unglück schuld sei; sie war dann gezwungen, zu lügen und ihre traurige Lage zu verheimlichen; ja sie fand sogar bisweilen Mittel, ihm ein Vierzigsoustück zuzustecken, um ihm zu beweisen, daß sie noch etwas ersparen könne. In Gegenwart der Kinder weinte sie niemals. An Sonntagen war das enge Kämmerchen von der Heiterkeit der unbekümmerten Jungen erfüllt. War dann Jean zu seinem Lehrherrn zurückgekehrt und Pépé eingeschlafen, so verbrachte sie eine schlaflose Nacht in der Sorge über den morgigen Tag.

Dazu gesellten sich noch andere Unannehmlichkeiten. Die beiden Damen, die im ersten Stock wohnten, empfingen häufig sehr späte Besuche; zuweilen irrte sich ein Herr und stieg bis zum zweiten Stockwerk hinauf, wo er Denises Tür mit Faustschlägen bearbeitete. Da Bourras ihr gesagt hatte, sie möge nur ruhig bleiben und nicht antworten, vergrub sie ihren Kopf in das Kissen, um die Flüche der Männer nicht mehr zu hören. Dann wieder suchte ihr Nachbar, der Bäcker, mit ihr in Verbindung zu treten. Er kam erst am Morgen heim und lauerte ihr auf, wenn sie Wasser holen ging. Er machte sich sogar Löcher in die Wand, um sehen zu können, wie sie sich wusch; sie mußte daraufhin all ihre Kleider längs der Wand aufhängen. Noch mehr litt sie unter den Zudringlichkeiten auf der Straße, den fortwährenden Belästigungen der Passanten. Sobald sie hinunterging, um eine Kerze oder dergleichen zu kaufen, hörte sie rohe Worte von Männern, die sie oft bis in den dunklen Hof verfolgten, ermutigt durch das schmutzige Aussehen des Hauses. Warum hatte sie denn auch keinen Geliebten? Die Leute staunten darüber und fanden ihr Gehabe lächerlich. Sie mußte doch eines Tages nachgeben. Sie konnte sich selbst nicht erklären, wie es kam, daß sie widerstand, fortwährend bedrängt vom Hunger und von all den Begierden um sie her.

Eines Abends hatte Denise nicht einmal mehr Brot, um es in Pépés Suppe zu schneiden. Als sie heimkam, folgte ihr ein Herr. Vor dem Hauseingang wurde er frech, und sie schlug ihm in einer Anwandlung von Ekel die Tür vor der Nase zu. Oben sank sie zitternd auf einen Stuhl. Der Kleine schlief. Was sollte sie antworten, wenn er erwachte und zu essen verlangte? Sie hätte doch nur die Bewerbungen der Männer anzunehmen brauchen, und ihre Not hätte ein Ende gehabt, sie hätte Geld, Kleider, ein schönes Zimmer besessen. Es hieß schließlich, daß alle Mädchen darüber einmal hinwegkommen müßten; eine Frau konnte in Paris von ihrer Arbeit allein nicht leben. Aber ihr innerstes Wesen lehnte sich gegen eine solche Lebensweise auf.

In ihrer Erinnerung klang ein altes Lied auf von der Braut eines Matrosen, die durch ihre treue Liebe vor den Gefahren des Wartens bewahrt wird. Trug denn auch sie eine solche Liebe im Herzen, daß sie so standhaft war? Sie dachte noch immer an Hutin, aber es war eine unangenehme Erinnerung. Sie sah ihn am Morgen und am Abend unter ihrem Fenster vorübergehen. Er war jetzt Zweiter und ging nicht mehr in Gesellschaft der anderen. Er schaute niemals auf, und es war ihr, als schmerze sie die Eitelkeit dieses jungen Mannes; sie blickte ihm häufig nach, da sie keine Überraschung zu befürchten brauchte. Als sie aber merkte, daß auch Mouret jeden Tag vorüberging, befiel sie ein Zittern, sobald er sich näherte, und sie verbarg sich mit hochklopfendem Herzen. Er brauchte nicht zu wissen, wo sie wohnte; sie schämte sich dieses Hauses und litt bei dem Gedanken, daß er schlecht von ihr denken könnte, obgleich sie wußte, daß sie einander wohl schwerlich wieder begegnen würden.

Übrigens stand Denise noch immer unter dem Eindruck ihres bewegten Lebens im »Paradies der Damen«. Nur eine einfache Wand trennte sie von ihrer ehemaligen Abteilung. Auch bestimmten Begegnungen konnte sie nicht ausweichen. Sie war schon zweimal mit Pauline zusammengetroffen, die ihr ihre Dienste anbot und trostlos war, ihre Freundin unglücklich zu wissen; sie mußte Pauline sogar ihre Wohnung verheimlichen, damit diese sie nicht besuchte oder zu Baugé einlud. Noch sorgfältiger verschwieg sie ihre Lage vor Deloche; er spähte ihr nach, kannte alle ihre Nöte, wartete auf sie unter den Hauseingängen. Eines Abends wollte er ihr dreißig Franken aufdrängen, die Ersparnisse seines Bruders, wie er sagte. Diese Begegnungen führten dazu, daß sie vom »Paradies der Damen« nicht loskam, sich fortwährend mit dem Leben dort beschäftigte.

Niemand kam zu Denise herauf. Sie war daher sehr erstaunt, als es eines Tages an ihre Tür klopfte. Es war Colomban. Sie empfing ihn stehend. Er stotterte verlegen einige Worte, fragte sie, wie es ihr gehe, und erzählte vom »Vieil Elbeuf«. Bereute der Onkel seine Härte und hatte er ihn hergeschickt? Als sie den jungen Mann offen fragte, wurde er noch verlegener. Nein, nicht sein Chef habe ihn geschickt, sagte er, sondern er sei gekommen, um mit ihr über Claire zu sprechen. Er faßte allmählich Mut und fragte sie um Rat in der Meinung, daß ihm Denise bei ihrer ehemaligen Kollegin nützlich sein könnte.

Aber das war nun vollends verfehlt. Zu seiner Verzweiflung machte sie ihm auch noch Vorwürfe, daß er wegen eines so herzlosen Mädchens Geneviève kränke. Dennoch wiederholte er seine Besuche und war glücklich, wenn er sich mit jemandem unterhalten konnte, der mit Claire im gleichen Haus gearbeitet hatte. Denise selbst lebte durch diese Gespräche noch mehr im »Paradies der Damen«.

Gegen Ende September war ihre Not aufs äußerste gestiegen. Pépé war an einer bösen Erkältung erkrankt, sie hätte ihn mit Fleischbrühe füttern müssen und hatte nicht einmal Brot. Als sie eines Abends bitterlich schluchzte in einer jener fürchterlichen Stimmungen, die ein junges Mädchen in die Gosse der Großstadt oder in die Seine treiben, erschien der alte Bourras mit einem Brot und einem Topf voll Fleischbrühe.

»Nehmen Sie«, sagte er; »das ist für den Kleinen. Weinen Sie nicht so, das stört die übrigen Mieter.«

Als sie ihm schluchzend dankte, fügte er hinzu:

»Seien Sie doch still! ... Kommen Sie morgen zu mir: ich habe etwas zu tun für Sie.«

Bourras beschäftigte keine Arbeiterinnen mehr, seit das »Paradies der Damen« den schrecklichen Schlag gegen ihn geführt hatte, eine Schirmabteilung einzurichten. Er machte von da an alles selber, um seine Kosten zu verringern. Seine Kundschaft hatte indessen dermaßen abgenommen, daß es ihm selbst manchmal an Arbeit fehlte. Er mußte daher für Denise, als sie am nächsten Morgen in seinem Laden erschien, sozusagen etwas erfinden. Er konnte seine Mieter doch nicht Hungers sterben lassen.

»Ich werde Ihnen täglich vierzig Sous geben«, sagte er; »wenn Sie was Besseres finden, können Sie es ja annehmen.«

Sie fürchtete sich vor ihm und erledigte ihre Arbeit so rasch, daß er in Verlegenheit kam, wo er etwas anderes für sie hernehmen sollte. Die ersten Tage wagte sie kaum aufzublicken, weil sie ihn mit seinem Löwenkopf, seiner krummen Nase und seinen durchdringenden Augen unter den buschigen Brauen in ihrer Nähe wußte. Er hatte eine barsche Stimme und so verrückte Gebärden an sich, daß die Mütter im Stadtviertel ihre Kinder mit ihm einschüchterten. Die Gassenjungen schrien ihm im Vorübergehen allerlei häßliche Schimpfworte zu, die er aber nicht zu hören schien. Sein ganzer Zorn kehrte sich gegen diese Gauner, die seinen Beruf entehrten, indem sie allerlei Schund um ein Spottgeld verkauften. Denise fuhr jedesmal erschrocken zusammen, wenn er ausrief:

»Die Kunst ist beim Teufel, hören Sie? ... Es gibt keinen sauber gearbeiteten Regenschirmgriff mehr! Stöcke machen sie noch, aber keine Griffe mehr! Zeigen Sie mir einen schönen Griff, und ich zahle Ihnen zwanzig Franken!«

Darin lag sein ganzer Künstlerstolz; kein Handwerker von Paris vermochte einen solchen Griff zu schnitzen wie er, so leicht und so dauerhaft zugleich. Er bewies dabei außerordentliche Phantasie: Blumen, Früchte, Tiere, Köpfe – alles zauberten seine kunstfertigen Hände naturgetreu hervor. Ein kleines Federmesser genügte ihm, und oft sah man ihn den ganzen Tag, die Brille auf der Nase, an Buchsbaum- und Ebenholzstücken herumhantieren.

»Diese Stümper«, sagte er dann wohl, »da glauben sie einen Regenschirm gemacht zu haben, wenn sie ein Fischbeingerüst mit Seide überziehen! Ihre Griffe kaufen sie en gros – alles Fabrikarbeit! Und sie werden es auch noch los! Die Kunst ist beim Teufel, glauben Sie mir!«

Immer wieder kam er auf das »Paradies der Damen« und auf seinen Zweikampf mit ihm zu sprechen. Seit 1845 bewohnte er das Haus, für das er einen Vertrag auf dreißig Jahre laufen hatte. Er bezahlte achtzehnhundert Franken Miete, und da er aus den vier Zimmern rund tausend Franken einnahm, kam ihn der Laden auf achthundert zu stehen. Das war nicht teuer, er hatte wenig Unkosten und konnte es folglich lange aushalten. Wenn man ihn so hörte, war an seinem Sieg nicht zu zweifeln.

»Wenn sie mich auch um meinen Verdienst gebracht haben – ich will lieber zugrunde gehen, als daß ich nachgebe!«

Dabei fuchtelte er mit dem Federmesser herum, und seine langen Haare flatterten ihm um den Kopf.

»Aber«, bemerkte Denise sanft, ohne die Augen von ihrer Nadel zu erheben, »wenn man Ihnen eine ansehnliche Summe anbietet, wäre es doch vernünftiger, darauf einzugehen.«

Da brach sein grimmiger Eigensinn los.

»Niemals! Und wenn man mir den Kopf unter das Beil legte, ich würde nein sagen! Mein Vertrag läuft noch zehn Jahre, und früher sollen sie das Haus nicht haben, müßte ich selbst zwischen meinen vier leeren Wänden Hungers sterben. Sie sind schon zweimal gekommen, um mich einzuwickeln, sie haben mir zwölftausend Franken für mein Geschäft geboten und für die noch ausstehende Dauer meines Vertrages achtzehntausend Franken Ablösung, zusammen also dreißigtausend Franken. Aber nicht für fünfzigtausend gehe ich auf den Handel ein! Ich habe sie in meiner Hand, und ich werde noch erleben, daß sie vor mir am Boden liegen!«

»Dreißigtausend Franken sind eine schöne Summe«, bemerkte Denise, »Sie könnten sich dann etwas weiter weg neu einrichten ... Und was ist, wenn die andern das Haus kaufen?«

»Das Haus kaufen? Damit hat's keine Gefahr; sie haben schon im vorigen Jahr davon gesprochen und achtzigtausend Franken geboten, das Doppelte von dem, was es heute wert ist. Aber der Eigentümer, ein ehemaliger Obsthändler, ein Gauner wie sie selbst, wollte noch mehr herausschlagen. Im übrigen wissen sie recht gut, daß ich dann noch weniger nachgeben würde. Nein, nein, ich bin da, und ich bleibe da. Der Kaiser mit all seinen Kanonen kann mich hier nicht hinausbringen.«

Denise wagte nicht mehr, ihm zu widersprechen. Sonst erinnerte er sie wieder an die unwürdige Art, wie sie selbst dort drüben entlassen worden war. Wohl schon zum hundertstenmal hatte sie ihm erzählen müssen, wie sie in die Konfektionsabteilung eingetreten war, was sie anfangs zu leiden gehabt hatte; alles mußte sie wieder und wieder schildern: die kleinen, ungesunden Kammern, die schlechte Kost, den fortwährenden Kampf der Verkäufer untereinander. So sprachen die beiden vom Morgen bis zum Abend von nichts anderem als vom »Paradies der Damen«.

Denise hatte jetzt ihr tägliches Brot. Sie war dem alten Regenschirmhändler, der unter seinem rauhen Äußeren ein gütiges Herz verbarg, dafür zutiefst dankbar. Doch ihr sehnlichster Wunsch war, woanders Arbeit zu finden, denn sie sah, wie er allerhand kleine Aufträge für sie erfand, und begriff, daß er sie nur aus reiner Barmherzigkeit beschäftigte. So verflossen sechs Monate, und man war in der toten Zeit des Winterhalbjahrs angelangt. Sie war in der größten Sorge, wie sie bis zum März eine neue Stelle finden sollte, als eines Abends im Januar Deloche, der unter einem Tor auf sie gewartet hatte, ihr einen Rat gab. Warum ging sie nicht zu Robineau? Dort brauchte man vielleicht jemanden.

Robineau hatte sich im September entschlossen, das Geschäft Vinçards zu übernehmen; allerdings schwebte er nach wie vor in größter Angst, dabei die sechzigtausend Franken seiner Frau einzubüßen. Er hatte vierzigtausend Franken für die Seidenhandlung bezahlt und fing nun mit den restlichen zwanzigtausend an. Das war wenig, aber hinter ihm stand Gaujean, der ihn durch langfristigen Kredit unterstützen wollte. Seit seinem Zerwürfnis mit dem »Paradies der Damen« träumte Gaujean nur mehr davon, Konkurrenten gegen den Koloß zu schaffen; er vertraute auf den Sieg, wenn es gelang, in der Nachbarschaft mehrere Spezialgeschäfte zu errichten, in denen die Kundschaft eine reiche Auswahl fand. Nur die großen Fabrikanten in Lyon wie Dumonteil konnten sich den Forderungen der Warenhäuser beugen. Sie begnügten sich damit, ihre Webstühle laufen zu sehen, und sorgten durch um so höhere Aufschläge gegenüber den kleinen Einzelhändlern für einen gewissen Ausgleich. Aber Gaujean stand nicht so fest auf den Füßen wie Dumonteil. Er war lange Zeit nur Zwischenlieferant gewesen und besaß erst seit fünf Jahren eigene Webstühle; daneben beschäftigte er viele Handwerker, denen er das Material lieferte und die er meterweise bezahlte. So hatte ihm Dumonteil mit dem »Pariser Glück« den Rang abgelaufen, und seither versteifte Gaujean sich mehr und mehr in seinem Groll gegen das »Paradies der Damen«. Robineau war für ihn nur ein Werkzeug in dem entscheidenden Kampf gegen diese Warenhäuser, denen er vorwarf, sie ruinierten den gesamten französischen Handel.

Tatsächlich hatte Denise bei Robineau Glück. Er nahm sie sogleich auf, nachdem tags vorher eine seiner Verkäuferinnen ihn verlassen hatte, um beim »Paradies der Damen« einzutreten.

»Sie lassen einem keinen guten Angestellten«, sagte er. »Aber bei Ihnen bin ich beruhigt; Sie haben keinen Grund, die Burschen dort drüben besonders zu lieben – ganz wie ich. Sie können morgen anfangen.«

Denise war in arger Verlegenheit, als sie am Abend Bourras mitteilen mußte, daß sie ihn verlassen wolle. In der Tat wurde er böse, als er es hörte, und behandelte sie wie eine Undankbare. Als sie mit Tränen in den Augen sich gegen diesen Vorwurf wehrte, wurde er weich, behauptete aber trotzdem, daß er viel Arbeit habe und daß sie ihn gerade im ungünstigsten Augenblick verlasse.

»Und Pépé?« fragte er dann.

Das Kind war in der Tat die schwerste Sorge Denises. Sie konnte den Jungen nicht wieder zu Frau Gras geben, ihn aber auch nicht den ganzen Tag über im Zimmer eingesperrt allein lassen.

»Schon gut, ich behalte ihn«, sagte der Alte. »In meinem Laden ist der Kleine gut aufgehoben. Wir werden dann für uns beide zusammen kochen.«

Als sie sich weigern wollte, dieses Opfer anzunehmen, aus Furcht, daß das Kind ihm zur Last fallen könnte, wurde er böse.

»Alle Wetter! Sind Sie etwa gar mißtrauisch? Ich werde Ihren Kleinen nicht fressen!«

Bei Robineau fühlte Denise sich wohler. Er bezahlte allerdings nicht viel: nur sechzig Franken monatlich und die Kost, keine Verkaufsprovision. Aber sie wurde sehr gut behandelt, besonders von Frau Robineau, einer hübschen, reizvollen jungen Frau, die ihren Mann abgöttisch verehrte und nur in dieser Liebe und für diese Liebe lebte. Schon nach einem Monat gehörte Denise ebenso zur Familie wie die andere Verkäuferin, eine stille, kränkliche kleine Frau. Man tat sich vor ihnen keinen großen Zwang an, sprach in ihrer Gegenwart ungeniert von den Geschäften, besonders beim Essen, das in einem an den Laden angrenzenden Hinterzimmer eingenommen wurde. Hier war es auch, wo eines Tages beschlossen wurde, den Kampf gegen das »Paradies der Damen« aufzunehmen.

»Das wird auf die Dauer unerträglich!« erklärte Gaujean, der zu Tisch erschienen war. »Da kommen sie zu Dumonteil, sichern sich das Alleinverkaufsrecht an einem Muster, bestellen gleich dreihundert Stück, fordern einen Nachlaß von fünfzig Centimes für den Meter, und da sie bar bezahlen, bekommen sie auch noch ein hohes Skonto. Manchmal verdient Dumonteil keine zwanzig Centimes am Meter. Er arbeitet oft nur, um seine Webstühle zu beschäftigen, denn eine Fabrik, die feiert, ist so gut wie tot ... Wie sollen wir mit unseren bescheideneren Mitteln einen solchen Kampf aushalten?«

Robineau saß in Gedanken verloren da, ohne zu essen.

»Dreihundert Stück«, flüsterte er. »Und ich komme mir schon sehr verwegen vor, wenn ich zwölf Stück mit neunzig Tagen Ziel kaufe. Da können die andern leicht einen bis zwei Franken billiger auszeichnen als wir. Ich habe festgestellt, daß ihre Preise fast generell um fünfzehn Prozent niedriger sind als die unseren.«

Er war wieder einmal ganz mutlos. Seine Frau betrachtete ihn mit besorgten, zärtlichen Blicken. Ihr sagte das Geschäftsleben nicht zu, und sie konnte nicht begreifen, wie man sich derart abmühen konnte, wo es doch so leicht war, nur für das Glück und die Liebe dazusein. Aber da ihr Mann nun einmal mit Leidenschaft bei der Sache war, tat auch sie ihr Bestes.

»Und wie kommt es, daß die Fabriken sich nicht zusammentun?« fragte Robineau heftig. »Dann würden sie die Gesetze diktieren, statt sie sich diktieren zu lassen.«

»Wie das kommt?« meinte Gaujean. »Ich sagte Ihnen ja, daß die Webstühle arbeiten müssen. Wenn man überall in der Umgebung von Lyon Webereien eingerichtet hat, so kann man keinen Tag feiern, ohne sich großen Verlusten auszusetzen. Was die Warenvorräte angeht, so sind wir, die wir zuweilen kleine Unternehmer mit nur zehn bis fünfzehn Webstühlen beschäftigen, noch eher Herren der Produktion; aber die Großfabriken sind einfach auf einen raschen und sicheren Absatz angewiesen. Und darum liegen sie vor den Warenhäusern auf den Knien. Ich kenne drei oder vier, die sich um sie reißen, die zu Verlusten bereit sind, um nur ihre Aufträge zu erhalten. Dann bringen sie diese Verluste bei kleineren Geschäften wie dem Ihrigen wieder herein. Jawohl, die kleineren Geschäfte sind es allein, an denen sie gewinnen ... Gott weiß, wie das noch einmal ausgehen wird!«

Denise hatte still zugehört. In ihrer unwillkürlichen Vorliebe für das Folgerichtige und Lebenskräftige war sie insgeheim für die großen Kaufhäuser. Endlich wagte sie zu bemerken:

»Aber das Publikum ist doch zufrieden.«

Nun ging die Auseinandersetzung erst richtig los. Gewiß, meinten sie, war die Kundschaft zufrieden; schließlich war sie es, die von den niedrigen Preisen den Vorteil hatte. Allein es mußte doch jeder leben; wo käme man da hin, wenn unter dem Vorwand des Nutzens für die Allgemeinheit der Käufer auf Kosten des Herstellers gemästet werden sollte? Denise dagegen meinte, die Entwicklung sei doch ganz natürlich und gar nicht aufzuhalten: Die vielen Mittelspersonen, die Vertreter, die Aufkäufer würden verschwinden, was sein Teil zur Verbilligung der Waren beitragen werde; überdies könnten die Fabriken ohne die großen Warenhäuser längst nicht mehr existieren.

»Sie stehen also auf Seiten derer, die Sie zur Tür hinausgeworfen haben?« fragte Gaujean.

Denise errötete tief; sie war selbst überrascht über die Lebhaftigkeit ihrer Verteidigung.

»Mein Gott, nein«, sagte sie dann, »ich habe vielleicht unrecht, Sie verstehen es gewiß besser ... Ich habe nur so gesagt, was ich darüber denke. Während früher die Preise von fünfzig Häusern gemacht wurden, werden sie heute von vier oder fünfen bestimmt, die sie dank ihrem Kapital und ihrer großen Kundschaft herabgesetzt haben, und das kommt dem Publikum zugute.«

Robineau war keineswegs erzürnt. Er war nur ernst geworden und starrte auf das Tischtuch. Oft genug hatte er sich in Stunden nüchterner Erwägung gefragt, warum er diesem Zug der Zeit Widerstand leisten sollte. Aber Gaujean fing von neuem an.

»Das sind alles so Theorien ... Sie müssen etwas gegen das ›Pariser Glück‹ tun, dem diese Burschen ihren diesjährigen Erfolg verdanken; ich habe mich mit mehreren Kollegen in Lyon besprochen und mache Ihnen ein ungewöhnlich vorteilhaftes Angebot: eine schwarze Seide, die Sie zu fünf Franken fünfzig verkaufen können. Die drüben verkaufen die ihrige zu fünf Franken sechzig, nicht wahr? Das sind zehn Centimes weniger und genügt, Ihre Konkurrenten zu ruinieren.«

»Haben Sie ein Muster mitgebracht?« fragte Robineau, schon wieder mit funkelnden Augen.

Als Gaujean aus seiner Brieftasche ein kleines Stückchen Seide hervorholte, geriet er in ausgelassene Freude und rief entzückt:

»Aber die ist ja noch schöner als das ›Pariser Glück‹

Frau Robineau teilte die allgemeine Begeisterung völlig und erklärte, die Seide sei großartig. Auch Denise glaubte an den Erfolg. So wurde das Ende der Mahlzeit sehr vergnügt. Man sprach laut und zuversichtlich, geradeso als läge das »Paradies der Damen« schon in den letzten Zügen. Gaujean setzte ihnen auseinander, welche ungeheuren Opfer er und seine Lyoner Kollegen sich auferlegen müßten, um solch einen prachtvollen Stoff so billig zu liefern. Aber sie hätten sich geschworen, die großen Warenhäuser zu vernichten, und wenn sie selbst dabei zugrunde gingen.

Beim Kaffee erschien mit einem mal Vinçard. Er sei nur im Vorübergehen hereingekommen, um seinem Nachfolger einen guten Tag zu wünschen, versicherte er.

»Famos«, rief er, die Seide befühlend. »Sie werden Ihre Konkurrenz ruinieren, darüber gibt es keinen Zweifel. Ich habe Ihnen ja gesagt, daß Sie hier eine Goldgrube finden!«

Er erzählte weiter, daß er in Vincennes ein Restaurant eröffnen wolle. Das war ein alter Plan von ihm, und er hatte immer nur gefürchtet, sein Geschäft nicht rechtzeitig vor dem Zusammenbruch verkaufen zu können. Schon immer hatte er sein bißchen Geld in einem Wirtschaftszweig anlegen wollen, in dem er hoffte ungehindert betrügen zu können. Der Gedanke mit dem Restaurant war ihm beim Hochzeitsessen eines Vetters gekommen. Da hatten sie für das reinste Spülwasser, in dem ein paar Klöße herumschwammen, zehn Franken bezahlen müssen. Nun, und Leute, die essen und trinken wollten, gab es immer. Sein Gesicht strahlte vor Freude, daß es ihm gelungen war, den Eheleuten Robineau diesen Laden auf den Hals zu schwatzen, der ihn all sein Vermögen hätte kosten können.

»Was machen Ihre Schmerzen?« fragte Frau Robineau höflich.

»Wie, meine Schmerzen?« murmelte er erstaunt.

»Na, Ihr Rheumatismus, der Sie so plagte?«

Er erinnerte sich und errötete leicht.

»Oh ja, daran leide ich noch immer«, stotterte er, »aber die Landluft ... Sie begreifen ... Jedenfalls haben Sie ein glänzendes Geschäft gemacht. Wäre mein Rheumatismus nicht gewesen, so hätte ich mir hier in zehn Jahren zehntausend Franken Rente herausgewirtschaftet – auf Ehre!«

Vierzehn Tage später brach der Kampf zwischen Robineau und dem »Paradies der Damen« los. Er beschäftigte eine kurze Zeit ganz Paris. Robineau suchte seinen Feind mit dessen eigenen Waffen zu schlagen und hatte für seine Propaganda die Zeitungen in Anspruch genommen. Außerdem dekorierte er seine Auslagen mit aller Sorgfalt, er häufte wahre Berge der vielgerühmten Seide in seinen Schaufenstern auf, kündigte sie durch große weiße Plakate an, von denen sich in Riesenziffern der Preis von fünf Franken fünfzig Centimes abhob. Diese Zahl brachte die Frauenwelt in Aufruhr: Zehn Centimes billiger als im »Paradies der Damen«, und die Seide schien stärker, dauerhafter zu sein!

Gleich in den ersten Tagen kam ein Strom von Kunden. Frau Marty kaufte unter dem Vorwand, sie wolle sparen, Stoff für ein Kleid, das sie eigentlich nicht brauchte; Frau Bourdelais dagegen fand die Seide schön, zog es aber vor, zu warten, denn sie witterte offenbar die Dinge, die da kommen sollten. In der Tat setzte Mouret in der nächsten Woche den Preis des »Pariser Glücks« um zwanzig Centimes herab. Er hatte mit Bourdoncle und den übrigen Teilhabern eine lebhafte Auseinandersetzung gehabt, um sie zu überzeugen, daß man den Kampf aufnehmen müsse selbst auf die Gefahr hin, mit Verlust zu verkaufen; und diese zwanzig Centimes waren in der Tat schon ein Verlust, denn sie hatten vorher bereits zum Selbstkostenpreis verkauft. Dieser Schlag war hart für Robineau; er hatte nicht geglaubt, daß sein Nebenbuhler auch heruntergehen werde, denn dieser selbstmörderische Konkurrenzkampf, diese Verkäufe mit Verlust waren bisher noch nicht dagewesen. Und sofort wandte sich der Strom der Kunden, immer dem günstigeren Preis folgend, wieder nach der Rue Neuve-Saint-Augustin, während das Geschäft in der Rue Neuve-des-Petits-Champs sich leerte. Gaujean eilte aus Lyon herbei, es gab lange Beratungen, und Robineau entschloß sich zu einer Heldentat: Die Seide wurde ebenfalls um zwanzig Centimes herabgesetzt, man verkaufte sie für fünf Franken dreißig, zu einem Preis also, den niemand unterbieten konnte, ohne sich völlig zum Narren zu machen. Aber am folgenden Tag bot Mouret seinen Stoff zu fünf Franken zwanzig an. Und nun gerieten sie offenkundig in Wut. Robineau antwortete mit fünf Franken fünfzehn, worauf Mouret fünf Franken zehn ankündigte. Sie unterboten sich nur mehr um jeweils einen Sou und verloren bedeutende Summen, sooft sie dem Publikum dieses Geschenk machten. Die Kunden lachten, sie waren entzückt über diesen Zweikampf und freuten sich über die fürchterlichen Hiebe, welche die beiden einander versetzten, um dem lieben Publikum zu gefallen. Endlich wagte es Mouret, auf fünf Franken herabzugehen. Robineau, zu Boden geschmettert, setzte ebenfalls fünf Franken fest, fand aber nicht den Mut, den Gegner zu unterbieten. In dieser Lage verharrten sie. Allein wenn auch auf beiden Seiten die Ehre damit gerettet war, so war doch für Robineau die Situation mörderisch. Das »Paradies der Damen« besaß Kapital und Kredit und hatte eine große Kundschaft, die es ihm ermöglichte, die Verluste bei einem Artikel durch Gewinne bei verschiedenen anderen wieder hereinzubringen; er dagegen hatte bloß Gaujean als Stütze und war nicht in der Lage, seinen Schaden auf anderen Gebieten wettzumachen. So geriet er mit jedem Tag ein wenig mehr auf die schiefe Bahn des Bankrotts. Was ihn am meisten bedrückte, war, daß die zahlreiche Kundschaft, die ihm die Wechselfälle des Kampfes zugeführt hatten, langsam wieder zum »Paradies der Damen« zurückströmte, nachdem er sein Geld an sie verloren und so kolossale Anstrengungen gemacht hatte, sie zu gewinnen.

Es kam ein Tag, an dem er die Geduld verlor. Eine Kundin, Frau von Boves, war zu ihm gekommen, um sich Mäntel anzusehen, denn er hatte seinem Seidenspezialgeschäft eine Abteilung für Konfektion angefügt. Sie konnte sich nicht entschließen und beklagte sich über die Qualität der Stoffe. Endlich sagte sie:

»Das ›Pariser Glück‹ ist aber doch viel stärker.«

Robineau hielt an sich und versicherte mit all seiner kaufmännischen Höflichkeit, daß sie sich täusche.

»So sehen Sie sich doch die Seide dieses Umhangs an«, meinte sie, »das ist ja wie Spinngewebe. Sie können sagen, was Sie wollen, Mourets Seide zu fünf Franken ist reines Leder im Vergleich mit dieser.«

Alles Blut stieg ihm zu Kopf, er preßte die Lippen zusammen und antwortete zunächst gar nichts. Er hatte nämlich den guten Einfall gehabt, für seine Konfektionsabteilung die Seide seines Konkurrenten zu kaufen. So verlor Mouret an dem Stoff, nicht er.

»Wirklich, Sie finden das ›Pariser Glück‹ kräftiger?« fragte er endlich.

»Hundertmal!« erwiderte Frau von Boves, »gar kein Vergleich!«

Da konnte er nicht länger an sich halten.

»Gnädige Frau«, sagte er, »diese Seide ist ›Pariser Glück‹; ich habe sie selbst gekauft!«

Frau von Boves ging sehr verdrossen weg. Die Geschichte machte die Runde, und viele Damen blieben ihm daraufhin aus. Angesichts dieses neuen Schlags packte ihn die Furcht, nicht seinetwegen, sondern um seine Frau; sie war an ein ruhiges Glück gewöhnt und konnte nicht in Armut leben. Was sollte aus ihr werden, wenn eine Katastrophe sie auf die Straße werfen würde? Es war seine Schuld, er hätte ihre sechzigtausend Franken niemals anrühren sollen! Als sie merkte, was ihn bedrückte, mußte sie ihn trösten. Gehörte denn das Geld nicht ihm ebenso wie ihr? Sie hatte ihm doch alles gegeben, und sie verlangte nicht mehr als seine Liebe.

Denise war gerührt über diese zärtliche Zuneigung. Sie bangte, denn sie sah den unvermeidlichen Zusammenbruch voraus, aber sie wagte nicht, sich einzumengen.

Im übrigen hatten sich ihre Verhältnisse sehr gebessert. Wenn sie ihren arbeitsreichen Tag beendet hatte, kehrte sie rasch in ihre Wohnung zurück, um sich um Pépé zu kümmern, für dessen Verpflegung glücklicherweise der alte Bourras sorgte. Dann gab es noch dies und das zu erledigen, Wäsche zu waschen, das eine oder andere auszubessern, kurz, sie kam selten vor Mitternacht ins Bett. Trotzdem unternahm sie zuweilen ausgedehnte Spaziergänge mit dem Kleinen. Jean wollte bei diesen Ausflügen nicht mithalten. Er zeigte sich nur mehr von Zeit zu Zeit, manchmal abends nach der Arbeit, verschwand aber bald wieder unter dem Vorwand, er habe noch andere Besuche zu machen. Er verlangte kein Geld mehr von ihr, doch er kam meist mit so trübseliger Miene an, daß sie immer ein Hundertsoustück für ihn bereithielt. Das war der einzige Luxus, den sie sich leistete.

»Hundert Sous!« rief er jedesmal freudig. »Du bist wirklich zu nett! Da ist gerade die Frau eines Papierhändlers –«

»Schweig«, unterbrach ihn dann Denise, »ich will nichts wissen!«

So verflossen drei Monate, es kam der Frühling. Denise wollte nicht mehr mit Pauline und Baugé nach Joinville gehen. Sie begegnete ihnen zuweilen in der Rue Saint-Roch, wenn sie von Robineau kam. Als sie eines Abends allein war, gestand ihr Pauline, daß sie vielleicht demnächst ihren Geliebten heiraten werde; aber sie zögerte noch, weil man im »Paradies der Damen« verheiratete Verkäuferinnen nicht gern sah.

Dieser Plan einer Heirat überraschte Denise; doch sie wagte nicht, ihrer Freundin einen Rat zu geben. Wenige Tage später sprach Colomban sie auf der Place Gaillon neben dem Brunnen an, gerade in dem Augenblick, als Claire vorüberging; Denise mußte rasch davoneilen, denn er bat sie, sie möge mit ihrer früheren Kollegin reden und sie fragen, ob sie ihn nicht zum Mann nehmen wolle. Sie begriff nicht, warum die Leute alle so sehr aufs Heiraten aus waren. Sie fühlte sich recht glücklich dabei, daß sie niemanden liebte.

»Wissen Sie, was es Neues gibt?« rief ihr eines Abends der Schirmhändler entgegen, als sie heimkehrte.

»Nein, Herr Bourras.«

»Nun, die Gauner haben das Haus Duvillard angekauft; ich bin eingeschlossen.«

Er fuchtelte wütend mit beiden Armen in der Luft herum.

»Das Ganze ist eine Schurkerei, von der ich nichts begreife. Wie es scheint, hat das Haus der Immobilienbank gehört, deren Direktor, der Baron Hartmann, dem famosen Mouret auf den Leim gegangen ist. Jetzt haben sie mich von rechts und von links, von vorne und von hinten!«

Die Sache hatte ihre Richtigkeit, die Abtretungsurkunde war am Tag vorher unterschrieben worden. Das kleine Haus Bourras', eingeklemmt zwischen dem »Paradies der Damen« und dem Haus Duvillard, geriet damit völlig in die Umklammerung des Riesen, der nun auch den Nachbarbau bezog.

»Tut nichts«, rief der Alte, »sie werden mich nicht plattdrücken können wie eine Wanze. Ich bleibe da, und wenn sie mir das Dach abtragen und mir der Regen scheffelweise ins Bett läuft!«

Als die Dinge so weit gediehen waren, ließ Mouret dem Schirmhändler neue Vorschläge machen; man wollte die Abstandssumme vergrößern, ihm sein Geschäft und seinen Vertrag um fünfzigtausend Franken abkaufen. Doch dieses Angebot verdoppelte nur die Wut des Alten. Er lehnte unter zornigen Flüchen ab. Wem stahlen diese Leute eigentlich das Geld, daß sie ihm fünfzigtausend Franken für eine Sache anboten, die nicht mehr als zehntausend wert war? Er verteidigte seinen Laden wie ein anständiges Mädchen seine Tugend, rein im Namen der Ehre, aus Achtung vor sich selbst.

Ungefähr vierzehn Tage lang wirkte Bourras gedankenvoll und zerstreut. Er lief fieberhaft erregt hin und her, maß die Mauern seines Hauses ab und betrachtete es von der Mitte der Straße aus mit der Miene eines Architekten. Dann kamen eines Morgens Arbeiter. Es galt den entscheidenden Kampf, er hatte den kühnen Gedanken gefaßt, das »Paradies der Damen« auf seinem eigenen Boden zu schlagen, indem er dem Geist der Zeit Zugeständnisse machte. Die Kunden, die ihm seinen dunklen Laden vorwarfen, würden sicherlich wiederkommen, wenn sie das Geschäft in frischem Glanz fänden. Vor allem wurden die Löcher und Sprünge ausgebessert und die Vorderseite neu verputzt; sodann wurde alles Holzwerk grün angestrichen. Dreitausend Franken, die Bourras als eine letzte Reserve beiseite gelegt hatte, wurden durch diese Ausgaben verschlungen. Das ganze Stadtviertel geriet in Aufruhr. Man strömte herbei, um den Alten zu betrachten, wie er inmitten dieser neuen Pracht nun vollends den Kopf verlor und sich überhaupt nicht mehr zurechtfand.

Auch er begann jetzt ganz offen den Feldzug gegen das »Paradies der Damen«. Er bot einen Schirm zu einem Franken fünfundneunzig an, Zanella auf Stahl montiert, »unverwüstlich«, wie die Etiketten besagten. Aber er wollte seinen Konkurrenten hauptsächlich mit seinen Griffen schlagen, mit einer reichen Auswahl aller erdenklichen Arten und Formen. Das »Paradies der Damen«, weniger auf Kunstfertigkeit erpicht, legte mehr Sorgfalt auf die Stoffe. Und es behielt die Oberhand. Der Alte klagte immer wieder verzweifelt, daß die Kunst beim Teufel sei und daß er künftig nur mehr zu seinem Vergnügen Griffe schnitzen könne, ohne Hoffnung, sie auch zu verkaufen.

»Es ist mein eigener Fehler!« rief er Denise zu. »Warum habe ich auch Schundartikel zu einem Franken fünfundneunzig angeboten? Ich wollte das Beispiel dieser Räuber nachahmen und gehe jetzt selbst dabei zugrunde!« –

Der Monat Juli war sehr heiß. Denise litt Qualen in ihrem engen Zimmerchen unter dem Schieferdach. Darum holte sie, wenn sie aus dem Geschäft kam, Pépé bei Herrn Bourras ab und ging, um ein wenig frische Luft zu schöpfen, in die Tuilerien, bis die Gittertore geschlossen wurden. Als sie eines Abends auf die Kastanienbäume zuschritt, blieb sie plötzlich betroffen stehen: sie glaubte einige Schritte vor sich Hutin zu sehen. Ihr Herz klopfte heftig; es war aber nicht Hutin, sondern Mouret, der jenseits des Flusses gegessen hatte und sich jetzt beeilte, zu Frau Desforges zu kommen. Bei der plötzlichen Bewegung, die das junge Mädchen machte, um ihm auszuweichen, erkannte er sie, obgleich die Dämmerung schon hereingebrochen war.

»Sie sind es, Fräulein?«

Ganz bestürzt, daß er sie eines Grußes würdigte, fand sie keine Antwort.

»Sie sind noch immer in Paris?« fragte er weiter.

»Ja.«

Sie wich langsam aus, wollte grüßen und ihren Weg fortsetzen; aber er kehrte um und folgte ihr unter den dunklen Schatten der alten Kastanien.

»Ist das Ihr Bruder?« fragte er, auf Pépé deutend.

»Ja«, antwortete sie wieder.

Sie wurde rot und dachte an die abscheulichen Verleumdungen von Marguerite und Claire. Ohne Zweifel begriff Mouret die Ursache ihres Errötens, denn er fügte lebhaft hinzu:

»Hören Sie, Fräulein, ich habe mich bei Ihnen zu entschuldigen; ja, ich hätte Ihnen gern früher schon gesagt, wie sehr ich das Unrecht bedaure, das man Ihnen zugefügt hat. Man hat Sie leichtfertig eines Fehltritts beschuldigt ... Aber schließlich ist das Unglück geschehen, und ich wollte Ihnen nur sagen, daß jetzt in unserem Haus jedermann weiß, von welcher zärtlichen Liebe Sie für Ihre Brüder erfüllt sind.«

In diesem Ton fuhr er fort und war von einer achtungsvollen Höflichkeit, welche die Verkäuferinnen vom »Paradies der Damen« an ihm nicht gewohnt waren. Die Verlegenheit Denises stieg immer höher, aber ihr Herz war von tiefer Freude erfüllt. Er wußte also, daß sie sich niemandem hingegeben hatte!

»Ich würde Ihnen gern eine Wiedergutmachung anbieten, Fräulein«, fing er wieder an; »natürlich vorausgesetzt, daß Sie zu uns zurückkehren wollen.«

»Das kann ich nicht«, sagte sie; »ich danke Ihnen sehr, aber ich habe anderswo eine Beschäftigung gefunden.«

Er wußte es schon; man hatte ihm bereits mitgeteilt, wo sie arbeitete. In ruhigem Ton und liebenswürdig wie zu seinesgleichen sprach er mit ihr von Robineau, dem er volle Gerechtigkeit widerfahren ließ: ein reger, gescheiter Bursche, nur etwas zu reizbar. Er werde sicherlich mit einer Katastrophe enden, denn Gaujean habe ihm ein Unternehmen auf den Hals geladen, bei dem alle beide auf der Strecke bleiben müßten. Nun ließ Denise, der diese Vertraulichkeit Mut gab, durchblicken, daß sie in dem Kampf, der sich zwischen den Warenhäusern und dem Kleinhandel entsponnen habe, auf seiten der Großen stehe. Sie erwärmte sich, führte Beispiele an und zeigte sich vollkommen unterrichtet, ja sie legte neuartige und sehr vernünftige Gedanken an den Tag.

Er hörte ihr überrascht zu, war bezaubert und versuchte, im Dunkel des Abends ihre Züge wieder zu erkennen. Sie schien mit ihrem einfachen Kleidchen und ihrem sanften Gesicht noch dieselbe zu sein; aber von dieser Einfachheit und Bescheidenheit ging ein Zauber aus, der ihn mächtig ergriff. Es war offenkundig: diese Kleine hatte sich in eine Pariserin verwandelt, sie war zur Frau erblüht, verständig und verwirrend zugleich.

»Wenn Sie aber doch eine der Unsrigen sind«, sagte er lachend, »warum bleiben Sie dann bei unseren Feinden? Man hat mir auch erzählt, daß Sie bei Bourras wohnen.«

»Das ist ein braver, ehrenwerter Mann«, murmelte sie.

»Lassen Sie's gut sein, er ist ein alter Narr, der mich zwingt, ihn zu ruinieren, während ich ein Vermögen opfern wollte, um ihn loszuwerden. Vor allem aber gehören Sie da nicht hin, sein Haus hat einen üblen Ruf, er vermietet an Personen ...«

Doch er merkte, daß das junge Mädchen in Verlegenheit geriet, und beeilte sich hinzuzufügen:

»Man kann natürlich immer anständig bleiben, und das ist um so verdienstvoller, wenn man arm ist.«

Sie gingen wieder einige Schritte schweigend nebeneinander her. Pépé blickte von Zeit zu Zeit zu seiner Schwester auf, erstaunt, wie glühend heiß ihre Hand war. Mouret fuhr fort:

»Wollen Sie meine Vermittlerin bei dem Alten sein? Ich hatte ohnehin die Absicht, ihm morgen ein neues Angebot zu machen, diesmal von achtzigtausend Franken ... Reden Sie mit ihm, machen Sie ihm klar, daß er Selbstmord begeht. Er wird vielleicht auf Sie hören, da er ja Ihr Freund ist, und Sie werden ihm einen echten Dienst erweisen.«

»Gut«, erwiderte Denise lächelnd. »Ich werde die Botschaft bestellen, aber ich bezweifle, daß ich Erfolg haben werde.«

Wieder schwiegen sie. Mouret versuchte, von ihrem Onkel Baudu zu sprechen, aber er unterbrach sich sofort, als er sah, daß das dem jungen Mädchen unangenehm war. Sie schritten nebeneinander dahin und kamen endlich in der Richtung der Rue de Rivoli in eine Allee, wo es noch heller war. Als sie aus dem dunklen Schatten der Bäume hervortraten, war es ihnen, als erwachten sie plötzlich. Er begriff, daß er sie nicht länger zurückhalten konnte.

»Guten Abend, Fräulein!«

»Guten Abend, Herr Mouret.«

Aber er ging nicht. Er hob die Augen und sah vor sich an der Ecke der Rue d'Algers die hell erleuchteten Fenster von Frau Desforges, die ihn erwartete. Dann blickte er wieder auf Denise, die in dem matten Licht der Dämmerung neben ihm ging. Sie war so zart und schmächtig im Vergleich zu Henriette; wie kam es nur, daß sie trotzdem sein Herz höher schlagen ließ? Es war offenbar eine dumme Laune ...

»Der Kleine wird müde«, sagte er, um nur etwas zu sagen.

»Und vergessen Sie nicht: unser Haus steht Ihnen offen. Sie brauchen nur zu kommen, ich verschaffe Ihnen jede Genugtuung, die Sie wünschen. Guten Abend!«

»Guten Abend!«

Als Mouret sie verlassen hatte, kehrte Denise in den dunklen Schatten der Kastanien zurück und eilte lange ziellos zwischen den mächtigen Baumstämmen umher; ihr Gesicht glühte, und der Kopf summte ihr von wirren Gedanken. Sie hatte Pépé ganz vergessen, doch als sie eine Stunde später mit dem Kind die Rue de la Michodière hinaufging, trug ihr Gesicht wieder den Ausdruck innerer Gefaßtheit.

»Kreuzdonnerwetter!« schrie ihr Bourras schon von weitem entgegen, »diese Kanaille von Mouret hat tatsächlich mein Haus gekauft!«

Er war außer sich, stand mitten im Laden und fuchtelte so wütend herum, als wollte er alles zertrümmern.

»Dieser Lumpenkerl! ... Der Obsthändler hat es mir geschrieben. Sie glauben gar nicht, was er ihm dafür abgenommen hat: hundertfünfzigtausend Franken, viermal soviel, wie es wert ist! Auch ein richtiger Dieb, dieser Obsthändler! Denken Sie sich, er hat sich auf die Verschönerungen berufen, die ich an dem Haus vorgenommen habe! Werden diese Leute nicht bald aufhören, mit mir ihr Spiel zu treiben?«

Der Gedanke, daß das Geld, das er auf die Verschönerungen und Ausbesserungen verwendet hatte, nun dem Obsthändler zugute gekommen war, erfüllte ihn mit Wut. Jetzt war also Mouret sein Hauseigentümer, ihm hatte er künftig die Miete zu bezahlen, bei ihm, dem verabscheuten Konkurrenten, sollte er künftig wohnen!

Denise stand verblüfft da und vermochte kein Wort hervorzubringen. Sie wartete geduldig das Ende des Donnerwetters ab. Als Bourras ruhiger geworden war, entschloß sie sich, den Auftrag Mourets auszurichten.

»Ich bin soeben jemandem begegnet«, begann sie; »ja, aus dem ›Paradies der Damen‹, jemandem, der sehr gut unterrichtet ist. Es scheint, daß man vorhat, Ihnen achtzigtausend Franken anzubieten.«

Er unterbrach sie mit schneidender Stimme.

»Achtzigtausend Franken? Nicht für eine Million jetzt!«

Sie wollte ihn zur Vernunft bringen, allein in dem Augenblick, als sie von seinen Interessen zu sprechen begann, öffnete sich die Ladentür, und sie wich stumm und bleich zurück: es war Onkel Baudu mit seinem gelben, gealterten Gesicht. Bourras faßte seinen Nachbarn beim Mantelknopf und schrie ihm ins Gesicht, ohne ihn erst zu Wort kommen zu lassen:

»Wissen Sie, was diese Leute in ihrer Unverschämtheit mir anbieten? Achtzigtausend Franken! So weit sind diese Banditen gekommen! Sie glauben, daß ich mich verkaufe wie eine Dirne ... Kaum gehört ihnen das Haus, so meinen sie schon, sie könnten alles haben!«

»Es ist also wahr?« fragte Baudu bedrückt. »Man hat es mir erzählt, und ich wollte eben von Ihnen Näheres erfahren.«

»Achtzigtausend Franken!« wiederholte Bourras. »Warum nicht hunderttausend? Dieses Geld bringt mich am meisten auf. Glauben die denn, daß ich für ihr Geld eine Schurkerei begehen werde? Sie sollen es nicht haben, Kreuzdonnerwetter, niemals, niemals, hören Sie?«

Da brach Denise ihr Schweigen und sagte sanft:

»In neun Jahren, wenn Ihr Vertrag abläuft, bekommen sie es doch.«

Trotz der Gegenwart ihres Onkels beschwor sie den Alten, das Angebot anzunehmen. Der Kampf sei aussichtslos geworden, er kämpfe gegen eine erdrückende Übermacht. Es wäre Wahnsinn, das Vermögen zurückzuweisen, das sich ihm darbiete. Bourras aber schüttelte hartnäckig den Kopf. In neun Jahren hoffte er tot zu sein, um das Ende nicht mit ansehen zu müssen.

»Da hören Sie es, Herr Baudu«, fuhr er dann fort, »Ihre Nichte hält es auch mit diesen Leuten, sie ist damit betraut, mich fertigzumachen; sie hält es mit diesen Räubern, auf Ehrenwort!«

Der Onkel schien bisher die Anwesenheit Denises nicht bemerkt zu haben. Jetzt hob er den Kopf, wandte sich langsam um und sah sie an. Seine dicken Lippen bebten. Er bereute es wohl, daß er ihr in ihrer Not nicht beigestanden hatte. Der Anblick Pépés, der auf einem Sessel schlief, während sich diese stürmische Szene abspielte, mochte ihn vollends umstimmen.

»Denise«, sagte er schlicht, »komm doch morgen zu uns zum Essen und bring den Kleinen mit ... Meine Frau und Geneviève haben mich gebeten, dich einzuladen.«

Sie wurde rot und küßte ihn voller Dankbarkeit. Als er ging, rief ihm Bourras, glücklich über diese Versöhnung, nach:

»Treiben Sie ihr die Fehler wieder aus, es steckt doch viel Gutes in ihr! ... Meinetwegen kann das Haus einstürzen, mich sollen sie in jedem Fall unter den Trümmern finden!«

Achtes Kapitel

Inzwischen sprach man im ganzen Stadtviertel von der großen Straße, die unter dem Namen Rue du Dix-Décembre von der Börse bis zur neuen Oper eröffnet werden sollte. Die Enteignungsverhandlungen hatten stattgefunden, zwei Scharen von Arbeitern machten sich bereits von beiden Seiten an den Durchbruch. Die Rue de Choiseul und die Rue de la Michodière bangten um ihre dem Untergang geweihten Häuser.

Aber was das Stadtviertel noch mehr bewegte, waren die Arbeiten am »Paradies der Damen«. Man sprach von bedeutenden Vergrößerungen, von riesigen Geschäftsräumen, die nach allen drei Seiten bis an die Rue de la Michodière, die Rue Neuve-Saint-Augustin und die Rue Monsigny reichen sollten. Man erzählte, Mouret habe mit dem Baron Hartmann, dem Direktor der Immobilienbank, einen Vertrag geschlossen und werde den ganzen Häuserkomplex erhalten mit Ausnahme der Seite nach der künftigen Rue du Dix-Décembre, wo der Baron ein Konkurrenzunternehmen zum Grand-Hotel errichten wolle. Das »Paradies der Damen« kaufte überall Mietverträge auf, die Läden wurden geschlossen, die Mieter zogen aus. In den nunmehr leeren Häusern begann ein Heer von Arbeitern, umhüllt von einer Wolke von Staub und Kalk, die geplanten Umbauten. Nur das schmale Haus des alten Bourras blieb inmitten dieses allgemeinen Umsturzes unberührt, hartnäckig eingepfercht zwischen den hohen, von Arbeitern bevölkerten Mauern.

Als am folgenden Tag Denise mit Pépé zu Onkel Baudu ging, war die Straße eben von einer Reihe von Lastwagen versperrt, die vor dem alten Haus Duvillard Ziegel abluden. Auf der Schwelle seines Ladens stand der Onkel und betrachtete mit bekümmerter Miene dieses Schauspiel. In dem Maß, wie das »Paradies der Damen« sich ausbreitete, schien der »Vieil Elbeuf« zusammenzuschrumpfen. Das junge Mädchen fand die Auslagen noch finsterer, noch gedrückter unter dem niedrigen Zwischenstock mit den runden Gefängnisfensterchen. Der Regen hatte das grün angestrichene Firmenschild noch mehr verfärbt, und die ganze bleigraue Vorderseite wirkte trauriger und kümmerlicher denn je.

»Da seid ihr ja«, sagte Baudu. »Nehmt euch in acht, sie werden euch noch über den Haufen fahren!«

Als sie den Laden betraten, empfand Denise dieselbe Beklemmung im Herzen wie damals. Frau Baudu und Geneviève saßen still und stumm an der Kasse; niemand störte sie dort auf.

»Guten Abend, Tante«, sagte Denise. »Ich freue mich so, Sie wiederzusehen, und wenn ich Ihnen Kummer gemacht habe, bitte verzeihen Sie mir!«

Frau Baudu war gerührt und küßte das Mädchen.

»Mein armes Kind«, sagte sie, »wenn ich keinen anderen Kummer hätte, dann wäre ich recht vergnügt.«

»Guten Abend, Kusine«, fuhr Denise fort und gab Geneviève einen Kuß auf die Wangen.

Nun umarmten die beiden Frauen auch noch Pépé, und damit war die Versöhnung vollständig.

Baudu wandte sich jetzt nach dem dunklen Hintergrund des Ladens und sagte:

»Colomban, du kannst ruhig mit uns essen, es kommt doch niemand.«

Denise hatte den Angestellten gar nicht bemerkt. Frau Baudu erklärte ihr, den anderen Verkäufer und das Mädchen hätten sie entlassen müssen; die Geschäfte gingen so schlecht, daß Colomban allein genüge, und auch er verbringe noch ganze Stunden völlig untätig, gähnend vor Langeweile.

Während der Mahlzeit kam der Onkel natürlich auf die Leute von gegenüber zu sprechen. Anfangs zeigte er sich sehr duldsam.

»Mein Gott, du bist ja frei und darfst diesen großen Herren ruhig das Wort reden. Jeder nach seinem Geschmack, mein Kind ... Da es dich nicht stört, daß du so einfach vor die Tür gesetzt worden bist, mußt du ja gewichtige Gründe haben, die für diese Leute sprechen; und wenn du zu ihnen zurückgingst, wäre ich dir nicht im geringsten böse. Keiner von uns wäre es, nicht wahr?«

»O nein«, flüsterte Frau Baudu.

Denise sagte ruhig ihre Meinung, wie sie es schon bei Robineau getan hatte; sie sprach von der natürlichen Entwicklung des Handels, von den Anforderungen der Zeit, von der Großartigkeit dieser Neuschöpfungen, von dem wachsenden Wohlstand der Allgemeinheit. Baudu hörte ihr erstaunt zu, und als sie geendet hatte, sagte er kopfschüttelnd:

»Das sind alles Hirngespinste. Handel ist Handel: daran ändert sich nichts. Ich gebe ja zu, daß sie weiterkommen, aber das ist auch alles. Es scheint eben, daß heutzutage die Diebe zu einem Vermögen kommen, während ehrliche Leute elend zugrunde gehen. Ja, so weit haben wir es gebracht! Aber ich bleibe auf meinem Posten, ich gebe nicht nach! Der ›Vieil Elbeuf‹ jedenfalls wird ihnen keine Zugeständnisse machen.«

Er geriet mehr und mehr in Erregung. War denn dieser Riesenapparat nicht langsam lächerlich? Die Kunden würden sich allmählich gar nicht mehr auskennen; warum baute man nicht lieber gleich Markthallen? Dann kam er auf den Umsatz des Warenhauses zu sprechen. Das war doch geradezu unbegreiflich, meinte er: in vier Jahren hatten sie ihn verfünffacht, aus ehemals acht Millionen jährlich waren nach der letzten Inventur vierzig Millionen geworden. Das war doch unerhört, dagegen konnte man ja nicht mehr ankämpfen. Und dabei wuchs das Haus immer weiter: Jetzt hatten sie tausend Angestellte und kündigten achtundzwanzig Abteilungen an. Diese Zahl besonders brachte ihn außer sich. Gewiß hatten sie einige Abteilungen einfach geteilt, aber es gab auch mehrere neue, zum Beispiel eine für Möbel und eine für »Pariser Spezialitäten«. Hatte man je so etwas gehört: »Pariser Spezialitäten«? Besonderen Stolz konnte man ihnen wirklich nicht vorwerfen; sie würden schließlich auch noch Fische verkaufen!

»Wenn du aufrichtig sein willst, kannst du sie unmöglich verteidigen«, wandte er sich an Denise. »Was würdest du von mir halten, wenn ich in meinem Tuchladen eine Abteilung für Kochtöpfe einrichten würde? Du würdest sagen, ich sei ein Narr, nicht wahr? Gib doch zu, daß man vor so etwas keine Hochachtung haben kann.«

Denise lächelte bloß verlegen, sie sah ein, daß hier mit Vernunftgründen nicht viel auszurichten war. Da meinte er:

»Gut, du bist nun mal für sie. Wir wollen nicht weiter darüber reden, es ist nicht nötig, daß wir uns deshalb zerstreiten. Das fehlte noch, daß sie Unfrieden zwischen mir und meiner Familie stiften. Geh ruhig zurück zu ihnen, wenn es dir gefällt, aber laß mich in Ruhe mit ihren Geschichten.«

Eine Weile schwiegen sie, dann fing Baudu wieder an.

»Sieh dir diese beiden an«, sagte er und zeigte mit seinem Messer auf Geneviève und Colomban. »Frag sie mal, ob sie dein ›Paradies der Damen‹ etwa besonders schätzen!«

Auf dem gewohnten Platz, an dem sie sich seit zwölf Jahren zweimal täglich zusammenfanden, saßen Colomban und Geneviève und aßen still vor sich hin. Keiner von beiden sagte ein Wort. Er versuchte hinter plumper Gemütlichkeit die innere Flamme seiner Leidenschaft zu verbergen, während sie, wie von einem geheimen Kummer verzehrt, den Kopf noch mehr hängen ließ.

»Das vergangene Jahr war schlecht«, erklärte der Onkel, »und wir müssen ihre Heirat noch weiter verschieben. Frag sie nur, was sie von deinen Freunden da drüben halten!«

Notgedrungen tat Denise ihm den Gefallen.

»Ich kann sie doch nicht gern haben, Kusine«, erwiderte Geneviève, »aber es denken ja nicht alle Leute wie ich.«

Dabei schaute sie auf Colomban, der mit verlegener Miene Brotkügelchen rollte. Als er die Blicke seiner Verlobten auf sich ruhen fühlte, brach er in einige heftige Redensarten aus. So eine schmutzige Bude! Einer schurkiger als der andere! Eine wahre Pest für das Stadtviertel!

»Hört ihr es?« rief Baudu entzückt. »Den werden sie niemals in ihre Hand bekommen! Ja, mein lieber Freund, du bist der letzte! Solche wie dich gibt's nicht mehr!«

Allein Geneviève mit ihrem strengen und schmerzerfüllten Gesicht ließ Colomban nicht aus den Augen. Ihre Blicke drangen ihm bis ins Herz und setzten ihn in Verlegenheit, so daß er seine Schmähungen noch verdoppelte. Frau Baudu betrachtete die beiden voll Sorge, als sehe sie ein neues Unglück voraus. Seit einiger Zeit machte ihr das Aussehen ihrer Tochter Angst, sie fühlte, wie das junge Mädchen dahinwelkte.

»Der Laden ist ohne Aufsicht«, sagte sie endlich und erhob sich, um dieser Szene ein Ende zu machen. »Schau doch mal nach, Colomban; ich glaube, es ist jemand da.«

Alles stand auf. Baudu und Colomban sprachen mit einem Vertreter, der gekommen war, um Aufträge entgegenzunehmen. Frau Baudu nahm Pépé mit sich, um ihm Bilder zu zeigen. Denise stand sinnend am Fenster und blickte in den kleinen Hof hinaus. Als sie sich umwandte, sah sie ihre Kusine noch immer auf ihrem Platz sitzen. Plötzlich begann Geneviève zu schluchzen. Sie ließ den Kopf auf den Tisch niedersinken und vergoß bittere Tränen.

»Mein Gott, was ist denn?« rief Denise verstört. »Soll ich jemanden rufen?«

Geneviève hielt sie zurück und stammelte:

»Nein, nein, bleiben Sie! Mama soll nichts wissen. Sie dürfen es erfahren, aber die anderen nicht. Es ist wieder einmal über mich gekommen, ich glaubte, ich sei allein ...«

Ein neuer Anfall ergriff sie und schüttelte den gebrechlichen Körper. Denise sprach ihr leise Trost zu. Nach einer Weile beruhigte sich Geneviève, sie schluchzte nicht mehr, doch sie saß wie gebrochen auf ihrem Stuhl und blickte starr auf ihre Kusine.

Plötzlich fragte sie:

»Sagen Sie mir die Wahrheit: liebt er sie?«

Denise fühlte alles Blut in ihre Wangen steigen. Sie begriff, daß es sich um Colomban und Claire handelte, und tat, als sei sie von der Frage völlig überrascht.

»Wen denn, meine Liebe? Von wem sprechen Sie überhaupt?«

Geneviève schüttelte tadelnd den Kopf.

»Lügen Sie nicht. Tun Sie mir den Gefallen und sagen Sie mir endlich die Wahrheit. Sie müssen es wissen, ich fühle es. Sie waren doch mit ihr zusammen, und ich habe ja gesehen, daß Colomban Ihnen folgte und mit Ihnen sprach. Er hat Ihnen gewiß Aufträge für sie gegeben, nicht wahr? Sagen Sie mir die Wahrheit, ich beschwöre Sie! Es ist besser für mich.«

Niemals war Denise in solcher Verlegenheit gewesen. Sie schlug die Augen nieder vor diesem stummen Blick, der alles erriet. Endlich faßte sie sich und versuchte ein letztes Täuschungsmanöver.

»Aber er liebt doch Sie!«

Geneviève machte eine verzweifelte Gebärde.

»Schon gut – Sie wollen mir also nichts sagen. Es ist mir übrigens gleichgültig, ich habe sie ja gesehen. Er geht doch dauernd auf die Straße hinaus, um hinaufzuschauen, und sie lacht von oben auf ihn herab wie eine Dirne ... Sicher haben sie außerhalb des Hauses ihre Zusammenkünfte.«

»Nein, bestimmt nicht, das schwöre ich!« rief Denise, fortgerissen durch das Verlangen, ihr wenigstens diesen Trost zu verschaffen.

Geneviève atmete auf, und ein Lächeln umspielte ihre Lippen. Dann begann sie leise:

»Sie wissen ja, seit zehn Jahren lebe ich im Gedanken an diese Heirat. Ich trug noch kurze Kleider, als Colomban schon für mich bestimmt war. Ich weiß nicht mehr, wie alles gekommen ist. Da wir immer zusammen lebten, immer in diesen vier Wänden eingeschlossen waren, einer neben dem anderen, ohne daß es jemals eine Abwechslung gegeben hätte, mußte ich ihn schließlich vor der Zeit als meinen Mann betrachten. Ich wußte gar nicht, ob ich ihn liebte; ich war eben seine Frau: das ist alles. Und heute will er mit einer andern seiner Wege gehen. Ach, mein Gott, das bricht mir das Herz!«

Von neuem füllten sich ihre Augen mit Tränen. Denise fragte sie, von tiefem Mitleid ergriffen:

»Vermutet die Tante etwas?«

»Ich glaube, ja; sie ahnt die Wahrheit. Papa hat zu viel mit seinen geschäftlichen Sorgen zu tun; er weiß nicht, welchen Kummer er mir macht, indem er diese Heirat immer wieder verschiebt. Mama hat mich wiederholt ausgefragt, sie sieht ja, wie schlecht es mir geht. Sie war selbst niemals besonders kräftig, aber bei mir findet sie's wohl etwas zu arg ...«

Denise umarmte das unglückliche Mädchen und versuchte noch immer, sie zu trösten. Sie werde Colomban heiraten, versicherte sie ihr, und bestimmt gesund und glücklich werden. –

Monate verflossen; Denise kam fast jeden Tag, um Geneviève einen Augenblick aufzuheitern; allein bei den Baudus wurde das Leben immer trauriger. Die Vergrößerungsarbeiten ihnen gegenüber waren für sie eine fortwährende Qual und ließen sie ihren Ruin nur noch schmerzlicher empfinden. Schon stieg das Mauerwerk bis zum ersten Stock empor. Zu allem Überfluß entschloß sich im September der Architekt, auch bei Nacht arbeiten zu lassen, weil er fürchtete, nicht rechtzeitig fertig zu werden. Mächtige Scheinwerfer wurden angebracht, und das Getöse nahm kein Ende mehr. Die Leute arbeiteten schichtweise, ständig wurde irgendwo gehämmert oder gesägt, der ewige Lärm kostete die Familie Baudu auch noch den Schlaf.

Es kam der Tag, wo sie in Zahlungsschwierigkeiten gerieten; bisher hatten sie von den Ersparnissen früherer Jahre gezehrt, jetzt begannen die Schulden. Im Dezember mußte Baudu, entsetzt über die Höhe seiner Wechselverbindlichkeiten, sich zu einem schweren Opfer entschließen: er verkaufte sein Landhaus in Rambouillet. Dieser Verkauf vernichtete den einzigen Traum seines Lebens, und er mußte überdies einen Besitz, der ihn mehr als zweihunderttausend Franken gekostet hatte, für siebzigtausend weggeben. Er war noch froh und glücklich, daß seine Nachbarn, die Familie Lhomme, das Haus zu diesem Preis übernahmen. Die siebzigtausend Franken genügten, um seine Firma noch einige Zeit zu stützen. Denn trotz aller Unglücksfälle wollte er weiterkämpfen.

An dem Sonntag, an dem die Lhommes das Geld bringen wollten, sollten sie zum Essen im »Vieil Elbeuf« bleiben. Frau Aurélie kam als erste. Auf ihren Mann mußte man etwas warten; er hatte bei einem Nachmittagskonzert mitgespielt und sich verspätet. Albert schließlich hatte zwar zugesagt, kam aber nicht. Es wurde im übrigen ein recht trübseliger Abend. Die Baudus, an ein enges und muffiges Dasein gewöhnt, fühlten sich unbehaglich bei dem Zug von Ungebundenheit, den die Lhommes ins Haus brachten. Geneviève, verletzt durch die herrischen Manieren von Frau Aurélie, tat den Mund überhaupt nicht auf, während Colomban die Direktrice offen bewunderte und von Zeit zu Zeit zusammenfuhr, wenn er daran dachte, daß sie Claires Vorgesetzte sei.

Vor dem Schlafengehen wanderte Baudu lange im Zimmer auf und ab; seine Frau lag bereits im Bett. Draußen herrschte mildes Tauwetter; trotz der geschlossenen Fenster und der herabgelassenen Vorhänge hörte man das Gebrause der Maschinen drüben.

»Weißt du, woran ich denke, Elisabeth?« sagte er endlich. »Die Lhommes mögen noch so viel Geld verdienen – ich stecke doch lieber in meiner eigenen Haut als in der ihren. Sie haben Glück, das ist wahr; die Frau hat erzählt, wenn ich recht gehört habe, daß sie dieses Jahr zwanzigtausend Franken verdient hat. Mir soll's recht sein! Mein Landhaus habe ich freilich nicht mehr, aber wenigstens gehe ich nicht allein meiner Wege und halte mich an die Musik, während du sonstwo herumbummelst. Nein, die können nicht glücklich sein.«

Er nahm sich indessen die Sache doch sehr zu Herzen und grollte diesen Leuten, die ihm seinen Lebenstraum abgekauft hatten. Schweigend trat er ans Fenster und lauschte dem Getöse, das von drüben herüberklang. Und wieder er-

ging er sich in seinen Klagen und Beschwerden über die neuen Zeiten. So etwas hatte es doch noch nicht gegeben: verdienten die Angestellten jetzt mehr als die Kaufleute! Ein Kassierer, der den Besitz eines selbständigen Geschäftsmannes erwarb! Alles ging aus den Fugen, es gab keinen Familienzusammenhalt mehr, man spazierte ins Restaurant, anstatt seine Suppe am eigenen Herd zu essen. Zu guter Letzt verlegte er sich aufs Prophezeien und sagte voraus, der junge Albert werde eines Tages das Landgut in Rambouillet noch mit irgendwelchen Frauenzimmern vergeuden.

Frau Baudu lag regungslos in ihrem Bett und hörte zu. Ihr Gesicht war so bleich wie die Kissen.

»Sie haben immerhin bezahlt«, sagte sie endlich.

Baudu verstummte bei diesen Worten. Eine Weile ging er mit gesenkten Blicken umher, dann fuhr er fort:

»Ja, sie haben bezahlt, das ist wahr, und schließlich ist ihr Geld so gut wie das anderer Leute ... Es wäre nicht schlecht, wenn es uns gelänge, mit diesem Geld unsere Firma wieder aufzurichten. Ach, wenn ich nicht so alt und müde wäre!«

Neues Stillschweigen. Plötzlich begann Frau Baudu zu sprechen, den Blick starr zur Decke gerichtet.

»Hast du seit einiger Zeit deine Tochter beobachtet?«

»Nein«, erwiderte er.

»Nun, sie macht mir Sorge. Sie wird immer blasser, eine innere Verzweiflung scheint an ihr zu zehren.«

Er blieb überrascht vor dem Bett stehen.

»Worüber denn?« fragte er. »Wenn sie krank ist, sollte sie es sagen! Morgen will ich den Arzt kommen lassen.«

Frau Baudu lag noch immer unbeweglich da. Nach einer kurzen Weile fuhr sie fort:

»Ich denke, es wäre besser, die Heirat mit Colomban nicht länger hinauszuschieben.«

Er schaute sie an, dann nahm er seine Wanderung durch das Zimmer wieder auf. War es möglich, daß seine Tochter wegen des Angestellten krank wurde? Liebte sie ihn dermaßen, daß sie nicht mehr warten konnte? Der Gedanke machte ihn um so bestürzter, als er von dieser Heirat eine ganz feste Vorstellung hatte: unter den gegenwärtigen Umständen hätte er nie seine Einwilligung gegeben. Die Besorgnis um seine Tochter stimmte ihn indes milder.

»Es ist gut«, sagte er endlich, »ich werde mit Colomban sprechen.«

Am folgenden Morgen nahm Baudu Colomban beiseite. Er hatte sich genau zurechtgelegt, was er ihm sagen wollte. Mit verlegener Miene harrte der junge Mann, der diese Unterredung zu fürchten schien, der Dinge, die da kommen sollten. »Hör mich an«, begann der Tuchhändler. »Als Vater Hauchecorne mir den ›Vieil Elbeuf‹ übergab, ging das Geschäft gut. Er selbst hatte es vom alten Finet in bestem Zustand übernommen. Du kennst meine Einstellung: ich würde mir vorkommen, als beginge ich eine Gemeinheit, wenn ich das Geschäft meinen Kindern in einem unrentableren Zustand übergeben wollte; aus diesem Grund habe ich bisher deine Heirat mit Geneviève verschoben. Ja, ich habe eigensinnig gehofft, den früheren Wohlstand wieder zu erreichen. Ich hoffte, dir die Bücher vorlegen und sagen zu können: Schau, in dem Jahr, als ich eintrat, wurde soundso viel verkauft, und in diesem Jahr, wo ich euch das Geschäft übergebe, war der Umsatz um zehntausend oder zwanzigtausend Franken höher. Das war so eine Art Gelöbnis vor mir selbst, ich wollte mir nicht vorwerfen müssen, ich hätte euch bestohlen.«

Eine tiefe innere Bewegung raubte ihm die Stimme. Er räusperte sich, um die Fassung wiederzugewinnen, dann fragte er:

»Du sagst nichts?«

Allein Colomban hatte nichts zu sagen. Er schüttelte den Kopf und wartete immer verlegener, denn er glaubte zu erraten, worauf Baudu hinauswollte. Offenbar wollte er, daß binnen kurzem geheiratet würde. Wie sollte er sich dem widersetzen? Niemals würde er dazu die Kraft finden. Und was war dann mit jener anderen, von der er Nacht für Nacht träumte, von einem heißen Fieber verzehrt?

»Das Geld, das wir für das Landgut bekommen haben«, fuhr Baudu fort, »kann uns vielleicht retten. Unsere Lage wird mit jedem Tag schlimmer, aber wenn wir eine äußerste Anstrengung machen ... Wir müssen alles auf eine Karte setzen. Das indessen, mein armer Junge, würde bedeuten, daß eure Heirat wieder einmal verschoben wird, denn ich kann euch doch jetzt nicht allein in den Kampf schicken; das wäre zu feige, nicht wahr?«

Als Colomban dies hörte, sank er erleichtert auf einen Stoffballen nieder. Seine Beine zitterten, er fürchtete, seine innere Freude merken zu lassen, und blickte darum zu Boden.

»Du sagst nichts?« fragte Baudu wieder.

Nein, er sagte nichts, er fand nichts zu sagen. Da fuhr der Tuchhändler leise fort:

»Ich wußte ja, daß diese Eröffnung ein schwerer Schlag für dich sein würde ... Du mußt Mut fassen; sei doch nicht so niedergeschlagen. Versuch doch, meine Lage zu begreifen: kann ich euch einen solchen Stein an den Hals hängen? Anstatt euch ein gutes Geschäft zu übergeben, würde ich euch vielleicht einem Bankrott ausliefern. Nein, so etwas brächte nur ein Schurke fertig. Ich will sicherlich euer Glück, aber nie wird man mich überreden, gegen mein Gewissen zu handeln.«

In dieser Weise sprach er weiter und verwickelte sich mehr und mehr in Widersprüche. Da er dem Angestellten nun einmal seine Tochter mitsamt dem Laden versprochen hatte, verlangte die Rechtschaffenheit, daß er beides in gutem Zustand übergab. Allein er war müde, die Last wurde ihm zu drückend. Er wartete darauf, daß Colomban sich einen Ruck geben, seinem Herzen folgen würde – aber nichts geschah.

Da der junge Mann noch immer mit gesenktem Kopf dasaß, fragte er ihn zum dritten mal:

»Du sagst nichts?«

Nun endlich murmelte Colomban, ohne ihm ins Gesicht zu schauen:

»Was gibt es da zu sagen? Sie sind der Chef, Sie sind klüger als wir alle. Da Sie es wünschen, werden wir warten.«

Baudu hatte gehofft, Colomban werde sich ihm an den Hals werfen und ausrufen: »Vater, setzen Sie sich zur Ruhe, überlassen Sie die Sorgen nur uns! Geben Sie uns den Laden, wie er ist, wir werden es schon schaffen, ihn über Wasser zu halten!« Dann schaute er ihn an und wurde von innerer Scham ergriffen; er klagte sich an, daß er seine Kinder habe überlisten wollen. Die alte kaufmännische Rechtschaffenheit meldete sich wieder zu Wort: Dieser nüchterne Bursche hatte recht, im Handel gab es keine Gefühle, da gab es nur Zahlen.

»Es bleibt also dabei«, sagte er, um der Sache ein Ende zu machen, »wir werden im nächsten Jahr wieder von der Heirat sprechen.«

Als Frau Baudu am Abend vor dem Schlafengehen ihren Mann nach dem Ergebnis der Unterredung fragte, hatte Baudu seinen Eigensinn wiedergefunden. Er erging sich in Lobeserhebungen über Colomban: das sei ein guter, aufrechter Bursche, nicht wie die geschniegelten Stutzer da drüben, die den Käuferinnen die Cour machten.

»Aber was ist's mit der Heirat?« fragte Frau Baudu.

»Später«, erwiderte ihr Mann. »Ich will meinen Kindern mein Versprechen halten.«

Sie schwieg eine Weile, dann sagte sie:

»Unsere Tochter wird daran zugrunde gehen.«

Da wurde Baudu zornig. War es denn seine Schuld? Er liebte seine Tochter wahrhaftig, aber er konnte doch nichts dafür, wenn das Geschäft nicht besser ging! Geneviève sollte vernünftig sein und Geduld haben. Alle Wetter, Colomban blieb ja da, niemand wollte ihn ihr stehlen.

»Es ist unglaublich«, wiederholte er ein über das andere Mal; »ein so wohlerzogenes Mädchen ...«

Frau Baudu sagte nichts mehr. Ohne Zweifel hatte sie die Eifersuchtsqualen ihrer Tochter erraten, aber sie brachte es nicht fertig, mit ihrem Mann darüber zu sprechen. –

Mittlerweile hatte Denise sich entschlossen, ins »Paradies der Damen« zurückzukehren. Sie hatte begriffen, daß Robineau, obgleich er genötigt war, sein Personal zu verringern, nicht den Mut fand, sie zu entlassen. Um sich über Wasser zu halten, mußten die Eheleute bereits alles selber machen. Gaujean beharrte bei seinem Eigensinn und gab noch länger Kredit, ja er versprach sogar, neue Gelder für sie aufzutreiben. Allein Robineau war vorsichtig und wollte nicht gegen die Gesetze von Sparsamkeit und Ordnung verstoßen. Denise beobachtete seit vierzehn Tagen, daß die Robineaus sich ihr gegenüber immer verlegener benahmen, und so entschloß sie sich, die Sache selber zur Sprache zu bringen. Sie habe anderwärts einen Platz gefunden, sagte sie. Alles fühlte sich erleichtert. Frau Robineau küßte sie gerührt und versicherte, daß sie es stets bedauern werde, sie zu verlieren. Dann fragte man sie, wohin sie gehe, und als sie erwiderte, sie kehre zu Mouret zurück, wurde Robineau sehr blaß.

»Sie haben ganz recht!« rief er schließlich.

Schwieriger war es, die Nachricht dem alten Bourras beizubringen. Allein Denise mußte ihm doch das Zimmer kündigen. Sie zitterte davor, denn sie fühlte sich ihm tief verpflichtet.

Der Alte kam neuerdings ohnehin aus dem Zorn nicht mehr heraus. Waren doch diese Gauner auf den Gedanken verfallen, zur Verbindung der schon bestehenden Abteilungen des Warenhauses mit den neu einzurichtenden Räumen im ehemaligen Haus Duvillard unter seinem Laden einen Stollen durchtreiben zu lassen! Da das Haus Mouret gehörte und der Vertrag dahin lautete, daß der Mieter alle Reparaturen gestatten müsse, erschienen eines Morgens die Arbeiter bei Bourras. Er jagte sie fort und erklärte, er werde klagen. Das ganze Viertel wartete gespannt auf den Prozeß, der endlos zu werden versprach.

An dem Tag, als Denise sich endlich entschlossen hatte, Bourras zu kündigen, kam dieser eben von seinem Anwalt.

»Wollen Sie es glauben: jetzt behaupten sie, das Haus sei nicht fest genug, sie müßten das Fundament ausbessern. Es wäre wirklich kein Wunder, wenn das Haus wackelte. Sie haben es ja lange genug mit ihren Maschinen durchgerüttelt.«

Als das junge Mädchen ihm dann erzählte, es wolle mit tausend Franken Gehalt wieder ins »Paradies der Damen« eintreten, war er dermaßen betroffen, daß er auf einen Stuhl niedersank und rief:

»Bleibt denn keiner mehr übrig außer mir?«

Nach einer Weile fragte er:

»Und der Kleine?«

»Er soll zu Frau Gras zurück«, sagte Denise, »sie hat das Kind sehr gern.«

Wieder schwieg er. Sie hätte es lieber gesehen, wenn er wütend gewesen wäre, wenn er geflucht, mit der Faust auf den Tisch geschlagen hätte; seine wortlose Bestürzung tat ihr weh. Nach und nach aber faßte er sich und begann wieder zu schreien.

»Tausend Franken, das lehnt man freilich nicht ab ... Und wenn ich zehnmal allein bleibe – ich werde mich nicht beugen! Sagen Sie ihnen, daß ich meinen Prozeß gewinnen werde, und wenn ich mein letztes Hemd dafür opfern müßte!«

Denise sollte Robineau erst Ende des Monats verlassen. Sie hatte Mouret wiedergesehen, und alles war geregelt worden. Als sie eines Abends eben in ihr Zimmer hinaufsteigen wollte, wurde sie von Deloche angehalten, der sie unter einem Hauseingang erwartet hatte. Er war sehr glücklich; soeben hatte er die große Neuigkeit erfahren. Das ganze Geschäft spreche davon, versicherte er. Sehr aufgeräumt erzählte er ihr den neuesten Klatsch aus der Konfektionsabteilung.

»Sie können mir glauben: die Damen schneiden schöne Gesichter! ... Übrigens, erinnern Sie sich an Claire? Es scheint, daß der Chef sie zu seiner Geliebten gemacht hat ...«

Er war sehr rot geworden; ihr dagegen wich alle Farbe aus dem Gesicht.

»Wie, Herr Mouret?« rief sie aus.

»Sonderbarer Geschmack, nicht wahr?« fuhr Deloche fort. »Ein Frauenzimmer wie ein Pferd ... Die Kleine aus der Wäscheabteilung, die er im vorigen Jahr zweimal hatte, war wenigstens ein hübsches Ding. Aber das ist ja seine Sache ...«

Als Denise in ihrem Zimmer ankam, fühlte sie sich sehr elend. Sie glaubte, es komme davon, daß sie zu rasch hinaufgegangen sei. Sie stand ans Fenster gelehnt, und in ihrer Erinnerung tauchte plötzlich Valognes auf mit seinen einsamen Gassen und den moosbedeckten Pflastersteinen. Sie sehnte sich danach, wieder dort zu leben, sich in die Vergessenheit und den Frieden der Provinz zu flüchten. Sie empfand einen Widerwillen gegen Paris, sie haßte das »Paradies der Damen« und wußte nicht mehr, weshalb sie eingewilligt hatte, dahin zurückzukehren. Sicherlich würden damit alle Qualen von vorn anfangen. Sie litt ja schon jetzt durch die Erzählungen Deloches, ohne sich die Ursache erklären zu können. Ganz plötzlich brach sie in Schluchzen aus und weinte lange vor sich hin.

Am folgenden Vormittag wurde sie von Robineau mit verschiedenen Gängen beauftragt. Als sie am »Vieil Elbeuf« vorbeikam, trat sie einen Augenblick ein, weil sie Colomban allein im Laden gesehen hatte. Die Baudus waren beim Essen; man hörte das Geklapper ihrer Bestecke aus dem kleinen Speisezimmer.

»Sie können ruhig hineingehen«, sagte der Angestellte.

Aber sie gebot ihm Schweigen, zog ihn in einen Winkel und sagte leise:

»Mit Ihnen habe ich zu reden. Haben Sie denn kein Herz? Sehen Sie nicht, daß Geneviève Sie liebt und darüber zugrunde geht?« Sie bebte am ganzen Körper, die fieberhafte Erregung vom Abend vorher hatte sie wieder ergriffen. Er stand betroffen da, völlig überrascht von diesem Angriff; er schaute sie an, ohne ein Wort herauszubringen.

»Hören Sie«, fuhr sie fort, »Geneviève weiß, daß Sie eine andere lieben. Sie hat es mir gesagt und dabei herzzerbrechend geweint, die Ärmste ... Sie können sie doch nicht so umkommen lassen!«

Endlich sagte er ganz verstört:

»Aber sie ist ja gar nicht krank; Sie übertreiben ... Außerdem verschiebt ihr Vater die Hochzeit immer wieder ...«

Denise trat dieser Ausflucht schroff entgegen. Sie fühlte, daß das leiseste Drängen von Seiten des jungen Mannes den Onkel bestimmt hätte, nachzugeben.

Die Überraschung Colombans war übrigens keineswegs erheuchelt: er hatte in der Tat von Genevièves langsamem Hinsiechen nichts bemerkt. Es war für ihn eine unangenehme Entdeckung; solange er nichts gewußt hatte, brauchte er sich keine Gewissensbisse zu machen.

»Und um wen das alles?« fuhr Denise fort. »Um eine liederliche Person! Sie wissen gar nicht, wen Sie da lieben. Ich wollte Sie bisher nicht kränken und habe es vermieden, auf Ihre fortwährenden Fragen zu antworten ... Ja, sie geht mit aller Welt und macht sich nur lustig über Sie; Sie werden sie niemals bekommen oder höchstens genau wie alle anderen, einmal so im Vorübergehen ...«

Er verfärbte sich, hörte sie aber wortlos an. Von einer gewissen Grausamkeit fortgerissen, rief sie schließlich aus:

»Und wenn Sie noch mehr wissen wollen, so sage ich Ihnen zum Schluß, daß sie es mit ihrem Chef hält, mit Herrn Mouret.«

Die Stimme versagte ihr, und sie wurde noch blasser als er. Stumm betrachteten sie einander. Endlich stammelte er:

»Ich liebe sie aber!«

Da schämte sich Denise. Warum sprach sie so mit diesem jungen Mann und weshalb eiferte sie sich dermaßen? Sie stand schweigend da, das eine Wort, das er ihr soeben erwidert hatte, klang in ihrem Herzen nach. »Ich liebe sie, ich liebe sie ...« Er hatte recht: wenn er sie liebte, dann konnte er keine andere heiraten.

Als sie sich umwandte, bemerkte sie Geneviève auf der Schwelle des Speisezimmers.

»Schweigen Sie!« flüsterte sie ihm rasch zu.

Doch es war zu spät; Geneviève mußte alles gehört haben. Sie war leichenblaß.

Im gleichen Augenblick betrat eine Kundin den Laden. Es war Frau Bourdelais, eine der letzten Getreuen des »Vieil Elbeuf«, wo sie noch besonders strapazierfähige Stoffe bekam. Frau von Boves war längst der Mode gefolgt und zum »Paradies der Damen« übergegangen, und auch Frau Marty kam nicht mehr, völlig verführt durch die Auslagen da drüben.

Geneviève mußte der Kundin entgegengehen und fragte mit tonloser Stimme:

»Sie wünschen, gnädige Frau?«

Frau Bourdelais verlangte Flanell zu sehen. Colomban holte ein Stück herunter, und Geneviève zeigte den Stoff; so standen beide, kalt und steif, nebeneinander hinter dem Ladentisch. Mittlerweile kam auch Baudu aus dem Speisezimmer, gefolgt von seiner Frau, die auf dem Bänkchen hinter der Kasse Platz nahm. Er mischte sich anfangs in den Kauf nicht ein. Nachdem er Denise einen Gruß zugelächelt hatte, trat er beiseite und betrachtete Frau Bourdelais.

»Besonders schön ist er nicht«, sagte diese. »Zeigen Sie mir den stärksten Flanell, den Sie haben.«

Colomban holte ein anderes Stück hervor. Frau Bourdelais prüfte den Stoff genau und fragte dann:

»Was kostet der Meter?«

»Sechs Franken, gnädige Frau«, erwiderte Geneviève.

»Sechs Franken? Da drüben ist ganz der gleiche für fünf Franken zu haben!«

Ein Schatten des Unmuts flog über Baudus Gesicht. Er konnte nicht mehr umhin, sich höflich einzumischen. Gnädige Frau müßten sich täuschen, meinte er; dieser Stoff sollte eigentlich sechs Franken fünfzig kosten; ihn für fünf Franken abzugeben sei völlig unmöglich. Sicherlich handle es sich da um eine andere Sorte.

»Nein, nein!« beharrte sie mit dem Eigensinn der Bürgerfrau, die nicht zugeben will, daß sie sich geirrt haben könnte. »Es ist der gleiche Stoff, vielleicht sogar noch etwas stärker als dieser.«

Die Auseinandersetzung wurde erregter, Baudu unterdrückte nur mehr mühsam den Ärger, der bereits in seinem galligen Gesicht aufzusteigen begann. Die Erbitterung gegen das »Paradies der Damen« schnürte ihm fast die Kehle zu.

»Sie müssen mich schon etwas besser behandeln«, sagte Frau Bourdelais schließlich, »sonst gehe ich auch hinüber wie die andern.«

Als Baudu dies hörte, verlor er den Kopf, und seine Wut machte sich in dem Aufschrei Luft:

»Nun, so gehen Sie doch!«

Sie erhob sich tief verletzt und ging, ohne sich noch einmal umzudrehen.

Nun herrschte allgemeine Bestürzung; selbst Baudu war betroffen von dem, was er da eben gesagt hatte. Der Satz war ihm unwillkürlich entschlüpft, in einem Ausbruch seines lang unterdrückten Zorns. Stumm, mit hängenden Armen, sahen sie nun alle Frau Bourdelais nach, wie sie über die Straße ging. Es war ihnen, als nehme sie ihr aller Glück mit. Als sie beim »Paradies der Damen« eintrat und sich in der Menge verlor, murmelte der Tuchhändler:

»Noch eine, die sie uns genommen haben!«

Dann wandte er sich zu Denise. Er wußte, daß sie wieder drüben eintreten sollte, und sagte:

»Dich haben sie sich auch zurückgeholt. Geh nur, ich bin dir nicht böse. Sie haben das nötige Geld, also sind sie die Stärkeren.«

Eben hatte Denise in der Hoffnung, Geneviève könnte Colomban nicht gehört haben, ihrer Kusine zugeflüstert:

»So freuen Sie sich doch, er liebt Sie ja!«

Aber das Mädchen erwiderte leise im Ton tiefsten Schmerzes:

»Warum lügen Sie mich an? Sehen Sie selbst, er schaut ja fortwährend hinauf! Ich weiß, daß sie ihn mir gestohlen haben, wie sie uns alles stehlen.«

Und sie setzte sich neben ihre Mutter auf das Bänkchen hinter der Kasse.

Frau Baudu hatte ohne Zweifel erraten, welchen Schlag ihre Tochter erhalten hatte, denn ihre Blicke gingen zwischen Colomban und dem »Paradies der Damen« hin und her. Ja, wirklich, sie stahlen ihnen alles: dem Vater das Vermögen, der Mutter ihr Kind, der Tochter den Verlobten, auf den sie zehn Jahre gewartet hatte.

Beim Anblick dieser Familie, die so sichtlich dem Untergang entgegenging, packte Denise das Mitleid, und sie kam sich einen Moment sehr schlecht vor. War sie nicht auch wieder im Begriff, mit Hand an die Maschine zu legen, die diese armen Leute vernichtete? Allein sie fühlte sich wie von einer unwiderstehlichen Macht fortgerissen, sie wußte, daß sie nichts Böses tat.

»Ach was«, rief Baudu, um sich selber Mut zu machen, »eine Kundin geht, und zwei andere kommen. Gib nur acht, Denise, ich habe hier siebzigtausend Franken, die deinem Herrn Mouret noch manche schlaflose Nacht bereiten sollen. Und ihr, Kinder, seid vergnügt, macht bloß nicht solche Leichenbittermienen!«

Es wollte ihm indessen nicht gelingen, die Seinen aufzuheitern, und so verfiel auch er wieder in seinen stillen Kummer. Gemeinsam starrten sie auf das Ungeheuer da drüben. Eben hielten vor dem Warenabgang acht Wagen, die eilends von den Laufburschen vollgeladen wurden. Die grünen Felder der Wagen mit ihren gelben und roten Einfassungen glänzten im hellen Sonnenschein wie Spiegel und warfen ihren blendenden Widerschein bis herüber in die Tiefe des »Vieil Elbeuf«. Schwarz livrierte Kutscher hielten straff die Zügel ihrer prächtigen Pferde, die ungeduldig mit den Hufen scharrten und an ihrem blankgeputzten Zaumzeug kauten. Sooft einer der Wagen beladen war, entfernte er sich mit einem hellen Rollen, unter dem all die benachbarten kleinen Läden zu erzittern schienen. Zweimal täglich mußten die Baudus sich das ansehen, und dieser Triumphzug brach ihnen das Herz.

Neuntes Kapitel

Am 14. März, einem Montag, wurden im »Paradies der Damen« die neuen Geschäftsräume durch eine große Ausstellung von Sommermodeartikeln eingeweiht, die drei Tage dauern sollte. Draußen ging ein frischer Wind, und die Leute, überrascht von dieser plötzlichen Wiederkehr des Winters, hüllten sich enger in ihre Mäntel und gingen rasch vorüber. Hinter den geschlossenen Türen der benachbarten Läden herrschte große Aufregung, man konnte hinter den Fensterscheiben die verbitterten Gesichter sehen, mit denen die Kaufleute die ersten Wagen zählten, die vor dem neuen Eingang in der Rue Neuve- Saint-Augustin vorfuhren. Mit Ausnahme der Seite nach der Rue du Dix-Décembre, wo die Immobilienbank bauen wollte, nahm der Koloß jetzt den ganzen Häuserblock ein. Man hatte die Höfe mit Glas überdacht und in Hallen verwandelt. Der Architekt, ein kluger junger Mann, besessen vom Geist der Zeit und allem Neuen zugetan, hatte großzügig Raum geschaffen, Luft und Licht hatten ungehinderten Zutritt. Es war eine Kathedrale des neuzeitlichen Handels, kraftvoll und beschwingt zugleich, gerüstet zur Aufnahme eines ganzen Volkes von Kunden. Neununddreißig Abteilungen und achtzehnhundert Angestellte, darunter zweihundert Frauen, zählte das Haus jetzt. Es war eine ganze Welt für sich unter diesen weiten, hallenden Gewölben.

Schon um sechs Uhr war Mouret zur Stelle, um seine letzten Anordnungen zu treffen. Ihn beherrschte nur der eine Gedanke: sich die Frauen zu unterwerfen, sie durch galante Aufmerksamkeiten zu betäuben, ihre Begierden aufzustacheln und sie dann auszubeuten. Tag und Nacht sann er über neue Pläne und Erfindungen nach. Um den Damen die Mühe des Treppensteigens zu ersparen, hatte er zwei mit Samt ausgeschlagene Aufzüge einrichten lassen. Dann hatte er ein Büfett eröffnet, wo man Erfrischungen umsonst verabreichte, ferner einen Lesesaal, eine riesige Galerie, mit allem Aufwand möbliert. Da er aber auch die weniger gefallsüchtigen Frauen umgarnen wollte, kam er auf den Gedanken, die Mutter auf dem Weg über das Kind zu gewinnen. Er schuf eigene Abteilungen für Knaben und Mädchen, hielt die Mütter im Vorübergehen an, indem er den Kleinen Bilder und Ballons überreichen ließ, rote Luftballons, auf denen der Name seines Geschäftes zu lesen stand und die bald in allen Straßen für ihn Reklame machten.

Seine entschiedene Stärke war die Art, wie er die Öffentlichkeit bearbeitete. Er gab jährlich dreihunderttausend Franken für Kataloge, Inserate und Plakate aus. Allein jetzt vor der großen Schau der Sommerartikel hatte er zweihunderttausend Kataloge verschickt, darunter fünfzigtausend in den verschiedensten Sprachen ins Ausland. Das »Paradies der Damen« sprang der ganzen Welt in die Augen, empfahl sich in allen Zeitungen, an allen Mauern. Mouret handelte nach der Erkenntnis, daß Reklame alles sei, daß das Publikum widerstandslos der Lärmtrommel folge.

Er ging noch weiter. Er hatte die Erfahrung gemacht, daß Frauen der Versuchung, billig zu kaufen, nicht widerstehen können, daß sie auch Dinge erstehen, die sie überhaupt nicht brauchen, wenn sie nur ein gutes Geschäft zu machen glauben. Auf dieser Wahrnehmung baute er sein System der herabgesetzten Preise auf; er ging bei schwer verkäuflichen Artikeln immer weiter herunter, denn er wollte lieber mit Verlust verkaufen als gar nicht, getreu seinem Grundsatz, daß das Kapital so schnell wie möglich umgeschlagen werden müsse. Schließlich kam er gar noch auf den Einfall einer »Rücknahmegarantie«, ein Meisterstück der Verführungskunst. »Nehmen Sie nur«, pflegte er zu sagen; »Sie geben uns die Ware zurück, wenn Sie Ihnen nachher nicht gefällt.« Und die Kundin, die allen anderen Lockmitteln zu widerstehen wußte, fand hierin zu guter Letzt eine Entschuldigung, sie durfte sich nun jede Torheit gestatten. Als unerreichbarer Meister zeigte sich Mouret auch in der inneren Organisation des Hauses. Es galt bei ihm als Gesetz, daß nicht ein Winkelchen im »Paradies der Damen« leerbleiben dürfe. Er wollte überall Geräusch, Bewegung, Leben sehen; »denn Leben«, sagte er, »zieht neues Leben an«. Vor allem mußte es gleich am Eingang ein Gedränge geben; die Leute auf der Straße mußten glauben, daß drinnen der reinste Aufruhr

herrsche. Diese Wirkung erzielte er dadurch, daß er unter der Tür ganze Kisten und Körbe voll billiger Ramschartikel aufhäufen ließ; so wurde die Menge angelockt, sie versperrte den Zugang, und man glaubte, die Räume seien zum Brechen voll, während Sie in Wirklichkeit oft halbleer waren. Abteilungen, die im Augenblick kein Geschäft versprachen, wie Schals im Sommer und leichte Baumwollstoffe im Winter, wußte er mit naturgemäß stärker besuchten zu umgeben und im Getümmel verschwinden zu lassen. Er war es auch, der auf den Gedanken gekommen war, die Abteilungen für Teppiche und Möbel in den zweiten Stock zu verlegen; sie zogen weniger Kunden an und hätten im Erdgeschoß ein leeres, kaltes Loch dargestellt. Wenn es möglich gewesen wäre, hätte er bestimmt die Straße mitten durch sein Warenhaus geführt.

Am Samstagabend, als Mouret einen letzten Blick auf die Vorbereitungen zu dem großen Sonderverkauf geworfen hatte, der am Montag beginnen sollte und zu dem man sich schon seit einem Monat rüstete, war ihm plötzlich die Erkenntnis gekommen, daß die von ihm getroffene Anordnung der Abteilungen nichts tauge. Zwar war sie durchaus folgerichtig: auf einer Seite die Stoffe, auf der ändern Seite die Konfektionsartikel, eine vernünftige Einteilung, die es den Kunden ermöglichte, alles, was sie brauchten, selber zu finden. Früher, in dem engen Laden von Frau Hédouin, hatte er immer von einer solchen Ordnung geträumt; doch jetzt, da er diesen Traum verwirklicht sah, war er davon nicht befriedigt. Ganz plötzlich entschloß er sich, alles wieder über den Haufen zu werfen. Man hatte nur mehr achtundvierzig Stunden Zeit, und es handelte sich darum, mit ganzen Abteilungen zu übersiedeln. Das bestürzte, gehetzte Personal verbrachte zwei Nächte und den Sonntag in einem furchtbaren Durcheinander. Selbst am Montagmorgen, eine Stunde vor der Eröffnung, waren manche Waren noch nicht an Ort und Stelle. Der Chef war offenbar verrückt geworden, niemand kannte sich mehr aus, die Verblüffung war allgemein.

»Vorwärts! Beeilt euch!« rief Mouret mit seiner gewohnten ruhigen Sicherheit. »Da sind noch Kostüme, die müssen nach oben. Ist die japanische Abteilung auf dem mittleren Treppenabsatz schon fertig? Greift zu, Kinder! Ihr sollt sehen: das gibt einen Verkauf!«

Auch Bourdoncle war seit Tagesanbruch zur Stelle. Er begriff das alles so wenig wie die übrigen, und seine Blicke folgten besorgt dem Tun und Treiben des Chefs. Er wagte nicht, ihn zu fragen, denn er wußte genau, wie das in solchen kritischen Momenten von Mouret aufgenommen wurde. Endlich aber entschloß er sich doch und meinte vorsichtig:

»War es wirklich notwendig, knapp vor Verkaufsbeginn alles noch einmal durcheinanderzuwerfen?«

Zuerst zuckte Mouret die Achseln, ohne zu antworten. Als indessen Bourdoncle bei seiner Frage beharrte, brach er los:

»Wäre es Ihnen lieber, daß die Kunden sich alle auf einem Fleck drängen? Das war der reinste Schulmeistereinfall. Ich hätte es mir niemals verziehen, wenn ich dabei geblieben wäre! Begreifen Sie nicht? Da kommt eine Frau herein, geht zielsicher dorthin, wohin sie will, von der Wäsche zu den Kleidern, von den Kleidern zu den Mänteln und schließlich wieder hinaus, ohne sich auch nur ein bißchen zu verirren. Nicht eine einzige hätte unsere Räume vollständig gesehen!«

»Aber«, bemerkte Bourdoncle weiter, »jetzt, wo Sie alles durcheinandergeworfen haben, werden die Angestellten sich die Beine müde laufen, um die Damen von Abteilung zu Abteilung zu führen.«

»Was kümmert mich das!« rief Mouret. »Sie sind jung, es wird ihnen bestimmt nichts schaden. Außerdem sieht's dann nach um so mehr aus. Hauptsache, es gibt ein Gedränge – dann geht alles gut!«

Er lachte zuversichtlich und ließ sich herbei, dem andern mit gedämpfter Stimme seine Gedanken zu entwickeln.

»Überlegen Sie nur, das Ergebnis liegt doch auf der Hand: Erstens wird dieses fortwährende Kommen und Gehen die Kunden nach allen Winkeln der Geschäftsräume führen, es wird scheinbar ihre Anzahl verdoppeln und verdreifachen, und sie werden dabei den Kopf verlieren. Zweitens wird ihnen das Haus viel größer erscheinen, als es ist, wenn man sie vom einen Ende des Geschäfts zum andern wird führen müssen, damit sie erst einen Kleiderstoff, dann das Futter und schließlich die Zutaten bekommen. Drittens sind sie auf diese Weise genötigt, durch Abteilungen zu gehen, in die sie sonst keinen Fuß gesetzt hätten; im Vorübergehen werden Versuchungen sie festhalten, sie werden unterliegen. Viertens ...«

Jetzt lachte auch Bourdoncle. Mouret war entzückt und unterbrach sich, um einigen Laufburschen zuzurufen:

»Sehr gut so! Nun rasch noch auskehren, und alles steht im schönsten Glanze da!«

Als er sich umwandte, erblickte er Denise. Er und Bourdoncle befanden sich eben vor der Konfektionsabteilung, die Mouret hatte teilen lassen; Kleider und Kostüme waren nun im zweiten Stock am andern Ende des Geschäfts untergebracht. Denise, die als erste heruntergekommen war, machte große Augen. Sie kannte sich nicht mehr aus.

»Wie?« sagte sie, »hier ist großer Umzug?«

Ihre Verwunderung schien Mouret, der solche Überraschungen liebte, Spaß zu machen. In den ersten Tagen des Februar war Denise beim »Paradies der Damen« wieder eingetreten, wo sie zu ihrem freudigen Erstaunen fand, daß das Personal sich höflich, fast achtungsvoll benahm. Besonders Frau Aurélie zeigte sich wohlwollend ihr gegenüber; Marguerite und Claire schienen entwaffnet, selbst Vater Jouve benahm sich sehr ergeben und tat alles, um das unangenehme Abenteuer von einst vergessen zu machen. Ein Wort von Mouret hatte all dies bewirkt; und schon entstand ein Geflüster, man blickte ihr nach, wo immer sie ging. Angesichts dieser allgemeinen Liebenswürdigkeit war sie nur etwas verletzt durch die seltsame Niedergeschlagenheit, die Deloche zur Schau trug, und durch das rätselhafte Lächeln Paulines.

Mouret blickte sie noch immer mit seiner entzückten Miene an.

»Was suchen Sie, Fräulein?« fragte er sie endlich.

Denise, die seine Anwesenheit noch gar nicht bemerkt hatte, errötete leicht. Seit sie zurückgekehrt war, begegnete er ihr mit einer Güte, die sie rührte. Pauline hatte ihr -- sie wußte nicht, weshalb -- die Liebschaft des Chefs mit Claire in allen Einzelheiten erzählt, wo er mit ihr zusammenkam, wieviel er ihr bezahlte und so weiter. Sie kam oft auf dieses Thema zu sprechen und berichtete ihr auch, daß er noch eine andere Geliebte habe, diese Frau Desforges, die das ganze Geschäft kenne. Solche Geschichten verwirrten Denise, sie wurde in seiner Gegenwart wieder von ihrer früheren Beklemmung erfaßt, von einem Unbehagen, in dem Dankbarkeit und Groll gegeneinander kämpften.

»Hier ist ja alles verändert«, erwiderte sie schließlich.

Mouret trat näher zu ihr heran und flüsterte ihr zu:

»Heute abend nach Geschäftsschluß kommen Sie in mein Arbeitszimmer, ich habe mit Ihnen zu reden.«

Sie neigte verlegen den Kopf und wußte nicht, was sie sagen sollte. Dann ging sie in ihre Abteilung, wo auch die anderen Verkäuferinnen sich schon einfanden. Bourdoncle aber hatte Mouret verstanden und schaute ihn lächelnd an. Als sie allein waren, wagte er die Bemerkung:

»Jetzt die auch noch? Nehmen Sie sich in acht! Mit der wird es Ernst!«

Mouret wehrte lebhaft ab und suchte seine Erregung unter einer sorglosen Miene zu verbergen.

»Lassen Sie's gut sein, das ist doch alles nur Scherz! Die Frau, die mich dauernd fesseln könnte, ist noch nicht geboren.«

Bourdoncle schüttelte den Kopf. Diese Denise, so sanft und einfach sie war, begann ihm Sorge zu machen. Einmal hatte er gesiegt, indem er sie plötzlich vor die Tür setzte. Aber sie war wiedererschienen, und er sah sie in ihrer Stellung dermaßen gefestigt, daß er sie als eine ernste Gegnerin betrachtete.

Endlich wurde geöffnet, und der Strom der Kunden setzte ein. Gleich in der ersten Stunde, noch ehe die dahinterliegenden Geschäftsräume sich gefüllt hatten, entstand unter dem Eingang ein solches Gedränge, daß die Polizei einschreiten mußte, um den Bürgersteig für den Verkehr freizuhalten. Mouret hatte richtig gerechnet: eine geballte Masse von Köchinnen, Haushälterinnen und kleinen Bürgersfrauen stürzte sich auf diese billigen Artikel, man stieß und drängte sich, ein dichter Menschenknäuel balgte sich um die Waren.

Den ganzen Vormittag dauerte dieses Getriebe an. Gegen ein Uhr mußten die Käufer sich schon anstellen. Die Straße war von Menschen versperrt wie bei einem Volksaufstand.

Frau von Boves und ihre Tochter Blanche warteten auf dem Bürgersteig gegenüber, als sie auf Frau Marty stießen, die gleichfalls von ihrer Tochter Valentine begleitet war.

»Ist das ein Gedränge!« sagte Frau von Boves. »Die Leute bringen einander ja um. Ich wollte eigentlich gar nicht kommen, ich lag zu Bett, aber ich bin dann doch aufgestanden, um etwas frische Luft zu schöpfen.«

»Genau wie ich«, erklärte die andere. »Ich habe meinem Mann versprochen, seine Schwester am Montmartre zu besuchen. Im Vorübergehen ist mir eingefallen, daß ich ein Paar Schnürbänder benötige. Schließlich kann ich sie ebenso gut hier kaufen wie woanders. Ich gedenke keinen Sou mehr auszugeben, ich brauche ja auch nichts.«

Indessen ließ sie kein Auge vom Eingang. Unwillkürlich hatte der Sog sie bereits erfaßt.

»Halt dich an meinem Kleid fest, Valentine«, sagte Frau Marty.

»Ach, mein Gott, so etwas habe ich noch nicht gesehen; man wird ja davongetragen! Wie wird es erst da drinnen aussehen?«

Einmal von dem Strom fortgerissen, konnten die Damen nicht mehr zurück. Sie kamen nur sehr langsam vorwärts und waren dermaßen eingepfercht, daß ihnen fast der Atem verging, was ihre Neugier noch erhöhte.

»Ich fürchte, mein Rock überlebt das nicht«, sagte Frau von Boves.

Frau Marty erhob sich auf die Fußspitzen, um über die Köpfe der anderen hinwegsehen zu können. Die Pupillen ihrer großen Augen waren zusammengezogen wie die einer Katze, die aus dem hellen Sonnenlicht in einen finsteren Raum kommt. Sie schien nichts unterscheiden zu können, ihr Blick war leer wie der einer Schlafwandlerin.

»Ach, endlich«, sagte sie dann mit einem Seufzer der Erleichterung.

Jetzt hatten die Damen sich losgemacht. Sie befanden sich in der Halle an der Rue Neuve-Saint-Augustin. Wie groß war ihre Überraschung, als sie sie fast leer fanden! Ein unnennbares Behagen bemächtigte sich ihrer. Es war ihnen, als träten sie aus dem Winter der Straße in den Frühling ein. Während draußen noch der eisige Märzwind wehte, verspürte man in diesen Gängen schon den lauen Hauch der wärmeren Jahreszeit mit ihren leichten Stoffen, den blütenhaften Glanz der zarten Farben, die ländliche Heiterkeit der Sommermoden und der Sonnenschirme.

»Schauen Sie nur!« rief Frau von Boves entzückt.

Sie standen vor einer Ausstellung von Sonnenschirmen. Weit aufgespannt, gewölbt wie Schilde, nahmen sie bis hinauf zum Glasdach die ganze Halle ein – wohin man blickte, ein einziges Meer von Farben.

Frau Marty rang nach Worten, um ihrem Entzücken Ausdruck zu verleihen, aber sie wußte weiter nichts zu sagen als:

»Das ist ja feenhaft!«

Dann suchte sie sich zurechtzufinden und sagte:

»Schnürbänder gibt es in der Kurzwarenabteilung ... Ich kaufe mein Schnürband und gehe.«

»Ich komme mit Ihnen«, sagte Frau von Boves. »Nicht wahr, Blanche, wir wollen einmal durchgehen, nichts weiter?«

Allein die Damen waren verloren, sobald sie die Tür hinter sich hatten. Sie wandten sich nach links, weil aber die Kurzwaren anderswohin verlegt worden waren, gelangten sie erst mitten unter die Rüschen und dann zu den Zierkragen und -manschetten. Es war sehr warm in den Gängen, eine wahre Treibhaushitze, durchzogen von dem faden Geruch all der Stoffe. Sie wollten wieder zur Tür zurück, blieben jedoch in der hin und her flutenden Menge stecken. Glücklicherweise kam ihnen der Inspektor Jouve zu Hilfe. Ernst und aufmerksam stand er im Vorraum und faßte jede Frau, die vorüberging, scharf ins Auge, um etwaigen Diebinnen auf die Spur zu kommen.

»Zu den Kurzwaren, meine Damen?« fragte er höflich. »Bitte nach links, dort hinter den Wirkwaren.«

Frau von Boves dankte ihm. Aber als Frau Marty sich umwandte, fand sie ihre Tochter Valentine nicht mehr an ihrer Seite. Sie erschrak, bis sie sie in einiger Entfernung an einem Tisch stehen sah, ganz versunken in den Anblick von Damenkrawatten zu neunzehn Sous, die auf einem langen Tisch aufgehäuft lagen und von den Verkäufern laut angepriesen wurden. Es war dies ein Gedanke von Mouret; er verschmähte auch diese Methode nicht und machte sich lustig über die Leute, die behaupteten, eine Ware müsse für sich selber sprechen. Eine ganze Schar von Pariser Straßenbummlern war damit betraut, solche kleineren Artikel mit lauter Stimme an den Mann zu bringen.

»Mama«, rief Valentine, »sieh doch diese Krawatten! Jede hat in der Ecke einen gestickten Vogel!«

Der Verkäufer pries den Artikel und versicherte, die Krawatten seien aus reiner Seide, der Fabrikant sei darüber bankrott gegangen, und etwas Schöneres und Billigeres bekämen sie nie wieder.

»Neunzehn Sous, ist das möglich?« sagte Frau Marty, genauso entzückt wie ihre Tochter. »Ach was, ich nehme zwei davon, das ruiniert uns nicht.«

Frau von Boves verhielt sich ablehnend. Sie verachtete diese Art von Käufen.

»Und nun rasch mein Schnürband«, sagte gleich darauf Frau Marty, »ich will nichts mehr sehen.«

Doch als sie an den Handschuhen vorbeikamen, wurde sie wieder schwach. Unter dem vollen Licht des Glasdaches prangte hier eine Ausstellung in ganz entzückend lebhaften Farben. Die gleichmäßig aneinandergereihten Tische waren wie Rasenplätze, sie verwandelten die Halle in ein Gartenparterre, in dem Blumen in allen Farben und Abstufungen dem Beschauer entgegenlachten. Was aber die Besucher hier am meisten anzog, war ein Schweizerhäuschen, ganz aus Handschuhen aufgebaut, ein Meisterstück Mignots, das zwei Tage Arbeit gekostet hatte. Schwarze Handschuhe bildeten das Erdgeschoß, dann kamen resedafarbene, strohgelbe, ochsenblutfarbene, welche die Ziegel darstellten, Fenster einrahmten, Balkons andeuteten.

»Was wünschen gnädige Frau?« fragte Mignot, als er Frau Marty vor seinem Tisch festgebannt erblickte. »Wir haben schwedische Handschuhe zu einem Franken fünfundsiebzig, erste Qualität.«

Es war seine Leidenschaft, die Vorübergehenden anzusprechen, sie durch seine Liebenswürdigkeit zu bezwingen. Da Frau Marty ablehnend den Kopf schüttelte, fuhr er fort:

»Tiroler Handschuhe zu einem Franken fünfundzwanzig, Turiner Handschuhe für Kinder, gestickte Handschuhe in allen Farben ...«

»Nein, ich danke, ich brauche nichts«, erklärte Frau Marty.

Allein er merkte, daß ihre Stimme schwächer wurde; er setzte ihr noch hartnäckiger zu, indem er ihr gestickte Handschuhe vorlegte, und sie gab ihren Widerstand auf. Sie kaufte ein Paar, und als sie Frau von Boves lächeln sah, errötete sie.

»Ich bin ein Kind, nicht wahr? Wenn ich nicht bald mein Schnürband kaufe und davongehe, bin ich verloren.«

Unglücklicherweise herrschte bei den Kurzwaren ein solches Gedränge, daß sie nicht bald bedient wurden. Sie warteten zehn Minuten und verloren schon die Geduld, als sie plötzlich Frau Bourdelais mit ihren drei Kindern begegneten.

Diese erklärte mit der ruhigen Miene der praktischen Hausfrau, daß sie ihren Kleinen dieses Schauspiel habe zeigen wollen. Madeleine war zehn Jahre alt, Edmond acht, Lucien vier; die Kinder unterhielten sich prächtig, es war ein billiges Vergnügen, das ihnen seit langer Zeit versprochen war.

»Ich will doch einen roten Sonnenschirm kaufen, sie sind gar so drollig«, sagte jetzt Frau Marty, die ungeduldig hin und her trippelte.

Sie wählte einen für vierzehn Franken fünfzig. Frau Bourdelais, die tadelnd ihren Kauf betrachtete, sagte in freundschaftlichem Ton zu ihr:

»Sie sollten sich nicht so beeilen; in zwei Wochen hätten Sie ihn für zehn Franken bekommen ... Mich werden diese Leute nicht drankriegen.«

Man dürfe nie gleich zu Anfang einkaufen, erklärte sie, denn die Preise würden später immer herabgesetzt. Sie lasse sich nicht ausbeuten, sie wolle billig einkaufen und kaufe auch billig ein. Sie führte diesen Kampf gegen die Warenhäuser mit einer gewissen Schadenfreude, sie rühmte sich, daß sie an ihr keinen Sou zu viel verdienten.

Heute wollte sie mit ihren Kindern nach oben, um ihnen im Lesesaal Bilder zu zeigen.

»Kommen Sie doch mit«, meinte sie, »Sie haben ja Zeit.«

Da war das Schnürband vergessen. Frau Marty gab sofort nach, während Frau von Boves vorher im Erdgeschoß die Runde machen wollte. Die Damen hofften, sich oben wieder zu treffen. Frau Bourdelais suchte eine Treppe, als sie einen der Aufzüge bemerkte und sich beeilte, mit ihren Kindern dahinzugelangen, um so das Vergnügen zu vervollständigen. Frau Marty und Valentine traten mit in den engen Käfig. Im ersten Stock harrte ihrer ein weiteres Vergnügen. Als man am Büfett vorbeikam, ließ Frau Bourdelais es sich nicht entgehen, die Kleinen mit Obstsaft zu versorgen. Allein bis sie sich wieder aus dem Menschenknäuel herausgearbeitet hatte, waren Frau Marty und Valentine verschwunden. Endlich entdeckte sie sie in einem ziemlich entfernten Gang. Die beiden kauften schon wieder. Es war vorbei mit ihnen, Mutter und Tochter vergingen in der fieberhaften Sucht, Geld auszugeben.

Im Lese- und Unterhaltungsraum setzte Frau Bourdelais Madeleine, Edmond und Lucien an den großen Tisch, dann holte sie aus einem der Regale Bilderbücher und brachte sie ihren Kindern.

Ein schweigendes Publikum hatte sich rings um den Tisch angesammelt, der mit Zeitschriften und Zeitungen, Papier und Schreibzeug bedeckt war. Einige Damen hatten ihre Handschuhe abgelegt und schrieben ihre Briefe auf den Bogen mit dem Namenszug des Hauses. Herren saßen in ihre Sessel zurückgelehnt und lasen die Zeitung. Viele taten auch einfach gar nichts. Es gab Männer, die hier auf ihre Frauen warteten, die sie unten im Gewühl zurückgelassen hatten, junge Damen, die nach der Ankunft eines Liebhabers ausspähten, endlich Väter und Mütter, die von ihren Kindern wie in einer Garderobe zurückgelassen worden waren, um dann, wenn man mit dem Einkauf fertig war, wieder abgeholt zu werden.

»Wie, Sie sind hier?« rief Frau Bourdelais plötzlich. »Ich habe Sie erst gar nicht erkannt.«

Es war Frau Guibal; sie schien recht verdrossen über diese Begegnung und erzählte, sie sei nur heraufgekommen, um dem Trubel da unten zu entgehen und sich ein wenig auszuruhen. Als Frau Bourdelais sie fragte, ob sie gekommen sei, Einkäufe zu machen, erwiderte sie mit ihrer schmachtenden Miene:

»Im Gegenteil, ich bin hier, um etwas zurückzugeben. Ja, einen Unterrock und einige Vorhänge, mit denen ich nicht zufrieden bin. Aber es sind so viele Leute da, daß ich warten muß, um in die betreffenden Abteilungen zu kommen.«

Dann plauderte sie weiter und meinte, es sei so bequem, dieses System des Zurückgebens. Früher habe sie nie etwas gekauft, während sie sich jetzt zuweilen verlocken lasse. In der Tat gab sie von fünf Artikeln, die sie erstanden hatte, vier zurück; sie war schon in allen Abteilungen dafür bekannt.

Während sie sprach, ließ sie die Türen des Saales nicht aus den Augen und atmete auf, als Frau Bourdelais sich zu ihren Kindern umwandte, um ihnen die Bilder zu erklären. Fast im gleichen Augenblick traten Herr von Boves und Paul von Vallagnosc ein. Der Graf, der tat, als wollte er dem jungen Mann die neuen Geschäftsräume zeigen, tauschte mit Frau Guibal rasch einen Blick aus. Dann versenkte sich diese wieder in ihre Lektüre, als hätte sie ihn gar nicht bemerkt.

»Schau an – Paul!« sagte plötzlich eine Stimme hinter den Herren.

Es war Mouret, der die Runde durch die verschiedenen Abteilungen machte. Sie schüttelten sich die Hände, und Mouret fragte den Grafen:

»Hat Frau von Boves uns die Ehre erwiesen zu kommen?«

»Mein Gott, nein«, erwiderte der Graf. »Sie bedauert sehr. Sie ist unwohl, aber es ist gottlob nichts Bedenkliches.«

Jetzt tat er, als hätte er plötzlich die Anwesenheit Frau Guibals bemerkt; er trat auf sie zu, während die anderen Herren sich damit begnügten, sie aus der Ferne zu grüßen. Auch sie spielte die Überraschte. Paul lächelte, er begriff endlich und erzählte Mouret leise, wie der Graf, mit dem er in der Rue Richelieu zusammengetroffen sei, sich erst bemüht habe, ihm wieder zu entkommen, und endlich wohl be-

schlossen habe, ihn zum »Paradies der Damen« mitzunehmen unter dem Vorwand, daß man das absolut sehen müsse.

Seit einem Jahr holte die Dame aus dem Grafen an Geld und Vergnügen heraus, soviel sie nur konnte. Dabei war sie so vorsichtig, ihm niemals zu schreiben; sie gab ihm nur ein Stelldichein an öffentlichen Plätzen: in Kirchen, Museen, Warenhäusern, und da verständigten sie sich.

»Ich glaube, daß sie bei jeder Zusammenkunft das Hotel wechseln«, flüsterte der junge Mann. »Kürzlich befand er sich auf einer großen Inspektionsreise. Jeden zweiten Tag erhielt seine Frau einen Brief von ihm: aus Blois, aus Libourne, aus Tarbes; und doch bin ich sicher, daß ich ihn in einem Hotel in Batignolles habe verschwinden sehen. Aber schau ihn dir nur an: wie untadelig er da vor ihr steht in der vornehmen Haltung eines hohen Beamten. Das ist Altfrankreich, mein Lieber, Altfrankreich!«

»Und was macht deine Heirat?«

Ohne den Grafen aus den Augen zu lassen, erwiderte Paul, sie warteten noch immer auf den Tod der alten Tante. Dann sagte er triumphierend:

»Hast du gesehen? Er hat sich heruntergebeugt und ihr eine Adresse zugesteckt; und sie hat sie mit der ehrbarsten Miene der Welt entgegengenommen ... Schöne Dinge spielen sich ab bei dir!«

»Oh«, meinte Mouret lächelnd, »die Damen sind hier nicht bei mir, sie sind hier absolut zu Hause.«

Er scherzte weiter. Die Liebe bringe Glück ins Haus, wie die Schwalben, sagte er. Er kannte sie sehr gut, die Mädchen und Frauen, die den ganzen Tag durch die Abteilungen liefen und auf einen Freund warteten; aber wenn sie auch nichts kauften, so vermehrten sie doch das Getriebe und brachten Leben in die Räume.

Unter solchen Gesprächen zog er seinen Freund mit sich fort und stellte sich mit ihm am Eingang des Lesesaals auf. In dem weiten Raum hörte man nichts als das Rascheln der Zeitungen und das Gekritzel der Federn. Ein alter Herr war über seiner Lektüre eingeschlafen. Herr von Boves betrachtete aufmerksam die Gemälde an der Wand, augenscheinlich in der Absicht, seinen künftigen Schwiegersohn im Gewühl der Menge zu verlieren. Nur Frau Bourdelais unterhielt sich laut und ungeniert mit ihren Kindern.

»Du siehst, sie sind hier zu Hause«, wiederholte Mouret.

Im Erdgeschoß hatte sich mittlerweile auch Frau Desforges eingefunden. Obgleich sie die Neueinrichtung schon kannte, blieb sie einen Augenblick stehen, wie gebannt durch das rührige Leben, das hier herrschte. Rings um sie her wogte die Menge, es war ein ständiges Kommen und Gehen inmitten der gleißenden Vielfalt der Waren.

»Wünschen gnädige Frau billige Strumpfbänder?« fragte ein Verkäufer. »Reine Seide, neunundzwanzig Sous.«

Sie würdigte ihn keiner Antwort und suchte sich zurechtzufinden. Die Kasse des jungen Lhomme befand sich links. Er kannte sie und erlaubte sich, sie mit einem Lächeln zu begrüßen. Er versank geradezu in der Flut von Kassenzetteln, während hinter ihm der Laufbursche Joseph mit dem Einpacken der Waren kaum fertig werden konnte. Jetzt wußte sie, wo sie war: die Seidenabteilung mußte vor ihr liegen; aber sie brauchte gute zehn Minuten, um durch das Gewühl dahinzugelangen. Die roten Ballons in der Luft an ihren dünnen Fäden wurden immer zahlreicher; sie verdichteten sich zu einem Gewölk, bewegten sich langsam nach den Türen und ergossen sich von hier aus über Paris.

»Wie, gnädige Frau, Sie haben sich hierher gewagt?« rief Bouthemont, als er Frau Desforges erblickte.

Seit einiger Zeit kam der Abteilungsleiter, den Mouret selbst eingeführt hatte, zuweilen zu ihr zum Tee. Sie fand ihn ein bißchen gewöhnlich, aber sehr angenehm, lebhaft und von einem gesunden Humor, der sie überraschte und unterhielt. Vor einigen Tagen hatte er ihr übrigens rundheraus die Liebschaft Mourets mit Claire erzählt, ohne bestimmte Absicht, aus reiner Dummheit. Von Eifersucht verzehrt, ihren Verdruß unter einer Miene der Geringschätzung verbergend, war sie gekommen, um dieses Mädchen kennenzulernen; er hatte bloß gesagt, daß sie in der Konfektionsabteilung beschäftigt sei, ohne sie mit Namen zu nennen.

»Wünschen Sie etwas bei uns?« fragte er.

»Gewiß, sonst wäre ich nicht gekommen. Haben Sie Stoff für Morgenröcke?«

Sie hoffte, von ihm den Namen des Mädchens zu erfahren. Er rief nach Favier und fuhr fort, mit ihr zu plaudern, da der Verkäufer eben Kundschaft zu bedienen hatte, just jene hübsche Blondine, von der zuweilen die ganze Abteilung sprach, ohne auch nur ihren Namen zu wissen.

»Beeilen Sie sich doch! Das ist ja nicht auszuhalten!« rief Hutin Favier zu, der endlich seine Kundin zur Kasse begleitet hatte.

»Wenn diese Dame kommt, können Sie nie fertig werden. Sie macht sich ja bloß lustig über Sie!«

»Nicht mehr als ich mich über sie«, erwiderte der Verkäufer beleidigt.

Allein Hutin drohte ihm mit einer Meldung bei der Geschäftsleitung, wenn er sich nicht achtungsvoller gegen die Kunden benehme. Hutin war schrecklich geworden, überstreng, seit die Abteilung sich verbündet hatte, um ihm den Platz Robineaus zu verschaffen. Trotz seiner ehemaligen Versprechungen, gute Kameradschaft zu halten, erwies er sich jetzt als dermaßen unerträglich, daß die Verkäufer sich nun insgeheim zusammenschlossen, um Favier gegen ihn zu unterstützen.

»Widersprechen Sie nicht«, sagte Hutin streng. »Herr Bouthemont verlangt Stoffe zu einem Morgenrock, die hellsten Muster.«

Als Frau Desforges ihre Wahl getroffen hatte, machte sie einen letzten Versuch bei Bouthemont, der neben ihr stand.

»Ich will in die Konfektionsabteilung hinaufgehen, um nachzusehen, ob Reisemäntel da sind ... Ist das Fräulein aus Ihrer Geschichte blond?«

Der Abteilungsleiter, den ihre Hartnäckigkeit zu beunruhigen begann, beschränkte sich auf ein Lächeln. In diesem Augenblick kam Denise vorüber. Favier hatte schon Frau Desforges' Stoff ergriffen, um mit ihr zu gehen, als Hutin ihn zurückhielt, weil er hoffte, ihn dadurch zu kränken.

»Lassen Sie das nur; das Fräulein wird so gut sein, die gnädige Frau zu begleiten.«

Denise war verwirrt, erklärte sich indessen bereit, das Paket und die Rechnung zu übernehmen. Sooft sie sich dem jungen Mann gegenüber fand, fühlte sie eine gewisse Scham. Es war, als erinnere sie seine Anwesenheit an ein einstiges Vergehen. Und doch hatte sie nur im Traum gesündigt. Hatte sie ihn wirklich geliebt? Sie wußte es nicht.

»Sagen Sie«, fragte Frau Desforges Bouthemont ganz leise, »ist es etwa dieses ungeschickte Mädchen? Hat er sie denn wieder eingestellt? Ist sie die Heldin des Abenteuers?«

»Vielleicht«, erwiderte der Abteilungsleiter, noch immer lächelnd und fest entschlossen, ihr nicht die Wahrheit zu sagen. Langsam stieg Frau Desforges hinter Denise die Treppe hinauf. Jeden Augenblick mußte sie stehenbleiben, um nicht von dem herunterkommenden Menschenstrom mitgerissen zu werden. Als sie endlich im ersten Stock angelangt war, schloß sie einen Moment die Lider: ihre Augen schmerzten von der Vielfalt der Farben und der Fülle der Eindrücke.

Mouret stand unterdessen noch immer mit Vallagnosc vor dem Lesesaal. Er deutete auf die Frauen, die sich in seinen Räumen drängten, und sagte:

»Ja, sie sind hier zu Hause; ich kenne einige, die den ganzen Tag hier zubringen, essen, trinken und ihre Korrespondenz besorgen ... Es fehlte nur noch, daß sie hier schlafen.«

Paul lächelte müde. In seinem ewigen Pessimismus fand er es nach wie vor albern, daß eine solche Menschenmenge sich um ein paar Fetzen Stoff schlug. Nach jedem Besuch bei seinem ehemaligen Mitschüler ging er ärgerlicher weg, verdrossen, den andern inmitten dieses Volks von Kokotten so vergnügt zu sehen. War denn unter all diesen Frauen mit dem leeren Herzen und dem leeren Kopf keine einzige, die ihn die Dummheit und Nichtigkeit des Lebens erkennen ließ? Gerade heute wirkte Octave erregter als sonst. Seit er Denise und Frau Desforges die große Treppe hatte heraufkommen sehen, sprach er unwillkürlich lauter und gestikulierte mit den Händen; während er absichtlich nicht den Kopf nach ihnen umwandte, wurde er lebhafter in dem Maß, wie er sie näherkommen fühlte. Sein Gesicht bekam Farbe, seine Augen nahmen einen entzückten Ausdruck an.

»Man wird dich nicht wenig bestehlen«, bemerkte Paul trocken; »ich sehe da die reinsten Diebesgesichter.«

»Oh, das übersteigt alle Begriffe«, erwiderte Mouret.

Er erzählte ihm eine ganze Reihe von Geschichten. Er teilte die Diebinnen in Klassen ein: Da waren vor allem die Berufsmäßigen; diese waren am wenigsten schädlich, weil die Polizei sie fast sämtlich kannte. Dann kamen die Diebinnen aus Manie, welche die Beute einer unbezwinglichen Begierde waren. Und endlich mußte man auf die Schwangeren achtgeben, die sich auf spezielle Artikel verlegten; so hatte der Polizeikommissar bei einer von ihnen 248 Paar rosafarbene Handschuhe gefunden, die sie in sämtlichen Handschuhläden von Paris zusammengestohlen hatte.

»Eine saubere Schule der Ehrlichkeit, dein Warenhaus, das muß ich schon sagen«, bemerkte Paul.

»Mitunter sind ganz achtbare Damen darunter«, fuhr Mouret fort. »Die vorige Woche haben wir die Schwester eines Apothekers und die Gattin eines Hofrats dabei ertappt. In solchen Fällen legt man die Sache gütlich bei.«

Er verstummte. Denise und Henriette, die er nicht aus den Augen gelassen hatte, kamen eben hinter ihnen vorbei, nachdem sie sich mit vieler Mühe bis hierher durchgearbeitet hatten. Er wandte sich plötzlich um und grüßte höflich wie ein Freund, der eine Frau nicht dadurch bloßstellen will, daß er sie vor aller Augen anhält. Allein Henriette, deren Eifersucht einmal erweckt war, hatte sehr wohl bemerkt, daß sein erster Blick Denise gegolten hatte. Dieses Mädchen mußte die Nebenbuhlerin sein, um deretwillen sie heute gekommen war.

Die Verkäuferinnen der Konfektionsabteilung hatten alle Hände voll zu tun; zwei waren erkrankt, und Frau Frédéric, die stellvertretende Abteilungsleiterin, hatte tags zuvor in aller Stille ihren Abschied genommen; sie war ohne Kündigung gegangen, ebenso wie das Haus oft genug seine Angestellten ohne Kündigung entließ. Trotz der Aufregungen des Sonderverkaufs sprach man seit dem Morgen nur von dem Vorfall. Claire fand das »sehr schick«; Marguerite machte sich über die Wut Bourdoncles lustig, während Frau Aurélie würdevoll erklärte, daß Frau Frédéric so viel Anstandsgefühl hätte besitzen müssen, wenigstens sie vorher zu verständigen.

»Gnädige Frau wünschen einen Reisemantel?« fragte Denise und bot der Dame einen Stuhl an.

»Ja«, erwiderte Frau Desforges trocken; sie war entschlossen, unhöflich zu sein.

Als Denise fortgegangen war, um Reisemäntel zu holen, blickte Frau Desforges in einen Spiegel und betrachtete ihr Gesicht. Wurde sie denn alt, daß man sie mit der ersten besten betrog? Der Spiegel warf das Bild der ganzen Abteilung mit ihrem lebhaften Treiben zurück; sie aber sah nur ihr bleiches Gesicht und hörte nicht, daß hinter ihr Claire Marguerite im Flüsterton eine der Skandalgeschichten von Frau Frédéric erzählte.

»Das sind unsere neuesten Modelle«, sagte Denise; »wir haben sie in mehreren Farben.«

Sie breitete vier oder fünf Mäntel aus. Frau Desforges betrachtete sie mit geringschätziger Miene und wurde bei jedem Mantel in ihrem Benehmen schroffer. Wozu diese Falten, die das Kleidungsstück so knapp machten? Und dieser andere mit den eckigen Schultern schien ja nicht mit der Schere, sondern mit der Axt zugeschnitten zu sein! Wenn man auf die Reise ging, wollte man doch anständig gekleidet sein!

Denise legte die Mäntel auseinander und wieder zusammen, ohne sich den geringsten Verdruß anmerken zu lassen. Diese Sanftmut, diese Geduld ärgerten Frau Desforges noch mehr, ihre Blicke kehrten immer wieder zu dem Spiegel zurück. Sie betrachtete sich neben Denise und stellte im stillen Vergleiche an. Konnte man ihr diese unbedeutende Gestalt vorziehen?

»Ich werde der gnädigen Frau andere Modelle vorlegen«, sagte Denise geduldig.

Als sie zurückkam, begann die Szene von neuem. Jetzt waren die Stoffe zu schwer und taugten nichts. Frau Desforges drehte sich hin und her, sprach mit lauter Stimme und suchte die Aufmerksamkeit Frau Aurélies auf sich zu lenken in der Hoffnung, dem Mädchen eine Rüge zuzuziehen. Allein Denise hatte, seitdem sie zurückgekehrt war, allmählich die ganze Abteilung für sich gewonnen; sie war jetzt hier zu Hause, ja die Abteilungsleiterin erkannte sogar an, daß sie ungewöhnliche Vorzüge als Verkäuferin besaß. Frau Aurélie begnügte sich denn auch damit, die Achseln zu zucken, und hütete sich wohl, dazwischenzutreten.

»Wollen gnädige Frau mir vielleicht näher sagen, was Sie wünschen?« fragte Denise von neuem mit jener höflichen Ausdauer, die sich nicht entmutigen läßt.

»Aber wenn Sie doch nichts haben!« rief Frau Desforges.

Sie unterbrach sich, weil sie zu ihrer Überraschung fühlte, daß eine Hand sich auf ihre Schulter legte. Es war Frau Marty. Ihre Einkäufe hatten sich dermaßen angehäuft, daß der letzte Verkäufer sich entschlossen hatte, den Stapel auf ein Rollgestell zu legen; auf ihm türmten sich die Krawatten, die Handschuhe, der Sonnenschirm, verschiedene Röcke, Servietten, Vorhänge, eine Lampe und drei Bastmatten.

»Schau, schau«, sagte sie, »Sie kaufen einen Reisemantel?«

»Ach ja, ich möchte«, erwiderte Frau Desforges, »aber sie sind abscheulich.«

Allein Frau Marty stürzte sich auf einen gestreiften Mantel, den sie gar nicht übel fand; auch ihre Tochter Valentine war schon in seine Betrachtung versunken. Jetzt rief Denise Marguerite herbei, damit diese das Stück endlich losbrachte, denn es war ein Modell aus dem vergangenen Jahr. Auf einen Wink ihrer Kollegin pries Marguerite es als außerordentlich günstige Gelegenheit. Als sie versicherte, daß man den Preis schon zweimal herabgesetzt habe, von hundertfünfzig Franken auf hundertdreißig und dann sogar auf hundertzehn, konnte Frau Marty der Versuchung nicht mehr widerstehen. Sie nahm den Mantel, und der Verkäufer, der sie begleitet hatte, ließ das Gestell mit allen Paketen da.

Während Marguerite damit beschäftigt war, die Rechnung auszufertigen, wandte Frau Marty den Kopf halb, blinzelte nach Claire hin und sagte zu Frau Desforges:

»Die da ist die neueste Laune von Herrn Mouret.«

Frau Desforges betrachtete überrascht Claire, dann blickte sie auf Denise und erwiderte:

»Nein, nicht die Große, die Kleine ist's!«

Da Frau Marty nicht wagte, bei ihrer Behauptung zu bleiben, fuhr Frau Desforges laut fort, mit der ganzen Verachtung einer großen Dame für ein Stubenmädchen:

»Vielleicht auch die Kleine und die Große, alle, die nur wollen!« Das mußte Denise hören. Sie wurde blaß und richtete ihre großen, klaren Augen auf die Kundin, die sie so beleidigte, ohne daß sie sie überhaupt kannte; es war ohne Zweifel die Dame, von der man ihr erzählt hatte, die Freundin, die der Chef außerhalb des Hauses besuchte. In dem Blick, den die beiden austauschten, lag auf Denises Seite so viel traurige Würde, so viel Freimut und Unschuld, daß Henriette verlegen dastand.

»Da Sie nichts für mich haben«, sagte sie plötzlich, »führen Sie mich zu den Kleidern und Kostümen.«

»Ich gehe mit Ihnen«, rief Frau Marty, »ich will ein Kostüm für Valentine aussuchen.«

Marguerite nahm das Rollgestell und zog es hinter sich her; Denise trug nur die wenigen Meter Stoff, die Frau Desforges gekauft hatte. Da Kleider und Kostüme sich jetzt im zweiten Stock befanden, am anderen Ende des Hauses, hatte man bis dahin eine ganze Reise zu machen.

Schon in der Wäscheabteilung begann Frau Desforges sich zu beklagen: Lächerlich seien diese Basare, meinte sie, wo man zwei Kilometer laufen müsse, um einen Artikel zu finden. Auch Frau Marty jammerte über Müdigkeit; trotzdem blieb sie bei allem und jedem stehen und kaufte nacheinander ein weißes Mieder, dann einen Pelzmuff, der zu dieser Jahreszeit billig abgegeben wurde, und schließlich russische Spitzen, mit denen man jetzt Tischwäsche besetzte. All dies wurde auf das Rollgestell gelegt, die Pakete türmten sich immer höher.

»Hier bitte weiter, gnädige Frau«, sagte Denise unverdrossen nach jedem Halt.

»Das ist doch albern!« rief Frau Desforges. »Wir werden nie ans Ziel kommen. Warum hat man die Kleider und Kostüme nicht bei der Konfektion gelassen! Ein solcher Wirrwarr!«

Frau Marty aber wiederholte ein ums andere Mal:

»Mein Gott, was wird mein Mann dazu sagen? Sie haben recht, es herrscht keine Ordnung in diesem Haus, man verliert ja völlig den Kopf und kauft lauter dummes Zeug!«

Auf dem mittleren Treppenabsatz war kaum mehr durchzukommen. Hier hatte Mouret eine Unmenge von Pariser Kleinkram aufhäufen lassen, Becher von vergoldetem Zinn, Reisebestecke, Likörgarnituren und dergleichen, dazu allerlei chinesische und japanische Raritäten, billige Kleinigkeiten, die man sich aus den Händen riß. Es war ein unerhörter Erfolg, und er träumte schon davon, diesen Geschäftszweig auszudehnen. Während zwei Verkäufer das Rollgestell in den zweiten Stock hinaufschleppten, kaufte Frau Marty sechs Elfenbeinknöpfe, einige Mäuse aus Seide und einen emaillierten Streichholzbehälter.

Im zweiten Stock begann die Trödelei von neuem. Denise, die schon seit dem Morgen in ähnlicher Weise die Käuferinnen spazierenführte, vermochte sich kaum mehr auf den Beinen zu halten, aber sie bewahrte ihre Haltung und ihre Höflichkeit. In der Abteilung für Möbelstoffe mußte sie abermals auf die Damen warten, weil Frau Marty sich von einem entzückend schönen Leinen nicht trennen konnte. Bei den Möbeln weckte ein Arbeitstischchen ihre Begierde. Ihre Hände zitterten, und sie flehte Frau Desforges an, sie möge sie doch daran hindern, noch mehr Geld auszugeben. In der Abteilung für Teppiche begegneten sie Frau Guibal, die hier ihre ganze Sammlung von orientalischen Vorhängen, die sie vor fünf Tagen gekauft hatte, zurückgab. Der Verkäufer, ein großer, kräftiger junger Mann, war natürlich entsetzt, da ihn dies um seine Provision brachte. Er suchte Frau Guibal in Verlegenheit zu bringen, denn er vermutete eine unsaubere Geschichte. Es kam oft vor, daß eine Kundin zum Beispiel zu einem Ball im »Paradies der Damen« die verschiedensten Ausstattungsgegenstände kaufte, um sich die Kosten für die Dekoration zu sparen, und sie anschließend einfach wiederbrachte. Die gnädige Frau müsse doch ihre Gründe haben, die Vorhänge zurückzugeben, meinte er; wenn das Muster oder die Farbe nicht passe, wolle er gern etwas anderes vorlegen. Er habe eine reiche Auswahl in diesen Artikeln. Aber auf alle diese Bemerkungen erwiderte Frau Guibal ruhig und fest, daß die Vorhänge ihr eben nicht gefielen; sie lehnte es ab, eine weitere Erklärung zu geben, und wollte auch keine anderen sehen. Er mußte sich fügen, denn die Verkäufer hatten bestimmte Weisung, die Waren zurückzunehmen, selbst wenn sie merken sollten, daß sie gebraucht waren.

Als die drei Damen miteinander fortgingen und Frau Marty zu dem Arbeitstisch zurückkehrte, den sie nicht benötigte und doch so gern gekauft hätte, sagte Frau Guibal seelenruhig:

»Dann nehmen Sie ihn doch und geben Sie ihn später zurück. Sie haben ja gesehen: nichts leichter als das. Lassen Sie ihn nur zu sich nach Hause schaffen. Man stellt ihn in den Salon, man sieht sich satt an ihm, und wenn man seiner überdrüssig ist, gibt man ihn zurück.«

»Das ist ein Gedanke!« rief Frau Marty. »Wenn mein Mann darüber allzu sehr erbost sein sollte, werde ich überhaupt alles zurückgeben!«

Damit hatte sie eine Entschuldigung für alles. Nun rechnete sie gar nicht mehr, kaufte alles zusammen, was ihr gefiel, insgeheim entschlossen, es auch zu behalten, denn sie gehörte nicht zu den Frauen, die wieder hergaben, was sie einmal besaßen.

Endlich gelangten sie in die Abteilung für Kleider und Kostüme. Als aber Denise einer der Verkäuferinnen den von Frau Desforges gekauften Stoff übergeben wollte, schien diese sich anders zu besinnen und erklärte, daß sie doch einen der Reisemäntel, den hellgrauen mit der Kapuze, nehmen wolle. Denise mußte also warten, um sie zur Konfektion zurückzuführen. Sie ersah aus den Launen der überheblichen Kundin nur zu gut, daß Frau Desforges sie mit Absicht wie einen Dienstboten behandelte; allein sie bewahrte trotz des Sturms, der in ihr tobte, und trotz ihres empörten Stolzes ihre ruhige Haltung. Frau Desforges kaufte übrigens bei den Kleidern und Kostümen nichts. Also schlenderten die Damen weiter, immer von Denise geführt. Man sah sie in allen Abteilungen, auf den Treppen, längs der Galerien. Jeden Augenblick trafen sie Bekannte, die sie aufhielten. So kam es, daß sie in der Nähe des Lesesaals Frau Bourdelais und ihren drei Kindern begegneten. Die Kleinen waren ebenfalls beladen: Madeleine hatte für sich ein Kleid unterm Arm, Edmond trug einen großen Schuhkarton, während der Jüngste, Lucien, ein neues Käppi aufhatte.

»Du auch!« sagte Frau Desforges lachend zu ihrer alten Pensionatsfreundin.

»Sprich mir nicht davon!« rief Frau Bourdelais. »Ich bin wütend ... Jetzt fangen sie uns mit diesen kleinen Wesen! Du weißt es ja: für mich selber mache ich solche Dummheiten nicht. Aber wie willst du den Kindern widerstehen, die nach allem greifen? Ich wollte sie spazierenführen -- und sieh da, schon kaufe ich das Haus leer!«

Mouret, der noch immer in Gesellschaft von Vallagnosc und Herrn von Boves dort stand, hörte es mit lächelnder Miene. Sie bemerkte ihn und beklagte sich heiter, aber nicht ohne einen Anflug wirklicher Gereiztheit über die Fallen, die man der Zärtlichkeit der Mütter stellte. Der Gedanke, daß sie der Macht der Reklame unterlegen war, regte sie auf, und er, immer lächelnd, verneigte sich und freute sich dieses Triumphes.

Herr von Boves hatte es im Nu fertiggebracht, sich Frau Guibal wieder zu nähern, und versuchte nun, Vallagnosc ein zweites Mal abzuschütteln; aber dieser, der lärmenden Unruhe müde, beeilte sich, den Grafen einzuholen. Denise blieb abermals stehen, um auf die Damen zu warten. Sie hatte sich abgewandt, und auch Mouret tat, als sähe er sie nicht. Von nun an zweifelte Frau Desforges mit dem feinen Sinn der eifersüchtigen Frau nicht mehr. Während er sie begrüßte und in der Weise des artigen Hausherrn mit ihr plauderte, sann sie nach und überlegte, wie sie ihn seines Verrats überführen könne.

Inzwischen gelangten Herr von Boves und Vallagnosc, die mit Madame Guibal vorangingen, zu den Spitzen. Dort saßen im Hintergrund zwei Damen und ließen sich von Deloche Chantillyspitzen vorlegen, ohne etwas zu kaufen.

»Sieh an!« rief Vallagnosc sehr erstaunt, »Sie sagten doch, Frau von Boves sei unwohl. Dahinten sitzt sie ja vor dem Tisch mit Fräulein Blanche!«

Der Graf konnte seinen Schrecken nicht unterdrücken und warf einen Seitenblick auf Frau Guibal.

»Tatsächlich!« sagte er.

»Ich glaube, die Damen richten Sie zugrunde«, bemerkte Vallagnosc, vergnügt über dieses Zusammentreffen.

Herr von Boves winkte ab mit der Gebärde eines Mannes, welcher der Besonnenheit seiner Frau um so sicherer ist, als er ihr nicht einen Heller gibt. Nachdem Frau von Boves mit ihrer Tochter nach allen Richtungen herumgestreift war, ohne etwas zu kaufen, war sie endlich in einem Anfall unbefriedigten Verlangens bei den Spitzen gelandet. Sie wühlte in dem Haufen, ihre Hände wurden feucht, sie glühte am ganzen Körper. Als ihre Tochter gerade den Kopf umwandte und der Verkäufer sich einen Augenblick entfernte, wollte sie plötzlich ein Stück Alençonspitze unter ihren Mantel gleiten lassen. Aber sie erschrak und ließ das Stück wieder los, als sie hinter sich die vergnügte Stimme Vallagnoscs sagen hörte:

»Hier überraschen wir Sie also, gnädige Frau!«

Einige Sekunden blieb sie stumm, unfähig, sich zu rühren. Dann erklärte sie, daß sie sich besser gefühlt habe und an die Luft gehen wollte. Und als sie ihren Mann mit Frau Guibal bemerkte, erholte sie sich vollends wieder; sie blickte die beiden mit so würdevoller Miene an, daß die andere sagen zu müssen glaubte:

»Ich kam mit Frau Desforges, da sind uns die Herren begegnet.« Eben kamen auch die anderen Damen hinzu. Ein letztes Mal durchstreiften sie die verschiedenen Abteilungen. Es war vier Uhr geworden, die sinkende Sonne warf ihre Strahlen schräg durch die Fenster der Vorderfront und die Verglasung der Hallen. Es war, als funkelten die Waren noch einmal in lebendiger Glut, Spiegel strahlten den Glanz wider, und wie ein feiner Vorhang flimmerte im Sonnenlicht der von all den vielen Füßen aufgewirbelte Staub.

Frau Desforges hatte endlich ihren Reisemantel gekauft und ging, über einen Vorwand nachsinnend, unter dem sie Denise einmal zu sich kommen lassen könnte. Sie wollte sie in Gegenwart von Mouret selbst demütigen, um beider Mienen zu sehen und daraus Gewißheit für sich zu schöpfen.

Während es Herrn von Boves gelungen war, mit Frau Guibal in der Menge zu verschwinden, war seine Frau, gefolgt von Blanche und Vallagnosc, auf den Einfall gekommen, einen roten Ballon zu verlangen, obwohl sie nichts gekauft hatte. Er sei für den Kleinen ihres Hausmeisters, sagte sie. An der Ausgabestelle war man gerade beim vierzigsten Tausend angelangt: vierzigtausend rote Ballons, die ihren Flug in der schwülen Luft der Geschäftsräume angetreten hatten, eine ganze Wolke roter Ballons, die von einem Ende von Paris zum andern schwebten und den Namen des »Paradieses der Damen« gen Himmel trugen.

Es schlug fünf Uhr; die Damen waren alle gegangen, nur Frau Marty mit ihrer Tochter konnte sich nicht losreißen. Wieder ging sie durch das Erdgeschoß, die Weißwaren-, die Seiden-, die Handschuh-, die Leinenabteilung, dann stieg sie hinauf, kehrte zur Konfektion zurück, zur Wäsche, zu den Spitzen, ja selbst in den zweiten Stock zog es sie noch einmal, zur Bettenausstellung und in die Möbelabteilung. Und überall machten die Angestellten – Hutin und Favier, Mignot und Liénard, Deloche, Pauline, Denise –, obgleich todmüde, eine letzte Anstrengung, um den Käufern das Geld aus den Taschen zu locken. Als Frau Marty endlich ging, nachdem sie, entsetzt über die Höhe ihrer Rechnung, erklärt hatte, sie werde zu Hause zahlen, waren ihre Züge entstellt, sie hatte die fiebrigen Augen einer Kranken. – Als am Abend Denise vom Essen zurückkam, rief ein Laufbursche sie an.

»Fräulein, die Geschäftsleitung wünscht Sie zu sprechen.«

Sie hatte ganz vergessen, daß Mouret sie am Morgen aufgefordert hatte, abends nach dem Verkauf in seinem Arbeitszimmer zu erscheinen. Er erwartete sie stehend; als sie eintrat, ließ sie die Tür offen.

»Wir sind zufrieden mit Ihnen, Fräulein«, begann er, »und wollten Ihnen einen Beweis unserer Anerkennung geben ... Sie wissen, in welcher unwürdigen Weise uns Frau Frédéric verlassen hat; von morgen an werden Sie ihre Stelle einnehmen.«

Unbeweglich und in höchster Überraschung hörte Denise ihn an, dann flüsterte sie mit zitternder Stimme:

»Aber es sind Kolleginnen da, die schon viel länger in der Abteilung sind als ich!«

»Das tut nichts«, sagte er. »Sie sind die Geschickteste, die Gewissenhafteste, und darum wähle ich Sie, das ist ganz natürlich; sind Sie zufrieden?«

Jetzt errötete sie. In dem Glück und der Verwirrung, die sich ihrer bemächtigten, verschwand der ursprüngliche Schreck. Warum hatte sie nur zuerst an gewisse Vermutungen gedacht, mit denen man diesen unerwarteten Gunstbeweis aufnehmen würde? Trotz ihrer Dankbarkeit fühlte sie sich etwas betreten. Er betrachtete sie noch immer lächelnd, wie sie vor ihm stand in ihrem einfachen Seidenkleid, ohne jeden anderen Schmuck als den ihres prachtvollen blonden Haares. Sie hatte sich verändert, wirkte zart und ernst, ihre ehemalige Unbedeutendheit war einem gewinnenden Liebreiz gewichen.

»Sie sind sehr gütig«, stammelte sie, »ich weiß gar nicht, wie ich --«

Doch sie unterbrach sich, denn auf der Schwelle erschien der Kassierer Lhomme. Er trug einen großen Ledersack in der einen Hand, während er mit dem verstümmelten Arm eine riesige Tasche an seine Brust drückte. Hinter ihm kam sein Sohn Albert, ebenfalls mit Geldsäcken beladen.

»»587 210 Franken 30 Centimes!« rief der Kassierer, dessen weiches, verschwommenes Gesicht gleichsam im Widerschein einer so ungeheuren Summe zu strahlen schien.

Dies war die größte Tageseinnahme, die das »Paradies der Damen« je gehabt hatte.

»Das ist ja großartig!« rief Mouret entzückt. »Mein braver Lhomme, legen Sie es nur hin und ruhen Sie sich aus, Sie können ja gar nicht mehr. Ich werde das Geld schon zur Hauptkasse schaffen lassen. Ja, ja, packen Sie nur alles auf meinen Schreibtisch, ich will mich erst mal an dem Anblick weiden.«

Er war fröhlich wie ein Kind. Der Kassierer und sein Sohn entledigten sich ihrer Last. Der Ledersack gab einen hellen

Goldklang von sich, aus zwei weiteren Säcken flossen Silber- und Kupferstücke heraus, während die Tasche ganze Bündel von Banknoten sehen ließ.

Als die beiden, sich den Schweiß vom Gesicht trocknend, gegangen waren, stand Mouret einen Augenblick unbeweglich da, den Blick auf das Geld gerichtet. Beim Aufschauen bemerkte er Denise, die in den Hintergrund getreten war. Da lächelte er wieder, forderte sie auf näherzukommen und sagte schließlich, er wolle ihr schenken, was sie mit einem Griff nehmen könne. Dieser Scherz klang wie ein Liebeshandel.

»Greifen Sie in den Ledersack! Ich wette, daß Sie weniger als tausend Franken herausnehmen. Ihre Hand ist ja so klein.«

Allein sie war blaß geworden und wich noch mehr zurück. Liebte er sie denn? Sie begriff plötzlich und fühlte die zunehmende Flamme seiner Leidenschaft, mit der er sie umgab, seit sie in die Konfektionsabteilung zurückgekehrt war. Noch mehr aber verstörte sie, daß sie ihr eigenes Herz stürmisch klopfen fühlte. Warum verletzte er sie mit all diesem Geld, während sie von Dankbarkeit überströmte und er sie mit einem einzigen freundlichen Wort hätte gewinnen können? Er näherte sich ihr wieder unter allerlei Scherzen, als zu seinem größten Mißvergnügen Bourdoncle unter dem Vorwand erschien, er müsse ihm mitteilen, wieviel Kunden am heutigen Tag das »Paradies der Damen« besucht hatten: siebzigtausend waren es gewesen.

Diese Gelegenheit benutzte Denise; sie entfernte sich schnell, nachdem sie ihm noch einmal gedankt hatte.

Zehntes Kapitel

Am ersten Sonntag im August wurde Inventur gemacht; bis zum Abend sollte sie beendet sein. Wie an Werktagen war schon am Morgen jeder auf seinem Posten, und bei geschlossenen Türen begann die Arbeit.

Denise war nicht um acht Uhr heruntergekommen wie die übrigen Verkäuferinnen. Sie hatte fünf Tage an einer Sehnenzerrung, die sie sich durch das viele Treppensteigen zugezogen hatte, krank gelegen. Mittlerweile ging es ihr besser; allein da Frau Aurélie sie überaus freundlich behandelte, beeilte sie sich nicht allzu sehr. Mit Mühe zog sie ihre Schuhe an, da sie trotz allem entschlossen war, sich in der Abteilung zu zeigen. Die Zimmer der Verkäuferinnen nahmen jetzt an der Rue Monsigny entlang den ganzen fünften Stock des neuen Gebäudes ein. Es waren insgesamt sechzig, zu beiden Seiten eines Ganges gelegen; sie waren etwas bequemer als die alten, obgleich nach wie vor nur mit einem

schmalen Eisenbett, einem großen Schrank und einem kleinen Nußbaumtisch möbliert.

Denise hatte übrigens als stellvertretende Abteilungsleiterin eines der größten Zimmer bekommen, dessen zwei Mansardenfenster auf die Straße gingen. Sie war jetzt fast reich und gönnte sich manchen Luxus, so eine Daunendecke, einen kleinen Teppich vor dem Schrank und zwei blaue Glasvasen, in denen ein paar Rosen welkten.

Als sie die Schuhe angezogen hatte, versuchte sie vorsichtig, im Zimmer auf und ab zu gehen. Sie nahm sich vor, zeitig zu Bett zu gehen, um ihr krankes Bein zu schonen. Da klopfte die Aufseherin, Frau Cabin, an die Tür und übergab ihr mit geheimnisvoller Miene einen Brief.

Als die Tür geschlossen war, öffnete Denise das Schreiben, ganz betroffen über das geheimnisvolle Lächeln der Frau. Doch kaum hatte sie gelesen, da wurde sie sehr blaß und sank in einen Sessel. Es war ein Brief von Mouret, in dem er schrieb, daß er über ihre Genesung glücklich sei, und sie einlud, abends mit ihm zu essen, da sie doch nicht ausgehen könne. Der Ton, vertraulich und väterlich zugleich, hatte nichts Verletzendes; allein sie konnte den Sinn unmöglich mißverstehen. Im ganzen Haus wußte man nur zu gut, was diese Einladungen zu bedeuten hatten; Claire hatte mit ihm gegessen, andere auch, all jene, auf die er sein Auge geworfen hatte. Und nach dem Essen kam der Nachtisch, wie die Angestellten boshaft zu sagen pflegten. Die bleichen Wangen des Mädchens nahmen allmählich eine tiefe Schamröte an.

Sie hatte den Brief auf die Knie gleiten lassen und saß mit hochklopfendem Herzen da, die Augen starr auf die hellen Fenster gerichtet. Sie wiederholte sich ein Geständnis, das sie sich in diesem Zimmer in Stunden der Schlaflosigkeit inzwischen oft gemacht hatte: sie hatte ihn schon geliebt, als sie ihn noch fürchtete wie einen erbarmungslosen Herrn. Sie hatte ihn geliebt, als ihr törichtes Herz von Hutin träumte. Sie hätte sich vielleicht einem andern hingegeben, aber niemals hätte sie einen andern geliebt als diesen Mann, dessen Blick sie erstarren ließ. Abermals klopfte es an die Tür; sie beeilte sich, den Brief verschwinden zu lassen. Es war Pauline, die unter irgendeinem Vorwand ihre Abteilung verlassen hatte und heraufkam, um ein wenig zu plaudern.

»Wie geht es Ihnen? Man sieht Sie ja gar nicht mehr.«

Da es verboten war, in die Zimmer hinaufzugehen und insbesondere sich zu zweien einzuschließen, führte Denise sie in den Aufenthaltsraum am anderen Ende des Flurs; es war dies ein Entgegenkommen des Chefs den weiblichen Angestellten gegenüber, die dort bis elf Uhr lesend oder arbeitend den Feierabend verbringen konnten. Das Zimmer, nüchtern wie ein Hotelsaal, war mit einem Klavier, einem großen Tisch, mehreren Sesseln und einem Sofa möbliert.

»Wie Sie sehen, kann ich schon gehen«, sagte Denise. »Ich werde gleich hinunterkommen.«

»Nanu, wozu der große Eifer?« rief die andere. »Ich würde mich schonen, wenn ich so einen Vorwand hätte.«

Sie hatten sich auf das Sofa gesetzt. Paulines Haltung hatte sich etwas geändert, seit ihre Freundin Zweite in der Konfektionsabteilung geworden war. In die Herzlichkeit des gutmütigen Mädchens mengte sich ein Zug von Achtung, eine gewisse Überraschung, daß die kleine, schwächliche Verkäuferin von ehemals im Begriff war, ihr Glück zu machen. Denise aber liebte sie sehr und vertraute unter den zweihundertfünfzig Kolleginnen, die gegenwärtig im Hause beschäftigt waren, nur ihr allein.

»Was ist mit Ihnen?« fragte Pauline, als sie die Verwirrung des Mädchens bemerkte.

»Oh, nichts«, beteuerte Denise mit einem Versuch zu lächeln.

»Doch, doch, es ist etwas. Sie trauen mir nicht; warum erzählen Sie mir Ihren Kummer nicht?«

Da konnte Denise nicht länger an sich halten. Sie reichte Pauline den Brief und stotterte:

»Schauen Sie, er hat mir geschrieben.«

Sie hatten untereinander noch niemals offen von Mouret gesprochen; aber eben dieses Stillschweigen war gleichsam ein Eingeständnis ihrer geheimen Gedanken. Pauline wußte Bescheid. Nachdem sie den Brief gelesen hatte, zog sie Denise an sich, legte den Arm um sie und flüsterte:

»Meine Liebe, wenn ich offen sein darf, ich meinte, es sei schon geschehen ... Seien Sie doch nicht so entrüstet; ich versichere Ihnen, das ganze Haus ist dieser Ansicht. Mein Gott, er hat Sie so rasch zur Zweiten ernannt, und dann ist er fortwährend hinter Ihnen her -- es ist zu offenkundig«

Sie küßte sie auf die Wange und fragte dann:

»Sie werden der Einladung natürlich folgen?«

Denise betrachtete sie, ohne zu antworten, dann brach sie plötzlich in Schluchzen aus und legte den Kopf auf die Schulter ihrer Freundin. Pauline war sehr überrascht.

»Beruhigen Sie sich doch«, sagte sie, »es ist ja nichts dabei. Warum sind Sie darüber so entsetzt?«

»Nein, nein, lassen Sie mich«, stammelte Denise; »wenn Sie wüßten, welchen Kummer mir das macht! Seit ich diesen Brief habe, bin ich ganz außer mir. Lassen Sie mich weinen, das erleichtert mir das Herz.«

Pauline war sehr gerührt und sprach ihr Trost zu, ohne sie eigentlich recht zu begreifen. Vor allem treffe er sich doch mit Claire nicht mehr, sagte sie. Man erzähle sich zwar, daß er außerhalb des Hauses zu einer Dame gehe, aber das sei nicht erwiesen. Dann erklärte sie ihr, bei einem Mann in einer solchen Stellung dürfe man nicht eifersüchtig sein. Er habe zu viel Geld und er sei schließlich der Chef.

Denise hörte ihr zu; wenn sie noch an ihrer Liebe hätte zweifeln können, so mußte sie ihr jetzt klar bewußt werden bei dem Schmerz, den ihr der Name Claires und die Anspielung auf Frau Desforges verursachten.

»Sie würden also gehen?« fragte sie.

»Natürlich; was soll man denn anderes tun?« rief Pauline, ohne lange zu überlegen.

Dann fügte sie hinzu:

»Früher wenigstens hätte ich es getan. Heute nicht mehr, denn jetzt will ich mich mit Baugé verheiraten, und da wäre es ja wirklich schlimm.«

In der Tat wollte Baugé, der das »Bon-Marché« verlassen hatte, um beim »Paradies der Damen« einzutreten, sie gegen Ende August heiraten. Bourdoncle war kein Freund von Ehepaaren im Hause, allein sie hatten die Einwilligung zu ihrer Heirat erhalten und hofften, sogar vierzehn Tage Urlaub zu bekommen.

»Sehen Sie wohl«, erklärte Denise. »Wenn ein Mann ein Mädchen liebt, muß er es heiraten. Baugé heiratet Sie.«

Pauline lachte hell auf. Dann umarmte sie sie und sagte:

»Meine Liebe, das ist doch etwas anderes. Baugé heiratet mich, weil er Baugé ist, er ist aus dem gleichen Stand wie ich, da geht die Sache von selbst ... Herr Mouret aber -- kann Herr Mouret eine seiner Verkäuferinnen heiraten?«

Sie lachte wieder und küßte Denise freundschaftlich. Ihr breites Gesicht mit den kleinen zärtlichen Augen nahm den Ausdruck mütterlicher Teilnahme an. Dann erhob sie sich, öffnete das Klavier und begann leise mit einem Finger eine Melodie zu klimpern. Denise war im Sofa zurückgesunken und stützte den Kopf auf die Lehne; sie war abermals in Schluchzen ausgebrochen und preßte krampfhaft ihr Taschentuch an die Augen.

»Schon wieder?« rief Pauline und wandte sich um. »Sie sind wirklich nicht gescheit. Warum haben Sie mich hierhergeführt? Wir hätten in Ihrem Zimmer bleiben sollen.«

Sie kniete vor ihr nieder und begann ihr von neuem gut zuzureden. Wieviele andere wären gerne an ihrer Stelle, sagte sie; übrigens, wenn ihr die Geschichte nicht gefalle, so brauche sie ja nur einfach nein zu sagen, ohne sich darüber viel zu kränken. Aber sie werde sich die Sache gewiß überlegen, bevor sie durch eine unerklärliche Weigerung ihre Stellung aufs Spiel setze. Sei es denn gar so schrecklich? ... Und die kleine Predigt schloß mit einem heiteren Geflüster, als man plötzlich vom Gang her Schritte vernahm.

Pauline war aufgestanden, um einen Blick durch die Tür zu werfen.

»Still, es ist Frau Aurélie«, flüsterte sie, »ich verschwinde ... Trocknen Sie sich die Augen; niemand braucht etwas zu wissen.«

Als Denise allein war, erhob sie sich und drängte gewaltsam ihre Tränen zurück; mit zitternden Händen schloß sie aus Furcht, daß man sie hier müßig überraschen könnte, das Klavier, das ihre Freundin offengelassen hatte. Sie hörte Frau Aurélie an ihre Tür klopfen; da trat sie auf den Gang.

»Wie, Sie sind aufgestanden?« rief die Abteilungsleiterin; »das ist sehr unvernünftig von Ihnen, mein liebes Kind. Ich bin heraufgekommen, um mich nach Ihrem Befinden zu erkundigen und Ihnen zu sagen, daß wir unten auch ohne Sie fertig werden.«

Denise versicherte, daß es ihr besser gehe und ein wenig Beschäftigung ihr nur gut tun werde.

»Ich muß mich ja nicht anstrengen; ich werde mich auf einen Stuhl setzen und bei den Schreibarbeiten mittun.«

Beide gingen hinab. Frau Aurélie war sehr höflich und bat sie, sich auf ihre Schulter zu stützen. Sie hatte offenbar ihre geröteten Augen bemerkt und beobachtete sie heimlich. Sie war ohne Zweifel über so manches auf dem laufenden.

Denises Sieg in der Abteilung war, so unerwartet ihr selber das kam, nahezu vollständig. Nachdem sie in ihrer Anfangszeit Monate hindurch vergebens gegen die Böswilligkeit ihrer Umgebung angekämpft hatte, war es ihr jetzt in wenigen Wochen gelungen, sie zu beherrschen, alles um sich her entgegenkommend und achtungsvoll zu sehen. Dabei war ihr die plötzliche Aufmerksamkeit Frau Aurélies sehr behilflich gewesen. Man erzählte sich leise, daß die Abteilungsleiterin die Helfershelferin Mourets sei, daß sie ihm insgeheim gewisse heikle Dienste erweise; sie hatte das Mädchen unvermittelt mit solcher Wärme in Schutz genommen, daß man es ihr sicherlich ganz besonders empfohlen hatte. Allein auch Denise hatte alles aufgeboten, um ihre Feindinnen zu entwaffnen. Die Aufgabe war um so schwieriger, als sie die allgemeine Entrüstung über ihre Ernennung zur Zweiten beschwichtigen mußte. Die Verkäuferinnen sprachen laut von Ungerechtigkeit und beschuldigten sie, sie habe dem Chef diesen Posten beim Nachtisch abgeschwatzt, und fügten ganz abscheuliche Einzelheiten hinzu. Doch trotz ihrer Empörung imponierte ihnen der neue Rang des Mädchens.

Denise gewann eine Autorität, welche die feindseligsten unter ihnen in Erstaunen setzte und beugte. Ihre Bescheidenheit und ihre Sanftmut vervollständigten den Erfolg. Claire allein blieb bei ihrer ablehnenden Haltung. Während der kurzen Laune Mourets hatte sie die Lage dazu mißbraucht, ihre Arbeit zu vernachlässigen; als er ihrer überdrüssig ward, beklagte sie sich nicht, denn bei ihrem zügellosen Dasein kannte sie keine Eifersucht; sie begnügte sich

damit, aus der Geschichte den Vorteil zu ziehen, daß man sie im Hause duldete, obgleich sie nichts tat. Allein sie dachte doch, Denise habe sie um die Nachfolge von Frau Frédéric gebracht. Sie hätte diese Stelle ja niemals angenommen, versicherte sie; es sei viel zu viel Mühsal damit verbunden. Aber was sie ärgerte, war, daß man sie überging; sie hatte die gleichen Ansprüche, ja sogar ältere als die andere!

»Schau, die Wöchnerin wird ausgeführt«, spöttelte sie, als Denise am Arm von Frau Aurélie eintrat.

Marguerite zuckte die Achseln und sagte:

»Kein besonders guter Witz, den Sie da gemacht haben.«

Zuvorkommend wandte sie sich dann an Denise.

»Warum sind Sie denn heruntergekommen? Wir sind doch Leute genug.«

»Das habe ich ihr auch gesagt«, erklärte Frau Aurélie. »Aber sie wollte durchaus helfen.«

Alle eilten herbei, um sich Denise gefällig zu zeigen; die Arbeit wurde dadurch unterbrochen. Man beglückwünschte sie und wollte alles über ihre Krankheit wissen. Endlich ließ Frau Aurélie sie auf einem Stuhl vor einem Tisch Platz nehmen; es wurde ausgemacht, daß sie nur die ausgerufenen Artikel aufschreiben solle. Bei solchen Inventuren wurden alle Angestellten, die schreiben konnten, herangezogen: Inspektoren, Kassierer, Verkäufer, ja selbst die Laufburschen. Diese Leute wurden dann auf die verschiedenen Räume verteilt, damit die Arbeit rascher vonstatten ging. Denise fand den Kassierer Lhomme und den Laufburschen Joseph an ihrer Seite, beide über große Bogen Papier gebeugt.

»Fünf Mäntel, Tuch, mit Pelzbesatz, Größe drei, zu zweihundertfünfzig Franken«, rief Marguerite. »Viermal dasselbe, Größe eins, zu zweihundertzwanzig.«

Die Arbeit ging wieder an. Drei Verkäuferinnen hinter Marguerite waren damit beschäftigt, die Schränke auszuleeren; dann ordneten sie die Artikel vor und reichten sie ihr in ganzen Packen hin. Wenn Marguerite ihrerseits sie ausgerufen hatte, warf sie sie auf die Tische, wo sie sich allmählich zu riesigen Stößen türmten. Lhomme schrieb auf, und Joseph legte zur Kontrolle eine zweite Liste an. Inzwischen war Frau Aurélie, von drei anderen Verkäuferinnen unterstützt, damit beschäftigt, die Seidenkleider zusammenzuzählen, die Denise aufnahm. Claire war damit betraut, die erledigten Stapel zu überwachen und zu ordnen, damit sie auf den Tischen so wenig Platz wie möglich einnahmen. Aber sie war ganz und gar nicht bei der Arbeit, einzelne Stöße fielen bereits auseinander.

»Sagen Sie mal«, fragte sie eine Verkäuferin, die im Laufe des Winters eingetreten war, »werden Sie auch Gehaltserhöhung bekommen? Denken Sie bloß, die Zweite soll auf zweitausend heraufgesetzt werden, und das macht mit ihrer Verkaufsprovision siebentausend Franken!«

Ohne in der Arbeit innezuhalten, erklärte die andere, daß sie die Bude im Stich lassen wolle, wenn man ihr nicht achthundert Franken gebe. Die Gehaltserhöhungen fanden gewöhnlich am Tag nach der Inventur statt; an diesem Tag bekamen auch die Abteilungsleiter ihren Anteil am Mehrgewinn gegenüber dem Vorjahr. Diese Geldfragen beschäftigten daher einen jeden während der Arbeit. Man flüsterte sich zu, daß Frau Aurélie auf fünfundzwanzigtausend Franken kommen werde. Diese Summe versetzte die Mädchen in höchste Aufregung. Marguerite, die beste Verkäuferin nach Denise, hatte es auf fünfzehnhundert Franken feste Bezahlung und dreitausend Provision gebracht, während Claire alles in allem nur zweitausendfünfhundert Franken erreichte.

»Ich kümmere mich wenig um die Gehaltsaufbesserung«, meinte diese. »Wenn mein Vater einmal tot ist, lasse ich sie alle sitzen ... Mich ärgern nur die siebentausend Franken dieser Vogelscheuche.«

Frau Aurélie unterbrach plötzlich dieses Gespräch.

»Schweigen Sie doch, man versteht ja sein eigenes Wort nicht mehr!«

Dann fuhr sie fort auszurufen:

»Sieben Rokokomäntel, Größe eins, zu hundertdreißig! Drei Pelzumhänge Surah, Größe zwei, zu hundertfünfzig. Haben Sie geschrieben, Fräulein Denise?«

Claire mußte sich wieder mit den auf den Tischen liegenden Kleidungsstücken beschäftigen; sie schob sie weiter, um Platz zu gewinnen. Doch bald ließ sie ihre Arbeit von neuem im Stich, um mit einem Verkäufer zu sprechen, der aus seiner Abteilung heraufgekommen war. Es war Mignot, der zwanzig Franken von ihr leihen wollte. Er war ihr schon dreißig schuldig, die er nach einem Wettrennen, wo er sein ganzes Geld auf ein Pferd gesetzt und verloren hatte, von ihr geborgt hatte. Claire trug nicht mehr als zehn Franken bei sich, die sie ihm aber bereitwillig gab.

Sie plauderten noch eine Weile, dann beugte sich Mignot, der seine zwanzig Franken brauchte, zu Lhomme, um den Rest von ihm zu verlangen. Der Kassierer, in seiner Schreiberei gestört, schien sehr verlegen. Er wagte aber nicht, die Bitte abzuschlagen, und suchte in seinem Portemonnaie nach einem Zehnfrankenstück, als Frau Aurélie, überrascht, daß sie Marguerites Stimme nicht mehr hörte, sich umwandte und Mignot erblickte. Da begriff sie. Sie sandte ihn schroff in seine Abteilung zurück; er brauche nicht hierherzukommen, um die Damen von der Arbeit abzuhalten. In Wahrheit hatte sie Angst vor dem jungen Mann, der ein intimer Freund ihres Sohnes Albert und der Mitschuldige an allerlei bösen Streichen war, die, wie sie befürchtete, eines Tages ein

schlimmes Ende nehmen würden. Als er seine zehn Franken hatte und davongegangen war, sagte Frau Aurélie zu ihrem Mann:

»Du wirst dich hoffentlich von diesem Gecken nicht an der Nase herumführen lassen.«

»Aber ich konnte ihn wirklich nicht abweisen ...«

Sie zuckte nur die Achseln. Als sie sah, daß die Verkäuferinnen sich über diese kleine häusliche Auseinandersetzung lustig machten, fuhr sie mit strenger Miene fort:

»Vorwärts, Fräulein Marguerite, Sie schlafen ja ein; so werden wir niemals fertig.«

Lhomme hatte sich wieder über seinen Bogen gebeugt und schrieb. Man hatte allmählich seine Bezüge auf neuntausend Franken erhöht, aber er bewahrte noch immer die alte Unterwürfigkeit gegenüber seiner Frau, die das Dreifache ins Haus brachte.

So ging die Arbeit wieder ungestört fort, ständig wurden Zahlen ausgerufen, mit dumpfem Geräusch fielen die Kleiderpacken auf die Tische. Inzwischen hatte Claire eine neue Zerstreuung gefunden. Sie neckte Joseph, den Laufburschen, wegen einer Liebschaft, die er angeblich mit einem in der Stoffmusterabteilung angestellten Fräulein angeknüpft hatte. Dieses Fräulein, achtundzwanzig Jahre alt, mager und blaß, war ein Schützling von Frau Desforges. Sie hatte Mouret eine wahre Trauergeschichte über dieses Mädchen erzählt: sie sei eine Waise, die Letzte aus dem Geschlecht der Fontenailles, einer adeligen Familie aus dem Poitou. Sie sei mit ihrem Trunkenbold von Vater nach Paris gekommen, aber trotz ihrer Armut ehrbar geblieben; leider sei sie nicht genügend ausgebildet, um sich als Gouvernante oder als Klavierlehrerin fortzubringen. Mouret wollte meistens nichts davon wissen, wenn man ihm arme Mädchen von vornehmer Herkunft empfahl; seiner Meinung nach gab es keine unfähigeren, unerträglicheren, unbrauchbareren Geschöpfe. Er nahm indessen Frau Desforges' Schützling doch auf. Fräulein von Fontenailles verdiente in der Stoffmusterabteilung täglich drei Franken, gerade genug, um in einem Kämmerchen in der Rue d'Argenteuil ihr Leben zu fristen. Ihre traurige Miene, ihre dürftige Kleidung hatten endlich Josephs Herz gerührt. Er gestand seine Leidenschaft nicht ein, aber er errötete, wenn die Mädchen aus der Konfektionsabteilung mit ihm ihren Scherz trieben; denn die Stoffmusterabteilung befand sich in einem benachbarten Raum, und man hatte ihn immer wieder vor der Tür herumlungern sehen.

»Joseph läßt sich so leicht ablenken«, flüsterte Claire, »seine Nase kehrt sich immer wieder nach der Wäscheabteilung.«

Fräulein von Fontenailles half im Augenblick dort bei der Inventur. Da Joseph in der Tat fortwährend nach dieser Abteilung blickte, begannen die Mädchen zu lachen. Er geriet in Verlegenheit und versenkte sich ganz in seine Listen, während Marguerite, um die Lachlust zu unterdrücken, die in ihr aufstieg, weiter, so laut sie konnte, ihre Zahlen schrie.

»Vierzehn Jacken, englisches Tuch, Größe zwei, zu fünfzehn Franken!«

Frau Aurélie wandte sich mit majestätischer Miene zu ihr um und sagte:

»Etwas leiser, Fräulein, wir sind doch nicht in der Markthalle ... Sie sind wirklich alle miteinander nicht recht gescheit, daß Sie sich mit solchen Kindereien unterhalten; die Zeit ist doch zu kostbar.«

In diesem Augenblick ereignete sich eine Katastrophe, weil Claire nicht mehr aufgepaßt hatte. Die Mäntel gerieten ins Rutschen und zogen sämtliche Stöße nach sich. Alles, was auf dem Tisch gelegen hatte, glitt auf den Boden hinunter, und im Nu lagen die verschiedenen Haufen kunterbunt übereinander.

»Da haben wir's, ich habe es ja gesagt«, rief die Direktrice außer sich. »Passen Sie doch ein wenig auf, Fräulein Claire; es ist ja nicht zum Aushalten!«

Da fuhr mit einem mal alles zusammen: Mouret und Bourdoncle erschienen auf ihrer Besichtigungsrunde in der Abteilung. Man hörte die Stimmen wieder hell ausrufen und die Federn kritzeln, während Claire sich beeilte, die Kleidungsstücke vom Boden aufzuheben. Der Chef unterbrach die Arbeit nicht, er blieb schweigend stehen. Als er Denise sah, machte er eine erstaunte Bewegung. Weshalb war sie denn heruntergekommen? schien er zu fragen. Seine Blicke begegneten denen Frau Aurélies. Nach kurzem Zögern entfernte er sich und ging in die nächste Abteilung.

Denise hatte, durch den plötzlichen Eifer ringsum aufmerksam gemacht, den Kopf gehoben, sich aber, als sie Mouret erkannte, gleich wieder über ihre Blätter gebeugt. Seit sie so am Schreiben war, hatte ihre Aufregung sich ein wenig gelegt, sie war ganz bei der Arbeit, entschlossen, ihr Herz zum Schweigen zu bringen und zu tun, was ihr richtig erschien.

Es schlug zehn Uhr, das Getöse im Haus nahm zu; inmitten dieses Lärms durchlief eine Nachricht mit unglaublicher Schnelligkeit alle Abteilungen: jeder Angestellte wußte bereits, daß der Chef am Morgen Denise geschrieben und sie zum Essen eingeladen hatte. Pauline hatte unvorsichtigerweise ein Wort fallen lassen. Als sie heruntergekommen war, hatte sie in der Spitzenabteilung Deloche getroffen, und ohne zu bemerken, daß Liénard in der Nähe war, hatte sie ihm die Neuigkeit erzählt.

»Nun ist's passiert, mein Lieber, sie hat soeben einen Brief erhalten, er lädt sie für heute abend ein.«

Deloche wurde blaß. Er hatte begriffen, denn er fragte Pauline des öfteren aus; sie plauderten alle Tage von ihrer gemeinsamen Freundin, von der Liebeslaune Mourets, von der berüchtigten Einladung, mit der das Abenteuer enden mußte. Sie schalt ihn übrigens aus wegen seiner heimlichen Liebe zu Denise, bei der er niemals etwas erreichen werde, und sie zuckte die Achseln, als er jetzt sagte, das junge Mädchen habe ganz recht, daß es dem Chef Widerstand leiste.

»Ihr Bein ist wieder gesund, sie kommt herunter«, fuhr Pauline fort. »Machen Sie doch keine solche Leichenbittermiene ... Es ist ein Glück für sie, was jetzt geschieht.«

Damit eilte sie in ihre Abteilung zurück.

»Aha!« sagte Liénard; »es handelt sich um das Fräulein mit dem kranken Fuß!... Nun, da hatten Sie ja allen Grund, sie gestern abend im Café so warm zu verteidigen!«

Hierauf ging auch er, und ehe er in seiner Wollwarenabteilung angelangt war, hatte er die Geschichte weiteren vier oder fünf Angestellten erzählt, und in weniger denn zehn Minuten machte sie die Runde durch alle Abteilungen.

Die letzte Bemerkung Liénards bezog sich auf eine Szene, die sich am Abend vorher im Café Saint-Roch zugetragen hatte. Deloche und Liénard waren seit kurzem eng befreundet. Deloche hatte Hutins Zimmer im Hotel Smyrna übernommen, als dieser zum Zweiten ernannt worden war und sich eine Dreizimmerwohnung gemietet hatte. Die beiden Angestellten kamen jeden Morgen zusammen ins »Paradies der Damen« und gingen am Abend miteinander fort. Ihre Zimmer lagen nebeneinander, und sie vertrugen sich trotz der Verschiedenheit der Charaktere recht gut. Nur in einem Punkt waren sie einander ähnlich: in ihrer Ungeschicklichkeit als Verkäufer, die ihnen jede Hoffnung auf ein Vorwärtskommen nahm. Wenn sie das Geschäft verließen, gingen sie ins Café Saint-Roch, das abends von dem geräuschvollen Treiben der Verkäufer erfüllt war. In einem Winkel links saß dann Liénard und ließ sich köstliche Sachen geben, denn er wurde von seinem Vater unterstützt, während Deloche sich mit einem Glas Bockbier begnügte, mit dem er vier Stunden hinbrachte. Hier nun hatte er gestern gehört, wie Favier an einem benachbarten Tisch abscheuliche Dinge über Denise erzählte, über die Art, wie sie den Chef »eingefangen« habe, indem sie die Röcke aufhob, wenn sie vor ihm die Treppe hinaufging. Deloche hatte an sich halten müssen, um ihn nicht zu ohrfeigen. Als der andere aber fortfuhr und behauptete, daß Denise jede Nacht zu ihrem Geliebten hinuntergehe, geriet Deloche in die höchste Wut und nannte Favier einen Lügner.

»Dieser widerliche Kerl! Er lügt, hören Sie, er lügt! Ich kenne sie! Ich weiß es ganz genau ... Sie hat nur für einen Mann in ihrem Leben etwas empfunden, das war Hutin, und der hat nicht einmal etwas gewußt davon; er kann sich nicht rühmen, sie auch nur mit einem Finger berührt zu haben!«

Das ganze Geschäft belustigte sich nun über diesen Streit, von dem die übertriebensten Schilderungen gegeben wurden, als die Geschichte von dem Brief Mourets die Runde machte. Liénard hatte sie zunächst einem Seidenverkäufer anvertraut. In dieser Abteilung ging die Inventur rasch vonstatten. Favier und zwei Angestellte leerten die Fächer und reichten die Stoffe Hutin, der mitten auf einem Tisch stehend die Angaben auf den Auszeichnungsanhängern ausrief. Dann warf er die Stücke zur Erde. Nach und nach bedeckten sie das ganze Parkett und bildeten einen immer größeren Haufen. Gerade rief der Zweite: »Phantasieseide, kleinkariert, einundzwanzig Meter zu sechs Franken fünfzig!«

Das Stück wanderte zu den übrigen auf den Boden, und Hutin setzte das Gespräch fort, das er mit Favier begonnen hatte.

»Also er wollte Sie prügeln?«

»Freilich, ja! ... Es war wohl der Mühe wert, mich Lügen zu strafen! Die Kleine hat soeben einen Brief vom Chef erhalten, der sie zum Essen einlädt, man spricht schon im ganzen Haus davon.«

»Wie, ist die Sache nicht längst soweit?«

Favier reichte ihm ein neues Stück.

»Nicht wahr, man hätte die Hand dafür ins Feuer gelegt! Das schien doch eine uralte Geschichte zu sein.«

»Dasselbe, fünfundzwanzig Meter!« schrie Hutin dazwischen. Man hörte das Stück dumpf zur Erde fallen. Dann fuhr er leise fort:

»Sie wissen doch, sie hat da drüben auch nicht schlecht gelebt bei dem alten Narren Bourras ...«

Jetzt beteiligte sich die ganze Abteilung an der Unterhaltung, ohne daß deshalb die Arbeit gelitten hätte. Bouthemont selbst konnte sich nicht enthalten, einen abgeschmackten Scherz zu wagen. Albert, der heute hier aushalf, versicherte, er habe die Zweite aus der Konfektionsabteilung mit zwei Soldaten gesehen. Eben kam Mignot herab mit den zwanzig Franken, die er sich geborgt hatte. Er blieb bei Albert stehen, steckte ihm ein Zehnfrankenstück zu. und besprach mit ihm ein Stelldichein für den Abend; als auch er die Geschichte mit dem Brief erfuhr, machte er einen so derben Witz, daß Bouthemont sich endlich genötigt sah, dazwischenzutreten.

»Genug, meine Herren, das geht uns nichts an. Vorwärts, Herr Hutin!«

»Phantasieseide, kleinkariert, zweiunddreißig Meter zu sechs Franken fünfzig!« rief dieser.

Wieder fuhren die Federn fleißig über das Papier, die notierten Stücke fielen zu Boden, der Haufen wurde immer größer. Die Liste der Phantasieseide wollte kein Ende nehmen. Favier bemerkte halblaut, das sei ja ein prächtiger Vorrat; die Geschäftsleitung werde nicht sonderlich entzückt sein. Dieser dumme Bouthemont sei vielleicht der beste Einkäufer in Paris, aber als Verkäufer sei er nicht viel wert. Hutin lächelte entzückt und gab mit einem Kopfnicken seine Zustimmung zu erkennen, denn nachdem ausgerechnet er Bouthemont beim »Paradies der Damen« eingeführt hatte, um Robineau zu verdrängen, unterminierte er nun dessen Posten, um ihn für sich selbst zu erlangen. Es war der gleiche Krieg wie ehemals, gemeine Verleumdungen, die man den Vorgesetzten zuflüsterte, übertriebener Eifer, um den eigenen Wert besser hervortreten zu lassen, kurz, ein ganz hinterhältiger Feldzug.

Favier hinwiederum, gegen den Hutin nun von neuem sehr herablassend war, wartete nur darauf, daß der andere Bouthemont verschluckte, um dann seinerseits Hutin aufzufressen. Er hoffte, den Platz des Zweiten zu erhalten, falls es Hutin gelang, Bouthemont zu verdrängen. Dann würde man schon sehen.

Sie unterhielten sich weiter von den voraussichtlichen Gehaltserhöhungen, ohne deswegen ihre Arbeit zu unterbrechen. Man schätzte die Einkünfte Bouthemonts dieses Jahr auf dreißigtausend Franken; Hutin würde mehr als zehntausend bekommen, Favier rechnete einschließlich Provision mit fünftausendfünfhundert. Die Abteilung machte von Jahr zu Jahr bessere Geschäfte, und die Angestellten stiegen demzufolge in ihren Bezügen immer höher.

»Sind wir noch nicht fertig mit diesen Phantasieseiden?« rief Bouthemont ärgerlich. »Wir haben aber auch einen sauberen Frühling dieses Jahr! Nichts als Regen! Alles kauft schwarze Seide.«

Sein breites, sonst so vergnügtes Gesicht verdüsterte sich; er sah den Haufen auf der Erde immer größer werden, während Hutin fortfuhr, mit heller, triumphierender Stimme auszurufen:

»Phantasieseide, kleinkariert, achtundzwanzig Meter zu sechs Franken fünfzig!«

Es war noch ein ganzes Fach voll da. Favier war müde und beeilte sich darum nicht sehr. Während er Hutin die letzten Stücke reichte, sagte er leise:

»Ich habe ganz vergessen, Ihnen zu erzählen: man spricht davon, daß die Zweite der Konfektionsabteilung in Sie vernarrt gewesen sei.«

Der junge Mann war sehr überrascht.

»Wie, was?« fragte er.

»Ja, dieser Gimpel Deloche hat das Geheimnis verraten. Ich erinnere mich aber jetzt, daß sie Ihnen früher immer auf der Spur war.«

Seit Hutin zum Zweiten aufgerückt war, gab er sich nicht mehr mit seinen Tingeltangelsängerinnen ab, sondern prahlte, daß er jetzt mit Gouvernanten und Lehrerinnen verkehre. Obwohl er sich sehr geschmeichelt fühlte, erwiderte er mit geringschätziger Miene:

»Ich mag die Weiber lieber etwas mehr gepolstert. Und dann gehe ich nicht mit der erstbesten wie unser Herr Chef.«

Er unterbrach sich, um auszurufen:

»Weiße Seide, fünfunddreißig Meter zu acht Franken fünfundsiebzig!«

»Ah, endlich!« murmelte Bouthemont erleichtert.

Gerade wurde eine Glocke geläutet: es ging zum zweiten Tisch, dem auch Favier angehörte. Er stieg von der Leiter herab, und ein anderer nahm seine Stelle ein. In allen Abteilungen war mittlerweile der Boden mit Waren bedeckt; die Fächer, die Kartons, die Schränke leerten sich allmählich, während die erfaßten Artikel auf allen Seiten sich häuften und unter den Füßen und zwischen den Tischen unaufhörlich anwuchsen. Dazwischen tönte das fortwährende Geschrei der Stimmen, die Zahlen um Zahlen ausriefen.

Favier arbeitete sich mühsam zwischen den Warenhaufen hindurch und begab sich in die Speisesäle, die seit der Erweiterung des Hauses in das vierte Stockwerk des Neubaus verlegt waren. Vor ihm gingen Deloche und Liénard die Treppe hinauf; ihm auf dem Fuß folgte Mignot.

»Alle Wetter!« rief Favier, als sie vor der Tafel mit der Speisekarte standen, »man sieht, daß heute Inventur ist! Ein wahres Fest! Huhn oder Hammelkeulenschnitten und Artischocken in Öl! Die Hammelkeule wird schön hinten runterfallen.«

Mignot seinerseits bemerkte höhnisch:

»Da scheint irgendwo die Geflügelpest ausgebrochen zu sein.«

Deloche und Liénard hatten inzwischen ihre Portionen genommen und gingen in den Speisesaal; Favier neigte sich zum Schalter hinunter und rief laut:

»Huhn!«

Allein er mußte warten, denn einer der Küchenjungen, der das Geflügel zerlegte, hatte sich in den Finger geschnitten.

»Huhn!« wiederholte Favier ungeduldig.

Dann wandte er sich zu Mignot und sagte:

»Da hat sich einer in den Finger geschnitten; ekelhaft, so was!«

Nach einer Weile erschien der Koch mit einer Pfanne und spießte ihm einen Schenkel auf.

»Endlich!« murmelte Favier.

Den Speisesaal der Verkäufer bildete jetzt ein ungeheurer Saal, in dem fünfhundert Gedecke bequem Platz fanden. Sie waren auf langen, parallel stehenden Tafeln aufgelegt, an den beiden Enden des Raumes standen die Tische für die Inspektoren und die Abteilungsleiter, in der Mitte befand sich ein Büfett für zusätzliche Speisen. Große Fenster rechts und links ließen volles, helles Licht herein. An den Wänden bildeten die Serviettenschränke den einzigen Schmuck. An diesen Speisesaal stieß ein anderer, der für die Laufburschen und die Kutscher bestimmt war, wo es aber keine regelmäßigen Mahlzeiten gab; die Leute wurden bedient, wie sie kamen.

»Wie, Mignot, Sie haben auch einen Schenkel?« sagte Favier, als sie sich an einem der Tische einander gegenüber niedergelassen hatten.

Auch die anderen Angestellten trafen mittlerweile ein und nahmen ringsum Platz. Es war kein Tischtuch aufgelegt, und die Teller gaben ein dumpfes Geklapper auf den eichenen Tischen. Alle waren erstaunt, denn die Anzahl der verteilten Schenkel war in der Tat sehr groß.

»Das ist wirklich ein merkwürdiges Geflügel, das nichts als Beine hat«, bemerkte Mignot.

Diejenigen, die Rumpfstücke bekommen hatten, ärgerten sich, und doch war das Essen seit der Neueröffnung weit besser geworden. Moutet hatte keinen Vertrag mehr mit einem Unternehmer, sondern führte die Küche selbst; er hatte daraus eine Abteilung gemacht wie die übrigen, mit einem Leiter, mehreren Gehilfen und einem Inspektor. Und wenn die Kost jetzt größere Auslagen verursachte, so arbeitete dafür das besser genährte Personal auch mehr. Diese wohlberechnete Menschlichkeit hatte Bourdoncle ganz aus der Fassung gebracht.

Deloche saß zwischen Baugé und Liénard, Favier fast gegenüber. Sie schleuderten einander gehässige Blicke zu. Ihre Nachbarn flüsterten über den Streit vom Tag vorher. Schließlich lachte alles über das Mißgeschick Deloches, der immer am hungrigsten war und immer das schlechteste Stück bekam. Diesmal hatte er einen Hals erwischt.

Ruhig und still ließ er diese Scherze über sich ergehen; er verschlang große Bissen Brot, während er den Hühnerknochen abschabte mit der Sorgfalt eines Menschen, der den Wert eines Stückchens Fleisch zu schätzen weiß.

»Warum beschweren Sie sich nicht?« fragte Baugé.

Deloche zuckte die Achseln.

»Was nützt das?« sagte er, »Wenn man sich beschwert, wird es noch schlimmer.«

Es dauerte nicht lange, bis Favier wieder bei seinem Lieblingsthema war.

»Wissen Sie schon das Neueste?« sagte er zu seinem Nachbarn zur Rechten. »Er hat sie zum Essen eingeladen.«

Der ganze Tisch wußte es; man hatte seit dem Morgen bereits zum Überfluß davon gesprochen. Die gleichen Scherze gingen von Mund zu Mund. Deloche war wieder ganz blaß geworden. Er schaute die andern an; seine Augen hafteten schließlich auf Favier, der wiederholte:

»Wenn er sie noch nicht gehabt hat, so kriegt er sie jetzt. Und er ist nicht der erste, o nein! ...«

Nun blickte er seinerseits auf Deloche, dann fügte er herausfordernd hinzu:

»Wer ein Freund von Knochen ist, kann sie für hundert Sous haben.«

Doch plötzlich duckte er den Kopf.

Deloche, einer unwiderstehlichen Regung nachgebend, schüttete ihm ein volles Glas Wein ins Gesicht.

»Schmutziger Lügner! Das hättest du schon gestern verdient!«

Jetzt gab es großes Aufsehen. Einige Tropfen Wein waren auf die Nachbarn gespritzt, Favier selbst waren nur die Haare ein wenig naß geworden. Alle waren wütend. Schlief Deloche denn mit ihr, daß er sie so in Schutz nahm? Dieser Narr! Er hätte ein paar Ohrfeigen verdient, damit er lernte, wie man sich in Gesellschaft benahm. Indessen wurde es bald wieder still, denn der Inspektor nahte, und es war überflüssig, daß er von diesem Streit erfuhr. Favier begnügte sich mit der Bemerkung:

»Das hätte einen schönen Tanz gegeben, wenn er mich richtig getroffen hätte.«

Schließlich ging die Sache in Sticheleien unter.

Deloche saß unbeweglich auf seinem Stuhl; er nahm keine Kenntnis von den Scherzen, die auf seine Kosten gemacht wurden, er bereute, was er getan hatte. Diese Leute hatten ganz recht: mit welchem Recht verteidigte er sie? Nun würde man das Schlimmste glauben. Er hätte sich am liebsten geohrfeigt, weil er Denise bloßgestellt hatte, indem er sie schützen wollte. Die Tränen traten ihm in die Augen. War es denn nicht auch seine Schuld, daß schon das ganze Haus von dem Brief sprach, den der Chef ihr geschrieben hatte? Er hörte sie rohe Witze reißen über diese Einladung und beschuldigte sich selbst; er hätte Pauline nicht vor Liénard sprechen lassen sollen. Er machte sich allein verantwortlich für alles.

»Warum haben Sie die Geschichte weitererzählt?« fragte er Liénard vorwurfsvoll. »Das war schlecht von Ihnen.«

»Ich habe sie nur einem oder zweien erzählt«, erwiderte Liénard, »und habe verlangt, sie sollten es für sich behalten. Aber man weiß nie, wie so etwas weiterläuft.«

Das Mahl war zu Ende: die Verkäufer saßen auf ihren Stühlen, harrten des Glockenzeichens und unterhielten sich. Der Lärm der Stimmen war so laut, daß die Glocke, als sie schließlich ertönte, nur von den bei der Tür Sitzenden gehört wurde. Allmählich erhoben sich alle und begaben sich in langer Reihe über den Flur wieder in die Geschäftsräume hinab.

Deloche war als einer der letzten fortgegangen, um die nicht enden wollenden Spötteleien nicht zu hören. Selbst Baugé war schon weg, der sonst immer der letzte war. Er machte gewöhnlich einen Umweg, um Pauline in dem Moment zu begegnen, da diese sich in den Speisesaal der Verkäuferinnen begab. Sie hatten dieses Manöver verabredet; es war das einzige Mittel, sich während der langen Arbeitsstunden kurz zu sehen.

Als sie sich an diesem Tag begegneten und sich in einem Winkel des Korridors eben herzhaft küßten, wurden sie von Denise überrascht, die ebenfalls zum Essen kam. Sie ging ziemlich unbeholfen wegen ihres schmerzenden Fußes.

»Oh, meine Liebe!« stammelte Pauline hoch errötend, »sagen Sie nichts, bitte!«

Selbst Baugé, dieser Koloß, zitterte an allen Gliedern wie ein kleiner Junge. Er flüsterte:

»Sie würden uns sonst hinauswerfen. Wenn auch unser Aufgebot schon bestellt ist, so begreifen diese Kerle doch nicht, daß man sich hier und da einen Kuß geben will.«

Sehr verlegen tat Denise, als habe sie gar nichts gesehen. Baugé entfloh gerade, als Deloche, der als letzter herabkam, erschien. Er wollte sich entschuldigen und stammelte allerlei, was Denise nicht sogleich begriff. Als er aber Pauline Vorwürfe machte, daß sie in Gegenwart Liénards gesprochen habe, und Pauline offensichtlich ein schlechtes Gewissen hatte, begriff Denise endlich das Geflüster, das schon seit dem Morgen hinter ihr herlief. Die Geschichte mit dem Brief ging um! Sie schrak wieder zusammen wie in dem Augenblick, als sie ihn erhalten hatte. Es war ihr, als stünde sie nackt und bloß vor all diesen Männern da.

»Ich wußte nicht, daß Liénard in der Nähe war«, stammelte Pauline. »Übrigens ist ja nichts Schlimmes dabei! ... Läßt man die Leute eben reden; sie platzen ja alle nur vor Neid!«

»Ich bin Ihnen gar nicht böse, meine Liebe«, sagte Denise mit ihrer ruhigen Besonnenheit. »Sie haben nur die Wahrheit gesagt. Ich habe einen Brief erhalten, und es ist meine Sache, darauf zu antworten.«

Deloche entfernte sich tiefbekümmert, denn er entnahm daraus, daß Denise die Einladung annehmen und sich zum Abendessen einfinden werde.

Als Denise nach Tisch in die Konfektionsabteilung zurückkehrte, war Marguerite unter der Aufsicht von Frau Aurélie eben damit beschäftigt, die letzten Stücke auszurufen. Nun blieb nur noch die Kontrolle; um bei dieser Tätigkeit Ruhe zu haben, zog sich Frau Aurélie in die Stoffmusterabteilung zurück, wohin sie Denise mitnahm.

»Kommen Sie, wir wollen vergleichen; dann können Sie addieren.«

Allein da sie die Tür offenließ, um die Arbeitenden besser überwachen zu können, drang der Lärm herein, und man verstand auch in diesem Raum nur schwer. Es war ein großer, quadratischer Saal; die ganze Einrichtung bestand aus drei langen Tischen und zahllosen Stühlen. In einer Ecke stand die große Schneidemaschine für die Stoffmuster. Ganze Ballen wurden da zerschnitten; für sechzigtausend Franken wurden jährlich Probesendungen in alle Welt geschickt.

»Leiser, meine Damen«, rief von Zeit zu Zeit Frau Aurélie, die nicht hören konnte, was Denise ansagte.

Als das Vergleichen der ersten Listen beendet war, ließ Frau Aurélie Denise allein, damit sie ungestört addieren konnte. Sie kehrte aber bald wieder zurück und brachte Fräulein von Fontenailles mit, die Denise helfen sollte. Die Erscheinung der »Marquise« – wie Ciaire sie boshafterweise stets nannte – brachte die ganze Abteilung in Aufruhr. Man lachte und scherzte über Joseph; es fielen grausame Worte, die man durch die offene Tür hörte.

Plötzlich verstummte das Gelächter, die Arbeit nahm wieder ihren regelmäßigen Fortgang. Mouret machte von neuem seinen Rundgang durch die Abteilungen. Er war überrascht, Denise nicht in der Konfektionsabteilung zu finden, und winkte Frau Aurélie herbei; sie traten beiseite und sprachen leise miteinander. Er mußte sie wohl gefragt haben, denn sie wies mit den Augen nach dem Stoffmustersaal und schien ihm Bericht zu erstatten. Ohne Zweifel erzählte sie ihm, daß das Mädchen am Morgen geweint habe.

»Gut«, sagte Mouret dann laut. »Zeigen Sie mir die Listen!«

»Sie sind da drinnen«, erwiderte Frau Aurélie; »wir mußten uns vor dem Lärm zurückziehen.«

Er folgte ihr in den benachbarten Raum. Ciaire ließ sich durch das Manöver nicht täuschen; sie murmelte vor sich hin, es wäre doch besser, gleich ein Bett zu holen. Allein Marguerite warf ihr immer rascher die Kleidungsstücke zu, um sie zu beschäftigen und ihr den Mund zu schließen. War denn die Zweite nicht wirklich eine gute Kameradin? Ihre Privatangelegenheiten gingen keinen etwas an. Die ganze Abteilung verbündete sich stillschweigend. Lhomme und Joseph schrieben eifrig, über ihre Listen gebeugt, und schienen nichts zu hören. Der Inspektor Jouve, der Frau Aurélies Manöver sehr wohl bemerkt hatte, ging jetzt vor der Tür des Stoffmustersaales auf und ab mit den regelmäßigen Schritten einer Schildwache, die über die Herzensaffären eines Vorgesetzten wacht.

»Geben Sie Herrn Mouret die Listen«, sagte Frau Aurélie beim Eintreten.

Denise reichte die Listen hin und blieb stehen, die Augen ruhig zu ihm aufgeschlagen. Sie war beim Eintritt Mourets zusammengefahren, hatte sich aber gleich wieder gefaßt; sie war sehr blaß, doch sie hielt auf ihrem Posten aus. Mouret schien sich eine Weile ganz in die Ziffern zu versenken, ohne einen Blick für das Mädchen zu haben. Es herrschte Schweigen. Frau Aurélie trat schließlich zu Fräulein von Fontenailles, die nicht einmal den Kopf umgewandt hatte, und sagte ihr leise ins Ohr:

»Gehen Sie nur hinüber; Sie sind ans Rechnen nicht gewöhnt.«

Fräulein von Fontenailles erhob sich und ging in die Konfektionsabteilung, wo sie mit vielsagendem Getuschel empfangen wurde. Joseph, der die spöttischen Blicke der Mädchen auf sich ruhen fühlte, war so verlegen, daß er einen Fehler nach dem anderen machte. Claire hinwiederum war zwar froh über die unerwartete Hilfe, allein in ihrem Haß gegen alles Weibliche im Haus konnte sie es nicht lassen, Fräulein von Fontenailles mit allerlei Sticheleien zu kränken. War das blöd, sich in einen Arbeiter zu verlieben, wenn man Marquise war!

»Sehr gut! Sehr gut!« wiederholte inzwischen Mouret im Nebenraum, während er tat, als lese er aufmerksam die Listen.

Frau Aurélie war in größter Verlegenheit, wie sie sich unter einem passenden Vorwand entfernen sollte. Sie trippelte hin und her und war wütend darüber, daß ihr Mann nichts erfand, um sie hinauszurufen. Aber der war ja im Ernstfall nie zu etwas zu gebrauchen. Schließlich war Marguerite so schlau, sie um eine Auskunft zu bitten.

»Ich komme gleich«, erwiderte die Abteilungsleiterin.

Als sie somit ihre Würde gewahrt sah und in den Augen der sie beobachtenden Mädchen einen Vorwand hatte, ließ sie Mouret und Denise endlich allein; sie trat mit einer solch königlichen Miene aus der Tür, daß keine ihrer Untergebenen auch nur zu lächeln wagte.

Mouret legte die Listen langsam auf den Tisch. Er betrachtete das junge Mädchen, das sich wieder gesetzt hatte.

»Werden Sie kommen?« fragte er sie endlich halblaut.

»Nein«, erwiderte sie; »ich kann nicht. Meine Brüder sind heute abend bei meinem Onkel drüben; ich habe versprochen, mit ihnen zu essen.«

»Aber Ihr Fuß? Das Gehen macht Ihnen doch Schmerzen!«

»So weit kann ich schon gehen; ich fühle mich seit heute morgen besser.«

Bei dieser ruhigen Weigerung war er blaß geworden, seine Lippen zuckten nervös. Er hielt indessen an sich und sagte mit der Miene des wohlmeinenden Chefs, der sich einer Angestellten freundlich erweisen will:

»Und wenn ich Sie bitte? Sie wissen, wie sehr ich Sie schätze ...«

Denise bewahrte ihre achtungsvolle Haltung und antwortete:

»Ich bin sehr gerührt von Ihrer Güte und danke Ihnen für Ihre Einladung. Aber ich kann nicht; ich wiederhole: meine Brüder erwarten mich heute abend.«

Sie wollte ihn durchaus nicht verstehen. Die Tür war offengeblieben, und sie hatte das Gefühl, als dränge das ganze Geschäft sie, ja zu sagen. Pauline hatte sie wie ein dummes Gänschen behandelt, und die anderen würden sich gewiß über sie lustig machen, weil sie diese Einladung ausschlug. Frau Aurélie, die so taktvoll hinausgegangen war; Marguerite, deren Stimme sie immer lauter werden hörte; Lhomme, der ihr unbeweglich und verschwiegen den Rücken zukehrte: sie alle wollten ihren Fall, alle drängten sie sie dem Chef in die Arme.

Eine Weile schwiegen sie. Dann fragte Mouret:

»Wann werden Sie kommen? Morgen?«

Diese einfache Frage versetzte Denise in arge Verlegenheit. Sie verlor einen Augenblick ihre Ruhe und stotterte:

»Ich weiß nicht ... ich kann nicht ...«

Er lächelte und versuchte ihre Hand zu fassen, die sie ihm aber entzog.

»Was fürchten Sie denn?« fragte er.

Da blickte sie ihm gerade ins Gesicht und antwortete lächelnd und fest:

»Ich fürchte gar nichts, Herr Mouret ... Aber man tut doch nur, was man will, und ich will nicht!«

Wieder schwieg sie, als sie zu ihrer Überraschung ein Knarren hörte. Sie wandte sich um und sah, wie die Tür sich langsam schloß. Es war der Inspektor Jouve, der es auf sich genommen hatte, sie zuzumachen; die Türen gehörten zu seinem Ressort, keine durfte offenbleiben. Niemand schien etwas bemerkt zu haben, nur Claire flüsterte Fräulein von Fontenailles, in deren Gesicht keine Wimper zuckte, ein freches Wort ins Ohr.

Mittlerweile hatte Denise sich erhoben. Da sagte Mouret mit leiser und bebender Stimme:

»Aber ich liebe Sie doch; Sie wissen es seit langer Zeit, treiben Sie kein grausames Spiel mit mir, als wüßten Sie es nicht ... Haben Sie keine Angst. Ich hatte schon zwanzigmal die Absicht, Sie in mein Arbeitszimmer zu rufen. Dort wären wir allein gewesen, ich hätte nur den Riegel vorzuschieben brauchen. Aber ich wollte nicht. Sie sehen ja, daß ich hier mit Ihnen spreche, wo jeder hereinkommen kann. Ich liebe Sie, Denise!«

Sie stand totenblaß vor ihm und hörte ihn an, während sie ihm immer noch ins Gesicht blickte.

»Warum weigern Sie sich? Haben Sie keine Wünsche? Ihre Brüder sind Ihnen doch eine schwere Last. Alles, was Sie von mir verlangen würden –«

Sie unterbrach ihn:

»Danke, ich verdiene jetzt mehr, als ich brauche.«

»Aber ich biete Ihnen alle Freiheit, ein Leben voll Vergnügen und Luxus, ich will Ihnen eine eigene Wohnung einrichten, ein kleines Vermögen schenken!«

»Nein, danke, ich würde mich langweilen, wenn ich nichts zu tun hätte. Ich war noch nicht zehn Jahre alt, als ich mir schon selbst meinen Lebensunterhalt verdiente.«

Er machte eine verzweifelte Bewegung; das war die erste, die ihm nicht nachgab. Er brauchte sich nur zu bücken, um die anderen aufzulesen, alle harrten sie als willfährige Dienerinnen seiner Launen, und diese eine sagte nein, ohne auch nur einen vernünftigen Grund anzugeben. Sein so lange zurückgehaltenes, durch den Widerstand nur noch mehr aufgestacheltes Verlangen brach jäh hervor. Vielleicht hatte er ihr nicht genug geboten? Er verdoppelte sein Anerbieten, er drang noch mehr in sie.

»Nein, nein, ich danke Ihnen«, erwiderte sie immer wieder.

Da stieß er wie einen Verzweiflungsschrei hervor:

»Sehen Sie denn nicht, daß ich leide? Ja, es ist albern, aber ich leide wie ein Kind!«

Seine Augen waren von Tränen feucht. Von neuem schwiegen sie; hinter der geschlossenen Tür hörte man das gedämpfte Geräusch der Inventurarbeiten.

»Und wenn ich es doch so gern möchte!« sagte er mit bebender Stimme und ergriff ihre Hände.

Sie überließ sie ihm, und ihre Blicke wurden matt, ihre Kräfte schwanden dahin. Von den warmen Händen dieses Mannes strömte eine Glut aus, die ihren ganzen Körper erfüllte und eine himmlische Schlaffheit erzeugte. Mein Gott, wie sehr liebte sie ihn, welche Wonne wäre es für sie gewesen, sich an seinen Hals zu werfen und an seiner Brust zu ruhen!

»Ich will es, ich will es!« wiederholte er ganz außer sich; »ich erwarte Sie heute abend, oder ich werde Maßnahmen ergreifen ...«

Er wurde grob. Sie stieß einen leisen Schrei aus; der Schmerz, den sie in den Handknöcheln fühlte, gab ihr den Mut wieder. Mit einem kräftigen Stoß machte sie sich frei. Hoch aufgerichtet sagte sie:

»Nein, lassen Sie mich, ich bin keine Claire, die man am andern Tag wieder stehen lassen kann. Übrigens lieben Sie ja eine Frau, diese Dame, die zuweilen hierherkommt. Bleiben Sie bei ihr, ich will nicht teilen.«

Er stand starr vor Überraschung; was sagte sie da, was wollte sie? Niemals hatten die Mädchen, die er in den verschiedenen Abteilungen aufgelesen hatte, danach gefragt, ob er sie allein liebte. Er hätte lachen mögen, aber diese keusch-stolze Haltung verwirrte ihn vollends.

»Machen Sie die Tür auf«, fuhr sie fort, »es gehört sich nicht, daß wir hier so eingeschlossen sind.«

Er gehorchte mit hämmernden Schläfen und wußte nicht, wie er seine Erregung verbergen sollte. Er rief Frau Aurélie herbei und wurde wütend über den großen Vorrat an Umhängen; man müsse den Preis herabsetzen, sagte er, und zwar so lange, bis kein einziger mehr vorrätig sei. Das war eine Regel des Hauses, jedes Jahr wurde Auskehr gehalten; man verkaufte lieber mit sechzig Prozent Verlust, als daß man ein altes Modell oder einen abgelegten Stoff am Lager behielt.

Mittlerweile erwartete ihn Bourdoncle, vor der geschlossenen Tür durch Jouve zurückgehalten, der ihm mit ernster Miene ein Wort ins Ohr geflüstert hatte. Er war ungeduldig, hatte aber doch nicht gewagt, den Chef zu stören. War es möglich? An einem solchen Tag und mit einem so erbärmlichen Geschöpf! Als Mouret endlich herauskam, berichtete ihm Bourdoncle von den Phantasieseiden, deren Vorrat noch enorm sei. Es war eine Erleichterung für Mouret, sich so recht austoben zu können. Wo hatte dieser Bouthemont seinen Kopf? Er könne nicht dulden, erklärte er im Weggehen, daß ein Einkäufer so unvernünftig sei, weit über den Bedarf hinaus zu kaufen.

»Was hat er denn?« flüsterte Frau Aurélie, ganz verwirrt über seine Vorwürfe.

Auch die Verkäuferinnen betrachteten einander mit überraschten Mienen. Um sechs Uhr war die Inventur zu Ende. In den einzelnen Abteilungen war es allmählich still geworden, man hörte nur noch hier und da Stimmen, die sich die letzten Angaben zuriefen. Schränke, Regale und Kästen waren jetzt leer, nicht ein Meter Stoff, nicht ein einziger Artikel war auf seinem Platz geblieben. Die weiten Räume zeigten nur das Gerippe ihrer Einrichtung, so weit man blickte, nichts als Gestelle. Auf dem Fußboden dagegen türmten sich Waren für sechzehn Millionen Franken. Langsam fingen die Verkäufer an, alles wieder einzuräumen. Man hoffte, damit bis zehn Uhr fertig zu werden. Frau Aurélie, die als erste vom Essen zurückkam, brachte die Umsatzziffer des verflossenen Jahres mit: achtzig Millionen Franken, zehn Millionen mehr als im Vorjahr. Nur bei den Phantasieseiden hatte es einen Rückgang gegeben.

»Wenn Herr Mouret damit noch immer nicht zufrieden ist, weiß ich wirklich nicht, was er will. Da, sehen Sie ihn sich an, wie er mit wütender Miene an der großen Treppe steht!«

Alle beeilten sich, einen Blick auf ihn zu werfen; er stand in der Tat mit düsterem Gesicht über den Millionen, die zu seinen Füßen hingebreitet waren.

»Gnädige Frau«, sagte in diesem Augenblick Denise, »gestatten Sie, daß ich mich zurückziehe? Ich kann ja jetzt wegen meines kranken Beins doch nichts mehr helfen, und da ich heute abend bei meinem Onkel esse ...«

Alle waren erstaunt. Wie, sie hatte nicht nachgegeben? Frau Aurélie zögerte; sie schien auf dem Punkt, ihr das Ausgehen zu verbieten. Claire dagegen zuckte mit geringschätziger Miene die Achseln, als wollte sie sagen: Laßt's gut sein! Die Sache ist doch sehr einfach: er will nichts mehr von ihr wissen!

Pauline stand gerade bei Deloche, als sie von dieser Entwicklung erfuhren. Die plötzliche Freude des jungen Mannes versetzte sie in heftigen Zorn. Das werde ihm wenig nützen, meinte sie. War er vielleicht gar glücklich darüber, daß ihre Freundin dumm genug war, ihr Glück zu verscherzen?

Die allgemeine Erregung griff selbst auf Bourdoncle über, der Mouret in seiner gereizten Vereinsamung nicht zu stören wagte und verstimmt und unruhig umherwanderte.

Mittlerweile ging Denise langsam nach unten, sich immer auf das Geländer stützend. Als sie an der kleinen Treppe links ankam, stieß sie auf eine Gruppe von Verkäufern, die noch immer ihren Spott trieben. Sie hörte ihren Namen nennen und begriff, daß man nach wie vor von ihrem Abenteuer sprach. Man hatte ihre Anwesenheit nicht bemerkt.

»Habt ihr so ein geziertes Getue schon gesehen?« rief Favier.

»Sie ist lasterhaft durch und durch. Ja, ich kenne jemanden, den sie mit Gewalt haben wollte!«

Dabei blickte er auf Hutin, der in seiner Würde als Zweiter sich einige Schritte entfernt hielt und sich in die Gespräche nicht einmengte. Aber er war so geschmeichelt von den neidischen Mienen der anderen, daß er zu murmeln geruhte:

»Ja, sie hat mir viel Verdruß gemacht!«

Zutiefst getroffen stützte sich Denise auf das Treppengeländer. Nun schien man sie bemerkt zu haben, denn die Verkäufer gingen lachend auseinander ... Er hatte ganz recht; sie machte sich heute selber Vorwürfe über ihr unbesonnenes Benehmen von damals. Aber wie feig er war! Wie verachtete sie ihn jetzt! ... Eine tiefe Verwirrung bemächtigte sich ihrer: war es nicht seltsam, daß sie soeben die Kraft gefunden hatte, einen angebeteten Mann zurückzuweisen, während sie seinerzeit vor diesem elenden Burschen, von dessen Liebe sie nur geträumt hatte, sich so schwach gefühlt hatte?

Sie ging rasch durch die Halle. Während ein Inspektor die Tür öffnete, die seit dem Morgen geschlossen war, blickte sie unwillkürlich nach oben. Da sah sie Mouret; er stand noch immer an der Treppe, von wo aus er alles überschauen konnte. Doch er hatte die Inventur vergessen; er sah sein Reich, diese von Schätzen strotzenden Räume gar nicht mehr. Alles war versunken, die lärmenden Triumphe des vergangenen, das ungeheure Vermögen der kommenden Tage. Mit verzweifelten Blicken folgte er Denise, und als sie die Tür hinter sich geschlossen hatte, gab es um ihn nichts mehr, das Haus war finster.

Elftes Kapitel

Bouthemont traf heute als erster bei Frau Desforges zum Tee ein. Sie war noch allein in ihrem großen Salon und empfing ihn, als er eintrat, mit einem kurzen:

»Nun?«

»Nun«, erwiderte der junge Mann, »ich habe ihm gesagt, daß ich bestimmt zu Ihnen gehen würde, und er hat mir in aller Form versprochen, ebenfalls zu kommen.«

»Sie haben ihm zu verstehen gegeben, daß ich heute auf den Baron zähle?«

»Aber sicher; das schien den Ausschlag zu geben.«

Sie sprachen von Mouret. Er hatte im verflossenen Jahr eine plötzliche Neigung zu Bouthemont gefaßt, die so weit ging, daß er ihn zu seinen Vergnügungen hinzuzog. Er führte ihn sogar bei Henriette ein, froh darüber, daß er jemanden bei der Hand hatte, der etwas Heiterkeit in das Verhältnis brachte, dessen er schon überdrüssig war. So war Bouthemont allmählich der Vertraute seines Chefs sowohl wie der schönen Witwe geworden: er besorgte ihre kleinen Aufträge, sprach mit dem einen von dem andern und versöhnte sie zuweilen, wenn ein kleiner Zwist ausgebrochen war. In ihren Eifersuchtsanwandlungen gar überließ sich Henriette gelegentlich einer Vertraulichkeit, die ihn überraschte; sie ließ

dann alle Zurückhaltung einer Dame von Welt außer acht und wahrte nicht einmal den äußeren Schein.

Auch jetzt rief sie heftig:

»Sie hätten ihn gleich mitbringen sollen, damit ich sicher bin!«

»Ich kann doch nichts dafür, wenn er mir seit einiger Zeit immer wieder entschlüpft ... Trotzdem meint er es gut mit mir; ohne ihn würde es mir schlimm ergehen.«

In der Tat war seit der letzten Inventur seine Stellung im »Paradies der Damen« bedroht. Vergebens berief er sich auf die regnerische Jahreszeit; man hielt ihm immer wieder den großen Vorrat an Phantasieseide vor. Da Hutin diesen Umstand ausbeutete und im stillen bei den Vorgesetzten gegen ihn arbeitete, fühlte er den Boden unter sich wanken. Mouret hatte ihn innerlich bereits fallen lassen; ihm war dieser Zeuge lästig, der ihn daran hinderte, das Verhältnis mit Henriette abzubrechen; zudem war er dieser Vertraulichkeit überdrüssig, die ihm keinen Vorteil brachte. Aber seiner gewohnten Taktik getreu, schob er Bourdoncle vor: Bourdoncle und die anderen Teilhaber forderten bei jeder Beratung die Entlassung Bouthemonts, während er, wie er behauptete, seinen Freund trotz vielfacher Verdrießlichkeiten, die ihm daraus entstanden, in Schutz nahm.

»Ich werde warten«, sagte Henriette. »Das Mädchen wird um fünf Uhr hier sein. Ich muß sie zusammenbringen und ihnen ihr Geheimnis entlocken.«

Sie hatte ihren Plan verwirklicht und Frau Aurélie gebeten, ihr Denise zu schicken, damit sie sich einen Mantel ansehe, der nicht recht passe. Hatte sie einmal das Mädchen in ihrem Zimmer, so würde sie schon ein Mittel finden, Mouret dazu zurufen, und dann wollte sie handeln.

Bouthemont, der ihr gegenüber saß, betrachtete sie mit seinen schönen, lachenden Augen, denen er einen ernsten Ausdruck zu geben versuchte.

»Was stört Sie eigentlich an der Sache?« wagte er endlich zu fragen. »Ich versichere Ihnen doch, daß zwischen den beiden absolut nichts vorgefallen ist.«

»Das ist es ja gerade!« rief sie, »er liebt sie wirklich. Über die anderen mache ich mich lustig, das sind Zufallsbegegnungen, vorübergehende Eintagslaunen.«

Mit Geringschätzung sprach sie von ihnen; man hatte ihr erzählt, daß Mouret nach der Weigerung Denises wieder zu Claire zurückgekehrt sei, ohne Zweifel aus Berechnung, denn er behielt sie in der Abteilung und überhäufte sie mit Geschenken, offenbar um die Sache auffällig zu machen. Überdies führte er seit drei Monaten ein reichlich ausschweifendes Leben und gab das Geld mit einer Verschwendung aus, die sprichwörtlich geworden war; einer kleinen Sängerin hatte er eine Wohnung eingerichtet, und zwei oder drei gewöhnliche Dirnen, die einander an kostspieligen und tollen Launen überboten, saugten ihn aus wie die Blutegel.

»Das ist alles die Schuld dieses Geschöpfes«, wiederholte Henriette. »Ich sehe ja, daß er sich mit anderen ruiniert, weil sie ihn abweist ... Was kümmert mich übrigens sein Geld? Ich wollte, er wäre arm. Sie, der Sie unser Freund geworden sind, wissen doch, wie sehr ich ihn liebe.«

Sie hielt beklommen inne und war nahe daran, in Tränen auszubrechen. In einer Bewegung äußerster Verlassenheit streckte sie ihm beide Hände hin. Es war wahr, sie betete Mouret wegen seiner Jugend, wegen seiner Triumphe an; noch niemals hatte ein Mann sie so vollständig beherrscht.

»Ich werde mich rächen«, flüsterte sie, »ich werde mich rächen, wenn er sich schlecht benimmt.«

Bouthemont hielt noch immer ihre Hände in den seinen. Sie war schön, aber als Geliebte mußte sie doch lästig sein; er mochte diesen Typ nicht. Indessen wollte er sich die Sache überlegen, es lohnte sich vielleicht, die Verdrießlichkeiten eines solchen Verhältnisses mit in Kauf zu nehmen.

»Warum machen Sie sich nicht selbständig?« fragte sie ihn plötzlich und machte sich los.

Er saß ganz erstaunt da. Nach einer Weile erwiderte er:

»Dazu braucht man doch beträchtliches Kapital! Im vorigen Jahr hatte ich allerdings den Plan. Ich bin überzeugt, daß sich in Paris noch immer Kundschaft für ein oder zwei große Warenhäuser finden läßt. Es handelt sich nur darum, das richtige Stadtviertel zu wählen. Das ›Bon-Marché‹ hat das linke Seineufer, das ›Louvre‹ das Zentrum. Uns im ›Paradies der Damen‹ gehören die reichen westlichen Viertel. Bleibt noch der Norden, wo man dem ›Place Clichy‹ Konkurrenz machen könnte, und ich habe da eine prachtvolle Stelle hinter der Oper entdeckt ...«

»Nun, und?«

Er lachte laut auf.

»Denken Sie sich«, sagte er, »ich war so einfältig, die Sache meinem Vater gegenüber zu erwähnen! Ja ich war dumm genug, ihn zu bitten, er möge für eine solche Unternehmung in Toulouse Teilhaber suchen.«

Er schilderte ihr vergnügt den Zorn des guten Mannes, der im Dunkel seiner kleinen Provinzbude auf die großen Pariser Warenhäuser ohnehin schon so wütend war. Der alte Bouthemont, den die dreißigtausend Franken, die sein Sohn jährlich verdiente, vor Neid erblassen ließen, hatte ihm geantwortet, er wolle sein Geld und das seiner Freunde lieber den Armen schenken, als daß er auch nur einen Centime in diese Warenhäuser, diese Schandhäuser des Handels, stecke. Übrigens brauche man Millionen für ein derartiges Unternehmen, schloß der junge Mann.

»Und wenn man sie fände?« sagte ganz einfach Frau Desforges. Er schaute sie an und wurde plötzlich ernst. War das nur das Gerede einer eifersüchtigen Frau? Allein sie ließ ihm nicht Zeit, sie zu fragen, sondern fuhr fort:

»Sie wissen, wie sehr ich an Ihnen Anteil nehme. Wir werden über die Sache noch sprechen.«

Draußen klingelte es. Sie erhob sich, und er schob mit einer unwillkürlichen Bewegung seinen Stuhl zurück, als liefen sie Gefahr, von jemandem überrascht zu werden.

Der Diener trat ein und meldete:

»Herr Mouret, Herr von Vallagnosc.«

Henriette konnte eine zornige Gebärde nicht unterdrücken. Warum kam er in Begleitung? Er hatte seinen Freund sicher nur deshalb mitgebracht, weil er ein Alleinsein mit ihr fürchtete. Sie empfing indessen die beiden Herren mit charmantem Lächeln.

»Wie selten man Sie jetzt sieht! Das gilt auch Ihnen, Herr von Vallagnosc.«

Sie war seit einiger Zeit verzweifelt, daß sie immer stärker wurde. Sie zwängte sich in enge Seidenkleider, um ihre zunehmende Fülle zu verbergen. Nur ihr hübscher Kopf mit den dunklen Haaren behielt seinen feinen Liebreiz. Mouret umfing sie mit einem zärtlichen Blick und sagte in vertraulichem Ton:

»Ich brauche mich nicht nach Ihrem Wohlbefinden zu erkundigen: Sie sind frisch wie eine Rose.«

»Oh ja, es geht mir recht gut«, erwiderte sie. »Übrigens hätte ich auch sterben können, und Sie hätten nichts davon gemerkt.« Jetzt betrachtete sie ihn. Sie fand ihn müde und nervös, die Augen eingefallen, die Gesichtsfarbe bleiern.

»Ich kann Ihnen das Kompliment nicht erwidern«, sagte sie. »Sie sehen keineswegs gut aus.«

»Das macht die viele Arbeit«, bemerkte Vallagnosc.

Mouret machte eine unbestimmte Geste, ohne zu antworten. Er hatte Bouthemont bemerkt und grüßte ihn mit einem freundschaftlichen Kopfnicken. Früher hatte er ihn selbst aus der Abteilung abgeholt und zu Henriette mitgenommen. Allein die Zeiten hatten sich geändert, und er sagte halblaut:

»Sie sind heute früh fort. Man hat Ihr Weggehen bemerkt und ist wütend auf Sie.«

Er sprach von Bourdoncle und den übrigen Teilhabern, als wäre nicht er der Chef des Hauses.

»Wirklich?« murmelte Bouthemont beunruhigt.

»Ja, ja, ich habe mit Ihnen zu reden. Warten Sie nachher auf mich, wir werden zusammen fortgehen.«

Henriette hatte sich mittlerweile gesetzt und hörte Vallagnosc zu, der ihr den Besuch Frau von Boves' ankündigte. Aber sie ließ Mouret nicht aus den Augen. Er war verstummt, betrachtete angelegentlich die Möbel und schien an der Decke etwas zu suchen. Als sie sich lachend beklagte, daß sie nur noch Herren bei ihrem Tee sehe, vergaß er sich so weit, daß er ausrief:

»Ja, und ich hoffte, Baron Hartmann bei Ihnen zu finden!«

Henriette wurde blaß. Sie wußte ohne Zweifel, daß er nur zu ihr kam, um hier den Baron zu treffen; aber mußte er ihr seine Gleichgültigkeit so ins Gesicht schleudern? In diesem Augenblick wurde abermals die Tür geöffnet, und der Diener erschien auf der Schwelle. Sie befragte ihn mit einem Blick; er trat näher und flüsterte ihr zu:

»Es ist wegen des Mantels. Gnädige Frau haben mir befohlen, Sie zu benachrichtigen; das Fräulein ist da.«

Da erwiderte sie laut, so daß alle es hören mußten, und ihre ganze Eifersucht entlud sich in ihrem geringschätzigen Ton:

»Sie soll warten.«

»Soll ich sie in das Ankleidezimmer der gnädigen Frau führen?«

»Nein, sie soll im Vorzimmer bleiben.«

Als der Diener hinausgegangen war, setzte sie ruhig das Gespräch mit Vallagnosc fort. Mouret, der in seine Teilnahmslosigkeit zurückgesunken war, hörte mit einem Ohr zu, ohne recht zu begreifen. Bouthemont, den das Abenteuer interessierte, kam ins Grübeln. Jetzt wurde die Tür geöffnet, und zwei Damen traten ein.

»Denken Sie sich«, sagte Frau Marty, »gerade als ich aus dem Wagen stieg, sah ich Frau von Boves unter den Arkaden herankommen.«

»Ja«, erklärte diese, »das Wetter ist so schön, und da mein Arzt mir empfohlen hat, viel an die frische Luft zu gehen ...«

Man begrüßte einander herzlich, dann fragte die Gräfin Frau Desforges:

»Sie nehmen eine neue Zofe?«

»Nein«, erwiderte Henriette erstaunt. »Wieso?«

»Ach, ich habe da im Vorzimmer ein junges Mädchen gesehen...«

Henriette unterbrach sie lachend.

»Nicht wahr, alle diese Ladenmädchen sehen aus wie Dienstboten? Nein, das ist ein Fräulein, das gekommen ist, einen Mantel zum Ändern abzuholen.«

Von einem unbestimmten Verdacht ergriffen, blickte Mouret sie an. Sie fuhr mit erkünstelter Heiterkeit fort und erzählte, daß sie ihn letzten Samstag im »Paradies der Damen« gekauft habe. »Wie«, rief Frau Marty, »lassen Sie denn nicht mehr bei der Sauveur arbeiten?«

»Doch, meine Liebe, ich wollte nur einen Versuch machen. Ich habe einmal einen Reisemantel dort gekauft und war damit recht zufrieden ... Diesmal aber ist es daneben gegangen. Sie mögen sagen, was Sie wollen, in den Kaufhäusern bekommt man nichts Rechtes. Oh, ich geniere mich nicht, ich spreche es auch vor Herrn Mouret ganz offen aus. Es wird Ihnen niemals gelingen, eine Frau von Eleganz anständig anzuziehen.« Mouret fand es unter seiner Würde, sein Haus zu verteidigen. Bouthemont mußte für das »Paradies der Damen« eintreten.

»Wenn alle vornehmen Damen, die bei uns ihre Garderobe kaufen, auf einem Platz beisammen wären, so wären Sie sehr erstaunt über unsere Kundschaft, gnädige Frau ... Bestellen Sie bei uns ein Kleid nach Maß, und Sie werden genauso gut bedient sein wie bei der Sauveur, aber nur halb so teuer. Doch weil die Kleider bei uns um die Hälfte billiger sind, halten Sie sie für weniger gut!«

»Also der Mantel paßt Ihnen nicht?« fragte Frau von Boves wieder. »Ich erinnere mich jetzt auch an das Fräulein.«

»Ja«, fügte Frau Marty hinzu, »ich wußte auch nicht gleich, wo ich diese Person schon gesehen hatte ... Nehmen Sie nur keine Rücksicht auf uns.«

Henriette machte eine geringschätzige Gebärde und sagte:

»Gleich, gleich, es eilt ja nicht.«

»Sie sehen angegriffen aus, Herr Mouret«, bemerkte Frau von Boves ablenkend.

»Das kommt von der Arbeit«, wiederholte Vallagnosc mit spöttischer Ruhe.

Mouret erhob sich lebhaft, als schäme er sich, daß er sich so hatte gehen lassen. Er nahm seinen gewohnten Platz im Kreis der Damen ein und fand seine ganze Liebenswürdigkeit wieder. Zur Zeit beschäftigten ihn die Wintermodeartikel, er sprach von einer großen Spitzenlieferung. Frau von Boves fragte ihn nach dem Preis von Alençonspitzen, sie wollte vielleicht welche kaufen. Sie war jetzt in ihren Geldverlegenheiten so weit, daß sie sich die zwei Franken für einen Wagen versagen mußte, und kehrte jedesmal ganz krank heim, wenn sie stundenlang alle Auslagen angestaunt hatte.

»Herr Baron Hartmann«, meldete nach einer Weile der Diener. Henriette beobachtete mit Interesse Mouret, der dem Baron entgegeneilte. Der Eintretende begrüßte die Damen und erlaubte sich dann als Freund des Hauses die vertrauliche Bemerkung:

»Da steht ja ein reizendes junges Mädchen im Vorzimmer. Wer ist das?«

»Oh, niemand«, erwiderte Frau Desforges boshaft. »Ein Ladenmädchen, das draußen wartet.«

Die Tür war offengeblieben, der Diener brachte den Tee. Sooft er ging und kam, sah man in einen dunklen Winkel des Vorzimmers. Hier stand geduldig und unbeweglich wie ein Schatten Denise; zwar war eine mit Leder bezogene Bank da, allein ein gewisser Stolz verbot ihr, sich unaufgefordert zu setzen. Sie fühlte den ihr zugefügten Schimpf. Seit einer halben Stunde wartete sie hier, bewegungslos, ohne ein Wort, von den Damen und dem Baron im Vorübergehen prüfend betrachtet. Jetzt drangen Bruchstücke der Unterhaltung an ihr Ohr; angesichts der Gleichgültigkeit, die alle Welt ihr gegenüber an den Tag legte, war dieser liebenswürdige Luxus des Salons für sie besonders verletzend, doch sie rührte sich nicht. Plötzlich bemerkte sie durch die halboffene Tür Mouret. Auch er hatte inzwischen begriffen, wer da draußen wartete.

»Ist das eine Ihrer Verkäuferinnen?« fragte der Baron.

Mouret unterdrückte mit Mühe seine tiefe Verlegenheit.

»Zweifellos«, sagte er mit unsicherer Stimme, »aber ich weiß nicht, welche.«

»Die kleine Blonde aus der Konfektionsabteilung«, sagte verbindlich Frau Marty, »die Zweite, glaube ich.«

Henriette schaute ihm fest ins Gesicht.

»Ah!« sagte er nur.

Dann begann er von den Festlichkeiten zu sprechen, die am Abend vorher zu Ehren des Königs von Preußen stattgefunden hatten. Allein der Baron kam in boshafter Weise wieder auf die Verkäuferinnen in den großen Warenhäusern zu sprechen. Er tat, als wollte er sich unterrichten, und stellte allerlei Fragen: Woher kamen sie im allgemeinen? Waren sie wirklich so verdorben, wie man sich erzählte? Eine lange Auseinandersetzung entspann sich über dieses Thema.

»Ach nein«, meinte der Baron, »Sie denken nicht so schlecht von ihnen?«

Mouret verteidigte die Tugend seiner Verkäuferinnen mit einer Überzeugung, über die Vallagnosc lachen mußte. Da trat Bouthemont dazwischen, um dem Chef zu Hilfe zu kommen. Mein Gott, es gab anständige unter ihnen und andere, die es nicht waren. Im Durchschnitt aber hob sich ihr Niveau wohl immer mehr. Früher hatte man nur Mädchen bekommen, die im Leben Schiffbruch gelitten hatten; heute dagegen ließen selbst bessere Familien ihre Töchter für eine Stellung beispielsweise im »Bon-Marché« ausbilden. Alles in allem konnten die Mädchen ehrbar bleiben, wenn sie es nur wollten; sie brauchten wenigstens nicht für Nahrung und Unterkunft zu sorgen wie die Arbeiterinnen, die auf dem Pariser Straßenpflaster herumlungerten. Das Schlimmste war ihre unklare gesellschaftliche Stellung zwischen Arbeiterin und Dame. Durch ihre Berührung mit der großen Welt bekamen sie Geschmack am Luxus, ohne die Bildung und die

Mittel für dieses bessere Leben zu haben; daher stammten ihr Elend, ihre Laster.

»Ich jedenfalls kenne keine unausstehlicheren Geschöpfe«, bemerkte Frau von Boves; »man möchte sie zuweilen ohrfeigen.« Nun ließen die Damen ihrem Widerwillen freien Lauf. Wenn schon die Verkäuferinnen eifersüchtig waren auf die gutgekleideten Damen, deren Benehmen sie nachzuahmen suchten, so war doch der Groll der weniger wohlhabenden Kundschaft gegen diese Mädchen in seidenen Kleidern, von denen sie bei einem Kauf für zehn Sous die Unterwürfigkeit einer Magd forderten, noch viel bitterer.

»Es sind armselige Dinger«, schloß Henriette, »käuflich wie ihre Waren.«

Mouret fand die Kraft zu lächeln. Der Baron beobachtete ihn und bewunderte, wie sehr er sich zu beherrschen wußte. Er suchte dem Gespräch schließlich eine andere Wendung zu geben. Henriette schwieg; sie schwankte zwischen dem Wunsch, Denise noch länger draußen warten zu lassen, und der Furcht, daß Mouret, der jetzt wußte, woran er war, fortgehen könnte. Zu guter Letzt erhob sie sich doch und sagte:

»Sie erlauben wohl?«

»Aber selbstverständlich!« rief Frau Marty. »Ich werde Sie inzwischen in Ihren Hausfrauenpflichten vertreten.«

»Sie bleiben noch eine Weile?« sagte Henriette, zu Baron Hartmann gewendet.

»Ja«, erwiderte der Baron, »ich habe mit Herrn Mouret zu sprechen. Wir wollen Ihren kleinen Salon in Beschlag nehmen.«

Sie ging hinaus, während der Baron Mouret nach nebenan führte und die Damen Bouthemont und Vallagnosc überließ. In einer Fensternische des benachbarten Salons vertieften sie sich in ein leises Gespräch. Es handelte sich um die alte Sache.

Mouret war immer noch bestrebt, seinen Plan zu verwirklichen, das heißt, den ganzen Block um sich her für das »Paradies der Damen« in Anspruch zu nehmen, von der Rue Monsigny bis zur Rue de la Michodière und von der Rue Neuve-Saint-Augustin bis zur Rue du Dix-Décembre. Noch war in diesem gewaltigen Block das Randgrundstück an der neu durchgebrochenen Straße nicht in seinem Besitz, und dies genügte, um ihm seinen Triumph zu verderben; er wollte seine Eroberung unbedingt durch eine Prachtfassade an dieser Stelle krönen. Solange der Haupteingang sich in der Rue Neuve-Saint-Augustin befand, in dieser dunklen Straße, blieb sein Werk unvollständig; er wollte es dem neuen Paris an einer jener modernen Straßen vor Augen führen, wo im hellen Sonnenschein die Menge vorüberzog. Allein bisher war er am eigensinnigen Widerstand der Immobilienbank gescheitert, die an ihrem ursprünglichen Gedanken festhielt, hier dem Grand-Hotel eine Konkurrenz zu errichten. Die Baupläne waren fertig, man erwartete nur die Eröffnung der Rue du Dix-Décembre, um mit den Arbeiten zu beginnen. Bei seinem letzten Vorstoß aber hatte Mouret den Baron Hartmann fast überredet.

»Wir hatten gestern eine Verwaltungsratssitzung«, begann der Bankier, »und ich bin nur gekommen, weil ich dachte, daß ich Sie hier treffen würde. Ich wollte Sie vom neuesten Stand der Dinge informieren. Die Herren leisten noch immer Widerstand.«

»Das ist wirklich unvernünftig«, meinte Mouret mit einer ungeduldigen Geste. »Was wenden sie denn ein?«

»Mein Gott, das gleiche, was auch ich immer wieder sage: Ihre geplante Fassade sei nichts als eine Verzierung, und man müßte große Summen für eine einfache Reklame ausgeben.«

»Eine Reklame, eine Reklame!« rief Mouret. »Aber diese Reklame wird in Stein gehauen und alle anderen überdauern! Diese Reklame dient dazu, unsere Umsätze zu verzehnfachen, in zwei Jahren bringen wir das Geld herein! Das Gelände ist doch nicht verloren, wenn es uns ungeheure Zinsen trägt? Sie sollen die Menschenmenge sehen, die uns zuströmt, sobald die Kunden sich nicht mehr in der engen Rue Neuve-Saint-Augustin drängen müssen, sondern freien Zutritt haben auf der breiten Straße, wo sechs Wagen gut nebeneinander fahren können!«

»Schon recht«, sagte der Baron lachend. »Aber ich wiederhole Ihnen, Sie sind ein Schwärmer auf Ihrem Gebiet. Die Herren meinen, es wäre gefährlich, wenn Sie Ihre Geschäfte noch weiter ausdehnten. Sie wollen in Ihrem Interesse vernünftig sein.«

»Wie? Vernünftig? Das begreife ich nicht. Sprechen denn die Zahlen nicht deutlich genug? Beweisen sie nicht, daß unser Umsatz fortwährend steigt? Ich habe --«

»Ich weiß, ich weiß«, unterbrach ihn der Baron, »aber Sie dürfen doch nicht hoffen, daß das in diesem Verhältnis weitergeht.«

»Warum nicht?« meinte Mouret harmlos. »Ich sehe nicht ein, warum es einen Stillstand geben sollte?«

»Sie wollen also am Ende das Geld von ganz Paris bis auf den letzten Centime schlucken, wie man ein Glas Wasser austrinkt?«

»Durchaus; gehört Paris nicht den Frauen, und gehören die Frauen nicht uns?«

Der Baron legte ihm beide Hände auf die Schultern, betrachtete ihn mit väterlicher Miene und sagte:

»Sie sind ein kluger Junge, und ich habe Sie gern, man kann Ihnen nicht widerstehen. Wir wollen den Gedanken ernstlich erwägen, und ich hoffe durchzudringen. Bisher haben wir alle Ursache, mit Ihnen zufrieden zu sein. Ich glaube, Sie haben recht; es ist besser, noch mehr Geld in Ihrem Betrieb anzulegen, als es in einem Konkurrenzhotel aufs Spiel zu setzen.«

Mourets Aufregung legte sich, er dankte dem Baron, aber ohne seine gewohnte Begeisterung, und dieser sah, wie er nach der Tür des benachbarten Zimmers blickte, abermals erfaßt von jener geheimen Angst, die er zu verbergen suchte. Mittlerweile war Vallagnosc herangekommen, da er merkte, daß sie nicht mehr von Geschäften sprachen. Er stand in ihrer Nähe und hörte, wie der Baron mit der galanten Miene des ehemaligen Lebemanns Mouret zuflüsterte:

»Mir scheint, sie rächen sich schon.«

»Wer denn?« fragte Mouret verlegen.

»Nun, die Frauen; sie sind es müde geworden, Ihnen hörig zu sein, und jetzt sind Sie ihnen verfallen, mein Lieber!«

Er scherzte und zeigte sich wohlunterrichtet über die Liebeshändel des jungen Mannes. Die Geschichte von der Wohnung, die Mouret der kleinen Sängerin eingerichtet hatte, die enormen Summen, die er mit irgendwo aufgelesenen Frauenzimmern verpraßte, versetzten den Baron in Heiterkeit und waren in seinen Augen gewissermaßen eine Entschuldigung für die Torheiten, die er selbst einmal begangen hatte.

»Ich weiß wirklich nicht, wovon Sie sprechen«, wiederholte Mouret verlegen.

»Lassen Sie's gut sein«, sagte der Baron. »Die Weiber haben immer das letzte Wort. Ich habe mir gleich gedacht: das ist unmöglich, er prahlt nur, er ist gar nicht so stark -- und jetzt sind Sie soweit. Holen Sie nur alles aus den Frauen heraus, beuten Sie sie völlig aus, am Ende erwischt Sie doch eine und murkst Sie ab. Hüten Sie sich! Diese eine wird Sie schließlich mehr Blut und Geld kosten, als Sie allen andern abgezapft haben!«

Er lachte noch mehr, und Vallagnosc, der in seiner Nähe stand, genoß das Vergnügen mit, ohne sich einzumischen.

»Mein Gott, man muß alles einmal versucht haben«, sagte Mouret endlich und tat, als machte er sich selber lustig über die Sache. »Wozu das viele Geld, wenn man es nicht ausgibt?«

»Ganz recht«, meinte der Baron. »Unterhalten Sie sich nur, mein Lieber; ich wäre der letzte, der Ihnen Moral predigen wollte oder wegen der hohen Summen, die wir Ihnen anvertraut haben, zittern würde. Man muß sich austoben, dann hat man den Kopf freier. Und warum soll man sein Geld nicht hinauswerfen, wenn man der Mann danach ist, sein Glück wieder aufzubauen! Aber es gibt andere Kümmernisse ...«

Er hielt inne, ein trauriges Lächeln umspielte seine Lippen, durch den Scherz klang die Erinnerung an Leiden früherer Tage durch. Er hatte den Zweikampf zwischen Henriette und Mouret mit Aufmerksamkeit verfolgt und sah wohl, daß die Entscheidung gekommen war. Er ahnte den dramatischen Ausgang, denn er kannte die Geschichte mit dieser Denise, die er im Vorzimmer getroffen hatte.

»Leiden ist nicht meine Spezialität«, sagte Mouret prahlerisch. »Es ist doch genug, wenn ich bezahle.«

Der Baron betrachtete ihn einen Augenblick schweigend. Dann bemerkte er leise:

»Machen Sie sich nicht schlechter, als Sie sind. Sie lassen bei der Geschichte noch andere Dinge als Ihr Geld -- ja, Sie werden Ihr Herz dabei lassen, mein Lieber. Nicht wahr, Herr von Vallagnosc, das kommt vor?«

»Man sagt so, Herr Baron«, erwiderte Vallagnosc schlicht.

In diesem Augenblick wurde die Tür geöffnet. Mouret, der eben antworten wollte, fuhr leicht zusammen, alle drei Herren wandten sich um. Es war Frau Desforges, die mit heiterer Miene den Kopf hereinsteckte und in dringendem Ton rief:

»Herr Mouret, Herr Mouret! -- Verzeihen Sie, meine Herren, daß ich Ihnen Herrn Mouret auf einen Augenblick entführe. Er hat mir einen abscheulichen Mantel verkauft, und da ist es doch das wenigste, daß er mir seine Meinung sagt. Dieses Mädchen ist so dumm und einfallslos ... Kommen Sie, ich erwarte Sie!«

Er zögerte, denn er sah die Szene voraus, die jetzt folgen würde. Allein er mußte gehorchen. Der Baron sagte in seiner väterlichen und zugleich spöttischen Art:

»Gehen Sie, mein Lieber, die gnädige Frau braucht Sie.«

Mouret folgte ihr. Die Tür fiel wieder ins Schloß, und er glaubte hinter sich Vallagnoscs Spott zu hören. Es war mit seinem Mut zu Ende. Seit Henriette den Salon verlassen hatte und er wußte, daß Denise sich in der Hand dieser eifersüchtigen Frau befand, hatte sich seiner eine steigende Angst bemächtigt. Es war eine innere Marter, die ihn zwang, fortwährend die Ohren zu spitzen, als ob er jeden Augenblick ein Schluchzen vernehmen müßte. Was konnte diese Frau alles erfinden, um Denise zu quälen! Seine ganze Liebe, die ihn noch immer überraschte, flog dem Mädchen zu, gleichsam als Trost und Stütze. Noch nie hatte er so, mit diesem mächtigen, im Leid verborgenen Reiz geliebt. Seine Abenteuer als Geschäftsmann, selbst Henriette, so fein, so hübsch sie auch war, so stolz ihr Besitz ihn machte, war nichts als ein angenehmer Zeitvertreib gewesen, in dem ein gut Teil Berechnung mitspielte. Jetzt aber klopfte sein Herz beklommen, es war mit seiner Freiheit vorbei, ja er fand nachts keinen Schlaf mehr. Denise hatte ihn unaufhörlich in ihrer Gewalt. Selbst in diesem Augenblick gab es für ihn nichts als sie, und er dachte bei sich, er müsse Henriette schon deshalb folgen, damit er nötigenfalls Denise verteidigen könne.

Sie gingen durch das Schlafzimmer, das still und leer war. Dann stieß Frau Desforges eine Tür auf und trat in ihr Ankleidekabinett. Mouret folgte ihr. Es war ein geräumiges Zimmer, ganz mit roter Seide tapeziert; ein Toilettentisch und ein großer dreiteiliger Schrank mit breiten Spiegeltüren bildeten die Einrichtung. Da die Fenster auf den Hof gingen, war es in diesem Raum schon dunkel. Man hatte deshalb zwei Gasflammen angezündet.

Denise stand mitten im Zimmer unter dem hellen Gaslicht. Sie war sehr blaß, bescheiden gekleidet und hielt auf dem Arm den Mantel, den Frau Desforges im »Paradies der Damen« gekauft hatte. Als sie den jungen Mann eintreten sah, schrak sie unmerklich zusammen.

»Herr Mouret soll selbst urteilen«, sagte Henriette; »helfen Sie mir, Fräulein.«

Denise mußte nähertreten und ihr den Mantel umlegen. Sie hatte die Schultern, die nicht recht paßten, schon mit Nadeln abgesteckt. Henriette wandte sich um und betrachtete sich vor den Spiegeltüren des Schrankes.

»Ist so etwas möglich? Sprechen Sie ganz offen.«

»Er ist in der Tat verschnitten, gnädige Frau«, sagte Mouret, um die Sache kurz abzutun. »Aber das ist ganz einfach: das Fräulein wird Ihnen Maß nehmen, und wir werden Ihnen einen anderen Mantel machen.«

»Nein, ich will diesen, ich brauche ihn sofort«, antwortete sie lebhaft, »aber er ist über der Brust zu eng, während er sich hier am Hals bauscht.«

Dann fügte sie trocken hinzu:

»Wenn Sie mich bloß anschauen, Fräulein, wird die Sache nicht besser. Suchen Sie doch, lassen Sie sich etwas einfallen, das ist ja Ihre Aufgabe.«

Wortlos begann Denise wieder mit den Stecknadeln zu hantieren. Es dauerte lange, sie mußte beide Seiten aufeinander abstimmen, einmal mußte sie sich sogar bücken, fast niederknien, um die Länge des Mantels zu korrigieren. Die ganze Zeit über zeigte Frau Desforges, die sich ihr überließ, das strenge Gesicht einer Herrin, die schwer zu befriedigen ist. Glücklich bei dem Gedanken, das Mädchen zu dieser Dienstbotentätigkeit erniedrigen zu können, gab sie ihr kurze, gemessene Befehle und beobachtete dabei unentwegt das nervöse Zucken im Gesicht Mourets.

»Nehmen Sie hier noch eine Stecknadel -- nein, nicht dort, hier neben dem Ärmel. Verstehen Sie denn nicht? ... Nehmen Sie sich in acht, Sie werden mich stechen.«

Mouret hatte schon zweimal vergebens versucht, dazwischenzutreten und dieser Szene ein Ende zu machen. Sein Herz klopfte heftig, er fühlte seine Liebe gedemütigt, und angesichts des geduldigen Stillschweigens, das Denise bewahrte, wuchs seine Zärtlichkeit für sie nur. Als Frau Desforges sah, daß sie sich nicht verraten würden, versuchte sie es auf eine andere Weise; sie lächelte Mouret zu, um ihn als ihren Geliebten auszuspielen. Da die Stecknadeln ausgegangen waren, sagte sie:

»Ach, lieber Freund, schauen Sie doch bitte in dem Elfenbeinkästchen auf dem Toilettentisch nach. Ist es leer, wirklich? Sind Sie dann so liebenswürdig und suchen auf dem Kamin im Schlafzimmer? Sie wissen ja: in der Ecke beim Spiegel.«

Sie gab so zu erkennen, daß er sich in ihrem Schlafzimmer gut auskannte, behandelte ihn wie jemanden, der auch weiß, wo Kämme und Bürsten liegen. Als er ihr die Stecknadeln gebracht hatte, nahm sie eine nach der anderen, nötigte ihn, neben ihr stehenzubleiben, schaute ihn an und sprach leise mit ihm, als wäre Denise gar nicht da.

»Ich bin doch nicht bucklig ... Geben Sie Ihre Hand her, befühlen Sie meine Schultern -- bin ich denn so schief gebaut?«

Denise hatte langsam aufgeblickt; sie war noch blasser als vorher und begann von neuem, schweigend die Nadeln festzustecken. Mouret sah nichts als ihr reiches, blondes Haar und ihren zarten Nacken; aber er glaubte das Unbehagen und die Scham auf ihrem Gesicht förmlich zu spüren. Jetzt würde sie ihn noch mehr zurückstoßen, sagte er sich, würde ihn zu dieser Frau schicken, die ihr Verhältnis selbst vor einer Fremden nicht verbarg. Seine Fäuste ballten sich krampfhaft, er fühlte nicht übel Lust, Henriette zu schlagen. Wie sollte er sie zum Schweigen bringen? Wie sollte er Denise zu verstehen geben, daß er sie anbete, daß sie allein für ihn da sei, daß er alle seine früheren Liebschaften ihr aufzuopfern bereit sei? Nicht einmal eine gewöhnliche Dirne hätte sich die zweideutigen Vertraulichkeiten dieser Frau erlaubt.

»Es ist überflüssig, daß Sie sich weiter damit aufhalten, gnädige Frau«, sagte er endlich. »Ich finde selbst, daß der Mantel verschnitten ist.«

Nun erhob sich auch Denise.

»Das ist alles, was ich tun kann, gnädige Frau«, bemerkte sie.

Sie war mit ihrer Kraft am Ende. In ihrem Kummer hatte sie sich schon zweimal mit den Stecknadeln in die Finger gestochen. War er denn mit Frau Desforges im Bunde? Hatte er sie kommen lassen, um sich für ihre Weigerung zu rächen, indem er ihr die anderen Frauen zeigte, die ihn lieb-

ten? Dieser Gedanke lähmte sie. Niemals hatte sie so sehr all ihrer Kraft bedurft wie in diesem Augenblick. Die Demütigung wog nicht schwer; aber ihn fast in den Armen einer anderen zu sehen, hier vor ihren Augen ...

Henriette betrachtete sich vor dem Spiegel, dann brach sie von neuem in harte Worte aus.

»Das ist doch die Höhe, Fräulein! Der Mantel sitzt jetzt noch schlechter als früher. Schauen Sie, wie er über der Brust spannt, ich sehe ja aus wie eine Amme!«

Zum Äußersten getrieben, ließ Denise sich ein gereiztes Wort entschlüpfen:

»Gnädige Frau sind eben etwas stark, wir können Sie beim besten Willen nicht schlanker machen.«

»Stark, stark?« wiederholte Henriette erblassend. »Jetzt werden Sie gar unverschämt, Fräulein! Sie haben es nötig, andere abfällig zu beurteilen!«

Sie betrachteten einander bleich und bebend. Da gab es keinen Unterschied mehr zwischen Dame und Verkäuferin; sie waren nur noch Frauen, einander gleich in ihrer Feindschaft.

»Es wundert mich«, fuhr Henriette fort, »daß Herr Mouret eine solche Unverschämtheit duldet. Ich dachte, Sie wären strenger mit Ihrem Personal, Herr Mouret.«

Denise hatte ihre Ruhe und Fassung wiedergefunden; sie erwiderte höflich:

»Wenn Herr Mouret mich im Dienst behält, so geschieht es wohl, weil er mir nichts vorzuwerfen hat. Ich bin bereit, mich bei Ihnen zu entschuldigen, wenn er es wünscht.«

Erschüttert von diesem Streit, stand Mouret wortlos da. Er hatte eine tiefe Scheu vor solchen Auseinandersetzungen unter Frauen. Henriette wollte ihm eine Äußerung entreißen, die das Mädchen verurteilte, und da er dieses Wort nicht fand, stachelte sie ihn durch eine letzte Demütigung auf.

»Das ist ja prächtig! Ich muß mir also in meinem eigenen Haus die Unverschämtheiten Ihrer Geliebten gefallen lassen ... Eines Mädchens, das Sie irgendwo aus der Gosse aufgelesen haben!« Schwere Tränen stiegen in Denises Augen. Lange schon hielt sie sie zurück, aber bei dieser Beschimpfung war ihre Kraft zu Ende. Als er sie so weinen sah, ohne auf diese Beleidigung mit gleicher Heftigkeit zu erwidern, in stiller, würdevoller Verzweiflung, da zögerte Mouret nicht länger. Sein Herz flog ihr in grenzenloser Liebe entgegen. Er nahm sie bei der Hand und sagte mit bebender Stimme:

»Gehen Sie rasch, mein Kind, und vergessen Sie dieses Haus.« Verblüfft und sprachlos vor Zorn blickte Henriette beide an.

»Warten Sie einen Augenblick«, fügte er dann hinzu und legte selbst den Mantel zusammen; »nehmen Sie das mit, die gnädige Frau wird sich irgendwo einen andern kaufen. Und weinen Sie nicht, bitte! Sie wissen doch, wie sehr ich Sie schätze.«

Er begleitete sie bis zur Tür und schloß sie hinter ihr. Sie hatte kein Wort gesagt, doch eine rosige Glut war ihr in die Wangen gestiegen, während abermals Tränen in ihre Augen traten, diesmal Tränen der Freude.

Henriette, die fast erstickte, hatte ihr Taschentuch hervorgezogen und preßte es krampfhaft an ihre Lippen. Das war das Ende all ihrer Berechnungen, sie sah sich in der eigenen Falle gefangen. Sie war verzweifelt darüber, daß sie, von ihrer Eifersucht gepeinigt, die Dinge so weit getrieben hatte. Eines solchen Geschöpfes wegen verlassen zu werden, sich vor ihr so behandelt zu sehen! Ihr Stolz litt noch mehr als ihre Liebe.

»Also das ist das Mädchen, das Sie lieben?« stammelte sie mühsam, als sie allein waren.

Mouret antwortete nicht gleich. Er ging mit langsamen Schritten im Zimmer auf und ab, um seiner heftigen Erregung Herr zu werden. Endlich blieb er stehen und sagte sehr höflich, aber auch sehr kühl:

»Ja, gnädige Frau.«

Henriette sank in einen Sessel, zerknüllte das Taschentuch zwischen ihren fieberhaft zitternden Fingern und sagte ein ums andere Mal:

»Mein Gott, wie unglücklich ich bin!«

Er betrachtete sie einige Sekunden stumm, dann ging er ruhig hinaus. Sie blieb allein und weinte lange vor sich hin.

Als Mouret in den kleinen Salon zurückkehrte, fand er hier nur Vallagnosc; der Baron hatte sich wieder zu den Damen begeben. Da er noch in höchster Aufregung war, setzte er sich auf ein Sofa im Hintergrund des Zimmers. Als sein Freund ihn so verstört sah, stellte er sich barmherzig vor ihn, um ihn etwaigen neugierigen Blicken zu entziehen. Eine Weile sahen sie einander wortlos an. Dann fragte Vallagnosc, den die Verlegenheit Mourets innerlich erheiterte, spöttisch:

»Amüsierst du dich immer noch?«

Mouret schien die Frage nicht gleich zu verstehen. Als er sich jedoch ihres früheren Gesprächs über die Hohlheit und unnütze Quälerei des Lebens erinnerte, antwortete er:

»Gewiß, nie habe ich so gern gelebt. Ja, mein Lieber, du brauchst dich nicht über mich lustig zu machen. Die kürzesten Stunden des Lebens sind die, in denen man vor Leid zu sterben glaubt.« Er dämpfte die Stimme und fuhr dann etwas heiterer fort, während er seine Bewegtheit kaum zu unterdrücken vermochte:

»Du weißt Bescheid, nicht wahr? Sie haben eben alle beide mein Herz zu zerreißen versucht. Doch auch das ist noch wonnevoll, fast ebenso wonnevoll wie ihre Liebkosungen. Ich bin ganz zerschlagen, ich kann nicht mehr, aber das tut nichts; du kannst dir nicht denken, wie sehr ich das Leben liebe! Ich werde dieses Kind schließlich doch bekommen, und wenn es noch so widerspenstig ist!«

Vallagnosc begnügte sich damit, zu sagen:

»Und dann?«

»Nun, dann habe ich sie. Ist das nicht genug? Du hältst dich für sehr stark, weil du nicht leiden und keine Dummheiten begehen willst. Du bist aber nur ein Narr, nichts weiter. Du weißt nicht, wie es ist, wenn man mit allen Fasern hinter so einem Mädchen her ist. Da kann eine Minute Entschädigung genug sein für alle Leiden. Ich will und werde sie besitzen! Und wenn sie mir entkommt, sollst du mal die Maschinerie sehen, die ich mir aufbauen werde, um mich zu kurieren! ... Du verstehst das nicht, mein Lieber. Sonst würdest du wissen, daß die Aktivität schon ihren Lohn in sich trägt. Handeln, schaffen, sich mit den Tatsachen herumschlagen und sie besiegen oder von ihnen besiegt werden: darin liegt alle Freude, alle Kraft des Menschen beschlossen!«

»Nichts als eine Art, sich zu betäuben«, murmelte der andere.

»Nun, dann will ich mich eben betäuben. Ich will lieber vor Leidenschaft vergehen als vor Langeweile!«

Da lachten sie alle beide. Dennoch erging sich Vallagnosc weiter in Reden über die Nichtigkeit des Lebens. Warum sollte der Mensch sich auch anstrengen, wenn doch niemals etwas so ging, wie man wollte. Er führte seinen künftigen Schwiegervater als Beispiel an, der in Madame Guibal eine nachgiebige, gefällige Blondine, die Laune einer Stunde, zu finden gehofft hatte; und nun war sie wie mit Peitschenhieben hinter ihm her, brauchte seine letzten Kräfte auf. Während man ihn auf einer Inspektionsreise nach Saint-Lô glaubte, saß er mit ihr in einem kleinen Landhaus in Versailles und vertat den Rest seines Vermögens.

»Er ist glücklicher als du«, sagte Mouret und erhob sich.

»O gewiß«, erklärte Vallagnosc. »Überhaupt scheint nur das Schlechte amüsant zu sein.«

Mouret hatte sich wieder gefaßt und dachte daran, zu gehen, aber er wollte nicht, daß es nach einer Flucht aussehe. Er kehrte daher mit seinem Freund in den Salon zurück, wo man noch immer beim Tee war. Baron Hartmann fragte ihn, ob der Mantel endlich passe, und Mouret erwiderte ohne jede Verlegenheit, daß er die Sache aufgegeben habe.

Er setzte sich neben Bouthemont, der sich nicht von der Stelle gerührt hatte. Auf dessen Fragen erklärte er ihm ohne viel Umstände, daß die Herren in einer gemeinsamen Beratung beschlossen hätten, auf seine ferneren Dienste zu verzichten. Er tat dabei, als sei er ganz verzweifelt über diesen Beschluß. Aber was könne er tun? Er könne sich mit seinen Teilhabern wegen einer Personalfrage nicht überwerfen. Bouthemont hörte ihm blaß und schweigend zu und mußte ihm für sein Wohlwollen auch noch danken.

»Das muß ein schrecklicher Mantel sein«, erklärte jetzt Frau Marty. »Henriette will wohl gar nicht mehr wiederkommen?«

In der Tat begann das lange Ausbleiben der Hausfrau alle zu beunruhigen. Endlich erschien Frau Desforges.

»Haben Sie es auch aufgegeben?« rief Frau von Boves.

»Wieso denn?«

»Nun, Herr Mouret hat erklärt, es sei alles umsonst, der Mantel werde Ihnen niemals passen.«

Henriette tat sehr erstaunt.

»Herr Mouret hat sicher gescherzt; der Mantel sitzt jetzt vortrefflich!«

Sie schien sehr ruhig und lächelte. Ohne Zweifel hatte sie ihre Augen gewaschen, denn sie waren frisch und zeigten nicht die geringste Röte. Als wohlerzogene Dame fand sie die Kraft, ihr Leid unter der Maske der Anmut zu verstecken. Sie bot mit ihrem gewohnten Lächeln Vallagnosc ein belegtes Brötchen an. Nur der Baron, der sie sehr gut kannte, bemerkte das leise Beben ihrer Lippen und das dunkle Feuer ihrer Augen. Er ahnte, was vorgefallen war.

»Mein Gott, jeder nach seinem Geschmack«, sagte Frau von Boves. »Ich kenne Frauen, die nicht einmal einen Meter Band anderswo als im ›Louvre‹ kaufen würden. Andere wieder schwören aufs ›Bon-Marché‹ – das ist Ansichtssache.«

»Das ›Bon-Marché‹ ist doch sehr provinziell«, murmelte Frau Marty, »und im ›Louvre‹ ist immer so ein schreckliches Gedränge!«

Damit waren die Damen wieder bei den großen Warenhäusern angelangt, und Mouret mußte seine Ansicht äußern. Er trat in ihre Mitte und tat, als wolle er nur gerecht sein. Das »Bon-Marché« sei ein ausgezeichnetes Haus, urteilte er, solid und anständig, aber das »Louvre« habe die bessere Kundschaft.

»Und über allen steht das ›Paradies der Damen‹«, sagte lachend der Baron.

»Gewiß«, erwiderte Mouret ruhig. »Bei uns werden die Wünsche und der Geschmack der Kunden berücksichtigt, und man begegnet ihnen mit der meisten Zuvorkommenheit.«

Alle anwesenden Damen waren derselben Ansicht. Das war es: sie fühlten sich dort fortwährend umschmeichelt und

angebetet. Auf dieser galanten Verführungskunst beruhte ja der enorme Erfolg des Hauses.

»Übrigens«, warf Henriette ein, »was macht mein Schützling, Herr Mouret, Fräulein von Fontenailles?«

Sie wandte sich zu Frau Marty und fügte erklärend hinzu:

»Eine Marquise, meine Liebe, ein armes Mädchen, das in Schwierigkeiten geraten ist.«

»Mein Gott«, sagte Mouret, »sie verdient in der Stoffmusterabteilung drei Franken täglich. Ich denke, ich werde sie mit einem meiner Laufburschen verheiraten.«

»Pfui, was für eine schreckliche Idee!« rief Frau von Boves. Er sah sie an und sagte ruhig:

»Warum denn, gnädige Frau? Ist es nicht besser, einen wackeren Jungen und tüchtigen Arbeiter zu heiraten, als Gefahr zu laufen, daß man auf den Straßen durch irgendeinen Taugenichts aufgelesen wird?«

Vallagnosc glaubte, sich ins Mittel legen zu müssen, und bemerkte scherzend:

»Treiben Sie ihn nicht zu weit, gnädige Frau, sonst wird er Ihnen noch sagen, daß alle alten Familien Frankreichs besser daran täten, sich dem Handel zu widmen.«

»Das wäre für viele von ihnen wirklich ein ehrenvolles Ende«, erklärte Mouret.

Alle lachten; das erschien ihnen doch zu widersinnig. Er aber fuhr fort, sich in Lobpreisungen über das zu ergehen, was er den Adel der Arbeit nannte.

Mittlerweile saß Bouthemont regungslos in seinem Sessel. Noch klangen ihm die Worte Mourets in den Ohren; endlich erhob er sich und sagte leise zu Henriette:

»Er hat mir eben meine Entlassung mitgeteilt, allerdings in sehr höflicher Weise ... Aber er soll es bereuen! Ich habe schon einen ausgezeichneten Firmennamen, ›Zu den vier Jahreszeiten‹. In der Nähe der Oper will ich mich niederlassen.«

Sie schaute ihn an, ihre Augen brannten in einem dunklen Feuer.

»Zählen Sie auf mich, ich bin dabei«, flüsterte sie ihm zu.

»Warten Sie einen Augenblick.«

Sie zog den Baron Hartmann in eine Fensternische. Hier empfahl sie ihm Bouthemont als einen gewitzten Jungen, der bald ganz Paris in Aufruhr bringen werde, denn er sei im Begriff, sich selbständig zu machen. Als sie nun aber von einer Unterstützung ihres neuen Schützlings sprach, konnte der Baron, der an sich über nichts mehr erstaunte, doch eine Geste der Verwunderung nicht unterdrücken. Das war das vierte Genie, das sie seiner Fürsorge anvertraute. Er fühlte, daß er lächerlich zu werden begann. Indessen lehnte er nicht rundweg ab. Die Idee, dem »Paradies der Damen«

selbst ein Gegengewicht erstehen zu lassen, gefiel ihm sogar; auch in seinem Bankgeschäft war er schon darauf verfallen, sich in dieser Weise selber eine Konkurrenz zu schaffen, um gefährlicheren Widersachern die Lust zu irgendwelchen Versuchen zu nehmen. Er versprach, die Angelegenheit zu erwägen.

»Wir müssen heute abend noch über die Sache reden«,
flüsterte Henriette Bouthemont ins Ohr. »Kommen Sie pünkt-
lich um neun Uhr; der Baron ist so gut wie gewonnen.«

Lautes Stimmengewirr erfüllte den geräumigen Salon.
Mouret hatte mitten unter den Damen seine gute Laune wiedergefunden. Er verteidigte sich heiter gegen den Vorwurf,
sie mit lauter Tand und Flitter zu ruinieren, und wollte mit
Zahlen den Nachweis liefern, daß sie bei ihm dreißig Prozent an ihren Einkäufen sparten. Der Baron betrachtete ihn
mit einer Art brüderlicher Bewunderung. Er hielt den Zweikampf für entschieden; Henriette war besiegt, sie war also
nicht die Frau, die da kommen sollte. Und wieder glaubte er
das zarte Gesicht des jungen Mädchens vor sich zu sehen,
das er im Vorzimmer bemerkt hatte. Geduldig hatte sie da-
gestanden, gefährlich in ihrer Sanftmut.

Zwölftes Kapitel

Am 20. September begannen die Arbeiten an der neuen
Fassade des »Paradieses der Damen«. Baron Hartmann
hatte seinem Versprechen gemäß in der letzten Generalver-
sammlung der Immobilienbank die Sache durchgesetzt.
Mouret näherte sich endlich der Verwirklichung seines
Traums. Diese Front, die sich längs der Rue du Dix-Décembre erstrecken sollte, würde sein Glück zur vollen Blüte bringen. Daher wollte er auch die Grundsteinlegung feierlich begehen. Er machte ein Fest daraus, verteilte Geschenke an
seine Angestellten und bewirtete sie am Abend mit Wildbret
und Champagner. Den ganzen Nachmittag über war er sehr
heiter und trug eine strahlende Miene zur Schau. Aber als er
abends beim Essen durch den Speisesaal ging, um mit seinem Personal ein Glas Champagner zu leeren, war er wieder fieberhaft erregt, sein Lächeln war gezwungen, seine
Züge verrieten uneingestandenes Leid.

Am folgenden Tag suchte Claire in der Konfektionsabteilung Denise zu ärgern. Sie hatte die hartnäckige Liebe Colombans endlich bemerkt und kam auf den Gedanken, sich
über die Baudus lustig zu machen. Mit lauter Stimme rief sie
zu Marguerite hinüber:

»Mein Anbeter da drüben dauert mich wahrhaftig in seiner
finsteren Bude, wo niemals Kundschaft hinkommt ...«

»Der ist gar nicht so unglücklich«, erwiderte Marguerite,
»er heiratet doch die Tochter seines Chefs.«

»Sieh an«, rief Claire, »wäre das ein Vergnügen, ihn der
wegzuholen! Den Spaß will ich mir machen!«

Sie fuhr in diesem Ton fort, entzückt darüber, Denise empört zu sehen. Diese konnte ihr alles verzeihen, aber der
Gedanke an ihre kranke Kusine, der diese Grausamkeit den
Rest geben mußte, brachte sie außer sich. Eben trat eine
Kundin ein, und sie übernahm, da Frau Aurélie in den Keller
gegangen war, die Leitung der Abteilung. Sie rief Claire herbei:

»Sie täten besser daran, sich um diese Dame zu kümmern, anstatt zu schwatzen.«

»Ich schwatze nicht.«

»Schweigen Sie und nehmen Sie sich sofort der Dame
an.«

Claire fügte sich. Wenn Denise, ohne auch nur die Stimme zu heben, ihren festen Willen zeigte, wagte keine sich zu
widersetzen. Durch ihre Sanftmut hatte sie sich ein unbe-
schränktes Ansehen erworben.

Einen Augenblick ging sie schweigend zwischen den
ernst gewordenen Kolleginnen einher. Marguerite als einzige
gab ihr recht, daß sie dem Chef Widerstand leistete. Sie erklärte, man solle lieber anständig bleiben; diese Dummheiten brächten nichts als Unannehmlichkeiten ein.

»Sie ärgern sich?« flüsterte jetzt eine Stimme hinter Denise.

Es war Pauline, die eben durch die Abteilung ging.

»Ich muß wohl«, erwiderte Denise; »es ist so schwer, diese Mädchen in Zaum zu halten.«

»Lassen Sie's gut sein«, bemerkte Pauline achselzu-
ckend; »Sie können uns doch alle beherrschen, wenn Sie
nur wollen.«

Sie konnte die Weigerung ihrer Freundin noch immer
nicht begreifen. Sie hatte Ende August Baugé geheiratet,
eine große Dummheit, wie sie lachend versicherte. Bourdoncle behandelte sie jetzt, als wäre sie für das Geschäft verloren. Sie zitterte davor, daß man sie und ihren Mann eines
schönen Tages entlassen könnte, denn die Herren von der
Direktion wollten von verliebten Paaren nichts wissen. Das
ging so weit, daß sie tat, als kenne sie ihren Mann nicht,
wenn sie ihm im Hause begegnete. Sie hatte gerade wieder
einen Schrecken hinter sich: der Inspektor Jouve hatte sie
beinahe dabei ertappt, wie sie mit ihrem Mann in einem Winkel geplaudert hatte.

»Er hat mich sogar verfolgt«, fügte sie hinzu, nachdem sie
Denise das Abenteuer erzählt hatte. »Sehen Sie ihn da, wie
er mit seiner großen Nase hinter mir herschnüffelt?«

In der Tat kam Jouve eben aus der Spitzenabteilung. Doch als er Denise erblickte, krümmte er den Rücken und entfernte sich mit freundlicher Miene.

»Gerettet!« murmelte Pauline. »Sie haben ihm das Maul gestopft, Liebste. Sie werden ein gutes Wort für mich einlegen, wenn mir etwas passieren sollte, nicht wahr? Ja, ja, seien Sie nicht so erstaunt! Man weiß doch, daß Sie alles durchsetzen können.«

Damit eilte sie in ihre Abteilung. Denise war sehr rot geworden; aber Pauline hatte die Wahrheit gesagt. An den Schmeicheleien, die sie umgaben, erkannte Denise ihre Macht. Als Frau Aurélie wieder in die Abteilung kam und unter der Obhut ihrer Stellvertreterin alles ruhig bei der Arbeit fand, lächelte sie Denise freundschaftlich zu. Sie ließ selbst Mouret im Stich und wurde täglich liebenswürdiger gegen eine Person, die eines Tages den Ehrgeiz haben konnte, nach der Stelle der Abteilungsleiterin zu trachten. Denises Herrschaft begann.

Nur Bourdoncle wollte die Waffen nicht strecken. Der geheime Krieg, den er gegen das junge Mädchen führte, beruhte auf instinktivem Widerwillen. Er verabscheute sie wegen ihrer Sanftmut, wegen des geheimen Zaubers, den sie ausübte. Des weiteren bekämpfte er sie, weil er ihren verhängnisvollen Einfluß auf das Geschäft fürchtete, der dem Haus an dem Tag gefährlich werden konnte, an dem Mouret ihr erliegen würde. Die geschäftlichen Fähigkeiten des Chefs, dachte er, müßten unter dieser dummen Leidenschaft verkümmern; was er durch die anderen Frauen errungen hatte, würde er durch diese eine wieder verlieren. Ihn selbst ließen alle kalt, er behandelte sie mit der Verachtung eines leidenschaftslosen Mannes, dessen Beruf es war, von ihnen zu leben, und der seine letzten Illusionen eingebüßt hatte, weil er sie als Geschäftsmann in ihrem wahren Wesen erkannt hatte. Er prügelte seine Geliebten, sobald er zwischen seinen vier Wänden war. Am meisten aber beunruhigte ihn an dieser kleinen Verkäuferin, die nach und nach so mächtig geworden war, daß er an ihre Uneigennützigkeit, an die Aufrichtigkeit ihrer Weigerung nicht glauben konnte. In seinen Augen spielte sie eine Komödie, eine ganz raffinierte Komödie. Denn hätte sie am ersten Tag nachgegeben, so hätte Mouret sie gewiß am anderen Morgen schon vergessen gehabt; durch ihre Weigerung jedoch hatte sie seine Begierden aufgestachelt, ihn verrückt, zu jeder Torheit fähig gemacht. Eine in allen Lastern erfahrene Dirne hätte nicht durchtriebener handeln können als diese Unschuld. Wenn Bourdoncle sie sah mit ihren klaren Augen, ihrem sanften Gesicht, ihrer schlichten Haltung, wurde er geradezu von Furcht ergriffen, als hätte er eine verkappte Menschenfresserin vor sich, das düstere Rätsel alles Weiblichen, den Tod unter der Maske der Jungfrau. Wie sollte er die Taktik dieser falschen Un-

schuld zunichte machen? Er suchte immer hartnäckiger ihre Schliche zu durchschauen, in der Hoffnung, sie eines Tages zu entlarven. Sicherlich würde sie einen Fehler begehen, er würde sie mit einem Liebhaber überraschen, und dann konnte man sie von neuem davonjagen, und das Haus würde wieder den geregelten Gang einer gut funktionierenden Maschine annehmen.

»Passen Sie auf wie ein Luchs, Herr Jouve«, pflegte er zu dem Inspektor zu sagen; »ich werde Sie belohnen.«

Allein Jouve ging dabei recht lässig zu Werk; er fragte sich, ob es nicht besser sei, sich gut zu stellen mit diesem Kind, das von heute auf morgen die Herrin des Hauses werden konnte. Wenn er sich ihr auch nicht mehr zu nähern wagte, so hinderte ihn das doch nicht, sie ganz verteufelt anziehend zu finden.

»Ich passe ja auf«, versicherte er; »aber ich kann nichts entdecken, auf Ehre!«

Indessen waren trotz der äußerlichen Achtung allerlei abscheuliche Geschichten über Denise im Umlauf. Man erzählte sich jetzt allgemein, daß Hutin früher ihr Geliebter gewesen sei; man wagte nicht zu behaupten, daß er es noch immer sei, aber man vermutete, daß sie sich von Zeit zu Zeit träfen. Auch Deloche schlafe mit ihr, wußte man zu berichten; sie hätten Zusammenkünfte in verschiedenen dunklen Winkeln, wo sie stundenlang plauderten. Der reinste Skandal!

»Nichts mit dem Ersten in der Seidenabteilung? Auch nichts mit dem jungen Mann bei den Spitzen?« fragte Bourdoncle wiederholt.

»Nein, noch nichts«, versicherte der Inspektor.

Bourdoncle rechnete besonders darauf, sie mit Deloche zu überraschen. Eines Tages hatte er selbst bemerkt, wie sie im Keller miteinander gelacht hatten. Einstweilen aber behandelte er das junge Mädchen wie einen ernstzunehmenden Gegner, er unterschätzte sie keineswegs; er war überzeugt, daß sie stark genug sein würde, selbst ihn, der doch schon zehn Jahre im Haus war, zu Fall zu bringen, wenn sie eines Tages die Partie gewinnen sollte.

»Achten Sie besonders auf den jungen Mann aus der Spitzenabteilung«, schloß er jedesmal. »Sie stecken immer beisammen. Wenn Sie sie erwischen, rufen Sie mich. Alles übrige soll meine Sache sein.«

Mouret lebte inzwischen in Herzensangst und Unruhe. War es möglich, daß dieses Kind ihn dermaßen quälte? Immer wieder tauchte sie in seiner Erinnerung auf, wie sie zum ersten Mal im »Paradies der Damen« erschienen war, mit ihren plumpen Schuhen und ihrem fadenscheinigen schwarzen Kleidchen. Sie hatte kaum ein vernünftiges Wort hervorgebracht, alle hatten sich über sie lustig gemacht, er selbst hatte sie anfangs häßlich gefunden – und jetzt hätte sie ihn mit einem Blick dahin gebracht, daß er sich ihr zu Füßen geworfen hätte! Lang war sie die Letzte im Hause geblieben, herumgestoßen, verhöhnt, von ihm selbst wie ein Unikum behandelt. Monate hindurch hatte er beobachten wollen, wie so ein junges Mädchen sich entwickelte, diese Erfahrung schien ihn zu belustigen, und er begriff nicht, daß er dabei sein Herz aufs Spiel setzte. Sie aber wuchs allmählich und wurde ihm gefährlich. Vielleicht hatte er sie von der ersten Minute an geliebt, selbst damals schon, als er nur Mitleid für sie zu empfinden geglaubt hatte. Entdeckt aber hatte er seine Neigung für sie erst an jenem Abend, als sie miteinander unter den Kastanien der Tuilerien spazierengegangen waren. Von da ab hatte er erst zu leben begonnen; wie es dann weitergegangen war, wußte er nicht mehr. Von Stunde zu Stunde hatte sich sein Fieber gesteigert, sein ganzes Wesen hatte sich ihr hingegeben. War es möglich? Ein solches Kind! Er hatte sich lange aufgelehnt gegen diese Leidenschaft; zuweilen war er über sich selbst entrüstet und wollte sich von diesem albernen Bann befreien. Was besaß sie denn, was ihn so an sie fesselte? Hatte er sie denn nicht in ihren primitivsten Anfängen gesehen, war sie nicht sozusagen aus Mitleid in sein Haus aufgenommen worden? Wenn es sich wenigstens um eines jener herrlichen Geschöpfe gehandelt hätte, welche alle Welt in Aufruhr versetzten; aber dieses kleine, unscheinbare Mädchen! Sie hatte alles in allem eines jener Dutzendgesichter, von denen man nicht spricht. Sie konnte nicht einmal besonders klug sein, denn er erinnerte sich, wie ungeschickt sie sich zu Beginn als Verkäuferin gezeigt hatte. Aber nach jeder Zornesanwandlung wurde seine Leidenschaft nur tiefer, es packte ihn gleichsam eine heilige Furcht, sein Idol beleidigt zu haben. Alles, was es Gutes gab an einer Frau, hatte sie mitgebracht: Mut, Heiterkeit, Einfachheit, und von ihrer Sanftmut strömte ein Zauber wie von einem köstlichen, durchdringenden Parfüm aus. Man konnte nicht mit Gleichgültigkeit an ihr vorübergehen wie an der ersten besten. Ihr Zauber wirkte mit langsamer, unbezwinglicher Macht, man war ihr verfallen für immer, wenn sie nur zu lächeln geruhte. Dann strahlte alles in ihrem hellen Gesicht, ihre Augen, ihre Wangen, ihr Kinn mit den Grübchen, und ihr reiches blondes Haar schien zu leuchten in königlicher, siegreicher Schönheit. Er gestand sich ein, daß er besiegt war, sie war ebenso klug wie schön, und ihre Klugheit entsprang dem Besten ihres Wesens. Während die anderen Verkäuferinnen in seinem Haus nur eine oberflächliche Bildung hatten, jenen Firnis, der bei heruntergekommenen Mädchen bald wieder abbröckelt, bewahrte sie, ohne sich eine falsche Eleganz beizulegen, ihre natürliche Anmut und Frische. Die vernünftigsten und praktischsten kaufmännischen Gedanken reiften unter dieser schmalen Stirn, deren reine Linien festen Willen und Ordnungssinn verrieten.

Und er war versucht, die Hände zu falten und sie um Verzeihung zu bitten für die Kränkungen, deren er in Stunden innerer Auflehnung sich schuldig gemacht hatte.

Warum weigerte sie sich nur mit solcher Hartnäckigkeit? Zwanzigmal schon hatte er sie angefleht und jedesmal seine Anerbietungen erhöht, ihr Geld, sehr viel Geld angeboten. Dann hatte er sich gesagt, daß sie vielleicht ehrgeizig sei, und hatte ihr versprochen, sie zur Direktrice zu ernennen, sobald eine Abteilung frei werde. Aber sie weigerte sich immer noch! Es war für ihn ein Rätsel, dieser Kampf steigerte sein Verlangen bis zur Erbitterung. Das war doch nicht möglich, dieses Kind mußte endlich nachgeben; er hatte die Sittsamkeit einer Frau stets als eine zweifelhafte Sache betrachtet. Er sah kein anderes Ziel mehr vor sich, alles ging in diesem Verlangen unter, sie endlich bei sich zu haben, sie in den Armen zu halten, sie zu küssen; und bei dieser Vorstellung hämmerte das Blut in seinen Adern, er wurde ganz verstört und zitterte in seiner Ohnmacht.

In dieser schmerzlichen Gemütsstimmung flössen seine Tage dahin. Am Morgen beim Aufstehen stand Denises Bild ihm vor Augen, in der Nacht hatte er von ihr geträumt, sie folgte ihm an seinen Schreibtisch, wo er von neun bis zehn Wechsel und Aufträge unterschrieb, eine Arbeit, die er mechanisch erledigte, wobei er sie immer an seiner Seite fühlte und ihr ruhiges Nein zu hören glaubte. Um zehn Uhr folgte die übliche Beratung mit seinen Teilhabern; man besprach Fragen der inneren Organisation, man überprüfte die Einkäufe, erörterte Werbemaßnahmen. Sie war stets zugegen, er hörte ihre weiche Stimme mitten unter den Zahlen, in den verwickeltsten finanziellen Überlegungen sah er ihr sanftes Lächeln vor sich. Nach der Beratung begleitete sie ihn weiter. Sie machte mit ihm den täglichen Rundgang durch die Abteilungen, kehrte mit ihm nachmittags in sein Büro zurück und stand unsichtbar neben seinem Sessel, wenn er von zwei bis vier alle möglichen Leute empfing, Fabrikanten, Großindustrielle, Bankiers, gelegentlich sogar Erfinder. Es war ein ununterbrochenes Kommen und Gehen von Reichtum und Verstand, ein Tanz der Millionen. Und nach jedem Geschäft, das er abgeschlossen hatte, tauchte sofort die Frage in ihm auf: Wozu dieses ungeheure Vermögen, wenn sie doch nicht wollte? Um fünf Uhr endlich mußte er die Post unterzeichnen; wieder begann eine mechanische Tätigkeit, während deren sie gebieterisch von ihm Besitz ergriff, um ihn dann während der einsamen Stunden der Nacht ganz für sich allein zu haben. Am andern Morgen fing alles von vorn an, und der Schatten dieses Kindes genügte, ihn inmitten der ungeheuren Arbeit, die er täglich verrichtete, mit Angst und Unruhe zu erfüllen.

Am schlimmsten fühlte er seinen Jammer während seiner täglichen Besichtigung der Geschäftsräume. Eine solche

Riesenmaschine aufgebaut zu haben, über eine derartige Welt zu herrschen und dabei langsam vor Schmerz zu vergehen, weil ein unbedeutendes, kleines Mädchen nicht wollte! ... Er verachtete sich, daß er dieses Fiebers nicht Herr wurde. An manchen Tagen ekelte es ihn vor seiner Macht. Dann wieder hätte er sein Reich am liebsten noch weiter ausgedehnt, es so groß und mächtig werden lassen, daß sie sich ihm vielleicht in Furcht und Bewunderung von selbst ergeben hätte.

Aber seine Leiden sollten noch schlimmer werden. Er wurde eifersüchtig. Eines Tages hatte vor der üblichen Besprechung in seinem Kabinett Bourdoncle die Kühnheit besessen, ihm zu verstehen zu geben, daß die Kleine aus der Konfektionsabteilung sich über ihn lustig mache.

»Wieso?« fragte er und wurde blaß.

»Nun ja, sie hat sogar hier im Haus Liebhaber.«

Mouret lächelte gezwungen und sagte:

»Ich denke gar nicht mehr an sie, mein Lieber; Sie können ganz frei sprechen. Wer sind denn ihre Liebhaber?«

»Man behauptet, Hutin und außerdem ein Verkäufer aus der Spitzenabteilung, Deloche, dieser große, dumme Bursche. Ich kann nichts dazu sagen, denn ich habe sie nicht zusammen gesehen; aber es muß wohl stimmen, denn alles spricht davon.«

Einen Augenblick herrschte Schweigen. Mouret tat, als ordnete er die Papiere auf seinem Schreibtisch, um das Zittern seiner Hände zu verbergen. Endlich sagte er, ohne aufzublicken:

»Man müßte Beweise haben, bringen Sie mir Beweise ... Ich wiederhole Ihnen, daß ich mir gar nichts daraus mache, denn schließlich hat sie mich nur geärgert, aber wir dürfen in unserem Haus solche Dinge nicht dulden.«

Bourdoncle erwiderte nur:

»Seien Sie beruhigt, Sie sollen in Kürze Beweise haben. Ich werde schon aufpassen.«

Jetzt verlor Mouret vollends die Ruhe. Er fand nicht mehr den Mut, auf dieses Gespräch zurückzukommen, und lebte in fortwährender Erwartung einer Katastrophe. Seine Seelenqual machte ihn furchtbar, das ganze Haus zitterte vor ihm. Er nahm sich nicht einmal mehr die Mühe, sich hinter Bourdoncle zu verstecken, er vollstreckte die Urteile selbst, in einem nervösen Bedürfnis, sich zu rächen, seine Macht fühlen zu lassen, diese Macht, die nicht ausreichte, um ihm zur Befriedigung seines einzigen Wunsches zu verhelfen. Jeder seiner Besichtigungsgänge hatte ein Massaker zur Folge. Man konnte ihn nicht mehr auftauchen sehen, ohne daß eine Panik sich von Tisch zu Tisch verbreitete. Eben begann die tote Zeit des Winterhalbjahres, und er fegte sämtliche Abteilungen aus, häufte Opfer auf Opfer, stieß alle auf

die Straße hinaus. Sein erster Gedanke war, Hutin und Deloche davonzujagen. Dann überlegte er, daß er, wenn er sie nicht behielt, niemals die Wahrheit erfahren würde, und so büßten die anderen für die beiden. Der gesamte Personalbestand geriet aus den Fugen. Wenn er danach am Abend allein in seinem Zimmer war, rannen ihm die hellen Tränen über die Wangen.

Besonders an einem Tag herrschte panischer Schrecken im ganzen Haus. Ein Inspektor glaubte bemerkt zu haben, daß der Handschuhverkäufer Mignot stehle. Fortwährend sah man Mädchen mit sonderbarem Benehmen um seinen Tisch herumstreichen; schließlich hatte man eine erwischt, die sich Busen und Hüften mit sechzig Paar Handschuhen ausgestopft hatte. Seitdem wurde eine strenge Überwachung organisiert, und man ertappte Mignot, wie er einer großen Blondine, einer ehemaligen Verkäuferin aus dem »Louvre«, die jetzt beschäftigungslos auf der Straße saß, den Diebstahl erleichterte. Das Verfahren war sehr einfach. Er tat, als probiere er ihr Handschuhe an, bis sie sich die Taschen vollgestopft hatte, und brachte sie dann zu einer Kasse, wo sie ein Paar Handschuhe bezahlte. Mouret stand eben in der Nähe. Gewöhnlich zog er es vor, sich in solche Vorfälle nicht einzumengen; so etwas war nichts Ungewöhnliches, denn trotz des im allgemeinen gut geregelten Gangs herrschte in einigen Abteilungen des »Paradieses der Damen« große Unordnung, und es verging kaum eine Woche, in der nicht ein Angestellter wegen Diebstahls davongejagt wurde. Die Geschäftsleitung zog es vor, diese kleinen Diebereien zu vertuschen, sie fand es überflüssig, deswegen die Polizei zu bemühen, denn dadurch wäre eine der bösen Schattenseiten der großen Warenhäuser ans Tageslicht gekommen. Heute aber wollte Mouret sich austoben, und dementsprechend behandelte er den hübschen Mignot, der zitternd, bleich und verstört vor ihm stand.

»Ich sollte die Polizei holen lassen!« schrie er ihn im Beisein der anderen Verkäufer an. »Antworten Sie mir: Wer ist dieses Frauenzimmer? Ich schwöre Ihnen, daß ich die Polizei rufen lasse, wenn Sie mir nicht die Wahrheit sagen.«

Man hatte die Schuldige weggeführt, zwei Verkäuferinnen durchsuchten sie. Mignot stammelte:

»Ich kenne sie nicht näher. Sie ist nur gekommen –«

»Lügen Sie doch nicht!« unterbrach ihn Mouret noch heftiger als zuvor. »Ist niemand da, der in der Sache Bescheid weiß? Ihr haltet alle zusammen! Das ist ja wie unter Räubern, so werden wir bestohlen und ausgeplündert! Man müßte jedem einzelnen die Taschen durchsuchen, wenn er fortgeht.«

Die Angestellten begannen zu murren. Einige Kunden, die Handschuhe kaufen wollten, blieben erschrocken und verstört stehen.

»Ruhe!« schrie Mouret wütend, »oder ich jage euch alle zum Teufel!«

Jetzt eilte Bourdoncle herbei, um einen Skandal zu verhüten. Er flüsterte Mouret einige Worte ins Ohr, die Geschichte schien eine ernste Wendung nehmen zu wollen; sie führten Mignot in das Aufsichtsbüro, das im Erdgeschoß in der Nähe der Tür nach der Place Gaillon lag. Hier war das Frauenzimmer gerade im Begriff, sich in aller Ruhe wieder anzuziehen. Als man energischer in sie gedrungen war, hatte sie Albert Lhommes Namen genannt. Mignot, von neuem befragt, verlor nun den Kopf und beteuerte schluchzend, er sei nicht schuld an der Sache; Albert schicke ihm seine Geliebten. Anfangs hatte er sie nur in der Weise unterstützt, daß er sie auf günstige Gelegenheiten aufmerksam machte, später, als er merkte, daß sie stahlen, war er schon zu sehr bloßgestellt, um die Geschäftsleitung zu benachrichtigen. Die Herren erfuhren jetzt eine ganze Reihe abgefeimter Diebstähle: angefangen von den Waren, die diese Dirnen unter ihren Röcken mitnahmen, und den Käufen, die die betreffenden Angestellten bei der Kasse nicht registrieren ließen und deren Preis sie dann mit dem Kassierer teilten, bis zu den vorgetäuschten Rückgaben, die man meldete, um das Geld dafür einzustecken. Seit vierzehn Monaten betrieben Mignot und mit ihm ohne Zweifel noch andere Verkäufer, die zu nennen er sich weigerte, an der Kasse Alberts dieses unsaubere Geschäft, und es waren dabei Summen unterschlagen worden, deren genaue Höhe wohl niemals festgestellt werden konnte.

Die Nachricht von dem Vorfall verbreitete sich rasch durch die Abteilungen; die ein schuldbeladenes Gewissen hatten, zitterten, aber auch die Ehrenhaftesten fürchteten eine allgemeine Säuberung. Man hatte Albert im Aufsichtsbüro verschwinden sehen. Dann war Lhomme nachgefolgt, hochrot im Gesicht, als bekäme er gleich einen Schlaganfall. Endlich war Frau Aurélie gerufen worden; sie trug trotz aller Schmach den Kopf hoch, war aber sehr blaß. Die Auseinandersetzung dauerte lange, niemand erfuhr etwas Näheres; doch erzählte man sich, die Direktrice der Konfektionsabteilung habe ihren Sohn geohrfeigt und der brave alte Vater habe geweint wie ein Kind, während der Chef ganz entgegen seinen Gewohnheiten geflucht habe wie ein Bierkutscher und die Schuldigen durchaus dem Gericht habe übergeben wollen. Indessen wurde der Skandal unterdrückt, nur Mignot wurde auf der Stelle davongejagt. Albert verschwand erst zwei Tage später; ohne Zweifel hatte seine Mutter erwirkt, daß man die Familie nicht durch seine fristlose Entlassung bloßstellte. Allein noch tagelang wirkte der Schrecken in allen Abteilungen nach. Mouret ging mit wütender Miene umher und mähte jeden nieder, der nur den Blick zu erheben wagte.

»Was stehen Sie hier herum und betrachten die Fliegen? Gehen Sie zur Kasse!«

Endlich brach das Gewitter doch über Hutin nieder. Favier, der zum Zweiten aufgerückt war, arbeitete jetzt gegen den andern, um ihn von seinem Posten zu verdrängen. Als eines Morgens Mouret durch die Seidenabteilung ging, blieb er überrascht stehen: Favier war damit beschäftigt, schwarzen Samt niedriger auszuzeichnen.

»Warum setzen Sie den Preis herab?« fragte er; »wer hat Ihnen den Auftrag gegeben?«

Favier, der seine Arbeit sehr auffällig verrichtet hatte, um die Aufmerksamkeit des vorübergehenden Chefs auf sich zu lenken, sagte scheinbar überrascht:

»Wer? Nun, Herr Hutin.«

»Herr Hutin? – Wo ist Herr Hutin?«

Man holte Hutin, der gerade in der Warenabnahme war, und es entspann sich eine erregte Auseinandersetzung. Wie? fragte Mouret, er setze eigenmächtig die Preise herab? Hutin war sehr erstaunt, als er das hörte; er habe mit Favier nur darüber gesprochen, erwiderte er, ohne ihm einen bestimmten Auftrag zu geben. Favier nahm die beleidigte Miene eines Untergebenen an, der in der unangenehmen Lage ist, seinem Vorgesetzten widersprechen zu müssen, aber dennoch den Fehler auf sich nimmt, um den anderen aus der Patsche zu ziehen. Damit wurde die Sache prompt noch schlimmer.

»Herr Hutin«, rief Mouret, »ich habe solche Eigenmächtigkeiten niemals geduldet! Wir allein setzen die Preise fest!«

Man war überrascht von dieser Schärfe, denn im Grunde konnte der Fehler doch wirklich einem Mißverständnis entsprungen sein. Es schien, als wollte der Chef Hutin seine ganze Strenge fühlen lassen, um sich an ihm zu rächen, weil er allgemein als Denises Geliebter galt.

»Ich hatte nur die Absicht«, wiederholte Hutin, »Ihnen diese Preisermäßigung vorzuschlagen, denn der schwarze Samt ist nicht gegangen, wie Sie wissen.«

Mouret wollte kurz abbrechen und sagte in erbittertem Ton:

»Es ist gut, wir werden die Angelegenheit prüfen, künftig aber lassen Sie sich solche Dinge nicht wieder einfallen, wenn Sie in unserem Haus bleiben wollen.«

Damit wandte er ihm den Rücken. Hutin war wie betäubt und mit Recht wütend; da gerade niemand anderer da war, dem er sein Herz hätte ausschütten können, als Favier, schwur er ihm, daß er dem brutalen Kerl demnächst seine Entlassung an den Kopf werfen wolle. Später sprach er aber nicht mehr davon, wegzugehen; er begnügte sich damit, all die schmutzigen Geschichten wieder aufzurühren, die über die Herren von der Geschäftsleitung im Umlauf waren. Favier seinerseits verteidigte sich und versicherte Hutin seiner wärmsten Teilnahme. Er hatte doch antworten müssen – das würde jeder einsehen; und wer hätte schon geglaubt, daß wegen einer solchen Kinderei so viel Krawall gemacht würde? Was war mit dem Chef in letzter Zeit bloß los, daß man ihm gar nichts mehr recht machen konnte?

»Was mit ihm ist?« sagte Hutin. »Das weiß doch jeder. Ist es denn meine Schuld, daß diese Dirne aus der Konfektionsabteilung ihn nicht mag? Daher weht der Wind! ... Er weiß, daß ich mit ihr geschlafen habe, und das ist ihm nicht angenehm ... Oder vielleicht will sie mich hinauswerfen lassen, weil ich ihr unbequem bin! ... Kommt sie mir einmal in den Wurf, dann soll sie etwas von mir zu hören kriegen!«

Als Hutin zwei Tage später ins Atelier der Konfektionsabteilung hinaufstieg, um eine Arbeiterin zu empfehlen, sah er zu seiner großen Überraschung Denise und Deloche am anderen Ende des Ganges an eine Fensterbrüstung gelehnt und so ins Gespräch vertieft, daß sie nicht einmal den Kopf umwandten. Als er zu seinem Erstaunen bemerkte, daß Deloche weinte, kam ihm plötzlich der Gedanke, sie überraschen zu lassen. Geräuschlos zog er sich zurück. Auf der Treppe traf er Bourdoncle und Jouve. Er erzählte ihnen schnell ein Märchen von einer Tür, die oben aus den Angeln gerissen zu sein schien. Dies veranlaßte die beiden hinaufzugehen, und da sah Bourdoncle natürlich das Paar. Er sandte Jouve sofort zum Chef.

Es war dies ein verlorener Winkel in dem weiten Riesenbau. Denise war hier schon mehrmals Deloche begegnet, der offenbar auf sie gewartet hatte. Es gehörte zu ihren Pflichten als Zweite die Verbindung zwischen der Konfektionsabteilung und dem Atelier aufrechtzuhalten, wo übrigens nur Entwürfe und Änderungen gemacht wurden. Alle Augenblicke kam sie herauf, um ihre Anweisungen zu erteilen. Er paßte ständig auf wie ein Luchs, erfand immer wieder einen Vorwand und flitzte davon. Wenn sie ihn gleich darauf an der Tür des Ateliers traf, tat er überrascht und entschuldigte sich. Schließlich mußte sie über diese Begegnungen lachen, ja es sah aus, als gehe sie auf seine List ein. Sie zogen sich dann an das Fenster am Ende des Gangs zurück, stützten sich mit dem Ellbogen auf das Gesims und vergaßen sich in heiterem Geplauder, in endlosen Erinnerungen an die Heimat, an das Land ihrer Kindheit. Unter ihnen erstreckte sich das ungeheure Glasdach des Mittelbaus, und darüber hinaus sahen sie nichts als den Himmel, dessen flüchtige Wolken und zartes Blau sich in dem Glasdach widerspiegelten.

An diesem Tag sprach Deloche eben wieder von Valognes. Traumverloren standen sie da, wie ein Zauberbild schienen vor ihren Augen die Wiesen und Weiden des Cotentin zu erstehen, in einen leuchtenden Dunst gebadet, der den Horizont in zartem Grau verschwimmen ließ. Das Gesumme des rastlos tätigen Betriebs unter ihnen klang ihnen wie das Raunen des Windes, der vom Meer herüberkam, über die Gräser strich und in den Bäumen rauschte.

»Mein Gott, Fräulein Denise«, sagte Deloche endlich, »warum sind Sie nicht etwas freundlicher gegen mich? Ich liebe Sie so sehr!«

Die Tränen traten ihm in die Augen. Als sie ihn unterbrechen wollte, fuhr er lebhaft fort:

»Nein, lassen Sie es mich noch einmal sagen. Wir würden einander so gut verstehen: man hat doch immer etwas zu plaudern, wenn man aus der gleichen Gegend ist.«

Seine Stimme versagte, und sie konnte ihm endlich in sanftem Ton erwidern:

»Sie sind unvernünftig, Sie haben mir doch versprochen, nicht mehr davon zu reden ... Es ist unmöglich. Ich bin Ihnen sehr gut, weil Sie ein braver Junge sind, aber ich will frei bleiben.«

»Ja, ja, ich weiß es«, sagte er mit gebrochener Stimme. »Sie lieben mich nicht. Sie können es mir ruhig sagen, ich sehe es ja. Warum sollten Sie auch; an mir ist schließlich nichts, weshalb Sie mich liebgewinnen könnten. Eine glückliche Stunde hatte ich in meinem Leben, das war an jenem Abend, als ich Sie in Joinville traf. Sie erinnern sich doch noch? Als wir unter den schattigen Bäumen spazierengingen, fühlte ich einen Augenblick Ihren Arm in meinem zittern. Und ich war dumm genug, mir einzubilden –«

Sie unterbrach ihn von neuem. Ihr feines Ohr hatte den Schritt von Bourdoncle und Jouve am anderen Ende des Ganges wahrgenommen.

»Hören Sie? Es kommt jemand.«

»Nein«, sagte er und hielt sie zurück, als sie vom Fenster wegtreten wollte. »Das ist das Plätschern des Wassers in dem Behälter dort.«

Er fuhr in seinen schüchternen und einschmeichelnden Klagen fort. Der liebkosende Klang dieser zärtlichen Reden ließ sie wieder in ihre Träume versinken, sie hörte gar nicht mehr, was er sagte, ihre Blicke schweiften über die Dächer, die in der Sonne glänzten. Aus der Ferne vernahm man das dumpfe Tosen von Paris.

Als Denise aus ihrer Träumerei erwachte, sah sie, daß Deloche ihre Hand ergriffen hatte. Sein Gesicht war so verstört, daß sie nicht den Mut hatte, sich von ihm loszumachen.

»Verzeihen Sie mir«, murmelte er. »Es ist schon vorbei; ich wäre zu unglücklich, wenn Sie mir Ihre Freundschaft entziehen würden. Ich schwöre Ihnen, daß ich Ihnen etwas anderes sagen wollte. Ja, ich hatte mir vorgenommen, mich in das Unvermeidliche zu fügen, mich vernünftig zu benehmen ... Ich sehe ja, wie es mir immer ergeht, und das wird nicht mehr besser: geschlagen zu Hause, geschlagen in Paris, überall geschlagen. Ich bin seit vier Jahren hier und nach wie vor der Letzte in der Abteilung ... Ich wollte Ihnen sagen, Sie möchten sich meinetwegen keine Sorge machen. Seien Sie glücklich, lieben Sie einen andern; wenn Sie glücklich sind, werde auch ich glücklich sein. Ihr Glück wird auch das meine sein.«

Er konnte nicht weiter; gleichsam um sein Versprechen zu besiegeln, hatte er seine Lippen auf die Hand des jungen Mädchens gedrückt und küßte sie mit der Untergebenheit eines Sklaven. Sie war tief verwirrt und sagte voll schwesterlicher Zärtlichkeit:

»Mein armer Junge!«

Da schraken sie beide zusammen. Sie wandten sich um, Mouret stand vor ihnen.

Jouve hatte den Chef seit zehn Minuten in allen Räumen gesucht. Endlich hatte er ihn auf dem Bauplatz für die neue Fassade an der Rue du Dix-Décembre gefunden. Täglich verbrachte er hier viele Stunden, bemüht, sich in diese so lang erträumten Arbeiten zu versenken. Hier, mitten unter den Maurern und den Gerüstarbeitern, hatte er einen Zufluchtsort vor seinen Qualen gefunden. Er pflegte auf den Leitern emporzuklettern, besprach sich mit dem Architekten, stieg über Berge von Baumaterial hinweg und verschwand in den Kellern. Das Getöse der Maschinen, das Geschrei der Arbeiter betäubte ihn für kurze Zeit; doch in dem Maß, wie der Lärm des Bauplatzes sich hinter ihm verlor, erwachte von neuem das Leid im Innersten seines Herzens.

Heute hatte diese Zerstreuung ihm gerade wieder ein wenig von seiner alten Unbekümmertheit geschenkt, da kam Jouve ganz atemlos herbeigeeilt, um ihn zu holen.

Zuerst war er verdrossen über die Störung und meinte, man werde wohl einen Augenblick auf ihn warten können. Als der Inspektor ihm aber einige Worte ins Ohr geflüstert hatte, folgte er ihm in fieberhafter Hast. Nun war alles aus, die Mauer stürzte ein, noch ehe sie aufgerichtet war. Was nützte ihm dieser höchste Triumph seines Stolzes, wenn der bloße Name einer Frau, ihm leise zugeflüstert, ihn derart quälen konnte?

Oben befanden Bourdoncle und Jouve es für gut, zu verschwinden. Deloche entfloh, und Denise stand Mouret allein gegenüber; sie war blasser als sonst, blickte ihm aber frei und offen ins Gesicht.

»Folgen Sie mir, Fräulein«, sagte er mit harter Stimme.

Sie ging wortlos hinter ihm her die zwei Stockwerke hinab und durch die Möbel- und Teppichabteilung. Als sie vor seinem Arbeitszimmer ankamen, öffnete er die Tür.

»Treten Sie ein, Fräulein.«

Er schloß die Tür und ging zu seinem Schreibtisch. Sein neues Arbeitszimmer war mit größerem Luxus eingerichtet als das frühere, der grüne Rips war durch Samt ersetzt worden, eine Wand war vollständig von einem mit Elfenbein eingelegten Bücherregal ausgefüllt. An der Wand hing noch immer das Bild Frau Hédouins, einer jungen Frau mit schönem, sanftem Gesicht, die aus ihrem Goldrahmen herablächelte.

»Fräulein«, sagte er und suchte kühl und streng zu bleiben, »es gibt gewisse Dinge, die wir nicht dulden können. Eine anständige Aufführung ist in unserem Haus unerläßlich ...«

Er hielt inne und suchte nach Worten, um dem aus seinem Innern aufsteigenden Zorn nicht nachzugeben. Wie, diesen Burschen liebte sie also, diesen kümmerlichen Verkäufer, das Gespött seiner Abteilung? Den Niedrigsten, den Ungeschicktesten von allen zog sie ihm, dem Chef, vor? Er hatte ja gesehen, wie sie ihm ihre Hand überlassen und er sie mit Küssen bedeckt hatte.

»Ich war sehr gut zu Ihnen, Fräulein«, fuhr er fort, »aber diesen Lohn habe ich von Ihnen nicht erwartet.«

Denise betrachtete, seit sie über die Schwelle getreten war, unablässig das Porträt von Frau Hédouin; trotz ihrer Verwirrung konnte sie die Augen von dem Bild nicht abwenden. Sooft sie das Zimmer der Geschäftsleitung betrat, kreuzten sich ihre Blicke mit denen von Frau Hédouin. Sie fürchtete sich ein wenig vor ihr, fand sie andererseits aber wieder sehr gütig.

»Sicher, Herr Mouret«, sagte sie sanft, »es war nicht recht von mir, daß ich mich dort oben aufgehalten habe, um zu plaudern, und ich bitte Sie um Verzeihung. Der junge Mann ist aus meiner Heimat.«

»Ich werde ihn davonjagen!« schrie Mouret, der all seinem Leid in diesem wütenden Ausruf Luft machte.

Verstört, wie er war, fiel er ganz aus der Rolle des Chefs, der eine Verkäuferin wegen eines Verstoßes gegen die Betriebsordnung zur Rechenschaft zu ziehen hat, und erging sich in heftigen Ausdrücken. Schämte sie sich nicht, sie, ein junges Mädchen, sich einem solchen Burschen hinzugeben? Dann kam er auf noch schwerere Anschuldigungen zu sprechen, er warf ihr Hutin vor und andere, und das alles in einer solchen Flut von Worten, daß sie sich nicht verteidigen konnte. Aber von nun an werde Ordnung herrschen, versicherte er, er werde alle mit Fußtritten hinausbefördern. Die strenge Auseinandersetzung, die er beabsichtigt hatte, verwandelte sich in eine wilde Eifersuchtsszene.

»Ja, Ihre Liebhaber! Man hat mir schon längst berichtet, daß Sie welche haben, aber ich war dumm genug, daran zu zweifeln ... Ich allein habe nicht daran geglaubt, ich allein!«

Atemlos und benommen hörte Denise diese abscheulichen Vorwürfe an. Sie hatte anfangs gar nicht begriffen. Mein Gott, hielt er sie denn für eine Dirne? Bei einem sehr harten Wort wandte sie sich stillschweigend zur Tür; und da er sie mit einer Bewegung zurückhalten wollte, sagte sie:

»Lassen Sie mich, ich gehe; wenn Sie von mir glauben, was Sie da sagen, will ich keine Sekunde länger in Ihrem Haus bleiben.«

Da lief er zur Tür und stellte sich ihr in den Weg.

»Verteidigen Sie sich doch wenigstens, sagen Sie etwas!«

Sie stand aufrecht vor ihm und verharrte in eisigem Schweigen. In steigender Angst drang er mit Fragen in sie. Die stumme Würde dieses jungen Mädchens schien wieder einmal das wohlberechnete Spiel einer Frau zu sein, die in allen Winkelzügen der Verführungskunst bewandert ist.

»Sie sagen, er sei aus Ihrer Heimat. Sie sind einander dort vielleicht schon begegnet ... Schwören Sie mir, daß zwischen Ihnen nichts vorgefallen ist!«

Als sie noch immer schwieg und die Tür öffnen wollte, um hinauszugehen, verlor er vollends den Kopf und überließ sich hemmungslos seiner Leidenschaft.

»Mein Gott, ich liebe Sie, ich liebe Sie!« rief er; »finden Sie denn ein Vergnügen daran, mich dermaßen zu quälen? Sehen Sie denn nicht, daß außer Ihnen gar nichts mehr für mich existiert? Daß alle Leute, von denen ich mit Ihnen spreche, mich nur Ihretwegen interessieren? Daß Sie allein es sind, die für mich in der Welt Bedeutung hat? Ich glaubte, Sie seien eifersüchtig, und habe Ihnen meine Vergnügungen geopfert. Man hat Ihnen gesagt, daß ich Geliebte habe; nun, ich habe keine mehr, ich komme kaum aus dem Haus. Habe ich Sie jener Dame nicht vorgezogen? Habe ich mit ihr nicht gebrochen, um Ihnen allein anzugehören? Ich warte noch immer auf Erkenntlichkeit, auf ein Wort des Dankes. Wenn Sie glauben, ich könnte vielleicht zu ihr zurückkehren, so dürfen Sie ganz ruhig sein; sie rächt sich, indem sie einem unserer früheren Angestellten behilflich ist, ein Konkurrenzunternehmen gegen mich ins Leben zu rufen! ... Sagen Sie, muß ich erst vor Ihnen in die Knie sinken, um Ihr Herz zu rühren?«

So weit war es also gekommen: er, der seinen Verkäuferinnen nicht das kleinste Vergehen nachsah, der sie bei der geringsten Laune vor die Tür setzte, sah sich genötigt, eine von ihnen anzuflehen, sie möge nicht weggehen, ihn nicht in seinem Elend verlassen. Er verwehrte ihr die Tür, war bereit, ihr zu verzeihen, ja sich blind zu stellen, wenn sie ihn belügen wollte. Er sprach die Wahrheit, er war der Dirnen überdrüssig, die er hinter den Kulissen der kleinen Theater und in den Varietés aufgelesen hatte; er traf Claire nicht mehr, er

setzte keinen Fuß in das Haus von Frau Desforges, wo jetzt Bouthemont herrschte und auf die Eröffnung seines neuen Warenhauses »Zu den vier Jahreszeiten« wartete, das bereits alle Zeitungen mit seiner Reklame füllte.

»Sagen Sie, muß ich zu Ihren Füßen niedersinken?« wiederholte er mit tränenerstickter Stimme.

Sie hielt ihn mit der Hand zurück und konnte ihre eigene Verwirrung kaum meistern angesichts dieses leidenschaftlichen Schmerzes.

»Es ist nicht recht von Ihnen, daß Sie sich so grämen«, antwortete sie endlich. »Ich schwöre Ihnen, daß all die abscheulichen Geschichten erlogen sind; der arme junge Mann hat sich ebensowenig strafbar gemacht wie ich selbst.«

Sie stand wieder in ihrer gewinnenden Offenheit da, ihre klaren Augen blickten ihn freimütig an.

»Es ist gut, ich glaube Ihnen«, murmelte er. »Ich werde niemanden von Ihren Freunden entlassen, da Sie sie alle in Schutz nehmen ... Aber warum stoßen Sie mich zurück, wenn Sie niemand anderen lieben?«

Eine peinigende Verlegenheit, eine schamvolle Unruhe bemächtigte sich plötzlich des jungen Mädchens.

»Sie lieben jemanden, nicht wahr?« fragte er mit zitternder Stimme. »Sie können es mir sagen, ich habe ja kein Recht auf Ihre Zuneigung. Sie lieben jemanden ...«

Sie errötete tief und war nahe daran, ihr Geheimnis preiszugeben. Sie fühlte, daß es ihr in ihrer Bewegung unmöglich gewesen wäre, zu lügen, zumal ihr die Wahrheit im Gesicht geschrieben stand.

»Ja«, gestand sie endlich leise. »Aber ich bitte Sie, lassen Sie mich, Sie tun mir weh.«

Jetzt waren die Qualen an ihr. War es denn nicht genug, daß sie sich gegen ihn verteidigen mußte? Sollte sie sich noch gegen sich selbst verteidigen müssen, gegen die Aufwallungen der Liebe zu ihm, die ihr manchmal allen Mut raubten? Wenn er so zu ihr sprach, wenn sie ihn so bewegt, so verstört vor sich sah, begriff sie nicht mehr, warum sie sich weigerte. Nur mühsam fand sie dann ihren Stolz und ihre Vernunft wieder, die sie in ihrer jungfräulichen Sprödigkeit verharren ließen. Sie blieb hartnäckig allein aus dem Wunsch nach einem ruhigen, dauerhaften Glück, nicht weil sie dem Gedanken der Tugend an sich gehorchen wollte. Sie wäre diesem Mann in die Arme gesunken, wenn es ihr nicht widerstrebt hätte, ihr ganzes Wesen für immer hinzugeben, ohne auch nur zu wissen, was der morgige Tag bringen mochte.

Mouret machte eine Gebärde dumpfer Verzweiflung, er hatte sie nicht verstanden. Er kehrte zu seinem Schreibtisch zurück, blätterte in den Papieren, legte sie dann wieder hin und sagte:

»Ich will nicht in Sie dringen, Fräulein, ich kann Sie ja nicht gegen Ihren Willen zurückhalten.«

»Aber ich will ja gar nicht weggehen«, erwiderte sie lächelnd.

»Wenn Sie mich für anständig halten, bleibe ich ... Man sollte die Frauen immer für anständig halten, es gibt viele, die es sind, glauben Sie mir.«

Sie hatte unwillkürlich die Augen zu dem Bild Frau Hédouins erhoben. Mouret folgte ihrem Blick und schrak zusammen, denn es war ihm, als hätte seine Frau diese Worte gesprochen, so vertraut kamen sie ihm vor. Er fand bei Denise den gesunden Sinn, jenes wohltuende seelische Gleichgewicht wieder, das auch sie besessen hatte, bis hin zu der sanften Stimme, die nicht mehr sprach, als notwendig war. Er war betroffen und wurde noch trauriger als zuvor.

»Sie wissen jetzt, daß ich ganz Ihnen gehöre«, murmelte er, um zu einem Ende zu kommen; »machen Sie mit mir, was Sie wollen.«

Da sagte sie in heiterem Ton:

»So ist's recht, Herr Mouret; es ist immer gut, auf eine Frau zu hören, und mag sie noch so niedrig stehen, wenn sie nur ein wenig Verstand besitzt. Ich werde aus Ihnen nichts anderes als einen rechtschaffenen Menschen machen, wenn Sie sich mir anvertrauen wollen.«

Sie brachte diesen Scherz in ihrer schlichten Art vor, die so reizvoll war. Nun lächelte auch er und geleitete sie zur Tür wie eine Dame.

Am folgenden Tag wurde Denise zur Direktrice ernannt. Die Geschäftsleitung teilte die Konfektionsabteilung und schuf nur ihretwegen eine Abteilung für Kinderkleidung, die gleich daneben eingerichtet wurde.

Seit der Entlassung ihres Sohnes hatte Frau Aurélie in fortwährender Angst gelebt, denn sie sah, daß die Herren ihr gegenüber kühler geworden waren und daß die Macht des jungen Mädchens immer mehr zunahm. Würde man sie nicht bei der erstbesten Gelegenheit Denise aufopfern? Als diese nun als Direktrice in die Abteilung für Kinderkleidung hinüberzog, war Frau Aurélie darüber so glücklich, daß sie nur noch das Gefühl wärmster Zuneigung und Ergebenheit für sie zur Schau trug. Sie überhäufte Denise mit Freundschaftsbeweisen, behandelte sie von nun an als völlig gleichgestellt und ging oft zu ihr hinüber, um sich mit ihr zu besprechen.

Denise war jetzt auf dem Gipfel ihrer Macht. Ihre Ernennung zur Direktrice hatte den letzten Widerstand ihrer Umgebung vernichtet. Wenn auch hinter ihrem Rücken immer noch geklatscht wurde, so verneigten sich doch alle vor ihr bis zur Erde. Marguerite, die zur Zweiten in der Konfektionsabteilung ernannt worden war, floß über von Lobeserhebun-

gen. Selbst Claire, von geheimem Respekt vor solchem Glück erfüllt, duckte sich.

Noch vollständiger war Denises Triumph über die Männerwelt, über Jouve, der ihr nur mehr mit tiefster Demut begegnete, über Hutin, den jetzt die Angst packte, weil er seine Stellung wanken sah, über Bourdoncle, der endlich zur Ohnmacht verurteilt war. Als er sie aus dem Zimmer der Geschäftsleitung hatte treten sehen, lächelnd, mit sanfter Miene, und als der Chef am folgenden Tag in der Besprechung die Einrichtung einer neuen Abteilung gefordert hatte, gab er sich besiegt. Diesmal war die Frau die stärkere geblieben, und er war darauf gefaßt, daß das Verhängnis auch ihn hinwegfegen würde.

Denise genoß indessen in aller Liebenswürdigkeit ihren Triumph. Sie war gerührt von den Beweisen der Achtung, die sie umgaben, sie wollte darin nur eine ausgleichende Teilnahme für die Härte ihrer Anfangszeit erblicken. Sie nahm lächelnd die ihr dargebotenen Freundschaftsbeweise entgegen und brachte es dahin, daß sie von einigen wirklich geliebt wurde. Nur gegen Claire bewahrte sie eine unüberwindliche Abneigung. Sie hatte erfahren, daß diese sich tatsächlich den grausamen Scherz erlaubt hatte, eines Abends Colomban mit zu sich zu nehmen. Ganz fortgerissen von seiner endlich befriedigten Leidenschaft, brachte er seither öfter die Nacht außer Haus zu, während die arme Geneviève langsam dem Ende entgegenging. Im »Paradies der Damen« wurde viel davon gesprochen, man fand die Sache sehr spaßig.

Allein dieser Kummer vermochte Denise nicht aus dem Gleichgewicht zu bringen. Es war eine Freude, sie in ihrer Abteilung zu sehen, umgeben von ihrem kleinen Völkchen, von Knirpsen jeden Alters. Sie vergötterte Kinder, und man hätte keinen geeigneteren Platz für sie finden können. Sie lebte unter ihren Kleinen wie in einer natürlichen Familie, selbst verjüngt durch diese Unschuld und Frische, die sich um sie her immer wieder erneuerte.

Es kam jetzt zuweilen vor, daß sie lange Unterredungen mit Mouret hatte. Wenn sie sich zur Geschäftsleitung begeben mußte, um Aufträge entgegenzunehmen oder Bericht zu erstatten, hielt er sie zurück, um mit ihr zu plaudern, denn er liebte es, ihr zuzuhören. Das war es, was sie lachend »einen rechtschaffenen Menschen aus ihm machen« genannt hatte. In ihrem besonnenen Köpfchen gab es allerlei Pläne; alles, was sie sah, suchte sie zu ordnen, zu verbessern. So sann sie beispielsweise, seitdem sie beim »Paradies der Damen« wieder eingetreten war, über die unsichere Lage der Angestellten nach. Die plötzlichen Entlassungen kränkten sie; sie fand dieses Vorgehen ebenso ungeschickt wie ungerecht, von Nachteil für beide Seiten, für die Angestellten wie für das Geschäft. Noch schmerzten die Wunden ihrer Anfangszeit, und nicht ohne tiefes Mitleid beobachtete sie jede Neue, die das gleiche Elend durchmachte. Dieses Dasein eines geprügelten Hundes verdarb die Besten unter ihnen, alle waren noch vor den Vierzig durch den Beruf aufgebraucht, verschwanden, gingen unter. Viele starben vor der Zeit, andere gerieten auf die Straße, und nur die wenigsten waren so glücklich, sich zu verheiraten und in irgendeinem Provinzladen unterzutauchen. Dieser ungeheure Verschleiß an Menschen, den die großen Warenhäuser von Jahr zu Jahr trieben – war das menschlich, war das gerecht? Doch sie war nicht gefühlsselig in ihren Ansichten, sie kämpfte vielmehr mit sachlichen Argumenten. Wenn man eine zuverlässig funktionierende Maschine haben wolle, erklärte sie, müsse man gutes Material verwenden; andernfalls stehe die Arbeit immer wieder still, und die Kosten würden nur immer höher. Wenn sie so ihrer Phantasie freien Lauf ließ, sah sie im Geist das vollkommene, ungeheure Warenhaus der Zukunft schon vor sich, eine Hochburg des Handels, in der jeder nach seinen Verdiensten seinen Anteil am Gewinn hatte und durch Verträge gesichert war. Solche Pläne erheiterten Mouret, er beschuldigte sie dann wohl, sie sei eine Sozialistin, und brachte sie in Verlegenheit, indem er ihr die Schwierigkeiten der Durchführung erläuterte. Aber obgleich er sie mit ihren Vorstellungen aufzog, verwirklichte er einen Teil ihrer Gedanken. Das Los der Angestellten wurde allmählich besser; an die Stelle der massenhaften Entlassungen trat ein Urlaubssystem, das der toten Zeit angepaßt war; schließlich gründete man Aushilfskassen zur Unterstützung der Angestellten im Falle unverschuldeter Arbeitslosigkeit. Es waren die Anfänge der großen Arbeitervereinigungen des zwanzigsten Jahrhunderts.

Denise begnügte sich übrigens nicht damit, die Wunden zu heilen, an denen sie selbst einst geblutet hatte; ihr weiblicher Zartsinn gab ihr allerlei Ideen ein, durch deren Ausführung Mouret die Kundschaft entzückte. Den Kassierer Lhomme unterstützte sie in seinem lang gehegten Plan, aus den Angestellten des Hauses eine Musikkapelle zusammenzustellen. Drei Monate später hatte Lhomme hundertzwanzig Musiker unter seiner Leitung, der Traum seines Lebens war verwirklicht. Es wurde ein großes Fest veranstaltet, ein Konzert mit Ball, um dem Publikum die Kapelle des »Paradieses der Damen« vorzuführen. Die Zeitungen beschäftigten sich mit dem Ereignis, und selbst Boudoncle, den alle diese Neuerungen erbitterten, mußte sich vor dieser enormen Reklame beugen. Später wurde ein Spielsaal für die Angestellten eingerichtet, wo sie Billard, Tricktrack und Schach spielen konnten. Endlich wurden Abendkurse in Deutsch und Englisch, in Geographie und in Arithmetik eingeführt. Eine Bibliothek von zehntausend Bänden zum Gebrauch der Angestellten entstand. Ein Arzt im Haus hielt unentgeltlich Sprechstunden ab; es gab Bäder, Erfrischungsräume, einen Frisiersalon. Das ganze Leben spielte sich hier ab, man brauchte nicht mehr aus dem Haus zu gehen, für alles war gesorgt: Bildung, Essen, Unterkunft und Kleidung. Was Arbeit und Vergnügen anbelangte, war inmitten der ungeheuren Stadt Paris das »Paradies der Damen« eine Welt für sich.

Erneut gab es einen Stimmungsumschwung zugunsten Denises. Da Bourdoncle seinen Getreuen voller Verzweiflung immer wieder beteuerte, daß er viel darum gegeben hätte, wenn er selbst sie Mouret hätte ins Bett legen können, nahm man allgemein davon Kenntnis, daß sie nicht nachgegeben hatte, daß ihre Allmacht eben aus dieser Weigerung entsprang. Von diesem Augenblick an wurde sie beliebt. Da war endlich eine, die dem Chef den Fuß auf den Nacken setzte, die alle anderen rächte und ihm mehr als bloße Versprechungen zu entreißen wußte. Wenn sie jetzt durch die Abteilungen ging mit ihrer sanften, aber unbeugsamen Miene, lächelten die Angestellten ihr zu, sie waren stolz auf sie und hätten sie am liebsten aller Welt gezeigt. Denise fühlte sich glücklich, von dieser wachsenden Sympathie getragen. Mein Gott, war das möglich! Sie sah sich wieder, wie sie angekommen war, in ihrem ärmlichen Kleidchen, scheu, verloren inmitten des Räderwerks dieses ungeheuren Betriebes; lange Zeit hatte sie das Gefühl gehabt, ein Nichts zu sein, kaum ein Hirsekorn unter den Mühlsteinen, die eine Welt zermalmten. Und heute war sie die Seele dieser Welt, sie allein zählte, mit einem Wort konnte sie den ihr zu Füßen liegenden Riesenapparat schneller oder langsamer laufen lassen. Und doch hatte sie nichts davon gewollt; sie war ohne Berechnung, ihre Herrschaft überraschte sie manchmal selbst. Was hatten sie nur, daß sie ihr alle gehorchten? Sie war nicht schön und schon gar nicht hintertrieben, sie besaß nichts als ihre Güte und ihre Klugheit, ihre Aufrichtigkeit und ihre Logik.

Zu Denises größten Freuden in ihrer neuen Lage gehörte es, daß sie Pauline nützlich sein konnte. Diese war schwanger und lebte in fortwährender Angst, denn zwei Verkäuferinnen hatten im siebenten Monat binnen vierzehn Tagen das Haus verlassen müssen. Die Geschäftsleitung duldete solche Zwischenfälle nicht. Ehen wurden allenfalls gestattet, Kinder aber waren entschieden verboten. Um die voraussichtliche Kündigung so lange wie möglich hinauszuschieben, schnürte Pauline sich zum Ersticken. Eine der beiden entlassenen Verkäuferinnen hatte einige Tage zuvor ein totes Kind geboren, nur weil sie es ebenso gemacht hatte; man wußte nicht einmal, ob sie selber durchkommen würde. Bourdoncle bemerkte indessen, daß Paulines Gesichtsfarbe immer bleierner und ihr Gang immer schwerfälliger wurde. Eines Morgens war er eben in der Nähe, als ein Laufbursche, der ein Paket forttragen wollte, sie aus Versehen so hart anstieß, daß sie aufschrie und beide Hände auf ihren

Bauch drückte. Sogleich führte er sie fort, verhörte sie, bis sie beichtete, und stellte in der nächsten Besprechung mit den Herren von der Geschäftsleitung den Antrag auf ihre Entlassung. Mouret, der an dieser Beratung nicht teilgenommen hatte, konnte seine Meinung erst am Abend abgeben. Allein bis dahin hatte Denise Zeit gehabt, sich ins Mittel zu legen, und er schnitt Bourdoncle kurzerhand das Wort ab, gerade in Hinsicht auf die Interessen des Hauses. Ein solches Vorgehen, sagte er, müßte alle Mütter, alle jungen Wöchnerinnen unter der Kundschaft verletzen. Und zu guter Letzt wurde beschlossen, daß jede verheiratete Verkäuferin, wenn sie schwanger wurde, einer besonderen Hebamme anvertraut werden sollte, sobald ihre Anwesenheit im Geschäft anstandshalber unmöglich wurde.

Als Denise am Tag danach in das Krankenzimmer hinaufging, um Pauline zu besuchen, die sich infolge des erlittenen Stoßes hatte zu Bett legen müssen, küßte diese sie dankbar auf beide Wangen.

»Wie gut Sie sind! Ohne Sie hätte man mich hinausgeworfen ... Machen Sie sich keine Sorgen; der Arzt sagt, es habe nichts zu bedeuten.«

Das Krankenzimmer war ein langer, heller Raum mit zwölf Betten, die mit sauberen, weißen Vorhängen versehen waren. Hier wurden die Angestellten gepflegt, die im Haus wohnten, wenn sie nicht ausdrücklich zu ihren Familien gehen wollten. An diesem Tag lag Pauline allein hier, ihr Bett stand in der Nähe eines der großen Fenster, die auf die Rue Neuve-Saint-Augustin gingen.

»Er tut also alles, was Sie wollen? Wie grausam von Ihnen, ihn so zu quälen! Erklären Sie mir das mal, da wir schon davon sprechen. Hassen Sie ihn denn?«

Sie hielt Denise, die neben ihrem Bett saß, bei der Hand. Angesichts dieser direkten und unerwarteten Frage ließ das junge Mädchen, von einer plötzlichen Erregung ergriffen, sich das Geheimnis ihres Herzens entschlüpfen. Sie verbarg das hochrote Gesicht in den Kissen und flüsterte:

»Ich liebe ihn!«

Pauline war ganz verblüfft.

»Wie, Sie lieben ihn? Nun, dann ist es doch sehr einfach: sagen Sie ja!«

Denise aber sagte nein, indem sie energisch den Kopf schüttelte. Sie sagte nein, gerade weil sie ihn liebte, ohne daß sie die Sache hätte näher erklären können. Es war gewiß lächerlich, doch sie war nun einmal so und konnte sich nicht plötzlich ändern.

Die Verwunderung ihrer Freundin stieg immer höher. Endlich fragte sie:

»Sie tun das also nur, um seine Frau zu werden?«

Da richtete sich Denise mit einem Ruck auf. Sie war ganz verstört.

»Wie, um seine Frau zu werden? Ich schwöre Ihnen, daß ich nie daran gedacht habe! Nein, nie ist mir eine solche Berechnung durch den Kopf gegangen, und Sie wissen doch, daß ich nicht lüge.«

»Nun, wenn Sie es jedenfalls gewollt hätten«, sagte Pauline, »dann hätten Sie sich nicht anders benehmen können, als Sie es tun ... Die Sache muß doch mal ein Ende nehmen, und da gibt es kein anderes Mittel als Heirat, da Sie das andere nicht wollen! Hören Sie: alle hier denken so wie ich, man ist überzeugt, daß Sie ihm den Brotkorb nur so hoch hängen, um ihn zum Standesbeamten zu führen ... Mein Gott, sind Sie komisch!«

Sie mußte Denise trösten, die abermals mit dem Kopf auf das Kissen gesunken war und schluchzend wiederholte, sie werde schließlich doch noch fortgehen müssen, wenn man ihr ununterbrochen Geschichten andichte, die ihr niemals in den Sinn gekommen wären. --

Zur selben Zeit ging Mouret unten durch das Geschäft. Um seinen Kummer zu betäuben, wollte er wieder einmal die Bauarbeiten besichtigen. Monate waren verflossen, die neue Fassade stand kurz vor der Fertigstellung. Die Rue du Dix-Décembre, seit kurzer Zeit eröffnet, war vom Morgen bis zum Abend voll von einer Menge Neugieriger, die zu den verkleideten Gerüsten emporstarrten und sich mit den Wundern beschäftigten, die man sich von diesem Bau erzählte. Allein gerade auf diesem von fieberhafter Arbeit erfüllten Bauplatz mitten unter den Handwerkern, welche die Verwirklichung seines Traums vollendeten, empfand Mouret bitterer als sonstwo die Nichtigkeit seines Glücks. Der Gedanke an Denise schnürte ihm die Brust zu. Was nützte ihm all diese Pracht, wenn sie doch die Leere seines Herzens nicht ausfüllen konnte?

Als Mouret in sein Arbeitszimmer zurückkehrte, würgte ihn ein Schluchzen. Was wollte sie denn? Er wagte nicht mehr, ihr Geld anzubieten. Und zum erstenmal tauchte in dem noch widerstrebenden jungen Witwer unklar der Gedanke an eine Heirat auf. Das Gefühl seiner Machtlosigkeit erpreßte ihm endlich heiße Tränen; er war unglücklich.

Dreizehntes Kapitel

Als an einem Novembermorgen Denise eben ihre ersten Anweisungen in der Abteilung gab, kam das Dienstmädchen der Baudus, um ihr zu melden, daß Fräulein Geneviève eine sehr schlechte Nacht verbracht habe und ihre Kusine wenn möglich gleich sehen wolle. In letzter Zeit war das Mädchen von Tag zu Tag schwächer geworden, und vor zwei Tagen hatte sie sich ganz zu Bett legen müssen. Die Ursache war das plötzliche Verschwinden Colombans. Anfangs hatte er sich damit begnügt, öfters über Nacht auszubleiben, dann war er immer mehr der gehorsame Hund Claires geworden, und endlich hatte Baudu an einem Montagmorgen einen Brief von ihm erhalten, in dem er von ihm Abschied nahm, und zwar in so gesuchten Worten, als trage er sich mit Selbstmordgedanken. Vielleicht schlummerte unter diesem Streich aus Leidenschaft auch die schlaue Berechnung eines Burschen, der entzückt war, so um eine ihm immer unerwünschtere Ehe herumkommen zu können. Baudus Geschäft ging es ebenso trostlos wie seiner Tochter, und da nahm Colomban eben die Gelegenheit wahr, auf diese unschöne Weise die Beziehungen abzubrechen. Dabei hielt ihn noch jedermann für ein Opfer seiner unglücklichen Liebe.

Als Denise in den »Vieil Elbeuf« hinüberkam, war Frau Baudu allein. Regungslos saß sie hinter der Kasse und hütete den leeren Laden. Es war kein Angestellter mehr da, nur das Dienstmädchen staubte die Fächer ab. Stunden vergingen oft, ohne daß eine Kundin die Stille störte, und die Waren, die manchmal wochenlang nicht berührt wurden, verkamen mehr und mehr.

»Was gibt es denn?« fragte Denise lebhaft. »Ist etwas mit Geneviève?«

Frau Baudu antwortete nicht sofort, ihre Augen füllten sich mit Tränen, dann stammelte sie:

»Ich weiß nicht, man sagt mir ja nichts. Ich glaube, es ist alles aus.«

Mit tränenumflorten Blicken sah sie umher, als fühlte sie das Haus und ihre Tochter zusammen dahinschwinden. Die siebzigtausend Franken, die sie für ihr Landgut bekommen hatten, waren in weniger als zwei Jahren durch den erbarmungslosen Wettbewerb verschlungen worden. Um gegen das »Paradies der Damen« ankämpfen zu können, das jetzt auch Herrentuche, Jagdsamte und Livreestoffe führte, hatte der Tuchhändler schwere Opfer bringen müssen. Seine Schulden waren allmählich immer größer geworden; als letzte Hilfsquelle hatte er auf das Grundstück in der Rue de la Michodière, auf dem der alte Finet, sein Vorgänger, das Haus gegründet hatte, eine Hypothek aufgenommen. Doch es war alles zwecklos, der endgültige Zusammenbruch war nur mehr eine Frage allerkürzester Zeit.

»Der Vater ist oben«, fuhr Frau Baudu mit gebrochener Stimme fort. »Wir lösen einander alle zwei Stunden ab; es muß doch jemand hier im Laden sein, nur sicherheitshalber, denn im Grunde ...«

Eine Handbewegung sagte alles. Sie hätten schließen können, wenn ihr alter kaufmännischer Stolz sie nicht daran gehindert hätte.

»Dann will ich hinaufgehen, Tante«, sagte Denise, der sich angesichts dieser Verzweiflung das Herz zusammenkrampfte.

»Ja, geh hinauf, geh rasch, mein Kind. Sie erwartet dich, sie hat die ganze Nacht nach dir gefragt. Sie hat dir etwas zu sagen.«

In diesem Augenblick kam Baudu herunter. Er trat leise auf und flüsterte, als ob man ihn oben hören könnte:

»Sie schläft.«

Er sank in einen Sessel, dann murmelte er:

»Du wirst sie gleich sehen ... Wenn sie schläft, sieht es immer aus, als würde sie wieder gesund.«

Sie schwiegen. Vater und Mutter saßen einander gegenüber und betrachteten sich stumm. Schließlich begann er sich in Klagen zu ergehen, ohne einen Namen zu nennen, ohne sich an jemand Bestimmten zu wenden.

»Ich hätte es nicht geglaubt, meine Hand hätte ich ins Feuer gelegt ... Er war der letzte, ich hatte ihn erzogen wie meinen Sohn. Wenn einer gekommen wäre und mir gesagt hätte: ›Auch den werden sie dir nehmen, du wirst sehen, wie er seiner Wege geht‹, so hätte ich geantwortet: ›Dann gibt es keinen gütigen Gott mehr!‹ – Und er ist richtig gegangen! Dieser Unglücksmensch, er verstand sich so gut auf den wahren Handel, er dachte in allem so wie ich! ... Und warum? Wegen einer Dirne, einer jener Puppen, die in zweideutigen Häusern herumlungern ... Man könnte wahrhaftig den Verstand verlieren!«

Er schüttelte den Kopf, seine ausdruckslosen Augen starrten auf den abgenützten Fußboden.

»Wenn ihr es wissen wollt«, fuhr er dann mit noch leiserer Stimme fort, »es gibt Augenblicke, wo ich mich selbst für alles Unglück am meisten anklage. Ja, es ist meine Schuld, wenn unsere arme Tochter da oben liegt. Ich hätte sie längst verheiraten sollen, ohne meinem dummen Stolz nachzuhängen und meinem Eigensinn, in dem ich ihnen das Haus nicht in schlechterem Zustand übergeben wollte. Dann hätte sie ihn jetzt, und vielleicht hätte ihrer beider Jugend jenes Wunder zustande gebracht, das mir nicht gelungen ist ... Aber ich bin ein alter Narr, ich habe nichts begriffen, ich glaubte nicht, daß man wegen solcher Dinge krank werden könnte ... Wahrhaftig, er war ein außerordentlicher Bursche, so begabt für den Verkauf, so rechtschaffen und einfach, von solchem Ordnungssinn in allen Dingen. Ja, das war noch mal ein Schüler ...«

Immer noch verteidigte er diesen Menschen, der ihn betrogen hatte. Denise konnte es nicht mehr mit anhören, wie

er sich so selbst anklagte, und als sie ihn derart niedergeschlagen sah, in Tränen gebadet, ihn, der hier einst als un-
umschränkter Gebieter geschaltet hatte, da sagte sie ihm alles.

»Nehmen Sie ihn nicht in Schutz, Onkel. Er hat Geneviève niemals geliebt, und wenn Sie die Heirat beschleunigt
hätten, wäre er schon früher durchgegangen. Ich selbst
habe mit ihm gesprochen. Er wußte ganz gut, daß meine
arme Kusine seinetwegen litt, und wie Sie sehen, hat es ihn
nicht daran gehindert, davonzulaufen – Fragen Sie nur die
Tante.«

Wortlos bestätigte Frau Baudu diese Eröffnung durch ein
Kopfnicken. Da wurde der Tuchhändler noch blasser und
stammelte:

»Dann ist alles aus! Sie haben unser Geschäft zugrunde
gerichtet, und nun bringt eine ihrer Dirnen auch noch unser
Kind um.«

Keiner sprach mehr. Plötzlich in diesem düsteren Jammer
hörten sie irgendwoher aus dem Haus ein dumpfes Klopfen;
es war Geneviève, die erwacht war und mit einem Stock,
den man bei ihr gelassen hatte, Zeichen gab.

»Gehen wir hinauf«, sagte Baudu und sprang rasch auf.
»Sei ein bißchen fröhlich, sie braucht nichts zu wissen ...«

Als sie oben die Tür öffneten, hörten sie eine schwache
Stimme rufen:

»Ich will nicht allein sein, laßt mich nicht allein ... Ich habe
Angst, wenn ich allein bin!«

Als sie Denise eintreten sah, beruhigte sich Geneviève,
ein freudiges Lächeln trat auf ihre blassen Lippen.

»Da sind Sie endlich!« sagte sie. »Wie sehnsüchtig habe
ich seit gestern auf Sie gewartet! Ich glaubte schon, auch
Sie hätten mich verlassen.«

Es war ein wahrer Jammer. Das Zimmer des Mädchens
ging auf den Hof, es war ein kleines Gelaß, in das nur fahles
Licht drang. Anfangs hatten die Eltern ihr krankes Kind in ihr
eigenes Zimmer gelegt gehabt, das auf die Straße ging. Allein der Anblick des »Paradieses der Damen« da gegenüber
war der Kranken eine Qual gewesen, und sie hatten sie in
ihre Kammer zurücktragen müssen. Hier lag sie nun unter
ihren Decken, so schmächtig und schwach, daß man ihren
Körper kaum mehr wahrnahm. Ihre mageren Arme mit den
fieberheißen Händen tasteten fortwährend suchend auf der
Bettdecke umher.

Denise betrachtete sie, das Herz von Mitleid erfüllt. Sie
hielt an sich aus Furcht, die Tränen könnten ihr aus den Augen stürzen. Endlich murmelte sie:

»Ich bin gleich gekommen. Wenn ich Ihnen nur helfen
könnte! ... Soll ich hierbleiben? Kann ich etwas tun?«

Geneviève blickte sie unverwandt an und erwiderte dann
stockend:

»Nein, danke, ich brauche nichts, ich wollte Sie bloß noch
einmal umarmen.«

Tränen traten in ihre Augen. Denise neigte sich gerührt zu
ihr hinab und küßte sie auf die fieberheißen Wangen. Die
Kranke hatte die Arme um ihren Nacken gelegt, preßte sie
an sich und hielt sie in einer verzweifelten Umarmung fest.
Dann irrten ihre Blicke zum Vater hinüber.

»Soll ich hierbleiben?« wiederholte Denise. »Vielleicht
kann ich irgend etwas für Sie erledigen?«

»Nein, nein.«

Hartnäckig sah sie auf ihren Vater. Da begriff er endlich
und zog sich zurück; man hörte, wie er mit schweren Schritten die Treppe hinabging.

»Sagen Sie mir, lebt er mit diesem Frauenzimmer zusam-
men?« fragte die Kranke sogleich. Sie ergriff die Hand der
Kusine und hieß sie sich auf den Rand des Bettes setzen.
»Ja, ich wollte Sie sehen, weil nur Sie mir sagen können ...
Nicht wahr, sie leben zusammen?«

Überrascht von diesen Fragen, mußte Denise stotternd
die Wahrheit bekennen, all die Gerüchte erzählen, die im
Geschäft in Umlauf waren. Claire war des Burschen längst
überdrüssig und hatte ihm die Türe verschlossen; Colomban
verfolgte sie untröstlich überallhin und suchte von Zeit zu
Zeit eine Begegnung mit ihr zu erreichen; er benahm sich
mit der Unterwürfigkeit eines geprügelten Hundes. Man erzählte sich übrigens, daß er im Begriff sei, im »Louvre« einzutreten.

»Wenn Sie ihn so sehr lieben, kann er ja noch zurückkommen«, fuhr Denise fort, um die Kranke mit dieser letzten
Hoffnung einzuschläfern. »Sie müssen rasch gesund werden, dann wird er seinen Fehler erkennen und Sie heiraten.«

Geneviève winkte ab.

»Nein, lassen Sie's gut sein, ich weiß zu genau, daß alles
vorbei ist ... Ich sage ja nichts, weil ich Papa weinen höre
und weil ich Mama nicht noch kränker machen will. Aber ich
fühle, daß es aus ist mit mir, und wenn ich Sie heute habe
rufen lassen, dann nur aus Angst, ich könnte den Abend
nicht mehr erleben ... Mein Gott, wenn ich daran denke, daß
er nicht einmal glücklich ist!«

Denise wollte ihr die Todesgedanken ausreden und meinte, ihr Zustand sei keineswegs so besorgniserregend; aber
Geneviève schnitt ihr kurz das Wort ab. Nach einer Weile
bat sie:

»So, nun bleiben Sie nicht länger, Sie haben ja zu tun; ich
danke Ihnen. Ich mußte nur Klarheit haben; nun bin ich zufrieden. Wenn Sie ihn wiedersehen, sagen Sie ihm, daß ich

ihm verzeihe. Leben Sie wohl, meine gute Denise; küssen Sie mich noch einmal, es ist das letzte mal«

Denise küßte sie und versuchte abermals, ihr das auszureden.

»Aber nein«, sagte sie, »was quälen Sie sich nur so? Sie brauchen Pflege, sonst nichts.«

Doch die Kranke schüttelte eigensinnig den Kopf und lächelte, sie wußte es besser. Als ihre Kusine sich endlich zur Türe wandte, sagte sie noch:

»Warten Sie: klopfen Sie mit dem Stock, damit Papa heraufkommt; ich fürchte mich so, wenn ich allein bin.«

Als Baudu dann in dem kleinen, dumpfen Zimmer stand, wo er ganze Stunden auf einem Sessel sitzend verbrachte, tat sie sehr vergnügt und rief Denise zu:

»Morgen brauchen Sie gar nicht zu kommen; aber am Sonntag erwarte ich Sie, dann bleiben Sie den Nachmittag über bei mir.«

Am folgenden Morgen um sechs Uhr starb Geneviève nach einem vierstündigen schweren Todeskampf.

Die Beerdigung fand am Sonntag darauf statt, an einem düsteren, unfreundlichen Tag. Mit einem großen Strauß weißer Rosen geschmückt, stand der schmale Sarg in dem finsteren Toreingang des Hauses. Um neun Uhr kam Denise, um bei ihrer Tante zu bleiben. Doch Frau Baudu, die selbst nicht mitgehen konnte, bat sie, den Leichenzug zu begleiten und auf den Onkel achtzugeben, dessen stummer Schmerz sie beunruhigte. Unten fand Denise mittlerweile die Straße voll von Leuten. Der ganze Kleinhandel des Stadtviertels wollte der Familie Baudu seine Teilnahme bezeigen; es war zugleich wie eine Art Kundgebung gegen das »Paradies der Damen«, dem man an Genevièves langsamem Hinsterben die Schuld gab.

Endlich kam mit einiger Verspätung der Leichenwagen, und der Zug setzte sich zögernd in Bewegung. Als sie durch die Rue Neuve-des-Petits-Champs kamen, schloß sich Robineau, sehr blaß und sichtlich gealtert, ihnen an.

In der Kirche zu Saint-Roch warteten viele Frauen, die kleinen Krämerinnen des Stadtviertels, die sich nicht in das Gedränge vor dem Trauerhaus hatten begeben wollen. Die Demonstration ward jetzt fast zum Aufruhr, und als nach dem Gottesdienst der Leichenzug sich wieder in Bewegung setzte, folgte alles dem Sarg zum Friedhof, obwohl es ein weiter Weg war bis zum Montmartre. Sie mußten wieder durch die Rue Saint-Roch und am »Paradies der Damen« vorbei. In der Rue du Dix-Décembre gab es gerade vor den Gerüsten der neuen Fassade, die noch immer den Verkehr behinderten, eine Stockung. Denise, die in einen der Wagen gestiegen war, blickte hinaus und sah den alten Bourras unmittelbar neben sich einherhinken. Er hätte den Friedhof nie-

mals erreicht. Er hob den Kopf und sah sie an, dann stieg er ein.

»Meine verdammten Knie«, sagte er. »Ich komme nicht vorwärts ... Bleiben Sie nur, Sie brauchen nicht wegzurücken. Gegen Sie haben wir ja nichts!«

Sie spürte unter seiner knurrigen Art die unveränderte Freundschaft heraus. Und prompt begann er mit dem alten Lied.

»Er hat seine Berufung verloren. Zwei Jahre hat es mich gekostet und Geld genug, aber das tut nichts, unter meinem Laden wird er nicht durchkommen. Die Richter haben entschieden, eine solche Arbeit sei keine Ausbesserung. Jetzt kommt er aus der Wut gar nicht mehr heraus, er kann es nicht verwinden, daß ein alter Invalide wie ich ihm den Weg versperrt, während die ganze Welt vor seinem Geld auf den Knien liegt! ... Aber ich will nicht, niemals! Möglich, daß ich dabei auf der Strecke bleibe. Ich hab herausbekommen, daß der Lumpenkerl meinen Schulden nachspürt. Ohne Zweifel will er mir einen bösen Streich spielen. Aber das tut nichts, er sagt ja, ich sage nein und werde nein sagen, bis man mich zwischen vier Bretter einnagelt wie die Kleine, die man da vorne hinausfährt.«

Denise, die die Lage genau kannte und ihm helfen wollte, brach endlich ihr Schweigen und sagte in bittendem Ton:

»Herr Bourras, nun spielen Sie doch nicht länger den Eigensinnigen ... Lassen Sie mich die Sache in Ordnung bringen.«

Er unterbrach sie mit einer heftigen Gebärde.

»Schweigen Sie«, rief er, »das geht niemanden etwas an. Sie sind ein gutes Mädchen, ich weiß, daß Sie ihm das Leben schwer machen, diesem Kerl, der glaubte, er könne Sie ebenso kaufen wie mein Haus. Aber was würden Sie mir antworten, wenn ich Ihnen nun riete, ja zu sagen? Sie würden mich zum Teufel schicken, nicht wahr? Na also, dann mischen Sie sich auch nicht in meine Angelegenheiten, wenn ich nein sage!«

Mittlerweile war der Leichenwagen vor dem Friedhof angelangt, und die beiden stiegen aus. Die Grabstelle der Familie Baudu befand sich im ersten Gang links. Binnen weniger Minuten war die Feier beendet. Die Fernerstehenden zerstreuten sich zwischen den benachbarten Gräbern. Denise brachte ihren Onkel, der verstört dem hinabgleitenden Sarg nachgestarrt hatte, zu einem der Trauerwagen und begleitete ihn nach Hause. Der »Vieil Elbeuf« wirkte finsterer denn je. Der Laden war geschlossen, Onkel und Tante waren jetzt ganz allein.

Am Abend verlangte Mouret mit Denise zu sprechen, um sich mit ihr über ein Kinderkleid zu beraten, das er herausbringen wollte. Noch völlig erregt, konnte sie nicht an sich halten; sie wagte es, auf Bourras zu kommen, diesen armen Mann, der bereits am Boden lag und nun den letzten Stoß erhalten sollte. Doch als sie den Namen des Schirmhändlers erwähnte, geriet Mouret in Zorn. Der alte Narr, wie er ihn nannte, verbitterte ihm das Leben, verdarb ihm seinen Triumph durch seinen blöden Eigensinn, mit dem er das Haus nicht abgeben wollte, diese elende Baracke. Was sollte er denn tun? Konnte er diesen Schutthaufen an der Seite des »Paradieses der Damen« stehen lassen? Er mußte verschwinden. Um so schlimmer für den alten Narren! Er erinnerte sie an seine Angebote, bis zu hunderttausend Franken hatte er ihm geben wollen. Das war doch mehr als genug. Er wollte ja geben, was man verlangte; aber man sollte ihn sein Werk vollenden lassen!

Sie hörte ihn mit niedergeschlagenen Augen an und fand keine anderen Gegenargumente, als die das Herz ihr eingab: der gute Mann war so alt, man konnte doch seinen Tod abwarten; ein Bankrott jedenfalls wäre sein Ende. Er entgegnete, er habe die Sache nicht mehr in der Hand, Bourdoncle beschäftige sich damit; die Herren hätten übereinstimmend beschlossen, ein für allemal ein Ende zu machen.

Nach kurzem Schweigen kam Mouret auf die Familie Baudu zu sprechen. Er beklagte zunächst den Tod ihrer Tochter. Sie seien gute, rechtschaffene Leute, leider vom Schicksal verfolgt. Dann kam er wieder auf seine alte Ansicht zurück: sie seien im Grund an ihrem Unglück selber schuld; man dürfe sich nicht so eigensinnig in die alten, längst wurmstichig gewordenen Handelsbräuche verbohren. Es sei gar kein Wunder, daß das Haus ihnen über dem Kopf einstürze, er habe es zwanzigmal vorausgesagt. Es könne doch vernünftigerweise niemand von ihm verlangen, daß er sich ruiniere, nur um das Stadtviertel zu schonen! Übrigens, selbst wenn er so töricht gewesen wäre, das »Paradies der Damen« zu schließen, so wäre sofort an seiner Statt ein anderes großes Kaufhaus aus dem Boden geschossen, denn der Gedanke lag nun mal in der Luft. Er redete sich allmählich warm und wurde immer eifriger in seinem Bestreben, sich gegen den Haß seiner unbeabsichtigten Opfer zu verteidigen, gegen das Geschrei der zugrunde gehenden kleinen Geschäfte, das er rings um sich zu vernehmen glaubte. Nein, er fühle keine Gewissensbisse, er sei einfach das Werkzeug seines Zeitalters. Sie hörte ihm lange zu und zog sich dann schweigend mit beklommenem Herzen zurück.

Diese Nacht konnte Denise nicht schlafen. War es denn wirklich so, daß die einen untergehen mußten, damit die anderen leben konnten? War dieser ewige Kampf unvermeidlich? Mein Gott, wieviel Leid! Und sie konnte niemanden retten, ja sie hatte das Bewußtsein, daß all dieses Elend notwendig sei, um das Paris der Zukunft gesund zu erhalten!

Als der Tag anbrach, wurde sie ruhiger, eine tiefe, ergebene Traurigkeit hatte sie erfaßt. Sie sann nur mehr nach, wie sie die Ihren vor dem allgemeinen Ruin bewahren konnte.

Nun stieg das Bild Mourets vor ihr auf. Er würde ihr sicherlich nichts verweigern, ihr jede vernünftige Hilfe gewähren. Dann schweiften ihre Gedanken ab, sie suchte sich über ihn klar zu werden. Sie kannte sein Leben, sie wußte von seinen früheren nüchternen Liebschaften aus Berechnung, von der überlegten Ausbeutung der Frau; sie wußte, daß er sich Geliebte genommen hatte, die ihm den Weg bahnen sollten; sie wußte, daß er mit Frau Desforges ein Verhältnis angeknüpft hatte, allein zu dem Zweck, Baron Hartmann zu gewinnen; sie kannte auch alle übrigen: die Claires und die verschiedenen Schauspielerinnen, all die Vergnügungen, die er sich erkauft hatte, um gleich darauf einer wie der anderen den Laufpaß zu geben. Allein diese Anfänge eines Abenteurers der Liebe, über die das ganze Geschäft sich lustig machte, traten doch schließlich zurück hinter dem geistreichen Wesen dieses Mannes, hinter seiner überwältigenden Liebenswürdigkeit. Er war die Verführung selbst. Niemals hätte sie ihm seine frühere Verstellungskunst vergeben, die Kälte des Liebhabers unter der galanten Maske der Zuvorkommenheit. Heute aber, da er um sie litt, zürnte sie ihm nicht mehr. Durch dieses Leiden stieg er in ihren Augen. Wenn sie ihn so zerquält fand, wenn sie sah, wie er seine frühere Verachtung für die Frauen schwer büßte, erschien ihr das wie eine Sühne für seine Fehler.

Am Morgen gelang es Denise, von Mouret alle Hilfe zugesagt zu erhalten, die sie am Tag, da die Familie Baudu und der alte Bourras unterliegen mußten, für richtig halten würde. Wochen vergingen, sie besuchte fast täglich ihren Onkel, um den düsteren Laden für einige Minuten aufzuheitern. Sie war besonders beunruhigt über den Zustand ihrer Tante; seit Genevièves Tod saß sie in dumpfem Brüten da, man konnte geradezu sehen, wie sie von Tag zu Tag mehr dahinwelkte. Wenn man sie fragte, antwortete sie mit erstaunter Miene, ihr fehle nichts, sie sei bloß so müde. Im Stadtviertel schüttelte man traurig den Kopf; die Arme würde sich nicht mehr lange nach ihrer Tochter sehnen.

Als eines Tages Denise eben von den Baudus kam, hörte man auf der Place Gaillon ein großes Geschrei. Die Menge eilte hinzu, es herrschte allgemeines Entsetzen. Ein Pferdeomnibus hatte an der Ecke der Rue Neuve-Saint-Augustin vor dem Springbrunnen einen Mann umgefahren. Der Kutscher auf seinem Bock hatte seine Pferde, zwei kräftige Rappen, aufgeregt zurückgerissen; er fluchte, was er konnte.

»Himmeldonnerwetter, geben Sie doch acht, Sie blöder Kerl!«

Die Menge umringte den Verletzten; zufällig war ein Polizist zur Stelle. Der Kutscher schrie und wütete noch immer.

»Hat man jemals einen so einfältigen Menschen gesehen? Tut mitten auf der Straße, als ob er da zu Hause wäre! Ich habe ihn noch angerufen – und auf einmal lag er unter den Rädern.«

Ein Anstreicher, der in der Nachbarschaft beschäftigt war, eilte jetzt herbei und rief dem Kutscher zu:

»Schrei doch nicht so, ich habe ja alles gesehen. Er hat sich geradezu druntergeworfen, er muß nicht ganz richtig im Kopf sein.«

Es mengten sich noch andere ein, und man kam allgemein zu der Ansicht, daß es ein Selbstmordversuch gewesen sei. Der Polizist nahm ein Protokoll auf. In diesem Augenblick kam Denise hinzu. Mitleidig beugte sie sich über den ohnmächtigen, mit beschmutzten und blutigen Kleidern auf dem Straßenpflaster liegenden Mann.

»Großer Gott, das ist ja Herr Robineau!« rief sie in schmerzlichem Erstaunen aus.

Der Polizist fragte sie sofort, ob sie Näheres wisse, und sie gab Namen und Adresse des Verunglückten an. Dank der Geschicklichkeit des Kutschers war der Omnibus noch etwas ausgewichen, so daß nur die Beine Robineaus unter die Räder geraten waren. Vier Männer nahmen den Verletzten auf und trugen ihn in eine Apotheke in der Rue Gaillon, während der Omnibus langsam weiterfuhr. Denise folgte Robineau. Es war nicht sogleich ein Arzt aufzutreiben, mittlerweile erklärte aber der Apotheker, es bestehe keine unmittelbare Gefahr; am besten schaffe man den Verwundeten nach Hause, da er ja in der Nachbarschaft wohne. Ein Mann ging zur nächsten Polizeiwache, um eine Tragbahre zu holen. Da kam Denise auf den guten Gedanken, vorauszugehen, um Frau Robineau auf den fürchterlichen Schlag vorzubereiten. Allein sie konnte sich nur mit Mühe durch die Menge durcharbeiten, die sich auf der Straße drängte; die abenteuerlichsten Gerüchte waren bereits im Umlauf, jetzt wurde schon erzählt, es handle sich um einen Ehemann, den der Liebhaber seiner Frau durch das Fenster auf die Straße geworfen habe.

In der Rue Neuve-des-Petits-Champs sah Denise von weitem Frau Robineau in der Tür ihres Ladens stehen. Sie tat, als komme sie zufällig vorüber, und begann ein Gespräch, um einen günstigen Augenblick abzuwarten. Das Geschäft zeigte die Unordnung und Öde, die das nahende Ende ankündigte. Seit zwei Monaten führte Robineau ein Höllenleben, um den Bankrott noch etwas hinauszuschieben.

»Ich habe Ihren Mann auf der Place Gaillon gesehen«, tastete sich Denise leise vor, nach dem sie endlich in den Laden getreten war.

Frau Robineau, die mit unruhigen Blicken fortwährend auf die Straße schaute, erwiderte lebhaft:

»Ach ja? Ich erwarte ihn nämlich, er sollte schon hier sein. Heute morgen ist Gaujean gekommen, und sie sind miteinander fortgegangen.«

Sie war noch immer reizend; aber sie erwartete ein Kind, und die doppelte Anspannung ihres Zustandes und der geschäftlichen Sorgen lastete sichtlich auf ihr.

»Mein liebes Kind«, sagte sie mit traurigem Lächeln, »wir wollen Ihnen nichts verbergen – Das Geschäft geht schlecht, mein armer Mann schläft überhaupt nicht mehr. Heute hat ihn Gaujean wieder wegen überfälliger Wechsel gequält ... Nun werde ich aber langsam unruhig!«

Sie wollte zur Türe gehen, allein Denise trat ihr in den Weg. Sie hatte ein dumpfes Gemurmel vernommen, das sich auf der Straße näherte; offenbar brachte man die Tragbahre. Nun mußte sie endlich sprechen.

»Beunruhigen Sie sich nicht, es ist keine unmittelbare Gefahr; ja, ich habe Herrn Robineau gesehen, es ist ihm ein Unglück zugestoßen ... Man bringt ihn schon, bitte machen Sie sich keine Sorge!«

Die junge Frau hörte sie leichenblaß an, ohne zu begreifen. Die Straße füllte sich mit Menschen, die Droschkenkutscher, die anhalten mußten, fluchten, und schon brachten die Träger die Bahre und setzten sie im Laden ab.

»Es war ein Unfall«, sagte Denise, entschlossen, den Selbstmordversuch zu verheimlichen. »Er stand auf der Straße und ist unter die Räder eines Omnibusses geglitten. Es sind nur die Beine verletzt, ein Arzt ist schon unterwegs. Beunruhigen Sie sich nicht!«

Ein Zittern befiel Frau Robineau, sie schrie auf, dann stürzte sie an der Bahre nieder. Robineau war wieder zu Bewußtsein gekommen. Als er seine Frau erblickte, rannen zwei schwere Tränen über seine Wangen. Schluchzend küßte sie ihn und sah ihn mit starren Blicken an.

Um die Neugierigen abzuwehren, hatte Denise den Rolladen an der Tür herabgelassen. In dem Halbdunkel, das nun über dem Geschäft lag, kniete Frau Robineau immer noch vor ihrem Mann und stöhnte:

»Oh, mein Lieber, mein Lieber ...«

Sie fand nichts als diese Worte; er aber legte angesichts dieses Schmerzes ein Geständnis ab.

»Verzeih mir, ich war wahnsinnig ... Als der Rechtsanwalt mir in Gegenwart Gaujeans erklärte, daß morgen die Siegel angelegt werden sollten, war mir, als drehte sich alles vor meinen Augen. Weiter erinnere ich mich an gar nichts mehr. Ich ging die Rue de la Michodière hinab, ich glaubte, die Leute im ›Paradies der Damen‹ machten sich über mich lustig, dieses verdammte Haus schien über mich hereinzustürzen ... Als dann der Omnibus um die Ecke bog, habe ich mich einfach daruntergeworfen ...«

Entsetzt über dieses Geständnis sank Frau Robineau zu Boden. Großer Gott, er hatte sich das Leben nehmen wollen! Sie ergriff die Hand Denises, die sich voll tiefsten Mitleids zu ihr hinabgebeugt hatte. Der Verwundete, durch die Aufregung erschöpft, hatte abermals das Bewußtsein verloren. Da erleichterte Frau Robineau ihr Herz.

»Ach, wenn ich Ihnen erzählen würde ... Meinetwegen wollte er sterben. Fortwährend hat er gesagt: ich habe dich bestohlen, das Geld gehörte dir. In der Nacht hat er von diesen sechzigtausend Franken geträumt. Wenn er aufwachte, war er in Schweiß gebadet und machte sich die schwersten Vorwürfe; wenn man kein tüchtiger Kaufmann sei, dürfe man nicht das Geld anderer aufs Spiel setzen. Sie wissen ja, daß er immer nervös und leicht erregbar war. Schließlich sah er mich in seinen schrecklichen Träumen auf der Straße in Lumpen gehen, mich, die er so liebte, die er reich und glücklich sehen wollte ...«

Sie wandte sich wieder zu ihm, und als sie sah, daß er abermals die Augen geöffnet hatte, fuhr sie mit bebender Stimme fort:

»Ach, mein Lieber, warum hast du das getan? Hältst du mich für so schlecht? Es ist mir ganz gleichgültig, ob wir ruiniert sind oder nicht. Wenn wir nur zusammenbleiben, sind wir schon glücklich. Laß sie alles nehmen, gehen wir irgendwohin, wo du nichts mehr von ihnen hörst; du wirst arbeiten, und es wird alles gut werden.«

Sie lehnte ihre Stirn an die blasse Wange ihres Mannes, und beide schwiegen. Das Geschäft schien hinter der geschlossenen Tür im Zwielicht zu schlummern. Draußen hörte man den Lärm der Straße, das Rollen der Wagen, das Gedränge auf den Bürgersteigen. Denise, die alle Augenblicke hinausschaute, rief endlich:

»Der Arzt ist da!«

Die Untersuchung ergab, daß bloß das linke Bein gebrochen war; es war ein einfacher Bruch, man brauchte keinerlei Verwicklung zu befürchten. In dem Augenblick, als sie sich anschickten, die Tragbahre in das dahinterliegende Zimmer zu bringen, erschien Gaujean, um zu berichten, daß auch der letzte Schritt, den er unternommen hatte, fehlgeschlagen war; die Konkurserklärung war unausweichlich geworden.

»Was ist geschehen?« murmelte er.

Denise erzählte es ihm kurz. Er wurde sehr verlegen. Robineau sagte mit schwacher Stimme zu ihm:

»Ich bin Ihnen nicht böse, aber ein wenig ist es doch Ihre Schuld.«

»Mein Gott, es hätten festere Schultern dazu gehört als die unsrigen; Sie wissen, daß es mir nicht viel besser geht als Ihnen.«

Man hob die Tragbahre empor. Der Verwundete fand noch die Kraft zu sagen:

»Auch festere Schultern wären darunter zusammengebrochen. Ich begreife ja, daß die alten Starrköpfe wie Bourras und Baudu dabei auf der Strecke bleiben – aber wir, die wir jung sind und dem neuen Gang der Dinge aufgeschlossen ... Nein, Gaujean, da bricht eine Welt zusammen.«

Man trug ihn fort. In einer Aufwallung, in die sich fast ein Schimmer von Freude mischte, daß die Mühsal mit dem Geschäft nun endlich vorbei war, umarmte Frau Robineau Denise. Gaujean entfernte sich mit dem jungen Mädchen und erklärte ihr unterwegs, dieser arme Teufel von Robineau habe ganz recht, es sei unsinnig, gegen das »Paradies der Damen« ankämpfen zu wollen. Auch er sei verloren, wenn er drüben nicht wieder in Gnaden aufgenommen werde. Er hatte tags zuvor bei Hutin im geheimen den ersten Schritt unternommen, aber er machte sich nicht viel Hoffnung und suchte daher Denise, deren Einfluß ihm ohne Zweifel bekannt war, für sich zu gewinnen.

»Mein Gott, es ist, wie Sie selbst damals sagten: Wir Fabrikanten müssen uns durch bessere Organisation und neue Verfahren dem Fortschritt anschließen. Dann wird sich alles regeln; Hauptsache, daß das Publikum zufrieden ist.«

Denise erwiderte lächelnd:

»Sagen Sie dies alles Herrn Mouret selbst, Ihr Besuch wird ihn freuen. Er ist nicht der Mann, Ihnen etwas nachzutragen, wenn Sie ihm nur einen Vorteil von einem Centime bieten.« –

An einem hellen, sonnigen Nachmittag im Januar starb Frau Baudu. Schon seit vierzehn Tagen hatte sie nicht mehr in den Laden hinuntergehen können. Sie saß in ihrem Bett, auf allen Seiten durch Kissen gestützt. Nur die Augen in ihrem blassen Gesicht verrieten noch Leben, und diese Augen waren unablässig auf das »Paradies der Damen« gegenüber gerichtet. Baudu, der selbst unter diesem Bann litt, wollte manchmal die Vorhänge herablassen. Allein sie bat ihn, es nicht zu tun, sie wollte eigensinnig bis zu ihrem letzten Atemzug dieses Schauspiel vor sich haben. Das Ungeheuer hatte ihr alles genommen, ihr Haus, ihr Kind, und sie selbst schwand Zug um Zug mit ihrem alten Geschäft dahin. Als sie fühlte, daß das Ende herannahte, bat sie ihren Mann, beide Fenster weit zu öffnen. Es war mildes Wetter, die Sonne vergoldete mit ihren Strahlen das »Paradies der Damen«, während das Zimmer in dem alten Haus der Baudus im kühlen Schatten lag. Frau Baudu starrte auf dieses Triumphgebäude hinüber, hinter dessen hellen Spiegelscheiben sich die Menschen stauten. Ihre Augen wurden glanzlos, die Finsternis senkte sich auf sie herab, und als sie im Tod erloschen, blieben sie weit offen, immer noch auf den Gegner gerichtet.

Wieder sah man den ganzen Kleinhandel des Stadtviertels in dem Trauerzug. Und hinter dem Leichenwagen schritt Baudu mit dem gleichen schwerfälligen, gemessenen Gang einher, mit dem er seine Tochter hinausgeleitet hatte. –

Denise war in letzter Zeit sehr bekümmert. Sie hatte Pépé in ein Internat geben müssen, denn Frau Gras hatte erklärt, sie könne den Jungen nicht länger behalten, er sei nun zu groß. Außerdem machte Jean ihr viel Schererei; er war dermaßen verliebt in die Nichte eines Konditors, daß er seine Schwester gebeten hatte, für ihn um deren Hand anzuhalten. Dann kam der Tod der Tante. Diese Schläge drückten das arme Mädchen zu Boden. Mouret hatte sich ihr abermals zur Verfügung gestellt und erklärt, daß er alles im vorhinein gutheiße, was sie für ihren Onkel und ihre übrigen Verwandten tun wolle. Eines Morgens hatte sie wieder eine Unterredung mit ihm, nachdem sie erfahren hatte, daß Bourras auf die Straße gesetzt worden war und Baudu im Begriff sei, den Laden zu schließen.

Nach dem Essen ging sie fort in der Hoffnung, wenigstens diesen beiden einen Trost bringen zu können. Bourras stand in der Rue de la Michodière auf dem Bürgersteig, seinem Haus gegenüber, aus dem man ihn tags zuvor vertrieben hatte. Es war ein hübscher Streich, den Mourets Rechtsanwalt da ersonnen hatte. Da Mouret mehrere Zahlungsverpflichtungen des Alten aufgekauft hatte, war es ihm schließlich ein leichtes gewesen, den Schirmhändler zum Konkurs zu treiben und bei einem Zwangsverkauf den Mietvertrag für fünfhundert Franken an sich zu bringen; so hatte der eigensinnige Alte für fünfhundert Franken hergeben müssen, was er kurz vorher nicht für hunderttausend hatte herausrücken wollen. Man hatte übrigens den Polizeikommissar holen müssen, um ihn hinauszuwerfen. Die Bestände waren verkauft, die Zimmer geräumt, er aber blieb hartnäckig in dem Winkel, wo er seine Schlafstätte hatte und aus dem man ihn aus Mitleid noch nicht verjagt hatte. Die Arbeiter gingen daran, ihm das Dach über dem Kopf abzudecken. Man riß die mit Moos überzogenen Ziegel heraus, die Decken stürzten ein, die Mauern krachten, er aber blieb. Erst als die Polizei kam, ging er endlich seines Weges. Doch schon am folgenden Morgen war er wieder auf dem Bürgersteig gegenüber erschienen, nachdem er die Nacht in einem benachbarten Hotel zugebracht hatte.

»Herr Bourras!« sagte Denise in sanftem Ton.

Er hörte sie erst gar nicht, seine flammenden Blicke verschlangen die Abbrucharbeiter, deren Spitzhacken die Fassade des armseligen Bauwerks in Angriff nahmen. Durch die leeren Fensteröffnungen konnte man jetzt in das Innere blicken, sah die elenden Zimmerchen, das finstere Treppenhaus, in das seit zweihundert Jahren kein Sonnenstrahl gedrungen war.

»Ach, Sie sind es«, sagte er endlich, als er sie erkannte. »Sie arbeiten rasch, diese Diebe, nicht wahr?«

Im Innersten bewegt durch den traurigen Anblick dieses alten Hauses, wagte sie nichts weiter zu sagen. Sie konnte selbst die Blicke nicht abwenden von diesem jammervollen Ende. Stück um Stück brach aus dem Mauerwerk und polterte zu Boden. Ganz oben, in einem Winkel des Zimmerchens, das sie einst bewohnt hatte, sah sie noch in schwarzen, unsicheren Buchstaben das Wort »Ernestine«, das einst mit Kerzenruß an die Decke geschrieben worden war, und sie erinnerte sich der traurigen Tage der Not, die sie hier verbracht hatte.

Mittlerweile waren die Arbeiter, um die Sache zu beschleunigen, auf den Gedanken gekommen, die Hacken unten anzusetzen. Die Mauer wankte.

»Wenn sie euch nur alle begraben würde!« schrie Bourras wütend.

Man vernahm ein fürchterliches Krachen, entsetzt stoben die Arbeiter nach allen Richtungen auseinander. Die Mauer stürzte nieder und riß im Fall die ganze Behausung mit. Nicht eine Zwischenwand blieb stehen; als die Staubwolke sich verzogen hatte, sah man nur mehr einen Trümmerhaufen.

»Mein Gott!« hatte der Alte aufgeschrien, als sei ihm der Schlag durch alle Glieder gefahren.

Bestürzt stand er da, niemals hätte er geglaubt, daß das Ende so rasch kommen würde. Er starrte auf die Lücke an der Seite des »Paradieses der Damen«, das endlich von dem Schandfleck befreit war.

»Herr Bourras«, fing Denise wieder an, während sie den Alten wegzuführen versuchte, »Sie wissen, daß man Sie nicht im Stich lassen wird. Es wird für Sie gesorgt werden.«

Er richtete sich hoch auf.

»Ich brauche nichts ... Sie sind von diesen Herrschaften geschickt, nicht wahr? Sagen Sie ihnen, daß der alte Bourras noch arbeiten kann und Arbeit findet, wo er will. Es wäre wirklich gar zu einfach, gegenüber Leuten, die man niedergetrampelt hat, hinterher den Gnädigen zu spielen.«

»Ich bitte Sie, nehmen Sie es doch an«, flehte sie. »Tun Sie mir diesen Kummer nicht an.«

Aber er schüttelte seine Löwenmähne.

»Nein, nein, es ist aus, guten Abend ... Leben Sie glücklich! Sie sind jung, hindern Sie die Alten nicht, mit ihren Ansichten dahinzugehen.«

Er warf einen letzten Blick auf den Schutthaufen, dann schlich er fort. Sie blickte ihm eine Weile nach; an der Ecke der Place Gaillon bog er ein und verschwand.

Denise stand einen Augenblick da, dann trat sie bei ihrem Onkel ein. Der Tuchhändler war allein in seinem dunklen Laden. Nur am Morgen und am Abend kam eine Haushälterin, um ihm seine einfachen Mahlzeiten zu bereiten und ihm beim Schließen der Fensterläden behilflich zu sein. Er verbrachte ganze Tage in seiner Einsamkeit, ohne daß ihn jemand störte, und wenn doch hier und da eine Kundin kam, war er so betroffen, daß er die verlangten Waren kaum zu finden vermochte.

»Geht es Ihnen besser, Onkel?« fragte Denise.

»Ja, ja, sehr gut, danke«, erwiderte er und ließ sich in seiner ewigen Wanderung von einem Ende des finsteren Ladens zum andern gar nicht stören.

»Haben Sie das Getöse gehört?« fragte sie; »das Haus nebenan ist eingestürzt.«

»Ach ja«, murmelte er mit erstaunter Miene, »es muß das Haus gewesen sein. Ich fühlte, wie der Boden zitterte ... Als ich heute morgen die Arbeiter auf dem Dach sah, habe ich meine Tür geschlossen.«

Er machte eine Geste, als ob er sagen wollte, daß diese Dinge ihn nicht mehr interessierten.

Jedesmal wenn er an der Kasse vorbeikam, betrachtete er das leere Bänkchen, auf dem seine Frau und seine Tochter so lange gesessen hatten. Das Haus war verwaist; alle, die er geliebt hatte, waren fort, und sein Geschäft stand vor einem schmählichen Ende. Sein regelmäßiger, schwerer Schritt hallte zwischen den alten Mauern wider, als wanderte er auf dem Grab seiner Liebe herum.

Endlich wagte Denise auf den Zweck ihres Besuchs zu kommen.

»Sie können nicht länger hier bleiben, Onkel, Sie müssen einen Entschluß fassen.«

Ohne in seinem Auf und Ab innezuhalten, erwiderte er:

»Ganz recht, aber was soll ich anfangen? Ich habe versucht, auszuverkaufen, aber es ist niemand gekommen ... Mein Gott, eines Morgens werde ich schließen und meiner Wege gehen.«

Sie wußte, daß ein Bankrott nicht mehr zu befürchten war. Die Gläubiger hatten es angesichts dieser Schicksalsschläge vorgezogen, sich zu vergleichen. Wenn alles bezahlt war, saß der Onkel ganz einfach auf der Straße.

»Aber was werden Sie dann tun?« murmelte sie, um einen Übergang zu dem Anerbieten zu finden, das sie nicht auszusprechen wagte.

»Ich weiß nicht«, sagte er. »Man wird mich wohl irgendwo auflesen.«

»Hören Sie, Onkel«, stotterte Denise endlich verlegen, »es gäbe vielleicht eine Inspektorstelle für Sie ...«

»Wo denn?« fragte Baudu.

»Mein Gott, drüben bei uns; sechstausend Franken und keine anstrengende Arbeit.«

Er blieb plötzlich vor ihr stehen; aber anstatt böse zu werden, wie sie befürchtet hatte, war er vor schmerzlicher Erregung blaß geworden.

»Drüben, drüben?« stammelte er wiederholt. »Du willst, daß ich drüben eintrete?«

Denise war selbst tief bewegt. Sie sah im Geist den langen Kampf der beiden Geschäfte vor sich, sie meinte wieder am Leichenzug ihrer Kusine Geneviève und ihrer Tante teilzunehmen, sie stand hier in diesem Geschäft, dem das »Paradies der Damen« den Garaus gemacht hatte. Und der Gedanke, daß ihr Onkel nun drüben als Inspektor sein Leben beschließen sollte, drückte ihr das Herz ab.

»Wäre so etwas möglich, Denise, mein Kind?« sagte er einfach, während er seine zitternden Hände ineinanderlegte.

»Nein, nein, Onkel«, rief sie in einer Aufwallung ihres gütigen und gerechten Wesens. »Das wäre schlimm; verzeihen Sie mir bitte!«

Sie ging, und er nahm seinen Weg durch das leere, grabesstille Haus wieder auf.

Denise verbrachte abermals eine schlaflose Nacht. Sie hatte ihre Ohnmacht eingesehen, selbst den Ihren konnte sie keine Hilfe bringen. Sie mußte dem Leben seinen Lauf lassen. Ergeben schickte sie sich drein, sie wehrte sich nicht länger, aber ihr weiches Herz war von unendlichem Mitgefühl mit all den Leidenden erfüllt. Seit Jahren befand sie sich selbst zwischen den Zahnrädern der Maschine. Hatte nicht auch sie dabei gelitten, war nicht auch sie gequält, verhöhnt, herumgestoßen worden? Mouret hatte dieses ungeheure Triebwerk geschaffen, er hatte das ganze Stadtviertel mit Ruinen übersät, die einen geplündert, die anderen umgebracht. Und sie liebte ihn dennoch, gerade um der Größe seines Werkes willen.

Vierzehntes Kapitel

Nagelneu dehnte sich in der klaren Februarsonne die Rue du Dix-Décembre mit ihren kreideweißen Häusern und den letzten Gerüsten einiger verspäteter Neubauten. Eine Flut von Wagen fuhr wie im Triumph durch diese breite, lichte Bresche, die in das alte Stadtviertel von Saint-Roch geschlagen war. Zwischen Rue de la Michodière und Rue de Choiseul ballte sich die Menge, deren Neugier seit einem Monat durch die ständige Reklame aufgestachelt worden war; man drängte sich vor der monumentalen Fassade des »Paradieses der Damen«, die an diesem Montag anläßlich der großen Weißwarenausstellung eingeweiht wurde.

Sie bot ein großzügiges, farbenprächtiges Bild, das wie eine riesige, leuchtende Auslage die Blicke der Vorübergehenden anzog. Das Erdgeschoß war mit Absicht einfacher gehalten, damit es die Wirkung der Waren in den Schaufenstern nicht beeinträchtigte: ein Sockel aus grünem Mamor, Eck- und Stützpfeiler mit schwarzem Marmor verkleidet, im übrigen nichts als eine endlose Reihe von Glasscheiben, die dem Beschauer gleichsam das ganze Haus im offenen Tageslicht darboten. Erst die oberen Stockwerke waren mit einer Vielfalt von Mosaiken und den vergoldeten Stadtwappen Frankreichs geschmückt, bis hinauf zum Giebel, an dem eine Reihe von Statuen die großen Industriestädte des Landes darstellte. Über dem Haupteingang aber, der sich wölbte wie ein Triumphbogen, erhob sich als besonderer Anziehungspunkt für die Menge der Neugierigen eine weibliche Gestalt, die Frau schlechthin, umschwärmt von einer ganzen Schar sie einkleidender und liebkosender Amoretten.

Der Palast war fertig, der Tempel für die verschwenderischen Launen der Mode errichtet. Er überschattete und beherrschte gleichsam ein ganzes Stadtviertel. Die Wunde, die der Abbruch des Hauses von Bourras ihm geschlagen hatte, war bereits so gut vernarbt, daß man vergebens die Stelle gesucht hätte, wo das Geschwür gesessen hatte. Die vier Fronten zogen sich jetzt ohne jede Unterbrechung in ihrer ganzen prächtigen Abgeschlossenheit längs der vier Straßen hin.

Gegenüber, am »Vieil Elbeuf«, waren die Läden geschlossen, seit Baudu in ein Altersheim gegangen war; das Haus barg sich wie eine Gruft hinter seiner leblosen Front. Lediglich in der Mitte dieser toten Wand breitete sich wie eine Siegesfahne ein großes, gelbes Plakat aus, das in halbmeterhohen Buchstaben den Sonderverkauf im »Paradies der Damen« anzeigte. Im Vordergrund der Abbildung sah man die Rue du Dix-Décembre, die Rue de la Michodière und die Rue Monsigny, angefüllt mit kleinen, schwarzen Gestalten und unwirklich ins Breite verzerrt, wie um der Kundschaft der ganzen Welt Platz zu bieten. Der Bau selbst war in übertriebener Größe dargestellt, er schien, aus der Vogelperspektive gesehen, im gleißenden Sonnenlicht dazuliegen. Jenseits davon breitete sich Paris aus, ein verkleinertes, von dem Ungeheuer schon halb verschlungenes Paris:

die Häuser in der Nähe waren klein wie Hütten, weiter in der Ferne verwandelten sie sich in ein kaum unterscheidbares Gewirr von Umrissen, immer winziger werdend, bis sie sich in der endlos am Horizont sich dehnenden Ebene verloren.

Seit dem Morgen hatte die Menge stetig zugenommen. Um zwei Uhr mußte schließlich eine Abteilung von Polizisten einschreiten, um den Verkehr aufrechtzuerhalten. Kein Warenhaus hatte je durch einen solchen Aufwand an Reklame die Stadt in Aufregung versetzt. Das »Paradies der Damen« gab jetzt jährlich nahezu sechshunderttausend Franken für Anzeigen und Plakate aus; vierhunderttausend Kataloge wurden jedes Jahr versandt; für hunderttausend Franken Stoffe wurden als Muster zerschnitten.

Was die Neugierde noch mehr aufstachelte, war eine Katastrophe, von der im Augenblick ganz Paris sprach: der Brand der »Vier Jahreszeiten«, jenes großen Warenhauses, das Bouthemont in der Nähe der Oper vor kaum drei Wochen eröffnet hatte. Die Zeitungen brachten eine Fülle von Einzelheiten: wie das Feuer durch eine nächtliche Gasexplosion entstanden war, wie die entsetzten Verkäuferinnen im Hemd geflüchtet waren, wie Bouthemont fünf von ihnen heldenmütig auf seinen Armen aus dem Brand getragen hatte. Der enorme Schaden war übrigens durch eine Versicherung gedeckt; das Publikum zuckte die Achseln und sagte, das sei eine vorzügliche Reklame. Und sofort wandte das Interesse sich wieder dem »Paradies der Damen« zu. Diesem Mouret gelang doch alles! Es war, als stünden ihm sogar die Flammen zu Diensten und bemühten sich, ihm die Konkurrenz aus dem Weg zu räumen. Man erging sich in Berechnungen, wieviel er in diesem Monat verdienen würde, man schätzte den um so breiteren Menschenstrom ab, der sich nun durch seine Türen wälzen mußte, da der Gegenspieler notgedrungen hatte schließen müssen.

Einen Augenblick war Mouret beunruhigt gewesen durch den Gedanken, daß Frau Desforges, der er gewissermaßen sein Vermögen verdankte, jetzt gegen ihn war. Auch die finanzielle Spielerei Baron Hartmanns, der sein Kapital in zwei Konkurrenzunternehmen anlegte, verdroß ihn. Hauptsächlich aber ärgerte ihn, daß er nicht selber auf eine geniale Idee Bouthemonts gekommen war: hatte dieser Bursche doch den Einfall gehabt, sein Haus vom Pfarrer der Madeleine-Kirche einweihen zu lassen! Es war eine ganz merkwürdige Feier gewesen, das Allerheiligste mitten unter Korsetts und Damenkleidern. Die Zeremonie hatte freilich nicht verhindert, daß das Warenhaus abbrannte, aber sie war als Reklame mehr wert als Anzeigen für eine Million Franken. Mouret träumte seither davon, zu sich den Erzbischof kommen zu lassen.

Auf der riesigen Uhr über dem hohen Portal schlug es drei. An die hunderttausend Käuferinnen drängten sich um diese Zeit in den Gängen und Hallen. Draußen stand Wagen an Wagen, vom einen Ende der Rue du Dix-Décembre bis zum andern. Jede entstehende Lücke in der Reihe füllte sich sogleich wieder. Vor dem Getümmel der Wagen und Pferde flüchteten die erschreckten Fußgänger auf die Verkehrsinseln, die Bürgersteige waren schwarz von Leuten, es war ein unvorstellbarer Tumult.

Vor einem Schaufenster stand neben Frau Guibal Frau von Boves mit ihrer Tochter Blanche, beide in Bewunderung versunken.

»Schau, Mama, diese Leinenkostüme zu neunzehn Franken fünfundsiebzig!«

»Sie sind auch nicht mehr wert«, sagte Frau Guibal geringschätzig. »Diese Fähnchen gehen schon beim Ansehen entzwei.«

Seitdem Herr von Boves, von der Gicht geplagt, an einen Sessel gefesselt war, waren die Damen intime Freundinnen geworden. Die Gattin ließ sich die Geliebte gefallen; es war ihr sogar angenehmer, wenn die Sache in ihrem Haus stattfand, denn sie bekam dabei etwas Taschengeld in die Hand, kleine Summen, die ihr Mann opferte, da er auf ihre Nachsicht angewiesen war.

»Kommen Sie mit hinein«, sagte Frau Guibal, »sehen wir uns die Ausstellung an ... Wollte sich Ihr Schwiegersohn nicht hier mit Ihnen treffen?«

»Ja«, antwortete Blanche anstelle der Mutter. »Paul holt uns, wenn er aus dem Büro kommt, um vier Uhr im Lesesaal ab.«

Sie waren seit einem Monat verheiratet. Vallagnosc hatte einen dreiwöchigen Urlaub erhalten, den sie im Süden verbracht hatten; seit einer Woche war er wieder auf seinem Posten. Die junge Frau hatte bereits die Fülle ihrer Mutter, sie schien durch die Ehe noch mehr in die Breite zu gehen.

»Da ist ja Frau Desforges!« rief die Gräfin und zeigte auf einen eben haltenden Wagen.

»Unglaublich!« sagte Frau Guibal. »Nach allem, was geschehen ist ... Sie muß doch noch über den Brand der ›Vier Jahreszeiten‹ trauern!«

Es war wirklich Henriette. Sie bemerkte die Damen, näherte sich ihnen mit heiterer Miene und verbarg ihren Unmut unter der geheuchelten Liebenswürdigkeit der Dame von Welt.

»Mein Gott, ich habe mir die Sache auch ansehen wollen. Das ist doch besser, als es sich erzählen zu lassen«, erklärte sie.

»Oh, ich stehe nach wie vor auf gutem Fuß mit Herrn Mouret, obgleich man sagt, daß er wütend sei, seitdem ich an der Konkurrenz interessiert bin. Ich kann ihm nur eines nicht verzeihen, und das ist diese Heirat. Sie wissen doch,

die Heirat des Laufburschen Joseph mit meinem Schützling, Fräulein von Fontenailles.«

»Wie, ist es passiert?« fragte Frau von Boves. »Abscheulich!«

»Ja, meine Liebe, und das hat er nur getan, um uns einen Hieb zu versetzen. Ich kenne ihn, er hat damit sagen wollen, daß unsere wohlerzogenen Töchter zu nichts anderem taugen, als seine Laufburschen zu heiraten.«

Sie ereiferten sich immer mehr. Alle vier standen auf dem Bürgersteig, wo sie von der Menge hin und her gedrängt wurden. Allmählich gerieten sie in den allgemeinen Sog; sie brauchten sich ihm nur zu überlassen und wurden unbewußt durch die Tür hineingetragen. Die Unterhaltung wurde lauter, da sie sich in dem zunehmenden Lärm nur mehr schwer verständlich machen konnten.

Vor ihnen breiteten sich nun die Geschäftsräume aus, die größten der Welt, wie es in der Reklame hieß. Ihre Blicke waren wie gebannt von dem Schauspiel: rings um sie her gleichsam eine schneeige Landschaft, unendliche Gletscher von schimmerndem Weiß, eine gleißende Vielfalt von Stoffen und Fertigwaren -- immer wieder in makellosestem Weiß. Die Tische verschwanden unter der blendenden Fülle, Seiden und zarte Musseline schmiegten sich weich an die Säulen, eine Flut der kunstvollsten Spitzen ergoß sich in breiten Wellen vom Gewölbe herab. So weit das Auge blickte, nichts als Weiß und doch niemals das gleiche Weiß.

»Wunderbar!« wiederholten die Damen ein ums andere Mal. Es war Mourets Glanzleistung, das genialste Werk seiner Ausstellungskunst.

Das rege Treiben in den Geschäftsräumen ließ nicht nach. Die Aufzüge wurden belagert; im Erfrischungsraum und im Lesesaal war es zum Brechen voll, ein ganzes Volk schien sich hier ein Stelldichein gegeben zu haben. Die Menge bildete lauter dunkle Punkte im schneeigen Weiß der Dekorationen; man glaubte Schlittschuhläufer auf einem zugefrorenen See zu erblicken. Im Erdgeschoß herrschte ein verworrenes Wogen, belebt durch Ebbe und Flut; man sah nichts als die erregten, entzückten Gesichter der Frauen. Dabei herrschte, besonders in den oberen Stockwerken, eine wahre Treibhaushitze. Das Gesumm der vielen tausend Stimmen war wie das Rauschen eines angeschwollenen Stroms.

»Wir müssen sehen, daß wir vorwärtskommen«, sagte Frau von Boves. »Wir können doch nicht ewig auf einem Fleck bleiben.«

Der Inspektor Jouve, der in der Nähe der Tür stand, hatte sie seit ihrem Eintritt nicht mehr aus den Augen gelassen. Als sie sich einen Moment umwandte, kreuzten sich ihre Blicke. Und sobald die Damen weitergingen, folgte er in einiger

Entfernung, anscheinend ohne sich weiter um sie zu kümmern.

»Schauen Sie, das ist ein netter Gedanke!« rief Frau Guibal, die vor der ersten Kasse stehenblieb.

Sie sprach von der neuesten Aufmerksamkeit, die Mouret ersonnen hatte und von der in den Zeitungen viel die Rede war. Sie bestand in kleinen Sträußen von weißen Veilchen, die er zu Tausenden in Nizza gekauft hatte und nun jeder Kundin, selbst für den geringsten Einkauf, überreichen ließ. Allmählich waren alle Damen mit Blumen geschmückt, deren Duft die Räume erfüllte.

»Ja«, bemerkte Frau Desforges nicht ohne Neid, »der Gedanke ist gut.«

In dem Augenblick, als die Damen ihren Weg fortsetzen wollten, hörten sie hinter sich zwei Angestellte über die Veilchen ihre Scherze machen. Nun sei es also wohl soweit mit der Heirat zwischen dem Chef und der Direktrice aus der Kinderabteilung? meinte der eine, ein langer Bursche. Je nun, erwiderte der andere, ein kleiner Dicker, man könne noch nichts Bestimmtes sagen; immerhin seien die Veilchen gekauft worden.

»Wie«, rief Frau von Boves, »Herr Mouret heiratet?«

»Ja, das ist das Neueste«, sagte Frau Desforges gleichgültig; »aber schließlich ist es ja das Ende vom Lied.«

Die Gräfin sandte ihrer neuen Freundin einen verständnisinnigen Blick zu. Jetzt begriffen beide, weshalb Frau Desforges trotz des offenen Bruchs in das »Paradies der Damen« gekommen war: sie wollte offenbar sehen und leiden.

»Ich bleibe bei Ihnen«, sagte Frau Guibal, deren Neugierde erwacht war. »Wir werden Frau von Boves im Lesesaal wiedertreffen.«

»Gut«, erklärte die Gräfin. »Ich habe im ersten Stock zu tun. Kommst du, Blanche?«

Sie ging, von ihrer Tochter gefolgt, hinauf, während Jouve, um nicht die Aufmerksamkeit auf sich zu lenken, ihr auf einer anderen Treppe folgte. Frau Desforges und Frau Guibal verloren sich im dichten Gewühl des Erdgeschosses.

Inmitten des Verkaufsrummels sprach man an allen Tischen von nichts anderem als von der Liebesgeschichte des Chefs. Das Abenteuer, das die Angestellten seit Monaten beschäftigte, hatte wieder einmal zu einem Zusammenstoß geführt. Man hatte erfahren, daß Denise trotz der Bitten Mourets im Begriff sei, das »Paradies der Damen« zu verlassen, unter dem Vorwand, sie brauche Erholung. Und wieder stand Meinung gegen Meinung. Würde sie gehen – würde sie nicht gehen? Man begann um hundert Sous Wetten abzuschließen. Über einen Punkt aber herrschte Einigkeit: das Mädchen zeigte ganz offenkundig die Stärke einer angebeteten Frau, die sich nicht ergeben will; der Chef hinwie-

derum hatte seinen Reichtum, seine Freiheit als Witwer und schließlich seinen Stolz dagegenzusetzen, der sich bei einer übertriebenen Forderung doch aufbäumen konnte. Jedenfalls hatte die Kleine ihre Sache mit vollendeter Raffinesse betrieben, und nun spielte sie die letzte Karte aus, indem sie ihn vor die Entscheidung stellte: Heirate mich, oder ich gehe!

Denise aber dachte gar nicht an solche Dinge. Sie kannte keine Berechnung und keine Forderungen. Gerade daß man so über sie sprach, bewog sie zum Gehen. Hatte sie das alles gewollt? War sie listig, kokett, ehrgeizig gewesen? Sie war doch einfach gekommen und selbst höchlichst erstaunt gewesen, daß ihr eine solche Liebe zuteil wurde. Warum wollte man heute in ihrem Entschluß, das »Paradies der Damen« zu verlassen, wieder einen geschickten Schachzug sehen? Es war doch so natürlich! Der ewige Tratsch, die hartnäckigen Bewerbungen Mourets hatten ihre Stellung unhaltbar gemacht, und sie zog es vor, zu gehen, aus Furcht, daß sie eines Tages doch nachgeben und es dann ihr ganzes Leben lang bereuen könnte. Wenn darin ein Zug von Raffinesse lag, so wußte sie nichts davon, sie fragte sich bekümmert, was sie denn nur anfangen sollte, um nicht den Anschein zu erwecken, sie wolle sich einen Ehemann angeln! Der Gedanke an eine Heirat brachte sie jetzt auf; sie war entschlossen, abermals nein, immer nein zu sagen, wenn er die Torheit so weit treiben sollte. Niemand sollte um ihretwillen ein Opfer bringen. Die Notwendigkeit der Trennung ließ die Tränen in ihr aufsteigen; doch sie sagte sich mutig, es müsse sein, wenn sie anders handelte, würde sie keine Ruhe und keine Freude mehr finden.

Als sie Mouret gekündigt hatte, war er wie erstarrt gewesen, nur mühsam imstande, seine Erregung zu meistern. Dann hatte er trocken bemerkt, daß er ihr acht Tage Bedenkzeit gewähre, bevor er seine Einwilligung zu einer solchen Torheit gebe, und als sie nach Verlauf dieser acht Tage bei ihrem Entschluß beharrt und erklärt hatte, sie wolle nach dem großen Sonderverkauf gehen, schien er sich etwas beruhigt zu haben. Er verlegte sich auf vernünftige Argumente: sie verscherze ihr Glück, sagte er, sie werde nirgends mehr eine Stellung finden, wie sie sie bei ihm gehabt habe. Hatte sie denn etwas anderes in Aussicht? Er war bereit, ihr alle Vorteile zu bieten, die sie woanders bekommen würde; und als Denise erwiderte, sie habe sich noch gar nicht umgesehen, sondern wolle erst einmal einen Monat in Valognes ausruhen, fragte er, was sie denn daran hindere, nachher wieder ins »Paradies der Damen« zurückzukehren? Gequält von diesem Verhör, schwieg sie beharrlich. Da beschlich ihn der Gedanke, daß sie vielleicht einen Liebhaber, einen zukünftigen Gatten aufsuchen wollte. Hatte sie ihm nicht eines Abends gestanden, daß sie jemanden liebte, ein Geständnis, das er seither wie eine offene Wunde im Herzen trug? Und wenn dieser Mann sie heiraten wollte, würde sie alles verlassen, um ihm zu folgen; daher ihre Hartnäckigkeit. Es war also alles aus! Sachlich und kühl fügte er hinzu, daß er sie nicht länger zurückzuhalten beabsichtige, da sie ihm die wahre Ursache ihrer Kündigung nicht sagen wolle. Und diese trockene Antwort verwirrte sie mehr als eine heftige Szene, die sie befürchtet hatte.

Während der Woche, die Denise noch in der Firma verbringen sollte, zeigte Mouret eine eisige Kälte. Wenn er durch die Abteilung ging, tat er, als sähe er sie gar nicht. Niemals schien er mehr in seiner Arbeit aufzugehen als jetzt. Allein unter dieser scheinbaren Kälte verbargen sich Unentschlossenheit und Leid. Maßlose Zornesanwandlungen trieben ihm alles Blut in den Kopf, er träumte davon, Denises Widerstand zu ersticken, sie mit Gewalt zu nehmen. Dann wurde er wieder vernünftig und suchte nach praktischen Mitteln, um sie am Fortgehen zu hindern. Allein er war ohnmächtig, all seine Stärke und sein Geld nützten ihm nichts. Allmählich indessen setzte sich ein Gedanke in ihm fest. Nach dem Tod von Frau Hédouin hatte er sich geschworen, nie wieder zu heiraten. Sein erstes Glück stammte von einer Frau, und er war entschlossen, auch seine zukünftigen Erfolge nur auf den Frauen aufzubauen. Es war bei ihm wie bei Bourdoncle eine Art Aberglaube, daß der Leiter eines großen Modewarenhauses unverheiratet bleiben müsse, wenn er seine Macht über die Kundinnen bewahren wolle: eine Frau im Haus vertreibe die anderen. Und er stemmte sich innerlich gegen den folgerichtigen Ablauf der Dinge, er wollte lieber sterben als nachgeben, und eine geheime Wut gegen Denise ergriff ihn. Er fühlte genau, daß sie die Rache verkörperte, und fürchtete, an dem Tag, da er sie heiratete, besiegt über seinen Millionen zusammenzubrechen, geknickt wie ein Strohhalm. Dann wurde er allmählich wieder schwach. Wovor hatte er denn solche Angst? Sie war so sanft und vernünftig, daß er sich ihr ohne Furcht überlassen konnte. Und zwanzigmal in der Stunde begann dieser Kampf in seinem Innern von neuem. Er verlor schließlich vollends die Vernunft, wenn er daran dachte, daß sie selbst nach dieser äußersten Unterwerfung nein sagen könnte. Am Morgen des großen Sonderverkaufs hatte er noch immer keinen Entschluß gefaßt, und am nächsten Tag sollte Denise gehen.

Als Bourdoncle an diesem Montag gegen drei Uhr nachmittags in Mourets Arbeitszimmer trat, saß dieser, die Ellbogen auf den Schreibtisch gestützt und die Hände an die Augen gepreßt, so in Gedanken versunken da, daß Bourdoncle ihn an der Schulter berühren mußte, um sich bemerkbar zu machen. Mouret hob sein tränenfeuchtes Gesicht, die beiden sahen sich an, dann drückten sie sich die Hände als alte Kampfgenossen, die miteinander im Handel so manche Schlacht geschlagen hatten. Bourdoncle hatte seit einem Monat seine Haltung vollständig geändert. Er beugte sich vor Denise, ja er trieb den Chef insgeheim an, er solle sie

heiraten. Ohne Zweifel tat er das, um nicht durch eine Macht hinweggefegt zu werden, die der seinen überlegen war. Doch auf dem Grund dieses Sinneswandels hätte man noch etwas anderes finden können, und zwar das Wiedererwachen seines Ehrgeizes, die unbestimmte, aber allmählich erstarkte Hoffnung, nun seinerseits Mouret unterzukriegen, vor dem er so lange den Nacken gebeugt hatte. Das lag gewissermaßen in der Luft dieses Hauses. Der ewige Kampf ums Dasein weckte den Appetit, ließ ihn zur Gefräßigkeit werden, die von unten nach oben die Mageren antrieb, die Fetten aufzufressen. Nur eine Art scheue Furcht, sein Glück aufs Spiel zu setzen, hatte Bourdoncle bisher daran gehindert, zuzuschnappen. Der Chef wurde jetzt zum Kind, er schlitterte in eine unsinnige Heirat hinein, war im Begriff, sein Glück zu vernichten, den Zauber, den er auf die Kundschaft ausübte, zu zerstören. Warum sollte er ihn davon abhalten, wenn er selber die Erbschaft antreten konnte, sobald der andere erledigt in die Arme einer Frau gesunken war? Wie in kameradschaftlichem Mitgefühl drückte er ihm die Hand und sagte:

»Nur Mut, zum Teufel! Heiraten Sie sie, und die Quälerei hat ein Ende.«

Doch Mouret hatte sich schon wieder gefaßt. Er erhob sich und widersprach.

»Nein, nein, es ist zu dumm! -- Kommen Sie, wir wollen die Runde durchs Geschäft machen. Der Verkauf läuft schon, ich denke, es wird ein prächtiger Tag.«

Sie gingen hinaus und traten ihren Rundgang durch die übervollen Abteilungen an. Bourdoncle betrachtete ihn argwöhnisch von der Seite, beunruhigt durch diesen letzten Anflug von Tatkraft.

In der Kinderabteilung drängten sich zahllose Mütter mit ihren Kleinen, die fast verschwanden unter der Flut von Sachen, die man ihnen anprobierte. Auch Frau Bourdelais war da mit ihren drei Kindern, Madeleine, Edmond und Lucien; sie ärgerte sich eben über den Jüngsten, weil er nicht ruhig stehen wollte, während Denise sich bemühte, ihm ein weißes Jackett überzuziehen.

»So halt doch still! -- Glauben Sie nicht, Fräulein, daß es etwas zu eng ist? Es ist so schwer, für diese kleinen Leutchen das Richtige zu finden ... Dann brauchen wir noch einen Mantel für mein Töchterchen.«

Denise war eben im Begriff, einen Mantel für Madeleine zu suchen, als sie einen Ruf der Überraschung ausstieß.

»Wie, du bist es? Was ist denn los?«

Ihr Bruder Jean, mit einem Paket in der Hand, stand vor ihr. Er war seit acht Tagen verheiratet, und seine Frau, eine kleine Brünette mit reizendem Gesicht, hatte letzten Samstag einen langen Besuch im »Paradies der Damen« gemacht, um verschiedenes einzukaufen. Das junge Ehepaar sollte Denise nach Valognes begleiten. Es sollte eine regelrechte Hochzeitsreise werden.

»Denke dir«, sagte er, »Thérèse hat eine Menge Sachen vergessen. Ein paar sind auch umzutauschen, und da sie selbst sehr viel zu tun hat, hat sie mich mit diesem Paket hergeschickt. Ich will dir erklären ...«

Doch sie unterbrach ihn, als sie auch Pépé bemerkte.

»Wie -- Pépé hier? Und was ist mit dem Internat?«

»Meiner Treu«, sagte Jean, »er war doch zum Wochenende bei uns, und da hab ich es nicht fertiggebracht, ihn wieder zurückzubringen; er will erst am Abend hin. Der arme Kerl ist traurig genug, daß er in Paris eingesperrt bleiben muß, während wir eine Vergnügungsreise machen.«

Denise lächelte, obgleich die Arbeit ihr fast über den Kopf wuchs. Sie überließ Frau Bourdelais einer ihrer Verkäuferinnen und begab sich mit ihren Brüdern in einen Winkel der Abteilung, wo das Gedränge weniger stark war. Die Kleinen, wie sie sie nach wie vor nannte, waren recht stattliche Burschen geworden. Pépé, zwölf Jahre alt, ein hübscher Junge in seinem Internatsanzug, war schon größer als sie selbst, allein immer noch zart und anschmiegsam. Jean war breitschultrig und kräftig geworden, er überragte sie um einen ganzen Kopf; dennoch hatte er seine ganze frauenhafte Schönheit behalten. Die kleine und zarte Schwester bewahrte ihnen gegenüber die mütterliche Autorität und behandelte sie weiterhin wie große Jungen, die man betreuen muß. Sie tadelte Jean, weil er seine Jacke nicht ordentlich zugeknöpft hatte, und überzeugte sich, ob Pépé auch ein reines Taschentuch bei sich habe. Als sie sah, daß der Jüngere geweint hatte, schalt sie ihn freundlich aus.

»Sei doch gescheit, Kleiner, man darf seine Schulstunden nicht schwänzen; in den Ferien will ich dich mitnehmen. Soll ich dir etwas Taschengeld geben?«

Dann wandte sie sich zum andern:

»Du verdrehst ihm den Kopf, indem du ihm erzählst, daß wir eine Vergnügungsreise machen. Sei doch du wenigstens vernünftiger!«

Sie hatte dem älteren Bruder viertausend Franken, die Hälfte ihrer Ersparnisse, gegeben, damit er seinen Haushalt einrichten konnte. Der jüngere kostete sie im Internat viel Geld. Sie gab wie eh und je ihren ganzen Verdienst für die Brüder aus, lebte und arbeitete nur für sie, entschlossen, niemals zu heiraten.

»Da ist vor allem in diesem Paket der havannabraune Mantel, den Thérèse –«

Er unterbrach sich, und als Denise sich umwandte, um festzustellen, was Jean die Rede verschlagen hatte, sah sie Mouret hinter sich stehen.

Er beobachtete schon seit einer Weile, wie sie mit den beiden Jungen umging, sie bald ausschalt, bald zärtlich bemutterte. Bourdoncle war abseits stehengeblieben, scheinbar widmete er sich ganz dem Verkauf, in Wirklichkeit aber ließ er kein Auge von dieser Szene.

»Das sind Ihre Brüder?« fragte Mouret. Sein Ton war kalt, wie immer, wenn er jetzt mit ihr sprach.

Denise zuckte zusammen, dann erwiderte sie, bemüht, ebenso kühl zu erscheinen:

»Ja, Herr Mouret. Ich habe den älteren verheiratet, und jetzt schickt ihn seine Frau wegen verschiedener Einkäufe her.«

Mouret betrachtete die drei immer noch, schließlich sagte er: »Der jüngere ist ordentlich in die Höhe geschossen. Ich erinnere mich, ihn eines Abends mit Ihnen in den Tuilerien gesehen zu haben.«

Seine Stimme wurde bei diesen Worten gedämpfter, sie zitterte ein wenig. Denise bückte sich verwirrt und tat, als müsse sie Pépés Gürtel in Ordnung bringen. Die beiden Brüder erröteten und lächelten dem Chef ihrer Schwester zu.

»Sie sehen Ihnen sehr ähnlich«, bemerkte Mouret weiter.

»Oh«, rief Denise, »sie sind viel hübscher als ich!«

Er schien einen Augenblick die Gesichter vergleichen zu wollen. Doch er war mit seiner Kraft am Ende. So sehr liebte sie sie, diese Kinder ... Er ging ein paar Schritte weiter, kehrte indessen um und flüsterte ihr zu:

»Kommen Sie nach Geschäftsschluß in mein Arbeitszimmer. Ich habe mit Ihnen zu sprechen, bevor Sie abreisen.«

Dann entfernte er sich und nahm seinen Rundgang wieder auf. Von neuem begann der Kampf in seinem Innern. Die Verabredung mit ihr wühlte ihn auf. Welcher Regung hatte er da nur wieder nachgegeben? Es war doch lächerlich, er hatte ja gar keinen eigenen Willen mehr. Nun, er wollte ihr wenigstens ein paar Abschiedsworte sagen.

Bourdoncle, der sich ihm aufs neue angeschlossen hatte, schien seine Unruhe nicht zu teilen. Dennoch beobachtete er Mouret auch weiterhin.

Denise hatte sich mittlerweile wieder zu Frau Bourdelais begeben.

»Paßt der Mantel?« fragte sie.

»O ja, sehr gut. Für heute hätte ich genug. Diese Kinder ruinieren einen ja vollständig.«

Denise konnte sich nun um Jean kümmern und begleitete ihn in die verschiedenen Abteilungen, wo er sich ohne Führung gewiß nicht zurechtgefunden hätte. Vor allem wollte Thérèse den havannabraunen Mantel gegen einen weißen, aber im gleichen Schnitt, umtauschen. Das Mädchen hatte das Paket genommen und begab sich, von den beiden Brüdern begleitet, in die Konfektionsabteilung. Hier sah man nur wenige Kundinnen. Fast sämtliche Verkäuferinnen waren neu. Claire war seit einem Monat verschwunden; die einen sagten, der Mann einer Kundin habe sie entführt, die anderen hingegen versicherten, sie sei unter die Straßenmädchen gegangen. Marguerite wollte endlich nach Grenoble zurückkehren, um dort die Leitung eines kleinen Ladens zu übernehmen, in dem ihr Vetter sie erwartete. Nur Frau Aurélie blieb noch, unverändert und unwandelbar in dem glatten Panzer ihres Seidenkleids, das Gesicht maskenhaft starr wie eh und je. Die schlechte Aufführung ihres Sohnes Albert machte ihr allerdings viel Kummer, und sie hätte sich bereits auf ihr Landgut zurückgezogen, wenn dieser Taugenichts von Sohn sie nicht um ein gut Teil ihrer Ersparnisse gebracht hätte. Schon richtete Bourdoncle zuweilen scheele Blicke auf sie; er war überrascht zu sehen, daß sie nicht so viel Takt besaß, sich rechtzeitig zurückzuziehen, denn sie war zu alt für den Verkauf. Bald würde für die ganze Familie Lhomme die Stunde schlagen.

»Wie, Sie sind es?« sagte sie mit übertriebener Liebenswürdigkeit zu Denise. »Sie wollen diesen Mantel umtauschen? Aber natürlich, sofort. Ah, da sind ja Ihre Brüder! Sie sind recht groß geworden.«

Ungeachtet ihres Stolzes hätte sie sich am liebsten vor Denise auf die Knie geworfen, um ihr den Hof zu machen. In der Konfektionsabteilung sprach man jetzt von nichts anderem mehr als von dem bevorstehenden Weggang des Mädchens; die Direktrice wurde ganz krank davon, denn sie hatte mit der Fürsprache ihrer ehemaligen Verkäuferin gerechnet.

»Man sagt, Sie wollen uns verlassen?« flüsterte sie. »Das ist wohl nicht möglich.«

»Doch, doch«, erwiderte das Mädchen.

Marguerite hatte zugehört; nun trat sie näher und sagte:

»Sie haben recht, das Wichtigste ist die Selbstachtung. Ich wünsche Ihnen alles Gute, meine Liebe.«

Es kamen einige Kundinnen, und Frau Aurélie forderte sie ziemlich barsch auf, sich um die Damen zu kümmern.

Als Denise den Mantel nahm, um den Umtausch selbst zu erledigen, wollte Frau Aurélie das nicht zulassen, sondern rief eine der Aushilfskräfte herbei. Diese Neuerung hatte man ebenfalls Denise zu verdanken; dadurch wurden die Verkäuferinnen entlastet.

»Begleiten Sie das Fräulein«, sagte die Direktrice und reichte der Aushilfe den Mantel.

Dann wandte sie sich wieder zu Denise und meinte:

»Ich bitte Sie, überlegen Sie sich die Sache noch ein wenig. Wir sind alle untröstlich über Ihren Weggang.«

Jean und Pépé folgten ihrer Schwester; in der Wäscheabteilung trafen sie Pauline, die, kaum daß sie Denise bemerkt hatte, auch schon mit Fragen über sie herfiel. Sie schien sehr bewegt. Was war es denn nun mit den Gerüchten, die über Denises Weggang im ganzen Haus umliefen?

»Sie werden bei uns bleiben, nicht wahr?« meinte sie. »Ich habe um meinen Kopf gewettet, daß Sie bleiben. Was soll denn aus mir werden, wenn Sie gehen?«

Als Denise erwiderte, daß sie am folgenden Tag ausscheiden werde, ließ Pauline nicht locker.

»Nein, nein, ich kann nicht daran glauben. Jetzt, wo ich ein Kind habe, müssen Sie mich zur Zweiten ernennen lassen. Baugé rechnet fest damit, meine Liebe.«

Sie lächelte und schien ihrer Sache ganz sicher zu sein. Dann kümmerte sie sich um Jeans Wünsche und rief schließlich als Ablösung eine neue Aushilfskraft herbei. Es war Fräulein von Fontenailles, seit kurzem mit Joseph verheiratet. Um ihr eine besondere Gunst zu erweisen, hatte man sie zur Aushilfe aufrücken lassen. Sie trug einen weiten schwarzen Kittel mit einer gelben Nummer auf der Schulter.

»Begleiten Sie das Fräulein«, sagte Pauline.

Dann wandte sie sich zu Denise und setzte leise hinzu:

»Ich werde Zweite, nicht wahr? Abgemacht!«

Denise versprach es ihr lachend und entfernte sich. Sie ging mit Pépé und Jean hinab, begleitet von der Aushilfe. Im Erdgeschoß kamen sie in die Wollwarenabteilung. Hier plauderte Liénard gerade mit Mignot, der Vertreter geworden war und die Stirn hatte, sich wieder im »Paradies der Damen« zu zeigen. Sie hatten ohne Zweifel von Denise gesprochen, denn sie schwiegen plötzlich und grüßten mit übertriebener Höflichkeit. So war es übrigens in allen Abteilungen, durch die sie kam; die Angestellten verneigten sich stumm, in Ungewißheit darüber, welche Rolle sie morgen spielen mochte. Man flüsterte miteinander, man fand, sie gebe sich sehr siegessicher, und die Wetten begannen von neuem.

Jean und Pépé wichen nicht von ihrer Seite, sie drängten sich an sie ganz wie damals, als sie müde von den Strapazen der Reise in Paris angekommen waren. Dieses ungeheure Geschäft, in dem sie zu Hause war, brachte die beiden Brüder in Verwirrung; sie suchten Schutz bei ihrem »Mütterchen«. Alle Blicke folgten ihnen, man lächelte über die beiden großen Burschen, die Schritt für Schritt dem schmächtigen, ernsten Mädchen folgten, alle drei von demselben Blond, einem Blond, das auf ihrem ganzen Weg durch die Abteilungen die Leute flüstern ließ:

»Das sind ihre Brüder ... das sind ihre Brüder ...«

Während Denise nach einem Verkäufer suchte, kam es zu einer Begegnung. Mouret betrat mit Bourdoncle die Galerie, und gerade als er wieder vor dem Mädchen stehenblieb, gingen Frau Desforges und Frau Guibal vorüber. Henriette unterdrückte das Beben, das ihren ganzen Körper durchlief. Sie sah Mouret an und dann Denise. Auch die beiden wechselten einen Blick mit ihr; die kleine Szene war der stumme Schlußakt, das übliche Ende eines großen Herzensdramas. Schon hatte Mouret sich entfernt, während Denise, gefolgt von ihren Brüdern, sich im Hintergrund der Abteilung verlor, noch immer auf der Suche nach einem Verkäufer. Henriette erkannte in der Aushilfe, die Denise folgte, Fräulein von Fontenailles mit ihrer gelben Nummer auf der Schulter. Bei diesem Anblick machte sie ihrem Zorn Luft und sagte mit gereizter Stimme zu Frau Guibal:

»Schauen Sie, was er aus dieser Unglücklichen gemacht hat! Ist das nicht beleidigend? Eine Marquise! ... Er zwingt sie, wie ein Hund den Geschöpfen zu folgen, die er auf der Straße aufgelesen hat.«

Sie suchte sich indessen zu beruhigen und fügte mit geheuchelter Gleichgültigkeit hinzu:

»Sehen wir uns mal die Seidenabteilung an.«

Auch hier war alles in Weiß getaucht. Favier maß soeben Foulard ab für die »hübsche Dame«, jene elegante Blondine, die regelmäßig erschien und von den Verkäufern stets nur so genannt wurde. Sie kam seit Jahren in das Geschäft, und man wußte noch immer nichts von ihr, kannte weder ihre Lebensumstände noch ihre Adresse noch ihren Namen. Übrigens suchte auch keiner Näheres zu erfahren, wenngleich sich alle in Vermutungen erschöpften, sooft sie auftauchte. Heute wirkte sie sehr heiter. Als Favier sie zur Kasse gebracht hatte und zurückkam, tauschte er mit Hutin seine Bemerkungen aus.

»Vielleicht will sie wieder heiraten.«

»Ist sie denn Witwe?« fragte der andere.

»Ich weiß es nicht; aber Sie erinnern sich doch, daß sie einmal in Trauer war ... Vielleicht hat sie auch an der Börse gewonnen. Sie hat ganz schön eingekauft.«

Hutin war indessen nicht recht bei der Sache. Er hatte zwei Tage zuvor eine lebhafte Auseinandersetzung mit der Geschäftsleitung gehabt und fühlte, daß es aus war mit ihm. Nach dem großen Sonderverkauf würde er sicherlich entlassen werden. Favier hatte bereits die Zusage, an seiner Stelle zum Abteilungsleiter ernannt zu werden. Anstatt ihn aber zu ohrfeigen, war Hutin sogar von einer gewissen Achtung für diesen gefühlskalten Burschen erfüllt, dem es gelungen war, ihn aus dem Sattel zu heben.

»Übrigens«, sagte Favier, »Sie wissen doch, daß sie bleibt? ... Der Chef ist wieder viel vergnügter.«

Er sprach von Denise. Das Getratsche pflanzte sich fort von Abteilung zu Abteilung.

»Verflucht!« rief Hutin. »Ich war doch recht dumm, daß ich nicht mit ihr geschlafen habe! Heute wäre ich ein gemachter Mann!«

Als er Favier unverhohlen feixen sah, errötete er und versuchte gleichfalls zu lachen. Um den Eindruck seiner Bemerkung zu verwischen, erging er sich in gehässigen Klagen und behauptete, dieses Geschöpf habe seine Stellung untergraben. Dann trat plötzlich ein Lächeln auf seine Lippen; er sah Frau Guibal und Frau Desforges in der Abteilung erscheinen.

»Haben Sie Wünsche, gnädige Frau?« fragte er.

»Nein«, erwiderte Henriette. »Wie Sie sehen, gehe ich hier spazieren. Ich bin nur aus Neugierde gekommen.«

Als er sie immerhin zum Stehen gebracht hatte, dämpfte er die Stimme; ein ganzer Plan keimte in ihm auf. Er schmeichelte ihr, hechelte das Haus durch; er habe genug, sagte er, er wolle lieber gehen als solche Ungehörigkeiten länger mitmachen. Sie lauschte entzückt. In dem Glauben, ihn dem »Paradies der Damen« abspenstig zu machen, erbot sie sich, ihm die Stelle des Leiters in der Seidenabteilung bei Bouthemont zu verschaffen, sobald die »Vier Jahreszeiten« wieder eröffnet würden. Die Angelegenheit wurde abgemacht, sie flüsterten leise miteinander, während Frau Guibal aufmerksam die Dekorationen betrachtete.

»Darf ich Ihnen ein paar Veilchen anbieten?« fragte er schließlich laut und zeigte auf mehrere Sträußchen, die er sich von einer Kasse geholt hatte.

»O nein, danke!« rief Henriette abwehrend. »Ich will mit dieser Hochzeit nichts zu tun haben.«

Sie begriffen einander und trennten sich mit verständnisinnigen Blicken.

Als Henriette sich jetzt nach Frau Guibal umsah, fand sie sie zu ihrer Überraschung in Gesellschaft von Frau Marty. Diese jagte, gefolgt von ihrer Tochter Valentine, seit zwei Stunden durch alle Abteilungen, gequält von einem jener fürchterlichen Anfälle von Verschwendungssucht, aus denen sie stets völlig gebrochen hervorging. Am meisten hatten es ihr immer die neuen Abteilungen angetan. So hatte sie sich heute fast eine Stunde bei den Putzwaren aufgehalten, die in einem neuen Raum im ersten Stockwerk untergebracht waren. Sie drängte sich an sämtliche Tische, ließ sich alle Schränke ausräumen, nahm die Hüte von den Gestellen und probierte sie der Reihe nach sich und ihrer Tochter auf. Dann war sie in die Schuhabteilung hinabgestiegen, die in einer Ecke des Erdgeschosses hinter den Krawatten lag. Auch dies war eine Neueröffnung. Sie durchstöberte alle Fächer, gequält von einem krankhaften Verlangen nach einem Paar mit Schwanenflaum besetzter Pantoffeln aus weißer Seide und nach weißen Atlasstiefelchen.

»Oh, meine Liebe«, stammelte sie, »Sie glauben gar nicht ... Hüte gibt es da! Ich habe einen für mich und einen für meine Tochter genommen. Und erst die Schuhe! Wunderbar!«

»Unerhört!« fügte das junge Mädchen im Ton einer erfahrenen Frau hinzu. »Stiefelchen für zwanzig Franken fünfzig!«

Ein Angestellter schleppte den unvermeidlichen Stapel an Waren hinter ihnen her.

»Und wie geht es Herrn Marty?« fragte Frau Desforges.

»Nicht schlecht, glaube ich«, erwiderte Frau Marty, verblüfft durch diese unerwartete Frage, die sich angesichts ihrer Verschwendungssucht sehr boshaft ausnahm. Doch sie ließ das Thema gleich wieder fallen und brach in einen Ausruf des Entzückens aus.

»Schauen Sie, ist das nicht himmlisch!«

Die Damen befanden sich vor der Abteilung für Blumen und Federn, die im Mittelbau zwischen der Seiden- und der Handschuhabteilung untergebracht war. Unter dem hellen Licht des Glasdaches war eine phantastische Blütenpracht entfaltet, eine weiße Garbe, hoch und ausladend wie eine Eiche. Es begann unten mit kleinen Sträußen von Veilchen, Maiglöckchen, Hyazinthen und Margeriten, allem zarten Weiß der Blumenbeete. Darüber erhoben sich üppigere Sträuße: weiße Rosen mit einem Stich ins Fleischfarbene, riesige weiße Pfingstrosen mit einem zarten Hauch von Karmin, weiße Chrysanthemen, die wie eine gelbgestirnte Wolke emporstiegen. Immer höher, immer weiter verbreitete sich die Blütenpracht: majestätische Lilien, ganze Apfelblütenzweige, duftender Flieder, auf der Höhe des ersten Stockwerks überragt von üppigen Büscheln von Straußenfedern und anderen weißen Federn. Etwas abseits waren Arrangements aus Orangenblüten ausgestellt. Dann gab es Metallblumen, Disteln und Ähren aus Silber. Und in dem Gewirr der Zweige und Blüten schienen die seltensten kleinen Vögel zu nisten: ein exotischer Hutschmuck in allen Farben des Regenbogens.

»Ich kaufe einen Apfelblütenzweig«, erklärte Frau Marty.

»Prächtig, nicht wahr? Und dieser kleine Vogel! Schau nur, Valentine! Den nehme ich mit ...«

Frau Guibal, eingekeilt in der wogenden Menge, begann sich zu langweilen.

»Wir überlassen Sie Ihren Einkäufen und gehen hinauf«, sagte sie zu Frau Marty.

»Nein, warten Sie!« rief die andere, »ich gehe mit, da oben ist die Parfümerie, da muß ich hin!«

Diese Abteilung war erst tags zuvor eingerichtet worden und lag neben dem Leseraum. Um das Gedränge auf den Treppen zu vermeiden, machte Frau Desforges den Vor-schlag, sie sollten die Aufzüge benutzen. Allein der Andrang war auch hier so groß, daß sie darauf verzichten mußten. Endlich gelangten sie hinauf; sie kamen am Erfrischungsraum vorbei, wo ein solches Gewühl herrschte, daß ein Inspektor den Auftrag erhalten hatte, die gefräßige Menge nur in kleinen Gruppen hineinzulassen. Schon hier verspürten die Damen die Nähe der Parfümerie; es war wie der durchdringende Duft eines Riechkissens, der das ganze Stockwerk erfüllte. Auf den mit Glas abgedeckten Tischen und den Kristallplatten der Etageren waren in langen Reihen Döschen und Flaschen mit Cremes, Puder, wohlriechenden Ölen und Essenzen aufgestellt, während die Bürsten, Kämme und Scheren ein besonderes Regal einnahmen. Das allgemeine Entzücken galt einem in der Mitte angebrachten silbernen Springbrunnen, aus dem ein Strahl von Nelkenessenz aufstieg, der mit melodischem Geplätscher in das Metallbecken zurückfiel. Ein köstlicher Duft verbreitete sich ringsumher, und die Damen netzten im Vorübergehen ihre Taschentücher mit der duftenden Flüssigkeit.

»Jetzt stehe ich zu Ihrer Verfügung«, sagte Frau Marty, nachdem sie sich mit Essenzen, Cremes und Zahnpasta beladen hatte, »ich bin fertig. Wir wollen nach Frau von Boves sehen.« Doch die japanische Abteilung auf dem Absatz der großen Haupttreppe hielt sie wieder fest. Dieser Zweig hatte sich bedeutend vergrößert seit dem Tag, da Mouret sich den Spaß gemacht hatte, an dieser Stelle einen kleinen Verkaufsstand für allerlei Kleinkram einzurichten, ohne zu ahnen, welchen enormen Erfolg die Sache haben würde. Mittlerweile gab es hier schon alte Bronzen, Elfenbein- und Lackholzgegenstände zu kaufen. Die Abteilung hatte einen jährlichen Umsatz von anderthalb Millionen Franken; ihre Einkäufer durchstöberten den ganzen Orient bis in die entferntesten Winkel, plünderten Tempel und Paläste. Vier Jahre hatte Mouret auf diesem Gebiet genügt, um den Antiquitätenhandel von ganz Paris an sich zu reißen. Überdies entstanden fortwährend neue Abteilungen. So hatte man im Dezember wieder zwei eröffnet, um die tote Zeit des Winterhalbjahrs zu überbrücken: eine Abteilung für Bücher und eine für Kinderspielzeug, die sicherlich ebenfalls aufblühen und wieder zwei Geschäftszweige vernichten würden.

Obgleich sie sich vorgenommen hatte, nichts zu kaufen, ließ sich Frau Desforges bei den Japanwaren durch eine außerordentlich fein gearbeitete Elfenbeinschnitzerei verführen.

»Schicken Sie mir das zur nächsten Kasse. Neunzig Franken ist der Preis, nicht wahr?«

Da sie Frau Marty samt ihrer Tochter in einen Porzellankauf vertieft sah, rief sie ihr, Frau Guibal mit sich ziehend, zu:

»Sie finden uns oben im Leseraum ... Ich will ein wenig ausruhen.«

Im Lesesaal mußten die Damen stehenbleiben; alle Stühle rings um den großen, mit Zeitungen bedeckten Tisch waren besetzt. Da lasen dicke Herren in aller Gemütsruhe ihr Lieblingsblatt und dachten nicht daran, ihre Plätze galanterweise abzutreten. Einige Damen schrieben, die Nase dicht über das Papier gebeugt, als wollten sie geheime Herzensergüsse mit ihren breitrandigen Hüten verdecken. Frau von Boves war übrigens nicht da, und Henriette wurde schon ungeduldig, als sie plötzlich Vallagnosc bemerkte, der seine Schwiegermutter und seine Frau ebenfalls suchte. Er grüßte und meinte:

»Sie sind gewiß in der Spitzenabteilung; sie können sich von dort nicht losreißen. Ich will mal nachsehen.«

Bevor er ging, war er so galant, den Damen Stühle zu verschaffen.

In der Spitzenabteilung wuchs das Gedränge von Minute zu Minute. Nachdem Frau Von Boves mit ihrer Tochter tatsächlich hier herumgeirrt war in dem sinnlichen Verlangen, ihre Hände in diese zarten Gewebe zu versenken, war sie zu dem Entschluß gekommen, sich von Deloche Alençonspitzen vorlegen zu lassen. Zuerst hatte er ihr Imitationen gezeigt, allein sie wollte echte sehen und begnügte sich auch nicht mit kleinen Garnituren zu dreihundert Franken, sondern verlangte Volants, Tücher und Fächer zu siebenbis achthundert, ja tausend Franken. Bald war der Tisch mit einem Vermögen an Spitzen bedeckt. Etwas abseits stand regungslos der alte Jouve und ließ kein Auge von Frau von Boves. Der Verkäufer, den sie nun schon zwanzig Minuten aufhielt, wagte keinen Widerstand zu leisten, so sehr imponierte sie ihm durch ihre Vornehmheit, ihre Gestalt und ihre gebieterische Stimme. Allmählich aber begann er doch zu zögern, denn man hatte den Angestellten strenge Weisung erteilt, die kostbaren Spitzen auf dem Tisch nicht so aufzuhäufen.

Überdies war ihm in der vorigen Woche das Unglück passiert, daß er sich zehn Meter Mechelner Spitzen hatte stehlen lassen. Allein Frau von Boves brachte ihn in Verwirrung, sein bißchen Festigkeit wankte, und er verließ den Haufen Alençoner Spitzen, um sich umzuwenden und die verlangten neuen Muster herunterzuholen.

»Schau nur, Mama«, sagte Blanche, die daneben in einem Karton mit wohlfeilen Valenciennesspitzen herumkramte, »mit diesen kleinen Stücken könnten wir Polster besetzen.«

Frau von Boves antwortete nicht. Als sich die Tochter umwandte, sah sie, wie ihre Mutter, immer unter den Spitzen herumsuchend, ein Stück im Ärmel ihres Mantels verschwinden ließ. Blanche schien nicht sonderlich überrascht zu sein, ja sie trat näher, um die Manipulation ihrer Mutter zu verbergen. Da tauchte plötzlich Jouve zwischen den beiden Damen auf. Er neigte sich zum Ohr der Gräfin und flüsterte in höflichem Ton:

»Gnädige Frau, folgen Sie mir bitte.«

»Warum denn?« fragte Frau von Boves unwillig.

»Folgen Sie mir, gnädige Frau!« wiederholte Jouve im selben ruhigen Ton.

Angstvoll und verstört blickte sie rasch um sich. Dann ergab sie sich, gewann ihre hochfahrende Haltung wieder und ging neben ihm her wie eine Königin, die sich der Obhut eines Flügeladjutanten anzuvertrauen geruht. Niemand hatte die kleine Szene beobachtet. Deloche, der mit den Mustern zurückkehrte, sah hocherstaunt, wie Frau von Boves weggeführt wurde. Wie? Die auch? Diese vornehme Dame? Blanche, um die sich niemand kümmerte, stand blaß und zitternd unter der Menge und blickte ihrer Mutter nach, schwankend zwischen dem Gefühl, sie dürfte sie eigentlich nicht verlassen, und der Furcht, samt ihr dabehalten zu werden. Sie sah ihre Mutter in das Arbeitszimmer Bourdoncles eintreten und begnügte sich damit, vor der Tür zu warten.

Bourdoncle war gerade anwesend. Bei solchen Diebstählen pflegte er selbst das Urteil zu sprechen. Seit langer Zeit war Jouve der Gräfin auf der Spur; er hatte Bourdoncle seinen Verdacht schon mitgeteilt. Dieser war denn auch nicht sonderlich überrascht, als ihm der Inspektor von dem Vorfall Meldung machte. Es kamen ihm so außerordentliche Fälle unter die Hand, daß er Frauen für zu allem fähig hielt, wenn sie einmal die Begierde gepackt hatte. Da ihm Mourets gesellschaftliche Beziehungen zu der Diebin bekannt waren, behandelte er sie mit vollendeter Höflichkeit.

»Gnädige Frau, wir entschuldigen derartige Augenblicke der Schwäche ... Allein bedenken Sie, wohin solche Selbstvergessenheit Sie führen kann! Wenn jemand bemerkt hätte, wie Sie die Spitzen in den Ärmel Ihres Mantels gleiten ließen --«

Sie unterbrach ihn entrüstet. Sie eine Diebin! Für wen hielt er sie denn? Sie war die Gräfin von Boves, ihr Gatte hoch angesehen bei Hofe!

»Ich weiß, ich weiß, gnädige Frau«, sagte Bourdoncle ruhig.

»Ich habe die Ehre, Sie zu kennen ... Aber geben Sie vor allem die Spitzen zurück, die Sie bei sich haben ...«

Sie wehrte sich noch immer, spielte die große Dame, weinte und tobte. Jeder andere wäre wankend geworden und hätte befürchtet, es könne ein bedauerlicher Irrtum geschehen sein.

»Nehmen Sie sich in acht!« schrie sie. »Mein Mann wird Ihr Haus zu Fall bringen; er wird Rache nehmen; er wird, wenn nötig, bis zum Minister gehen!«

»Sie sind nicht vernünftiger als die anderen, gnädige Frau. Gut: dann wird man Sie eben durchsuchen.«

Sie gab noch immer nicht nach, sondern sagte mit vernichtender Ruhe:

»Bitte, lassen Sie mich durchsuchen. Aber Sie setzen Ihre Firma aufs Spiel, ich mache Sie darauf aufmerksam.«

Jouve holte zwei Verkäuferinnen aus der Korsettabteilung. Die beiden Männer zogen sich in ein Zimmer nebenan zurück, während die beiden Mädchen die Gräfin entkleideten. Außer den Alençonspitzen -- zwölf Meter zu je tausend Franken --, die sich im Ärmel ihres Mantels fanden, wurden in ihrem Ausschnitt noch ein Taschentuch, ein Fächer und eine Krawatte entdeckt, alles in allem Spitzen im ungefähren Wert von vierzehntausend Franken. So stahl Frau von Boves schon seit einem Jahr, das Opfer einer wahnwitzigen, unwiderstehlichen Begierde. Sie stahl nicht nur Waren in den Geschäften, sie stahl auch ihrem Gatten das Geld aus der Tasche; sie stahl, um zu stehlen, triebhaft und hemmungslos.

»Das ist eine niederträchtig gelegte Falle!« schrie sie, als Bourdoncle und Jouve zurückkehrten. »Man hat mir die Spitzen zugesteckt. Ich schwöre es bei Gott!«

Sie war auf einen Sessel hingesunken und weinte Tränen der Wut. Bourdoncle schickte die Verkäuferinnen hinaus; dann sagte er gelassen:

»Gnädige Frau, aus Rücksicht auf Ihre Familie wollen wir diesen bedauerlichen Vorfall unterdrücken. Aber vorher werden Sie uns eine kurze Erklärung schreiben, nur den einen Satz: ›Ich habe im »Paradies der Damen« Spitzen gestohlen.‹ Und das heutige Datum. An dem Tag, da Sie mir zweitausend Franken für wohltätige Zwecke bringen, erhalten Sie diese Erklärung zurück.«

»Niemals werde ich so etwas schreiben, lieber sterbe ich!« schrie sie in einer neuen Aufwallung von Zorn und Entrüstung.

»Sie werden nicht sterben, gnädige Frau, sondern ich werde den Polizeikommissar holen lassen.«

Nun gab es eine greuliche Szene. Sie beschimpfte ihn und schrie, es sei niederträchtig, daß Männer eine Frau so quälten. Ihre junonische Schönheit, ihr imposantes, majestätisches Auftreten verlor sich im Wutausbruch eines Fischweibes. Dann versuchte sie, die beiden Männer zu rühren, bat sie im Namen ihrer Mütter, wollte sich ihnen zu Füßen werfen. Da sie, an solche Szenen gewöhnt, unerbittlich blieben, setzte sie sich plötzlich zurecht, ergriff die Feder und stellte mit fieberhaft zitternder Hand die geforderte Erklärung aus.

»Da haben Sie, mein Herr! Ich weiche der Gewalt!«

Bourdoncle nahm das Papier, faltete es sorgfältig zusammen und verschloß es in einem Schubfach, wobei er sagte:

»Wie Sie sehen, gnädige Frau, befindet sich Ihre Erklärung in zahlreicher Gesellschaft; denn alle die Damen, die zuerst sterben wollen und hernach doch schreiben, was von ihnen verlangt wird, vergessen später, ihre Billetts abzuholen.«

Sie brachte ihre Kleider in Ordnung und beachtete ihn nicht. Dann fragte sie kühl:

»Ich kann wohl gehen?«

Bourdoncle war bereits mit einer anderen Angelegenheit beschäftigt. Auf Jouves Bericht hin beschloß er, Deloche zu entlassen. Dieser Verkäufer war unfähig; er ließ sich fortwährend bestehlen und würde wohl von den Kunden niemals für voll angesehen werden.

Frau von Boves wiederholte ihre Frage; da sie mit einem zustimmenden Kopfnicken entlassen wurde, warf sie nur noch einmal einen mörderischen Blick auf die beiden Männer und ging hinaus, die Tür geräuschvoll hinter sich zuschlagend.

»Ihr Gauner!« murmelte sie dabei.

Blanche hatte inzwischen vor der Tür des Arbeitszimmers ausgeharrt. Da sie nicht wußte, was drinnen vorging, und den Inspektor und die Verkäuferinnen kommen und gehen sah, war sie tief bestürzt; sie dachte schon an Polizei, an Gericht, an Gefängnis. Um ihren Schrecken aufs höchste zu steigern, erschien mit einem mal Vallagnosc, dieser Mann, der erst seit einem Monat ihr Gatte war und dessen Du sie noch in Verlegenheit brachte. Erstaunt über ihre Verstörtheit, fragte er sie:

»Wo ist deine Mutter? ... So sag doch! Du regst mich auf ...« Es wollte ihr keine halbwegs glaubwürdige Lüge einfallen. In ihrer Beklemmung dämpfte sie die Stimme und stotterte:

»Mama ... Mama ... sie hat gestohlen.«

»Wie, gestohlen?«

Endlich begriff er. Entsetzt starrte er in das aufgedunsene Gesicht seiner Frau, die blaß und völlig außer sich war.

»Spitzen hat sie genommen, in den Ärmel ihres Mantels geschoben«, stammelte die Unglückliche weiter.

»Und du hast zugesehen?« murmelte er.

Es überlief ihn kalt bei dem Gedanken, daß sie vielleicht die Mitschuldige ihrer Mutter war. Schon wandten einzelne Leute die Köpfe nach ihnen um. Was tun? Eben hatte er sich dafür entschieden, zu Bourdoncle hineinzugehen, als er Mouret erblickte, wie er durch die Galerie schritt. Er befahl seiner Frau, ihn hier zu erwarten, nahm den Arm seines alten Freundes und erzählte ihm in einigen hastig hervorgestoßenen Worten, was vorgefallen war. Mouret führte ihn rasch in sein Arbeitszimmer, wo er ihn über die möglichen Folgen beruhigte. Er versicherte, daß seine Vermittlung unnötig sei, und erklärte ihm, wie die Sache ungefähr ablaufen werde. Er selbst schien übrigens über diesen Diebstahl nicht sonderlich überrascht zu sein, als hätte er ihn seit langer Zeit vorausgesehen. Allein Vallagnosc wollte, als eine sofortige Verhaftung nicht mehr zu befürchten war, das Abenteuer nicht mit der gleichen Ruhe hinnehmen. Er lehnte sich im Sessel zurück und erging sich in Klagen über sein eigenes Schicksal. Da sei er also in eine Diebesfamilie geraten! rief er. Dabei sei er auf diese dumme Heirat nur dem Vater zuliebe eingegangen. Er brach in Tränen aus, sehr zum Erstaunen Mourets, der sich seines früheren teilnahmslosen Pessimismus erinnerte. Hatte er ihn nicht zwanzigmal sagen hören, daß das Leben gar nichts tauge und höchstens das Schlechte noch einigen Spaß verspreche? Um den anderen zu zerstreuen, machte nun er sich das Vergnügen, ihm in freundschaftlich scherzhaftem Ton Gleichgültigkeit zu predigen. Vallagnosc aber wurde böse; er konnte sein gestörtes Gleichgewicht nicht wiederfinden, seine ganze spießbürgerliche Erziehung lehnte sich empört gegen seine Schwiegermutter auf. Bei der geringsten Berührung mit menschlicher Schwäche lag dieser Spötter verzagend am Boden. Es sei abscheulich, meinte er, man ziehe die Ehre seines Geschlechtes in den Schmutz! Die Welt schien ihm aus den Fugen geraten zu sein.

»So beruhige dich doch«, ermahnte ihn Mouret, von Mitleid ergriffen. »Ich rate dir, hinunterzugehen und Frau von Boves deinen Arm anzubieten, das ist besser, als einen Skandal zu machen.«

Da erhob sich Vallagnosc und befolgte den Rat seines ehemaligen Mitschülers. Sie betraten in dem Augenblick die Galerie, als Frau von Boves das Zimmer Bourdoncles verließ. Sie nahm majestätisch den Arm ihres Schwiegersohnes, und als Mouret sie mit äußerster Höflichkeit grüßte, hörte er sie flüstern:

»Sie haben sich tausendmal entschuldigt; wahrhaftig: es geschehen hier schreckliche Mißgriffe.«

Blanche hatte sie eingeholt und ging stillschweigend hinter ihnen her. Sie verloren sich allmählich im Gewühl der Kauflustigen.

Allein und nachdenklich schritt Mouret von neuem durch das Geschäft. Auf der Höhe der Mitteltreppe blieb er stehen und betrachtete lange den ungeheuren Bau, in dem sein Frauenvolk sich drängte.

Es schlug sechs Uhr. Draußen ging der Tag zur Neige, und das Licht wich allmählich aus den noch immer übervollen Gängen. Man zündete eine nach der anderen die elektrischen Lampen an, deren strahlende Milchglaskugeln in ihrer endlosen Zahl erst die ganze Ausdehnung der Geschäftsräume ahnen ließen. Als alle brannten, stieg ein Gemurmel des Entzückens empor; die große Weißwarenausstellung nahm in dieser neuen Beleuchtung einen feenhaften Glanz an. Es war, als verwandelte sich diese Fülle von Weiß ebenfalls in eine schimmernde Lichtquelle.

Mouret stand oben auf der Haupttreppe und betrachtete seine weibliche Kundschaft in dieser flammenden Helle. Die Käuferinnen brachen allmählich auf, die Fächer zeigten große Lücken, das Gold klang hell auf den Kassentischen. Ausgeplündert, überwältigt, mit zerknitterter Kleidung gingen sie davon, mit gesättigter Wollust und geheimer Scham wie ob eines in einem zweideutigen Gasthof befriedigten Verlangens. Er war es, der sie in dieser Weise besaß; er hielt sie in seiner Gewalt, hatte sie sich untertan gemacht, beherrschte sie wie ein Despot, dessen Launen in jeden Haushalt den Ruin tragen. In ihrer seit zehn Jahren sorgfältig genährten Sucht nach Luxus sah er sie trotz vorgerückter Stunde immer noch durch die Stockwerke irren. Frau Marty und ihre Tochter waren jetzt ganz oben in der Möbelabteilung. Von ihren Kindern festgehalten, konnte Frau Bourdelais sich von den Pariser Spezialitäten nicht trennen. Dann kam die höhere Gesellschaft: Frau von Boves, am Arm ihres Schwiegersohnes und gefolgt von Blanche, in jeder Abteilung haltmachend, noch immer mit stolzer Miene die Stoffe besichtigend. Und mitten in diesem Meer von Frauen, die von Lebenskraft und Begierde strotzten und sämtlich mit Veilchensträußen geschmückt waren wie bei der zu einem Volksfest gewordenen Hochzeitsfeier einer Königin, sah er Frau Desforges, die mit Frau Guibal in der Handschuhabteilung stehengeblieben war, sie allein ohne Veilchenstrauß. Trotz ihrer eifersüchtigen Rachsucht kaufte auch sie, und er fühlte sich wieder einmal als Sieger, auch sie lag zu seinen Füßen.

Mechanischen Schritts ging Mouret durch die Galerien, dermaßen in Gedanken versunken, daß er sich vom Besucherstrom schieben ließ. Als er aufblickte, befand er sich in der neuerrichteten Abteilung für Putzwaren, deren Fenster auf die Rue du Dix-Décembre gingen. Von da aus betrachtete er die hinausströmende Menge. Die untergehende Sonne vergoldete die Giebel der Häuser, der blaue Himmel dieses schönen Tages wurde allmählich fahl, ein frischer Abendwind strich durch die in Dämmerung gehüllten Straßen, die nur vor dem »Paradies der Damen« durch die elektrischen Lampen der Geschäftsräume hell erleuchtet waren. In den Straßen nach der Oper und der Börse zu standen noch immer in dichter Folge die Wagen, jeden Augenblick hörte man eine Nummer oder einen Namen ausrufen, und gleich darauf bog eine Droschke oder ein Privatwagen aus den Reihen, um eine Dame aufzunehmen und sich in schnellem Trab zu entfernen.

Mouret betrachtete traumverloren dieses Schauspiel; und in diesem seinem Triumph, angesichts der Stadt, die er erobert hatte, angesichts der Frauen, die er beherrschte, empfand er eine plötzliche Schwäche, ein Nachlassen seiner Willenskraft, die Überlegenheit einer höheren Macht. Es war wie ein Bedürfnis, mitten in seinem Triumph überwunden zu werden, der Wahnwitz eines Kriegers, der am Tag nach seinem Sieg sich den Launen eines Kindes fügt. Er, der sich seit Monaten wehrte, der sich noch am Morgen geschworen hatte, seine Leidenschaft zu ersticken, gab auf einmal nach, wie von einem Schwindel erfaßt, glücklich darüber, sich für etwas entschieden zu haben, was er für eine Torheit hielt. Sein so plötzlich gefaßter Entschluß nahm von einer Minute zur anderen solche Festigkeit an, daß er in der Welt nichts Zwingenderes und nichts Notwendigeres mehr sah als dies.

Am Abend, als die letzte Schicht gegessen hatte, wartete er in seinem Arbeitszimmer. Zitternd wie ein Jüngling, der sein Glück aufs Spiel gesetzt sieht, ging er auf und ab, es duldete ihn nicht auf einem Fleck. Wenn Schritte nahten, klopfte sein Herz heftiger. Jetzt eilte er zur Tür, denn er hatte aus der Ferne ein Gemurmel gehört, das immer näher kam.

Es war Lhomme, der die Tageseinnahme brachte. Sie wog so schwer, daß er zwei Laufburschen zu Hilfe genommen hatte. Diese trugen in zwei mächtigen Säcken die kleinen Münzen, während er selbst mit den Banknoten und dem Gold vorausging. Keuchend und schwitzend kam er aus dem Hintergrund des Geschäfts, umgeben von der wachsenden Erregung der Verkäufer. Alles war entzückt angesichts dieser wandernden Schätze. Im ersten Stock hatten die Leute in sämtlichen Abteilungen ehrfurchtsvoll Spalier gebildet. Je näher der Kassierer kam, desto höher stieg das Getöse, es war wie der Jubel des Volkes, das das goldene Kalb begrüßt.

Mouret hatte inzwischen die Tür geöffnet, und Lhomme erschien, von den zwei Burschen gefolgt, die unter ihrer Last fast zusammenbrachen. Der Kassierer hatte gerade noch genug Kraft, um keuchend die Gesamtsumme hervorzustoßen:

»1 000 227 Franken 95 Centimes!«

Endlich die Million! Eine Million an einem Tag! Die Zahl, von der Mouret so lange geträumt hatte! Dennoch machte er eine zornige Bewegung, wie jemand, der in einer ungeduligen Erwartung enttäuscht worden ist, und sagte:

»Gut, gut, legen Sie es hin!«

Lhomme wußte, daß der Chef es liebte, die Einnahmen auf seinem Schreibtisch zu sehen, bevor man sie in die Hauptkasse schaffte. Die Million bedeckte die ganze Fläche, überflutete die Papiere, drängte fast das Tintenfaß über den Rand. Das Gold, das Silber, das Kupfer floß aus den Säcken, bildete einen riesigen Haufen, jedes Stück aus den Händen der Kundschaft gekommen, noch warm und gleichsam lebendig.

In dem Augenblick, als der Kassierer, verdrossen über die Gleichgültigkeit des Chefs, sich zurückzog, kam Bourdoncle und rief fröhlich aus:

»Diesmal haben wir die Million, wie?«

Doch er bemerkte die fieberhafte Erregung Mourets und begriff. Helle Freude blitzte in seinen Augen auf, und nach kurzem Stillschweigen sagte er:

»Sie haben sich endlich entschlossen? Mein Gott, Sie haben recht.«

Da richtete sich Mouret plötzlich vor ihm auf und rief:

»Sie triumphieren zu früh, mein Lieber! Sie meinen, ich sei am Ende! Nehmen Sie sich in acht! Ich lasse mich nicht so leicht auffressen!«

Aus der Fassung gebracht durch den heftigen Angriff dieses verteufelten Menschen, der alles erriet, stammelte Bourdoncle:

»Sie scherzen ... Ich, der ich so voller Bewunderung für Sie bin!«

»Lügen Sie nicht!« rief Mouret noch heftiger. »Hören Sie, wir waren dumm mit unserem Aberglauben, daß die Ehe uns zugrunde richte. Ist die Ehe nicht das einzig Gesunde, die Kraft und die Ordnung des Lebens selbst? Nun ja, ich werde sie heiraten, und wenn ihr euch zu widersetzen wagt, werfe ich euch alle hinaus, Sie zuallererst, Bourdoncle!«

Er verabschiedete ihn mit einem Wink. Bourdoncle fühlte seine Niederlage, er war besiegt – besiegt von einer Frau. Er entfernte sich eben in dem Augenblick, als Denise eintrat. Mit einer tiefen Verbeugung grüßte er sie.

»Endlich sind Sie da«, sagte Mouret sanft.

Denise war blaß und erregt. Eben hatte sie wieder einen Kummer gehabt. Deloche hatte ihr seine Entlassung mitgeteilt. Sie versuchte ihn zurückzuhalten und bot an, bei der Geschäftsleitung eine Fürbitte für ihn zu tun. Allein er lehnte ab; er wolle lieber verschwinden, sagte er. Wozu sollte er auch glücklichen Leuten im Weg stehen? Sie hatte unter Tränen von ihm Abschied genommen. Suchte sie nicht auch das Vergessen? Alles sollte zu Ende gehen, und sie wünschte nichts als die Kraft und den Mut zur Trennung. Wenn sie stark genug war, ihrem Herzen Schweigen zu gebieten, würde sie binnen weniger Minuten gehen können, um ihren Tränen in der Abgeschiedenheit freien Lauf zu lassen.

»Sie wollten mich sehen«, sagte sie beim Eintreten; »ich wäre übrigens ohnedies gekommen, um Ihnen für alle Güte zu danken.«

Sie hatte die Million bemerkt, die sich auf dem Schreibtisch ausbreitete, und der Anblick dieses Geldes verletzte sie. Ihr gegenüber an der Wand hing das Porträt von Frau Hédouin; es war, als wollte sie aus ihrem goldenen Rahmen herab mit ihrem ewigen Lächeln auf den Lippen die Szene mit ansehen.

»Sie sind noch immer entschlossen, uns zu verlassen?« fragte Mouret mit unsicherer Stimme.

»Ja, es muß sein.«

Da ergriff er ihre Hände und rief in einem Ausbruch von Zärtlichkeit:

»Und wenn ich Sie heiratete, Denise, gingen Sie auch dann noch fort?«

Sie zog hastig ihre Hände zurück und wehrte voller Schmerz ab.

»Ach, Herr Mouret, schweigen Sie bitte! Quälen Sie mich nicht mehr! ... Ich kann nicht! Gott ist mein Zeuge, daß ich nur gehe, um einem solchen Unglück vorzubeugen.«

Sie fuhr fort, sich in hastigen, abgebrochenen Worten zu wehren. Hatte sie nicht schon genug gelitten unter den ewigen Tratschereien des ganzen Hauses? Nein, nein! Sie besaß Kraft genug, um ihn von einer solchen Torheit zurückzuhalten. Von Seelenqual gepeinigt, hörte er ihr zu und wiederholte immer wieder:

»Ich will es aber, ich will es!«

»Nein, es ist unmöglich! ... Und meine Brüder? Ich habe mir geschworen, nicht zu heiraten; ich kann Ihnen doch nicht zwei Kinder ins Haus bringen.«

»Sie werden auch meine Brüder sein! Sagen Sie ja, Denise!«

»Nein, nein! Lassen Sie mich! Sie quälen mich!«

Dieser Widerstand bis zuletzt machte ihn fast rasend. Was, selbst um diesen Preis weigerte sie sich noch? Aus der Ferne hörte er das geschäftige Treiben seiner dreitausend Angestellten, die mit vollen Händen in seinem königlichen Reichtum wühlten. Und die lächerliche Million vor ihm – sie wirkte wie ein kränkender Hohn, er hätte sie am liebsten auf die Straße geworfen.

»So gehen Sie!« rief er, in Tränen ausbrechend; »gehen Sie zu dem, den Sie lieben ... Das ist doch wohl der Grund Ihrer Weigerung; Sie haben es mir ja neulich angedeutet.«

Angesichts dieser wilden Verzweiflung brachen endlich die so lange verschwiegenen Regungen ihres Herzens hervor. Mit der Leidenschaftlichkeit eines Kindes warf sie sich an seinen Hals und sagte schluchzend:

»Ach, Herr Mouret, Sie sind es doch, den ich liebe!«

Ein letztes Getöse drang aus den Abteilungen herauf wie der Beifallsruf einer vieltausendköpfigen Menge. Das Bild Frau Hédouins lächelte noch immer. Mouret war inmitten seiner Million auf den Schreibtisch niedergesunken. Er hielt Denise umschlungen und sagte ihr, jetzt könne sie ruhig abreisen. Sie solle einen Monat in Valognes zubringen, um den Leuten in Paris den Mund zu stopfen; dann werde er selbst sie abholen und sie stolz und glücklich an seinem Arm heimführen.

- Ende -

Weitere Bände in der Buchreihe „Historical Diamond"

Band 1: Der Attentäter – Roman von Karl Hans Strobl – € 5,99
Band 2: Die Seelenverkäufer – Abenteuerroman von Kurt Faber – € 5,99
Band 3: Jenseits des Äquators – Abenteuerroman von Ferdinand Emmerich – € 5,99
Band 4: Der Feind aus dem Dunkel – Kriminalroman von Annie Hruschka – € 5,99
Band 5: Der Tag der Vergeltung –
          Kriminalroman von Anna Katharine Green - € 5,99
Band 6: Die Yacht der sieben Sünden – Kriminalroman von Paul Rosenhayn - € 5,99
Band 7: Das Rätsel von Ravensbrok – Kriminalroman von Hans Hyan - € 4,99
Band 8: Spreemann und Co – Historischer Berlin-Roman von Alice Berend – € 6,99
Band 9: Die verlorene Welt – Abenteuerroman von Conan Doyle - € 6,99
Band 10: Allan Quatermain und der Zauberer im Zululand –
          Abenteuerroman von Henry Rider Haggard – € 5,99
Band 11: Attila – König der Hunnen – Historischer Roman von Felix Dahn – € 5,99
Band 12: Lizzie Holmes und die Kristiana-Affäre –
          Krimi von Sven Elvestad - € 5,99
Band 13: Der Chinese –
          Ein Wachtmeister Studer – Krimi von Friedrich Glauser - € 5,99
Band 14: Allan Quatermain und die heilige Blume –
          Abenteuerroman von Henry Rider Haggard – € 6,99
Band 15: Bomben auf Monte Carlo – Roman von Fritz Reck-Mallaczewen – € 4,99
Band 16: Das Elfenbeinkind –
          Ein Allan Quatermain Abenteuerroman von Henry Rider Haggard – € 6,99
Band 17: Quo Vadis – Historienroman von Nobelpreisträger Henryk Sienkiewicz - € 6,99
Band 18: Venus im Pelz – Novelle von Leopold von Sacher-Masoch - € 4,89

– Eine andere Sicht auf die Entstehung der sporadischen Form der Alzheimerkrankheit. Von Norbert Wrobel u. K.-D. Sedlacek (Hrsg.)

PSYCHOLOGIE

– Gestalt-Psychologie: Einführung in die neue Psychologie vom Begründer der Gestaltpsychologie. Von: Prof. Dr. Kurt Koffka u. K.-D. Sedlacek (Hrsg.)
– Die ersten Spuren psychischer Erscheinungen: Das psychische Leben von Mikroorganismen – Eine Studie in experimenteller Psychologie. Von Alfred Binet u. K.-D. Sedlacek (Übers.)
– Allgemeine moderne Psychologie: Systematische Einführung in die Wissenschaft psychischer Prozesse. Von August Messer u. K.-D. Sedlacek (Hrsg.).
– Strahlende Kräfte durch positives Denken: Die Wurzeln des Erfolgs und Wege zum Glück. Von Emil Peters u. K.-D. Sedlacek (Hrsg.)

BIOLOGIE

– Wie intelligent sind Pflanzen? Sensationelle Einblicke in die geheime Seite des pflanzlichen Wesens. Von Prof. Dr. phil. Adolf Wagner u. K.-D. Sedlacek

– Über Menschenaffen, Tierseele und Menschenseele: Intelligenzprüfungen an Hominiden. Von Wilhelm Bölsche et. al. und K.-D. Sedlacek (Hrsg.)

GESCHICHTE, VOR- U.
FRÜHGESCHICHTE

– Die geheimnisvolle Kultur der alten Kelten. Von Druiden, Fürstensitzen und der Lebensart unserer frühgeschichtlichen Vorfahren. Von Georg Grupp u. K.-D. Sedlacek (Hrsg.)
– Der Alchemist Leonhard Thurneysser: Die Lebensgeschichte des Goldmachers von Berlin. Von Klaus-Dieter Sedlacek (Hrsg.)
– Es begann mit Feuerskraft. Das Werden des Menschen und seiner Kultur. Von Carl W. Neumann u. K.-D. Sedlacek (Hrsg.)
– Gefangen zwischen Eisschollen: Die dramatische Entdeckungsgeschichte der Antarktis. Von Klaus-Dieter Sedlacek (Hrsg.)

RATGEBER FREIZEIT U. REISE

– Kultur erleben mit den Wohnmobil in Frankreich: Vierzig kulturelle Highlights, Park- und Übernachtungspätze sowie Navigationskoordinaten. Von Klaus-Dieter Sedlacek
– Kochbuch für ganze Kerle: Kräftige und Feinschmeckergerichte für Freizeit und Camping. Von K.-D. Sedlacek (Hrsg.)

FORSCHUNGSREISEN U. ABENTEUER

– Meine erste Weltumseglung: Tagebuch einer epochalen Expedition. Von James Cook u. K.-D. Sedlacek (Hrsg.)
– Exotische Reise durch Persien: Abenteuerlicher Bericht aus einer fremdartigen Welt des 19ten Jahrhunderts. Von Pierre Loti u. K.-D. Sedlacek (Hrsg.)
– Mit der Beagle um die Welt: Bericht meiner Forschungsreise zum Galapagos-Archipel. Von Charles Darwin u. K.-D. Sedlacek (Hrsg.)
– Peking-Paris im Automobil: Die legendäre 16.000 km – Rallye 1907. Von Luigi Barzini u. K.-D. Sedlacek (Hrsg.)
– Mein Leben im Tropenparadies: Fünfundzwanzig Jahre in Ceylon – Erlebnisse und Abenteuer. Von John Hagenbeck u. K.-D. Sedlacek (Hrsg.)

FANTASTISCHE WELT
ROMANE UND ERZÄHLUNGEN

Bd. 1: **Parallelwelt-Universum und die Suche nach der Weltformel.** Von: K.-D. Sedlacek
Bd. 2: **Marskolonie Eos: und die verschwindende Realität.** Von: K.-D. Sedlacek
Bd. 3: **Korakar: Geheimnisvolles Leben unter ewigem Eis.** Von:
K.-D. Sedlacek
Bd. 4: **Die Spur des Dschingis-Khan.** Von: Hans Dominik, K.-D. Sedlacek (Hrsg.)
Bd. 5: **Atlantis: Die Rückkehr der Götter.** Von: Moriz Hoernes, K.-D. Sedlacek (Hrsg.)

SONSTIGE ROMANE

– Prinz Otto oder Der Phönix und die Freiheit: Roman über Intrigen und Macht, Verrat, Hinterlist und wahre Liebe - vom Autor der 'Schatzinsel' und von 'Dr. Jekyll und Mr. Hyde'. Von: Robert Louis Stevenson, K.-D. Sedlacek (Hrsg.), Vito von Eichborn (Hrsg.)
– Herr der Welt. Von: Jules Verne u. K.-D. Sedlacek (Hrsg.)